ro
ro
ro

Von der Autorin des Bestsellers «Die weiße Hexe».

Die Fortsetzung des erfolgreichen Romans «Sterne über Afrika».

«Ein packendes Epos!» (Stuttgarter Nachrichten über ‹Sterne über Afrika›)

Ilona Maria Hilliges lebte mehrere Jahre in Afrika. Ihr biographischer Bericht «Die weiße Hexe» über ihre Erfahrungen in Nigeria stand monatelang auf den Bestsellerlisten. Die Diplom-Betriebswirtin arbeitete als Managerin internationaler Konzerne und leitete soziale Projekte in Kanada, England, Nigeria und Deutschland. Sie ist verheiratet, hat vier Kinder und wohnt in Berlin.
In der Reihe der Rowohlt Taschenbücher erschien bereits «Sterne über Afrika» (rororo 24628).

Weitere Informationen unter:
www.ilona-maria-hilliges.de

Ilona Maria Hilliges

Ein Kind Afrikas

Roman

Rowohlt Taschenbuch Verlag

Veröffentlicht im Rowohlt Taschenbuch Verlag,
Reinbek bei Hamburg, September 2010

Karte S. 6/7 Peter Palm, Berlin
Umschlaggestaltung any.way, nach einem Entwurf
von PEPPERZAK BRAND
(Umschlagabbildung: © Ernst Platz «Kilimandscharo mit Baobab»)
Satz Swift PostScript (PageOne) bei
Dörlemann Satz, Lemförde
Druck und Bindung CPI – Clausen & Bosse, Leck
Printed in Germany
ISBN 978 3 499 24837 5

Die Wahrnehmung der Ehrfurcht vor dem Leben ergibt sich darein, die Welt so zu nehmen, wie sie ist. Die Welt ist Grausiges in Herrlichem, Sinnloses in Sinnvollem, Leidvolles in Freudvollem. In jeder Hinsicht bleibt sie dem Menschen rätselhaft.

Albert Schweitzer, «Aus meinem Leben und Denken»

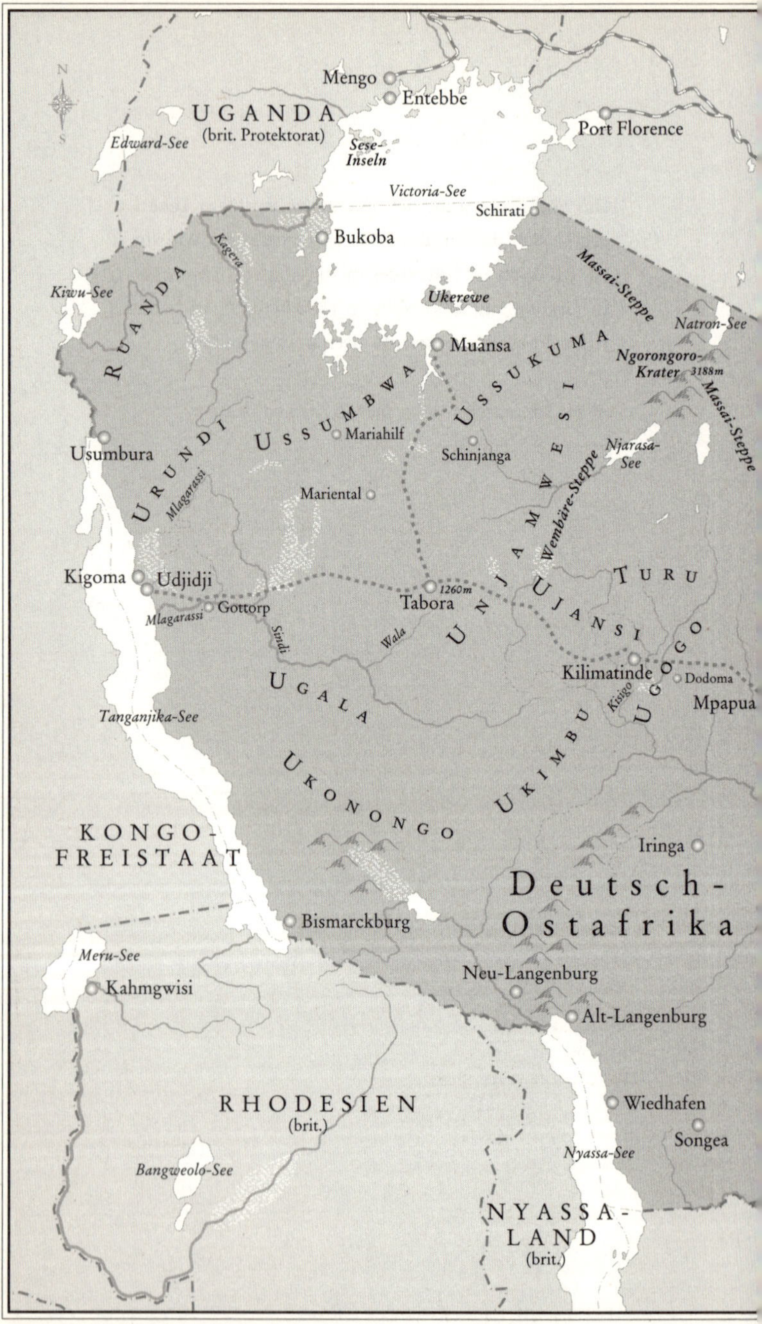
N
S
Mengo
Entebbe
UGANDA
(brit. Protektorat)
Port Florence
Edward-See
Sese-
Inseln
Victoria-See
Schirati
Bukoba
Kagera
Massai-Steppe
Kiwu-See
RUANDA
Ukerewe
Natron-See
Muansa
Ngorongoro-
Krater
3188m
Massai-Steppe
USSUKUMA
USSUMBWA
URUNDI
Mariahilf
Schinjanga
Njarasa-
See
Usumbura
Wembäre-Steppe
Mlagarassi
Mariental
UNJAMWESI
Kigoma
Udjidji
Tabora
1260m
TURU
Gottorp
Mlagarassi
Sindi
Wala
UJANSI
UGOGO
Kilimatinde
Dodoma
Mpapua
Kisigo
UGALA
Tanganjika-See
UKIMBU
UKONONGO
KONGO-
FREISTAAT
Iringa
Deutsch-
Ostafrika
Bismarckburg
Meru-See
Kahmgwisi
Neu-Langenburg
Alt-Langenburg
RHODESIEN
(brit.)
Wiedhafen
Songea
Nyassa-See
Bangweolo-See
NYASSA-
LAND
(brit.)

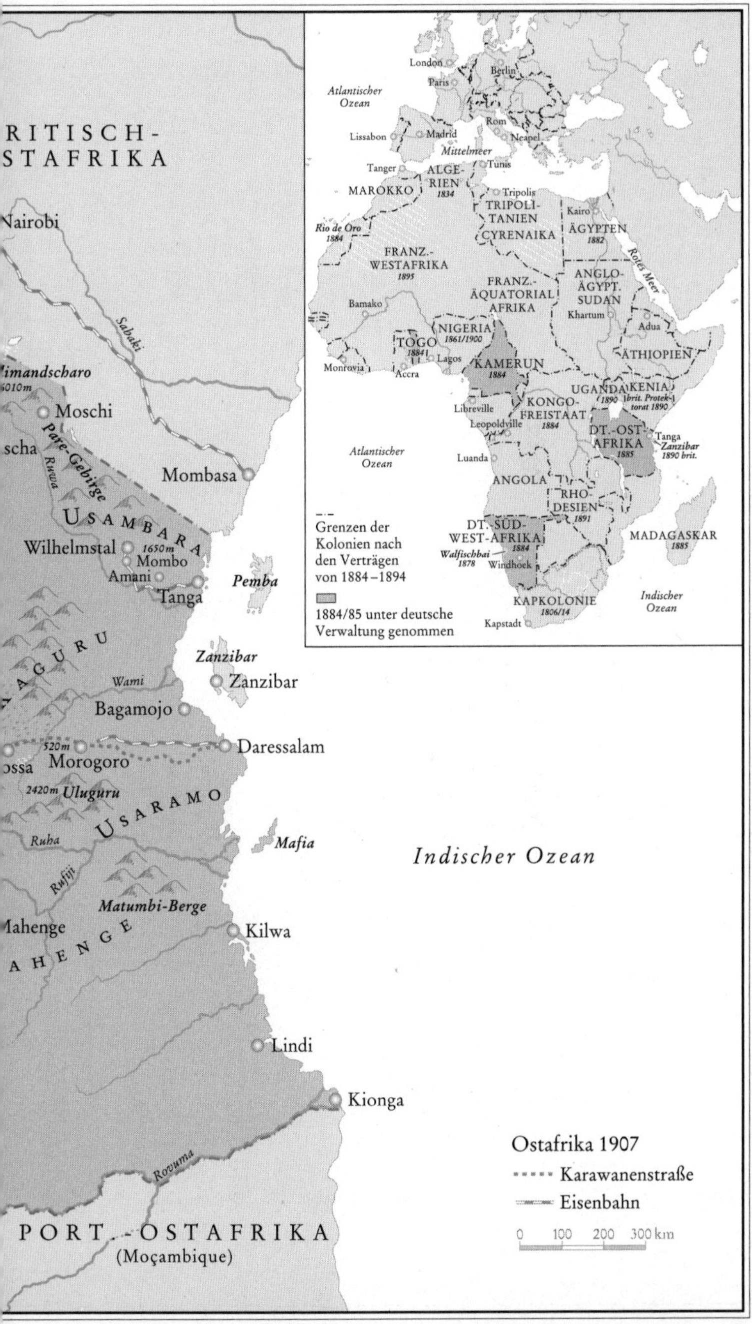
Sabaki
Moschi
Pare-Gebirge
Mombasa
Usambara
Wilhelmstal
1650 m
Mombo
Amani
Tanga
Pemba
Zanzibar
Zanzibar
Wami
Bagamojo
520 m
Daressalam
Morogoro
2420 m Uluguru
Usaramo
Ruha
Mafia
Rufiji
Matumbi-Berge
Kilwa
Lindi
Kionga
Rovuma
PORT.-OSTAFRIKA
(Moçambique)
Indischer Ozean
Ostafrika 1907
Karawanenstraße
Eisenbahn
0 100 200 300 km
London
Berlin
Paris
Atlantischer Ozean
Rom
Lissabon
Madrid
Neapel
Mittelmeer
Tanger
ALGE-RIEN 1834
Tunis
MAROKKO
Tripolis
TRIPOLI-TANIEN
Rio de Oro 1884
CYRENAIKA
Kairo
ÄGYPTEN 1882
Rotes Meer
FRANZ.-WESTAFRIKA 1895
ANGLO-ÄGYPT. SUDAN
FRANZ.-ÄQUATORIAL AFRIKA
Bamako
Khartum
NIGERIA 1861/1900
Adua
TOGO 1884
Lagos
ÄTHIOPIEN
Monrovia
Accra
KAMERUN 1884
UGANDA 1890
KENIA brit. Protektorat 1890
Libreville
KONGO-FREISTAAT 1884
Leopoldville
DT.-OST-AFRIKA 1885
Tanga
Zanzibar 1890 brit.
Atlantischer Ozean
Luanda
ANGOLA
RHO-DESIEN 1891
Grenzen der Kolonien nach den Verträgen von 1884–1894
1884/85 unter deutsche Verwaltung genommen
DT.-SÜD-WEST-AFRIKA 1884
Walfischbai 1878
Windhoek
MADAGASKAR 1885
KAPKOLONIE 1806/14
Indischer Ozean
Kapstadt

1.

In der Nähe von Tabora, im April 1907

Der Himmel über der Savanne war noch mit Sternen gesprenkelt, doch ein glutrotes Leuchten entflammte bereits den Horizont im Osten. Die ersten Sonnenstrahlen brachen sich im flachen Schirm einer Akazie und umrissen ihre Konturen wie einen Scherenschnitt. Der Morgentau in den zarten Rispen der Gräser glitzerte mit der Helligkeit Millionen kleiner Diamanten. Es war so kalt, dass Amelie ihren Atem sah. Der Geruch feuchter Erde verband sich mit den würzigen Aromen unbekannter Sträucher in solcher Intensität, dass es fast schon schmerzte. Eine unvergleichliche Stille lag über dem Land, und für einen Moment hatte Amelie das Gefühl, ganz allein auf der Welt zu sein. Von Minute zu Minute wurde die goldrote Sonne größer, das kupferfarbene Erdreich erglühte und ließ den Ort so friedlich wirken, als wäre er aus der Zeit gefallen. Kein Weg, kein Pfad sichtbar. Es sah aus, als gäbe es kein Fortkommen von dieser Hochebene mitten in Ostafrika. Und trotzdem war Amelie froh, wenigstens bis hierher gekommen zu sein.

Das heisere, durchdringende Rufen der Perlhühner, das sie aus unruhigem Schlaf gerissen hatte, erinnerte sie an die Aufgabe, die sie hatte. Aus dem Zelt hörte sie Gustavs gleichmäßigen Atem; endlich hatte er in den Schlaf gefunden. Sie konnte es wagen, ihn für eine Weile allein zu lassen. Mit klammen Fingern knöpfte Amelie die Türöffnung des Zeltes zu und umfasste den kühlen Stahl des Gewehrlaufs. Sie würde zurück sein, bevor die Sonne richtig am Himmel stand.

Amelie musste Erfolg haben an diesem Morgen; Gustav brauchte dringend ein Essen, das nicht aus Dosen kam und ihn zumindest ein wenig kräftigte. Und auch die Träger verlangten danach. Achtzehn Tage waren sie mit ihnen vom Tanganjikasee marschiert, durch Regen und Überschwemmungen, Schlamm und Morast. Während einer Safari war die Jagd zwar im Allgemeinen keine Frauensache. Aber war es Frauensache, quer durch Afrika zu reisen? Durch ein kaum erschlossenes Land, in dem ausgetretene Karawanenstraßen die einzigen Pfade waren. Wo man an manchen Tagen zufrieden war, zehn Kilometer marschiert zu sein – während Hunderte vor einem lagen.

Der sehnsüchtige Gedanke an ein Bad und ein warmes Essen erschien Amelie wie ein Frevel. Gustav hatte den dritten Tag in Folge hohes Fieber. Doch das Chinin, um seine Malaria zu bekämpfen, war in den Sümpfen feucht geworden. Amelie konnte im Grunde nur warten, bis der Fieberanfall vorüber ging. Und dann mussten sie weiter. So rasch wie möglich dorthin, wo die Sonne jetzt aufging.

Amelie schüttelte die Beklommenheit aus den bleischweren Gliedern und sah sich nach Jago um. Der schokobraune Deutsch Kurzhaar heftete die Nase auf den Boden, um wie in einem Buch die Botschaften zu lesen, die nur der empfindsame Spürsinn eines geübten Jagdhundes entschlüsseln konnte.

Man ging nicht allein auf die Pirsch, sie wusste es nur zu genau, brachte es jedoch nicht über das Herz, die erschöpften Männer zu wecken. Zu ungewiss erschien ihr der Erfolg ihres Vorhabens – das Gras stand höher als erwartet. Und eine gute Jägerin war sie noch nie gewesen. Doch was sollte schon geschehen? Jago würde sie rechtzeitig vor Gefahren warnen.

Ein Schwarm Perlhühner stieg kreischend auf. Dunkle Schatten vor einem glutroten Morgenhimmel. Amelie riss das

Gewehr hoch und folgte mit dem Lauf ihrem Flug. Sie drückte ab – nichts geschah. Sie hatte die Waffe nicht entsichert und ärgerte sich über ihr Versagen; in der Wildnis durfte man nicht zögerlich sein.

Sie erreichte ein Gebiet, in dem sich bizarr geformte Termitenhaufen erhoben, gezackte Lehmtürme, von den Insekten mehrere Meter hoch erbaut. Wer wie Amelie jahrelang in Afrika gelebt hatte, kannte die Gefahr, die hier lauerte. In leeren Termitenhügeln wohnten Schlangen. Gewöhnlich mieden sie Menschen, verkrochen sich, sobald sie Schritte spürten. Man musste nur fest genug auftreten. Was nicht recht zu einer pirschenden Jägerin passen wollte.

Jago blieb stehen, nahm Witterung auf, sein Fell sträubte sich. Amelie hob das Gewehr, spannte vorsichtig den Hahn und folgte dem Blick des Hundes. Hinter zwei dicht beieinanderstehenden Termitenhaufen entdeckte sie das Hinterteil eines Nashorns. Mit ihrem leichten Winchester-Gewehr würde sie gegen das urzeitliche Tier nichts ausrichten können. Mit angefeuchtetem Zeigefinger prüfte sie die Windrichtung und stellte entsetzt fest, dass sie den Wind im Rücken hatte.

«Jago, bei Fuß», sagte sie leise, und der Hund kam zu ihr.

Schon schob sich der mächtige Schädel des Rhinozeros hinter den Termitenhaufen hervor. Das kurzsichtige Tier wandte den Kopf in ihre Richtung. Mit klopfendem Herzen verharrte die Jägerin reglos; der Riese würde sie nur angreifen, wenn er sich bedroht fühlte. Nach einigen Minuten trottete der Koloss desinteressiert fort, Amelie glaubte die Vibration des Erdbodens unter ihren Füßen zu spüren. Langsam drehte sie in die entgegengesetzte Richtung ab und erschrak: Mit lautem Geschrei stiegen die gesuchten Perlhühner direkt vor ihr auf. Sie riss das Gewehr hoch und schoss ohne Zögern. Wie ein Stein fiel einer der hübschen schwarzweiß getupften Vögel zu Boden; Jago apportierte.

Ein Perlhuhn – für ein Dutzend hungriger Träger ...

Mit einem Aufseufzen setzte Amelie ihren Weg fort. Kurz darauf hörte sie das Meckern von Ziegen, ein langgestrecktes, grünes Tal lag vor ihr. Einige runde, mit Stroh gedeckte Hütten bildeten ein kleines Dorf. Die Ziegen waren noch im Pferch, zwei Frauen brachen gerade auf, um Wasser zu holen. Eine Oase von Frieden und Fruchtbarkeit. Felder mit jungen Mais- und Hirsepflanzen, Äcker, auf denen Yam und Maniok angebaut waren. In einigen Monaten würde hier eine reiche Ernte eingefahren werden.

Mit dem Kauf von zwei Ziegen würde sich die Jagd erübrigen. Sie könnte Gustav in das schätzungsweise zwei Tagesmärsche entfernte Tabora bringen lassen, wo es Chinin zu kaufen gab.

Ganz so einfach war die Sache jedoch nicht – das Tal lag etwa hundert Meter tiefer, und dazwischen befanden sich scharfkantige Felsen und unübersichtliche Sträucher. Der Abstieg war nicht ungefährlich. Und sie hatte keinen einzigen Heller bei sich, um zu bezahlen. Wer ging schon am Morgen mitten in Afrika mit Geld auf die Jagd? Sie musste zum Zeltlager zurückkehren, Träger und Geld oder besser noch Tauschware holen; ein kleiner Ballen Stoff war bestimmt noch übrig.

Jago bellte kurz und energisch, stellte sich aufmerksam vor sein Frauchen. Etwa zwanzig Schritte entfernt stand, wie aus dem Boden gewachsen, ein Mann. Er hielt einen Stecken in der Hand, der annähernd seine eigene Körpergröße hatte. Seine Kleidung bestand aus einem Schurz weiß-braunen Ziegenfells um die Hüften und einem weiteren schneeweißen Fell, das Nacken und Schultern bedeckte. Sein magerer Leib war mit Kalebassen, hohlen Flaschenkürbissen, behängt, auf dem Kopf trug er einen europäisch anmutenden Hut, im Mundwinkel hing eine nach unten gebogene Pfeife. Sein Gesicht glich einer Landschaft aus tausend kleinen und großen Falten. Auf seinem Rücken lag ein fast leerer Jutesack.

Amelie hatte wenig Hoffnung, dass der Fremde sie verstehen würde. Denn sie beherrschte nur die von der Küste stammende Umgangssprache Kisuaheli, die hier im Landesinneren von kaum jemandem gesprochen wurde. Dennoch wünschte sie einen guten Morgen und bedeutete Jago, sich zu setzen.

Zu ihrer Überraschung erwiderte der Alte ihren Gruß und fragte sie freundlich auf Kisuaheli: «Was suchst du, *bibi uleia*?»

Seit einem Jahr reiste Amelie inzwischen durch Deutsch-Ostafrika. In dieser Zeit war sie zahllosen Einheimischen begegnet. Doch die Anrede *Frau aus Europa* hatte nur ein Mann benutzt, der ihr für immer unvergesslich bleiben würde. War es reiner Zufall, dass der eigentümliche Fremde sie ebenfalls *bibi uleia* nannte? Das war durchaus möglich, aber ihr Gefühl sagte ihr, dass es schon kein Zufall war, dass dieser Mann gerade hier auftauchte, wo sie seine Hilfe brauchte.

Amelie musterte den Alten genauer. Sein Gesicht sowie sein ganzer Körper war mit kleinen, nach einem bestimmten System geordneten, lange verheilten Hauteinritzungen geschmückt. Ein *mganga*, wie man die Heilkundigen auf Kisuaheli nannte. Diese frühe Stunde war vermutlich besonders geeignet, um medizinische Kräuter zu sammeln. Wahrscheinlich führte der *mganga* sie in den Kalebassen mit sich, die er am Körper trug.

«Ein Mann ist sehr krank. Ich brauche Medizin gegen Malaria», sagte Amelie.

Die Einheimischen kannten eine Arznei gegen Malaria, die Gustav möglicherweise helfen könnte. Das war ihr noch wichtiger als die Ziegen unten im Tal.

«Wir liefen tagelang durch die Sümpfe des Mlagarassi. Wasser kam in die Behälter mit der Medizin. Sie ist verdorben.»

«Das ist sehr schlecht», antwortete der Alte.

In dem Sack auf seinem Rücken registrierte Amelie eine leichte Bewegung. Perlhühner konnten es nicht sein, sie würden versuchen zu flattern. Doch diese Beute hielt sich ruhig. Amelies Blick fiel auf den Stock, der sich am Ende gabelte.

«Welche Schlangen fingst du heute schon?», fragte sie aufs Geratewohl.

Der Alte hockte sich hin. Vorsichtig öffnete er den Sack und gewährte Amelie den Blick auf zwei Schlangenleiber, die sich ineinander wanden. Das eine Reptil war unauffällig grau, das andere grün. Jetzt entknoteten sie ihre Leiber, und ihre schlanken Köpfe richteten sich auf. Ein blitzschnelles Zustoßen des Kopfes und man war verloren – das Gift der Schwarzen und der Grünen Mamba war tödlich für Menschen. Amelie war zwar außer Reichweite, nicht jedoch der Afrikaner. Ohne Hast schob er die zweigeteilte Spitze seines Stockes so geschickt über die Köpfe der Tiere, dass keines der Reptile zubiss und dabei kostbares Gift vergeudete.

«Du bist ein weiser Mann, denn du fängst die Schlangen und machst Medizin aus ihrem Gift», sagte Amelie.

«Woher weißt du das?»

«Ich traf einmal einen *mganga*, der es mir zeigte.»

Der Alte lächelte; er hatte kaum noch einen Zahn im Mund. Er schien überaus erfreut zu sein. «Du bist die *bibi dactari* mit den Haaren wie Gold. Du bist die, die in Udjidji war. Ich hörte von dir.»

Offensichtlich hatte er eine Menge über sie gehört. Nannte sie *Frau Doktor*, wusste, dass ihre unter dem Tropenhelm verborgenen Haare hellblond waren und dass sie am Tanganjikasee gewesen war. Und dafür konnte es eigentlich nur einen Grund geben.

Während ihrer Expedition an den Tanganjikasee hatte Amelie einen Heiler kennengelernt, der Schlangen nicht nur als heilige Tiere verehrte, sondern auch mit ihrem Gift heilte. Mit diesem uralten Wissen hatte Kassei ihr das Leben gerettet. Viel hatte er ihr nicht über sich verraten, doch immerhin genug, dass Amelie seitdem wusste, dass es einen Geheimbund gab, dem die so genannten Schlangenmänner angehörten. Als Kassei ihr gesagt hatte, dass sie künftig «unter dem Schutz der Schlange» stünde, hatte sie sich nicht vorstellen können, wie das in der Weite Ostafrikas möglich sein sollte.

«Ich gebe dir die Medizin, die du brauchst», sagte der *mganga*, als wäre es das Selbstverständlichste der Welt.

Er verschloss den Sack mit den beiden Schlangen, löste eine der Kalebassen von seinem Körper und reichte sie ihr.

«Weißt du, welche Menge du geben musst?»

«Kassei lehrte es mich», erwiderte sie.

Der Heilkundige nickte. «Sage mir, wohin du gehst.»

«Nach Tabora.»

Sie zögerte. Um noch einen Gefallen zu bitten, erschien ihr unverschämt. Doch sie hatte keine Wahl.

«Meine Männer haben nichts mehr zu essen. Ich wollte unten im Dorf Ziegen kaufen.»

«Warte, was geschieht.» Der Alte warf sich den Sack über die Schulter, ergriff seinen Stock. Nach wenigen Augenblicken war er zwischen den Termitentürmen verschwunden. Er hatte ihr nicht einmal die Gelegenheit gegeben, sich zu bedanken. Früher hätte sie das verstört. Doch während sie nun mit Jago zum Lagerplatz zurückging, wusste sie nicht nur, dass Hilfe unterwegs war. Sondern auch, dass irgendwann der Zeitpunkt käme, sich dafür zu bedanken. Allerdings nicht mit Worten, sondern mit ihren Kenntnissen als Ärztin.

Die Schlangenmänner würden sie finden. Sie musste nur warten, bis es so weit wäre.

Gustavs blasses, durch die Malaria schmal gewordenes Gesicht war ernst, doch in seinen graugrünen Augen lag Zärtlichkeit.

«Klug war das nicht, Melli. Ganz allein loszuziehen! Wenn dir etwas zugestoßen wäre ...»

«Ich hatte doch Jago bei mir. Auf ihn kann ich mich verlassen.»

Gustavs Tadel war sanft: «In meinem jämmerlichen Zustand hätte ich dich jedenfalls nicht suchen können. Und unser guter Badili versteht die Sprache eines deutschen Jagdhundes nicht.»

Der siebzehn Jahre alte *boy*, von dem die Rede war, kochte am offenen Feuer Tee. Es herrschte friedliche Nachmittagsstimmung über der Savanne. Unter einem blauen Himmel breitete sich eine lichte Decke Schäfchenwolken aus. Das Paar aus Deutschland lehnte in mit Segeltuch bespannten Holzklappstühlen unter dem Vordach des olivgrünen Zweimannzeltes. Endlich hatte Gustav das Krankenlager verlassen können.

«Versprich mir, dass du so etwas nie wieder tust», bat Gustav. «Ich würde vor Sorge umkommen.»

Er hatte recht; sie hatte kopflos gehandelt. Das Innere Afrikas war gefährlich, selbst für jemanden, der fünf Jugendjahre hier verbracht hatte und etliche Geheimnisse kannte. Doch ihr Stolz auf das, was sie an dem inzwischen zweieinhalb Tage zurückliegenden Morgen zuwege gebracht hatte, überwog. Nicht nur hatte die gemahlene Rinde des Malariabaumes Gustav auf den Weg der Genesung gebracht, die kleine Karawane hatte auch eine ausreichende Menge Ziegenfleisch erhalten.

Gustav ergriff ihre Hand. «Melli, wo bleibt dein Versprechen?», fragte er mit sanftem Nachdruck.

«Wie Sie wünschen, Herr Offizier!» Übermütig beugte sie sich zu ihm hinüber und hauchte ihm einen Kuss auf die Wange.

Mehr war nicht statthaft. Dass sie mit ihm in einem Zelt genächtigt hatte, war ohnehin eine Ungeheuerlichkeit, die nur durch sein malariabedingtes Delirium entschuldigt wurde. Gustav und sie waren zwar seit ein paar Wochen verlobt, aber die Konventionen verboten einer Dame und einem Stabsoffizier der deutschen Schutztruppe weitere Intimität. Zumindest so lange, wie Personal etwas davon mitbekam – was während einer Safari kaum zu vermeiden war.

Sie strich ihm zart über das unrasierte Kinn. «Willst du dir einen Bart stehen lassen?»

«Das überlasse ich anderen», gab er zurück. «Man muss nicht wie ein Abenteurer aussehen, um Abenteuer zu bestehen.» Er blinzelte ihr zu. «Das gilt doch für uns beide, nicht wahr?»

Was sie selbst betraf, wusste Amelie keine Antwort. Sie war froh, von Haus aus mit einer natürlichen Schönheit verwöhnt zu sein, die nicht viel mehr als etwas Wasser am Morgen brauchte. Vor fast zwei Monaten war sie achtundzwanzig Jahre alt geworden. Die ersten Fältchen, die sich um die Augen gebildet hatten, waren ein Tribut an die afrikanische Sonne, die die Haut schneller altern ließ; es war ihr einerlei. Ihre hellblonden Locken, die nach ihrem Geschmack inzwischen viel zu lang geworden waren, steckte sie mit Kämmen hoch. Gustav Brelow, obwohl nur drei Jahre älter als Amelie, wirkte wie Mitte dreißig. In seinen graugrünen Augen lag die Neugier eines jungen Mannes, die senkrechten Falten um seinen Mund verrieten seine Zielstrebigkeit, aber auch Nachdenklichkeit. Amelie hatte den Freund aus Berliner Jugendtagen in der Öffentlichkeit nie ohne Uniform erlebt. Auch jetzt trug er den weißen Tropenanzug der deutschen Schutztruppe. Als einzige Konzession an Gesundheitszustand und Umstände gestattete er es sich, den obersten Knopf der senkrecht geschnittenen Knopfleiste offenstehen zu lassen.

«Wir werden ein paar Tage länger in der Garnison von Tabora bleiben. Mir sind da ein paar Dinge durch den Kopf gegangen, die ich mit dem dortigen Kommandanten besprechen will», sagte er wie zum Beweis seiner steten Bereitschaft, Verantwortung zu übernehmen.

«Oh, ich dachte schon, du wolltest dich erholen.»

«Wir sind doch nicht hier, um zu faulenzen.»

«Wenn du dich nicht schonst, Gustav, nimmt deine Gesundheit Schaden.»

«Frau Doktor, du verhätschelst deinen Patienten.»

Das waren die Aufgaben, die sie beide in die deutsche Kolonie geführt hatten: Als Ärztin hatte sie eine Expedition zur Bekämpfung der Schlafkrankheit begleitet. Er war Adjutant des deutschen Gouverneurs im Rang eines Stabsoffiziers, ihm oblag die Inspektion der über die deutsche Kolonie verteilten Militärstationen. Dass sie sich im Vorjahr auf dem Weg nach Udjidji am Tanganjikasee wieder getroffen hatten, war nur auf den ersten Blick Zufall. Schon als Kinder in Berlin hatten sie davon geträumt, dieses Ziel zu erreichen. Es war die unverhoffte Erfüllung eines gemeinsamen Traums.

«Ich verhätschle dich nicht», widersprach sie. «Ich möchte, dass du dich morgen tragen lässt.»

«Kommt nicht in Frage!»

«Dann bleibe ich hier.»

«Melli ...» Seine Stimme wurde weich. «Du hast mich gesund gemacht. Ich bin dir so dankbar. Aber bitte: keine Trage. Das ist was für alte Männer.»

«Und für Männer von Vernunft.»

«Hältst du mich etwa für unvernünftig? Das ist empörend, Frau Doktor!»

«Liebst du mich?»

«Mehr als mein Leben!»

«Siehst du.»

«Du hast mich reingelegt!»

«Ich habe dich entlarvt. Männer tun nur so, als wären sie vernünftig. Immer wollt ihr stark sein. Unbesiegbare Helden. Und Frauen müssen schwach sein, das haltet ihr für weiblich.»

Er lachte. «Mitten in Afrika schwingst du die Rede einer Frauenrechtlerin. Als wärst du in Berlin.»

«Es geht nicht um den Ort, an dem man seine Position vertritt. Sondern um die Aussage, Herr Offizier.»

«Also gut: Ich lass mich tragen.» Der Soldat gab sich geschlagen.

Sie belohnte sein Einlenken mit einem Kuss auf seine stachlige Wange.

«Woher hattest du eigentlich die Medizin?», fragte er neugierig.

«Ein glücklicher Zufall», erwiderte Amelie leichthin.

Gustav durfte auf keinen Fall erfahren, dass ausgerechnet seine Verlobte große Achtung vor dem Heilwissen der Schlangenmänner hatte und sie deshalb vor der Verfolgung durch die Schutztruppe bewahrte. Das hätte ihm beruflich geschadet. Denn es waren die sogenannten Schlangenmänner, die verdächtigt wurden, den erst im Vorjahr beendeten *Maji-Maji*-Aufstand gegen die deutsche Kolonialmacht angezettelt zu haben. Die deutschen Schutztruppen nannten die Schlangenmänner ironisch «Regenmacher» und brachten sie um, wo immer sie ihrer habhaft wurden. Männer wie jenen *mganga*, der unwissentlich Gustav seine Medizin geschenkt hatte.

Wie lange das Mädchen ihnen schon gefolgt war, wusste Amelie nicht. Wer achtete schon auf einem belebten Markt auf eine höchstens Achtjährige? Wenn ohnehin jeder Schritt, jede Bewegung von hundert Augenpaaren verfolgt wurde. Und wo es so viel zu sehen gab, das gleichzeitig faszinierte und abstieß. In Tabora, am Schnittpunkt der beiden wichtigsten Karawanenstraßen Deutsch-Ostafrikas gelegen, war bis vor wenigen Jahren noch offen Sklavenhandel betrieben worden. Und selbst Gustav war sich nicht sicher, ob der verbotene Handel mit Menschen nicht doch noch im Verborgenen blühte.

Mit Turbanen und sanft fallenden Umhängen geschmückte indische Händler drängten Amelie wortreich Seidenstoffe aus Asien auf. Araber mit rotem Fez und langen weißen Gewändern boten Gustav stumm und stolz kostbare Lederwaren feil, Peitschen aus Flusspferdhaut und verzierte Pferdesättel aus Rindsleder. Am Boden saßen einheimische Frauen, einige mit bunten Tüchern bekleidet, andere mit nacktem Oberkörper, vor sich Feldfrüchte und Obst wie Kostbarkeiten ausgebreitet.

Amelie ärgerte sich über einen Araber, der achtlos durch einen kleinen Haufen mühevoll dem Boden abgerungener Yam-Wurzeln ritt, geflochtene Käfige voller Hühner stürzten um. Mit Gleichmut stapelten die Frauen ihre Ware wieder auf, Kinder fingen das Federvieh ein.

Über dem Markt lag eine eigentümlich gespannte Stimmung. Dicke graue Wolken hingen tief über Tabora, der Wind wirbelte immer wieder kleine Wolken rötlichen Staubs auf. Das Mädchen ließ Amelie nicht aus den Augen. Wohin sie sich auch wandte, immer wieder entdeckte Amelie sie. Ihre Haut war von Kopf bis Fuß sorgfältig weiß gefärbt. Umso intensiver glühten die dunklen Augen. Unvermittelt fielen die ersten dicken Regentropfen, Gustav zog Amelie zur nächstgelegenen Lehmhütte. Wortreich hieß der indische Inhaber die beiden Weißen willkommen, verbeugte sich tief, klatschte in die Hände, ließ aus einer Silberkanne heißen schwarzen Tee in Porzellantassen einschenken. Es kam gewiss nicht alle Tage vor, dass sich ein deutscher Stabsoffizier, in die weiße Tropenuniform der Staatsmacht gekleidet, an der linken Seite einen langen Degen, in die düstere Hütte verirrte.

Auf dunklem Samttuch präsentierte der Schmuckhändler kunstvoll aus Silber gehämmerte Kostbarkeiten. Geschickte Hände verschlossen in Sekundenschnelle raffinierte Verschlüsse kostbarer Amulette, Ketten, Reifen, die sich um Amelies Hals und Arme legten. Währenddessen bemühte sich Gustav, den Leuten klarzumachen, dass er keinen mit Rubinen verzierten Silberdolch benötigte. Der Regen hatte sich im Handumdrehen in einen sintflutartigen Guss verwandelt. An manchen Stellen tropfte Wasser durch das Schilfdach und lief an den Wänden herunter. In der Hütte war es schwül, die Kleidung klebte auf Amelies Haut. Sie fühlte sich unwohl, wäre am liebsten gegangen. Durch die Türöffnung sah sie die großen Pfützen auf der gerade eben noch staubigen Händlergasse.

In einem Handspiegel blickte Amelie ihr leicht verschwitztes Gesicht unter dem breiten Sonnenhut entgegen. Die Geschmeide wollten ihr nicht so recht gefallen; sie trug ohnehin so gut wie nie Schmuck. Erst recht nicht in Afrika. Doch sie wollte Gustav nicht enttäuschen. Das Geschenk, das er ihr an diesem Morgen machen wollte, sollte seine Dankbarkeit beweisen. Der Arzt im Garnisonsspital hatte ihm bei der Ankunft vor zwei Tagen gesagt, dass es einem Wunder gleichkäme, dass er sich so rasch erholt hatte. Manchen deutschen Soldaten hatte die Malaria tropica das Leben gekostet.

Im Schein einer Petroleumlampe arbeitete ein Silberschmied, eine Lupe ins Auge geklemmt. Gerade beendete er die Arbeit an einem Ring, den er nun neben sich legte.

Gustav griff zu. «Sieh nur, Melli, der ist wie für dich gemacht.»

Er schob ihn ihr auf den Ringfinger der linken Hand. Dort, wo sich schon längst ein Verlobungsring befinden sollte.

Die Kunstfertigkeit des jungen Handwerkers hatte ein bemerkenswertes Schmuckstück geschaffen. In das Silber waren winzig kleine Hautschuppen eingehämmert. Es war eine Schlange mit zwei Köpfen, die einander zugewandt waren. Jeder Kopf hatte nur ein Auge aus hellblauem Saphir. Es schien, als gehörten die beiden Augen zu einem einzigen Kopf. Mit diesem Ring versprach man sich nicht die Ehe, er war der symbolische Ausdruck uralter Mystik. Amelie fand ihn nicht wirklich schön, er faszinierte sie umso mehr. Sie wollte ihn haben, wie sie schon lange nichts mehr besitzen wollte.

«Der ist nicht gut für eine weiße *bibi*», sagte der indische Händler auf Kisuaheli.

Blitzschnell versuchte er den Ring von Amelies Hand abzuziehen. Das ungewöhnliche Schmuckstück saß jedoch wie angegossen. Gustav kannte Amelie gut genug, um den Gesichtsausdruck, mit dem sie das Schmuckstück betrachtete, richtig zu interpretieren. Er legte mehrere große Rupienscheine auf den Tisch.

«Die Dame bekommt den Ring», sagte der Offizier in einem Ton, der keinen Widerspruch duldete.

Der Inder gab seinen Widerstand mit einem Blick auf das viele Geld auf und verneigte sich.

Als sie unter dem kurzen Vordach der Hütte standen, trotzte Amelie der steifen Etikette mit einem liebevollen Kuss auf Gustavs Lippen.

«Danke. Wie hast du nur erkannt, dass dieser der Richtige ist?»

«Zwei Köpfe, die einen mit einem Augenpaar anblicken ... Ist das nicht ein schönes Symbol für unsere Liebe?», fragte er zärtlich.

Sie küsste ihn. Ja, so konnte man diesen Ring auch sehen.

Als sie aufblickte, bemerkte sie wenige Schritte entfernt die Kleine. Nichts schützte sie vor dem unbarmherzigen Regenguss. Kein anderer Mensch war auf der Gasse zu sehen.

«Da ist sie wieder», flüsterte Amelie.

«Wer?»

«Das Mädchen. Sie ist uns gefolgt, seitdem wir auf dem Markt sind.»

«Sie sieht ja wie ein Gespenst aus!»

Die weiße Kreide lief von ihrem schmächtigen Körper herab, bildete Schlieren in der Pfütze, in der sie barfuß stand.

«Was willst du?», rief Amelie auf Kisuaheli gegen den prasselnden Regen an.

Das Mädchen deutete mit ausgestrecktem Arm in eine Richtung, in die Amelie und Gustav ihr offenbar folgen sollten.

«Das soll wohl ein Scherz sein. Wir werden bis auf die Haut durchnässt», sagte Gustav.

Amelie winkte das Mädchen heran, doch es rührte sich nicht von der Stelle.

Gustav wandte sich dem Inder zu: «Was ist das für ein Kind? Hast du es schon mal gesehen?» Er sprach fast fehlerfreies Kisuaheli.

Das ohnehin schon reservierte Gesicht des Inders verwandelte sich nun in eine Maske.

«Das ist eine der Frauen der Sultanin.»

«Welche Sultanin?»

«Du findest ihren Palast nicht weit von hier.»

Das klang wie die Aufforderung, seine Hütte zu verlassen.

Doch etwas anderes hatte Amelies Neugier geweckt: «Was heißt: eine ihrer Frauen?»

«Sultanin Ninabo heiratet Frauen», antwortete der Kaufmann schmallippig.

«Der nimmt uns auf den Arm, Melli», sagte Gustav perplex.

«Ein Mädchen, ein Kind noch, das angeblich von einer Frau geheiratet wurde! Unser indischer Freund sieht nicht so aus, als ob ihm solch eine Mär einfallen würde. Lass uns herausfinden, was es damit auf sich hat!»

«Melli, der Regen!»

«Uns sind ohnehin schon Schwimmhäute gewachsen.» Sie fasste nach seiner Hand. «Komm!»

Was der Inder als «nicht weit entfernt» bezeichnet hatte, entpuppte sich als ein Marsch durch den halben Ort. Die legendären Sklavenhändler, die als Sultane bezeichnet wurden, hatten sich Paläste mit Zinnen, Türmen und wehrhaften, geschnitzten Holztüren erbaut. Zu Amelies Überraschung ließ das Mädchen sie links liegen. In einer schlammigen schmalen Gasse hielt das Kind, vor einem Lehmhaus, über dessen Längsseite sich eine mit Palmblättern schlecht gedeckte Veranda erstreckte. Das unscheinbare Haus unterschied sich nicht von vielen anderen im Ort.

«Ein Palast ist wohl für jeden etwas anderes», meinte Gustav skeptisch.

Der Regen tropfte von der Spitze seines Safarihelms.

«Bescheidenheit kann eine Zier sein», erwiderte Amelie.

Sie war bis auf die Haut durchnässt.

«Bin ja mal gespannt, wie viele Frauen eine bescheidene Sultanin heiratet», gab er zurück.

Doch Amelie fand den Grund dafür weitaus interessanter.

Das Mädchen hatte an einer Pforte aus zusammengebundenen Bambusstäben geklopft, die nach kurzem Warten vorsichtig einen Spalt breit zur Seite geschoben wurde. Das Mädchen, dessen weiße Farbe nahezu ganz fortgewaschen war, schlüpfte blitzschnell hinein. Eine tropfnasse, uralte Frau mit bloßem Oberkörper und kahl rasiertem Kopf winkte Amelie heran. Als auch Gustav näher trat, schüttelte sie abwehrend die Hand.

«Das habe ich mir fast gedacht», sagte Gustav auf Deutsch. «Ein fremder Mann ist in keinem Harem erwünscht.»

«Es regnet. Der *bwana mkubwa* ist ganz nass. Lass ihn herein, damit er sich trocknen kann», bat Amelie auf Kisuaheli.

Sie hatte Gustav einen «großen Herrn» genannt, in Deutschost die gängige Bezeichnung für einen weißen Mann.

Die Alte wiederholte unnachgiebig ihre ablehnende Geste. Offensichtlich beherrschte sie die Küstensprache nicht oder war nicht bereit, sie zu benutzen. Kisuaheli war nicht nur die von den Deutschen benutzte Verkehrssprache; es war auch die Sprache der einstigen arabischen Unterdrücker der Einheimischen.

«Ich lass dich sehr ungern allein. Das sieht nicht vertrauenerweckend aus», sagte Gustav.

Viel war von dem hinter der Bambuspforte verborgenen engen Hof nicht zu sehen. Jedoch schienen die hinteren Gebäude in besserem Zustand zu sein als das der Straße zugewandte.

Amelie war ratlos. Sie brachte es nicht über sich, Gustav fortzuschicken. Andererseits war sie voller Neugierde. Da fiel ihr Blick auf die beiden die Tür einfassenden, dunkel angelaufenen Holzpfosten. Nur das wissende Auge erkannte, dass Schlangen hineingeschnitzt waren. Einen deutschen Offizier würde man um nichts auf der Welt hier hineinlassen. Eher würden die Bewohnerinnen das ganze Anwesen abfackeln.

«Sorge dich nicht. Ich bin sicher, die Sultanin braucht lediglich meine Hilfe als Ärztin.»

Amelie ahnte, was von ihr erwartet wurde. Das «Warte, was geschieht» des Schlangenmannes würde sich wohl jetzt erfüllen: Der *mganga* hatte ihr geholfen, nun war es an ihr, sich zu revanchieren.

«Du hast nicht einmal deine Arzttasche bei dir, Melli.»

«Sollte ich sie brauchen, lasse ich sie aus der Garnison holen.»

Er nickte. «Ich werde hier einen *askari* postieren.»

«Bitte nicht. Ein Soldat vor ihrer Pforte wird die Frauen ängstigen.»

«Wie du meinst. Aber gib acht.»

Nach einem raschen Kuss trat er den Weg durch den Regen an.

Die alte Frau verriegelte schweigend das Tor mit einem quer gelegten Bambusrohr. Gebückt wie eine Dienerin ging sie vor Amelie her. Vom Hals bis zum braunen Hüfttuch zeichnete sich eine dichte Kette aus winzigen Narben entlang der Wirbelsäule ab. Die kleinen Erhebungen auf der Haut waren ausgeprägter als jene, die Amelie an dem *mganga* in der Savanne gesehen hatte. Im Gegensatz zu dem Alten trug die Frau jedoch keine Narben im Gesicht.

Die Alte führte Amelie zu einem seitlich gelegenen Lehmhaus, das weder über Türen noch Fenster verfügte. Es gab nur ein niedriges Loch, durch das sie verschwand. Da sie bislang kein Wort der Erklärung gesagt hatte, folgte Amelie ihr nach kurzem Zögern. Sie musste sich tief hinunterbeugen, um überhaupt hineingelangen zu können. Drinnen war es nachtschwarz. Amelie fürchtete, in dem höhlenartigen Raum jeden Augenblick mit dem Kopf an die Decke zu stoßen. Hatte es draußen nach feuchtem Lehmboden gerochen, so herrschte drinnen ein intensiver Duft aus Kräutern, der nahezu benommen machte.

Während sie noch versuchte, sich zu orientieren, hörte sie eine Frauenstimme auf Kisuaheli sagen: «Sultanin Ninabo fragt, ob du eine gute Reise hattest. Sie heißt dich willkommen und bittet dich ein Bad zu nehmen. Lege deine Kleider ab.»

Amelie lachte verlegen. «Das ist sehr freundlich. Ich möchte nicht baden. Führe mich zu Sultanin Ninabo.»

Was war das für ein seltsames Haus, in dem einem als Erstes ein Bad aufgenötigt wurde?

Die Stimme, die zu ihr gesprochen hatte, übersetzte Amelies Weigerung. Aus dem Dunkel vernahm Amelie eine zweite Stimme, alt, tief und brüchig klang sie. Amelie bemühte sich, etwas zu erkennen. Sie sah nur Schatten. Es mochten drei oder vier Personen anwesend sein.

Nun übersetzte wieder die erste Stimme. «Du bist mit einem Mann gekommen. Du musst dich reinigen.»

Ein solches Haus wurde von undurchsichtigen Ritualen bestimmt. Darüber zu verhandeln erschien sinnlos.

«Warum hat die Sultanin mich gerufen?», fragte sie gleichwohl.

Die von der Übersetzerin benutzte Formulierung klang vertraut: «Warte, was geschieht.»

In der Dunkelheit war leises Kichern zu hören, als ungeschickte Hände der weißen Frau aus ihrem vom Regen durchweichten Kleid und dem Korsett halfen. Der Duft, der im Raum lag, rührte von den Essenzen her, die aus einer ungewöhnlichen Badewanne aufstiegen: Während Amelie sich in der Dunkelheit hineinließ, ertastete sie geflochtene Blätter, die das lauwarme Wasser hielten. Es reichte Amelie im Sitzen gerade einmal bis zum Nabel. Ihr Kopf wurde sanft nach hinten gebogen, Frauenhände spülten ihr Haar, feuchte Zweige glitten über ihren nackten Körper, um ihn zu reinigen. Anfangs noch gehemmt, entspannte sich Amelie allmählich. Was die Frauen ihr angedeihen ließen, tat gut. Schließlich half man ihr aus dem Blättertrog heraus, legte ihr einen weiten, rauen

Stoff um den Körper, rieb sie ab und nahm den Stoff wieder fort. Lediglich um die Hüfte wurde ihr ein Tuch gebunden.

Die Frauen drückten Amelies Kopf sanft nach unten, als sie den Raum durch einen niedrigen Durchgang verließ. Etwa zehn Frauen jeden Alters erwarteten Amelie, keine mit mehr als einem Lendentuch bekleidet. Sie kicherten, als sie die halbnackte Weiße sahen, die ihre Arme vor dem Oberkörper verschränkte. Jene Alte, die Amelie empfangen hatte, umkreiste sie, musterte Amelies Körper. Ihre relative Nacktheit verstärkte Amelies Gefühl völligen Ausgeliefertseins.

Die dunkle Stimme erklang wieder. Sie gehörte der Alten. Offensichtlich war diese unscheinbare kleine Frau die Sultanin selbst. Die Dolmetscherin, ein Mädchen von nicht mehr als fünfzehn Jahren, übersetzte.

«Du trägst die Zeichen von *nyoka.*»

Das Wort bedeutete Schlange. Die in den Schlangenkult Eingeweihten meinten nicht das Reptil. Für sie war die Schlange eine Gottheit. Eine gewöhnliche Schlange hieß in Deutschost *mamba.*

«Ich war sehr krank. Ein *mganga* rettete mein Leben», erwiderte Amelie.

Selbst Gustav ging davon aus, dass die kleinen Narben, die sich an Amelies Armen und Beinen sowie entlang ihrer Wirbelsäule wie feine Linien zogen, lediglich der Heilbehandlung gedient hatten. Hier waren alle anwesenden Frauen damit geschmückt, einige mehr, einige weniger. Amelie vermutete, dass sich dies nach dem Aufnahmegrad in den Kult richtete. In ihrem Fall war es lediglich die Folge ihrer ungewöhnlichen Heilung, aus der die weiße Ärztin eine Verpflichtung zur selbstlosen Hilfe für die Mitglieder des Schlangenbundes ableitete. Diese Einstellung brach jedoch ein ungeschriebenes Gesetz: In diesem Land halfen Weiße den Schwarzen nicht.

«Es war der Bruder der Sultanin, der dich *nyokas* Schutz übergab», übersetzte die Dolmetscherin.

War die Sultanin wirklich die Schwester jenes Heilers Kassei, der ihr das Leben gerettet hatte? Amelie war sich nicht sicher, doch es spielte auch keine Rolle.

Die Frauen nahmen Amelie in ihre Mitte und durchquerten mit ihr mehrere, fast leere Räume, deren Funktion sich Amelie nicht erschloss. Ein geradezu unmenschlicher Schrei fuhr ihr durch Mark und Bein. Sie fragte, was das zu bedeuten habe, doch niemand antwortete. Worauf hatte sie sich eingelassen? Der fensterlose Raum, in den man sie schließlich brachte, wurde nur von Fackeln beleuchtet, die Luft roch nach Petroleum, es war ungesund stickig. Ein nacktes, etwa acht Jahre altes Mädchen lag auf dem Boden, warf den Kopf hin und her und brüllte Unverständliches. Arme und Beine waren an zwei Bambusstangen festgebunden. Die Stirn des Mädchens war mit getrocknetem Blut verschorft, unter den Ohren waren blutig verkrustete Einschnitte zu erkennen.

Amelie war geschockt. Es sah so aus, als würde hier der Willen einer Sklavin mit Folter gebrochen.

Neben dem Kind hockte eine kahl geschorene alte Frau, deren ganzer Körper mit Ritualnarben bedeckt war, in ein beständiges Murmeln versunken. Auf dem Lehmboden vor ihr waren verschiedene Ritualgegenstände ausgebreitet. Federn, Knochen, Steine, Ketten, die markanten Giftzähne einer Schlange und Töpfe voller Pulver und Kräuter. Eingetrocknetes Blut und weiße Federn kündeten von einem bereits vollzogenen Opferritual.

Amelie versuchte, sich ihre Gefühle nicht anmerken zu lassen. Weiße dachten logisch, doch in solchen Situationen war das vernunftbestimmte Denken fehl am Platz. Auch Amelies Heilung hätte jeden Europäer schaudern lassen. Die Hautritzungen und die Maden, die ihr vom Wundbrand fauliges Fleisch vom Körper gefressen hatten, hätten einen Uneingeweihten zweifeln lassen.

«Wie heißt das Kind?», fragte Amelie.

«Dota ist der Atem unserer Ahnen. Dota darf nicht sterben», antwortete die Dolmetscherin. Dann erklärte sie Amelie, dass die kahl geschorene alte Frau neben dem Kind eine *hekima* wäre, eine *Wissende*: «Denn unsere Heilerin ist krank. Eine kranke Heilerin darf nicht heilen.»

Die Frauen hatten ein offenbar schwerkrankes Kind einer Ritualpriesterin anvertraut! Es war ein Glück, dass man nach Amelie geschickt hatte. Sie hockte sich auf den Boden neben die vor Schmerzen rasende Kleine.

«Du dienst *nyoka* und kennst die Medizin der Weißen», ließ sich die Sultanin vernehmen. «Sag du, was es ist.»

Dass Amelie der Gottheit *nyoka* «diente», war ihr neu. Doch sie wischte diesen Gedanken beiseite – vielleicht war es eine andere Formulierung für die gegenseitige Hilfe, mit der man sich beistand.

«Was heißt: Dota ist der Atem eurer Ahnen?», fragte Amelie.

«Ruft *nyoka* nach Ninabo, nimmt Dota ihren Platz ein.»

«Warum Dota?»

«Dota ist die Tochter von Ninabos Bruder Kassei.»

Amelie war sprachlos. Tage- und nächtelang hatte Kassei bei ihr ausgeharrt und sie mit seinen ungewöhnlichen Methoden dem sicheren Tod entrissen. Und ihr anschließend vieles von dem beigebracht, was er wusste. Sie hatte keine Ahnung, was mit Dota los war und wie sie es anstellen sollte, ihr zu helfen. Doch sie würde nichts unversucht lassen.

«Wo ist Kassei? Ich hätte ihn gern wiedergesehen.»

«Weit fort. Er ist an die Küste gegangen.»

Deutsch-Ostafrika war riesig, doppelt so groß wie das von Kaiser Wilhelm II. regierte Deutschland. Dennoch hatte man sie gefunden. Offensichtlich reichte die Macht des Schlangenbundes weiter, als sie geahnt hatte.

Die deutschen Offiziere mochten wohl recht haben, wenn sie sich davor fürchteten.

«Dota hört ein Brummen in ihrem Kopf.» Es sei immer lauter geworden. Schließlich habe die Kleine den Kopf in Raserei auf den Boden geschlagen – der Grund für die blutige Stirn. Amelie ließ nach ihrer Arzttasche schicken. Das hatte den Nebeneffekt, dass Gustav wusste, dass sie nicht in Gefahr war. Dann machte sie sich daran, das Mädchen nach allen Regeln deutscher Arztkunst zu untersuchen.

Die künftige Sultanin musste festgehalten werden, damit Amelie im Schein einer Petroleumlampe und mit einem speziellen Spiegel die Ohren der kleinen Patientin untersuchen konnte. Ein Ohr war fast zugeschwollen und voller Eiter. Kein Wunder, dass das Kind die Schmerzen nicht aushielt. Amelie maß Fieber und stellte erleichtert fest, dass die Eiterung wohl noch nicht zu einer Gehirnhautentzündung geführt hatte. Bevor sie jedoch eine Spülung mit sterilisiertem Wasser und warmem Öl riskieren wollte, musste Dota mit Äther betäubt werden. Die Muskeln des Kindes erschlafften, schlagartig war es still im Raum.

Konzentriert wollte sich Amelie an die Spülung des Ohrs machen, als sie bemerkte, wie die Frauen langsam näher kamen, sich über Dota beugten. Die Sultanin fragte etwas.

«Ist Dota zu den Ahnen gegangen?», übersetzte die Dolmetscherin ängstlich.

Amelie wurde ihr Fehler bewusst. Die Leute dachten, das Kind wäre gestorben. Schon hob Jammern und Klagen an.

«Sie lebt!», rief Amelie. «Es ist nur ein tiefer Schlaf.»

Sie sah die Skepsis in den Gesichtern.

Amelie bat um Ruhe und legte das Hörrohr über Dotas Herz. Dann reichte sie es der *hekima*. Umständlich beugte sich die Wissende über das Mädchen, lauschte angespannt. Nach einer Weile richtete sie sich auf und rief etwas aus. Nun klatschten die Frauen erleichtert in die Hände und begannen zu singen. Unter den gebannten Blicken der Umstehenden befreite die Ärztin vorsichtig das Ohrinnere vom Eiter und spülte mehrfach. Sie überprüfte das Ergebnis mit dem Ohrspiegel und glaubte das feuchte Glänzen des Trommelfells zu erkennen. Das Ohr war demnach frei.

Dota kam wieder zu sich, blickte sich verstört um. Und hielt sich sofort wieder das Ohr zu, weinte erbärmlich.

«Es brummt in meinem Kopf!», schrie das Kind.

«Die Medizin der Weißen ist machtlos gegen den bösen Zauber in Dotas Kopf», gab die Übersetzerin die Worte der *hekima* wieder.

Das verzweifelte Kind zu befragen, war aussichtslos. Wenn der Ohrenspiegel keine Auffälligkeiten mehr zeigte, wie konnte man dann herausfinden, was im Inneren des Ohrs vor sich ging? Das Hörrohr! Amelie bat darum, dass man die Kleine erneut festhielt. Sie legte das Hörrohr über Dotas Ohr. Tatsächlich! Da war ein Brummen. Wie von einem Insekt. Das arme Kind musste Höllenqualen durchleiden.

Amelie richtete sich auf. «Schläft Dota auf dem Boden?», fragte sie.

Das schien eine sehr dumme Frage zu sein. Wo sonst sollte man schlafen?

Amelie dachte angestrengt nach. Wenn ihr Verdacht richtig war, hatte ein Insekt dem schlafenden Kind seine Eier ins Ohr gelegt. Die Larven könnten sich durchs Trommelfell in den inneren Gehörgang gebohrt haben, wo sie geschlüpft waren. Eine albtraumhafte Vorstellung! Ähnlich erschreckend mutete der Gedanke an, das Ohr zu öffnen. Es erschien geradezu grotesk, halb nackt auf dem Lehmboden hockend eine Operation in Erwägung zu ziehen, die man eigentlich nur in einem Krankenhaus unter keimfreien Bedingungen vornehmen konnte. Allerdings würde sie im Spital der deutschen Garnison kein einheimisches Kind operieren dürfen; das Krankenhaus stand nur Weißen zur Verfügung. Unternahm Amelie nichts, würde das Ohr spätestens mit dem Tod des eingeschlossenen Insekts hinter dem Trommelfell eitern und zu einer tödlich endenden Gehirnhautentzündung führen.

Dota musste also hier operiert werden, im Herzen des Schlangenbundes.

Im Arztkoffer befanden sich Papier und Bleistift. Amelie schrieb an Gustav, was sie benötigte. Eine der Frauen machte sich erneut auf zur Garnison.

Amelie beschloss, die *hekima* einzubeziehen. Sie brauchte ihre Unterstützung. Durch die Übersetzerin ließ sie ihr Vorhaben erklären. Sie hatte erwartet, dass die Frauen schockiert wären. Stattdessen entfaltete sich ungeahnte Aktivität. Die *hekima*, die sich nicht vom Fleck rührte, gab Befehle. Von draußen war schließlich das Meckern einer Ziege zu hören. Nun erhob sich die *hekima*, und die Übersetzerin sagte Amelie, dass sie ihr folgen sollte.

Der Regen hatte aufgehört, schwere Wolken ballten sich noch am Himmel. Wie spät es war, konnte Amelie nicht sagen, Stunden mussten vergangen sein. Der schmale Hof war voller Frauen jeden Alters. Einige Mädchen waren weiß bemalt. Alle drängten zu einer von einem Vordach geschützten Ecke des Hofs. Dort ließ sich die *hekima* vor einem Opferschrein nieder. Der Altar wurde von einer geschnitzten Holzkobra dominiert. Der breite, aufgerichtete Kopf barg im weit aufgerissenen, zahnbewehrten Maul ein weißes Hühnerei. Körbe, deren Deckel verschlossen waren, standen ringsum.

Während die Frauen einen gemeinsamen Gesang anstimmten, wurde eine weiße Ziege an einem Strick herangeführt. Die *hekima* öffnete den Deckel eines Korbes, entnahm ihm eine schwarze Mamba und führte sie an den Hals der Ziege. Die Giftschlange biss zu, die Ziege taumelte blökend und wurde niedergeworfen. Eine der Frauen trennte blitzschnell mit einem Hackmesser den Kopf der Ziege ab. Aus dem Hals pulste das Blut. Nun ließ die *hekima* die Schlange frei. Als das unscheinbare Reptil sich darauf zuschlängelte, mit der gespaltenen Zunge das warme Blut erspürend, wandte Amelie sich ab.

Die *hekima* trug den Ziegenkopf zurück zu Dota und umkreiste das weinende Kind, wobei sie unaufhörlich Worte sprach, die nicht übersetzt wurden. Sie legte den Kopf zu Dotas Füßen ab und strich mit blutigen Händen über den Körper des Kindes.

Der deutschen Ärztin schien das Gegenteil angebracht zu sein – möglichst alle Keime von der zu Operierenden fernzuhalten. Aber vielleicht war gerade das die Lösung, sinnierte Amelie: beide Welten miteinander zu vereinen, jene der Magie und ihre eigene, die so stolz auf ständig neue wissenschaftliche Erkenntnisse war. Das afrikanische Mädchen, aufgewachsen mit den Mysterien des Schlangenkultes, schien die Bedeutung dieser Behandlung zu begreifen; es beruhigte sich.

Die bei Gustav bestellten Sachen trafen nun ein: chirurgische Instrumente, Borsalbe und Verbandszeug in Mengen. Amelie desinfizierte die Stelle rund um das Ohr mit Alkohol. Doch sie war sich nicht sicher, ob der kindliche Organismus eine erneute Äther-Narkose vertrug und entschied sich, dieses Mal Morphium zu verwenden. Als sie die Spritze vorbereitete, stellte sie fest, dass die *hekima* in einem Tontopf ein Kraut verbrannte, wobei sie einen beschwörend klingenden Sprechgesang anstimmte. Amelie zögerte, ob sie fortfahren sollte. Die aufsteigenden Dämpfe zogen auch in ihre Richtung. Sie spürte eine leichte Benommenheit und wich zurück. Die Alte hielt den Topf nah an Dotas Kopf und fächerte ihr den weißlichen Rauch zu. Das Kind verdrehte die Augen und wurde bewusstlos. Die Alte bedeckte den Topf mit einem Blatt, jemand stellte ihn fort.

Die *hekima* kannte offenbar betäubende Mittel! Aber wie lange hielt die Wirkung an? Vorsichtshalber zog Amelie die Spritze auf und legte sie bereit. Dotas Puls war flach, ihre Reflexe wie unter einer Äther-Narkose. Amelie setzte das Messer an und trennte die Ohrmuschel so weit ab, dass sie nach vorn geklappt werden konnte. Die Blutung, geringer als erwartet, stillte sie mit Borwatte. Der äußere Gehörgang war nun zugänglich. Während jemand die Lampe hielt, beugte sich Amelie mit einer Lupe über das Ohr.

Ein winziger Saphir steckte direkt vor dem Trommelfell. Wegen der miserablen Lichtverhältnisse war Amelie der Täuschung erlegen, das feuchte Trommelfell gesehen zu haben. Im Moment war es müßig, sich zu fragen, wie ein Edelstein in das Ohr eines Kindes gelangen konnte. Mit ruhiger Hand führte Amelie eine Pinzette in den Gehörgang und zog den Saphir heraus. Eine Fliege kroch hinterher und flog davon.

«Wir müssen morgen ganz früh zum Victoriasee aufbrechen, Melli! Wenn du zu diesen seltsamen Frauen gehst, dann bleibst du wahrscheinlich wieder zwei Tage bei ihnen.»

Gustav marschierte in dem geräumigen Offizierszimmer in der Garnison von Tabora auf und ab.

«Als Ärztin muss ich nun mal einen abschließenden Krankenbesuch machen. Vor Einbruch der Dunkelheit bin ich zurück.»

Er blieb stehen und nahm Amelie in die Arme. «Du hast kaum etwas von der Sultanin und ihren Frauen erzählt. Man könnte fast annehmen, du vertraust mir nicht.»

«Wir beide haben uns die Ehe versprochen. Damit vertraue ich dir mein Leben an. Ein kleines Frauengeheimnis beraubt dich nicht meines Vertrauens.» Sie küsste ihn zärtlich.

Er strich ihr eine widerspenstige Locke aus dem Gesicht. «Das war ein schöner Kuss.» Er blickte verliebt. «Er verrät mir, dass er ein großes Geheimnis davor bewahren soll, ausgesprochen zu werden.»

«Für einen Offizier bist du viel zu einfühlsam.»

«Deinetwegen habe ich stillgehalten, das weißt du. Im Ort heißt es, die Sultanin handelt mit Frauen.»

Amelie strich über die Orden auf seiner Uniform-Brust. «In gewisser Weise betreibt Ninabo eine Frauenschule», erwiderte sie.

Und dann gab sie ihm das über die Dolmetscherin geführte Gespräch mit Ninabo wieder.

«Man sagt, du heiratest Frauen», hatte Amelie vorsichtig gefragt.

Die Anwesenden hatten gelacht und wild durcheinandergeredet. Nach einer Weile hatte die Übersetzerin für die Sultanin geantwortet: «Jeden Tag kommen Frauen und bringen ihre Töchter zur Sultanin. Sie bitten: Kaufe unsere Tochter, es ist eine gute Tochter. Ninabo sagt, es sind zu viele Mädchen, sie kann sie nicht alle kaufen. Sie kauft, wenn sie mag. Die anderen müssen gehen. Wer bleiben darf, dem zeigt Ninabo, was sie weiß. Sie sucht Männer für diese Frauen. Die Frauen können gehen. Und sie können wiederkommen, wenn die Männer nicht gut sind zu ihnen. Dann gehören die Kinder der Frauen Ninabo. Sind sie alt genug, sucht Ninabo ihnen einen Mann.»

Gustav sah seine Verlobte betroffen an: «Dann ist sie eine Wohltäterin, eine Beschützerin gar. Und warum war das Mädchen weiß angemalt, das dich gerufen hat?»

«Ein Reinigungsritual», erwiderte Amelie leichthin.

Dass sich dahinter der Glaube an die Schlangengottheit verbarg, das Abschiednehmen von einem Leben als Nicht-Eingeweihte, verschwieg sie ihrem Offizier. Dieses Wissen hätte ihm nur die Erkenntnis gebracht, dass er niemals die Herzen der Einheimischen erreichen würde – egal wie groß die Macht der Soldaten war.

Diesmal nahm Amelie das Maultier, das sie vom Tanganjikasee bis hier nach Tabora getragen hatte, um zu Ninabos bescheidenem Palast zu gelangen. Wenn sie ritt, trug sie stets einen ockerfarbenen Safarianzug. In dieser Aufmachung, die in Ostafrika auch von weißen Frauen kaum getragen wurde, erkannte Sultanin Ninabo Amelie kaum wieder. Die fast nackten Frauen, die gerade im Hof Flechtarbeiten machten, huschten in die niedrigen Einlässe der Häuser.

So, wie ihr zwei Tage zuvor ihre Nacktheit peinlich gewesen war, schämte sich Amelie nun der männlichen Kleidung, die offensichtlich einschüchternd wirkte. Sie nahm den Helm vom Kopf und legte Jacke und Bluse auf den Boden. Weiter wollte sie sich nicht entkleiden; es war umständlich, die engen, hohen Stiefel auszuziehen. Doch Ninabo bestand auf dem Baderitual, bevor sie die nur mit dem Hüfttuch bedeckte Weiße zu Dota ließ.

Mit Erleichterung stellte Amelie fest, dass die Wundheilung gut verlief. Die Kleine durfte nun wie verabredet erstmals aufstehen. Ein Hörtest und eine Überprüfung des Gleichgewichtssinns des Kindes verliefen positiv. Allerdings verrieten weder die Kleine noch alle anderen, warum, wie und in welcher Reihenfolge Fliege und Saphir ins Ohr gelangt waren. Amelie akzeptierte das als eines der vielen Geheimnisse, die man in diesem Land nicht so einfach klären konnte.

«Das Orakel sagte *hekima*, dass du eine weite Reise machst. Du musst wissen, ob Gefahren drohen», ergriff die Übersetzerin das Wort und führte Amelie zu dem Schlangenschrein am Ende des Hofs. Die *hekima* hatte bereits die Orakel-Zeremonie vorbereitet und befand sich in Trance. Ninabo, die Übersetzerin und einige andere Frauen setzten sich im Halbkreis um die Priesterin auf den Boden. Amelie folgte ihrem Beispiel.

Sie fühlte sich unwohl bei dem Gedanken an das Bevorstehende. Die Vorhersagen waren für gewöhnlich so nebulös, dass Vorsichtsmaßnahmen ohnehin unmöglich waren. Sich dem Ritual zu verweigern, wäre jedoch ein Verrat am Schlangenkult gewesen.

Dieses Mal war es eine grünlich schimmernde Mamba, die ein weißes Huhn tötete. Eine Helferin legte Kopf, Leber und Herz auf ein Bananenblatt. Die *hekima* fügte Jasminblüten, Schneckengehäuse und kleine Astgabeln hinzu. Zu guter Letzt schüttelte sie eine Kalebasse, öffnete sie und schüttete winzige Steine, die rot, bläulich, grünlich, gelb, braun und weiß schimmerten, in ihre Handfläche und ließ sie wie Regentropfen auf das Sammelsurium herabfallen. Amelie glaubte zuerst, es wären Glasperlen, doch ihre Formen waren rund oder eckig. Amelie war fast sicher, dass Rubine, Smaragde, Saphire darunter waren.

Dann forderte die *hekima* Amelie auf, ein Stück von ihrem Haar und ihren Ring dazuzulegen. Amelie hatte den Ring mit den beiden Schlangenköpfen nicht mehr abgenommen, seitdem Gustav ihn ihr an die Hand gesteckt hatte. Nur mit Mühe bekam sie ihn vom Finger. Sie zwirbelte eine Haarlocke, schnitt sie mit einem gereichten Messer ab und legte sie ebenfalls dazu. Eine weitere Zutat bildeten Amelies Spucke und die der *hekima*. Dann schloss die *hekima* das Blatt, erhob sich und umkreiste Amelie. Sie führte das Blatt mehrmals an ihre Stirn, Schultern, Arme und ihre Fußsohlen, wobei sie beständig sprach. Nachdem sie es gerüttelt hatte, breitete sie es vor Amelie aus.

Amelies Ring war ausgerechnet zwischen der blutigen Leber und dem Hühnerherz zum Liegen gekommen. Mit Orakeln kannte Amelie sich nicht aus, aber sie ahnte, dass dies nichts Gutes bedeutete. Die Locke hatte sich in die Öffnung eines der Schneckengehäuse geschmiegt. Die *hekima* betrachtete das Durcheinander. Endlich rang sich die Kundige zu einem Spruch durch.

«Deine Reise wird ohne Gefahr sein», sagte die Übersetzerin.

Amelie atmete auf.

Die *hekima* deutete auf Amelies blutbeschmierten Ring.

«Die *hekima* sagt, große Gefahr bedroht das Leben des Mannes, der dir den Ring gab.»

Amelie musterte die Alte verblüfft. Die Frau konnte nicht wissen, dass Amelie den Ring von einem Mann bekommen hatte.

«Wann geschieht das?» Die Frage war heraus, bevor sie darüber nachdenken konnte.

«Wenn deine Reise zu Ende ist.»

«Was bedeutet das? Wann wird das sein? Wenn ich zuhause bin?» Amelie wurde bewusst, dass ihr Herz trotz aller Zweifel raste.

«Warte, was geschieht.»

Ein Orakel war nicht dazu gedacht, eine Gefahr zu beseitigen. Es konnte nur warnen.

Die *hekima* klaubte den blutigen Ring aus den übrigen Gegenständen und reichte ihn Amelie. Das Silber war rötlich gefärbt, doch die beiden Saphire funkelten. Es schien, als ob der Doppelkopf der Schlange sie anblicken würde. Blutig wie er war, schob Amelie sich den Ring auf den Finger.

Jene, die dem Schlangenbund angehörten, waren eine verschworene Gemeinschaft. Aber sie, Amelie, gehörte ja nicht wirklich dazu, redete sie sich ein. Sie nahm sich vor, in dem Orakel nicht mehr zu sehen als Kaffeesatzleserei. Und den Ring sorgsam abzuwaschen, bevor sie Gustav traf.

2.

Tanga, im Juni 1907

Mit einem schrillen Pfiff verließ der Zug der Usambarabahn den Bahnhof der Küstenstadt Tanga. Bereits wenige Minuten später erstreckten sich rechts und links der Bahngleise einfache, aus Reisig und Blättern gefertigte Hütten, in denen die einheimische Bevölkerung wohnte. Die Frauen an der Küste verhüllten ihre Körper mit bunt bedruckten, lebensfrohen Stoffen. Sie trugen das Wasser in Zinkeimern auf dem Kopf vom Brunnen nach Hause, ihre Babys auf den Rücken gebunden. Zwischen meterhohen Bananenstauden hüteten Kinder kleine dunkle Schweine und Ziegen. Der salzige Geruch der Küste drang durch die geöffneten Fenster des Waggons. Die Luft war feucht und stickig. Die Regenzeit, die Amelie während ihrer siebenwöchigen Reise so zu schaffen gemacht hatte, ging allmählich zu Ende.

Amelie fächelte sich mit einer in Tanga erstandenen Zeitung Luft zu, Jago lag hechelnd zu ihren Füßen. Der Waggon ähnelte einem kleinen Salon – Holzvertäfelung, Messinglampen, schwere Vorhänge an den Fenstern, zwischen den beiden längsseits angebrachten Holzbänken ein langer Tisch, an dem Amelies Mitreisende saßen, etwa zwanzig ernst blickende Herren mit Hut und Anzug. Man wahrte die Form, und auch Amelie behielt ihren Sonnenhut trotz der Schwüle auf dem Kopf. Das Rütteln des Zuges trug dazu bei, dass man sich unfreiwillig nahe kam. Neben Amelie saß ein Mann im schwarzen Anzug mit Strohhut. Wegen seiner strengen Kleidung hielt Amelie ihn sofort für einen Mann der Kirche. Wahrscheinlich ein Missionar, vermutete sie. Amelie spürte, dass er mit ihr ins Gespräch kommen wollte. Vermutlich sah er in ihr eine schutzlose Person, die in dieser wilden Welt des männlichen Beistands bedurfte. Am Bahnhof mochte er wohl beobachtet haben, dass sie nur von einem afrikanischen *boy* begleitet wurde, der nun auf dem Gepäckwagen mitfuhr.

«Ein interessanter Ring, den Sie da tragen», sagte der Missionar.

Natürlich, der Ring. Seitdem sie Tabora verlassen hatte, hatten sie mehrere Weiße darauf angesprochen. Er schien die Menschen zu ängstigen; Schlangen waren keine Sympathieträger. Für gewöhnlich konnte sich Amelie mit dem alles erklärenden Hinweis entziehen, dass der Ring ein Andenken darstellte.

Ihr Zugnachbar war jedoch ein Mann, der allem auf den Grund ging: «Sie halten das also für harmlose Folklore. Aber es stellt ein heidnisches Symbol dar. Für die Neger ist die Schlange der Mittler zwischen Leben und Tod.» Der Kirchenmann rückte noch näher. «Darum hat dieser Ring zwei Köpfe. Die Erklärung erscheint einleuchtend: Tote werden unter der Erde bestattet, die Schlange wohnt unter der Erde. Durch ihre Löcher kommen die Toten wieder an die Erdoberfläche. Und stiften hier Unfrieden. Darum glauben die Heiden, sie müssten sich die Schlange gewogen machen. Sie verehren sie wie eine Gottheit.» Der christliche Mann im schwarzen Anzug lachte gönnerhaft. «Die Neger gehen davon aus, dass die Toten stets um sie sind. Weil sie sich nicht vorstellen können, dass sie den ewigen Frieden im Himmelreich gefunden haben. Deshalb leben diese unglückseligen Kreaturen in ständiger Angst.»

Der Gottesmann, dessen Gesicht zur Hälfte unter einem dunklen Vollbart verborgen war, tätschelte Amelies Hand väterlich. Sie zog sie mit einem freundlichen Lächeln zurück.

Einige der in helle Anzüge gekleideten Herren hatten das Gespräch aufmerksam verfolgt. Ein muskulöser Mann mit dichtem rotem Haar und stechend blauen Augen, dessen blasses Gesicht von Sommersprossen übersät war, sah den Moment gekommen, sich einzumischen.

«Guter Mann», sagte er, «was machen Sie dem Fräulein denn solche Angst! Das sind doch keine Gesprächsthemen für eine so elegante Dame.» Er lüpfte seinen Safarihelm, verneigte sich und stellte sich vor: «Gestatten, Sossenen.»

Der Mann faszinierte sicherlich viele Frauen. Amelie jedoch missfiel der brutale Zug um seine vollen Lippen, die er unbewusst schürzte, um seine kräftigen weißen Zähne zu entblößen. Etwas an ihm erinnerte sie an ein wildes Tier, das plötzlich zubeißen konnte. Plötzlich war sie froh, neben dem geschwätzigen Missionar zu sitzen.

«Werter Herr, Ihre Meinung ist hier deplatziert», fuhr ihm der Missionar über den Mund. «Seit zehn Jahren lebe ich im Pare-Gebirge und weiß, wovon ich spreche.»

«Zehn Jahre ...» In Sossenens Stimme lag etwas Lauerndes. «Wie viele Negerlein hat Ihre Mission in diesen zehn Jahren ...», er dehnte das Wort zehn unangenehm lang und wurde etwas lauter, «... denn schon auf den rechten Weg geführt?»

Die übrigen Mitreisenden hatten ihre Unterhaltung eingestellt. Einige grienten über beide Wangen, erahnten wohl schon, wie die Antwort ausfallen würde.

Der Missionar wurde rot. «Der Weg zum Herrn ist weit und steinig.»

«Keine zehn in zehn Jahren. Geben Sie es ruhig zu. Aber ich bin froh, dass es Männer wie Sie gibt.» Sossenens Stimme troff vor Ironie. Er wandte sich Amelie zu. «Der Herr Missionar weigert sich nämlich, die Neger freizukaufen. So, wie es seine Brüder von der katholischen Konkurrenz machen. Die Freigelassenen sind den Patres so dankbar, dass sie glatt behaupten, nur noch zum lieben Gott zu beten.»

Schallendes Gelächter demütigte den evangelischen Missionar.

«Und dann laufen sie trotzdem davon», rief ein anderer.

Obwohl Amelie sich vorgenommen hatte, nicht aus der Rolle zu fallen, konnte sie sich nicht mehr zurückhalten. «Dann halten Sie es wohl für eine gute Idee, wenn die Menschen weiterhin Sklaven bleiben?»

Sossenen breitete die Arme in gespielter Hilflosigkeit aus. «Der schwarze Mann weiß mit seiner Freiheit nichts anzufangen. Er zieht von Farm zu Farm, verdingt sich und gibt seinen sauer verdienten Lohn aus für Alkohol. Ist das Freiheit?»

«Meine Herren, Sie trinken selbst.» Der Missionar ging in die Offensive. «Es ist nicht einmal zehn Uhr morgens und Sie sprechen munter dem Alkohol zu. Unsere Schutzbefohlenen sehen, was der weiße Mann macht, und tun es ihm gleich.»

Auf dem Tisch standen Wein, Bier, Cognac und Whisky.

«Ein Deutscher von echtem Schrot und Korn weiß, was er verträgt.»

«Jawoll! Prost!», antwortete der Chor der Mitreisenden.

Alkohol galt diesen Männern als Stärkungsmittel gegen die in Afrika grassierenden Krankheiten.

Amelies Zorn verebbte. Wie Kinder erschienen ihr diese Männer, die sich ihr afrikanisches Abenteuer schöntranken. Sie faltete die Zeitung auseinander, in der deutsche Politik im Reichstag zu Berlin abgehandelt wurde. Das Rütteln des Zugs ließ die Buchstaben tanzen, und Politik interessierte sie nicht. Sie schob die Gardinen vor dem Waggonfenster zur Seite.

Rührige deutsche Siedler hatten riesige Sisalplantagen angelegt, die sich mit dichten Bambushainen, Zuckerrohr- und Maisfeldern abwechselten. Dazwischen lagen die Dörfer der Einheimischen, die in dieser Gegend rechteckige Lehmhütten bevorzugten. Hin und wieder ragte ein stattliches Farmhaus auf, dessen Zufahrt von Bananenalleen gesäumt war. Ochsengespanne pflügten den fruchtbaren Boden. Die küstennahe

Gegend nahm allmählich den Charakter einer Kulturlandschaft an, bei deren perfekt durchorganisierter Gestaltung durch die Weißen die Schwarzen nur mühsam Schritt halten konnten.

Nach einer Weile folgte die Trasse der Usambarabahn dem Lauf des Flusses Pangani. Im Gebiet des Kilimandscharos waren schwere Regenfälle niedergegangen. Die Fluten hatten die rotbraune Erde der Massai-Steppe mitgerissen und schwemmten sie dem Indischen Ozean zu. Weiße Reiher standen hochbeinig im Wasser, ihre Köpfe schossen blitzschnell herab und zogen zappelnde Fische aus den Fluten. Die großen Vögel breiteten ihre Schwingen aus und brachten sich mit ihrer Beute auf einem Baum in Sicherheit. In einer der zahlreichen Biegungen des Flusses fraß sich eine Gruppe Flusspferde satt, kleine Madenhacker schmarotzten von den dicken Leibern. Ein Greifvogel kehrte zu seinem Nest in der Krone eines kahlen Baumes zurück. Etwas weiter entfernt graste eine Herde Wasserbüffel mit breit geschwungenen Hörnern.

So ähnlich mag das Paradies ausgesehen haben, dachte Amelie. Und ihre Gedanken schweiften zu Gustav, von dem sie erst seit gestern getrennt war. Sicherlich war er längst in Daressalam, der Hauptstadt der Kolonie. Gouverneur Rechenberg setzte bei der Vorbereitung des wichtigsten Besuchs des Jahres auf seinen Adjutanten: In fünf Wochen, Ende Juli, sollte der neu ernannte Staatssekretär Bernhard Dernburg in Tanga eintreffen. Mit einer Gruppe wichtiger Geschäftsleute und Journalisten plante Dernburg das Schutzgebiet zu bereisen. Gustav trug die Verantwortung dafür, dass die auf zwei Monate veranschlagte Reise ein Erfolg wurde. Bevor es losgehen sollte, wollte er noch für ein paar Tage nach Salama kommen. Um Amelie zu sehen und um endlich Amelies Bruder Hanns auf der Farm zu besuchen, seinen besten Jugendfreund. Nach 16 langen Jahren würden die drei Freunde, die in Berlin-Charlottenburg im gleichen Haus gewohnt und die gleichen Träume von der Weite Afrikas gehabt hatten, endlich wieder zusammen sein.

Die lauten Stimmen der Mitreisenden holten Amelie aus ihren Tagträumen. Sie unterhielten sich im Tonfall selbstgerechter Empörung über jemanden. Amelie war entschlossen, den Klatsch zu ignorieren, der stets blühte, wenn ein paar Deutsche zusammenkamen. In der Kolonie lebten keine 2000 Europäer, die meisten davon an der Küste und in den Usambarabergen – jeder kannte jeden.

«Eine Verbindung von Weißen und Schwarzen darf es niemals geben», verkündete der Missionar bestimmt.

«Ein deutscher Mann, der sich mit einer Negerin zusammentut, sinkt auf das Niveau eines Eingeborenen herab. Diese Männer verkaffern. Ein Mann wie unser einstiger Vorzeige-Pflanzer Freyer ist doch eine Schande für das Deutsche Reich», schimpfte der rothaarige Sossenen, und die Anwesenden murmelten beifällig.

Amelie zuckte zusammen. Dieser Dummkopf sprach von ihrem Bruder!

«Die Negerin hat ihm einen Bastard geboren!» Sossenen beugte sich vor, sein Zeigefinger stach in die Luft. «Sogar heiraten will Freyer sie. Und dann wird er den Bastard wahrscheinlich noch an Kindes statt annehmen!» Der Rothaarige lachte meckernd. «Das wäre doch mal was: Ein schwarzer Bastard mit dem schönen deutschen Adelsnamen von Freyer!»

Amelie liefen heiße und kalte Schauer über den Rücken. Hanns war Vater geworden? Sie wusste von nichts! Warum hatte er nicht geschrieben? Gewiss, sie hatte ihren Bruder ein Jahr lang nicht gesehen. Allerdings waren über das ganze Land Poststationen verteilt. Vielleicht hatte sie einen seiner Briefe verpasst? Von seiner Beziehung zu Sara, der Tochter seines Vorarbeiters Damasso, hatte er ihr schon bei ihrem letzten Besuch erzählt. Sara hatte so glücklich ausgesehen, obwohl sie ihre Liebschaft zum *bwana mkubwa* verheimlichen musste. Hanns hatte damals gewiss noch nichts von der Schwangerschaft gewusst. Er hätte es ihr gesagt. Ihr vor allen anderen. Sie hatten keine Geheimnisse voreinander.

Ich bin Tante, durchfuhr es sie. Doch wie alt mochte das Kind inzwischen sein? Ob es ein Junge ist? Irgendwie würde ein Mädchen eher zu ihrem Bruder passen. Hanns war zwar ein gestandener Mann, aber er verbarg in sich eine Weichheit. Eine Zartheit der Seele, die ihn so empfänglich machte für Menschen, die seinen Beistand brauchten. Amelie hätte am liebsten ihrer Freude Luft gemacht. Aber sie riss sich zusammen, versuchte sich nichts anmerken zu lassen.

«Sehen Sie, Herr Pfarrer», hob Sossenen nun an, «so macht unser friedfertiger Negerfreund Freyer das: Der zeugt die Kaffern selbst. Dann laufen die einem auch nicht davon, wenn ihnen die Lehre von unserem christlichen Gott nicht gefällt.»

«Mäßigen Sie doch Ihren Tonfall!», protestierte endlich der Missionar. «Hier ist eine Dame anwesend, mein Herr.»

Der rothaarige Sossenen nahm Amelies eiskalten Blick wahr. Er lächelte verunsichert, setzte dann aber nach: «Nicht wahr, gnädiges Fräulein, Sie teilen gewiss meine Ansicht?»

Amelie rang mit sich. Beleidigen durfte sie diese Männer nicht. In dem dünn besiedelten Land war einer auf des anderen Hilfe angewiesen. Egal, welche Ansichten man vertrat.

«Ich habe mich noch nicht vorgestellt», sagte sie und straffte die Schultern. «Ich bin Amelie von Freyer.»

Sossenen lachte meckernd. «Ach, das Fräulein Schwester! Wieso habe ich Sie nicht gleich erkannt?» Er gab sich selbst die Antwort: «Der Professor und seine Familie ... man sah sich selten bislang. Das letzte Mal, als ich Sie gesehen habe, waren Sie 16.»

Amelie konnte sich an den Rotschopf nicht erinnern. Wenn sie ihn jemals gesehen hatte, so hatte sie wohl schon damals erkannt, dass er ein Dummschwätzer war.

Sossenen hob in gespieltem Gleichmut die Schultern. «So

ist die Welt. Klein und rund.» Er tat, als lachte er immer noch. «Nun wissen Sie, was ich über meinen Nachbarn denke. Den großen Freyer, unseren erfolgreichen Pflanzer.» Es klang neidisch. «Richten Sie Ihrem Herrn Bruder schöne Grüße aus.»

«Ich denke, darauf kann er verzichten.»

«Reden Sie Ihrem Herrn Bruder aus, dass er eine Negerin heiratet, Fräulein. Das bringt Unglück in Deutschost», rief jemand von weiter hinten.

Schnaufend machte sich die Usambarabahn wieder auf den Weg, zog ihre wenigen Waggons ruckelnd bergan. Amelie blickte ihr nach, die weiße Dampfwolke wurde vom üppigen Grün des Urwalds der Usambaraberge aufgesogen. Aus dichtem Gebüsch ragten die schlanken Stämme der Ölpalmen empor, die langen, harten Blätter der Fächerpalmen legten sich wie Zäune vor das Dickicht. Schmale Pfade, gerade breit genug für einen Esel, wanden sich den Berg hinauf oder talwärts. Niemand außer ihr und dem *boy* Badili hatte hier den Zug verlassen.

Damasso, der Vorarbeiter, hatte zwei Jungen geschickt. Seit dem Vortag warteten sie auf Amelies Ankunft. Man konnte nie genau sagen, wann Reisende aus Tanga eintrafen.

Jago presste seine Nase auf den Boden, um sich mit den Gerüchen seiner Heimat wieder vertraut zu machen. In den Bergen duftete das Erdreich jetzt frisch und feucht. Hatte die Heimat einen Geruch, den man sonst nirgendwo fand, den man aus tausend anderen herausfinden würde? Die Heimkehrerin schloss für einen Moment die Augen. Ja, doch, sie nahm einen würzigen Geruch wahr, der von einem Kraut herrührte, das im Schatten gedieh. Aus dem Kraut konnte eine Medizin hergestellt werden, die gegen Bauchschmerzen half. Irgendwie hing hier alles mit dem Heilen zusammen. Erst im Usambaragebirge, auf der Familienfarm Salama, war in ihr der Wunsch erwacht, Ärztin zu werden. Ob es auch so gekommen wäre, wenn sie als Dreizehnjährige in Berlin geblieben wäre? Sie folgte dem Geruch des Krautes und pflückte einige Stängel.

«*Bibi*, wollen wir fahren?», fragte Badili. Er wartete neben der mit Amelies zahllosen Gepäckstücken beladenen Eselkarre und blickte sich neugierig um. Noch nie war er hier gewesen.

Gustav hatte den Jungen vor über zwei Jahren in Daressalam angeheuert. Amelie wertete es als Beweis seiner Liebe, dass Badili inzwischen ganz für sie arbeitete. Der Junge war stets freundlich, sehr lernbegierig und überaus aufmerksam. Er kleidete sich wie ein Europäer mit Hemd und Hose. In Tanga hatte er drei Monatslöhne ausgegeben, um sich von einem Inder elegante Schuhe aus Krokodilleder machen zu lassen. Amelie fand die Dinger geckenhaft, aber sie hatte nichts gesagt. Badili wuchs aus seiner Rolle als Diener heraus, brauchte neue Aufgaben, die ihn forderten. Auch darauf musste in den nächsten Wochen eine Antwort gefunden werden.

Badili reichte Amelie die Hand, um ihr auf die Karre zu helfen, wo sie vorn neben ihm Platz nahm. Sie zeigte ihm den Weg zu einem bergauf führenden Pfad. Nach einiger Zeit wies ein geschnitztes Schild darauf hin, dass sie bald am Ziel waren: Salama.

Der Name bedeutete *die Friedliche*. Das war ein Motto, aber nicht immer Realität. Professor Freyer und sein Sohn Hanns verstanden sich schon kaum, wenn die Verhältnisse als «normal» galten. War der Vater tolerant genug, um die Verbindung seines Sohnes mit Sara zu akzeptieren? Amelie war sich nicht sicher, vergaß aber ihre Bedenken beim Anblick des rustikalen Farmhauses. Es war aus den grob behauenen, hellbraunen Steinen der Usambaraberge erbaut. Ein Portal mit Säulen verriet, dass Farmhäuser im benachbarten Britisch-Ostafrika bei der Erbauung als Vorbild gedient hatten. Der weite Vorplatz bestand aus gepflegtem Rasen, der von einem Streifen aus violettrosa Nelken eingefasst war. Flammendrote Feuerlilien wetteiferten in einer Blumeninsel inmitten des Rasens mit gelben, weißen und orangeroten Dahlien.

Es war alles wie immer.

Die Eselkarre hatte noch nicht einmal angehalten, als Jago heruntersprang. Dies war sein angestammtes Revier, das er bis vor einem Jahr nur für Jagden mit Hanns verlassen hatte. Der braun gefleckte Jagdhund raste auf das Haus zu.

«Jago! Mein lieber, treuer Kerl!», rief ein Herr im weißen Anzug, der aus dem Schatten des Hauses trat. Er beugte sich zu dem heranpreschenden Hund hinab, tätschelte Flanken und Kopf des Tieres. Bevor der übermütige Hund an ihm hochspringen konnte, gab er ihm wortlos mit ausgestreckter Hand ein Zeichen. Jago drückte sich flach auf den Boden, die Vorderpfoten ausgestreckt, den Kopf wachsam erhoben.

Nicht einmal Hanns beherrschte diese Art von Autorität dem Hund gegenüber. Von ihr selbst ganz zu schweigen. Amelie ließ sich von Badili vom Wagen herunterhelfen.

Fast zwei Jahre waren vergangen, seitdem sie den Vater zuletzt gesehen hatte. In der Zwischenzeit hatte jeder von ihnen lebensgefährliche Expeditionen gemeistert. Würde ihr Vater zur Begrüßung ein paar Schritte auf sie zugehen?

Der Professor tat es nicht. Aber er breitete die Arme aus.

Er war alt geworden, das dichte Haar schlohweiß, doch er war sich treu geblieben. Der Bart auf Oberlippe und Kinn war sauber gestutzt, der Anzug makellos. Und abgenommen hatte er, wohl an die fünfzehn Kilo. Es stand ihm gut, ließ ihn dynamischer wirken, aber auch härter.

Amelie überspielte ihre eigene Befangenheit, die aus seiner Reserviertheit entstand, und zauberte ihr charmantestes Lachen hervor: «Vater! Ich bin so froh, dich gesund zu sehen!»

Endlich zeigte sich eine Regung in seinem Gesicht. «Amelie, mein Kind!» Tränen schossen ihm in die Augen.

Als Amelie ihn umarmte, roch sie diese ihm eigene Mischung aus Kölnischwasser und Zigarrenrauch, die sie nur mit dem Vater in Verbindung brachte. Ein wenig Lavendelduft hing auch in der Luft, der Amelie an Charlotte von Freyer erinnerte. In seiner Umarmung lag eine unerwartete Kraft. Es schien, als wollte er seine Tochter nicht mehr freigeben. Nun schob er sie ein kleines Stück von sich und studierte ihr Gesicht, wie er es schon so oft getan hatte.

Amelie hatte auch jetzt das Gefühl, er könnte in ihrem Gesicht wie in einem Buch lesen. Sie hatte ihm nie gesagt, dass sie dieser forschende Blick an ihre erste Begegnung mit ihm erinnerte. Sechs Jahre alt war sie gewesen. Doch vergessen hatte sie diesen Moment nie, der vor so langer Zeit den Beginn ihres jetzigen Lebens bedeutet hatte.

«Das ist Amalia, die Tochter unserer Näherin. Amalia, sag dem Herrn Professor Guten Tag», hatte die Frau Professor verlangt.

Amalia hatte jedoch keinen Ton hervorgebracht.

Der Professor hatte unter das Kinn des stummen Mädchens gefasst und es leicht angehoben, eines ihrer Augenlider nach unten gezogen und ihr befohlen, den Mund aufzumachen. Sie hatte ohne Widerrede gehorcht.

«Sie hat erheblichen Eisenmangel, aber sie scheint gesund zu sein. Warum hast du sie mitgebracht, Charlotte?»

«Ich hatte das Mädchen reingeschickt, um bei Patzkopp die ausgebesserte Wäsche abzuholen. Sie kam verstört herausgerannt und behauptete, dass die Patzkopp tot ist. Ich bin hineingegangen und fand Amalia neben ihrer toten Mutter.»

«Und was soll mit ihr geschehen, Charlotte? Wir sind kein Waisenhaus.»

«Sie ist so ein hübsches kleines Ding, Franz. Sieh sie dir nur an. Ich brachte es nicht übers Herz. Bitte, lass sie bei uns wohnen. Eine Zeit lang zumindest.»

«Du weißt, dass ich dir keinen Wunsch abschlagen kann, Charlotte.»

«Ich danke dir, mein Lieber.»

Charlotte von Freyer – daran erinnerte sich Amelie in diesem Augenblick des Wiedersehens, als wäre es gestern gewesen – hatte ihrem Mann mit einem Kuss auf die Wange gedankt. Dafür, dass er seine Hand schützend über das kleine, schweigende Mädchen Amalia Patzkopp hielt, von dem er nicht ahnen konnte, was einmal aus ihm werden würde: Dr. Amelie von Freyer, eine von wenigen Frauen, die sich im deutschen Kaiserreich Ärztin nennen durfte.

«Du hast viel Leid gesehen, Amelie», meinte ihr Vater jetzt.

«Siehst du mir das an?»

«Es steht in deinen Augen geschrieben, mein Kind.» Er räusperte sich. «Verzeih. Ich bin zu direkt.» Er ließ ihre Hände los.

Die Weichheit, die Amelie gerade noch in seinem Gesicht gesehen hatte, war verschwunden.

Inzwischen hatten sich zahlreiche Einheimische, besonders Kinder, ältere Frauen und Männer, die um diese Zeit nicht auf den Plantagen arbeiten mussten, eingefunden. Die meisten kannten Amelie, riefen der *bibi dactari* fröhlich *«Karibu!»* zu, willkommen! Leider war Hanns nicht da. Aber das war verständlich. Der Pflanzer baute auf vielen tausend Hektar Kaffee und Sisal an und beschäftigte Hunderte von Arbeitern. Bald stand die Kaffee-Ernte bevor, und er konnte nicht wissen, zu welcher Stunde seine Schwester eintreffen würde.

«Komm ins Haus», bat der Professor. «Drinnen ist es angenehm kühl.»

Ihr erster Blick fiel auf das kopfüber an der Wand aufgehängte Fell eines Leoparden. Daneben hing ein Foto, das Amelie als strubbeligen Backfisch mit Gewehr vor der erlegten Raubkatze zeigte. Auf der anderen Seite war in ihrer Abwesenheit die gerahmte Urkunde der Zürcher Universität platziert worden, die sie als promovierte Ärztin auswies. Jeder, der Familie von Freyer besuchen wollte, musste an diesen Zeugnissen ihres Lebens vorbei. Es machte Amelie stolz, denn es bewies, dass die Familie sich über ihre Erfolge freute. Der Professor, der die Farm gegründet hatte, lebte vorwiegend in Berlin und war hier eigentlich nur zu Gast. Somit war Hanns seit Jahren schon der eigentliche Herr des Hauses. Die Auszeichnungen, die er als erfolgreicher Pflanzer vom Gouverneur erhalten hatte, entdeckte man erst auf den zweiten Blick auf der gegenüberliegenden Wand.

Ihr Vater war in der Zwischenzeit bereits in den Salon gegangen. Zebrafelle bedeckten die breiten Dielen, das Gehörn verschiedener Antilopenarten zierte die Wände. In der Mitte des großen Raums, dessen vier Türen offen standen, befand sich ein Esstisch für acht Personen. Für gewöhnlich zierte den Tisch eine Vase mit frischen Gartenblumen. Jetzt stand nur eine Glaskaraffe darauf, aus der Amelies Vater Zitronenlimonade in zwei Gläser schenkte. Er reichte ihr eines.

«Willkommen!», sagte er schlicht.

Amelie sah sich suchend nach dem Personal um, das sonst einen herzlichen Empfang bereitete. «Wo sind Sara und Suahibu?», fragte sie. «Bist du allein im Haus?»

Der Vater verschwand schweigend mit seinem Glas in die nebenan befindliche Bibliothek. Unzählige Bücher reihten sich an den Wänden. Der ausladende Schreibtisch war voller Papiere, zwischen denen sich eine Schreibmaschine kaum behaupten konnte. Es sah aus, als wären hier schon länger keine Texte mehr verfasst worden. Der Raum lag im Halbdunkel, da die Vorhänge zugezogen waren. Der Professor nahm in einem von zwei Bambussesseln Platz.

Amelie konnte der Versuchung nicht widerstehen, die aus schweren, dunkelroten Stoffen genähten Vorhänge zur Seite zu schieben, um in den Garten zu sehen. Er war umgestaltet worden. Vor allem Gemüse gedieh dort jetzt, alle erdenklichen Kohlsorten, Tomaten, Zwiebeln, Gurken, Kürbisse, Bohnen, Erbsen. Der früher bunte Teppich aus Veilchen, Vergissmeinnicht, Margeriten, Mohn, Dahlien war an den Rand gedrängt worden. Es war ein Nutzgarten, wie er auch in

Deutschland zu finden gewesen wäre. Ein Stückchen Heimat in Afrika.

«Ich habe das Gärtnern für mich entdeckt», sagte der Professor von seinem Platz in der dunklen Ecke aus. «Es tut gut, etwas zu erschaffen, dem man beim Wachsen zusehen kann.» Er machte eine winzige Pause. «Etwas Praktisches.»

Amelie schloss die Vorhänge und wandte sich ihrem Vater zu. «Was ist hier los, Vater? Hast du Leute entlassen?»

«Nein, warum sollte ich das tun?», fragte er zurück. «Setze dich und berichte mir.»

Sie erfüllte ihm den Wunsch, saß jedoch unbehaglich auf der Stuhlkante.

«Deine Expedition zur Bekämpfung der Schlafkrankheit war also erfolgreich? Du wirst doch darüber in Berlin einen Vortrag halten?» Er lächelte gewinnend. «Darf ich deine Aufzeichnungen sehen? Rein kollegiales Interesse. Vielleicht eine kleine Anmerkung hier oder da. Gutes muss perfekt werden, du kennst meine Worte.»

Sie konzentrierte sich auf jene Teile, die den Professor interessieren würden. Erzählte von den langen Versuchen, bis sie die richtige Dosis ermittelt hatte, um die Schlafkranken von ihrem Leid zu befreien. Und dem bitteren Ende. Der für das Schlafkrankenlager verantwortliche Kollege war ein Opfer des Tropenkollers geworden: «Am Ende legten die Patienten ein Feuer, und alles – bis auf meine Aufzeichnungen, die ich in Sicherheit gebracht hatte – wurde vernichtet.»

Professor Freyer machte eine wegwerfende Handbewegung. «Der Weg auf den Gipfel beginnt stets im Tal. Das weißt du, Kind. Also schau nach vorn und nicht zurück. Du bist eine von Freyer. Durch und durch.»

Sie war fast versucht zu sagen, dass Hanns ihr vor einem Jahr wörtlich dasselbe gesagt hatte. Und dass die beiden Männer sich sehr ähnlich waren. Stattdessen trank sie einen Schluck Zitronenlimonade, die angenehm sauer und ungesüßt war.

«Deine Aufzeichnungen sind sicherlich stichhaltig?», insistierte der Professor.

«Meine Kladde ist in einem der Koffer ...», begann sie.

«Kladde?», unterbrach er. «Du hast nichts ausgearbeitet? Deine Reise war lang. Du hattest genügend Zeit dazu.» Der Tadel war unüberhörbar.

«Ich war ...» Abgelenkt, wollte sie sagen. Doch das hätte weitere, alles verkomplizierende Fragen heraufbeschworen.

«Es bot sich keine Gelegenheit dazu», sagte sie etwas zu schroff. Mit dem sofort erwachenden schlechten Gewissen der dankbaren Tochter schlug sie einen moderateren Ton an. «Und du?» Sie deutete auf den Schreibtisch. «Wie war deine Safari zum Victoriasee?»

Der Professor erhob sich so abrupt, dass Amelie in ihrem Stuhl erschrocken zurückwich. «Das hat sich zerschlagen! Denk dir nur, wir waren bereits in Port Florence, um uns nach Muansa einzuschiffen. Von dort wollten wir hinauf in den Kongo.» Er zündete sich eine Zigarre an.

«Die Pygmäen, die du erforschen wolltest!», rief Amelie. «Was ist geschehen?»

«Ich hatte vor, diese Expedition mit einem befreundeten Kollegen aus Leipzig zu machen.» Er stieß den Qualm verächtlich aus. «Kurz und gut: Er hörte von der dort grassierenden Schlafkrankheit und bekam Angst. Was für ein Forschermut», sagte er ironisch und hob einen Stapel Manuskripte von seinem Schreibtisch. «Allein fehlten mir die finanziellen Mittel für eine Safari dieser Größe. Schließlich machte ich mich mit einem kleinen Trupp treuer Leute auf den Weg zur Massai-Steppe.»

Wortgewaltig schilderte der Anthropologe, wie er neun Monate lang bei den als wild und aggressiv verschrienen Nomaden gelebt hatte. «In dieser Zeit habe ich nicht einen einzigen weißen Menschen gesehen. Und ich sage dir, mein Kind, es war die herrlichste Zeit meines Lebens.» Er verbesserte sich sofort: «Meines Forscherlebens natürlich. Eure Mutter, Gott hab sie selig, war fraglos der beste Teil, den der Herr mir vergönnte. Und jetzt», fuhr er fort, «schreibe ich ein Buch über die Massai. Es wird die Sicht auf dieses Volk vollkommen verändern.»

Er wedelte mit den Manuskriptseiten und fuhr fort zu dozieren. «Die Massai sind ein primitives, barbarisches Volk. Fraglos. Jedoch: Ihr Schöpfungsmythos ist dem unsrigen sehr ähnlich. Adam und Eva heißen bei ihnen zwar anders, aber es gibt in ihrem Glauben ebenfalls ein Paradies, den Sündenfall und dergleichen mehr. Und: Wie Juden, Araber und Christen glauben sie an nur einen Gott. Als einziges unter all den afrikanischen Völkern. Deshalb halten sie sich für die Auserwählten unter dem Himmel. Und daraus», der Professor wandte sich seiner Tochter zu, obwohl er sie als Person überhaupt nicht wahrzunehmen schien, «leiten sie das Recht ab, andere Völker zu töten. Wir haben hier, in einer archaischen Gesellschaft, die Möglichkeit, nachvollziehen zu können, warum auf dieser Erde kein Frieden unter den Menschen herrschen kann.» Seine Augen funkelten. «Völker, die nur an einen Gott glauben und diesen für sich beanspruchen, können nicht in Harmonie mit jenen leben, die nicht an denselben Gott glauben. So ist es letztlich der Glaube an Gott, der trennt und nicht versöhnt», schloss er.

«Mit dieser Sichtweise wirst du dir eine Menge Feinde machen», stellte Amelie in das Schweigen hinein fest.

«Ein Wissenschaftler ohne Feinde hat seinen Lebenszweck verfehlt», konterte der Alte knapp mit dem Selbstbewusstsein des anerkannten Wissenschaftlers.

Als Amelie im Januar des vorhergehenden Jahres vor einem Kreis von Ärzten an der Charité in Berlin einen Vortrag halten wollte, war sie nicht einmal richtig zu Wort gekommen. Weil sie über Geisteskrankheit als Folge von Syphilis hatte sprechen wollen, hatte man sie selbst als geisteskrank bezeichnet. Seitdem hatte sie Zweifel, ob sie überhaupt noch Forscherin sein wollte. Ihr Vater wusste von dieser Episode nichts; er war einen Monat vorher nach Salama abgereist.

Sie erhob sich. «Was kocht Sara uns heute?», fragte Amelie, um in beschwingtem Ton das Thema zu wechseln. Sie freute sich auf die deutsche Hausmannskost, die Sara so perfekt zubereitet hatte, als Amelie vor einem Jahr hier gewesen war.

Der Alte stand mitten in seinem dunklen Reich aus Büchern und Manuskripten und begann mit dem Ende der wichtigsten Geschichte, die noch zu erzählen war: «Ich habe Hanns aus dem Haus gewiesen. Und mit ihm Sara.»

Der Professor gab diesen Satz mit der gleichen beiläufigen Entschiedenheit von sich, mit der er auch von der Kündigung eines unzuverlässigen Lieferanten gesprochen haben könnte. Amelie brauchte lange Sekunden, um die Tragweite zu verarbeiten.

«Warum hast du das getan?», fragte sie mühsam beherrscht; es war ihr nicht entgangen, dass der Alte Hanns' und Saras Kind mit keinem Wort erwähnt hatte.

«Warum, warum!» Der Professor stieß die Worte mit kaum unterdrückter Wut aus. Er hielt es nicht mehr in seinem Arbeitszimmer aus und stapfte in den Salon.

Amelie ging durch den Kopf, dass der alte Herr möglicherweise zum ersten Mal vor Dritten Rechenschaft ablegen musste. Sie ging ihm nach.

«Beruhige dich, Vater», sagte sie behutsam. «Wie heißt das Kind von Hanns und Sara eigentlich? Und wie alt ist es?»

«Ach, was weiß ich, wie alt es ist! Hanns hat diesen Bastard nach seiner Mutter genannt. So eine Infamie! Wie konnte er es wagen!»

Eine kleine Charlotte. Das sah Hanns ähnlich, er hatte seine Mutter sehr geliebt. Nach seinem Vater hätte er einen Sohn wohl nicht benannt.

Franz von Freyer umkreiste vor Zorn bebend ausgerechnet jenen Speisetisch, der das Symbol friedlichen Zusammenlebens auf Salama darstellte.

«Sprich doch von Hanns' Tochter nicht als einem Bastard, Vater. Das klingt schrecklich. Immerhin ist sie deine Enkelin.»

«Das ist nicht meine Enkelin!»

«Wenn Hanns dein Sohn ist, ist sie es.»

Der Alte erstarrte zur Salzsäule. Nie zuvor hatte Amelie es gewagt, so mit ihm zu reden. Er genoss eine Autorität, die sie nicht in Frage zu stellen hatte. Auf diesem Prinzip beruhte die Beziehung zwischen ihnen.

«Ich werde mich auf eine solche Diskussion mit dir keinesfalls einlassen. Dein Bruder und du haben mich zu respektieren.»

«Ich respektiere dich vollkommen. Mehr als das, Vater. Ich tue es mit all meiner Dankbarkeit. Meine Liebe zu dir, sie ist hier.» Sie legte die Hand auf ihre Brust. «Das wird immer so sein. Aber auch mein Bruder hat einen Platz in meinem Herzen. Und dass es so ist, das liegt an Mutter und an dir.»

Der Professor schwieg einige Sekunden lang, in denen sie spürte, dass sie das Herz des Mannes erreicht hatte, den sie um keinen Preis der Welt verlieren wollte.

Doch er hatte sich mit jener Disziplin im Griff, mit der er in seinem Leben alles erkämpft hatte. «Wir haben die Sache, um die es geht, aus den Augen verloren», stellte er fest. «Sara entstammt einer anderen Kultur. Diese beiden Kulturen dürfen sich nicht mischen.»

Suahibu saß auf einem dreibeinigen Schemel hinter dem Haus und putzte Rosenkohl; die langen Stangen mit den kleinen Kohlknospen gediehen hier oben auf dem Berg besonders gut.

«Ach, *bibi dactari*, es ist so eine Traurigkeit in diesem Haus.» Sie schüttelte den Kopf. «Professor *dactari* und der *bwana* streiten und streiten.»

Amelie stellte einen zweiten Hocker neben Saras Mutter. Im

Garten hatte sie Möhren gerupft, die so zart waren, dass Amelie sie ungeschält essen konnte.

«Mein Vater sagt, dass er Sara nicht mehr im Haus haben will. Er nannte mir keinen Grund. Erzähle mir, was geschah.» Sie sprach Kisuaheli mit Suahibu, die nicht fließend Deutsch zu sprechen gelernt hatte.

Suahibu berichtete unter Tränen, dass das Unglück ausgerechnet an Weihnachten angefangen hatte. «Sara war so glücklich, *bwana* Hanns war so glücklich. Und dann kam Professor *dactari* wie ein Unwetter mit Blitz und Donner, der vom Himmel fällt.» Die Tränen liefen über ihre Wangen, als sie fortfuhr: «Immer sagte ich Sara, sie soll nicht die Kleider von *bibi* Charlotte anziehen. Aber Sara mochte sie so gern. An dem Tag, als Professor *dactari* von seiner *safari* heimkam, hatte sie das schönste Kleid von *bibi* Charlotte an. Sie hatte so viel daran geändert und sah so schön darin aus. Zieh das aus! Zieh das aus! Oh, Professor *dactari* war so wütend.»

Einen schlechteren Einstand konnte Sara beim Professor kaum haben. Eine Eingeborene, die sich kleidete wie eine weiße Herrin. Es war keine weitere Erklärung nötig, um die ganze Situation zu verstehen. Für ihren Vater, dem das Andenken an seine vor gut zwei Jahren verstorbene Frau fast schon heilig war, gab es kaum einen größeren Affront.

Doch damit war die Geschichte noch nicht zu Ende: «Und dann fing die Kleine an zu weinen. Sie schrie so laut und hörte nicht wieder auf.» Suahibu ließ den Rosenkohl sinken, wischte sich mit dem Handrücken über die Augen. «Oh, *bibi dactari*, es war schrecklich.»

Schweigend lauschte Amelie ihrer afrikanischen *mamma*. So hatte sie Suahibu in den glücklichen Tagen ihrer Jugend genannt. Wie unerreichbar fern diese Tage waren. Damals hatte es auf Salama eine klare Hierarchie gegeben: Die Weißen befahlen, die Schwarzen dienten. Auch für Amelie war das selbstverständlich gewesen.

Als Amelie vor einem Jahr von Hanns' Liebe zur Tochter des Vorarbeiters erfahren hatte, hatte sie sich für ihren Bruder gefreut. Weil Sara ihn ergänzte. Die Hautfarbe? Sie hatte nicht ernsthaft darüber nachgedacht. Nachdenken wollen, gestand sie sich nun ein.

«Um Sara heiraten zu können, brauche ich Vaters Segen nicht», hatte Hanns damals gesagt.

Natürlich hatte sie ihm recht gegeben. Er war ein Mann von zweiunddreißig Jahren, der seit Jahren ein eigenes Leben führte, fernab von deutschen Zwängen, die ihm nichts bedeuteten. Doch so einfach war es nicht. Amelie erkannte erst jetzt, wie naiv sie gewesen war. Sie hätte Hanns warnen müssen – und hätte es nicht gekonnt. Auch wenn ihr klar gewesen wäre, was eine Ehe zwischen Schwarz und Weiß in den Augen des Vaters bedeutete – sie hätte sich schuldig gefühlt, weil sie sich angemaßt hätte, ihrem großen Bruder Hanns Vorschriften zu machen. Sie liebte und unterstützte ihn vorbehaltlos. Umgekehrt war es ebenso. Sie waren einfach füreinander da.

Weshalb hielt der Professor nicht zu seinem ältesten Sohn? Die Sache mit dem Kleid wäre mit einer diplomatischen Bemerkung aus der Welt zu schaffen gewesen. Hanns hätte eingesehen, dass der Vater es nicht ertrug, wenn jemand anders die Kleidung der verstorbenen Charlotte trug. Nein, das Kleid war nur ein Vorwand. *Bastard*. Dieses Wort würde für immer wie eine unüberwindbare Mauer zwischen Vater und Sohn stehen. Konnte ein Mann, der monatelang bei den Massai gelebt hatte, nicht mit Verständnis auf seinen Sohn zugehen? Warum musste er dasselbe Vokabular benutzen wie der ungebildete Farmer Sossenen?

Suahibu schälte unkonzentriert die Kartoffeln weiter, ließ die Schale in ihre Schürze fallen. Amelie konnte ihre afrikanische *mamma* nicht mehr einfach in die Arme nehmen. Es war, als hätte der Professor ihr ein Gift in die Zitronenlimonade geschüttet, das ihre Wahrnehmung veränderte, und sie schämte sich dafür. Musste sie als Tochter zu ihrem Vater halten? Sie verdankte ihm, wer sie war. War sie ihm deshalb zu stetem Gehorsam verpflichtet? Oder durfte sie tun, was das Herz ihr riet: Hanns beizustehen?

«Was soll nur werden, *bibi dactari*?», fragte Suahibu, die emsig weiterschälte, um sich von ihrem Kummer abzulenken.

Amelie strich Suahibu tröstend über die Schulter und erhob sich. Sie sehnte sich nach Gustav, nach der Ruhe, die er ausstrahlte. Nach der Souveränität, mit der er manches Mal über die Widersprüchlichkeiten des Lebens hinwegging, als gäbe es sie nicht. Wo sie eine spitze Bemerkung anbrachte, schwieg er klugerweise. Und setzte sich damit nicht dem Gezänk des Alltäglichen aus. Was würde er jetzt machen? Sie in die Arme nehmen, gewiss. Aber er war weit fort.

Vor Monaten hatte Gustav einen Brief an den Professor geschrieben, in dem er um Amelies Hand anhielt. Er musste längst in Salama eingetroffen sein. Doch ihr Vater hatte Amelie nicht darauf angesprochen. War das ein gutes oder schlechtes Zeichen?

Amelie fröstelte, als ihr einfiel, dass ihr Vater gar nicht wusste, dass sie ihre Verlobung mit jenem Mann gelöst hatte, den ihre Mutter für sie ausgesucht hatte.

3.

Die breite hölzerne Veranda des Farmhauses war schon immer Amelies Lieblingsplatz gewesen. Hier ruhte sie sich mittags aus, wenn die Schwüle die Glieder träge werden ließ. Um diese Stunde turnten die graugrünen Meerkatzen auf der Balustrade. Die Anstrengungen der letzten Wochen und die unerwartete Auseinandersetzung mit ihrem Vater hatten Amelie Kraft gekostet. Während sie das Spiel der Äffchen verfolgte, döste sie ein und erwachte, als sie spürte, dass jemand in ihrer Nähe war.

Damasso wirkte kleiner als Amelie ihn in Erinnerung hatte, er schien niedergedrückt wie unter schwerer Last. Der Vorarbeiter nahm seinen breitkrempigen Hut zur Begrüßung ab, fragte, ob *bibi* Amelie eine gute Reise gehabt habe und gesund wäre.

«Ich habe alles gut überstanden», antwortete Amelie. Sie ging ihm entgegen, reichte ihm die Hand.

Es war nicht Damassos Art, die Veranda der Weißen zu betreten. Die wenigen hinaufführenden Stufen bildeten eine Schwelle, die er ungern übertrat. Obwohl seine Frau in diesem Haus arbeitete, seine Tochter Sara den *bwana mkubwa* liebte und ein Kind von ihm hatte. Damasso blieb auf seiner Seite. Amelie erinnerte sich nur an seltene, kostbare Momente, in denen sich die Grenzen verwischten. In ihren Jugendzeiten hatte er mehr als alle anderen dazu beigetragen, dass die kleine *bibi* sich heimisch fühlte. Als er jetzt vor ihr stand, spürte Amelie viel stärker als bei Suahibu, dass Damasso nicht wusste, wie er sich ihr gegenüber verhalten sollte.

«Du machst dir zu viele Sorgen, Damasso», sagte sie in dem

Bestreben, die Dinge gleich beim Namen zu nennen. «Sieh nur, dein Haar ist noch weißer geworden.»

Damasso ging auf ihre Neckerei nicht ein: «Ach, *bibi* Amelie, wie soll ich nur mit einem Seil zwei Bienenkörbe in den Baum hinaufziehen?» Sein Deutsch war perfekt, aber das Bild, das er gebrauchte, stammte aus der Welt seines Volkes, der Wapare: Er meinte damit, dass der Professor und Hanns seine Arbeitgeber waren und er es beiden nicht gleichzeitig recht machen konnte.

Amelie lächelte ihn an: «Du sagtest mir mal, ich solle den Bienenkorb in keinen Baum hängen, der so hoch ist, dass ich nicht hinaufklettern kann.» Womit gemeint war, dass der Honig unerreichbar blieb.

Der alte Vorarbeiter nickte anerkennend. «Ja, *bibi* Amelie, so ist es.» Und ernsthaft setzte er hinzu: «Das habe ich auch meiner Tochter gesagt, aber sie hört nicht auf ihren Vater.»

Sie legte ihre schmale weiße Hand auf seine große dunkle Arbeiterhand. «Ich weiß, dass Hanns deine Tochter liebt. Er wird Sara beschützen und immer für sie da sein.»

Damasso knetete den Hut in seinen Händen. «Dein Bruder ist ein Mann von Ehre, wie ihr Weißen sagt.»

Es war deutlich, dass der Vorarbeiter gerne mehr dazu gesagt hätte. Doch Amelie war eine weiße Frau und die Tochter seines Arbeitgebers.

«Du glaubst», sagte Amelie, «dass das nicht ausreicht.»

«Ich bin ein einfacher Mann, *bibi* Amelie. Ich arbeite gern für den *bwana* Professor. Ich sagte ihm: Wenn das Wasser versiegt, so stirbt der Fisch.»

«Und was hast du Hanns gesagt?»

«Ich sagte ihm dasselbe. Denn ich arbeite auch gern für den *bwana* Hanns.»

«Wer von beiden ist Wasser, Damasso, wer ist Fisch?»

«Sie gehören zusammen.» Er bestätigte seine Worte, indem er mehrfach mit dem Kopf nickte.

«Und was rätst du mir?»

Er schüttelte den Kopf. «Du bist eine kluge Frau.» Damasso setzte den Hut auf sein schneeweißes Haar. «Ich muss gehen.»

Das ist nicht fair, lass mich nicht so stehen, wollte Amelie ihm nachrufen. Aber sie wusste, dass er ihr keinen Rat geben konnte. Zwei Bienenkörbe an einem Seil ... Nein, das konnte Damasso nicht schaffen. Aber konnte sie es?

Die ersten Arbeiter kehrten in kleinen Gruppen von den Kaffeeplantagen zurück. Sie mussten vor Einbruch der Dunkelheit zurück in ihren Dörfern sein. Die Nächte waren voller Gefahren: Der am meisten gefürchtete Feind war der Leopard, aber auch der Glaube an Geister und Hexen ließ die Menschen die Dunkelheit meiden.

Amelie machte sich auf den Weg zum Haus von Hanns und Sara. Sie hatten in jener aus Lehm und Bambus erbauten Hütte Unterschlupf gefunden, die den aus dem feinen Berlin-Charlottenburg eingetroffenen Freyers 1891 als erstes Zuhause gedient hatte. Diese ersten fünf Jahre schlichter Anspruchslosigkeit hatten Amelie geprägt. Damals hatte sie sich nichts dabei gedacht, sich von einem Affen lausen zu lassen. Die schwarzen Kinder taten es ja auch, es war sehr praktisch ...

«Du bist doch keine Wilde!» Charlotte von Freyer hatte Amelie geohrfeigt und ihre Locken abgeschnitten, als sie das entdeckt hatte. Jetzt war das Häuschen von einem neu angelegten, großen Garten umgeben. Bananen, Mais und alle möglichen deutschen und afrikanischen Gemüsesorten wuchsen scheinbar durcheinander. Dahinter verbarg sich das afrikanische System, in dem Pflanzen einander Schutz vor zu viel Sonne oder Kälte boten. Mehrere zwei Meter hohe Bananenstauden waren nicht älter als ein halbes Jahr, denn sie hatten erst dicke dunkelrot-violette Knospen angesetzt; in etwa fünf Monaten würde man ernten können.

Im Garten machte sich eine junge Afrikanerin im bunten Wickelkleid zu schaffen, die ein Baby auf den Rücken gebunden hatte. Als sie Amelie näher kommen sah, ließ sie ihre Hacke fallen und richtete sich auf. Sie war sichtlich überrascht, Amelie zu sehen, und blickte sich um, als wollte sie überprüfen, ob sie allein unterwegs war.

In dem einen Jahr seit Amelie sie zuletzt gesehen hatte, hatte Sara sich von einem zarten Mädchen zu einer aparten jungen Frau verändert, deren inneres Leuchten der Ernsthaftigkeit einer Erwachsenen gewichen war. Geblieben war die Scheu, mit der Sara auch jetzt auf Amelie zutrat. Sie hob nur kurz den Blick, um der Besucherin die Hand entgegenzustrecken. Die zwanzigjährige Afrikanerin strahlte eine Distanziertheit aus, von der Amelie nicht genau wusste, ob sie aus Unsicherheit entstand oder ob sie einfach nicht zeigen wollte, wie verletzt sie war. So erging Amelie sich in einigen Begrüßungsfloskeln, die unverbindlich, aber auch nicht unüblich waren. Obwohl sie Sara am liebsten in die Arme geschlossen hätte, um ihr zu zeigen, dass sie ihr beistehen wollte.

Die beiden jungen Frauen, die acht Jahre Altersunterschied trennten, konnten kaum verschiedener sein. Sara hatte stets hier oben auf dem Berg gelebt; eine Schule hatte sie nie besucht. Soweit Amelie wusste, war Sara bislang noch nicht einmal an der Küste gewesen, hatte nie den Indischen Ozean gesehen. Wahrscheinlich träumte sie nicht einmal davon, die Wogen des Meeres zu spüren. Die Menschen der Berge scheuten das Fremde. Sie gehorchten den Befehlen der Weißen und übernahmen darum den Glauben an einen weißen Heilsbringer. Auch Damasso hatte seine Kinder christlich taufen lassen. Sara war zwischen diese beiden Welten geraten, und das Baby auf ihrem Rücken, weder weiß noch schwarz, war der Beweis.

«Ist das Charlotte?», fragte Amelie schließlich und lugte über Saras Schulter. Das Kind war schon ziemlich groß. Zu gern hätte Amelie das Baby auf den Arm genommen. «Wie alt ist sie?»

Saras Gesicht wurde weicher, als sie in perfektem Deutsch antwortete: «Acht Monate.»

Demnach musste Sara bereits im vierten oder gar fünften Monat schwanger gewesen sein, als Amelie sie zuletzt gesehen hatte. Doch weder war ihr etwas anzusehen oder gar anzumerken gewesen. Allenfalls dieses innere Leuchten ... Aber Hanns musste gewusst haben, dass er Vater wurde. Dennoch hatte er Amelie gegenüber geschwiegen. Obwohl sie davon ausging, voreinander keine Geheimnisse zu haben ...

«Sie ist sehr hübsch», sagte Amelie.

Die dichten schwarzen Haare waren zu winzigen Zöpfchen hochgebunden, die dunklen Augen in dem noch puppenhaft runden Gesichtchen blickten groß in die Welt hinein. Amelie konnte nicht verstehen, dass ein Mensch, der so viel Unschuld und natürliche Liebe ausstrahlte, zum Kern unversöhnlichen Streits werden konnte.

«Ich freue mich für dich und Hanns», sagte sie schlicht.

Nun blickte Sara auf, und ein Lächeln huschte über ihr Gesicht. «Möchtest du Tee trinken?», fragte sie.

Der Professor hatte seinen Sohn nicht nur aus dem Haus geworfen, sondern auch in die alte Zeit verbannt. Hanns hatte sich zwar offensichtlich bemüht, das Häuschen in den bestmöglichen Zustand zu versetzen, doch das Teewasser musste Sara in einem offenen kleinen Kochhaus in einem verrußten Kessel zum Kochen bringen. Dicke Steine am Boden ersetzten den Herd. Amelie saß auf einem Stuhl auf der Veranda und beobachtete Sara beim Zubereiten des Tees, den sie dann in verbeulte Blechbecher goss. Es waren ähnliche oder gar dieselben Becher, aus denen Amelie hier schon in ihrer Jugend getrunken hatte. Als ihr Baby zu quengeln begann, nahm Sara die Kleine vom Rücken und fütterte sie mit Bananenbrei.

«Suahibu hat mir erzählt, was Weihnachten geschehen ist», begann Amelie. «Ich wollte dir sagen, dass ich das nicht richtig finde, Sara. Mein Vater hätte das nicht tun dürfen, meine Mutter hatte dir ihre Kleider geschenkt, bevor sie nach Deutschland zurückkehrte. Das Baby ist seine Enkelin.»

Amelie atmete auf. Sie hatte sich für ihren Vater entschuldigt. Es war ihr schwergefallen.

Sara blickte Amelie ernst an und setzte ihr Kind auf den Boden. «Wir waren immer Freundinnen», sagte sie.

«Ich möchte, dass wir das weiterhin bleiben», bekräftigte Amelie. «Was auch immer passiert.» Sie nahm einen großen Schluck Tee. In der karamellfarbenen Flüssigkeit schwammen Milchklümpchen und winzige schwarze Partikel. Es konnte Gewürz sein oder auch Ruß. Der Tee war heiß und schmeckte nach alten Zeiten – nach Ziegenmilch und Rauch.

Nachdem der Bann gebrochen war, fanden die beiden jungen Frauen zu einem unkomplizierten Geplauder über das Haus und den Garten. Und schließlich zu dem Kleinkind, das mit einem Teelöffel einen Blechbecher bearbeitete und dabei über das ganze Gesicht strahlte.

«Ich finde es schön, dass ihr euer Kind nach unserer Mutter benannt habt», sagte Amelie. «Ihr nennt sie bestimmt Lotte.»

«Hanns sagt immer Lottchen», erwiderte Sara mit einem winzigen Zögern, das Amelie zwar bemerkte, aber nicht für bedeutsam hielt.

«Lottchen, ja, das klingt liebevoll. Lottchen!»

Das Kind wandte seinen Kopf und sah seine Tante erstmals gezielt an. Wenn auch nur für Sekunden, um sich dann wieder seinem Spiel zu widmen.

Als Jago, der bei Amelies Stuhl geruht hatte, aufsprang, blickten beide Frauen dem Hund nach. Ein zweiter Deutsch Kurzhaar begrüßte Jago mit Gebell, dann tollten Jago und seine schwarz gefleckte Schwester Juno herum.

Hanns von Freyer betrat den Garten. «Melli, große Güte, wo kommst du denn her! Na, das ist ja eine Überraschung!»

Hanns, ein blonder Recke von einem Meter fünfundachtzig,

schob seinen Cowboyhut mit Schwung in den Nacken; er trug ihn anstelle des bei den Weißen beliebten Safarihelms.

«Es tut gut, dich zu sehen! Bist du schon lange hier?» Ohne eine Antwort abzuwarten, zog er sie überschwänglich in seine Arme und hielt sie lange fest. «Du siehst wirklich gut aus.»

Sein Kinn zuckte, und sie erkannte an diesem winzigen Zeichen, dass er vor Rührung kaum sprechen konnte.

«Ich habe mir Sorgen um dich gemacht. Für mich bist du eben immer meine kleine Schwester.» Er versuchte ein lockeres, brüderliches Lachen. «Wahrscheinlich wolltest du mir nur beweisen, dass ich mir keine Sorgen zu machen brauche. Bleibst du jetzt wenigstens da?»

Sie nickte heftig. «Ja, natürlich.» In Gedanken setzte sie hinzu: Aber macht es mir nicht zu schwer damit, Vater und du.

Hanns wandte sich Sara zu, küsste sie zart auf die Wange. Sie fasste es als Zeichen auf, dass er nun sein Töchterchen in die Arme nehmen wollte.

Amelie rührte der Anblick des kräftigen Mannes mit dem kleinen Kind im Arm. Er scherzte und schäkerte mit der Kleinen und schwenkte sie sachte im Kreis, bis sie in kullerndes Lachen ausbrach.

«Mein Lottchen!», flüsterte er zärtlich und wandte sich dann seiner Schwester zu: «Magst du sie mal nehmen?» Sekunden später lag Lottchen in Amelies Armen. «Das ist wohl eine Überraschung für dich, Schwesterchen», sagte er sanft. «Kommst heim und hast eine Nichte.»

«Die Überraschung ist euch beiden wirklich geglückt.» Amelie bemerkte ihren leicht bitteren Unterton selbst, kaum dass die Worte ausgesprochen waren.

«Gegen den Lauf des Lebens ist man machtlos.»

«Ja, Liebe geschieht einem.» Amelie blickte auf das schutzlose Geschöpf auf ihrem Arm. «Sie ist ein süßer Fratz.»

Die Kleine zog das Näschen kraus und die Mundwinkel herunter, um gleich darauf in Tränen auszubrechen.

«Das ist doch deine Tante», sagte Hanns beruhigend. Er drückte ihr einen dicken Kuss auf die Stirn. Die väterliche Zuwendung verfehlte ihren Zweck, und Amelie gab ihrem Bruder sein Töchterchen zurück.

«Die Kleine spürt, wie verspannt ich bin», sagte Amelie entschuldigend. «Wir müssen reden, Hanns.»

Hanns reichte seine Tochter an Sara weiter. Seine Miene hatte sich verdüstert. Er bot Amelie seinen Arm, und sie hakte sich ein. «Gehen wir ein Stück.» Sobald sie außer Hörweite waren, sagte er: «Vater und ich haben seit Wochen kein Wort miteinander gewechselt.»

«So geht das doch nicht mit euch. Du bist hier der *bwana*.»

Es war unnötig auszusprechen, was gemeint war: Wenn der *bwana* durch den eigenen Vater aus dem Haus verbannt wurde, verloren die Arbeiter irgendwann den Respekt vor ihm.

Amelie konnte mit Hanns' großen Schritten kaum mithalten. Er eilte vorwärts, als wollte er all seine Probleme hinter sich lassen. Sie erreichten die ersten Kaffeebüsche. Das harte Laub glänzte gesund, rote Kaffeekirschen leuchteten dazwischen als Versprechen einer guten Ernte. Hanns hatte keinen Blick dafür. Abrupt blieb er stehen und sah Amelie offen an.

«Bin ich zu weich zu Vater?» Er nahm den Cowboyhut ab, den er außerhalb des Hauses stets trug, und fuhr sich durch sein drahtig festes Haar.

«Zu weich?» Die Frage verblüffte Amelie.

«Ich habe die Konfrontation mit dem alten Patriarchen gemieden, Amelie. Darunter hätte nur Sara gelitten. Ich bin freiwillig in unser altes Häuschen gezogen. Ohne Kampf.»

Sein Vater hatte das anders dargestellt ... «Das klingt nicht nach Weichheit, Hanns. Ich finde das sehr edel.»

Der Pflanzer schüttelte den Kopf. «Weißt du, ich bin davon ausgegangen, dass er sein Buch über die Massai schreibt und dann nach Berlin zurückreist. Was soll er hier, habe ich mir gedacht. Hier ist er nichts als ein alter Mann auf einem Berg. In

Berlin bekommt er den Beifall seiner Kollegen. Wer soll ihm hier applaudieren? Die Kaffeebüsche, die Sisalagaven? Doch ich habe mich geirrt.»

«Was hält ihn hier?»

«Gute Frage. Er steckt seine Nase in alles, wofür er sich früher nie interessiert hat. Dieser Garten hinter dem Haus, hast du den gesehen? Hat Vater früher je gegärtnert? Und jetzt ...? Will er mir auf diese kindische Weise zeigen, dass er hier seine Wurzeln hat?» Hanns setzte sich den Hut auf das strubbelige blonde Haar.

«Gehst du davon aus, dass die Zeit das Problem mit Vater löst?», fragte Amelie. «Dass er früher oder später seine Siebensachen packt? Und wenn er es nicht tut?»

«Die Farm gehört ihm. Rechtlich gesehen bin ich nur der Verwalter. Er kann ewig bleiben.»

Und dich demütigen, setzte Amelie in Gedanken hinzu. «Es ist nicht richtig, wie Vater euch behandelt», sagte sie. «Überdies ... womit rechtfertigt er sich? Das ist alles Unsinn, Hanns. Ich werde ihm bei passender Gelegenheit sagen, dass er seine Arbeit über die Massai in Berlin fertig schreiben soll.»

«So spricht eine Kämpferin.»

«Du hast auch gekämpft, immer. Du warst mein Vorbild.»

«Jetzt habe ich ein Kind und eine Frau. Das bedeutet Rücksicht. Ich kann mich nicht offen gegen Vater stellen, weil ich dann Damasso gegen mich habe und Sara müsste sich zwischen mir und ihrer Familie entscheiden.»

«Du kannst nicht kämpfen, weil du nur verlieren würdest.»

«Dennoch muss ich es versuchen.» Er seufzte. «Dein Krankenhaus ist übrigens fast fertig. Es war immer mein Traum, dass wir beide hier auf Salama ein freies Leben führen können. Du als Ärztin und ich als Pflanzer. Unser ganzes Wissen, unsere ganze Kraft – eingesetzt zum Wohl dieses Landes.» Er zuckte hilflos die Achseln. «Wir waren ganz nah dran, dieses Ziel zu verwirklichen.»

Ihr Krankenhaus! Der ganze Wirbel, in den sie hineingeraten war, hatte Amelie nahezu vergessen lassen, dass das neue Spital am Rande des Urwalds ihre neue Aufgabe sein sollte. Jetzt kam es ihr so vor, als ob viele andere Dinge Vorrang hatten.

«Zeigst du mir morgen mein Spital? Ist es gut geworden?»

«Es war den Aufwand wert, denke ich.»

Über der viele hundert Meter tiefer gelegenen Savanne ging jetzt die Sonne unter. Früher hatte sich Amelie dieses farbenprächtige Spektakel selten entgehen lassen. Der Himmel war ein Meer aus Rot-, Orange- und Blautönen, in dem ein glühender Sonnenball badete. Die am Hang stehenden Bäume und Büsche leuchteten golden. Die Nacht würde in Kürze über das Land fallen.

«Als ich ein Kind war, habe ich oft da hinuntergesehen», sagte Amelie. «Wie schön es doch hier ist, habe ich gedacht. Aber ich habe mich vor der Nacht gefürchtet, wenn ich in unserem alten Häuschen schlafen sollte. Vor dem Heulen einer Hyäne. Oder dem Brüllen eines Löwen, der sich zu weit nach oben begeben hatte. Ich zitterte davor, dass Elefanten im Morgengrauen durch die Wälder brachen und unsere Hütten zerstörten. Wenn ich nachts nicht schlafen konnte, sagtest du: Melli, du musst keine Angst haben, ich bin da. Deine Worte haben mir nicht nur das Einschlafen, sondern auch mein späteres Leben erleichtert. Ich wusste, dass ich mich auf dich verlassen kann.»

«Du hast das Urvertrauen eines Kindes in das Gute in der Welt entdeckt», meinte Hanns liebevoll.

«Damals hast du so etwas Kluges noch nicht gewusst.» Sie wandte sich ihm zu und schlang die Arme um seine Hüfte und legte den Kopf gegen seine Brust. Rückblickend war es eine gute Zeit gewesen, sie hatte stark gemacht.

«Ich möchte dich um etwas bitten, Amelie.» Hanns' Stimme klang feierlich.

«Du weißt, ich würde alles für dich tun.»

«Ich werde Sara heiraten. Und ich möchte dich bitten, unsere Trauzeugin zu sein.»

Die Sonne versank glutrot im unendlichen Blau des Horizonts, während das bellende Rufen eines Pavians über den Hang gellte.

«Wann möchtest du Sara heiraten?»

«Ich habe nur darauf gewartet, dass du zurückkommst.»

Der Professor nahm einen winzigen Schluck, ließ den Wein im Mund zirkulieren und nickte Badili zu: «Du kannst einschenken.» Aufmerksam beobachtete er, wie Badili, der um den Hals der Riesling-Flasche sogar eine Serviette gebunden hatte, korrekt bediente und dabei die Linke nach Manier eines Kellners mit der Handinnenseite nach außen ins Kreuz legte. «Er ist sehr anstellig, dein Neger. Ich wusste immer, Kind, dass du ein Händchen hast für unsere Eingeborenen.»

«Vater», sagte Amelie mit kaum wahrnehmbarer Schärfe, «das ist nicht mein Neger. Er heißt Badili, und er versteht jedes deiner Worte.»

Der alte Patriarch – Amelie hatte sich angewöhnt, ihn insgeheim so zu nennen – blickt überrascht auf. «Gewiss», sagte er. «Deswegen habe ich ihm befohlen, sich nützlich zu machen, als er auf Befragen sagte, dass er bei einem Stabsoffizier gedient hätte. Unsere Soldaten sind ja nicht alle ungesittete Gesellen. Es gibt schon den einen oder anderen, der ein wenig Stil hat. Gewiss, die meisten sind arme Tröpfe, die vor den in der Heimat aufgehäuften Schulden unter die afrikanische Sonne geflohen sind. Aber ich dachte mir, bevor dein Bandiri ...»

«Badili, Vater.»

«Einerlei. Was verbesserst du mich ständig? Das hast du doch früher nicht getan. Also: Bevor Badili, meinetwegen, herumsitzt ... Was ist das für ein Name? Woher kommt der?»

In Erwartung einer Antwort blickte er seine Tochter an.

Badili trug die Teller fort, in denen die Hühnersuppe serviert worden war.

«Im Kisuaheli ist das ein geradezu poetischer Name, Franz. Er bedeutet: Der die Veränderung bringt», warf Dr. Wilkening ein. «Manche Eltern nennen ihren erstgeborenen Sohn so, weil sie hoffen, dass durch seine Ankunft ihr Leben eine positive Wendung nimmt.»

Mit seinen vierundsechzig Jahren war Wilkening drei Jahre älter als Professor Freyer. Schon in Berlin waren sie enge Freunde gewesen, dann hatten sie sich gemeinsam in das afrikanische Abenteuer gestürzt. Wilkening war als Erster nach Salama gegangen. Nachdem er das Terrain bereitet hatte, war der Professor mit seiner Familie nachgekommen. Inzwischen lebte Alfred Wilkening seit nahezu zwei Jahrzehnten in der Kolonie Deutschost und die meiste Zeit davon auf dem Berg.

Amelie sah den Urwaldarzt liebevoll an. «*Baba*, man muss dir nur ein Stichwort hinwerfen, du weißt alles über die Leute hier. Wie ein Lexikon bist du.»

Wilkening winkte bescheiden ab. «Mittlerweile kennst du dich ebenso gut aus. Das mit Badili hast du doch auch gewusst.»

«Das mit dem Erstgeborenen wusste ich nicht», gab sie zu. «Aber wenn man es weiß, erfährt man dadurch gleich ein Stück Familiengeschichte. Das finde ich so beglückend an den sprechenden Namen der Eingeborenen.»

Badili servierte von einem Silbertablett, das Suahibu hielt, Bekassinen, große, zarte Sumpfschnepfen vom Fluss, die in einer Sauce aus frisch duftendem Rosmarin lagen. Dazu gab es den jungen milden Rosenkohl und die Kartoffeln. Suahibu hatte bei Charlotte von Freyer gelernt, was Deutsche unter einem anständigen Essen verstanden.

«Ich bin froh, dass du heute Abend Zeit gefunden hast, mit uns zu speisen, *baba*», sagte Amelie.

Sie gebrauchte das Kisuaheli-Wort für Vater, wenn sie ihn ansprach. Vor langer Zeit hatte einer von Wilkenings Patienten, ein Junge von etwa fünf Jahren, den *dactari* so genannt. Und Amelie hätte sich keine bessere Bezeichnung für den kleinen, schon immer kahlköpfigen Arzt einfallen lassen können. Auch für sie und Hanns war er ein nicht nur verständnisvoller, sondern auch liebevoller Zweit-Vater gewesen.

«Du siehst müde aus, *baba.*»

Wilkenings nachlässig rasiertes Gesicht hatte schon immer überarbeitet gewirkt, doch in dem Jahr ihrer Abwesenheit schienen die Falten zu beiden Seiten seines Mundes tiefer geworden zu sein. Sein einst weißer Anzug hatte Stockflecken, der Kragen des Hemdes war rissig, die Krawatte jedoch korrekt gebunden.

«Ja, ich muss den Weg zurück in die Zivilisation finden», sagte Wilkening. Er lachte. Und wirkte dabei verlegen. Amelie sah, dass ihm bereits einige Backenzähne fehlten.

«Das musst du in der Tat. Du achtest zu wenig auf deine Erscheinung, Fred. So bist du kein Vorbild für unsere Neger. Und das brauchen sie, wenn sie nicht den Respekt vor uns verlieren sollen. Amelie, sag ihm, dass ich recht habe.» Der Professor machte sich mit leichter Ungeduld an den Schnepfen zu schaffen.

Wie ein altes Ehepaar, dachte Amelie amüsiert. Doch ihr Vater schien etwas Wichtiges überhört zu haben. «Zurück in die Zivilisation, *baba*?», hakte sie nach. «Heißt das, du hast dich entschieden? Willst du heim nach Deutschland?»

«Wollen ...» Wilkening legte das silberne Besteck entschlossen beiseite und zerpflückte eine Bekassine mit den Fingern. «Ich kann mir nicht vorstellen ...», sagte er zwischen zwei Bissen, «... dass ich Unter den Linden flaniere und vor den Herren Geheimräten den Zylinder lupfe. Was haben diese Sesselpupser mir zu bieten? Aber gut, ich bin zu alt für Afrika. Ich sehe es ja ein. Hier muss man jung sein, gesund, voller Kraft. So wie du und dein Bruder. Hast du schon gesehen, was Hanns hat bauen lassen?», fragte er übergangslos.

Verwundert nahm Amelie zur Kenntnis, dass Wilkening ohne Berührungsängste von ihrem Bruder sprach. Sie beschloss, mit der gleichen Selbstverständlichkeit von Hanns zu sprechen.

«Ich war heute nur kurz bei der kleinen Familie. Wir haben uns für morgen verabredet, um das Spital zu besichtigen», sagte sie im Plauderton.

Aus den Augenwinkeln beobachtete sie, wie der Professor das Besteck sorgfältig ablegte. Sein dezent verzierter weißer Porzellanteller war noch mehr als halb gefüllt. Die Bekassinen waren Suahibu zweifellos zu zäh geraten. Sie hatte heute kein glückliches Händchen gehabt, das Gemüse war zerkocht, die Kartoffeln wässrig.

«Hanns hat mich oft beim Bau um Rat gefragt. Ein Pflanzer kennt sich mit den Anforderungen eines Krankenhauses nicht aus.» Wilkening machte eine Pause, bevor er langsam hinzusetzte: «Andererseits sollte ein Wissenschaftler nicht versuchen, die Arbeit eines Pflanzers zu übernehmen.» Sorgsam schichtete er die abgenagten Knöchelchen des Geflügels auf und wandte sich an Amelie: «Wenn du es wirklich ernst meinst mit dem Spital, das Hanns gebaut hat, dann muss ich gehen, Amelie. Die Afrikaner würden sonst nicht zu dir kommen, das weißt du. Aber sei versichert, dass ich mir nichts vormache: Meine Zeit hier ist abgelaufen.»

«Es tut weh, dich so reden zu hören, *baba.*» Wilkenings klare Worte hatten ihr den Appetit endgültig verdorben.

«Jede Trennung schmerzt. Aber wir sind Ärzte. Die Medizin hat uns gelehrt, wann ein Organ lebensfähig ist und wann nicht. Sei also nicht traurig, meine Tochter.» Er lächelte mild. «Jedenfalls nicht mehr als notwendig.»

«Hast du deiner Schwester schon geschrieben? Sie wohnt doch auch in Berlin, nicht wahr?», fragte Amelie.

«In Potsdam!» Wilkening sprach den Namen der für ihre Garnisonen bekannten Stadt mit Verachtung aus. «Aber gut, es gibt die Havel. Vielleicht lerne ich noch das Angeln, was ein recht ansprechender Zeitvertreib sein soll.» Sein Zynismus war unüberhörbar. «Sie hat mir geschrieben, dass sie ein Zimmer für mich hat. Ihr Mann ist vor zwei Jahren gestorben. War ein hohes Tier beim Militär. Sie scheint nicht schlecht zu leben, was ich ihr von ganzem Herzen gönne.» Er tupfte sich mit der Serviette etwas Sauce vom Mund; ihm schien es als Einzigem geschmeckt zu haben. «Ja, das Alter erfordert Veränderungen.» Er hatte seine Stimme erhoben. «Das habe ich auch deinem Vater gesagt. Aber leider will er auf seinen ältesten Freund nicht hören.»

«Ja, Vater, dein Buch über die Massai! Hast du schon einen Verleger? Wann soll es erscheinen?»

«Sobald ich wieder in Berlin bin, wird sich alles fügen.» Professor von Freyers Antwort klang trotzig.

«Du willst gar nicht nach Berlin, Franz. Dir ist es lieber, hier die Moral aufrechtzuerhalten.»

«Fred, das sind Familienangelegenheiten», kam es knapp zurück.

«Sehr richtig, mein Lieber. Deine Kinder sind für mich wie meine eigenen, die ich nie hatte. Und es war dir immer sehr recht, dass ich das so sah. Oder willst du mir etwa zu verstehen geben, dass mich das nichts mehr angeht?»

«Bei Tisch sollte man solche Dinge nicht besprechen, Alfred.»

Badili entfernte die Teller, indem er sie ineinanderstapelte. Ein nicht ganz einfaches Unterfangen, da keiner von ihnen leer war. Amelie bemerkte, dass ihr Vater den *boy* aufmerksam beobachtete. Auf Badilis Stirn standen Schweißperlen.

«Wie du möchtest, Franz.» Wilkening griff vertraut nach Amelies Hand. «Für wann hast du dich mit Hanns morgen verabredet? Ich würde mich euch beiden gern anschließen, wenn es dir recht ist.»

«Vielleicht so gegen zehn?»

Wilkening bestätigte die Verabredung mit einem Kopfnicken. «Das ist sehr gut, dann kann ich zuvor noch einige Stunden arbeiten.» In seinen Worten lag kein Tadel für die junge Frau, die ausschlafen wollte.

Badili kehrte mit dem Tablett zurück, auf dem sich nun die Nachspeise befand, Ananas- und Orangenscheiben, die mit geraspelter Kokosnuss bestreut waren. Er servierte ohne Suahibus Hilfe, die Teller auf dem Tablett rutschten, doch Badili hielt sie in der Balance.

«Siehst du nicht, dass wir keinen Wein mehr in den Gläsern haben, *boy*?», fragte der Professor in unangemessen scharfem Tonfall.

«Sofort, *bwana*», antwortete Badili verunsichert.

«*Bwana* Professor», verbesserte Amelies Vater.

Badili servierte schweigend weiter; Wilkening lehnte das Obst ab, sagte, es bekäme ihm nicht.

«Hast du nicht gehört, was ich sagte?», fragte der Alte. «Ich möchte, dass du mich *bwana* Professor nennst.»

«Vater», mischte sich Amelie ein, «bitte lass Badili. Er macht das doch wirklich gut.»

Badili warf Amelie einen kurzen, dankbaren Blick zu und wollte sich mit dem Tablett zurückziehen, auf dem noch Wilkenings Nachspeise stand.

«Der Wein, Badili!»

Badili stellte das Tablett auf einen freien Platz am Tisch. Es ragte etwas über die Tischkante hinaus. «Entschuldigung, *bwana*.»

«*Bwana* Professor.»

«Ja, *bwana* Professor.» Seine Hand zitterte kaum merklich, als er das Glas des Hausherrn füllte. Er umrundete den Tisch, um Wilkening zu servieren. Dabei stieß er gegen das Tablett, das laut scheppernd zu Boden fiel. Badili erstarrte kurz und machte sich sofort an die Beseitigung des Schadens; der Teller lag in zwei Teile zerbrochen auf einem Zebrafell, daneben das Obst.

Der Professor stützte die Ellenbogen auf die Tischplatte und rieb sich nachdenklich die Hände. «Fred, du kennst doch die bildhaften Sinnsprüche unserer Wapare. Einen davon mag ich sehr. Er geht so: Ein Löwe, der vom Regen durchnässt ist, sieht auch nur aus wie ein Hundsaffe.»

Amelie legte die Serviette auf ihren Teller. «Vater, du hast es darauf angelegt, Badili zu verunsichern.» Ihr Tonfall war trotz ihrer Verärgerung beherrscht. «So kann man jeden Löwen zum Hundsaffen machen. Mir scheint jedoch, hier hat sich jemand anders zum Affen gemacht.»

In den eisblauen Augen des Professors lag unheilvolles Funkeln. «Erscheint dir das so?»

Amelie spürte weder die Falle, die er ihr gestellt hatte, noch Wilkenings Hand, die sich auf ihre legte in dem Bestreben, das Unausweichliche zu verhindern.

«Du lebst über Monate bei den Massai. Kommst zurück, hast wieder Schwarze um dich. Und scheinst sie im Grunde zu verachten. Warum, Vater? Das würde ich gern wissen.»

«Verachten? O nein, mein Kind. Für mich stellt sich die Frage anders.» Er legte die Stirn in nachdenkliche Falten. «Beherrscht derjenige die Welt, der körperlich der Stärkere ist? Oder derjenige, der in der Tradition einer erhabenen Zivilisation verankert ist?»

«Das ist sehr abstrakt, mein lieber Freund», wandte Wilkening ein. «Könntest du deiner Tochter und mir bitte erklären, was das mit einem Löwen und einem Hundsaffen zu tun hat? Mit einem wohlerzogenen Angestellten und einem kaputten Teller?»

«Badili, komm einmal her», sagte der Professor mit überraschender Sanftmut.

Der *boy* gehorchte, das Tablett in Händen trat er vor den Patriarchen. Unsicher sah er zu Amelie, die ihn anlächelte.

«Zeig mal deine Schuhe», sagte der Alte.

Badili befolgte den Befehl. In einem Kanzu genannten knielangen weißen Hemd und einer sorgfältig gebügelten Hose trug er ohne Strümpfe jene teuren Schuhe aus Krokodilleder, die er sich in Tanga hatte fertigen lassen.

«Du kannst gehen», sagte der Professor zu Badili.

«Danke, *bwana* Professor.» Badili zog sich eilig zurück.

«Ein interessantes Spiel, mein lieber Franz. Sehr unterhaltsam. Für dich», kommentierte Wilkening trocken.

«Ich glaube, ich weiß, was du mir hier beweisen willst, Vater», sagte Amelie. «Barbaren bleiben Barbaren, selbst wenn sie servieren können und teure Schuhe tragen. Du hältst das alles nur für Tünche. Für einen Farbanstrich, mit dem Schwarze weiß werden.» Sie spürte Wut in sich aufsteigen.

«Siehst du, Fred, das ist meine Tochter. Ich habe ihr heute, ganz kurz nur, von meinen Gedanken über die Massai erzählt. Und sie setzt es sofort um, wendet es an. Und zwar gegen mich, den Urheber des Gedankens. Bravo!» Er hob das Glas in Amelies Richtung. «Du hast mir gefehlt, Amelie.» Er trank genüsslich.

«Nein, Vater, so einfach geht das nicht. Du kannst mich nicht mit einem Lob entwaffnen. Badili ist ein Vorwand. Es geht in Wahrheit um Sara und um Hanns.»

Und jetzt spürte sie, dass sie in die Falle getappt war, die der Patriarch ihr gestellt hatte.

«Sara ist wie dein Badili. Ein Blendwerk», stellte der Professor fest. «Sie hat meinem Erstgeborenen nichts zu bieten außer ihrem Schoß. Und er ist zu blind, um das zu sehen.»

«Ja, Liebe macht blind. Darum nennt man sie ja Liebe und nicht Vernunft, Vater. Aber Sara hat mehr als ihren Schoß zu bieten. Sie ist ein guter Mensch, keine Barbarin. Du jedoch wolltest in ihr nur die Barbarin sehen, darum hast du sie geheißen, das Kleid deiner Frau abzulegen. Weil es nicht in dein Weltbild vom unzivilisierten Schwarzen passt. Hättest du Sara

Gelegenheit gegeben, sich zu beweisen, so wärst du positiv überrascht worden. Stattdessen kocht sie nun in unserer alten Hütte auf Steinen.»

Amelie spürte, wie ein leises Zittern durch ihren Körper lief. Das geschah immer, wenn sie sich aufregte, und sie wusste nicht, warum das so war. Kämpfte mit sich in diesen Momenten, in denen sie sich im Recht fühlte und eine Macht gegen sich wusste, die stärker war.

Der Professor schüttelte energisch den Kopf. «Es war Maskerade, nichts anderes.»

«Franz, wenn die Griechen ihre antiken Tragödien auf die Bühnen brachten, dann schminkten sie die Schauspieler nicht. Sie ließen sie Masken vor sich hertragen. Weil das der menschlichen Natur am nächsten kommt. Alle Menschen tragen Masken.» Wilkening löste seine Krawatte, legte sie auf den Tisch und schob sie zum Professor hinüber. «Darum lebe ich seit so langer Zeit auf dem Berg bei den Afrikanern. Weil die Naturvölker keine Masken tragen. Sie sind wie sie sind. Dann kommt der weiße Mann und bringt, was er Zivilisation nennt. Es ist jedoch ein Spiel mit Masken.»

Amelie hatte den Eindruck, dass Wilkening schon lange kein so offenes Wort mehr an den Freund gerichtet hatte. «Die Eingeborenen», fuhr Wilkening fort, «werden erst durch unsere Anwesenheit gezwungen, die Masken der Zivilisation zu tragen. Damit sie nicht mehr als heidnisch oder barbarisch gelten. Und genau darüber regst du dich auf. Was für ein Widerspruch in sich, mein lieber Franz. Gucke hinter die Masken, such die Menschen, die sich dahinter verbergen. Und wenn du das nicht willst oder nicht kannst, dann tust du mir leid.»

«Vater muss dir deshalb nicht leidtun, *baba*. Er sucht den Widerspruch, möchte, dass wir aufbegehren.»

Im Gesicht des Alten las sie diesmal keine Anerkennung für ihre Klarsicht.

«Ohne dich, Vater», sagte Amelie langsam und spürte, wie

ihr Zittern verging, «wäre ich Amalia Patzkopp. Eine Barbarin irgendwo im Wedding, in einem Berliner Hinterhof.»

«Kind!» Der Alte sprang so brüsk auf, dass sein Stuhl auf das Zebrafell stürzte. «Wie kannst du so etwas sagen! Das ist ...»

«... die Wahrheit, Vater. Und darum kann ich deine Position in Bezug auf Sara nicht teilen. Jeder Mensch verdient eine Chance. Und ich hoffe, du hast mir diese Chance nicht nur gegeben, weil ich weiß bin.» Sie hob den Stuhl auf und stellte ihn wieder hin.

Der Alte rang um Fassung. «Wie kannst du dich mit Sara auf eine Stufe stellen! Du hast studiert, du bist Ärztin», stieß er hervor. «Was ist in dich gefahren, meine Tochter?»

«Du verletzt Menschen um einer These willen. Weil du glaubst, dass die Welt so ist, wie du sie beurteilst.»

«Wenn du schon dein eigenes Beispiel anführst: Habe ich mich etwa geirrt? Selbst in diesem Augenblick sehe ich in dir den rebellischen Geist, den ich in mir trage.»

«Du sagst, du bist ein Rebell? Dann stell deine Position in Frage. Und gib dieser Farm ihren *bwana* zurück. Lass Hanns hier mit seiner Frau leben, wo er hingehört.»

«Mit seiner ... Frau?» Die Stimme des Professors überschlug sich.

In ihrem Eifer war Amelie einen Schritt zu weit gegangen; sie merkte es zu spät. Nun musste sie zu dem stehen, was ausgesprochen war: «Hanns wird Sara heiraten. Ich bin stolz darauf, dass er so mutig ist. Viele andere Männer leben in diesem Land mit schwarzen Frauen, haben Kinder mit ihnen. Aber die Frauen sind rechtlose Konkubinen, und die Kinder nennt ihr Bastarde. Hanns bekennt sich zu seiner Liebe.»

«Niemals, Amelie!», rief ihr der Professor mit zorngerötetem Gesicht entgegen. «Ich werde nie zulassen, dass eine Negerin Herrin auf Salama wird.»

4.

In eine warme Massai-Decke gehüllt saß Amelie auf der Veranda. Seit Monaten hatte sie diesen kostbaren Moment herbeigesehnt. Die Nacht war sternenklar, Grillen zirpten, Glühwürmchen tanzten. Es duftete gleichzeitig süß nach Veilchen und pikant nach Lavendel, der unterhalb der Veranda zwischen die Rosen gepflanzt worden war. Doch der innere Friede wollte sich nicht einstellen, fröstelnd zog Amelie die Decke enger um ihren Körper. Was unsinnig war, denn es war nicht die Kälte der Nacht, die sie frieren ließ. Es war ihr Vater, den sie früher respektiert hatte und den sie nun nur noch als kalt und herrisch empfand. War sie zu weit gegangen? Hatte sie das Band zwischen ihnen zerschnitten?

Wenigstens Wilkening war auf ihrer Seite. Wie ernsthaft er in seinem Bestreben nach Wahrhaftigkeit war. Der Stolz, mit dem er seine Krawatte dem Freund hingelegt hatte: Hier, Franz, nimm meine Maskerade des weißen Mannes, das bin ich nicht und das will ich auch nicht sein. Amelie begriff seine stumme Geste erst jetzt, als sie in Ruhe darüber nachdachte. Der arme *baba*! Er würde es schwer haben im kalten Deutschland. Pensionär in Potsdam ... Ob sie ihn überreden sollte, hier zu bleiben? Man konnte auch alt werden in Afrika, wenn man wie er aufrichtig geliebt wurde. Hanns würde genauso denken.

Badili kam und fragte, ob sie noch einen Tee wünschte.

«Ich danke dir», sagte Amelie, «dass du dich so gut in den Haushalt meines Vaters einfügst.» Es war in gewisser Weise eine Entschuldigung für das Verhalten ihres Vaters; sie hoffte, dass es bei Badili auch so ankam. «Morgen möchte ich dir zeigen, wo wir beide in Zukunft arbeiten werden.»

«Wie meinst du das, *bibi dactari*?»

«Mein Bruder hat hier ein kleines Spital gebaut. Dort werde ich dich als meinen Assistenten anlernen.»

Badili sah sie glücklich an. «Ja, *bibi dactari*, und jetzt hole ich den Tee.» Er ging.

Amelie hatte keine Sorge, dass er dieser Aufgabe nicht gewachsen sein könnte: Als sie im Schlafkrankenlager in Udjidji ohne deutsche Gehilfen auskommen musste, hatte sie Badili der Not gehorchend angelernt. Er konnte Blut abnehmen, Spritzen setzen, Verbände anlegen und sogar Mikroskopieren. Vor allem aber war es seine umgängliche Art, die den Patienten die Angst vor der Medizin der Weißen nahm.

Das gerade war es, was der Professor nicht verstanden hatte, überlegte sie: Schwarz und Weiß konnten in diesem Land nicht einfach nebeneinanderher leben. Die neue Generation, zu der sie neben Hanns und sich selbst Badili und Sara zählte, musste gemeinsam an einem Strang ziehen. Nur so war der Weg in die Moderne zu finden. Sie war glücklich, dass Badili dazu bereit war.

Die Verandatür öffnete sich. Vor dem hellen Viereck zeichnete sich der Umriss einer schmalen Gestalt ab, die langsam näher trat. Amelie legte ihre Decke rasch beiseite und stand auf wie jemand, der sich ertappt fühlte.

«Guten Abend, David. Wo hast du den ganzen Tag gesteckt?»

«Mit allen hast du gesprochen. Mir gehst du aus dem Weg, meine weiße Schwester», sagte der Junge.

Wie brachte es Saras jüngerer Bruder nur zuwege, dass sie in seiner Anwesenheit ein permanentes schlechtes Gewissen hatte? Eigentlich hatte sie gar keinen Grund dazu. Gut, sie hätte David schon längst aufsuchen müssen ... Hätte sich zumindest bei Hanns erkundigen sollen, ob David wie versprochen beim Aufbau des neuen Spitals geholfen hatte. Nun wusste sie gar nichts darüber!

«Ich gehe dir nicht aus dem Weg, David. Wie kommst du denn darauf?»

Es klang kraftlos. Amelie ärgerte sich über sich selbst. Dieser Junge nahm sein hartes Los so tapfer an. Er trug den gleichen europäischen Sakko, den sie im Vorjahr an ihm gesehen hatte und der seinen gelähmten rechten Arm verbarg. Doch er war gewachsen, überragte sie längst. Ein junger Mann von sechzehn Jahren. Hätte der Leopard ihn nicht als Baby verletzt, David wäre heute auf dem besten Weg, der Nachfolger seines Vaters Damasso zu werden. Noch heute träumte Amelie gelegentlich von jener Nacht, in der sie die Schreie aus Damassos Hütte über den Berg hatte gellen hören. Und sah den Schatten des Leoparden, der etwas fortschleppte ...

Amelie riss sich zusammen. «Morgen werde ich mir mit Hanns das Spital ansehen. David, kommst du mit?»

«Ich bin jeden Tag dort», sagte David nicht ohne Stolz. «Du hast gesagt, ich solle den Bau beaufsichtigen. Das tat ich, meine weiße Schwester.»

Badili trat auf die Veranda, eine Tasse mit heißem Tee auf einem Tablett balancierend. Sie nahm sie dankend entgegen und stellte Badili und David einander vor.

«Ich kenne ihn schon», sagte David. «Wir haben über deine *safari* geredet. Du hast ihn gelehrt, wie man Menschen mit Spritzen behandelt. Das musst du mir auch beibringen.»

«Ich werde euch beide brauchen», sagte Amelie schnell. «Es wird viel zu tun geben.»

Es war noch nicht einmal sechs Uhr morgens, als Amelie den Hang hinabstieg. Das Gras war noch feucht von der Nacht. In einem alten Feigenbaum saß ein schwarz gefiederter Nashornvogel, der seinen Kopf mit dem dunkelgelben Riesenschnabel schräg auf die Seite legte und Amelie und Jago argwöhnisch beäugte. Fasziniert blieb Amelie stehen und beobachtete, wie er seinen Kopf zurückbog, den Schnabel aufsperrte und einen kehligen lauten Schrei ausstieß. Kurz darauf querte eine Familie Paviane den Pfad, ein Männchen baute sich drohend auf, als es Jago erblickte. Der zog wütend bellend an der Leine; Affen hatte er noch nie gemocht. Fuchsienbüsche und wilde Malven blühten am Wegesrand, unendlich viele Fleißige Lieschen gediehen wie daheim das Unkraut. Auf den Feldern arbeiteten bereits einige Frauen, andere trugen auf den Köpfen große Gefäße aus grünen, eng geflochtenen Blättern, in denen Wasser schwappte. Der Gesang unzähliger Vögel vervollkommnete das Bild einer Welt, die eigentlich keine weißen Kolonisten brauchte.

Bis man Wilkenings zwischen den Plantagen verborgenes altes Spital erreichte. Bei den drei schlichten Häuschen, die den hochtrabenden Namen *Poliklinik Mombo* trugen, herrschte bereits Hochbetrieb. Die das Behandlungshaus umgebende Veranda war Wilkenings «Wartezimmer». Mangels Sitzgelegenheiten lehnten die Patienten an den rissigen Lehmwänden oder saßen auf der Schwelle, die die Veranda gegen den Matsch der Regenzeit schützte. Um ihre gesundheitlichen Probleme zu markieren, hatten sie sich Blätter oder Sisalfäden umgebunden. Ein Mann lag auf einer Bastmatte und rief pausenlos, dass er sterbe. Die meisten wirkten apathisch, warteten geduldig, bis sie an der Reihe waren.

Manche führten ein Zicklein mit sich, andere hatten ein Huhn im Korb, bei vielen waren es Bananen oder Kokosnüsse. Damit wurden, falls die Patienten dazu in der Lage waren, die Behandlung und der Doktor bezahlt. Das meiste davon landete früher oder später oben im Farmhaus, denn die Medikamente, die verwendet wurden, hatte Hanns bezahlt. Kostendeckend konnte das kleine Spital auf diese Weise nicht arbeiten, aber das war auch nicht seine Aufgabe. Als Wilkening und sein Freund Freyer die Idee dazu gehabt hatten, wollten sie auf diese Weise Einheimische an die Farm binden und gleichzeitig – das war eindeutig mehr Wilkenings Anliegen – den Menschen Gutes tun.

Einige junge Kerle drängten zum Eingang hin. «*Dactari*, gib mir Spritze! Gib mir Spritze!»

Wilkenings einheimischer Assistent Kiondo, ebenso schmächtig wie der Arzt und schon etwas gebrechlich, beruhigte die Ungeduldigen, befragte sie nach ihren Namen und ließ sie warten. Alltag im Spital, morgens um sechs, wenn der Tag noch frisch war. Amelie war froh, dass sie sich zu dieser frühen Stunde aufgemacht hatte, um sich mit der Realität am Berg vertraut zu machen. Ihre Gedanken schweiften zurück zum Gespräch vom Vorabend, in dem es um die Zivilisation gegangen war. Wie hatten all diese Menschen gelebt, bevor Wilkening 1889 – nur vier Jahre, nachdem das «Schutzgebiet Deutsch-Ostafrika» offiziell begründet worden war – hier angekommen war? Achtzehn lange Jahre waren seitdem vergangen, und niemand konnte sich wohl vorstellen, dass es hier keinen weißen Arzt gegeben hatte.

Und wie, fragte sich Amelie, würde es sein, wenn Wilkening fort wäre? Würden die Leute sie als Nachfolgerin im neuen Spital akzeptieren?

Nachdem sie Jago unter einem Baum angebunden hatte, betrat Amelie den Behandlungsraum, in dem drangvolle Enge herrschte. Die Fenster hatten keine Scheiben, und somit war der Raum eigentlich gut belüftet. Dennoch war der Geruch im ersten Moment kaum auszuhalten. Es roch nach Blut, Eiter, Krankheit, verwesendem Fleisch, das seit Tagen hätte behandelt werden müssen. Viele Patienten kamen von weit her, manche hatten sich über Tage vorwärts geschleppt, bis sie die einzige Station erreicht hatten, die Einheimische behandelte.

Bei ihrem letzten Aufenthalt war Amelie ebenfalls hier gewesen. Damals war sie gerade aus Europa gekommen, voller Elan, gewillt die Welt auf dem Berg rasch zu verändern, damit auch hier die Moderne Einzug hielt. Inzwischen waren die Bilder der reinlichen Operations- und Krankensäle der Berliner Charité verblasst. Jetzt empfand sie ihre damalige schockierte Ablehnung von Wilkenings Rückständigkeit als töricht. Das Elend war zwar genauso groß, doch sie hatte inzwischen viel Schlimmeres gesehen. Wahnsinnige Schlafkranke, die man einfach weggesperrt hatte, weil ihnen nicht zu helfen war.

Dr. Wilkening desinfizierte gerade eine blutige Wunde am Knöchel eines Mannes, wie sie häufig zu finden war. Zunächst war da nur eine winzige, oberflächliche Verletzung in der Haut gewesen. Der Patient hatte sie ignoriert, Keime waren hineingekommen, und die Wunde hatte zu eitern begonnen. Wurde nichts dagegen unternommen, konnte es so weit kommen, dass das Bein schließlich amputiert werden musste. In diesem Fall war der Patient rechtzeitig zu Wilkening gekommen. Verbandsmull gab es kaum noch, aber Bananenblätter leisteten ähnliche Dienste. Der Patient humpelte auf einen Ast gestützt davon und Kiondo brachte den nächsten, der ein ähnliches Geschwür hatte. Nur saß es weiter oben am Unterschenkel.

Wilkening drehte sich um, um nach einer Flasche mit Jodoform zu greifen, und entdeckte seine unerwartete Besucherin.

«Na, das ist ja eine Überraschung. Ich dachte, ich sehe dich um zehn.»

«Du hattest gesagt, dann könntest du zuvor noch ein paar Stunden arbeiten. Das schlechte Gewissen trieb mich aus dem Bett. Kann ich dir helfen?»

Er sah in die Runde, dachte kurz nach. «Am besten übernimmst du die Frauen. Heute sind zwar nicht so viele da, aber anschließend könntest du noch in den beiden Krankensälen im Nebenhaus nachsehen. Es müssen dringend Leute entlassen werden, damit wir wieder Platz haben.» Wilkening setzte die Untersuchung des Patienten fort. Der Kranke wand sich vor Schmerzen, aber Wilkening machte unbeirrt weiter. «Und nimm Kiondo mit, wenn du später rübergehst. Er kennt sich aus und kann für dich übersetzen.»

Das weiß ich doch, wollte sie sagen. Aber *baba* Wilkening wollte sie nicht bevormunden, ihm fehlte die Zeit für weitschweifige Formulierungen. Sie fragte Kiondo, welche Frauen an der Reihe wären, und nahm sie nacheinander dran. Keine von ihnen hatte jemals eine Frau gesehen, die als Ärztin arbeitete. Nur eine hatte von einer Krankenschwester gehört, die auf einer mehrere Tageswanderungen entfernten Missionsstation arbeitete.

Plötzlich war draußen lautes Geschrei zu hören. Im nächsten Moment schleppte ein älterer Mann ein ohnmächtiges Kind herein, eine junge Frau stürzte hinterher, schrie in der Sprache eines Bergvolks, die Amelie nicht verstand. Auch ohne Erklärung war deutlich zu sehen, dass der kleine Junge in die Kiefer irgendeines afrikanischen Ungetüms geraten war.

«Da hast du dir einen schönen Einstand ausgesucht, liebe Amelie», sagte Wilkening gelassen. «Abbinden und amputieren», setzte er hinzu.

Kiondo scheuchte die Mehrzahl der Leute aus dem Raum, Wilkening leerte mit wenigen Griffen den einzigen vorhandenen Tisch, um den Jungen darauflegen zu lassen. Dann griff der Arzt nach einer Säge und einer festen Schnur aus Raphiafasern. Nachdem Amelie eine Schrecksekunde lang auf das ohnmächtige Kind gestarrt hatte, nahm sie Wilkening die Schnur aus der Hand und band dann das Bein oberhalb des Kniegelenks ab. Was darunter war, verschwamm in einem Brei aus Gewebefetzen, Knochensplittern und Blut. Hoffentlich hatte der Junge noch nicht zu viel Blut verloren.

Währenddessen untersuchte der alte Buscharzt bereits die Wunden. Kiondo reichte Wilkening eine Flasche Schnaps und beugte sich dann über den Kopf des Kindes, öffnete dessen Mund, zog die Zunge heraus und band sie mit schmalen Blättern, die in einer Kalebasse bereitlagen, am Kinn fest, damit der

Junge nicht erstickte. Die im Raum verbliebenen Eltern und einige andere Zuschauer sahen neugierig zu, niemand sagte ein Wort. Als Wilkening behutsam Alkohol auf die Wunden goss, um sie zu desinfizieren, hielten die Umstehenden den Jungen fest. Die Blutung hatte aufgehört, der zerfetzte Knochen lag offen. Nichts in der Welt würde dieses Bein wieder zusammenwachsen lassen. Der Junge würde ein Krüppel bleiben.

«Siehst du, das meinte ich gestern Abend», sagte Wilkening. «Das Leben hier oben trägt keine Maske, es ist unverfälscht und brutal. Kiondo drückt das so aus: Der Mensch stellt die Fallen auf, aber Gott sieht nach, ob etwas gefangen ist.»

Bevor Wilkening die Säge ansetzte, desinfizierte er das Werkzeug mit Schnaps und nahm noch rasch einen kräftigen Schluck aus derselben Flasche. Und dann begann er.

Amelie fühlte sich an die erste Amputation erinnert, der sie als Studentin an der Zürcher Universität beigewohnt hatte. Sie war die einzige Frau im Saal gewesen. Alle hatten darauf gewartet, dass sie ohnmächtig wurde.

Aber sie hatte den Blick nicht abgewandt. Auch jetzt fühlte sie immer wieder den kaum messbaren Puls des Kindes, legte das Hörrohr auf seine kleine Brust. Der Herzschlag war schwach, sie musste genau hinhören. Von dem, was Wilkening tat, bekam der Kleine nichts mit, die Ohnmacht ersparte es ihm. Amelie blickte zu Wilkening, dessen weißes kragenloses Oberhemd mit Blut bespritzt war. Schweiß gebadet sägte er konzentriert. Ein quietschendes Ächzen. Der Geruch von Blut, Alkohol und Angstschweiß. Wie lang das dauerte ...

Der Zustand des Jungen gefiel Amelie gar nicht. Sie beugte sich über ihn, er atmete kaum noch!

«Halt durch, mein Kleiner», flüsterte sie ihm ins Ohr.

«*Baba*, wie weit bist du?», fragte sie laut.

«Hab's gleich.»

Der Atem des Kindes setzte ganz aus.

«Er bleibt weg, *dactari*.»

«Mach dich bereit, ihn zu reanimieren.»

Amelie löste die Blätter vom Mund des Jungen, beugte sich über ihn, lauschte auf seinen Atem, horchte mit dem Hörrohr auf sein Herz. Stille in einem noch warmen Kinderkörper.

Zwei weiße Ärzte, dachte Amelie, und er stirbt uns trotzdem unter den Händen weg. So etwas darf doch nicht sein!

Nun erfasste die Mutter des Kindes, wie es um den Kleinen stand. Sie begann etwas zu murmeln, das Amelie nicht verstand und für die Anrufung einer Gottheit hielt. Mochte diese Instanz noch einmal ein Einsehen haben ... Im Raum erhoben sich Stimmen, die immer lauter wurden. Alle stimmten in das Gebet der Mutter ein. Amelie brach der Schweiß aus.

«Jetzt!», rief Wilkening. Das hässliche Krächzen der Säge verstummte.

Sie beugte sich über das Gesicht des Kindes, blies ihren Atem in dessen Mund, setzte ab und begann das Herz des Kindes zu massieren. Während der zweiten Herzmassage übernahm der Lebensmuskel wieder seine Arbeit. Amelie klopfte auf die Wangen des Kleinen, er kam wieder zu sich und schlug die Augen auf. Verwirrt blickte er seiner Lebensretterin direkt ins Gesicht – und brach in Tränen aus.

Amelie lachte ihn an, sagte ihm auf Kisuaheli, dass alles gut würde, aber der Junge verstand kein Wort. Weder hatte der Kleine jemals eine weiße Frau gesehen, noch verstand er ihre Sprache. Amelie trat zurück und schob die Mutter des Knaben zu ihrem Kind.

Wilkening hatte das Gewebe des Beinstumpfes inzwischen gereinigt, vernähte es und umwickelte es fest mit Verbandsmaterial, das wie durch ein Wunder vorhanden war. Offensichtlich wurde damit sehr sparsam umgegangen. *Baba* reichte Amelie die Schnapsflasche, doch sie lehnte ab.

«Ist besser», sagte er, und sie gehorchte. Sie mochte keinen Alkohol und verzog angewidert das Gesicht. «Kannst es ja vor der Tür ausspucken», riet *baba*.

Als sie draußen stand und die warme, feuchte Luft tief einatmete, wusste sie, dass dies der richtige Ort war. Ein Platz, an dem sie gebraucht wurde. Und sie begriff Wilkenings Abscheu vor den feinen Herren, die Unter den Linden flanierten, umso besser. Das Leben auf dem Berg war hart, vielleicht tatsächlich barbarisch. Aber es war ehrlich.

Etwas entfernt stand ein einzelner Zitronenbaum. Ganz weit oben hing eine letzte reife gelbe Frucht. Amelie reckte sich, um sie zu pflücken. Im Behandlungsraum hatte Kiondo den kleinen Patienten inzwischen aufgesetzt. Er war benommen, guckte auf den weißen Verband, in den sein Beinstumpf mündete. Doch er weinte nicht. Der Anblick einer weißen Frau war erschütternder gewesen ... Amelie fand ein Messer, zerteilte die Zitrone und gab sie dem Kind in die Hand. Nun lächelte der Junge und führte die Frucht an den Mund, leckte den sauren Saft genüsslich.

Es war ein alter Trick, den *baba* Wilkening Amelie vor vielen Jahren gezeigt hatte, als sie noch als Dreizehnjährige zunächst nur zugesehen und nach und nach kleine Hilfsaufgaben übernommen hatte. Der wahre Abschied von ihrer Kindheit hatte sich hier oben vollzogen, in diesem einfachen Spital. Mit jedem Patienten, der gekommen war, hatte sie sich ein Stückchen von der Unbefangenheit der Jugend entfernt.

Wilkening quittierte Amelies schlichten Trost mit einem leichten Lächeln. Die Zeiten änderten sich gerade in Europa schnell, doch hier blieben die alten Mittel die besten.

Hanns hatte gesagt, das neue Krankenhaus wäre fast fertig. Doch nach mehr als zwölf Monaten Bauzeit erkannte Amelie nur ein riesiges Holzgerippe mit einem Dachstuhl. Ein einziger indischer Handwerker war in luftiger Höhe damit beschäftigt, die Balken miteinander zu verbinden. Zahlreiche Männer standen oder saßen herum, zwei sägten Balken, einige schleppten Holz heran. Amelie war konsterniert. Der Bau wirkte überdimensioniert, und sie fragte sich, wie lange es noch dauern würde, bis er fertiggestellt war.

Hanns spürte Amelies Enttäuschung und erklärte seiner Schwester, dass die Vorarbeiten viel Zeit in Anspruch genommen hatten. Ein Stück des Hangs musste abgetragen und planiert werden. Damit das Haus in der Regenzeit nicht unterspült werden konnte, stand es auf Steinsäulen, die haltbarer als Holzpfosten waren. Die benötigten Steine hatten mühsam dem Berg abgerungen werden müssen, wobei zum Spalten des Gesteins lediglich Spitzhacken zur Verfügung gestanden hatten.

«Und jetzt muss David dir erklären, was der Clou an deiner Klinik ist», sagte Hanns. «Der Plan stammt nämlich von ihm.»

David tippte sich mit seiner gesunden linken Hand an die Stirn: «Ich dachte nach. Die Klinik ist von Nord nach Süd ausgerichtet. So scheint die Sonne nie direkt in die Fenster. Und das Dach ist so weit nach unten gezogen, dass es nicht hineinregnet. Nachts, wenn die Fenster zum Schutz vor wilden Tieren verschlossen werden, bleibt für eine gute Belüftung zwischen den Wänden und dem Dach ein breiter Spalt.»

Auf einer einfachen, jedoch maßstabgerechten Zeichnung zeigte David Amelie, wo sich die vielen kleinen Krankenzimmer, der Behandlungsraum sowie ein kleiner Operationsraum befanden. Davids ausgeklügelter Plan sprach den abfälligen Bemerkungen des Professors über die unzivilisierten Schwarzen Hohn.

«Das hast du dir fantastisch ausgedacht!», lobte Amelie mit schlagartig besserer Laune.

«Bei der Planung haben *baba dactari* und *bwana* Hanns mir geholfen», sagte der Junge.

Jetzt mischte sich Wilkening ein. «Dein Bruder wollte ein sehr großes Klinikum haben. Vielleicht ein wenig zu groß.»

Hanns verschränkte die Arme vor der Brust; es war deutlich, dass die beiden über diesen Punkt einige Diskussionen geführt hatten. «Du wirst schon sehen, *baba*, dass Amelie sehr viele Patienten haben wird.»

Insgeheim gab Amelie Wilkening recht. Die Größe des Baus schien im unmittelbaren Verhältnis zu Hanns' Wunsch zu stehen, seine Schwester möge für immer auf Salama bleiben.

«Was meint ihr, wann wir hier Patienten behandeln können?», fragte sie.

«In ein paar Wochen ...», erwiderte Hanns vorsichtig.

«Das größere Problem ist die Ausstattung», sagte Wilkening. «Meine halbjährliche Lieferung an Medikamenten und Verbandsmaterial ist längst überfällig. Du hast ja gerade gesehen, womit ich mich bei den einfachen Fällen behelfe.» Er erklärte, dass er anhand des verbrauchten Materials den Bedarf für die nächste Bestellung in Deutschland kalkulierte. «Wenn der Andrang größer als erwartet ist, dann haben jene, die zuletzt kommen, einfach Pech.» In sein Schicksal ergeben hob er die Achseln.

«Zumindest einen Operationstisch habe ich schon bestellt und ein wenig Kleinkram», sagte Hanns. «Als ich in Tanga war, lief mir Dr. Heim über den Weg, der mich dabei beraten hat, an wen ich mich diesbezüglich in Berlin wenden konnte. Der Doktor scheint ja ein guter Freund von dir zu sein, Amelie.»

In seinen Worten schwang ein leicht bitterer Unterton. Es war, als spräche er von einem Nebenbuhler. In gewisser Weise war der Leiter des Regierungskrankenhauses das auch. Dr. Heim hatte schon vor einem Jahr versucht, Amelie als Ärztin für seine gut ausgestattete Klinik des Gouvernements in Tanga zu gewinnen, in der ausschließlich Weiße behandelt wurden. Hanns hatte dieses Vorhaben durchkreuzt, indem er Amelie kurzerhand den Bau eines Eingeborenenspitals auf dem Gelände von Salama vorgeschlagen hatte.

Amelie winkte Badili heran, der mit seinen Schuhen wie ein Fremdkörper zwischen den barfüßigen Einheimischen wirkte.

Sie stellte ihn ihrem Bruder und Wilkening vor und bat den Urwaldarzt, Badili schon mal unter seine Fittiche zu nehmen. Die beiden machten sich gemeinsam auf den Rückweg zur alten Klinik.

«Vater hackt beständig auf Badili herum. Als wüsste er, dass Badili zuvor Gustavs *boy* war», sagte Amelie.

Während die Geschwister durch die Plantage schlenderten, berichtete Amelie von ihrem Wiedersehen mit Gustav, seiner jetzigen Aufgabe als Stabsoffizier – und von ihrer Verlobung.

Hanns nahm Amelie spontan in die Arme. «Was für eine fantastische Neuigkeit! Ich habe mir so gewünscht, dass auch dich die Liebe wie ein Blitz trifft. Als du das letzte Mal hier warst, fürchtetest du, nie einen Mann zu finden, der dich liebt und dich dennoch so sein lässt, wie du bist. Und dabei hat es diesen Mann schon gegeben.» Hanns lächelte. «Gustav war schon in dich verschossen, als wir noch in der Lietzenburger Straße wohnten. Natürlich kam kein Wort über seine Lippen. Ich war ja der große Bruder. Aber ich erinnere mich noch an den Tag, als wir im Zoologischen Garten waren. Ich ging, um für uns alle Eis zu kaufen. Als ich zurückkam, da seid ihr beide rot wie Kirschen gewesen. Da habe ich es gewusst, Melli: Ihr hattet euch das erste Mal geküsst!»

Amelie errötete. «Das war kein richtiger Kuss. Mehr so ein Schmatz.» Dennoch war sie verblüfft über seine damalige Beobachtungsgabe. «Das hast du gewusst?»

«Na, klar. Ich habe doch gespürt, dass ich das dritte Rad am Wagen war. So, wie ihr beiden euch immer angesehen habt.» Hanns ließ Amelie los. «Na ja, ein wenig eifersüchtig war ich schon. Wenn der beste Freund sich in die eigene Schwester verguckt, wird man nicht mehr gebraucht.» Er lachte. «Ja, die alten Zeiten waren schön. Ich wünschte, ich könnte Gustav mal wiedersehen.»

«Das kannst du schon bald! Er wird uns hier in einigen Wochen besuchen!»

«Wirklich? Das ist ja unglaublich! Da kann ich ihm selbst gratulieren.» Er schloss Amelie noch einmal in die Arme.

Als Amelie aufsah, bemerkte sie den Professor. Er hatte in den üppig blühenden Blumenrabatten des Vorplatzes das stets reichlich nachwachsende Unkraut gejätet und blickte zu ihnen herüber.

«Ich habe Vater noch nicht von Gustav erzählen können», sagte Amelie.

«Das wird nicht einfach, Schwesterchen. Er hat auf Gustav immer herabgesehen. Für ihn war er nur der Hausmeistersohn. Er hatte so ein schreckliches Wort für ihn ...»

«Kohlen-Karl», ergänzte Amelie bitter.

«Stimmt. Das hatte sich Georg ausgedacht. Unser Bruder konnte Gustav erst recht nicht ausstehen.»

Weil es glatter über die Zunge ging, hatte Georg nur den ersten Teil des Doppelnamens verwandt, auf den Karl Gustav Brelow getauft worden war. Aus demselben Grund hatte Gustav später den ersten Teil seines Vornamens unterschlagen.

Amelies Blick verklärte sich in Gedanken an die Vergangenheit. «Mit den Kohlen hat es angefangen, hat Gustav mir erst neulich gestanden. Er hat tatsächlich deshalb so fleißig Kohlen zu uns in den ersten Stock geschleppt, weil das anfangs die einzige Möglichkeit war, mich zu sehen.»

«Große Güte, da warst du doch erst sechs oder sieben. Was für eine schöne Liebesgeschichte: Fast ein Leben lang in ein Mädchen verliebt zu sein!»

«Du bist ein Romantiker, mein großer Bruder.»

«Das ist ja mein Problem. Liebe muss Grenzen niederreißen. Ob zwischen Hausmeistersohn und Professorentochter oder *bwana* und Vorarbeitertochter. Wenn Liebe nach Konventionen fragt, ist sie Kalkül. Eine Rechnung, die letztlich nicht aufgeht.»

«Das müssen wir Vater erst noch begreiflich machen!» Doch Amelie fühlte sich nicht in der Stimmung zu dem dann unvermeidbaren Streit. Mittag war längst vorbei, und sie hatte den ganzen Tag noch nichts gegessen. Ein Zustand, der sie übellaunig werden ließ.

«Hanns, ich habe dir etwas zu sagen. Komm her!», rief der Professor über den Vorplatz.

«Er kann mich doch nicht wie einen kleinen Jungen herumkommandieren», schnaubte der Pflanzer, dem Hunderte von Arbeitern gehorchten. Entschlossen, den väterlichen Befehl zu ignorieren, tat er keinen Schritt.

«*Baba* und ich hatten gestern mit ihm einen Disput wegen seines Verhaltens Sara und dir gegenüber», sagte Amelie. «Vielleicht lenkt er ein.»

Der Alte näherte sich nun mit energischem Schritt. «Mit deiner Liebesgeschichte richtest du die Farm zugrunde», rief er. Er hielt eine kleine Hacke in der Hand, mit der er gerade den Boden gelockert hatte. «Heute Morgen war ein Händler von der Küste da. Er wusste über alles Bescheid, offensichtlich redet man über uns. Der Mann hat gesagt, dass er nicht von einem Pflanzer kauft, der wie ein Kaffer lebt.» Der Professor untermalte seine Worte mit der Hacke. «So steht es um uns. Und damit du ein für alle Mal weißt, welche Konsequenzen du zu gewärtigen hast, Hanns, wenn du die Negerin heiratest, merke dir dieses: Ich werde dich enterben.»

Warum musste dieses Gespräch ausgerechnet jetzt, auf leeren Magen in der Mittagshitze stattfinden! Es konnte keinen schlechteren Zeitpunkt geben; aber es gab wohl auch niemals einen richtigen dafür ...

Hanns kickte mit der Stiefelspitze einen Stein fort und schob sich seinen Cowboyhut in den Nacken. Er sah kämpferisch aus. Gleichwohl rang er sichtlich mit sich, was er antworten sollte. Für ihn ging es um alles oder nichts.

«Salama ist unser Zuhause», sagte er schließlich. «Du hast das alles hier initiiert, Vater. Willst du es wirklich mutwillig zerstören?»

Der Professor sah seinen Erstgeborenen abschätzig an. «Man muss kein Mann sein, um solch eine Farm zu führen. Deine Schwester hat bewiesen, wozu sie fähig ist. Eine Frau, die sich in der Männerwelt der Ärzte behauptet, kann auch eine Farm leiten. Vielleicht sogar besser als du.»

Amelie glaubte, der Boden würde sich unter ihren Füßen auftun. Tränen schossen ihr in die Augen. «Vater, ich flehe dich an: Sprich nicht so! Ich liebe Hanns. Du darfst mich doch nicht gegen ihn ausspielen!»

«Die Liebe zu deinem Bruder ehrt dich, mein Kind. Und sie macht auch mich stolz, glaube mir. Aber was zu viel ist, ist zu viel. Ich kenne die Europäer hier in den Bergen besser als du. Sie werden sich gegen uns alle stellen, wenn Hanns nicht vernünftig wird.»

«Selbst wenn ein Händler von der Küste sich abwendet, dann ist das kein Grund nachzugeben», beharrte Amelie. «Sondern es ist ein Grund, als Familie zusammenzustehen. Seit zehn Jahren arbeitet Hanns hier Tag und Nacht. Er ist die Seele von Salama.»

«Das sind keine Argumente, Kind. Das sind Gefühle.»

«Was ist falsch an Gefühlen, Vater? Sie sind das, was uns zusammenhält. Wir sind keine Firma, sondern eine Familie.»

«Das ist wohl wahr», bestätigte der Professor. Doch sein kalter Ton sprach seinen Worten Hohn. «Dann bedenke aber bitte dies: Wenn Hanns die Negerin heiratet, dann wird ihr Bastard – und wer weiß, wie viele da noch kommen werden – Erbe unserer Farm. Willst du das: Ein Mischling, in dessen Adern das Blut seiner wilden Vorfahren fließt, wird ein von Freyer und gebietet über unsere Farm? Das ist eine Verhöhnung des Deutschtums.» Der Professor schüttelte bitter den Kopf. «Nein, so weit lasse ich es nicht kommen.»

Amelie spürte, wie ihr schwindlig wurde. Die Hitze, der Hunger und das Gespräch setzten ihr zu. «Entschuldigt mich.» Sie streifte sich den Safarihelm vom verschwitzten Haar und löste fahrig die eng am Hals anliegende Schleife ihrer weißen Bluse. «Ich werde mich ins Haus begeben.»

Sie ging ein paar Schritte, und ihre Beine gaben ganz einfach nach. Sie wunderte sich, dass ihr so etwas hier passierte. Zuhause, wo sie doch in Sicherheit war.

«Amelie ist Ärztin. Die Farm hat sie nie interessiert.» Hanns versuchte leise zu sprechen. «Was glaubst du denn, weshalb ich da unten dieses Krankenhaus hinbaue? Doch damit sie bleibt.»

Amelie richtete sich in ihrem Bett auf. Die Vorhänge waren zugezogen. Sie blickte auf die kleine verzierte Uhr an der Wand; ihr Schwächeanfall hatte sie nur kurz außer Gefecht gesetzt. Als Medizinerin war ihr klar, dass ihr vor allem Wasser fehlte. Seit dem Aufstehen hatte sie keinen Tropfen zu sich genommen. Ein Krug und ein Glas standen neben ihrem Bett. Sie trank in kleinen Zügen und lauschte der Konversation nebenan.

«Das mit dem Spital hast du gut gemacht. Das wird sie halten. Aber überschätze deinen Einfluss auf sie nicht. Letzten Endes ist sie eine von Freyer und weiß, dass sie dem Familienerbe verpflichtet ist», erwiderte der Professor.

«Amelie und ich, wir sind beide jung genug für einen Neuanfang. Dr. Heim in Tanga wartet nur darauf, sie als Oberärztin anzustellen. Du weißt, dass das für sie eine große Chance wäre. Und auch ich habe mich umgehört.»

«Was willst du damit sagen?» Die Stimme des Professors klang ungeduldig.

«Hier in der Nähe wurde eine Farm verkauft. Kürzlich erst. Es heißt, es wären Leute, die keine Ahnung haben, auf was sie sich eingelassen haben. Sie brauchen also dringend einen erfahrenen Verwalter wie mich.»

«Reisende soll man nicht aufhalten!»

«Du verkennst die Lage, in der Salama sich befindet. Erst kürzlich habe ich mit Dr. Heim gesprochen. Er würde Amelie bei ihren Forschungen unterstützen; er brennt geradezu darauf, den Ruf seines Spitals durch eine Wissenschaftlerin wie sie aufzubessern. Und du weißt, dass das ihre Leidenschaft ist.» Hanns machte eine bedeutungsschwere Pause. «Du wirst sie nicht halten können, wenn ich gehe.»

«Du erpresst mich, Sohn!»

«Ich ermahne dich, vernünftig zu werden.»

Amelie setzte die Füße auf den Boden. Einer der beiden, Vater oder Bruder, hatte ihr die Stiefel ausgezogen. Barfuß ging sie zur Tür, als ihr Blick in den Spiegel fiel: Ihre blonden Locken hatten sich gelöst, kräuselten sich wirr wie kleine Schlangen. Doch dafür war jetzt keine Zeit.

Professor Freyer schlug auf einen Tisch. Gläser klirrten. «Der Worte sind genug gewechselt. Und nun: Geh mit Gott, aber geh, bevor deine Schwester wieder zwischen uns steht.»

«Dafür dürfte es wohl zu spät sein», sagte Amelie, als sie mit nackten Füßen in den Salon trat. Die Köpfe der beiden Männer flogen herum.

Hanns bot ihr seinen Arm. «Melli, was machst du für Sachen! Ich habe mich zu Tode erschreckt.»

«Ich mich auch», sagte sie. «Der Boden ist hart.»

Sie setzte sich an den Tisch, auf dem ein Brotkorb und eine Schüssel mit Suppe warteten, und deutete auf die Stühle. «Wisst ihr, jetzt fehlt uns Mutter. Sie hat immer zwischen euch beiden geschlichtet. Setzt euch, hätte sie gesagt, und esst erst mal.»

«Sara wartet mit dem Essen, Melli.»

«Dann isst du eben zweimal. Kann dir nicht schaden.» An Hanns war kein Gramm zu viel, eher war das Gegenteil der Fall.

Es war allerdings nur für zwei eingedeckt. Amelie rief Suahibu und bat um ein drittes Gedeck für Hanns. Widerwillig setzten die Männer sich. Amelie übernahm es, beiden die kräftige Ochsenschwanzsuppe in die Teller zu füllen.

«Guten Appetit!», sagte Amelie fordernd. Für eine Weile war nur das Klappern der Löffel auf Porzellan zu hören. Die heiße Suppe, in die sie das von Suahibu frisch gebackene Brot tunkte, tat gut, und Amelie spürte, dass sie genau das jetzt gebraucht hatte.

«Ihr schachert um mich», sagte sie in das Schweigen hinein. «Das ist amüsant.» Sie blickte über den Löffel in ihrer Hand zu Hanns. «Ich wusste nicht, dass du solch ein Taktiker bist, Brüderchen.»

«Wir wollen hier beide glücklich sein, jeder mit dem, was er am besten kann. Das haben wir einander gestern Abend erst versichert.»

«Du hast recht mit Dr. Heim, Hanns. Vor einem Jahr wollte ich wirklich bei ihm arbeiten. Aber das zerschlug sich dann, weil der Kaufmann Messingnagel mich für seine Expedition abwarb. Das Geld, das ich dabei verdient habe, steckt jetzt in dem neuen Spital.» Sie schenkte Hanns ein bittersüßes Lächeln. «Das solltest du bedenken, wenn du für mich Zukunftspläne schmiedest, Brüderchen. Rin in die Kartoffeln, raus aus die Kartoffeln – da mache ich nicht mit. Ich bleibe hier, aber ich werde nicht die Farm leiten, Vater. Ihr zwei werdet euch einigen.»

Hanns war anzusehen, dass ihm mit Amelies klarer Aussage nicht geholfen war.

Doch Amelie wollte kein Spielball sein. «Du, Vater, sprachst vorhin von einem Aufkäufer, der uns im Stich lässt. Auch dazu weiß ich eine Lösung.» Sie blickte Hanns an: «Messingnagel. Du erinnerst dich an ihn, Hanns, nicht wahr? Du mochtest ihn nicht, als er letztes Jahr hier auf Salama war. Die Kröte wirst du dennoch schlucken müssen. Denn Messingnagel wird uns helfen. Schließlich ist er mir einen Gefallen schuldig. Es wäre ja auch nicht zu seinem Schaden.»

Hanns' mürrisches Gesicht verriet, dass ihm Amelies Vorschlag gegen den Strich ging. Aber er war klug genug, einzulenken. «Gut. Ich werde zu Messingnagel Kontakt aufnehmen.»

«Wer ist überhaupt dieser Messingnagel?»

Der Professor hatte es noch nie leiden können, wenn in seiner Gegenwart über etwas gesprochen wurde, von dem er keine Ahnung hatte.

Amelie erzählte ihm, wie sie den Berliner im April des Vorjahres während der Schiffspassage kennengelernt hatte. «Eine Mitreisende drohte nach einer Fehlgeburt zu sterben. Das ganze Schiff fieberte mit, als ich Hermine beistand. So wurde auch Herr Messingnagel auf mich aufmerksam.» Amelie war froh über den Themenwechsel. «Hanns, du hast doch auch Hermine kennengelernt. Damals im Krankenhaus in Tanga. Erinnerst du dich?»

«Sie war eine liebe, bescheidene Frau. Weißt du, was aus ihr geworden ist?»

«Das Schicksal hat ihr danach übel mitgespielt», begann Amelie. «Hermines erster Mann schürfte in einem Bergwerk südlich des Victoriasees nach Diamanten. Der Stollen stürzte ein und begrub den Armen.»

«Diamanten im Schutzgebiet?», fragte Hanns. «Das ist mir neu.»

«Die Mine gehört diesem Herrn Messingnagel», sagte Amelie. «In der Hosentasche ihres Mannes fand Hermine einen hellbraunen Stein, groß wie eine Kinderfaust, eigentlich ein unansehnliches Ding. Gustav sah den Klumpen an und erkannte sofort: Das ist ein Rohdiamant. Messingnagel überließ Hermine den Diamanten, obwohl er ein Vermögen wert ist.»

«Eine typisch afrikanische Geschichte.» Der Professor schien mäßig interessiert.

«Und sie geht weiter: In Udjidji hat Hermine einen Hauptmann kennengelernt. Und der hat sie vom Fleck weg geheiratet! Die Trauung hat übrigens Gustav vorgenommen. Als Stabsoffizier hat er die Vollmacht dazu. Ich war die Trauzeugin.

Schließlich hatte Hermine ihren Hermann in meinem Haus in Udjidji kennengelernt. Tja», schloss Amelie ihren kurzen Bericht, «und nun ist Hermine eine Frau Wohlgeburt.»

Sie hatte Gustavs Namen absichtlich mehrfach erwähnt. Nun wartete sie auf eine Reaktion ihres Vaters. Kein Muskel seines Gesichts zuckte; er schwieg.

«Hermine heißt jetzt Wohlgeburt?», fragte Hanns. «Sehr interessant.» Er erhob sich. «Ich muss gehen.»

«Ja, das musst du.» Der Professor verzog sich grußlos in sein dunkles Arbeitszimmer.

Amelie begleitete Hanns durch die Eingangshalle. Hanns umfasste kraftvoll die Oberarme seiner Schwester.

«Was ist mit dir?», fragte sie irritiert.

«Melli», sagte er eindringlich, «der Mann, der unweit von hier eine Farm gekauft hat, trägt einen ausgesprochen vertrauenerweckenden Namen.»

«Ach ja?»

«Er heißt Hermann Wohlgeburt.»

5.

Der Weg führte bergan durch eine urtümliche Wildnis, in der der Mensch nur ein seltener Gast war. Der Pfad war gerade breit genug für ein Maultier, das auf dem teilweise lockeren Gestein schwer Halt fand. Zu beiden Seiten des Weges erstreckte sich der undurchdringliche Urwald mit urzeitlichen Baumriesen, Farnen, Büschen und Rankwerk. Die Luft war zu dieser frühen Tagesstunde noch feucht von der Nacht, es duftete nach Wald, Abenteuer und Bergeinsamkeit. Das heisere Krächzen eines Vogels benachrichtigte die Tierwelt vom Eindringen der Menschen, der helle Schrei eines Affen antwortete.

Leben, dachte Amelie, glich hier weit mehr als auf Salama einem Überlebenskampf. Gerade in dieser üppigen Natur fand sich für den Menschen nichts, was er zum Überleben brauchte. Im Urwald gediehen keine essbaren Pflanzen, und an Jagd war angesichts des dichten Gestrüpps nicht zu denken; jedes Tier fand schneller einen Unterschlupf, als der Jäger anlegen konnte. Und hier wollten Hermine und Hermann einen Neuanfang wagen. War das mutig? Oder naiv?

«Was weißt du über die Farm, die Hermine gekauft hat?», hatte Amelie Hanns gefragt, als sie von Hermines neuer Heimat erfahren hatte.

«Eigentlich nichts», hatte er geantwortet. «Der bisherige Besitzer hat aufgegeben. Wer dort nicht so wie die Wohlgeburts als Ehepaar hingeht, hat nur die Einheimischen als Gesprächspartner.»

«Und eine Schule gibt es erst recht nicht.»

«Schule?»

«Hermine hat zwei Kinder, die in die Schule gehen müssen.»

«Die werden wohl ins Internat müssen.»

Hanns hatte jahrelang das Internat in Tanga besucht und war nur an einem Wochenende im Monat heimgekommen nach Salama. Seine Kommilitonen, deren Familien noch weiter entfernt wohnten, hatten nur in den Ferien heimfahren können. Amelie war in den fünf Jahren auf Salama auf Privatunterricht durch ihre Eltern und *baba* Wilkening angewiesen gewesen.

Amelie fragte sich, ob sich Hermine all der Schwierigkeiten bewusst war, die noch auf ihre Familie zukommen würden. Doch nicht nur deshalb hatte sie sich mit gemischten Gefühlen auf diese Reise begeben. Natürlich sehnte sie sich danach, Hermine zu sehen. Und selbstverständlich würde die Freundin jede Unterstützung bekommen. Sollte Hanns allerdings ernsthaft erwägen, die Leitung von Hermines Farm zu übernehmen, dann erschien es im Interesse von Salama notwendig, sich nicht von der Entwicklung der Ereignisse überrollen zu lassen: Hanns schien verzweifelt genug, um einen folgenschweren Fehler zu machen.

In der Nähe eines schmalen Wasserfalls, der sich aus zirka fünfzig Meter Höhe ungestüm in ein mit dicken Geröllbrocken übersätes Bassin ergoss, machte Hanns halt.

«Lass uns hier rasten, Melli.»

Amelie reichte ihrem Bruder eine dicke Scheibe Brot und ein Stück kalten Braten. Hanns setzte sich auf einen Stein neben sie.

«Ich muss dir etwas erzählen. Der Brief von Gustav, in dem er um deine Hand anhält, ist tatsächlich angekommen. Leider war ich da schon ausgezogen.»

«Und ich habe mich die ganze Zeit gefragt, wo dieser Brief geblieben ist. Dann weiß Vater also von Gustav!»

Hanns nickte. «Ja, der Alte weiß es. Das hat *baba* mir erst gestern gesagt, weil ich ihn direkt darauf angesprochen habe. Du kennst ja *baba*: Für Liebesdinge interessiert er sich nicht. Hat er noch nie. Der Glückliche. Ist ihm viel Ärger erspart geblieben.» Hanns grinste.

«Aber auch Schönes», verbesserte Amelie.

«Gewiss doch, auch Schönes.» Hanns stöhnte auf. «Vater hat den Brief wohl wutschnaubend auf den Tisch geknallt. Guck dir diese Unverschämtheit an, Fred! Wie kann dieser Bengel es wagen! *Baba* sagt, er habe den Brief nicht mal lesen dürfen. Vater hätte ihn sofort wieder an sich genommen und in den Kamin geworfen.»

«Und weiter hat Vater nichts gesagt?»

«Dass Kohlen-Karl seine Tochter nie bekäme. *Baba* konnte damit nichts anfangen, er kennt Gustav ja gar nicht. Irgendwie erschien es ihm wohl sogar logisch, dass der Herr Professor seine Amelie keinem Kohlen-Karl zur Frau geben will. Ich habe *baba* dann aufgeklärt, dass der Kohlen-Karl inzwischen die rechte Hand des Gouverneurs ist.» Hanns blickte Amelie leicht verunsichert an. «Das stimmt doch so, oder?»

«Das ist er wirklich!», bestätigte Amelie enthusiastisch.

«Du hast ja neulich, als wir zusammen speisten, mehrfach Gustav erwähnt. Nachdem wir das jetzt alles wissen, wundert es mich umso mehr, dass er nicht reagiert hat.» Hanns biss endlich in sein Brot. «Ich warte noch, bis Gustav hier gewesen ist, aber dann treffe ich eine Entscheidung», sagte ihr Bruder feierlich. «Aber ich habe schon jetzt das Gefühl, dass jede Entscheidung, die ich treffen werde, falsch sein wird.»

Das Mädchen mit den wilden dunklen Locken sprang erschrocken auf und ließ die Hacke fallen, mit der es den Boden lockerte.

«Mama, Mama, komm schnell! Zwei weiße Jäger. Die haben Hunde!»

Nicht weit von dem Mädchen war ein kleinerer Junge ebenfalls damit beschäftigt, ein Beet anzulegen. Er stand auf, hob die Hand an die Stirn und beschattete seine Augen. Der Junge trug eine knielange eingerissene Hose und ein Hemd.

«Sind das die beiden?» Hanns warf Amelie einen Blick zu. «Ob wir auch mal so ausgesehen haben?»

Das Gleiche ging Amelie in diesem Moment durch den Kopf. «Ich glaube schon. Nur dass du der Ältere warst.»

Geschmeidig stieg sie aus dem Sattel ihres Maultiers und rief die beiden Jagdhunde zurück, die sich neugierig dem Jungen näherten.

«Guten Tag, Heinrich», sagte Amelie und nahm ihren cremefarbenen Safarihut ab. «Du wirst dich nicht mehr an mich erinnern können.»

«Ich weiß ganz genau, wer Sie sind, Frau Doktor», antwortete der schmächtige Achtjährige. «Sie haben mich in Morogoro auf der Mission abgegeben.»

Amelie verschlug es die Sprache. Nicht nur, dass der Kleine Schriftdeutsch sprach, er strahlte ein erstaunliches Selbstbewusstsein aus. Während des einen Jahres, das seine Eltern für den Kaufmann Messingnagel gearbeitet hatten, hatten er und seine Schwester bei den Ordensschwestern der französischen Mission in Morogoro gelebt.

«Das ist mein Bruder Hanns», sagte sie, «und das sind Juno und Jago.»

«Ist Juno die Frau von Jago?», fragte Heinrich.

«Seine Schwester», sagte Hanns. «Sie sind zusammen auf unserer Farm aufgewachsen.»

«Maria möchte einen Hund wie Jago.» Aus Heinrichs sehnsuchtsvoll auf den braun gefleckten Hund gerichteten Augen sprach der gleiche Wunsch. «Sie redet immer von Jago. Immer.»

Amelie ließ den Blick über jenen Teil des Anwesens schweifen, den sie einsehen konnte. «Schön ist es hier», sagte sie.

Das Farmhaus sowie einige einfache Gebäude für Personal

und Stallungen lagen auf einem kleinen Plateau, das zu drei Seiten von sanft ansteigenden Hügeln eingerahmt wurde. Die Hänge waren teilweise gerodet, die dicken Baumstümpfe ragten jedoch noch weit aus dem Erdreich; bis man das Land nutzen konnte, würden noch viele Stunden schweißtreibende Arbeit vergehen. Am nächstgelegenen Hang des Hauses hatte jemand sich bereits die Mühe gemacht und damit begonnen, Terrassen für Felder und Obstbäume anzulegen.

Überwältigend war der Blick hinab ins Tal, auf der gegenüberliegenden Seite rauschte der Wasserfall in die Tiefe, an dem sie Rast gemacht hatten. Das Farmhaus war aus Lehm und Holz gebaut, hübsch und schlicht, mit einer kleinen Veranda und einem Dach aus Blattwerk. Ein robust wirkendes Haus auf einem friedvollen Stückchen Land. Kein Wunder, dass Hermine und Hermann, die beide in großen Städten aufgewachsen waren, sich in dieses Idyll verliebt hatten.

«Nachts kommen hier die Leoparden», sagte Heinrich und riss dabei die Augen weit auf. Mit heruntergezogenen Mundwinkeln setzte er hinzu: «Aber gesehen habe ich noch keinen.»

«Das hat auch keine Eile, Heinrich», sagte Hanns trocken.

Der schmächtige Junge sah ihn verständnislos an.

Vom Haus her eilte Hermine herbei, eine fleckige Schürze umgebunden, an der sie sich die Hände abwischte. Sie war eine Frau von dreißig, der man ansah, dass sie zupacken konnte. Ihr Gesicht war von gesunder Bräune, nur aus der Nähe waren die ersten weißen Strähnchen in ihrem braunen, zum Knoten gebundenen Haar zu erkennen.

«Mensch, det is ja Frau Doktor! Maria, kennste se denn jar nich mehr?»

Amelie sah dem Mädchen an, dass sie sehr wohl wusste, wer da gekommen war. Maria hockte sich hin, und Jago und Juno begriffen gleichzeitig, dass eine Tiernärrin nur auf ihre Ankunft gewartet hatte. Hanns und Amelie tauschten einen kurzen Blick und ließen das Kind gewähren.

«Ick hab so ville an Sie jedacht, Frau Doktor!» Der Neu-Afrikanerin Hermine war anzusehen, dass ihr Amelies Ankunft mehr als nur eine Abwechslung vom Leben auf dem Berg bedeutete. «Immer hab ick zu meenem Hermann jesacht, wir müssen doch mal die Frau Doktor besuchen. Aber et is ja so ville Arbeit, man glaubt et ja nich. Wie mit 'nem Teelöffel die Spree leer machen, sag ick immer.» Sie lachte und stemmte die Arme in die Hüften. «Wenn et nischt zum Jammern jibt, is der Mensch nich glücklich. Also: Ick bin glücklich!» Sie streckte Hanns ihre Hand entgegen: «Hermine Wohlgeburt.» Sie warf Amelie einen raschen Blick zu. «Det hört sich jut an, wa? Hab ick mir ooch noch nich dran jewöhnt. Aber mir wär et lieber, wenn Se Hermine zu mich sagen.»

«Ich bin Hanns, Amelies Bruder.»

«Hat schon von Sie erzählt, die Frau Doktor.»

Hanns ging elegant darüber hinweg, dass sie einander schon im Krankenhaus von Tanga begegnet waren. Hermine hatte diese Episode ihres Lebens in einen Winkel ihrer Erinnerung verbannt, den sie nicht mehr betreten wollte. Obwohl noch im gebärfähigen Alter konnte sie nach jener Operation, die Amelie an ihr hatte vornehmen müssen, keine Kinder mehr bekommen.

«Hatten Se 'ne anjenehme Safari, Frau Doktor?», fragte Hermine im Jargon des Schutzgebiets.

«Nun nennen Sie mich doch endlich Amelie.»

Hermine wurde rot. «Det kann ick nich, Frau Doktor. Sein Se mich nich bös. Wer mich so det Leben jerettet hat ... und so ...» Mit beiden Händen wischte sie die sofort kullernden Tränen fort. «Ham Se Hunger, Frau Doktor und Herr Hanns?»

«Einfach nur Hanns, das reicht.»

«Ick lern det noch, Herr Hanns. Mein Jemahl is noch nich zurück», sagte Hermine. «Der is irjendwo dahinten inne Landschaft. Ham wa ja jenuch davon.» Sie deutete vage in die Ferne. «Kommen Se erst mal rin, ick zeig Ihnen schon mal det Haus.»

«Haben Sie etwas dagegen, wenn ich mich mal ein bisschen umsehe?», warf Hanns rasch ein. «Vielleicht hat Heinrich Lust, mich herumzuführen?»

«Ja, Sohnemann, det machste», pflichtete Hermine bei. «Kiekste mal, ob du Papa Hermann findest.»

Während ihr Bruder schon aufsprang, rührte Maria sich nicht vom Fleck. Sie hatte vertraut den Arm um Jagos Hals gelegt.

«Mariechen hängt immer noch an die alte Liebe», sagte Hermine. Sie seufzte. «Wir brauchen ooch so'n Hund. Nicht nur damit Mariechen wat zum Schmusen hat. Nee, det muss so'n richtiger Jagdhund sein wie der Ihre, Frau Doktor. Wegen die wilden Viecher hier.» Sie blickte ihre beiden Besucher Rat suchend an.

«Ich höre mich mal um», versprach Hanns.

Während er sich mit Heinrich und Juno zu einem Rundgang aufmachte, hakte sich Hermine vertraut bei Amelie ein und führte sie zum Haus. Es war von zahlreichen Bananenstauden umrahmt.

«Wenn meine Freundinnen aus'm Wedding mir hier sehen könnten! Ick hab meine eigenen Bananen. Und die kennen so wat nur aus die Zeitschriften. Ick steh manchmal nur hier und guck die Bananen beim Wachsen zu. Jetzt weeß ick och, warum die Dinger krumm sind. Die drehen sich nach dem Lichte. Toll! Fast zu schade, um se uffzufuttern ...»

«Erzählen Sie, Hermine! Wie kam es, dass Sie und Ihr Mann so schnell eine Farm gefunden haben?»

Die Berliner Köchin berichtete, dass ihr Mann wegen seines Abschieds vom Militär beim Gouvernement in Daressalam gewesen war und dabei von seinem Plan erzählt hatte, eine Farm in den Usambarabergen zu gründen. «Det ging alles janz fix. Ick fragte, ob Salama in die Nähe wär', und als et hieß, det wär' nur een halber Tagesritt ... na, det erschien mich wie 'n Zeichen vom Himmel.»

Hermine führte ihre Besucherin ins Haus hinein. Der Vorbesitzer hatte die Einrichtung mitverkauft. Viel schien es nicht gewesen zu sein, wie ein von Hermann Wohlgeburt aus rohem Holz gezimmerter Esstisch und ebensolche Stühle und ein Regal bewiesen. Hermine, die aus ihrem Leben im Wedding an einfachste Verhältnisse gewöhnt war, erschien es wie ein Paradies von ungekannter Romantik. Ein Kamin beheizte das aus zwei Zimmern bestehende Haus, denn nachts wurde es um diese Jahreszeit kalt auf dem Berg. Das Haus war zwar längst nicht so geräumig wie das Farmhaus auf Salama, jedoch ein Luxus verglichen mit den bescheidenen Anfängen der Freyers in einer Hütte.

«Wo sein *bwana*? Essen fertig!»

Amelie fuhr erschrocken herum. Eine hübsche Afrikanerin in einem Wickeltuch stand mitten im Zimmer und blickte Hermine herausfordernd an.

«Ick sage, wann et Essen jibt», antwortete Hermine. Sie schickte einen verunsicherten Blick zu Amelie. «Asali is unsere Perle. Aber ick sage immer: Bin ick 'ne Königin, det ick 'ne Perle brauche? Aber wat wollen Se machen? Det Personal gab es mit zu die Haus.»

«*Bibi*, ich nicht verstehen!» Das klang unwirsch.

«Wir haben Besuch. Du eindecken für sechs Leute», sagte Hermine langsam und so laut, als hätte ihre Angestellte ein Hörproblem.

Asali schüttelte den Kopf. «Nicht gut. Wir nicht haben genug!»

Hermine stapfte mit resoluten Schritten in den rückwärtigen Teil des Hauses, wo sich die Küche befand. Ihre schwarze Angestellte folgte ihr mit lautem Protest: «*Bibi* nicht arbeiten Küche. Das machen Asali!»

«Mensch, Mädchen, ick bin doch Köchin!»

Von der Tür aus beobachtete Amelie, wie zwischen den beiden Frauen fast eine Rangelei ausbrach, als Hermine den

Deckel vom Topf nahm, um zu kosten. Im nächsten Moment rang sie nach Atem.

«Ick hab dich doch jesacht: Mach det nich so scharf!» Hermine sprach schnell und erregt.

«*Bibi*, ich nicht verstehen!»

Hermine rollte mit den Augen, deutete auf den Herd: «Brennt wie Feuer!» Asali sah den wilden Gesten ihrer Chefin staunend zu. *«Jiko!»*, rief sie immer wieder. Was allerdings «Feuerstelle» und nicht «Feuer» bedeutete, wie Hermine annahm.

Es war Amelie peinlich, die Freundin so überfordert zu erleben. Sie zog sich auf die Veranda zurück und setzte sich auf einen Baumstumpf, der so zurechtgesägt war, dass eine Lehne stehen geblieben war, und sah Maria zu; Jago hatte sich wohlig auf den Rücken gedreht und ließ sich mit angezogenen Füßen den Bauch kraulen. Wie ein Welpe sah er aus. Es erschien unvorstellbar, dass derselbe Hund imstande war, Hyänen zu jagen und zu stellen.

Mit hochrotem Kopf kehrte Hermine nach einer Weile zurück. «Ick schaff det nich, Frau Doktor! Entweder die schwarze Perle oder icke.» Sie sank auf den zweiten Baumstuhl.

«Das ist auch alles nicht so einfach», pflichtete Amelie ihr bei. «Ihre Asali ist gewohnt, dass wir Weißen befehlen.»

Wie konnte sie Hermine erklären, wie die Regeln zwischen Schwarz und Weiß funktionierten?

«Sie müssen Geduld haben. Und ein paar Tricks helfen. Verbannen Sie alles aus der Küche, was Asali nicht benutzen soll.»

«Det Kochen is doch meine Leidenschaft!»

«Aber es ist die Arbeit von Asali. Wenn sie die nicht ausüben darf, wird sie ungehalten. Eine weiße Frau, die ihr die Arbeit wegnimmt, vor der hat sie keinen Respekt. Die ist in Asalis Augen keine Herrin.»

Hermine guckte Amelie mit offenem Mund an. «Ach, so rum meinen Se det! Det muss einem jesagt werden.» Sie schluckte trocken. «Denn bin ick jetzt 'ne Herrin, wa?»

«Was nicht heißt, dass Sie sich wie eine aufführen müssen. Geben Sie den Leuten Arbeit. Sagen Sie ihnen, was zu tun ist.»

Hermine nickte schwer. «Ick habe mich det allet einfacher vorjestellt. 'ne Farm in Afrika ... Hermine, hab ick mich gesagt, da fällt dich ein Traum in 'n Schoß.»

Hermann Wohlgeburt hustete kurz, nahm einen großen Schluck Wasser und drückte beruhigend die Hand seiner Frau: «Ach, Minchen, das hast du doch alles wunderbar hinbekommen. Schmeckt ausgezeichnet.»

«Is et wirklich nich zu scharf?»

«Das tötet alle Bakterien.» Er blickte zu Heinrich und Maria, die sich mit der scharfen Ziege schwertaten. «Das ist wie Medizin, Kinder!»

Die beiden blickten ihren Stiefvater ungläubig an. Kurzerhand goss der einstige Kompanieführer Wasser aus einem auf dem Tisch stehenden Krug in einen Teller. «Wisst ihr was? Ihr dürft die Ziege baden, bevor ihr sie esst.»

Er fischte mit der Gabel ein Stück Fleisch aus dem Eintopf heraus und tauchte es ins Wasser, um es anschließend Heinrich anzubieten. Der zögerte kurz und nahm es dann.

«Ist dann auch noch genug Medizin dran, Papa Hermann?»

«Selbstverständlich, Junge. Ist im Fleisch drin», versicherte der hünenhafte Hauptmann.

Erst hier, wo man nur auf sich gestellt war, zeigt sich, aus welchem Holz ein Mensch geschnitzt ist, dachte Amelie. Und Hermann war genau der Richtige für Hermine und ihre Kinder. Er war zwanzig Jahre älter als seine Frau und anderthalb Köpfe größer als sie. Eine imposante Erscheinung mit grauem Vollbart und vollem grauem Haar, bürstenartig kurz geschnitten.

Da im Salon nicht genügend Stühle zur Verfügung gestanden hatten, hatte er die schweren Baumhocker gemeinsam mit Hanns auf die Veranda geschleppt. Nicht ein Wort hatten die beiden Männer darüber verloren. Es schien, als kannten sie sich bereits seit Ewigkeiten. Ihr Gespräch kreiste um die Hänge, die das Haus umgaben. Der im Krieg erprobte Hauptmann wollte den Baumstumpfriesen mit Dynamit zu Leibe rücken. Waren die Wurzelstöcke entfernt, dann sollte das Land terrassiert werden, um es für den Ackerbau nutzbar zu machen.

Hanns riet von solchen Plänen ab: «Der Boden ist dazu wenig geeignet. Er ist zu steinig, die Humusschicht zu dünn, taugt weder für Tee noch Kaffee. Ich denke, Holzwirtschaft wird das Beste sein.»

«Wir brauchen jemanden, der sich auskennt», erwiderte der Neu-Siedler Wohlgeburt nachdenklich.

«Weiße, die so etwas können, gibt es nicht allzu viele», meinte Hanns.

«Hanns, Sie kennen doch bestimmt jeden einzelnen Landsmann!» Wohlgeburts Augen leuchteten.

«Wie stehen Sie eigentlich zur Frage von Mischehen?», fragte Hanns übergangslos.

Hermann Wohlgeburt war offensichtlich überrascht. «Ihre Frage hat einen konkreten Hintergrund, nehme ich an?»

«Es gibt da einen Landsmann, der eine Frau vom Volk der Wapare zu heiraten beabsichtigt», sagte Hanns, ohne eine Miene zu verziehen.

«Es ist noch nicht lange her, dass ich mit solchen Angelegenheiten befasst war.» Hermann Wohlgeburt, der in Udjidji Bezirkshauptmann gewesen war, legte die Gabel zur Seite. «Der Vorgänger unseres jetzigen Gouverneurs, Graf von Götzen, hat dazu am ...», er dachte nach, «... am 17. März letzten Jahres eine Weisung an alle Standesämter gegeben, keine Trauungen zwischen Schwarzen und Weißen mehr vorzunehmen.» Er wog bedächtig den Kopf. «Nun denn, das ist eine Weisung, kein Befehl.» Er betonte das letzte Wort. «Aus Berlin gibt es dazu noch keine – soweit mir bekannt – weitere Verfügung.

Welche Ansichten unser neuer Gouverneur Rechenberg dazu hat, entzieht sich meiner Kenntnis.»

«Meine Sorje!», stöhnte Hermine.

Amelie, die von Hermines Religiosität wusste, pflichtete ihr bei: «Man sollte meinen, der Herrgott habe alle Menschen gleich gemacht.»

«Wenn eener 'ne schwarze Frau liebt und die liebt ihn ... na, ick weeß nich ... is det so schlimm? Ick meene, wo die Liebe hinfällt, da soll se ooch wachsen.»

«Du sprichst ein wahres Wort gelassen aus, Minchen», sagte Hermann Wohlgeburt. Er strich sich nachdenklich über seinen grauen Vollbart: «Nun, wenn ich solch einen Mann träfe und er suchte Arbeit, zum Beispiel bei uns, dann würden meine Frau und ich ihm gewiss nicht die Tür weisen.»

Hanns stand ins Gesicht geschrieben, dass er auf genau diesen Satz gewartet hatte. Und Amelie hoffte, dass man ihr nicht ansah, was sie dachte. Dass ihr – bei allem Verständnis für die Lage der Wohlgeburts – Salama weit mehr am Herzen lag.

Am nächsten Morgen trotteten die beiden Maultiere mit den Geschwistern auf dem Rücken talwärts nebeneinander her, hinter ihnen lief das Lastentier mit gesenktem Kopf. Hanns hatte Amelie gebeten einen kleinen Umweg zu machen, er wollte bei einem Farmer Station machen, der Deutsch Kurzhaar züchtete. Der Weg war so breit, dass ein Ochsengespann darauf fahren konnte. Tiefe, vom Regen ausgespülte Rinnen im Erdreich zeigten an, dass hier schwere Urwaldbäume entlanggeschleppt worden waren.

Amelie musterte ihren Bruder, der in Gedanken versunken war. «Na, du schweigsamer Geselle, willst du bei den beiden arbeiten?»

Hanns schob sich den Cowboyhut mit der Fingerspitze aus der Stirn. «Auf Salama sah es auch mal so aus. Wenn ich mich recht entsinne, noch viel schlimmer.»

«Mag sein. Aber Salama liegt nicht so weit oben am Berg.»

«Ich dachte, Hermine ist deine Freundin.»

«Ist sie auch. Und zwar viel zu sehr, als dass ich für sie, Hermann und die Kinder dort oben eine Zukunft sehe. Das ist doch nur am Anfang schön. Was glaubst du denn, warum der Vorbesitzer nach nur zwei Jahren verkauft hat? Nicht aus Heimweh, Hanns. Er hat eingesehen, dass man in dieser Höhe auf verlorenem Posten steht. Willst du denn mit den beiden gegen Windmühlflügel kämpfen?»

«Man findet immer einen Weg.»

«Willst du dich darauf einlassen? Wovon sollen Sara, Lotte und du leben? Es gibt dort nicht mal ein Haus für euch drei.»

«Das kann man bauen.»

«Hast du nicht gesagt, wenn man Familie hat, muss man Rücksicht nehmen?»

«Aber genau darum geht es doch!»

Es erschien Amelie ratsam, jetzt nichts mehr zu sagen. Denn ihr kam eine Idee, wie Hanns zu helfen war. Sie war allerdings so ungeheuerlich, dass sie darüber erst im äußersten Notfall weiter nachdenken wollte.

Je weiter sie bergab ritten, desto deutlicher wurde, dass der Umweg, den sie nahmen, immens war. Stunden später kamen sie auf eine weite Hochebene, in deren Mitte ein spitzgiebliges Steinhaus mitsamt mehreren Wirtschaftsgebäuden inmitten weiter Rasenrabatten lag.

«So ein prächtiges Anwesen! Wem gehört das?»

«Er war vor Jahren bei uns, du wirst dich nicht an ihn erinnern, Melli. Der Mann heißt Sossenen.»

«Ach, du meine Güte!», entwischte es ihr.

«Du kennst ihn?»

«Ich fürchte, besser als du!» Bislang hatte sie Hanns nicht von ihrer Begegnung mit Sossenen erzählt. War das ein Fehler gewesen? Hanns hatte offensichtlich keine Ahnung, wie die Stimmung unter den Siedlern war. Amelie setzte ihn unverzüglich ins Bild. Allerdings ersparte sie ihm Sossenens hässliche Bemerkung vom «Verkaffern».

«Wenn ich gewusst hätte, wen du besuchen willst, hätte ich dir abgeraten», sagte Amelie. «Ich finde, wir sollten solchen Leuten aus dem Weg gehen. Die sind unverbesserlich.»

Hanns hielt sein Maultier an. «Melli, ich will dem Mann einen Welpen abkaufen. Und keinen Rat, wen ich lieben darf. Wenn er mir dumm kommen sollte, werde ich ihm das genau so sagen.»

Am liebsten hätte sie ihn gebeten, das zu unterlassen. Aber sie wusste, dass das keinen Sinn hatte. Der einzige Mensch, vor dem Hanns aus Respekt zurückwich, war sein Vater.

«Hanns, du bist wirklich ein Lieber. Wagst dich in die Höhle des Löwen, um ein kleines Mädchen glücklich zu machen.»

«So ist es nun auch wieder nicht. Ich wusste nichts von Sossenens Einstellung. Aber sei's drum. Komm, versuchen wir, die Sache kurz und schmerzlos zu halten!»

Jago und Juno schnupperten mit gespitzten Ohren, die coupierten Schwänze wedelten aufgeregt, sie hatten ihre Artgenossen bereits entdeckt. Das weitläufige Farmgelände war ein ebensolches Schmuckstück wie Salama. Jedoch gab es wesentlich mehr Arbeiter, die sich um die zahlreichen Gemüsebeete kümmerten; Sossenen baute offensichtlich nicht nur zum Eigenbedarf an. Aber auch er setzte auf Kaffeepflanzen.

Und noch etwas fiel ins Auge: Groß gewachsene Schwarze bewachten mit Flusspferdpeitschen gebückt arbeitende Einheimische.

«Ich will hier weg, Hanns», flüsterte Amelie ihrem Bruder zu. «Wenn ich so etwas sehe, dreht sich mir der Magen um.»

«Jetzt sind wir schon mal da, Melli. Denk an Maria.»

«Wer weiß, wie Sossenen Hunde erzieht!»

«Die behandelt er besser als seine Arbeiter. Jede Wette.»

Wenige Meter entfernt sah Amelie eine spindeldürre Schwangere in einem Kohlbeet arbeiten, die sich nun mühsam aufrichtete. Ihr Bauch war bereits sehr rund, aber die Ärztin erkannte mit geübtem Blick, dass das Baby noch viel zu hoch saß. Ein schmächtiger Junge stützte die Frau. Ein Aufseher ließ seine gefürchtete *kiboko*, die Nilpferdpeitsche, durch die Luft zischen und befahl den beiden, ihre Arbeit fortzusetzen.

Hanns ritt auf den Aufseher zu. «Wo ist der *bwana mkubwa*?», fragte er auf Kisuaheli. «Schick jemanden, der ihn ruft und ihm sagt, Besuch ist gekommen.»

Sein herrischer Ton klang in Amelies Ohren erschreckend fremd. Doch es war ihr klar, dass dieses Auftreten erwartet wurde.

Der Aufseher straffte seinen muskulösen Körper: «Sofort, *bwana*!», rief er und befahl dem Jungen, der die Schwangere begleitete, zum Haus zu laufen.

Der Junge zögerte, den Befehl auszuführen. Er trug nur einen Lendenschurz, sein Bauch war aufgebläht, auf Rücken und Schultern zeichneten sich die frisch vernarbten Striemen der *kiboko* ab. Verzweifelt blickte er zu der Arbeiterin, die er offensichtlich nicht im Stich lassen wollte.

«Wer ist die Frau?», fragte ihn Amelie vom Maultier herab.

«Meine Mutter, *bibi*!»

Amelie ließ sich aus dem Sattel gleiten und gab Hanns die Zügel. Ohne auf den Aufseher zu achten, ging sie auf die Frau zu.

«Geh nur», sagte sie zu dem Sohn. «Ich helfe deiner Mutter.»

Der Junge blickte die fremde weiße Frau scheu an.

«Ich bin eine *dactari*», versicherte ihm Amelie. «Und nun lauf.»

Der Junge rannte in Richtung des großzügigen, aber streng wirkenden Herrenhauses davon. Amelie spürte, wie die Afrikanerin schwer an ihrem Arm hing; sie konnte sich kaum mehr aufrecht halten. Es war eine Schande, dachte Amelie, dass eine Frau in diesem Zustand noch zur Arbeit unter der Peitsche gezwungen wurde.

Wenige Minuten später kam der Junge mit Sossenen zurück. Sossenen trug einen Safarianzug und ein aufgeklapptes Gewehr lässig über dem Arm; er sah aus, als wollte er zur Jagd aufbrechen. Hanns ging ihm entschlossen entgegen.

«Nachbar Freyer!», tönte Sossenen. «Was führt Sie her? Wollen Sie lernen, wie man mit den Kaffern richtig umgeht? Ihr Fräulein Schwester hat wohl schon Arbeit gefunden.» Ein unangenehmes Lachen folgte.

Amelie hörte, wie Hanns gleich zur Sache kam; er und Sossenen entfernten sich. Sie führte die Arbeiterin in den Schatten eines Bananenhains, wo die Schwangere sich aufstöhnend niederließ. Amelie fragte, ob sie wüsste, wann das Baby käme.

«Kein Baby ist in mir.»

Die Frau schien in der Tat weit über vierzig Jahre alt zu sein. Doch das konnte täuschen, so abgearbeitet und vom Glück verlassen, wie sie aussah.

«Wie heißt du?»

«Ndrema ist mein Name», sagte die Schwangere mit schwacher Stimme.

Vorsichtig befühlte Amelie den dick geschwollenen Bauch und befragte Ndrema über den Verlauf der Krankheit. Was sie erfuhr, legte den Verdacht nahe, dass in ihrem Leib ein Tumor wuchs.

«*Bibi*, ich sterbe. Nimm meinen Sohn mit. Hier wohnt der Teufel. Er tötet meinen Sohn, wie er mich tötet.»

Ein Blick auf den Jungen, der höchstens zwölf Jahre alt sein konnte, sagte Amelie, dass er seine Mutter niemals im Stich lassen würde.

In einer Ecke des Ziegenstalls rangelten in einer Holzkiste sechs Hundebabys, jedes kaum größer als eine Männerhand, um den besten Platz an den Zitzen der Mutter. Ihre schwarz gefleckte Mama lag in ihr Schicksal ergeben auf der Seite und ließ die hungrige Bande geduldig gewähren. Die Welpen waren noch fast weiß, zwei mit dunkelbraunen Köpfchen, vier mit schwarzen, die Augen geschlossen. Amelie sah sofort, dass sie einen Hund aus diesem Wurf für Maria haben musste: Das jetzt noch weiße Fell der braunen würde später jenem von Jago ähneln.

Von den Hunden wanderte Amelies Blick zu den zwei Männern. Beide starrten gebannt auf dieses Spektakel und sagten kein Wort. Die zarte Seite von Mutter Natur machte auch zwei gestandene Männer wie Hanns und Herrn Sossenen schwach. Amelie fand den Anblick der beiden fast noch interessanter als den der Welpen.

«Ja, Fräulein Doktor», sagte Sossenen, «die sind reinrassig. Bester Stammbaum. Brunhilde haben wir vor vier Jahren dem Züchter Schäfer in Münster abgekauft, das ist jetzt ihr zweiter Wurf. Der Deckrüde ist ein Braunschimmel, der erst letztes Jahr nach Deutschost gebracht worden ist. Das ist frisches Blut. Die haben noch den Riecher eines scharfen Jagdhundes.»

Er spielte damit auf das Phänomen an, dass manche Hunde wegen des feuchtheißen Klimas in Afrika ihren Spürsinn einbüßten und für Jäger nutzlos wurden.

«Es sind genau sechs», stellte Amelie fest.

«Die drei schwächsten des Wurfs habe ich sofort ertränkt. Ein deutscher Hund muss stark und gesund sein. Hier werden keine Kümmerlinge großgezogen. Keine halben Sachen, das ist meine Devise.»

Amelie verbiss sich jeden Kommentar. «Wie viele können wir davon bekommen?», fragte sie stattdessen rundheraus.

Sossenen musterte sie verwundert. «Ihr Bruder sagte, Sie brauchen einen als Geschenk für Hauptmann Wohlgeburt.»

Sie fing einen überraschten Blick ihres Bruders auf und sagte schnell: «Juno und Jago sollten sich zur Ruhe setzen. Hat Hanns neulich erst gesagt.»

«Ich gebe diese Hunde nur in Hände von Landsleuten, die solche Rassehunde zu schätzen wissen. Hauptmann Wohlgeburt ist ein achtbarer Mann.» Sossenen blickte Hanns abschätzig an. «Aber Sie ...»

«Was sollen sie denn kosten», fragte Amelie rasch.

«250 Mark pro Hund.»

Das entsprach dem Monatslohn eines Arztes! Amelie schluckte; sie hatte sich vom Anblick der niedlichen Welpen hinreißen lassen und darüber vergessen, wem sie gehörten.

«Dann war's das, Sossenen», sagte Hanns entschieden. Er verließ den Ziegenstall.

Amelie blieb um Marias willen. «Und was ist mit einem für die Wohlgeburts?», fragte sie.

«Einen Rüden. Für fünfzig», sagte Sossenen mit breitem Grinsen.

«Einverstanden», erwiderte Amelie. «Kann ich den in zwei Monaten abholen?»

So lange sollte ein Hundebaby bei der Mutter bleiben.

«Gewiss. Sie, Frau Nachbarin, kriegen auch einen zweiten für fünfzig.» Er streckte ihr die Hand entgegen.

«Ein Rüde für die Wohlgeburts. Das reicht.» Sie schlug ein und verließ den Stall mit einem letzten, wehmütigen Blick auf die Welpen. Im harten Sonnenlicht setzte sie ihren Safarihut wieder auf. Hanns wartete bereits auf seinem Maultier aufbruchbereit mit Jago und Juno.

«Sie haben da eine Arbeiterin, Herr Sossenen. Die ist schwer krank. Ich würde sie gern mitnehmen, um sie zu behandeln.»

«Ach, die», sagte Sossenen abfällig. «Die macht's nicht mehr lang. Vergebene Liebesmüh.»

«Haben Sie was dagegen, wenn ihr Sohn sie begleitet?»

«Der ist faul. Den müssen Sie mit der Peitsche antreiben. Gebe ich Ihnen gerne. Zwanzig Mark und die Sache ist gegessen.»

«Dann schulde ich Ihnen also siebzig. Fünfzig für den Welpen, zwanzig für den Jungen.»

«Genau», erwiderte Sossenen, ohne mit der Wimper zu zucken.

6.

Amelie saß mit Lottchen auf dem Schoß im Esszimmer des Farmhauses von Salama. Sie zerdrückte mit der Gabel eine weich gekochte Kartoffel und fütterte das Kleinkind geduldig. Suahibu beobachtete sie wohlwollend.

«*Bibi* Amelie, du wärst eine gute Mutter.»

«Gib mir noch etwas Zeit, Suahibu.»

«Warte nicht zu lange, ich werde immer älter.»

Amelie lächelte dankbar. Ihre *mamma* hatte die Tatsache, dass andere Frauen in Amelies Alter längst das dritte Kind bekommen hatten, liebevoll auf den Kopf gestellt.

Das Kind sperrte den kleinen Mund auf, der Löffel mit dem Kartoffelbrei verschwand, und schon öffnete sich Lottes Mund erneut. Es war ein beruhigendes Gefühl, etwas ganz Einfaches zu tun, mit dem man einem schutzlosen Menschen helfen konnte. Die weich gekochte Karotte, die es als Nächstes gab, schien Lotte nicht so gut zu schmecken, sie schob sie wieder aus dem Mund. Amelie tupfte die Flecken mit der Serviette weg. Dabei bemerkte sie die seltsame Kette an Lottes Hals. Sie bestand aus einem Stückchen Holz, das wie eine winzige Gabel geformt und an einem weißen Bastfaden befestigt war.

«Was ist das?», fragte Amelie.

Suahibu blickte verlegen auf den Boden: «*Mlinga* ist gut für kleine Kinder.»

Sie stand jetzt ganz nah bei ihrer Enkelin.

«Wofür ist dieses Zaubermittel?», fragte Amelie.

Doch Suahibu antwortete nichts. Ihr angenommener christlicher Glaube stand im Widerspruch zu derartigen Traditionen der Wapare. Amelie wollte nicht weiter darauf eingehen. Die Kleine bei sich zu haben, war ihr jetzt kostbarer als das Wissen um magische Vorgänge.

Suahibu wich plötzlich zurück und verschwand rasch in Richtung Küche. Erst jetzt bemerkte Amelie, dass ihr Vater im Türrahmen stand. Er trug Stiefel, Safarianzug und hielt ein Gewehr in der Hand; er kam von der Jagd, denn das zahlreiche Personal verlangte nach Fleisch. Meistens hatte er dann gute Laune. Darauf hatte seine Tochter spekuliert, als sie Lotte ausgerechnet an diesem Tag in das große Haus geholt hatte.

«Sieh nur, Vater, Lottchen isst Kartoffeln und Möhren», sagte Amelie ungezwungen, obwohl es ihr schwerfiel, sich den Anschein von Normalität zu geben. «So wird sie richtig schnell groß.»

Der Professor schritt energisch an ihr vorbei, hing den Safarihelm an einen Haken und stellte das Gewehr in einen Schrank. Amelie hörte, dass er schwer atmete. Das hatte sie schon in ihrer Jugend an ein heraufziehendes Gewitter erinnert. Er ignorierte das Kind auf ihrem Schoß und sah Amelie direkt an. «Was soll dieser Affront, Amelie? Würdest du mir das bitte erklären?» Eine steil von seiner Nasenwurzel aus aufsteigende Ader war geschwollen.

«Affront? Lottchen ist ein unschuldiges Kind.»

«Niemand kommt unschuldig zur Welt! Der Weg eines Menschen ist durch seine Geburt vorgezeichnet.»

Amelie sah ihn mit einem entwaffnenden Lächeln an. «Es gibt von jeder Regel Ausnahmen, Vater.»

Seine Hand wischte fahrig durch die Luft, als wollte er etwas Lästiges verjagen. «Du weißt, was ich meine.»

«Vater, bitte, halte doch einen Moment inne. Setz dich. Sieh sie dir an. Natürlich weiß ich, was du von Lotte hältst. Aber gerade deswegen habe ich die Kleine heute hierhergeholt. Damit du sie kennenlernst. Ihr nicht immer aus dem Wege gehst.

Ignorierst, dass du Großvater geworden bist. Schau, sie ist eine Freyer. Sie hat das energische Kinn von Hanns, seine schöne hohe Stirn, seine Wangenknochen.»

Der Professor starrte das Kind an. «Mit Haut und Haar ist sie eine Negerin. Sie wird nie eine Freyer.» Er deutete auf das kleine Amulett an Lottes Hals. «Sieh doch hin! Da hast du den Beweis. Weißt du, was das ist?» Als Amelie schwieg, sagte der Anthropologe: «*Mlinga* ist Teil eines Zahnrituals. Es soll dafür sorgen, dass das erste Paar Zähne unten durchbricht. Kommt nur ein Zahn oder es geschieht in der falschen Reihenfolge, bringt das Kind Unglück über seine Familie. Dann muss es getötet werden. Für solch eine Barbarei steht dieses Amulett am Hals des – wie du meinst – unschuldigen Kindes. Es ist bereits Teil einer anderen Kultur. Und dein Bruder lässt all das geschehen!»

«Lottchen ist ein Kind Afrikas, gewiss, Vater. Aber du und Mutter habt uns hierhergebracht, als wir fast noch Kinder waren. Wären wir in Berlin geblieben, würden wir die Welt natürlich mit anderen Augen sehen. So aber tragen Hanns und ich Afrika im Herzen. Ihr habt uns nie gesagt, mit welchem Teil unseres Herzens wir Afrika nicht lieben dürfen.»

Der Professor stützte sich auf die Tischplatte und sah seine Enkelin tatsächlich an. «Ein Kind Afrikas, du sagst es. Und das wird sie immer sein.»

Das Kleinkind spürte die Abneigung seines Großvaters, es verzog sein Gesicht und stimmte lautes Weinen an. Der Professor wandte sich ab, und Amelie stand auf, legte sich das Kind gegen die Schulter, klopfte ihm sachte auf den Rücken und ging langsam auf und ab, wobei sie beruhigend auf die Kleine einsprach. Im Türrahmen stand die besorgt blickende Suahibu, bereit, ihre Enkelin zu übernehmen und so rasch wie möglich aus diesem Haus fortzubringen.

«Schaff das Kind weg», befahl der Professor Suahibu auf Kisuaheli. Sofort eilte sie zu Amelie.

Doch Amelie gab Suahibu ein Zeichen, auf das hin die Köchin abwartete. «Ich bin Lottes Tante», sagte sie ruhig. «Ich möchte, dass sie sich an mich gewöhnt.»

Suahibus Blick wanderte mit wachsender Verzweiflung zwischen den beiden streitenden Weißen hin und her.

«Dann gewöhne dich woanders an sie!»

«Du weist mir die Tür?»

«Mir bleibt keine andere Wahl.»

«Du kannst dich für die Menschlichkeit entscheiden.»

Das Kind auf ihrem Arm spürte Amelies Anspannung. Es begann erneut zu weinen, und Amelie sah ein, dass sie nachgeben musste. Sie reichte Lotte an Suahibu, die sie erleichtert aufnahm. Sobald sie aus dem Raum war, erhob der Professor seine Stimme.

«Es sind genau solche Situationen, in die du mich immer wieder bringst, Amelie. Was habe ich dir getan, dass es dir am nötigen Respekt dem Vater gegenüber gebricht? Wie kannst du mich in Anwesenheit des Personals derart kompromittieren?»

«Schade, dass du das so siehst», sagte sie kaum hörbar.

«Ich habe dich verwöhnt, das war mein Fehler. Deine Mutter hat das auch immer gesagt: Franz, du bist Amelie gegenüber zu nachgiebig.»

Amelie setzte sich an den Tisch. Noch eine Kartoffel und zwei Karotten waren auf dem Teller übrig geblieben. Sie war sicher, die Kleine hätte alles aufgegessen. Nun trennte sie ein kleines Stück Kartoffel mit der Gabel ab und steckte es sich in den Mund. Das Schlucken fiel ihr schwer, ihre Kehle war wie zugeschnürt. Ohne dass sie etwas dagegen tun konnte, rannen ihr Tränen über die Wangen. Sie schob den Teller von sich. Das Schweigen in dem mit Jagdtrophäen gefüllten Raum war erdrückend. Nur die große Standuhr tickte laut.

Der Professor hob sachte die Hand. Sie kannte diese Momente, in denen er nach einem Streit mit einer zärtlichen Berührung ihrer Locken die Nähe zwischen ihnen beiden wiederherzustellen versuchte.

Doch diesmal ließ er seine Hand sinken und wandte sich ab.

Eine Kolonne von Menschen zog am frühen Morgen, als die Hänge noch im Morgennebel lagen, durch die Plantage. Auf ihren Köpfen trugen sie die letzten brauchbaren Utensilien aus dem alten Urwaldspital, Tische, Stühle, Kisten, Matten. Amelie, Badili und David wiesen die vielen Helfer an, wo künftig alles seinen Platz finden sollte. Trotz der Hektik sah Amelie sich immer wieder nach *baba* Wilkening um. Während dieser Tag für sie einen Neuanfang bedeutete, endete für den Urwaldarzt sein bisheriges Leben. Er ließ sich nicht anmerken, was in ihm vorging. Geschäftig eilte er umher, gab in ruhigem Ton Anweisung. Es schien kaum vorstellbar, dass dies nicht sein künftiger Arbeitsplatz war.

Endlich war es gelungen, die neue Urwaldklinik fertigzustellen. Ein Bote hatte mehrere Kisten mit Vorräten an medizinischem Material und den dringend benötigten mobilen Operationstisch gebracht, die mit dem Dampfer aus Deutschland gekommen waren. Schon am Vortag war ein Teil von Wilkenings letzten Patienten auf Tragen vom alten Spital herübergebracht worden. Wer gehen konnte, stützte sich jetzt auf Verwandte. Amelie sah die Skepsis in den Augen der Leute. Manche trauten sich kaum in das neue, große Haus hineinzugehen.

Schließlich hatte alles seinen Platz gefunden. Wilkening verabschiedete sich von Kiondo, seinem Helfer, der ihm in den letzten zehn Jahren zur Seite gestanden hatte. Nun war er den Tränen nah, doch als er David bemerkte, eilte er zu dem schmächtigen Jungen und legte ihm beide Hände auf die Schultern.

«Du verdienst das größte Lob. Wir sind sehr stolz auf dich. Denn ohne dich gäbe es unser schönes neues Spital nicht.»

Schüchtern schlug David die Augen nieder. Das Lob des alten Herrn hatte besonderes Gewicht.

Damassos Sohn würde künftig die Aufnahme der Patienten betreuen. In ein Behandlungsbuch waren Namen, Alter und – so sie einigermaßen genau benannt werden konnte – die Anschrift einzutragen. Da er neben Kisuaheli mehrere der lokalen Bergsprachen beherrschte, sollte er die erste Befragung der Patienten vornehmen und diese grobe Anamnese auf Kärtchen eintragen, die dann der *bibi dactari* vorgelegt wurden. Um seine Bedeutung zu unterstreichen, hatte er einen eigenen Schreibtisch zur Verfügung, hinter dem er würdevoll thronte. Schon als David dort erstmals Platz nahm, sah Amelie, dass der Junge am richtigen Fleck war. Hier konnte er alle anfallenden Aufgaben mit seiner gesunden linken Hand erledigen.

Wie Badili es zuwege gebracht hatte, wusste Amelie nicht. Aber zu diesem ersten Morgen im Spital erschien er in einem blütenweißen Anzug, der wie eine Uniform geschnitten war. Die senkrechte Leiste der goldenen Knöpfe mündete in einen runden Stehkragen. Bei flüchtigem Hinsehen konnte man ihn für einen deutschen Offizier halten. Die Krokodillederschuhe komplettierten die elegante Aufmachung. Badili sollte als Amelies Assistent fungieren, auf diese Aufgabe hatten ihn Wilkening und Kiondo in den letzten Wochen vorbereitet. Bereits in Udjidji hatte er im Schlafkrankenlager gelernt, Laborarbeit zu übernehmen. Hier nun beugte er sich im Behandlungsraum über Amelies aus Berlin mitgebrachtes Mikroskop. Womit er gut beschäftigt war, denn Wurmerkrankungen waren das am weitesten verbreitete Übel.

Es waren längst nicht so viele Patienten gekommen wie im alten Spital, aber das hatte Amelie auch nicht erwartet. Umso intensiver kümmerte sie sich um die vorhandenen. Unter ihnen befand sich die Frau, die Amelie von Sossenens Farm geholt hatte. Ndremas Operation war die erste, die im neuen Operationssaal durchgeführt wurde. Doch nicht deswegen war

Amelie ein wenig nervös. Nein, es ging darum, dass erstmals sie die Operateurin sein würde, ihr einstiger Lehrer *baba* Wilkening würde lediglich assistieren. Aber keiner der beiden verlor darüber ein Wort, als der alte Arzt den Äther in die Narkosemaske tropfte.

«Erkläre deinen Patienten nicht, was du tust», riet der Urwaldarzt lediglich.

Die Erinnerung an Dotas Operation im Haus der Schlangenfrauen ließ Amelie zustimmend nicken: Ndrema würde lediglich in panische Angst vor dem herbeigeführten «Tod» versetzt. So nannte sie die Narkose *daua* – es war das Vertrauen erweckende Zauberwort für die Medizin der Weißen. Als die Ärztin den geschwollenen Leib ihrer Patientin geöffnet hatte, fand sie ihre Diagnose bestätigt: Der Tumor hatte die Größe eines Kopfes. Wilkening legte die Wucherung anschließend in einen Zinkeimer, den er sofort zudeckte. Als die Bauchwunde bereits vernäht war und noch bevor Ndrema wieder zu sich kam, ergriff der Urwaldarzt den Eimer, um ihn fortzubringen.

«Das kann doch Badili machen, *baba*», meinte Amelie.

Wilkening lächelte sie müde an. «Überlass solche Dinge niemals einem Einheimischen, Kind», sagte er. «Egal, wie sehr du ihm vertraust. Ich werde das selbst vergraben, damit es niemand sieht. Unsere Wapare sind überzeugt, dass *nyoka* will, dass eine Frau stirbt, in deren Gebärmutter etwas derart Furchtbares gewachsen ist. Auf ihr liegt ein Fluch.»

Amelie, die gerade Ndremas Atmung überprüfte, blickte auf. «Heißt das, unsere Wapare verehren die Schlange als Gottheit?»

«Wusstest du das nicht?», fragte Wilkening zurück und ging gebeugt aus der Tür.

Sie hatte es nicht gewusst, aber es erinnerte sie an die Bemerkung des Missionars aus dem Zug, der mit solcher Selbstverständlichkeit über die mystische Bedeutung der Schlange für die Menschen in den Bergen gesprochen hatte. Gab es auf

Salama oder in der Umgebung ebenfalls in den Kult Eingeweihte?

Ndrema wurde mit ihrem Sohn, der seit seinem Eintreffen auf Salama gegen seine Wurmerkrankung behandelt wurde und bereits einen recht gesunden Eindruck machte, in einem der wenigen Einzelzimmer des neuen Spitals einquartiert. Diese Räume waren eigentlich für Kranke mit ansteckenden Krankheiten reserviert, weshalb sie nur von außen zugänglich waren. Badili wurde beauftragt, regelmäßig nach den beiden zu sehen.

«Ist der Glaube an *nyoka* sehr verbreitet auf Salama?», fragte Amelie, als sie kurz vor Sonnenuntergang mit *baba* zum Abendessen ins Farmgebäude gingen.

«Ich habe mich darum nie geschert», antwortete Wilkening.

«*Baba*, das glaube ich dir nicht! Du weiß doch alles über unsere Leute.»

Wilkening stöhnte kaum hörbar. «Ich habe immer den Standpunkt vertreten, dass man jedermanns Glauben respektieren soll. Und im Zweifelsfall muss man die Leute vor sich selbst schützen. So, wie ich es vorhin getan habe.»

«Aber dazu muss man wissen, was die Menschen denken.»

«Ja, das kann nicht schaden», sagte er vieldeutig.

«Du willst nicht darüber sprechen.»

«Ach, Kind, wenn diese Dinge wichtig werden, dann wirst du es merken. Und dir eine eigene Meinung bilden.»

Amelie wollte die Gelegenheit nutzen, dem alten Mann von ihrer Erkrankung in Udjidji und ihrer Heilung durch einen *mganga* des Schlangenbundes zu erzählen, doch Wilkening blieb unvermittelt stehen.

Auf dem Vorplatz des Farmhauses hielt einer der Jungen, die auf Salama arbeiteten, einen Rappen am Zügel. Das fast schwarze Fell des Wallachs glänzte im Licht der schräg darauffallenden Sonnenstrahlen so dunkel rötlich wie das Erdreich der Usambaraberge nach einem Regen. Der Reiter musste gerade angekommen sein, sein Tier war noch gesattelt und mit leichtem Reisegepäck beladen.

Amelies Herz schlug schneller.

«Franz hat Besuch», sagte Wilkening. «Mir ist nicht danach, in ein fremdes Gesicht zu blicken, ich komme morgen in der Früh ins Spital, und dann kannst du ja erzählen.»

Amelie nickte abwesend. War das Gustavs Pferd? War er endlich gekommen? Sie hatte ihn sehr vermisst. Plötzlich wurde ihr bewusst, dass Hanns' Probleme sie so in Beschlag genommen hatten, dass sie vollkommen vergessen hatte, mit dem Vater über ihre Verlobung zu sprechen. Wenn das Schicksal ihr einen Aufschub gewährte, dann wollte sie noch heute Abend all ihren Mut zusammennehmen und sich diesem gewiss unangenehmen Gespräch stellen.

Als Jago in diesem Moment schwanzwedelnd auf das Haus zu lief, das er nicht betreten durfte, und mehrfach bellte, da war ihr klar, dass es zu spät war, um über ihr Vorhaben nachzudenken. Das Schicksal nahm bereits seinen Lauf.

Amelie schlüpfte leise zur Eingangstür hinein. Aus dem Salon hörte sie die Stimme des Professors. Sie hielt den Atem an wie ein kleines Mädchen, das einem verbotenen Gespräch lauscht. Neben ihr starrte der Kopf des von ihr erlegten Leoparden zu Boden. Gustav musste ihn und das danebenhängende Bild gesehen haben. Oder hatte er dazu keine Zeit gehabt?

«... diesen Brief habe ich nie erhalten.»

Amelie hörte die Lüge ihres Vaters und ballte die Fäuste, ohne es zu merken.

«Das ist ausgesprochen bedauerlich, Herr Professor», sagte Gustav höflich. «Ich bin in der Überzeugung gekommen, Sie wären im Bilde über meine ernsthaften Absichten.»

«Das wären welche?»

Wie schnippisch das klang! Es tat Amelie weh, dass Gustav so unwissend in eine Falle getappt war. Warum war sie so feige gewesen und hatte den Alten nicht längst informiert! Sie gab sich einen Ruck, um zu retten, was noch zu retten war: Gustavs Liebe.

Schnellen Schrittes stürmte sie in den Salon, wobei sie ihren Safarihut abnahm. «Gustav, da bist du endlich! Ich komme gerade aus dem neuen Krankenhaus. Es war so viel zu tun.»

Sie plapperte und wollte nicht mehr aufhören, denn wenn sie es tat, dann würden die beiden Männer, die sie auf so unterschiedliche Weise liebte, ihren Krieg fortsetzen. Warum war Gustav nicht zuerst ihr in die Arme gelaufen? Warum musste sie ihn um wenige Minuten verpassen?

Als sie endlich verstummte, streckte Gustav ihr die Hand entgegen, sie reichte ihm ihre Rechte, und er führte sie zu einem Handkuss an seine Lippen. «Ich bin glücklich, dich wohlbehalten und voller Temperament zu sehen.» In seinen Augen lag ein schelmisches Blitzen.

«Karl Gustav Brelow wollte gerade von seinen Absichten sprechen, Kind. Er behauptet, sie in einem Brief an mich niedergelegt zu haben. Aber ich bekam nie einen solchen. Ist das nicht ganz sonderbar?», fragte der Professor.

«Ja, sehr, Vater, sehr sonderbar. Er bittet in diesem Brief um einen Körperteil von mir. Jenen, den er gerade in der Hand hält. Und wie du siehst, bin ich bereit, ihm seinen Wunsch zu erfüllen.»

«Ach ja?» Der Professor strich über seinen schneeweißen Kinnbart. Das nassforsche Vorpreschen seiner Tochter hatte ihm den Wind aus den Segeln genommen. «Übersiehst du da nicht eine Kleinigkeit?»

«Du meinst meine Verlobung mit Theodor Brach? Die habe ich vor anderthalb Jahren, noch vor meiner Abreise nach Deutschost, gelöst. Ich hatte keine Gelegenheit, dich darüber in

Kenntnis zu setzen, du warst bereits nach Afrika aufgebrochen und schon auf Safari, als ich hier ankam.»

«Das verkündest du einfach so? Amelie, ich muss mich schon sehr wundern! Es war der letzte Wunsch deiner Mutter, dass du Theodor heiratest! Wie konntest du dich darüber hinwegsetzen? Das gehört sich nicht.» Er sah zu Gustav. «Das sind Familieninterna. Ich bitte um Entschuldigung», sagte er fahrig.

«Ich bin über Amelies einstige Verlobung mit Herrn Brach durchaus im Bilde.»

Noch immer hielt Gustav den Tropenhelm mit der linken Hand an die Brust gedrückt, stand kerzengerade vor dem Professor. In seiner schlammfarbenen Uniform wirkte der Oberleutnant, als wäre er zum Appell angetreten.

«Wollen wir uns nicht setzen? Es spricht sich angenehmer. Und gewiss hast du Hunger und vor allem Durst, Gustav. Ich werde unsere Perle Suahibu rufen», sagte Amelie.

Sie deutete auf die mit rotem Samt bezogenen Sessel, die nur wenige Schritte entfernt standen, und eilte zu Suahibu, um sie zu instruieren. Als sie zurückkehrte, hatten sich die beiden Männer nicht vom Fleck gerührt. Demonstrativ setzte Amelie sich. Doch ihr Vater nahm nicht Platz, was auch Gustav dazu verurteilte, stehen zu bleiben.

Gustav räusperte sich. «Ich bitte um Vergebung, dass ich mich ungeschickt eingeführt habe.» Er neigte den Kopf. «Herr Professor von Freyer, ich bitte Sie hiermit um die Hand Ihrer Tochter Amelie.»

«Ich bedaure», erwiderte der Patriarch.

«Sie bedauern? Ich verstehe nicht.»

«Ich möchte nicht, dass du meine Tochter heiratest. Mehr als das. Ich bin nicht gewillt, dieser Verbindung mein väterliches Plazet zu erteilen.»

Trotz seiner leicht gebräunten Haut erkannte Amelie, dass der geliebte Mann blass geworden war. Sie selbst war plötzlich in Schweiß gebadet.

«Wenn ich um eine Erklärung bitten dürfte», presste Gustav schmallippig hervor.

Amelie saß auf der äußersten Kante des Sessels, nervös rieb sie ihre feuchten Handflächen aneinander. Glücklicherweise brachte Suahibu jetzt Zitronenlimonade, die sie auf dem Tisch abstellte. Ohne die Anwesenden anzusehen, schenkte sie ein und reichte die Gläser auf einem Tablett. Der Professor lehnte ab, Gustav jedoch trank in raschen Zügen. Er war nach dem langen Ritt offensichtlich am Verdursten.

Wie musste er sich auf das Wiedersehen gefreut haben, dachte Amelie. Um nun wie ein dummer Junge abserviert zu werden. Sie erhob sich, stellte sich neben ihn und schob ihren Arm in seinen linken, den er noch mit dem Helm in der Hand angewinkelt vor die Brust hielt.

«Ich würde auch gern erfahren, was du gegen Gustav vorzubringen hast, Vater. Er ist der Mann, für den ich mich entschieden habe.»

Der Alte befeuchtete seine Lippen. «Auf ein Wort, meine Tochter. Du entschuldigst uns, Karl Gustav.»

Er erwartete, dass Amelie ihm in sein Arbeitszimmer folgte.

Amelie hauchte Gustav einen Kuss auf die Wange. «Ich liebe dich», flüsterte sie.

Sobald sie im Arbeitszimmer ihres Vaters war, schloss er die Tür. Erregt ging er in dem halbdunklen Raum auf und ab.

«Ganz Berlin ist zu deiner Verlobung mit Dr. Brach gekommen. Deine Mutter war so glücklich. Du trittst ihr Ansehen mit Füßen, Amelie!» Der Professor atmete heftig. «Unsere kleine Wilde, hat sie gesagt. Siehst du, Franz, nun haben wir doch noch einen wahrhaft ehrbaren Mann für sie gefunden. Sie wird sich nur in besten Kreisen bewegen.»

«Ich weiß, Vater. Ich wollte Mutter auch glücklich machen. Aber an der Seite von Theodor Brach hätte ich nur Ehefrau sein dürfen. Er wollte mir meinen Beruf verbieten. Wozu hatte ich denn studiert? All die vielen Jahre im grauen Zürich! Um Frau

Dr. Brach zu werden? Ich konnte mit dir nie darüber sprechen, wie Theodor wirklich war. Und Mutter war gestorben. Ich habe sie nicht verletzt. Glaube mir.»

«Und nun willst du an der Seite von Kohlen-Karl glücklich werden? Kind, du verschleuderst dein Glück!»

«Gustav ist Oberleutnant!»

«Soldat ist er. Das ist doch kein Mann des Geistes, kein Mann der Gesellschaft. Kein Mann mit Bildung. Niemand, der deinem Stand entspricht. Er ist der Sohn des Hausmeisters.»

«Gustav ist die rechte Hand des Gouverneurs, Vater. Nimm das bitte zur Kenntnis. In wenigen Tagen trifft der Staatssekretär ein, und Gustav obliegt es, Dr. Dernburg das Schutzgebiet zu zeigen.»

«Als änderte das irgendetwas.» Der Alte entzündete mit energischer Hand ein Streichholz und steckte eine angerauchte Zigarre an. «Das haben dein Bruder und du sich alles fein ausgedacht!» Er spuckte einen Tabakkrümel aus. «Was habe ich nur für Kinder.»

«Was hat Hanns damit zu tun?»

«Er und Kohlen-Karl waren Freunde. War es nicht so?»

«Gustav und Hanns, ja.»

«Die beiden haben sich zusammengetan, um sich gegen mich zu verschwören. Und du machst dabei mit.»

«Ich habe Gustav während der Expedition wieder getroffen. Hanns hatte damit gar nichts zu tun!»

Doch der Patriarch war nicht zu stoppen: «Hanns hatte schon immer einen Hang zum Proletariat. Aber du? Du warst meine Hoffnung, Kind. Dein anderer Bruder Georg hat sowieso versagt. Ich habe doch nur dich. Schlag dir diesen Soldaten aus dem Kopf. Erwähle einen Mann, der deiner würdig ist.» Er blickte sie geradeheraus an. «Das alles hättest du nicht gewagt, wenn deine Mutter noch lebte.»

Amelie wandte sich ab, zog den blickdichten Vorhang auf und stellte sich ans Fenster. Die Sonne war gerade untergegangen. Über den Gärten und den Bäumen lag ein mildes blaues Licht, das Versprechen auf einen Abend voller Romantik. Hanns und Gustav würden sich wiedersehen und sie würden alle drei vereint sein. Nach so vielen Jahren. Aber was für ein Wiedersehen würde das werden!

Amelie riss sich von dem Anblick los. «Hast du mir noch etwas zu sagen, Vater? Oder darf ich mich jetzt um unseren Gast kümmern?»

«Er ist nicht unser Gast. Ich untersage, dass Karl Gustav in meinem Haus übernachtet.»

«Das kannst du nicht tun, Vater! Gustav ist ein Mann, der Zugang zu den wichtigsten politischen Kreisen hat. Du wirst dich lächerlich machen.» Dass er seine Tochter damit demütigte, würde ihn ohnehin nicht kümmern.

«Zerbrich dir nicht den Kopf über meine Reputation. Ich weiß, was ich tue.»

«Ich werde Gustav nicht sagen, dass er hier unerwünscht ist. Das wirst du schon selbst tun müssen.» Sie verließ den Raum.

Gustav besah sich inzwischen interessiert die gelbstichige Fotografie in der Eingangshalle, die einst Hanns von der 13-jährigen Amelie gemacht hatte. Das Gewehr war so groß wie das Mädchen, das es hielt. *Amelie mit ihrem Leoparden* stand in Sütterlinschrift darunter. Das Mädchen auf dem Foto lächelte nicht.

«Du als Backfisch in Afrika. So hast du also ausgesehen! Wie ernst du guckst.» Er blickte sie verliebt an. «Soll ich dir sagen, wann ich meine Liebe zu dir wieder entdeckt habe? Als du mir von der Jagd auf diesen Leoparden erzählt hast. Du hast gesagt, dass es dich lange verfolgt hat, einen Leoparden getötet zu haben. Weil du meintest, er wäre vielleicht dein Seelentier. Ich dachte: Sie ist von solcher Kraft und Zartheit gleichzeitig. Und schickte ein Stoßgebet zum Himmel ...»

«Und ich hatte Angst, du, ein Offizier, würdest mich auslachen.» Amelie lehnte den Kopf an seine Schulter. Es tat gut, seine Nähe zu spüren.

Der Professor näherte sich gemessenen Schrittes. «Karl Gustav, ich wünsche dir eine angenehme Rückreise», sagte er scharf.

Gustav wusste sekundenlang nicht, was er antworten sollte. Als er sich gefangen hatte, sagte er: «Sie setzen mich vor die Tür? Heute Abend? Bei allem nötigen Respekt: Ihre Umgangsformen sind unfreundlich, Herr Professor.»

«Ich finde dir gegenüber leider spät zu einem offenen Wort, aber nicht zu spät. Lebe wohl.»

«Offenes Wort, sagen Sie? Ich höre keines. Sagen Sie mir direkt ins Gesicht, hier und in Anwesenheit Ihrer Tochter, was Ihnen an mir so sehr missfällt, dass Sie mir Amelies Hand verweigern wollen», verlangte der Offizier. «Als Ehrenmann sind Sie mir das schuldig.»

«Du hast den falschen Stallgeruch.»

«Vater!», rief Amelie mit empörter Hilflosigkeit.

Gustav versuchte ein Lächeln aufzusetzen, das andeuten sollte, dass ihn diese Beleidigung nicht mehr verletzen konnte. Doch es geriet ihm zu einer Grimasse, die seine Verärgerung nicht verbergen konnte.

«Ich habe Sie immer respektiert, Herr Professor, weil Sie Amelie gefördert haben. Aber Sie machen gerade einen Fehler, den Sie womöglich nie wiedergutmachen können. Haben Sie bedacht, was geschieht, wenn Amelie sich für mich entscheidet? Wollen Sie ihr das Herz brechen? Indem Sie sie vor solch eine Wahl stellen?» Gustav machte eine winzige Pause. «Ich werde selbstverständlich jetzt gehen. Aber ich werde morgen noch einmal bei Ihnen vorsprechen. Um Ihnen die Möglichkeit zu geben, Ihre Meinung zu ändern. Gute Nacht.»

Er setzte seinen Safarihelm auf und verließ das Haus.

Wie an jedem Abend entzündeten *boys* kurz vor Einbruch der Nacht Petroleum-Fackeln vor dem Haus. Der flackernde Schein der Feuer täuschte eine Romantik vor, die Amelies Aufgewühltheit Hohn sprach. Gustav ging mit ausgreifenden Schritten zu dem Pferd, das der Junge noch immer am Zügel hielt.

«Warte, Gustav», rief Amelie ihm nach.

Er blieb nach einigen Schritten stehen. «Dein alter Herr hat sich wirklich nicht verändert», sagte er sarkastisch.

«Ich bitte dich um Verzeihung, Gustav. Ich schäme mich.»

Er sah sie erstaunt an. «Du musst doch nicht um Verzeihung bitten, Liebes. Du hast dir deinen Vater nicht ausgesucht!»

Erst jetzt schien ihm bewusst zu werden, wie recht er mit seiner flapsigen Bemerkung hatte. Er lächelte verlegen.

Amelie blieb ernst. «Es stimmt schon: Er hält mich für sein Geschöpf. Er hat mich geformt nach seinem Willen.»

Sie rang nach Worten. Die Konfrontation mit dem Professor hatte in ihnen beiden Wunden aufgerissen, die eigentlich längst vernarbt waren. Trotz allem, was sie beide in der Zwischenzeit erreicht hatten, hatte ein einziges Wort sie wieder in die Vergangenheit katapultiert: Stallgeruch.

«Gnädige Frau, ich bringe die Kohlen.»

Ein dünner Junge mit geschorenem Kopf und zu kurzen Hosen schleppte einen viel zu großen Zinkeimer ins Zimmer. Das kleine Mädchen mit den blonden Locken wagte es kaum, von seiner Stickarbeit aufzublicken. Der Junge erinnerte sie an eine Zeit, die noch nicht lange her war und dennoch so weit zurücklag. Sie bemühte sich, das Blumenmuster korrekt zu sticken, aber während er den raumhohen, grün gekachelten Eckofen befeuerte, sah sie auf seinen gebeugten Rücken. Und als er aufstand, trafen sich ihre Blicke für eine lange Sekunde. Dann ging er. Und kam jeden Tag wieder, kein einziges Mal mehr musste das Hausmädchen Klara sich um die Öfen kümmern.

«Karl macht das.»

«Gib ihm zur Belohnung einen Apfel.»

«Jawohl, gnädige Frau.»

Kein Wort fiel zwischen den beiden Kindern, dem sechsjährigen Mädchen aus der Beletage und dem drei Jahre älteren Sohn des Hausmeisters. Das hübsche blonde Kind war seit seinem Eintritt in die Welt der Freyers stumm. Gelehrte Männer besahen sich seinen Kopf, hießen es den Mund zu öffnen, spähten in seinen Hals und fanden keine Ursache. Die Traurigkeit, die der Waise ihre Welt genommen hatte, ließ sich mit ihren Mitteln nicht kurieren. Dann war der lange Winter endgültig zu Ende, und Karl reinigte ein letztes Mal die Öfen. Eine Rußwolke stieg auf und beschmutzte den Teppich.

«Du dummer Bengel, sieh nur, was du angerichtet hast!», schimpfte die gnädige Frau.

Der Junge mit den zu kurzen Hosen schlug die Augen nieder.

«Aber Karl kann keen Nischt und keen Jarnischt dafür!»

Die Blicke der gnädigen Frau, des Mädchens und Karls richteten sich auf das Kind, das sein monatelanges Schweigen soeben gebrochen hatte.

«Sie spricht», flüsterte die gnädige Frau ergriffen. Sie eilte aus dem Raum, und das Kind hörte sie rufen: «Franz, Amalia hat geredet!»

Der Professor, in Weste und Pantoffeln, trat vor das blonde Geschöpf. «Ich wusste, dass du es kannst», sagte er. Er blickte seine Frau an. «Wie ist das geschehen, Charlotte?»

Die gnädige Frau deutete auf Karl und den schwarzen Rußstaub am Boden. «Sie hat gesagt, er könne nichts dafür.»

«Willst du Karl helfen sauberzumachen?», fragte der Professor.

Charlotte von Freyer protestierte: «Franz, sie darf sich nicht mit dem Personal gemeinmachen!»

«Warte, was sie sagt.» Der Professor blickte auf das Kind hinab. «Nun, Amalia, willst du Karl helfen? Sagst du es uns?»

«Ja, mach ick, gnädiger Herr.» Amalia knickste vor ihm.

«Nein, das wirst du nicht. Aber von nun an sprichst du mit uns. Denn sonst schicke ich dich ins Waisenhaus. Haben wir uns verstanden?»

Von nun an sprach Amalia, denn sie wollte nicht ins Waisenhaus. Es hieß, Kinder, die dort lebten, würden ganz bald sterben. Aber sie hatte gerade beschlossen zu leben. Gustav, der uniformierte Offizier, nahm dem wartenden *boy* die Zügel aus der Hand und gab ihm eine Münze. «Ja, der Professor hat dich geformt, Melli. Aber nur zu einem Teil. Gott sei Dank ist er nicht der liebe Gott.»

Er lächelte bitter, und es lag Amelie auf der Zunge, den Satz zu vervollständigen: Auch wenn er sich dafür hält.

Sie brachten Gustavs Wallach in den Pferdestall in der Nähe des Farmhauses, der auf der dem Nutzgarten gegenüberliegenden Seite lag. Er war fest gemauert, mit solidem Dach, um die geschickt kletternden Leoparden abzuhalten. Zu dieser späten Stunde waren bereits alle Esel, Maultiere und Pferde darin untergebracht. Im Schein der Stalllaternen waren Arbeiter damit beschäftigt, die Tiere zu striegeln und ihnen Futtersäcke umzuhängen. Gustav ließ seinen eigenen Wallach absatteln, ein Junge übernahm das Gepäck.

«Wie gefällt dir das Pferd, Melli?», fragte Gustav. «Ich möchte es dir nämlich schenken.» Er blickte sie verliebt an. «Ich habe dir ja noch nie etwas geschenkt.»

Sie hielt ihm die Hand mit ihrem Schlangenring hin. «Ich trage ihn immer», sagte sie.

«Und Kivuli wird jetzt immer dich tragen. Wohin du willst.» Es klang, als wollte er sagen: Auch weit fort von hier ...

«Kivuli.» Sie streichelte den schlanken Hals des Wallachs, dessen Schulterhöhe ihr bis zum Kinn reichte. «Der Schatten. Ein schöner Name.» Sie dankte ihm mit einem Kuss auf die Wange, was angesichts der vielen *boys* gerade noch angemessen war.

«Kivuli ist schnell und ausdauernd, hat aber einen Schönheitsfehler, der vor allem Soldaten stört.» In Gustavs Gesicht lag eine jungenhafte Verschmitztheit, die sie an ihm schon immer gemocht hatte. «Sonst hätte ich ihn mir nicht leisten können.»

«Er ist schussscheu?», fragte sie.

«Ja», gestand er lachend, «ein Soldat muss auf so etwas achten. Aber du hast mir ja gestanden, dass du nicht mehr schießen willst. Also ist er bei dir in besten Händen.»

Er erzählte, dass er mit Kivuli von Tanga aus bis Salama geritten war und den Rückweg mit der Eisenbahn antreten wollte.

«Sag mal, wo ist eigentlich Hanns?», fragte er, als sie den Stall verließen.

Amelie gab ihm einen kurzen Abriss des Zerwürfnisses zwischen Vater und Sohn.

«Du meine Güte!», rief der Offizier. «Heißt Salama nicht die Friedliche? Na, die Zeiten scheinen wohl vorüber zu sein. Und Hanns will wirklich eine Eingeborene heiraten? Das ist ganz schön mutig von ihm, findest du nicht?»

«Hanns hat sich doch noch nie um Konventionen geschert.»

«Sonst wären wir wohl nicht die besten Freunde geworden.»

Der Nachthimmel war voller Sterne, die helle Scheibe des nahezu runden Mondes blickte gelegentlich durch die Zweige hoher Bäume, die sich leicht im Wind wiegten. Amelie, Hanns und Gustav hatten sich auf der Veranda mit Decken gegen die Kühle der Nacht gewappnet. Auf dem selbst gezimmerten Tisch standen eine noch halbvolle Flasche württembergischen Rotweins, die Amelie für die Wiedersehensfeier mitgebracht hatte, sowie drei schlichte Wassergläser. Zum Abendessen gab es frisches Chapati-Fladenbrot, geräucherten Wildschweinschinken, Tomaten, Radieschen und Ziegenkäse. Das unruhige Flackern eines Windlichts ließ die Schatten tanzen.

«Eigentlich haben wir Glück, dass wir unser Wiedersehen hier feiern», sagte Amelie. «Das alte Haus ist viel romantischer. Die Natur ist näher und die Zivilisation ferner. Weißt du, Gustav, damals haben Hanns und ich hier gern gelebt.»

«Wir hatten keinen Wein», warf Hanns lachend ein.

«Du hättest keinen gebraucht!» Sie machte eine wegwerfende Handbewegung in seine Richtung. «Weil die Welt von hier oben aus gesehen so weit entfernt war, hatten wir Luft zum Träumen.»

Sie saß neben Gustav auf einer Holzbank, im Rücken die Lehmwand des alten Häuschens; sie hatten sich eng aneinandergeschmiegt.

«Als ihr damals nach Afrika aufgebrochen seid, saß ich in unserer kalten Wohnung im Souterrain und habe mich gefragt, ob ihr im Zelt leben würdet», sagte Gustav.

«Taten wir auch, in den ersten Monaten. Es waren sogar zwei und ein Kochzelt. Aber Mutter hasste das Zelt», erzählte Amelie.

«Ich glaube, Vater fand es sogar ganz gut.» Hanns seufzte. «Damals war er noch anders.»

«Aber Georg fand es nur schrecklich», fügte Amelie hinzu.

«Was macht er eigentlich? Lebt er noch in Paris?», erkundigte sich Gustav.

Hanns trank schweigend einen Schluck Wein, anstatt zu antworten. Amelie kannte keine zwei Brüder, die weniger Gemeinsamkeiten hatten.

«Georg malt. Paris muss dazu eine wunderbare Stadt sein. Und die Mädchen sollen recht freizügig sein. Er wird sich gewiss wohlfühlen», sagte Amelie leichthin.

Die beiden Freunde tauschten einen langen Blick, der Amelie irritierte.

«Georg braucht keine freizügigen Mädchen, Schwesterchen.» Hanns grinste.

«Du meinst ...?»

«Er ist vom anderen Ufer, unser Bruder.» Hanns holte seinen Tabaksbeutel und seine Pfeife hervor und begann sie zu stopfen. «Ach, Melli, du hast das nie kapiert, hm?»

«Nein», sagte Amelie gedehnt. «Hätte ich?»

So also erklärte sich des Professors abfällige Bemerkung über seinen Sohn Georg. In Liebesangelegenheiten enttäuschte der Nachwuchs den alten Patriarchen fürwahr.

Während Hanns von alten Zeiten erzählte, ging Amelie ins Haus, denn von drinnen hörte sie jetzt die kleine Lotte schreien. Sara hatte sich mit dem Kleinkind auf eine Schlafmatte am Boden gelegt; Hanns hatte darauf bestanden, dass sein Freund Gustav das Ehebett benutzen durfte. Obwohl Gustav angemerkt hatte, dass er schon weitaus unbequemer geschlafen hatte als auf einer Matte am Boden dieses Häuschens.

«Sie weint so oft», sagte Sara, als Amelie sich zu den beiden auf den Boden hockte.

Amelie befühlte den Gaumen ihrer Nichte; die Vorderzähne waren oben und unten bereits durchgebrochen, aber die Augenzähne ließen sich unter dem Zahnfleisch gut ertasten.

«Das sind die Zähne», sagte Amelie. «Darf ich Lottchen hochnehmen? Ich trage sie ein wenig herum.»

Sara ließ sie gewähren, machte jedoch keine Anstalten, Amelie hinaus zu folgen. Seitdem Gustav eingetroffen war, hatte Sara lediglich aufgetischt und sich sonst so gut wie unsichtbar gemacht.

«Komm doch mit raus!», forderte Amelie Sara auf. «Du könntest Gustav kennenlernen. Er ist ein lieber Mensch. Und wir sind doch bald alle eine Familie.»

Sara lächelte scheu und schüttelte den Kopf. «Ich störe nur», erwiderte sie und drehte sich zum Schlafen.

Amelie wollte protestieren, doch sie unterließ es. Welche Art von Gesprächen ihr Bruder wohl mit Sara führte, schoss es ihr durch den Kopf. Sie wischte diesen Gedanken hastig fort; er führte zu nichts. Sie wickelte ihre Nichte in die Decke und zog die Kleine dicht an sich, als sie sich zu den beiden Männern setzte. Es duftete angenehm würzig nach dem Tabak, den Hanns rauchte. Lotte schaute mit großen Augen auf das Flackern des Windlichts, das sie ablenkte und beruhigte.

«Sie ist ein hübsches Kind», sagte Gustav.

«Und außerdem steht dir diese Rolle gut, Melli», neckte ihr Bruder.

«Tante zu sein?» Sie wusste sehr wohl, was er meinte.

Gustav rückte vorsichtig an Amelie heran und legte den Arm um sie. Er versuchte die Aufmerksamkeit der Kleinen zu gewinnen, indem er sanft über ihre runde Wange strich. Es gab Amelie einen kleinen Stich; sie hatte Gustav noch nie mit einem Kind umgehen sehen. Sie ertappte sich bei dem Gedanken, dass er gewiss ein liebevoller Vater wäre.

«Was hat Lotte da für eine eigentümliche Kette um?», fragte Gustav. Das gabelförmige winzige Amulett leuchtete hell.

«Das hat sie von einer Verwandten Saras. Hilft beim Zahnen», sagte Hanns und sog an der Pfeife.

«Vater sagt, dass die Wapare Kinder töten würden, bei denen die Zähne falsch durchbrechen.» Amelie schunkelte das Kleinkind sanft.

«Ach, was Vater sagt.» Hanns hob die Schultern.

Gustav war hellhörig geworden. «Das wäre unglaublich, wenn es solch einen Brauch gäbe. Das hätte ja auch deine Tochter betreffen können, Hanns!»

«Diesen Dingen muss man nicht allzu viel Gewicht beimessen, Gustav. Da kommt eine dicke Frau, ritzt ein wenig am Zahnfleisch und schmiert Kräuter hinein. Das stimuliert das Wachstum der Zähne. Ist alles ganz harmlos.»

Gustav lehnte sich zurück. «Schon seltsam hier. Wie eine Zeitreise.» Er blickte versonnen in den Nachthimmel. «Ich habe gerade ein Buch von einem Engländer ausgelesen. H.G. Wells. Habt ihr von dem schon mal gehört? Schreibt Geschichten, die in der Zukunft spielen.»

«Im Gegensatz zu mir hast du schon Jules Verne gemocht», sagte Hanns.

«In Wells' Buch *Time Machine* baut sich jemand eine Zeitmaschine. So fühle ich mich auch gerade: Hier werden vielleicht noch Kinder getötet, weil ihre Zähne falsch wachsen. Das ist Steinzeit, Hanns. Während in Deutschland Menschen mit Röntgenstrahlen durchleuchtet werden.» Gustav griff nach dem Glas, in dem noch ein wenig Wein dunkelrot glühte. «Entschuldigt, ich bin ins Philosophieren gekommen.» Er hob das Glas, und Hanns tat es ihm gleich. «Auf dein Wohl, mein ältester und bester Freund auf der ganzen Welt.» Er küsste Amelie auf die Wange. «Danke, dass du uns wieder zusammengebracht hast, Melli.»

Amelies Finger strich versonnen über das Amulett an Lottes Hals. «Steinzeit. Das sagst du jetzt, Gustav. Aber hast du mich nicht zu einem Medizinmann gebracht, als ich so krank war?»

«Das war ein wirklicher Heilkundiger, der sein Handwerk verstand», entgegnete Gustav.

Doch es war ihm anzumerken, dass ihm die Sache nicht geheuer war. Sein logisches Denken mochte die «steinzeitlichen» Methoden ablehnen, sein liebendes Herz schätzte den Erfolg.

Hanns war neugierig geworden, und Amelie erzählte, dass sie in Udjidji am Wundbrand erkrankt gewesen war. «Der Arzt des Krankenhauses wusste nicht, wie er mir helfen sollte. Aber der *mganga* heilte mich ausschließlich mit Mitteln der Natur, von denen ich in den Jahren auf der Universität nie gehört hatte.»

Sie erwähnte nicht, dass der Kollege im Garnisonsspital von Udjidji sie aufgegeben hatte und sie somit ohne den aufopfernden Einsatz des Medizinmannes gestorben wäre. Ihr Bruder hatte sich ohnehin schon große Sorgen um sie gemacht; wenn sie ihm die Wahrheit berichtete, würde er sie nie mehr fortlassen.

«Die Sache hat noch eine besondere Pointe, Hanns», sagte

Gustav. «Deine Schwester ist während der ganzen Zeit ihrer Behandlung in der Nähe einer Riesenschlange gewesen. Einem Python, der sie, wehrlos wie sie war, hätte töten können.»

«Töten ...? Nein, Gustav, das glaube ich nicht», widersprach Hanns gelassen. «Die einheimischen Medizinmänner haben zu Schlangen ein anderes Verhältnis. Auch bei unseren Wapare genießt die Schlange hohes Ansehen. Sie ist für unsere Leute so etwas wie ein Schutzpatron. Das kennt man so ähnlich von der katholischen Kirche.»

Amelie wunderte sich, wie abgeklärt er wirkte.

«Du meinst, so wie der heilige Georg, der den Drachen tötete?», fragte Gustav und setzte nachdenklich hinzu: «Vielleicht war das ja auch eher eine Schlange. Und du meinst, die Wapare würden anstelle des Heiligen den Drachen verehren? Das würde auch Sinn machen. Anstatt sich mit der Bestie anzulegen, macht man sie sich zum Freund. Eigentlich eine praktische Denkweise.»

Hanns zog nachdenklich an seiner Pfeife, bevor er weitersprach. «Jede Kultur hat solche Mythen. Für mich entspricht es somit der Kultur meiner Frau, dass sie unsere Tochter in den Schutz der Schlange stellt. So bekam Lotte vom Schlangenpriester in einer wirklich bemerkenswerten Zeremonie bei Sonnenaufgang ihren rituellen Namen – Zawadi Nyoka.»

Als Amelie diesen Namen hörte, zuckte sie unwillkürlich zusammen. Die Männer bemerkten es nicht.

«Dann ist Sara keine Christin?», fragte Gustav.

«Durchaus», widersprach Hanns. «Aber das bedeutet nichts. Das ist wie frische Farbe auf einer alten Hauswand. Mehr nicht. Wer hier lange genug lebt, akzeptiert das.» Er grinste.

Amelie gefiel zwar, wie entspannt Hanns die Gegebenheiten akzeptierte und darin *baba* Wilkening glich. Gleichwohl schien er kein tieferes Interesse an dem alten Naturglauben zu haben, dem die Mutter seines Kindes angehörte. Oder er spielte die Allgegenwart der Magie Gustavs wegen herunter:

Auch Hanns durfte klar sein, dass ein Offizier der Schutztruppe so etwas nicht gern sah ...

Gustav streichelte den Kopf des inzwischen in Amelies Schoß schlummernden Mädchens. «Lotte Zawadi Nyoka – wie zärtlich das klingt. Zawadi heißt Geschenk. Das ist sehr hübsch. Aber was bedeutet Nyoka?», fragte Gustav.

«Es ist ein anderes Wort für Schlange», antwortete Hanns.

«Ein Geschenk der Schlange? Ein Geschenk für die Schlange? Ist das nicht ein seltsamer Name für so ein süßes Kind?», fragte Gustav.

Hanns gab sich gelassen: «Es ist nur ein Name, der Schutz herbeirufen soll. Eine Glaubenssache, im Grunde harmlos.»

Amelie sah das anders. Lottes Wapare-Name hatte gewiss eine tiefere Bedeutung! So lange hatte sie früher hier gelebt – und nie etwas von der Existenz des Schlangenbundes mitbekommen. Doch er musste auf Salama so gegenwärtig sein wie bei Sultanin Ninabo in Tabora. Ob Sara etwas damit zu tun hatte? Amelie verwarf den Gedanken sofort wieder. Vielleicht war es in der Tat so, wie Hanns sagte: Die Schlange war nur ein Schutzpatron.

Hanns hatte inzwischen das Thema gewechselt, nun befragte er den Freund über dessen Arbeit. Gustav kannte mittlerweile das gesamte Schutzgebiet sowie Deutsch-Südwest, wo er drei Jahre zuvor im Krieg gegen die Herero gekämpft hatte. Hanns zog nachdenklich an seiner Pfeife: «Du wolltest immer reisen, Gustav, aber ich glaube, du wolltest im Gegensatz zu mir nie ankommen. Habe ich recht?»

«Da ist was Wahres dran! Ich finde einfach, man darf nie stehen bleiben. Man muss sein wie die Welt. Sie dreht sich in einem fort», erwiderte Gustav, und sein Blick schweifte in die Dunkelheit.

«Und sie dreht sich dennoch nur um die eigene Achse», erwiderte Hanns mit einem leisen Lächeln.

«Da kann ich dir nicht widersprechen», räumte Gustav ein.

«Ehrlich gesagt: Ich beneide dich darum, dass du hier auf deinem Berg eine Heimat gefunden hast. Mir ist das nicht geglückt. Soldatenschicksal.»

Das Gesicht des Geliebten war dem Mond zugewandt, und Amelie spürte die Einsamkeit, die in seinen Worten schwang. Am schlimmsten war, dass sie wahr waren. Gustav würde wieder gehen und sie bleiben. Wie würden sie beide jemals zusammen glücklich werden?

Niemand sagte mehr ein Wort, und Amelie dachte, dass die beiden Jugendfreunde sich weiter voneinander entfernt hatten, als sie bislang hatte wahrhaben wollen. Einst hatten sie beide denselben Traum von der Ferne gehabt. Doch sie hatten ihn auf völlig unterschiedliche Weise wahr gemacht.

Die kleine Lotte wurde in Amelies Arm immer schwerer. Sie brachte das Kind zu seiner Mutter zurück. Als sie sich gerade auf den Boden zu der schlafenden Sara kniete und Lotte neben sie legte, hörte sie Hanns mit gedämpfter Stimme sagen:

«Du willst Melli heiraten. Aber wo willst du mit ihr leben, Gustav? Hier oben auf dem Berg wird dir die Welt zu klein sein, wenn ich dich richtig verstanden habe. Und Melli will nicht nach Berlin. Soweit ich weiß.»

Amelie lauschte gebannt auf Gustavs Antwort. Die lange auf sich warten ließ.

«Darüber habe ich in den letzten Monaten viel nachgedacht», sagte er endlich und sprach dabei sehr bedächtig. «Liebe macht die Welt kleiner. So klein, dass sie in eine Hütte passt. Denn Liebe verlangt Verzicht. Dann muss ich eben auf die Welt verzichten. Mag sie auch noch so verlockend groß und weit sein.»

«Du hast gerade sinngemäß gesagt, man muss sich mit der Welt verändern», hielt Hanns ihm entgegen.

«Deshalb werde ich dort leben, wo Melli glücklich ist, Hanns. Und eine Heimat finden. Ich hoffe jedenfalls, dass mir das gelingt.»

Amelie hörte von draußen, dass Stühle bewegt wurden, und als sie kurz darauf auf die Terrasse trat, sah sie zwei Männer, die sich schweigend in den Armen lagen. Sie nahmen Amelie in ihre Mitte.

«Du solltest heute Nacht nicht nach oben ins Steinhaus gehen», sagte Hanns. «Bleib hier bei Gustav, Melli. Der Alte wird es nicht mitbekommen, der schläft längst.»

«Du schenkst uns eine Nacht in deinem Haus, mein Bruder?»

«Etwas verspätet, zur Verlobung gewissermaßen.»

In dieser kostbaren Nacht wollte Amelie nicht schlafen. Ihr Kopf lag auf Gustavs Brust, sie lauschte auf den gleichmäßigen Schlag seines Herzens. Bilder tauchten auf und verschwanden, und sie wusste nicht, ob es Traum oder lebhafte Erinnerung war. Als sie die eiligen Schritte auf den Holzbrettern der Veranda hörte, war es lange noch nicht Tag.

«Amelie? Bist du hier?»

Es war die Stimme des alten Wilkening.

«Ja.»

«Euer Vater ... Er hat einen Herzanfall. Ich brauche deine Hilfe, Kind. Rasch.»

«Ich komme. Warte», flüsterte Amelie.

Doch Gustav und Hanns waren längst erwacht. «Soll ich mitkommen?», fragte Hanns.

«Lasst uns gemeinsam gehen», sagte Gustav. «Dann sind wir auf alles vorbereitet.»

Niemand von ihnen hatte die Kleidung abgelegt gehabt, und so standen sie, zerzaust und derangiert, Sekunden später zu dritt vor dem alten Arzt, der seinen zerknitterten Anzug und seine Arzttasche trug.

Wilkening sah sie der Reihe nach an. Er lächelte verstehend.

7.

Auf dem Weg zum Farmhaus erzählte Wilkening in aller Eile, was vorgefallen war. Er hatte in seinem eigenen Häuschen, das unweit der alten Klinik lag, fest geschlafen, als er von Damasso geweckt und ins Farmhaus gerufen worden war. Der Professor ränge kreidebleich in seinem Bett liegend nach Luft, habe Damasso berichtet.

«Ich brauche Digitalis-Tropfen. Wir haben jedoch alle Medikamente ins neue Krankenhaus gebracht», sagte Wilkening.

Zum Medikamentenraum hatte er sich keinen Schlüssel geben lassen, und so hatte ihn sein erster Weg zu Hanns' Hütte geführt.

«Damasso hat natürlich zuerst nach der *bibi dactari* gesucht, doch er hat dich nicht gefunden», fügte Wilkening noch hinzu.

Dann weiß Vater also, dass ich bei Gustav in Hanns' Hütte übernachtet habe, folgerte Amelie. Ihr war nicht so ganz klar, was schwerer wiegen würde – der Herzanfall oder die Tatsache, dass sie gegen alle Konventionen verstoßend mit Gustav in einem Raum geschlafen hatte. Sie seufzte. Hinter sich hörte sie die festen Schritte von Hanns und Gustav. Ja, sie würde Beistand brauchen.

Als Amelie mit ihrem schweren Arztkoffer in der Hand, den sie aus der neuen Klinik mitgebracht hatte, an der Seite Wilkenings das Schlafzimmer ihres Vaters betrat, lag der Professor bleich und schwer atmend in den Kissen. Badili legte dem alten Patriarchen feuchte Tücher auf die Stirn. Doch sobald der Professor seine Tochter sah, scheuchte er Badili zur Seite.

Es hätte dieser Geste nicht bedurft, um Amelie zu sagen, was hier los war. Sie erkannte es am festen, wachen Blick ihres Vaters. Aber sie entschied sich, auf sein Spiel einzugehen.

«Was machst du denn für Sachen, Vater?», fragte sie mit dem in einem solchen Augenblick erwarteten Anflug von Sorge in der Stimme.

Sie setzte sich auf den Rand seines Bettes, fühlte den Puls und horchte ihn ab. Das Herz des Patriarchen schlug schnell, aber nicht besorgniserregend. Die Ärztin öffnete das Fläschchen mit dem Digitalis-Präparat und tat so, als würde sie etwas davon in ein Wasserglas tropfen.

«Jetzt nimm das erst einmal», sagte sie, und ihr Vater schluckte das klare Wasser.

Er bemerkte den Betrug nicht.

Amelie machte Platz für Wilkening. «*Baba*, horch du noch mal den Vater ab.»

Ein einziger Blick in die Augen des Urwaldarztes signalisierte ihr, dass auch er das Spiel durchschaute.

«Das reicht schon, Fred, ich bin ja nicht tot!» Der Professor schob seinen Freund nach wenigen Augenblicken fort.

«Das bist du in der Tat noch lange nicht», lautete Wilkenings Diagnose. «Aber wenn du so etwas noch öfter machst, bringst du vielleicht mich ins Grab.» Er wandte sich an Badili, der trotz der ungewöhnlichen Stunde seinen weißen Anzug trug. «Du kannst gehen. Es ist alles in Ordnung. Bitte Suahibu, allen, die im Hause sind, ein Frühstück zu machen. Die Sonne wird bald aufgehen.»

Der Professor richtete sich ein wenig auf, Misstrauen in den Augen. «Wer ist denn alles im Haus?»

«Mein lieber Franz, du zitiertest neulich so treffend unsere Wapare: Ein Löwe, der vom Regen durchnässt ist, sieht auch nur aus wie ein Hundsaffe. Jetzt ruh dich aus. Wir sind draußen.» Er nahm Amelies Hand. «Komm, Kind.»

Amelie fand Bruder und Verlobten in der Eingangshalle unter ihrem Jugendfoto wartend. Mit einem Ruck stellte sie die schwere Arzttasche unter das Maul der Raubkatze.

«Der Patient ist dank intensivster medizinischer Zuwendung noch einmal mit dem Leben davongekommen», sagte sie mit ironischem Lächeln.

«Das verstehe ich jetzt nicht», sagte Gustav.

Hanns legte ihm den Arm um die Schultern. «Wenn unsere neue Eisenbahn hier durchs Tal rumpelt, gibt sie von Zeit zu Zeit einen warnenden Pfiff von sich. Die Schwarzen haben sich früher sehr erschreckt. Inzwischen wissen sie, dass die Bahn langsam fährt. Nur ihr Pfiff ist laut.»

«Er hat euch etwas vorgespielt?», fragte Gustav.

«Alte Männer, die spüren, dass sie ihre Macht verlieren, werden manchmal etwas kindisch», erklärte Wilkening. «Franz ist kerngesund», fasste er bündig zusammen. «Es wird Zeit, dass dieser gordische Knoten durchschlagen wird. Womit ich sagen will: Ich werde euren Vater endlich dazu bringen, dass er nach Berlin heimreist. Aber jetzt sollten wir uns an einem Frühstück schadlos halten. Folgt mir.»

Mit einem Elan, den Amelie schon lange nicht mehr an ihrem Mentor gesehen hatte, machte der sich auf den Weg in den Salon.

Sobald sie sich um den Tisch versammelt hatten, richtete Wilkening das Wort an Gustav: «Herr Oberleutnant, von Ihnen wurde schon viel gesprochen. Ich bin glücklich, Sie in diesem Haus kennenlernen zu dürfen. Aber ich weiß viel zu wenig von Ihren Aufgaben. Bitte tun Sie mir den Gefallen und erzählen Sie von sich.»

Es war wie eine Wiedergutmachung für den vorherigen Abend, dachte Amelie und hörte schweigend zu. Vielleicht ärgerte sich *baba*, dass er nicht mit ins Haus gekommen war, wahrscheinlich hätte er die Wogen geglättet.

Nachdem Gustav berichtet hatte, dass er in Udjidji Amelies Freundin Hermine mit seinem damaligen Kameraden, dem

Hauptmann Hermann Wohlgeburt, vermählt hatte, fragte Wilkening: «Dann dürften Sie doch auch Ihren Freund Hanns vermählen, nicht wahr?»

Suahibu servierte in diesem Moment Spiegeleier und gebratenen Speck. Sie hielt mitten in der Bewegung inne und starrte Gustav an. Dann setzte sie ihre Arbeit fort.

«*Baba*, du hast recht!», rief Hanns. «Gustav, du könntest ...»

«Nicht so laut, mein Sohn», mahnte Wilkening. «Ich würde gern dein Trauzeuge sein.»

Hanns stand auf und umarmte den alten Mann stürmisch. «Du bist ein wunderbarer Mensch. Du wirst mir so fehlen. Warum bleibst du nicht hier bei uns? Wir werden dir jeden Wunsch von den Augen ablesen.»

«Darauf hast du auch mein Wort, *baba*», pflichtete ihm Amelie enthusiastisch bei.

«Das ist lieb von euch, Kinder. Aber ich habe meinen Abschied innerlich bereits genommen. Es gibt nichts Schlimmeres als alte Männer, die nicht erkennen, wo ihr Platz ist. Insofern bin ich Franz dankbar für seine Komödie heute Morgen.» Er räusperte sich. «Nun, Herr Oberleutnant, Sie hatten Zeit, sich zu bedenken. Was sagen Sie zu meinem Vorschlag?»

Alle Blicke richteten sich erwartungsvoll auf Gustav, der sich den Mund mit einer Serviette abtupfte und sie dann langsam beiseitelegte. Es war, als ob sich eine Wand aus Glas zwischen ihn, Hanns, Wilkening und Amelie schob. Sie hatte ihn schon öfter so erlebt, jedes Mal, wenn er aus seiner Rolle als Freund und Verlobter heraustrat und zum Vertreter kaiserlicher Befugnis wurde. Er war ihr dann fremd und dennoch vertraut. Und sie begriff, dass Gustav sich in demselben Zwiespalt befand.

«Mir sind Gouverneur Rechenbergs Ansichten zur – verzeiht den formellen Ausdruck, meine Freunde – Mischehe nicht bekannt. Es gibt nur eine Weisung des vorherigen Gouverneurs Graf von Götzen ...»

«Vom März 1906», unterbrach ihn Hanns. «Aber die ist eine Weisung und kein Befehl und überdies an die Standesbeamten gerichtet», gab er Hermann Wohlgeburts Worte wieder. «Aber du bist kein Standesbeamter.»

«Als Offizier wirst du gewiss so etwas wie einen Ermessensspielraum haben», assistierte Amelie.

Gustav brach in Lachen aus; die Glaswand, die ihn umgeben hatte, zersprang. «Du weißt Bescheid, Hanns, Respekt. Ja, ich wollte etwas Ähnliches sagen, Melli. Du hast mir die Worte aus dem Mund genommen.»

«Du wolltest es nur spannend machen.» Hanns wirkte erleichtert.

Aber Amelie spürte, dass Gustav es durchaus ernst gemeint hatte. Hanns rief Suahibu herbei und trug ihr auf, eine Flasche Champagner und Gläser zu bringen. Nachdem er die Flasche geöffnet und eingeschenkt hatte, sagte er: «Lasst uns auf die Freundschaft anstoßen.»

«Und auf den Mut, Neues zu wagen», sagte Wilkening.

Sie tranken, und Amelie fragte: «Wann wird die Hochzeit sein?»

«Heute Abend. Kurz vor Sonnenuntergang, das ist eine romantische Zeit zum Heiraten. Wenn es allen recht ist», schlug Gustav vor. «Denn morgen muss ich nach Tanga, um Staatssekretär Dernburg zu treffen.»

«So schnell?», fragte Amelie.

«Sara und ich haben schon so lange gewartet, Melli.»

Das jedoch hatte Amelie nicht gemeint.

Kurz darauf verließen die beiden Freunde das Haus, um die notwendigen Dokumente zu beschaffen. Nur Amelie und Wilkening saßen noch am Tisch. *Baba* nahm ihre Hand.

«Er ist ein guter Mann, dein Gustav», sagte er. «Schade, dass mir nicht viel Zeit bleibt, ihn besser kennenzulernen. Deine Familie hat ihm immer Unrecht getan. Er hat oft hierher geschrieben, als du noch ein Backfisch warst. Deine Mutter, Gott hab sie selig, hat diese Briefe alle abgefangen und zerstört. Ich weiß das, weil ich einmal, nur ein einziges Mal, die Post vom Postmeister in Tanga abgeholt habe. Ein Brief an dich war darunter. Ich dachte mir nichts dabei, als ich ihn Charlotte gab. Sie nahm ihn, riss ihn auf, überflog ihn und warf ihn ins Feuer. Warum tust du das, fragte ich, der war doch an Amelie. Und Charlotte erwiderte: Dieser Junge ist Gift für sie.»

«Warum hast du mir das nie erzählt, *baba*?»

«Sollte ich dich unnötig quälen? Und was wäre die Folge gewesen? Dein Herz hätte geblutet und du hättest dich gegen deine Mutter aufgelehnt. Also hättest du den doppelten Schaden gehabt. Das wollte ich verhindern und ließ Charlotte und Franz gewähren.» Er sah sie an, und seine Augen waren wieder so müde. «Habe ich es falsch gemacht?»

Sie schüttelte den Kopf. Nun war ihr auch klar, warum Wilkening sich auf Hanns' Seite stellte und damit den Bruch mit seinem alten Weggefährten Freyer riskierte; es war seine Form, endlich, nach so vielen Jahrzehnten, Rückgrat zu beweisen. Der alte Mann war auf dem Weg in die innere Freiheit. Ja, er würde fortgehen müssen von Salama. Schon allein deshalb. Sie würde nicht mehr versuchen, ihn zu halten.

Schweigend hielten sie einander noch bei den Händen, als der Professor im Morgenmantel eintrat. «Sind die beiden Verschwörer fort?», fragte er und setzte sich umständlich an jenen Platz, an dem Hanns gesessen hatte. Suahibu fragte, was er zum Frühstück wünschte, und er bat um eine Reissuppe.

«Geht es dir besser, Vater?»

«Du und dein Bruder, ihr beide brecht mir das Herz. Weißt du das eigentlich?»

«Dein Herz ist gesund, Vater.»

«Mein liebendes Herz bricht.»

«Dein liebendes Herz liebt vor allem sich selbst», sagte Alfred Wilkening.

Der Professor blickte ihn stumm an, und dann sah er auf

Amelies und Wilkenings ineinander verschränkte Hände. «Ich verstehe.» Langsam erhob er sich.

«Franz, komm mit mir nach Berlin. Schreib dort dein Buch fertig und stelle es vor. Du hast den Menschen, den Kollegen so viel zu sagen. Und ich werde bald abreisen. Begleite mich. Bitte, mein Freund», sagte Wilkening. «Lass uns unsere Plätze für die Jugend frei machen. Es ist an der Zeit.»

Der alte Patriarch lächelte matt. «Du klingst, als wolltest du in die Grube springen, Fred. Aber so weit bin ich noch nicht. Ich gehe erst, wenn das Feld bestellt ist.»

Eine halbe Stunde nach Sonnenaufgang hatte sich bereits eine stattliche Anzahl von Patienten rund um Davids Tisch eingefunden. Der Junge trug eine blaue Anzugjacke, die Amelie etliche Male an ihrem Vater gesehen hatte, was sie im ersten Augenblick verwirrte.

«Das steht dir sehr gut, Herr Professor», neckte sie ihn, obwohl David für Humor wenig empfänglich war.

«Danke, meine weiße Schwester», erwiderte er ernsthaft.

Voller Eifer tippte er mit dem Bleistift auf das Behandlungsbuch, in das er zahlreiche Patienten mit ihrer Anschrift und der Angabe, an welchen Schmerzen sie litten, eingetragen hatte.

«Wir haben heute Morgen drei Männer mit offenen Geschwüren an den Beinen, vier Männer haben Bauchschmerzen, ich glaube, dass sie Würmer haben. Zweien tut der Kopf weh ...» Sein Stift glitt immer weiter auf der Seite nach unten. «Zwei Männer sagen, sie frieren und der Rücken tut ihnen weh. Und dann haben wir die Frauen, meine weiße Schwester.» Er schlug die Seite um. «Es sind nicht so viele. Eine ist in der Hoffnung, denn ihr Bauch ist ganz dick. Die Nächste hat einen ganz dicken Fuß. Diese hier hustet so, wie ein Hund bellt, ach ja, die Nächste auch. Und dann ist da noch ein Mann, der Pickel hat. Er wurde gebracht, weil er nicht laufen kann.»

Eine innere Stimme sagte der Ärztin, dass bei dem Pickel-

Patienten etwas im Argen lag. Pickel hinderten niemanden daran selbst zu gehen.

«Den sehe ich mir zuerst an», sagte Amelie.

«Das ist ein Wadschagga aus den Bergen. Du wirst ihn nicht verstehen», rief David ihr hinterher.

David hatte in der Tat recht: Der Mann und sein ihn begleitender Verwandter sprachen kein Wort Kisuaheli, doch Amelie gelang es, sich mit ihm zu verständigen. Die Diagnose «Pickel» traf nur halbwegs zu. Es handelte sich um Pusteln mit einem dunkelroten Saum, in deren Mitte sich ein kleiner Krater befand. Sie waren unter den Haaren, im Gesicht und auf den Händen, glücklicherweise jedoch noch nicht in den Augen und im Mund. Amelie besah sich den Begleiter des Kranken und stellte rote Flecken fest. Sie bedeutete den Männern zu warten und eilte zu David zurück.

«Sind noch mehr Patienten da, die aus dem gleichen Dorf kommen wie die mit den Pickeln?», fragte sie.

Der Junge blickte in seine Liste und schüttelte den Kopf. Dann sah er Amelie an. «Das ist nicht gut, mit den Pickeln?»

«Nein, das ist ganz gefährlich, David.» Sie sah sich um. «Wo ist Ndremas Sohn? Schick ihn zum *baba*. Rasch!»

David bewegte sich nicht. «Was ist das mit den Pickeln?»

«Der Mann hat Pocken.»

«Und das ist schlimm?»

«Ja, das ist sehr ansteckend. Berühre solche Kranken nie, hörst du?»

Er machte sich auf den Weg zu Ndremas Zimmer am anderen Ende des Spitals. Amelie hatte ihm wohlweislich nicht gesagt, dass Pocken eine Seuche waren, an der in Deutschland Tausende von Menschen gestorben waren. Dank regelmäßiger Pflichtimpfungen war diese Virus-Erkrankung in Deutschland inzwischen weitgehend besiegt. Aber Amelie hatte noch nie gehört, dass in Deutschost die Gefahr einer Pockenepidemie bestand. Wilkening würde mehr wissen, hoffte sie.

Konzentriert nahm sie sich mit Badili die anderen Patienten vor, reinigte Geschwüre, legte Verbände an, verabreichte Rizinusöl, horchte verschleimte Bronchien ab. Endlich erschien Wilkening, und sie begleitete ihn zu dem Pocken-Kranken.

«Ich habe noch nie Pocken behandelt, *baba*. Was machen wir mit dem Patienten?»

«Mit übermangansaurem Kali einreiben, damit sich der Ausschlag nicht weiter verbreitet. Ich nehme den Patienten und seinen Begleiter gleich mit. Am besten isolieren wir beide im alten Krankenhaus.» Er lächelte. «Ist doch immer gut, wenn man zwei davon hat.»

Amelie erinnerte sich, dass sie als 18-jährige kurz vor ihrem Aufbruch nach Europa von Wilkening gegen Pocken geimpft worden war. Denn Wilkening hatte befürchtet, dass Amelie sich während der Schiffspassage anstecken könnte.

«Sag mal, *baba*», fragte sie nun, «als du mich damals geimpft hast, wen hast du da noch geimpft?» Sie blickte zu David hinüber.

«Kind!» Der alte Arzt war entrüstet. «Ihr alle seid geimpft worden, natürlich auch Damassos ganze Familie. Ich habe auch penibel darauf geachtet, dass die Impfung Erfolg hatte. Aber du hast dennoch recht: Wir alle müssen die Impfung wiederholen. Sie hält nur gut zehn Jahre.»

«Hast du in den Bergdörfern denn auch geimpft?»

«So war es geplant, aber dazu hat mir schlichtweg die Zeit gefehlt», gestand er und legte ihr die Hand auf die Schulter, als würde er ihr eine Bürde auflasten. «Tja, Kind, da wartet eine große Aufgabe auf dich! Gemeinsam mit Badili schaffst du das.»

In Gedanken sah Amelie sich bereits zu einer neuen Expedition aufbrechen, diesmal durch die Bergdörfer des Usambara-Urwalds, um eine Pockenepidemie zu verhindern. Ihr war gar nicht wohl bei diesem Gedanken; es war eine quälend mühsame Kleinarbeit, unzähligen Häuptlingen ein solches Anliegen vorzutragen. Auf keinen Fall jedoch durfte sie vergessen, Hermines Familie zu impfen, die nicht weit von den Wadschagga entfernt lebte.

Doch zuerst einmal brauchte sie den Impfstoff. Dr. Heim, der Leiter des Krankenhauses von Tanga, der Hanns bei der Zusammenstellung der Spital-Ausstattung beraten hatte, würde ihr sicherlich weiterhelfen können. Bei ihm würde sie den aus Kälberlymphe hergestellten Impfstoff erhalten. Ein einzelner, klar diagnostizierter Fall war kein Grund, in Panik auszubrechen. Andererseits konnte er der Vorbote von Schlimmerem sein. Überdies war es ihr ein willkommener Anlass, gleich morgen nach Tanga aufzubrechen. Schließlich hatte Gustav das gleiche Ziel. Die Zeit mit ihm war kostbar ...

Gustav wartete unweit des Hauses auf Amelie. Sie war zu spät aus dem Krankenhaus gekommen und hatte sich mit ihrer Garderobe beeilen müssen. Ihre Wahl war auf ein blaues, tailliertes Seidenkleid gefallen, das Gustav gern an ihr mochte. Die Haare hatte sie hochgesteckt, ein paar Löckchen entkamen der strengen Frisur. Zart strich Gustav ihr über die Wange. Die Sonne stand bereits im Westen und tauchte die Plantagenhänge in warmes Licht. Das Paar hielt einen Moment inne und genoss den Ausblick. Unter ihnen lag die Savanne wie ein braun und grün gefleckter Teppich, der sich bis zum Horizont erstreckte. Ein einzelner Greifvogel zog einen langsamen Kreis, aus den Büschen und Bäumen erklang ein vielstimmiges Konzert von Vogelstimmen. Es roch bereits nach den Holzfeuern, die den von der Arbeit Heimkehrenden ein warmes Essen versprachen.

«Wenn man hier lange genug steht, kann man zusehen, wie die Sonne hinabwandert. Das sieht aus, als würde sie vom Himmel rutschen», sagte Amelie. «Als ich das zum ersten Mal beobachtet habe, dachte ich wirklich, dass sei so. Aber Mutter hat nur gelacht.»

«Wenn wir Kinder haben, lassen wir ihnen ihre Träume so lange wie es geht», erwiderte Gustav.

Sie blickte ihn an. «Ich habe gehört, was du gestern Abend zu Hanns gesagt hast. Das mit der kleinen Hütte, in der die Welt Platz hat. Das war sehr schön. Du bist ein Romantiker, mein Soldat.» Plötzlich war es ihr egal, ob ihr Vater oder jemand von den Angestellten sie sehen konnten und sie schmiegte sich an ihn.

«Ich glaube nur, dass uns beiden eine Hütte nicht reichen wird, Melli», sagte Gustav liebevoll in ihr Haar hinein. «Ich habe heute bei deinem Krankenhaus vorbeigeschaut und dich arbeiten sehen. Du warst so konzentriert, dass du mich nicht bemerkt hast. Da ist mir klar geworden, wie sehr du hier gebraucht wirst. Dein Erfolg ist mit den Händen greifbar und für die Augen sichtbar. Auch bei Hanns ist das so. Das hat mich zum Nachdenken gebracht. Darüber, ob man eher den Soldaten oder die Ärztin und den Landmann braucht.»

«Du bist nicht nur Soldat, Gustav. Das weiß ich doch.»

«Natürlich bin ich das, Melli. Ich führe Befehle aus. Der Ermessensspielraum, von dem du gestern sprachst, der ist gering. Ich würde gerne gestalten, nicht nur ausführen. In diese Richtung muss sich mein Leben weiterentwickeln.» Er hob die Achseln. «Das wird sich alles weisen. Aber ich glaube, ich könnte hier glücklich werden. Tagsüber mit meinen Händen arbeiten und abends mit dir der Sonne beim Versinken zusehen. Ja, hier kann man gemeinsam alt werden.»

Sie rissen sich von dem grandiosen Ausblick los und machten sich auf den Weg zu Hanns' Hütte.

«Ich habe noch mal bei eurem Vater vorgesprochen», sagte Gustav. «Aber er hat mich nicht einmal empfangen.»

«Es ist schade, dass du uns beide nicht trauen kannst, nicht wahr?»

«Keine Sorge, Melli! Wir heiraten noch in diesem Jahr. Darauf gebe ich dir mein Ehrenwort.»

«Am liebsten würde ich genau wie Hanns hier oben auf Salama heiraten. Ein Fest geben. Genau dort, wo wir gerade gestanden haben. Und ich möchte ganz in Weiß heiraten, und du trägst deine weiße Ausgehuniform. Wir werden ein schickes Paar!»

«Und all deine Kranken stehen Spalier und winken mit ihren Verbänden ...»

«Du bist gemein!»

«Na gut, bestellen wir noch ein paar Soldaten, die Salut schießen. Besser?»

«Nein, Gustav. Keine Kranken und keine Soldaten.»

Sie hatten das alte Farmhaus erreicht, um das herum Fackeln aufgestellt, aber noch nicht entzündet waren. Ansonsten deutete nichts auf das bevorstehende Ereignis hin. Wilkening saß bereits auf der Veranda, er trug einen frisch gebügelten, fast noch weißen Anzug und sogar eine korrekt gebundene Krawatte zum Hemd. Doch der alte Mann wirkte bedrückt.

«Sara will nicht heiraten», berichtete er. «Die Hochzeit entspräche nicht den Sitten, sagt sie. Sie habe nicht ihre Freundinnen, mit denen sie das erste und zweite Frauenfest gefeiert hat, einladen dürfen. Die sind ihr wohl sehr wichtig, weil die sie auf ihrem Weg zum Frausein begleitet haben. Außerdem findet sie es nicht richtig, dass ihre Hochzeit vor ihren Eltern geheim gehalten wird. Und zudem müsste ihr Vater nach Sitte der Wapare ein halbes Dutzend Ochsen, vier Ziegen und was-weiß-ich-nicht-alles für sie bekommen.» Wilkening stöhnte. «Wir sind wohl etwas zu forsch vorgegangen. Jetzt ist Hanns bei ihr und versucht sie umzustimmen. Aber es kann sein, dass es heute keine Hochzeit gibt.»

«Hanns hat die Rechnung ohne die Braut gemacht», konstatierte Gustav trocken. «Das tut mir leid für ihn. Allerdings finde ich Saras Vorstellungen schon seltsam. Schließlich bekommt sie eine halbe Farm. Ist das denn immer so, dass die Bräute dem Vater abgekauft werden?»

«Immer», bestätigte Wilkening. «Uns mag das seltsam erscheinen. Aber die Wapare denken anders. Sie sagen: Alles hat seinen Preis. Die Frauen werden dadurch sogar geschützt. Wer sein Weib teuer einkauft, lässt sich nicht einfach scheiden. Es ist eine simple Logik, die aber funktioniert. Das Leben auf dem Berg ist eben unverfälscht.»

Baba zwinkerte Amelie zu, und die seufzte zustimmend auf. Plötzlich kam ihr ein Gedanke.

«In Deutschland kann man doch zweimal heiraten. Einmal standesamtlich und einmal kirchlich. Du kennst dich doch aus, *baba*: Haben die Wapare nicht auch so einen Brauch?»

Gustav sprang Amelie bei: «Genau. Ich bin nur das Standesamt.»

«Ich war mal bei der Hochzeit eines uralten Paares», sagte Wilkening. «In ihrer Jugend fehlte ihnen das Geld, und dann haben sie das große Fest einfach nachgeholt. Da kam dann sogar der Zauberpriester.»

«Ich geh' mal rein und rede mit Sara», sagte Amelie entschlossen.

Die junge Braut trug ein glutrotes Wickeltuch, das ihre schlanken Schultern frei ließ, und hockte stolz und abweisend auf einer Schlafmatte. Saras Gesicht war starr wie eine Maske. Die kleine Lotte krabbelte weinend am Boden herum. Hanns, im blütenweißen Anzug mit einer roten Rose am Revers, stand neben Sara und redete auf ihren Rücken ein. Als er Amelie sah, kam er ihr entgegen.

«Melli, sie will nicht!», sagte Hanns hilflos. «Was soll ich nur machen?»

«Geh mal raus», erwiderte Amelie couragiert, und ihr Bruder befolgte dankbar diesen Befehl.

Sie nahm die quengelnde Lotte und setzte sich in ihrem kostbaren Seidenkleid neben Sara auf den Boden. Aus dem Spital hatte sie ein Fläschchen Myrrhe-Tinktur mitgebracht, ein paar Tropfen davon massierte sie ihrer Nichte auf das gerötete Zahnfleisch. Die Kleine beruhigte sich.

Amelie ließ die Atmosphäre des Raums auf sich wirken, der fast fünf Jahre lang ihr Zuhause gewesen war. Als das neue Haus fertig geworden war, hatte sie nicht umziehen wollen. Der Steinbau war so riesig und fremd gewesen, die Hütte, so primitiv sie war, hatte heimelig gewirkt. Ob Hanns sich je gefragt hatte, was in Sara vor sich ging? Gustavs Besuch erschien ihm als Glücksfall, um dem Vater ein Schnippchen zu schlagen. Saras Gefühle hatte er nicht ins Kalkül gezogen. Aber sie war ein Kind dieser Berge, wollte die Regeln befolgen, die hier galten. Burschikos, wie er manchmal sein konnte, hatte ihr Bruder das missachtet. Doch der gleiche Vorwurf war auch ihr selbst zu machen.

Wir werden niemals afrikanisch denken können, sind hier im Grunde nur zu Gast, bringen unsere Kultur mit und verstehen nicht, dass man uns Weiße nicht versteht, dachte Amelie.

Oder war alles viel einfacher? Verlangte Sara einfach nur etwas mehr Respekt?

«Liebst du Hanns?», fragte Amelie.

Sara wandte ihren Kopf und starrte Amelie mit großen Augen an. Offensichtlich hatte sie nicht mit dieser Frage gerechnet.

Sie nickte leicht mit dem Kopf.

«Glaubst du, dass Hanns dich liebt?»

Sie schlug die Augen nieder, ließ den Kopf sinken. «Ich glaube schon.»

«Hast du Angst, Sara?»

Ein plötzlicher, lautloser Weinkrampf erschütterte die schmale Gestalt.

«Du weißt nicht, was sein wird. Wie ihr leben werdet. Was dein Vater sagt, was deine Mutter sagt. Und das macht dir Angst? Stimmt's?»

Das Schluchzen wurde intensiver.

Amelie saß reglos neben ihr, vermied es Sara zu berühren. Nur ihre Worte sollten sie erreichen. «Da draußen ist ein Mann, den ich sehr liebe. Und mein Vater verbietet, dass ich ihn heirate. Aber ich werde ihn heiraten. Weil es eine Sache zwischen ihm und mir ist. Ich werde ihm sagen: Ich will mein Leben mit dir verbringen, bis der Tod uns scheidet. Und er wird dasselbe sagen. Und dann wird da ein Mann sein, der sagt: So soll es sein, ihr seid hiermit Mann und Frau. Und irgendwann, wenn mein Vater nicht mehr böse auf mich ist, dann werden wir ein großes Fest feiern. Und alle werden kommen. Die Sonne wird scheinen, es wird getrunken, gut gegessen, Musik wird gespielt und es wird getanzt. So werden Gustav und ich das machen. Wir müssen nur noch warten, bis es so weit ist.»

Während sie gesprochen hatte, war das Schluchzen ganz allmählich verebbt. Wie Wellen, die nach einem schweren Sturm langsam ausliefen.

«Wenn du heute heiraten würdest, dann wäre ich deine Trauzeugin. Das heißt, ich achte auf dich. Dass deine Ehe glücklich wird. Und ich achte darauf, dass du ein großes Fest bekommst. Hanns wird es ausrichten. Er wird *pombe* brauen, wie es Sitte ist, und alle aus deinem Volk einladen. Und es wird eine große *ngoma* geben hier auf Salama. Da kommt mir eine Idee: Du und Hanns, Gustav und ich, wir könnten dann zusammen feiern. Was hältst du davon?»

Das Unwetter, das Saras Seele erschütterte, meldete sich zurück und ließ sie erneut in Tränen ausbrechen.

«Du heiratest zweimal, Sara. Dieses Mal ist es für die Weißen. Das nächste Mal für dein Volk», sagte Amelie. «Heute sollst du vor allem ein Papier unterschreiben. Es sagt, dass das Gesetz der Deutschen dich beschützt. Nur darum geht es. Alles andere, das schöne Fest, das ist dir damit nicht genommen.»

Saras innerer Sturm schien vorüber, sie wischte sich mit beiden Händen die Tränen aus dem Gesicht, nahm Lotte auf den Schoß und wickelte sie wortlos in ein Tuch. Schweigend sah

Amelie ihr zu. Es war inzwischen so dämmrig in der Hütte, dass man eine Lampe hätte anzünden müssen. Die Sonne war längst untergegangen, die romantische Stunde zum Heiraten, wie Gustav gesagt hatte, vorbei. Aber Amelie hatte den Eindruck, Sara umgestimmt zu haben. Doch sie irrte sich.

«Ich kann nicht Herrin auf Salama sein, Amelie», sagte Sara nachdrücklich. «Mein Vater ist der Vorarbeiter meines Mannes. Ich darf nicht über meinem Vater stehen.»

Amelies Kopf war plötzlich wie leer gefegt. So weit hatte sie nicht gedacht. Nichts schien mehr einen Sinn zu machen. Hanns' ganze Zukunftsplanung zerstob. Das Verrückte daran war, dass ihr eigener Vater recht behalten würde. Obwohl er im Unrecht war.

«Du sagst nichts», stellte Sara fest.

«Es tut mir leid, Sara. Ich weiß nicht, was ich sagen soll.»

«Bei den Wapare zieht das Mädchen zu dem Mann, den es heiratet und lebt mit dessen Familie. Aber *bwana* Professor will mich nicht. Auch, wenn ich nicht die Kleider seiner Frau anziehe. Was ich nie mehr tun werde.» Sara erhob sich ganz langsam. «Ich werde Hanns heiraten, wie du gesagt hast. Denn du hast recht. Und Zawadi Nyoka ist unser Kind. Also werde ich es auch für sie tun. Aber wir müssen fortgehen. Fort von Salama. Und du bist meine Trauzeugin. Und meine Freundin. Du musst es Hanns sagen.» Sie stand stolz und aufrecht vor Amelie.

«Ich werde es Hanns sagen.» Während sie es aussprach, dachte Amelie, dass sie mit diesem Versprechen eine ganze Farm um ihre Zukunft brachte. Damit die alten Gesetze der Wapare respektiert wurden.

Die beiden Frauen traten vor die Tür, wo Hanns, Gustav und Wilkening sie erwarteten. «Es ist dunkel», sagte Amelie. «Will nicht mal einer von euch die Fackeln entzünden?»

Die drei Männer interpretierten dies als Zeichen, dass Amelies Mission erfolgreich gewesen war. Gustav breitete flugs auf dem kleinen Verandatisch eine Urkunde aus, die er beim Gouverneur gegenzeichnen lassen wollte, während Hanns und Wilkening die Fackeln entzündeten.

«Sara will nach ihrer Hochzeit nicht auf Salama mit Hanns bleiben», sagte sie zu Gustav. Er sah sie erstaunt an, und sie umriss kurz, was der wahre Grund für Saras Weigerung gewesen war.

«Und was nun? Blasen wir alles ab?», fragte Gustav.

«Nein, jetzt wird geheiratet. Komme, was wolle.»

Fünf Minuten später waren Hanns und Sara Mann und Frau nach deutschem Recht. Hanns löste die Rose von seinem Revers, steckte sie Sara ins Haar und küsste sie zart auf den Mund. Eheringe besaß das Paar nicht; sie gehörten ohnehin nicht zur Kultur der Wapare. Lotte, auf Amelies Arm, fand die flackernden Fackeln währenddessen spannender.

Gustav bat Amelie und Wilkening, die Urkunde zu unterschreiben. Nachdem Wilkening seinen Namen auf das Papier geschrieben hatte, reichte er Amelie den Füllfederhalter. Sie setzte gerade an, als sich mit festen schnellen Schritten Professor Freyer näherte.

«Betrachte dich hiermit als enterbt, Hanns von Freyer», begann der Professor ohne Umschweife. In seinen Augen spiegelte sich das offene Feuer, als er Amelie ansah: «Und du, mein Kind, sei dir darüber im Klaren, dass auch du Salama nicht bekommst, wenn du Hanns dann als Verwalter einsetzt!» Dann bezog er in seinen Rundumschlag auch noch Gustav ein: «Über dich werde ich mich in Berlin beschweren, Karl Gustav. Das wird bittere Konsequenzen für dich haben, glaube mir!»

«Dann fahr erst mal nach Berlin, Vater», sagte Hanns. «Warum bist du so ein verbitterter Querkopf geworden? Du solltest dich schämen.» Er legte den Arm schützend um Saras Schultern und führte sie ins Haus.

«Ich kann Hanns nur beipflichten», sagte Wilkening. «Dein Sohn ist ein erwachsener Mann. Du hast ihm keine Vorschriften zu machen, Franz. Du bist doch nicht das Gesetz. Du handelst nur nach deiner Moral. Wie kann ein Mann wie du das miteinander vermischen?»

«Von dir bin ich am meisten enttäuscht», erwiderte der Patriarch.

«Inwiefern, Franz? Weil ich für Hanns so empfinde, als wäre er mein Sohn? Weil ich ihm den Rücken stärke, anstatt ihm in den Rücken zu fallen?», fragte Wilkening.

Der Professor erwiderte nichts. In diesem Moment kehrte Hanns aus seinem Häuschen zurück. Amelie war entschlossen, genau jetzt mit der Hiobsbotschaft herauszurücken, um einer weiteren Auseinandersetzung zuvorzukommen. Doch da spürte sie auf einmal eine warme Feuchtigkeit.

«Nun seht euch das an! Lotte kann Streit nicht leiden. Das schlägt ihr auf die Blase», sagte sie.

Gustav lachte, und Wilkening stimmte mit ein. Der Professor verzog keine Miene, und auch Hanns blieb ernst. Amelie brachte die Kleine ins Haus und kehrte augenblicklich zurück. Draußen herrschte betretenes Schweigen.

«Woher weißt du eigentlich, was hier vor sich geht, Franz?», fragte Wilkening.

«Suahibu hat uns heute Morgen Eier serviert, als wir darüber sprachen», sagte Amelie. «Wieso hast du so lange mit deinem Auftritt gewartet, Vater?»

«Damasso hat es mir vor wenigen Minuten erst gesagt», antwortete er.

«Ich habe eine Überraschung für euch, die direkt mit Damasso zusammenhängt. Seine Tochter möchte nicht länger hier leben, weil sie nicht über ihrem Vater stehen will», rückte Amelie mit der Hiobsbotschaft heraus.

«Das hat sie dir gesagt?», fragte Hanns. Er lachte bitter auf. «Dann gehen deine Wünsche schneller in Erfüllung, als du gedacht hast, Vater. Und deine Drohung gegen Melli läuft denn ja wohl auch ins Leere. Das ist ja toll. All die Arbeit, all die Jahre.

Na, gut, ich bin geschlagen. Fabelhaft.» Er zog seinen Sakko aus. «Sieh zu, wie du ohne mich zurechtkommst. Viel Spaß bei der Aufsicht über Hunderte von Arbeitern, Vater, während du gleichzeitig bahnbrechende Bücher schreibst.» Hanns stürmte ins Haus.

Gustav zögerte einen Moment, dann folgte er seinem Jugendfreund hinein. Wilkening tat es ihm gleich. Nur Amelie, auf deren Kleid sich ein großer dunkler Fleck abzeichnete, und ihr Vater standen sich noch gegenüber.

«Komm mit nach Hause», sagte der alte Mann.

Er tat Amelie in diesem Moment aufrichtig leid. In seinem dunklen Anzug wirkte er vor der tropischen Kulisse und den romantisch flackernden Feuern vollkommen deplatziert.

«Nein», sagte sie ihren Gefühlen trotzend, «ich habe alles gesagt, was ich zu sagen habe. Salama zerbricht. Das hättest du verhindern können. Du warst gewarnt.»

«War ich das? Konnte ich ahnen, dass die Negerin Hanns dazu bringt, die Farm im Stich zu lassen, die ich und ihr Vater Damasso aufgebaut haben?»

In seiner Selbstgerechtigkeit stellte der alte Patriarch die Dinge auf den Kopf, dachte Amelie verärgert. «Vater, hast du jemals mit Damasso über seine Tochter und Hanns gesprochen?», fragte sie.

«Dazu sah ich keinen Anlass.»

«Keinen Anlass? Ich denke, das eigene Lebenswerk zu retten, ist Anlass genug.»

«Du willst Salama ja nicht haben.»

«Es geht überhaupt nicht darum, was ich will. Hast du das noch gar nicht gemerkt?»

«Ich verstehe dich nicht, Kind. Du hast immer alles bekommen, was du wolltest.»

«Solange es den Plänen entsprach, die du mit mir hattest. Bislang habe ich nur ein einziges Mal gegen deinen Willen gehandelt: als ich die Verlobung mit Dr. Brach gelöst habe. Und nun drohst du, mich zu enterben, wenn ich Hanns als Verwalter einsetze. Obwohl ich das niemals tun würde. Denn Salama ist Hanns' Lebensaufgabe. Wer bin ich, dass ich ihm sagen würde, was er zu tun hätte? So handhabst du das. Mein Stil ist das nicht. Ich liebe Hanns und respektiere ihn. Darum unterstütze ich ihn. Und umgekehrt ist es ebenso.» Tränen des Zorns und der Ohnmacht stiegen in ihre Augen. Wütend, dass ihre Gefühle ihr einen Streich spielten, wo sie Stärke zeigen wollte, wischte sie die Tränen mit beiden Händen fort. «Wenn man jemanden liebt, steht man zu ihm. Und zwar gerade dann, wenn er Fehler macht oder wenn es ihm schlecht geht. Das ist doch der Sinn der Liebe!»

Die Hände in den Hosentaschen vergraben, blickte der Professor zu Boden. «Deine Mutter wäre jetzt sehr stolz, wenn sie dich so reden hörte», sagte er nach einer Weile. «Schon als du ein kleines Mädchen warst, hat sie gesagt: Amelie ist eine Freyer, durch und durch. Sie weiß es nur noch nicht. Und dann hat sie gesagt: Ich werde es ihr beibringen. Heute Abend kann ich sagen: Es ist ihr gelungen.» Er holte ein Taschentuch hervor und schnäuzte sich. «Du musst einen Ausweg finden, Amelie. So, wie deine Mutter jetzt einen wüsste.»

Ausgerechnet ich, das ist ein Witz, dachte Amelie.

Dennoch fragte sie sich, was Charlotte von Freyer an ihrer Stelle getan hätte. Sie hatte Hanns geliebt, war es gewesen, die Hanns die Leitung der Farm zugetraut hatte, als das Ehepaar Freyer wieder nach Berlin zurückkehren wollte. Ihr Vater würde das nicht vergessen haben. Also würde er – wenn auch schweren Herzens – jenem Plan zustimmen, der Amelie schon lange durch den Kopf ging: seitdem sie mit Hanns bei Hermines Familie gewesen war.

«Lass uns gemeinsam Salama retten, Amelie.» Der warme Schein der Flammen beleuchtete das Gesicht des Professors und ließ es weich erscheinen. «Komm mit nach Hause.»

Amelie rief Jago mit einem Pfiff zu sich. «Gehen wir», sagte sie nach einem letzten Blick auf die Hütte, in der jetzt Gustav auf sie wartete.

Es war die letzte gemeinsame Nacht. Und Amelie wusste nicht, wann sie wieder auf Gustavs Herzschlag in der Nacht lauschen konnte.

8.

Amelie hatte das feuchte Kleid gegen eine leichte Bluse und einen grauen Reiserock getauscht und ihr Haar gelöst, als sie in das Arbeitszimmer des Vaters trat. Der Professor saß an seinem Schreibtisch, als sie eintrat. Er hatte sich ein Glas Rotwein eingeschenkt und eine Zigarre angezündet. Sie glitt in einen der Stühle vor der Bücherwand, auf dem Tisch daneben stand ein Glas mit Württemberger für sie bereit, das sie ignorierte.

Amelie spürte die Sentimentalität und das Selbstmitleid ihres Vaters. Charlotte hätte ihren Mann jetzt nicht geschont, dachte sie. Die Ehe mit Charlotte war sehr glücklich, und sie war es nur deshalb gewesen, weil Charlotte sich selbst nie verleugnet hatte. Sie war eine selbstbewusste Frau gewesen, die regen Anteil an der Arbeit des Professors genommen, jedes seiner Manuskripte durchgelesen, redigiert und abgetippt hatte.

«Der Vorschlag, den ich dir mache, wird dir nicht gefallen, Vater», sagte Amelie.

«Dass ich nach Berlin reise? Das ist keine Lösung.»

«Ich möchte vor allem, dass du endlich wieder wissenschaftlich arbeitest und dein Buch beendest. Und zwar dort, wo du dich auf die Arbeit konzentrieren kannst: zuhause in Berlin.» Sie dachte, dass die Mutter es wohl ähnlich formuliert hätte. «Was die Farm angeht, sieht mein Plan anders aus.»

Ihre Worte klangen auch in ihren eigenen Ohren hart, aber sie spürte, dass es genau so richtig war. «Damasso wird als Vorarbeiter gehen. Ich kenne einen Ort, wo er respektiert wird und man auf einen Mann wie ihn nur wartet.»

Der Professor führte das Weinglas an die Lippen und trank einen Schluck. Er setzte es ab und hob die Augenbrauen. «Ich nehme an, du willst ihn zu den Leuten mit den Diamanten schicken, von denen du neulich sprachst. Sonst würde Hanns zu ihnen gehen. Das ist klug, sehr klug. Du behältst den König und die Königin und opferst den Bauern. Eine einleuchtende Strategie. Dennoch wird sie nicht aufgehen. Sara ist keine Königin. Sie ist ein Bauer.»

«Ich mag deinen Vergleich nicht. Sara ist erst zwanzig. Sie wird mit den Aufgaben wachsen, die auf sie zukommen.»

«Du bist mit jeder Aufgabe gewachsen, die sich dir gestellt hat. Aber Sara ist nicht wie du. Sie ist eine Eingeborene.»

«Eingeboren heißt: hier geboren. Nicht, dass man dumm ist. Sara achtet ihre Traditionen. Ihr das vorzuwerfen, wäre unredlich.»

«Du willst aus Sara machen, was deine Mutter aus dir gemacht hat. Aber du hast das falsche Objekt dazu gewählt.»

«Ich möchte mit dir nicht streiten. Wir suchen nach einer Lösung für Salama und nach nichts anderem.» Amelie erhob sich. «Denk über meine Idee nach. Ich werde morgen in der Früh nach Tanga reisen. Darum muss ich jetzt schlafen. Gute Nacht, Vater.»

«Ich verbiete, dass du Karl Gustav begleitest.»

«Ich habe einen Fall von Pocken und einen weiteren Verdachtsfall. *Baba* rät mir, eine Reihenimpfung durchzuführen. Hältst du es für klug, dass ich das deiner moralischen Bedenken wegen unterlasse?»

Der Alte schlug die Augen nieder. Er räusperte sich. «Du solltest darüber mit Damasso sprechen.»

«Ich werde es ihm morgen in der Früh sagen, Vater.»

Sie hoffte, das Gespräch würde sich darauf beschränken. Denn sie spürte, dass ihr die Kraft zu einer Auseinandersetzung mit Saras Vater fehlte.

Die Sonne war gerade aufgegangen, als Amelie Damasso bei den Ställen traf. Er gab den *boys* Anweisungen, Kivuli zu satteln und wählte für Gustav einen Hengst aus, den für gewöhnlich Hanns benutzte. Der weißhaarige Vorarbeiter begrüßte Amelie mit zurückhaltender Höflichkeit. Es wäre ihm nie in den Sinn gekommen, sie auf die Vorgänge der vergangenen Nacht anzusprechen.

«Damasso», begann sie, und er blickte sie erwartungsvoll an, «es ist gestern ein Wadschagga zu uns gekommen, der Pocken hat. Ich denke, er ist noch nicht mit den anderen in Kontakt gekommen. Wenn dir Leute auffallen, die aussehen, als hätten sie Pickel oder die über Fieber klagen, das kommt und geht, dann schick sie zu *dactari* Wilkening ins alte Krankenhaus. Ich werde aus Tanga Impfstoff holen, und dann werden wir alle gegen Pocken impfen.»

«*Bibi* Amelie, es ist gut, dass du wieder hier bist», sagte der Vorarbeiter. «Du liebst Salama wie eine Mutter ihr Kind.»

Seine Worte, ausgerechnet an diesem Morgen ausgesprochen, beschämten Amelie. Rasch sagte sie: «Für die Impfung brauche ich deine Hilfe. Du musst den Arbeitern befehlen, dass sie sich aufstellen und impfen lassen.»

Damasso neigte sein weißes Haupt vor der jungen Frau. «Die Menschen haben Angst vor der Spritze. Das letzte Mal, als der *dactari* uns alle geimpft hat, sind viele gute Arbeiter davongelaufen, weil sie große Angst hatten.»

«Ja, ich erinnere mich», sagte Amelie.

In Wahrheit hatte sie sich damals kaum für die Stimmung unter den Arbeitern interessiert, war mit den Gedanken bereits bei der bevorstehenden Reise nach Europa gewesen, dem Beginn eines neuen Lebens.

«Wirst du lange in Tanga bleiben?», fragte Damasso. Und auf ihre Erwiderung hin, dass sie es nicht wisse, gab er die Antwort, die er in einem solchen Moment stets gab: «Es wird jemand auf dich warten.»

Das bedeutete, Damasso würde bereits morgen junge Männer zur Bahn schicken. Sie würden warten und schlafen, warten und schlafen. Bis die weiße *bibi* wieder aus dem Zug stieg. Schwarzer Menschen Zeit stand den Weißen unbegrenzt zur Verfügung. Amelie kannte es nicht anders.

Der alte Mann blickte sie freundlich an, und Amelie dachte, dass sie ihn so nicht stehen lassen durfte. Wahrscheinlich war es ein Fehler, wenn sie ihn aufforderte, Salama zu verlassen. Anstatt ihn direkt selbst zu fragen, ob er dazu bereit wäre, bei Hermine zu arbeiten. Er sollte sich nicht wie eine Figur auf einem Schachbrett fühlen.

Als sie gerade eine Formulierung gefunden hatte, erschienen Gustav und Hanns. Amelie atmete auf. Wahrscheinlich war es am besten, wenn ihr Bruder selbst mit Damasso über dessen Zukunft sprach. Sie bat Gustav um Entschuldigung und entfernte sich mit Hanns von den Ställen.

«Du willst Damasso fortschicken?», fragte Hanns ungläubig, nachdem er ihren Vorschlag gehört hatte. «Melli, das kann nicht dein Ernst sein. Ich brauche Damasso hier.»

Amelie spürte eine Welle der Ungeduld in sich aufsteigen. Es lag ihr auf der Zunge zu sagen, dass er sich das hätte überlegen sollen, bevor er sich mit Sara eingelassen hatte. Aber sie riss sich zusammen. «Hanns, du darfst Salama nicht im Stich lassen. Das weißt du so gut wie ich. Andererseits brauchen die Wohlgeburts einen fähigen Vorarbeiter. Du jedoch bist mehr als das. Du bist die Seele dieser Farm.»

«Ebenso wie Damasso, Melli.»

«Nein, Hanns. Das stimmt nicht. Ich habe großen Respekt vor Damasso. Aber wenn du gehst, zerfällt Salama. Wenn er geht, wirst du einen neuen Vorarbeiter finden.»

Für einen Moment sagte Hanns nichts, kaute auf seiner Oberlippe und fischte schließlich seine Pfeife aus der Tasche seiner Anzugjacke.

«Du bist gestern Abend nicht mehr gekommen», sagte er.

«Hast du das alles schon mit Vater besprochen? Nach ihm klingt dieser Plan nämlich nicht. Das hast du dir einfallen lassen, nicht wahr?»

Sie nickte. «Auch Vater wird das Feld räumen. Ich bin sicher, dass er es sehr bald einsehen wird.»

Hanns stopfte seine Pfeife, wobei er auf seine Hände blickte. «Ich werde mit Damasso reden. Er soll es aus meinem und nicht aus Vaters Mund erfahren.»

Sie küsste ihn auf seine unrasierte Wange. Er war wieder der, der er früher gewesen war.

Der Personenwaggon der Usambarabahn war voller weißer Reisender. Entgegen ihrer Hoffnung konnte Amelie sich nicht zu letzten ungestörten Gesprächen mit Gustav in eine leere Ecke zurückziehen. Sie saßen inmitten von deutschen Geschäftsleuten, Ingenieuren und Farmern. Und unter ihnen befand sich auch der rothaarige Sossenen, wie Amelie schon beim Betreten des einzigen, sich über die gesamte Waggonlänge erstreckenden Abteils festgestellt hatte. Sie hatte nicht umhingekonnt, Gustav vorzustellen und erkannte, dass sie den Geliebten in diesem Moment an die Instanz verlor, die er repräsentierte; Gustav wurde unverzüglich zum militärischen Arm des Gouverneurs. Sie saß neben ihm, spürte seine Wärme, atmete seinen Geruch und war dennoch so fern von ihm.

Gustav wurde währenddessen mit Fragen bombardiert. Was er in Tanga zu tun beabsichtigte. Und woher ein so hochrangiger Offizier ohne Entourage denn überhaupt käme.

«Salama? Dann haben Sie wohl dem Herrn von Freyer klargemacht, dass die Verbindung mit einer Kaffernfrau eine Schande für das Ansehen eines echten deutschen Mannes ist.»

Es war keine Frage, die Sossenen an Gustav richtete.

«Mir obliegt es nicht, über Fragen der Moral ein Urteil abzugeben», gab Gustav schmallippig zurück. Demonstrativ wandte er sich Amelie zu, die angestrengt auf die gemächlich vorbeiziehende Landschaft sah.

Lianen wanden sich um Baumriesen, Vogelschwärme stoben auf, und der gellende Pfiff der Lokomotive galt einer Warzenschweinmutter, die mit ihrem Nachwuchs ausgerechnet am Schienenstrang nach Essbarem wühlte. Starren Blicks ließ das Schwarzwild die in eine weiße Dampfwolke gehüllte Maschine vorbeiziehen.

Nun meldete sich ein eleganter Mann mit grauem Hut zu Wort: «Wenn ein angesehener Pflanzer wie Freyer sich mit einer Negerin einlässt, so ist dies in höchstem Maße bedenklich. Ein wenig mehr Engagement in dieser Frage täte einem Vertreter der Schutztruppe gut zu Gesicht stehen.»

«Ich kannte einmal einen Mann, der lebte mit einer Ziege auf dem Berg. Und weil er gar so einsam war, gab er ihr einen Namen. Er nannte sie meine Frau!» Sossenen brach in schallendes Gelächter aus.

«Prost, meine Herren! Auf alles, was uns deutsche Männer glücklich macht!», rief ein Mann im weißen Anzug, und alle hoben ihre Gläser.

Es zuckte Amelie in den Fingern, Sossenen die halb gefüllte Flasche Wein über den Kopf zu gießen. Doch sie riss sich zusammen. Niemandem war geholfen, wenn sie aus der Rolle fiel.

«Worte sind wie Schwerter. Wer sie unbedacht benutzt, kommt in Gefahr, sich zu schneiden», sagte Gustav mit eisigem Lächeln in die Runde. «Versuchen wir doch bitte, den Respekt zu wahren, den ein angesehener Mann verdient. Sie schaden Ihrer gemeinsamen Sache, wenn Sie von Hanns von Freyer in so einer schändlichen Art und Weise sprechen.»

«Wer das falsche Ross reitet, sitzt auch nicht im richtigen Sattel, Herr Oberleutnant», sagte der Mann mit dem grauen Hut.

«Man hört», sagte Sossenen in Amelies Richtung, «Sie betrieben dort oben ein Krankenhaus, das größer als ihr eigenes

Farmhaus ist. Und es ist nur den Negern vorbehalten, sich dort behandeln zu lassen!»

«Sie dürfen jederzeit zu mir kommen, Herr Sossenen. Ich bin auf dem Weg nach Tanga, weil ich sehr bald eine Reihenimpfung gegen Pocken beginnen werde. Selbstredend können Sie und Ihre Familie sich in unserem Spital impfen lassen.»

«Wir sollen uns gemeinsam mit den Negern anstellen, um uns impfen zu lassen? Sie belieben zu scherzen, Teuerste», rief der mit dem grauen Hut.

«Natürlich nicht», lenkte Amelie ein.

Vor den Fenstern des Waggons glitten die flachen, mit Gras gedeckten Hütten der Afrikaner vorbei. Frauen, die vom Wasserholen kamen und nichts als ein Tuch um die Hüfte trugen, lächelten, und ihre Kinder winkten dem fauchenden Ungetüm aus Eisen und seinen Fahrgästen zu. Wie freundlich und vorbehaltlos die Einheimischen den Weißen begegneten. Und wie feindselig diese eingestellt waren. Amelie dachte an *baba* Wilkening, der ihr gesagt hatte, dass er nur wenige Male in Tanga gewesen war, um die Post abzuholen. Sie begriff, warum der Eigenbrötler den Kontakt mit der so genannten Zivilisation mied. In Tanga würde sie noch mehr von diesen Menschen treffen, die ihr die Laune verdarben.

Als sie einige Stunden später in Tanga eintrafen, überwältigte Amelie der Anblick der vielen, so unterschiedlichen Kulturen entstammenden Menschen. Auf der sandigen Freifläche, an der die Gleise der Usambarabahn ausliefen, warteten Inder mit Rikschas, afrikanische Jungen boten frische Papayas an. Amelie griff begeistert zu und sog den süßen Duft ein. Wieder einmal bedauerte sie, dass diese anspruchslose Frucht ausgerechnet auf den Höhen des Gebirges nicht gedieh, weil es zu kalt war. Arabische Händler in bodenlangen weißen Gewändern und würdevollen roten Käppis auf dem Kopf boten geschmückte Schuhe feil. Jungen, noch nicht einmal dem Kindesalter entwachsen, zupften am Rock der *mzungu*, um sich als

Handlanger zu bewerben. Ein mürrisch blickender alter Afrikaner trug ein Schild herum, auf das mit Frakturschrift sorgfältig geschrieben stand: *Deutsche, übernachtet im Hotel Zur glücklichen Einkehr!* Und in der Ferne glitzerte in verlockendem Blau der Indische Ozean.

Am auffälligsten in diesem bunten Bild war eine Gruppe deutscher Soldaten in weißen Ausgehuniformen. Sobald die Soldaten ihren Kameraden Gustav erkannten, eilten sie auf ihn zu, begrüßten ihn mit militärisch zackigem Gruß. Gustav stellte Amelie als «meine Verlobte, Frau Dr. von Freyer» vor. Namen wurden genannt, die Amelie augenblicklich wieder vergaß.

Einer der Schutztruppen-Offiziere blickte Amelie fröhlich an, salutierte kurz und reichte ihr die Hand. Er kam ihr bekannt vor; doch waren ihr während ihrer Expedition zur Bekämpfung der Schlafkrankheit so viele Soldaten vorgestellt worden.

«Leutnant Senner. Wir haben uns vor einem Jahr während Ihrer Safari kennengelernt», half er Amelies Gedächtnis. Er gab Gustav einen freundschaftlichen Knuff gegen den Oberarm. «Ich gratuliere zur Verlobung, Gustav. Wann soll denn die Hochzeit sein?»

«Sobald wir den Herrn Staatssekretär heil durchs Schutzgebiet bugsiert haben», antwortete Gustav. «Und natürlich seid ihr alle eingeladen, Kameraden», sagte er in die Runde.

Amelie erinnerte sich an den romantischen Moment, als sie ihre Hochzeit beschlossen hatten: keine Kranken, keine Soldaten. Doch sie sah ein, dass ihre beiden Welten an ihrem Hochzeitstag nicht ausgesperrt werden konnten.

«Wir werden oben in den Bergen auf Salama feiern», sagte Gustav. «Ein Schmuckstück, diese Farm. Wir sollten sie dem Staatssekretär zeigen.»

«Aber nicht an deinem Hochzeitstag, Gustav», warf Senner ein.

Die Männer lachten, und Amelie hatte das Gefühl, dass Gustav sich in ihrem Kreis wohlfühlte. Sie spürte, dass die Zeit des Abschieds gekommen war. Die Rückreise des Staatssekretärs war erst für Mitte Oktober vorgesehen: Zweieinhalb Monate lang würde Gustav dem Politiker rund um die Uhr zur Verfügung zu stehen haben. Amelie konnte nur hoffen, dass er nicht gleich anschließend einen neuen Auftrag erhielte, der ihn erneut in dieses weite Land entführte. Sie verabschiedete sich von Gustavs Kameraden und ließ sich von ihm zu einer Rikscha begleiten.

«Wir hatten nur eine halbe Nacht zusammen», sagte sie wehmütig. «Irgendwie scheint sich alles gegen uns verschworen zu haben.» Sie strich über seine Brust. «Komm heil zurück.»

«Ich werde dir zwischendurch Briefe senden, damit du weißt, wo ich gerade an dich denke.»

Sie nickte tapfer. «Danke. Und danke, dass du dich meinem Vater ausgesetzt hast. Ich wünschte, es wäre alles harmonischer zugegangen.»

Ein Kuss auf die Wange, ein letztes sehnsüchtiges Adieu, und Amelie bestieg die Rikscha. Sie nannte dem Inder, der das zweirädrige Gefährt zog, eine Adresse. Der Mann legte sich ins Zeug, und Amelie blickte sich noch einmal nach Gustav um. Er hob die Hand und erwiderte ihr Winken.

Und plötzlich fiel ihr Blick auf den Ring mit den zwei Schlangenköpfen an ihrer Hand. «Die *hekima* sagt, eine große Gefahr bedroht das Leben des Mannes, der dir den Ring gab.»

Gustav entschwand aus Amelies Blickfeld; der Rikschafahrer bog in eine belebte Gasse ein, in der sich zahllose Geschäfte aneinanderreihten, die tausend Dinge feilboten. Der Duft orientalischer Gewürze und über offenem Feuer gerösteter Köstlichkeiten verscheuchte das Trugbild der düsteren Prophezeiung.

Gustav war sicher, redete sie sich ein. Doch die Stimme ihrer Erinnerung wollte nicht schweigen: «Es geschieht, wenn deine Reise zu Ende ist.»

War sie nicht schon längst zu Ende?

Der Eingang des Fachwerkhäuschens war von zartrosa blühender Bougainvilleen umrankt. Der Garten, umgeben von einem soliden Holzzaun, war hüfthoch bewachsen von einem wilden Durcheinander europäischer, asiatischer und afrikanischer duftender Stauden. Die Hausherrin, deren Werk dieses kleine Paradies war, erwartete Amelie an der Haustür.

Hilde Heim, eine früh ergraute Frau von Mitte vierzig, wirkte zart. Man unterschätzte sie leicht, doch der blühende Garten zeigte, welche Kraft in ihr verborgen war.

«Ach, Frau Doktor, es tut gut, Sie gesund wiederzusehen. Ich habe meinen Mann so oft gefragt, ob es Neuigkeiten von Ihnen gäbe!», sagte sie zu Tränen gerührt und schloss Amelie in die Arme.

Frau Heim arbeitete im Gouvernement-Krankenhaus, das ihr Mann leitete, als Schwester. Nachrichten erreichten sie nur über ihren Mann. Als Amelie sie zuletzt gesehen hatte, stand sie kurz vor ihrer Expedition ins Innere Afrikas.

«Sie werden uns doch die Freude machen und bei uns wohnen?» Frau Heim nahm Amelie ihren Koffer ab und rief ohne eine Antwort abzuwarten eines ihrer Mädchen: «Richte die *chumba* Koch für die *bibi dactari*.»

Im Vorjahr hatte Nobelpreisträger Robert Koch bei seinem einstigen Assistenten Fritz Heim übernachtet. Seither gab es in dem Haus ein «Koch-Zimmer».

«Mein Mann wird gleich aus dem Krankenhaus kommen. Es ist Zeit für einen leichten Mittagsimbiss. Wir speisen auf der Veranda», sagte Frau Heim.

Kletterrosen umrankten das von der hohen Luftfeuchtigkeit strapazierte Holz und gaben der Veranda die Lauschigkeit einer Gartenlaube. Ein Mädchen servierte eine leichte Gemüsesuppe und frisches Fladenbrot, sobald Dr. Heim eintraf, ein dünner, mittelgroßer Mann von gepflegtem Äußeren.

Nachdem Amelie sich bei Dr. Heim für seine Hilfe bei der Beschaffung der Grundausstattung ihres Spitals ausführlich bedankt hatte, fand das Gespräch rasch zum Grund ihres Besuchs.

«Hier in Tanga gibt es keinen Weißen, der nicht geimpft ist», sagte Dr. Heim. «Und bei den Farbigen machen wir sehr gute Fortschritte. Ich denke, jeder Vierte wird bald immun sein.»

Bereits 1902 war es gelungen, die zum Impfen benötigte Kälberlymphe direkt im Schutzgebiet herzustellen, was den aufwändigen Transport aus Deutschland unnötig machte.

«Dann wird es kein Problem sein, dass ich davon etwas bekomme?», fragte Amelie.

«Im Gegenteil!», versicherte Dr. Heim. «Der eingeborene Mensch ist das kostbarste Gut des Schutzgebiets, wertvoller als Sisal, Kaffee und Kautschuk. Wie viele Neger beabsichtigen Sie denn zu impfen?»

«Zunächst jene auf Salama. Aber es wird wohl unumgänglich sein, dass ich ebenfalls in den Bergen impfe.»

Die Gastgeber wechselten einen raschen Blick. «Und Sie wollen Ihre Klinik derweil allein lassen?», fragte Dr. Heim.

«Ich ziehe mir gerade einen Jungen als Assistenten heran.»

«Könntest du nicht Martha bitten ...», begann Frau Heim.

«Natürlich, meine Liebe, eine glänzende Idee! Wir haben im Krankenhaus eine couragierte junge Krankenschwester, die dazu bestens geeignet ist. Sie wurde uns vom Frauenverein aus Berlin geschickt. Momentan ist sie ohnehin gerade damit beschäftigt, eine kleine Impfaktion bei den Negern durchzuführen. Doch damit wird sie bald fertig sein. Wenn Sie möchten, stelle ich Ihnen Schwester Martha gleich nach dem Essen vor, Frau Kollegin.»

Obwohl der Frauenverein nur junge Damen, die an der

Schule für Höhere Töchter gelernt hatten, akzeptierte, gab es weitaus mehr Bewerberinnen als Stellen. Denn nicht wenige von ihnen wären Ärztin geworden, wenn es ihnen erlaubt gewesen wäre, in Deutschland Medizin zu studieren. Ein teures Studium in Zürich, wie Amelie es genossen hatte, war den meisten Familien nicht nur zu teuer; eine akademische Laufbahn stand Frauen gemeinhin nicht offen. Krankenschwestern wie Martha waren in den Kolonien gefragt. Allerdings wurden sie geschickt, um Weiße zu pflegen. Dass Dr. Heim Martha einsetzte, um Schwarze zu behandeln, war ungewöhnlich. Noch bemerkenswerter war, dass Martha sich dazu bereit erklärt hatte.

Der rote Ziegelbau des neuen zweistöckigen Krankenhauses des Gouvernements befand sich auf einer Bergkuppe, die Tanga überblickte. Fünf Gehminuten davon entfernt lagen unter alten Bäumen versteckt einige Baracken. Dutzende von Schwarzen umlagerten die Gebäude. Verglichen damit ging es auf Salama ausgesprochen ruhig zu. Mit nur einem einzigen schwarzen Assistenten bewältigte eine Krankenschwester den Andrang. Martha war gerade damit beschäftigt, in Reihe anstehende Afrikaner zu impfen. Mit einem sterilen Messer, der Lanzette, ritzte sie die Haut und brachte in die kleine Wunde die Kälberlymphe ein. Dr. Heim stellte die beiden Frauen einander vor und zog sich zurück.

«Ich bin noch nie einer Ärztin begegnet», flüsterte Martha beinahe andächtig.

Amelie wurde verlegen. «Ich hatte großes Glück, studieren zu dürfen», sagte sie. «Wie haben Sie es geschafft, dass die Leute die Impfung so stoisch über sich ergehen lassen? Unser Verwalter sagte mir, unsere Arbeiter ängstigten sich vor der Prozedur.»

«Ich bat Dr. Heim, mich zuerst zu impfen, als ich hier anfing», antwortete die Krankenschwester. «Da haben die Eingeborenen gesehen, dass es ganz harmlos ist. Somit war das Eis gebrochen.»

«Eine fabelhafte Idee!», sagte Amelie begeistert. «Das werde ich übernehmen.»

Ob dieses unverhofften Lobes der studierten Frau leuchteten die Augen von Schwester Martha. Ihr dunkles Haar wurde von einem weißen Häubchen geschmückt, den Körper verbarg die weiße Tracht mit dem roten Kreuz. Schwester Martha mochte kaum älter als Mitte zwanzig sein. Auf Amelie hatte sie zunächst einen leicht verhärmten Eindruck gemacht. Doch das täuschte. Hinter dem unscheinbaren Äußeren verbarg sich eine starke Persönlichkeit.

Freimütig erzählte Martha, warum sie bei den Eingeborenen arbeitete: «Doktor Heim hat kaum weiße Patienten. Im ganzen Monat so viele, wie ich an einem Tag. Und dazu kommen die Impfungen. Darum bat ich, hier bei den Negern arbeiten zu dürfen.» Sie erschrak über ihre eigenen Worte. «Verstehen Sie mich nicht falsch, Frau Doktor: Ich dachte, dass es einfach meiner Christenpflicht entspricht, dort anzupacken, wo Hilfe am nötigsten gebraucht wird.» Sie sah Amelie ehrfürchtig an. «Ist es richtig, dass Sie jene Frau Doktor sind, die in den Bergen eine Eingeborenenklinik betreibt? Ich habe schon so viel Gutes davon gehört!»

Noch war Amelie nicht sicher, ob Heims Plan, Martha für die Impfaktion in den Bergen einzusetzen, wahr werden würde. Deshalb sagte sie nur allgemein: «Sie sind jederzeit herzlich willkommen auf Salama!»

Während Amelie gemächlich hinab in den Ort schlenderte, dachte sie, dass Schwester Marthas reines Herz schwerer wog als die Häme des Farmers Sossenen. Wenn es doch nur mehr Weiße vom Schlage Marthas gäbe ...

Nur einen Tag hatte Amelie in Tanga bleiben wollen. Doch als sie am Morgen der geplanten Rückreise die seit Wochen beim Postmeister der Hafenstadt hinterlegten Briefe für Salama abholte, wurde ihr geraten, noch einen weiteren Tag in der Stadt zu bleiben. Am nächsten Morgen, dem 1. August, würde die *Feldmarschall* aus Europa eintreffen. Jenes Schiff, mit dem auch Staatssekretär Dernburg samt seinem Gefolge reiste. Amelie nutzte den geschenkten Tag, um Einkäufe zu machen, und hielt immer wieder nach Gustav Ausschau. Er war irgendwo im Ort, aber sie konnte ihn nicht entdecken. Sie fühlte sich wie ein Backfisch, der stets auf die Begegnung mit dem heimlichen Schwarm hofft.

Am nächsten Morgen genoss Amelie noch die Möglichkeit auszuschlafen, als Frau Heim an die Tür pochte. «Schnell aus den Federn, Frau Doktor! Staatssekretär Dernburg und der Gouverneur machen gerade einen Rundgang durch den Ort. Sie sind just in der deutschen Schule.»

«Wie das? Ich hatte gehört, dass man gleich nach Daressalam weiterreisen wollte!», rief Amelie und blickte in ihr verschlafenes Spiegelbild. So konnte sie unmöglich außer Haus.

«Der Reiseplan wurde geändert. Sie fahren jetzt zunächst nach Sansibar. Draußen wartet bereits eine Rikscha auf Sie.»

Obwohl sie nur die allernötigste Toilette gemacht hatte, erreichte Amelie die nur wenige Minuten entfernt gelegene Schule erst, als die Delegation bereits auf dem Rückweg zum Hafen war. Amelie befahl dem Rikschafahrer, sie dorthin zu bringen. Schon von weitem sah Amelie den Pulk Männer am weißen Sandstrand stehen. Kleine Boote warteten darauf, die Reisenden zurück zu der mit Fahnen geschmückten *Feldmarschall* zu bringen, die wegen ihres zu großen Tiefgangs weit draußen ankerte. Denn der Hafen von Tanga war nicht mehr als eine natürliche Bucht.

Plötzlich kam sich Amelie töricht vor. Sie konnte den Geliebten in der Masse der Männer gar nicht ausmachen; sie trugen allesamt weiße Anzüge, weiße Uniformen und weiße Tropenhelme.

«Du bist eine Dame, keine Wilde», hörte sie Charlotte von Freyer sagen. «Also benimm dich so!»

Amelie straffte die Schultern, rückte ihren breitkrempigen Sonnenhut zurecht, der die verhuschte Frisur verbarg, spannte den Sonnenschirm auf und gab dem Rikschafahrer den Befehl, an die Gruppe heranzufahren. Es geschah, was Amelie erhofft hatte: Die wie ein Schwarm großer weißer Vögel geschlossen zusammenstehende Gruppe öffnete sich.

Gustav ging ihr würdevoll entgegen. «Frau Doktor von Freyer! Welch angenehme Überraschung», rief er, und Amelies Herz schlug wie das eines verliebten Backfischs.

Galant küsste er ihre Hand, half ihr aus dem Gefährt und führte sie schnurstracks hinein in die Versammlung der weißen Herren. In ihrer Mitte stand ein untersetzter Mann, der als Einziger einen in den Tropen ungewöhnlichen grauen Anzug mit Weste trug. Wie alle Herren nahm er zur Begrüßung den Safarihelm ab und blickte Amelie neugierig und verwundert über den Rand seiner Brille an. «Exzellenz, darf ich Ihnen eine der ungewöhnlichsten Damen unseres Schutzgebiets vorstellen?», sagte Gustav. «Frau Doktor von Freyer, Ärztin aus Berlin und Gründerin einer Urwaldklinik in den Usambarabergen, in der Eingeborene behandelt werden. Ihrer Familie gehört die Farm Salama.»

Amelie knickste und senkte demütig den Kopf.

«Oh, Salama!», sagte Bernhard Dernburg und reichte ihr die Hand. «Ja, ich habe von Salama gehört.»

«Sie sollten nicht nur hören, Exzellenz. Sie sollten Salama mit eigenen Augen gesehen haben», erwiderte Amelie.

Dernburg strich sich nachdenklich über seinen fast schwarzen Vollbart. «Eine Einladung? Ich danke Ihnen, dass Sie sich deshalb hierherbemüht haben.» Er blickte zu einem großen, schlanken Mann, der auf seinem weißen Zivilanzug eine ansehnliche Reihe Orden trug. «Freiherr von Rechenberg, befürworten Sie das Ansinnen der Frau Doktor?»

«Durchaus, Exzellenz. Salama ist eine der ältesten Ansiedlungen mit besten Referenzen.»

Dernburg wandte sich an Gustav: «Sie haben diese Urwaldklinik schon einmal besichtigt, Oberleutnant?»

«Ich war erst vor ein paar Tagen dort. Frau von Freyers Bruder und ich waren in Berlin enge Freunde. Ich war in der Tat sehr beeindruckt von dem, was ich sah. Wenn ich mir erlauben darf, das zu sagen, ein Besuch in Salama würde Ihre Eindrücke vom Schutzgebiet vervollkommnen, Exzellenz.»

«Der Oberleutnant hat mittlerweile das gesamte Schutzgebiet bereist. Er ist gewissermaßen mein Auge und mein Ohr», setzte Gouverneur Rechenberg hinzu.

«Gut», sagte Dernburg entschlossen. «Ein Krankenhaus für die Eingeborenen ist eine Initiative, die ich von ganzem Herzen begrüße. Zwar ist die vorrangige Aufgabe meines Besuchs hier, das deutsche Kapital vor Enttäuschung zu bewahren. Gleichwohl dürfen wir das Wohl der afrikanischen Bevölkerung nicht aus dem Auge verlieren. Denn die Menschen hier sind unserem Schutze anbefohlen», fuhr er im Tonfall des Politikers fort. Er sprach so laut, dass alle Umstehenden ihn verstehen konnten. «Dann nehmen wir Ihre Einladung hiermit dankend an, gnädige Frau.» Er reichte ihr die Hand, setzte seinen Safarihelm auf, und die anderen Herren taten es ihm gleich. Gemeinsam strebten sie den wartenden Booten zu. Gustav blieb noch bei Amelie.

«Danke», sagte Amelie. «Du bist wunderbar.»

Er schüttelte den Kopf. «Nein, du bist wunderbar, Melli. Einfach so aufzutauchen. Was für eine Kämpferin du bist!» Er blickte zu den ersten ablegenden Booten. «Dernburg hat heute Nacht um eins, als er hier ankam, den ganzen Reiseplan, den ich für ihn erarbeitet habe, auf den Kopf gestellt. Aber er ist eine Wucht, dieser Mann. Einen wie ihn habe ich noch nie getroffen.» Er küsste ihre Wange. «Ich muss los. Ich schicke dir einen Boten, sobald ich weiß, wann wir in Salama sein werden.» Dicht an ihrem Ohr flüsterte er: «Ich liebe dich.»

Sie blickte ihm nach, als er mit ausgreifenden Schritten

über den Sand eilte und gelenkig in ein Boot sprang, das nur noch auf ihn gewartet hatte. Und in diesem Moment fiel ihr ein, dass sie vermutlich einen großen Fehler gemacht hatte: Sie hatte Dernburgs Delegation eingeladen, obwohl sie noch gar nicht wusste, ob es sich bei dem Pocken-Kranken um einen Einzelfall handelte. Sie würde sich beeilen müssen, das herauszufinden ...

9.

«Hoffe doch, es sind nur anjenehme Nachrichten, Frau Doktor!», ertönte eine wohlbekannte Stimme in Amelies Rücken, als sie mit weiteren Briefen, die die *Feldmarschall* aus Deutschland mitgebracht hatte, das Büro des Postmeisters von Tanga verließ. Langsam drehte Amelie sich um. Sie wusste, wer ihr gegenüberstehen würde. Ein Mann, der ihr immer einen Schritt voraus war. Egal, wo sie war und was sie vorhatte. Doch eigentümlicherweise freute sie sich sogar, ihn wiederzusehen. Je länger sie in Afrika war, desto glücklicher war sie über die Begegnung mit Menschen, die ihre Erinnerung an Berlin lebendig erhielten.

«Herr Messingnagel, so eine Überraschung!»

Fast hätte sie gesagt: Welch ein Glück, Sie zu treffen. Denn nachdem Hanns von seinem gewohnten Händler im Stich gelassen worden war, lief ihr der Berliner Kaufmann wie gerufen über den Weg.

«Wenn die Welt zu Gast in Tanga ist, darf doch Gottlieb Messingnagel nicht fehlen! Ha, ha, ha.» Er lüpfte den Hut.

Gottlieb Messingnagel, ein Mann von Ende dreißig, trug einen sauberen weißen Anzug mit grauer Weste und goldener Uhrkette. Den rötlich blonden Vollbart, den sie an ihm kannte, hatte er zu einem schmalen Oberlippenbart zurechtgestutzt, was ihn dynamischer wirken ließ. Seine Anzüge, hatte Amelie beobachtet, waren ihm stets zu eng oder zu weit, je nachdem, ob er schon länger in Afrika war oder gerade erst angekommen. Der aktuelle spannte, stellte sie fest. Während der Schiffsreise, die sie im Vorjahr mit ihm unternommen hatte, hatte er dem Essen genussvoll zugesprochen, obwohl andere Mitreisende sich über die Qualität beklagt hatten.

«Sagen Sie bloß, Sie sind mit Staatssekretär Dernburg heute Morgen gekommen?», fragte sie und las im triumphierenden Blick des Berliner Pfiffikus, dass ihre Frage überflüssig war: Er war immer dort, wo die Musik spielte; gab es keine, so schaffte er eigenhändig eine Kapelle herbei, um sie zu dirigieren.

«Sie haben den Staatssekretär auch getroffen, schätze ich», gab Messingnagel zurück. «Guter Mann, nicht wahr? Wir kennen uns schon lange, Dernburg und ich. Ich hatte dennoch keine Lust, nach Sansibar zu fahren. Die Seepassage von Neapel bis Tanga – das sind ohnehin vierzehn Tage zu viel Wasser. Und Sansibar ist Vergangenheit, die Zukunft ist hier.» Er setzte einen Blick auf, der irgendwo zwischen jovial und dackeltreu lag. «Sie sind mir doch nicht mehr gram, Fräulein Doktor? Wie geht es Ihrer Hermine? Was macht der Diamant? Hat er ihr Glück gebracht? Ach, wissen Sie was? Wir beide sollten uns ein gemeinsames Mittagessen gönnen! Um der guten alten Zeiten willen. Begleiten Sie mich zur ‹Glücklichen Einkehr›? Sind nur ein paar Schritte von hier.»

Vom Bahnhof erscholl der Pfiff der Usambarabahn, und Amelie dachte schuldbewusst an Wilkening, der einen weiteren Tag ohne sie zurechtkommen musste. Doch einen Herrn Messingnagel ließ man nicht einfach stehen. Noch dazu, wo er wohl recht eng mit Dernburg war ...

Messingnagel genoss den zarten Kalbsnierenbraten und das in Daressalam bei der Brauerei Schulz gebraute deutsche Bier; er schien auf Vorrat zu essen und zu trinken. Selbst einem Mann wie ihm, der in Deutschost von allen einflussreichen Männern bewirtet wurde, drohten in diesem weiten Land ab und an magere Zeiten. Währenddessen erfuhr Amelie alles über die Zusammensetzung von Dernburgs Reisegesellschaft, zu der auch der Ingenieur und Sohn des Gründers der Berliner AEG-Werke, Dr. Walther Rathenau, gehörte, ein enger Vertrauter Dernburgs. Und damit selbstredend Messingnagels.

«Das Tollste, Fräulein Doktor, ist jedoch dieses Automobil, das in einer großen Kiste verpackt mit an Bord der *Feldmarschall* ist. Oberleutnant a. D. Grätz beabsichtigt damit von Daressalam aus bis nach Swakopmund in Deutschsüdwest zu fahren. Man stelle sich das vor! In acht Wochen – töff, töff – durchs wilde Afrika. Grätz hat die Sache generalstabsmäßig vorbereitet: Auf 25 Etappen hat er Benzin, Lebensmittel, Reifen und so weiter hinterlegen lassen.» Er legte die Hand auf die Brust. «Mit Unterstützung von Messingnagel und Kompanie, wie sich det jehört. Wenn das Janze ein Erfolg wird, will Dernburg das auch machen, hat er mir im Vertrauen gesagt.»

Er bemerkte Amelies Skepsis. Als sie zuletzt in Berlin gewesen war, waren Automobile bestaunte Exoten; in der Millionenstadt hatte es 1906 erst ein paar Dutzend gegeben. Nur ein einziges Mal hatte Amelie einen der neuen Automobil-Omnibusse benutzt, die seit November 1905 auf der Friedrichstraße verkehrten. Sie hatte es kein zweites Mal riskiert: Die von allem Neuen faszinierten Berliner hatten sich gegenseitig mit Regenschirmen traktiert, um einen Platz zu erkämpfen ...

Messingnagel verstand Amelies Reserviertheit falsch: «Eine Dame wie Sie wird eine Safari per Auto gewiss für absurd halten. Aber ich sage Ihnen, Fräulein Doktor: Dem Automobil gehört die Zukunft.» Er beugte sich vertraulich vor: «Auch ich habe mir eines bestellt.» Seine Augen leuchteten. «Da fällt mir ihr Herr Bruder ein: Baut er auch schon Kautschuk an? Kautschuk ist die Zukunft! Braucht man für die Reifen der Autos. Wie geht es dem Herrn Bruder eijentlich?»

Als Amelie ihre Antwort gegeben hatte, fasste Messingnagel seine Schlussfolgerung mit dem ihm eigenen Pragmatismus zusammen: «Ich werde Ihrem Herrn Bruder zur Seite stehen. Und: Er bekommt einen guten Preis für seine Produkte. Ehrenwort. Was kümmert es mich, wen Ihr Herr Bruder zur Frau erwählt? Bin ick der Papst?»

Am nächsten Tag saß Amelie gemeinsam mit Gottlieb Messingnagel in der Usambarabahn, die gemächlich durch die weiten Zuckerrohrplantagen zuckelte. Arbeiter, barfuß und nur mit einem Lendentuch bekleidet, schnitten die übermannshohen Stangen und sangen dabei laut, um Schlangen zu vertreiben, die sich darin verbargen. Zu Amelies Füßen stand eine Holzkiste, in der sich ein Metallzylinder voller Pockenimpfstoff befand, den Dr. Heim ihr mitgegeben hatte. Die Vakzine durften nie wärmer als 15 Grad werden, um wirksam zu bleiben. Das erforderte in Afrika einen enormen Aufwand: Die Metallbehälter wurden in Tücher gewickelt, die ständig feucht gehalten werden mussten.

Der Waggon war wie immer voller Männer, eine laute Runde rotgesichtiger Burschen in Amelies und Messingnagels unmittelbarer Nähe drosch Skat, eine andere Gruppe pokerte. Und zwar um ziemlich hohe Beträge, wie Amelie bemerkte. Dort stieg nun ein Mitspieler aus, der kein weiteres Geld verlieren wollte. Messingnagel hatte schlechte Laune, bislang hatte er kaum ein Wort gesprochen. Doch Amelie hatte keinen Zweifel, dass er erzählen würde, was ihm die Laune verdorben hatte.

«Na, Sie, schweigender Mensch dort», sprach jemand den Kaufmann an, «Sie sehen aus wie einer, der ein paar Mark verlieren kann.»

«Das klingt aber nun gar nicht verlockend», erwiderte Messingnagel.

Amelie bemerkte, dass er sich Hochdeutsch sprechend abgrenzte. Während ihrer Bekanntschaft mit ihm hatte Amelie beobachtet, dass er seine Sprache veränderte wie ein Chamäleon die Farbe. Als sie ihn kennengelernt hatte, hatte er so perfekt Berlinerisch gesprochen, dass sie ihn für einen Landsmann gehalten hatte. Inzwischen wusste sie, dass er aus der niedersächsischen Kaufmannsstadt Hildesheim gebürtig war.

«Sind wohl was Besseres, der Herr», scholl es zurück. «Gar so ein Pfeffersack aus Hamburg, der den Farmern das Fell über die Ohren zieht?»

«Man kann nur jemandem das Fell über die Ohren ziehen, wenn er eines trägt», gab Messingnagel zurück und erntete ein paar Lacher aus der Runde der hellhörig gewordenen Skatspieler.

«Klingt, als fänden Sie genügend Dumme!»

«Würde ich es darauf anlegen, so würde ich mit Ihnen pokern.»

«Auf Krawall gebürstet, der Herr Pfeffersack. Na, solche mögen wir. Kommen hierher und bringen uns anständige Deutsche um den Lohn unserer Arbeit.»

«Sie kennen den Herrn doch gar nicht», sagte Amelie nun mit einem Lächeln und fand es gleichzeitig seltsam, ausgerechnet für Messingnagel zu sprechen, unter dessen Tricks sie oft zu leiden gehabt hatte. «Wie angenehm wäre es, friedlich in dieser Bahn zu sitzen und unserem Ziel entgegenzufahren.»

«Sie sind doch die Schwester Hanns von Freyers», meldete sich nun ein Unbekannter zu Wort. «Jetzt, wo Ihr Bruder 'ne Negerin geheiratet hat, trägt er wohl schon wie seine Frau ein Ziegenfell statt einem Anzug.»

«Sie sollten gut aufpassen, dass der Jude neben Ihnen nicht Ihrem Bruder das Fell über den Kopf zieht!», rief einer von weiter hinten und erntete pennälerhaftes Johlen als Beifall.

Messingnagel zog die Augenbrauen hoch. «Sagen Se mal, Herrschaften, sind Se hier in Afrika von 'nem wilden Affen jebissen worden?»

Man starrte ihn perplex an.

«Also, wer spielt noch 'ne Runde?», fragten die Skatbrüder.

Sobald die seit Tagen wartenden *boys* Amelies Gepäck vom Zug geladen hatten, atmete Amelie erleichtert auf. Sie schickte die *boys* mit dem Impfstoff voraus zur Farm, damit sie Damasso benachrichtigen konnten, der Amelie und Messingnagel dann mit der Eselkarre abholen sollte. «Ich freue mich darauf, Ihren Bruder wiederzusehen. Er ist ein aufrechter Mann», sagte Messingnagel und setzte nachdenklich hinzu: «Diese seltsame Reisegesellschaft hat mich an Leute erinnert, die ich gestern Abend in Tanga das Missvergnügen hatte kennenzulernen. Die Stimmung unter den Kolonisten ist nicht gut. Die Politik meines Freundes Dernburg, die den Eingeborenen mehr Freiheiten einräumen will, wird von den meisten Farmern abgelehnt. Sie fürchten, die Schwarzen könnten ihnen gleichgestellt werden. Wenn da jemand eine Negerin heiratet, ist das für sie ein Verräter an der deutschen Sache. Im Vertrauen, Frau Doktor: Ich fürchte, dass auf Ihren Herrn Bruder schwere Zeiten zukommen.»

«Das sind Maulhelden», sagte Amelie. «Die wissen doch im Grunde, welche Bedeutung Hanns' Arbeit für sie hat.»

«Hoffentlich», sagte Messingnagel und klang fast grimmig. «Wir Deutschen haben diesen unheilvollen Dünkel, uns allen, die keine Siegfrieds sind, überlegen zu fühlen. Oder ihnen gar mit Hass zu begegnen, der aus der Furcht vor allem Fremden entsteht. Ein Witz, nicht wahr, dass ausgerechnet diese Menschen nach Afrika kommen. Aber es macht Sinn. Zuhause sind sie ein Nichts, hier markieren sie den dicken Max. Leider jagt stets eine Überzahl von Jägern den Hasen. Wenn der Hase nicht Haken schlägt, um zu entkommen, so ist er verloren.»

Schon im nächsten Moment überspielte er seine schwermütigen Andeutungen durch eine heitere Bemerkung über die Schönheit der Usambaraberge. Als sie später im Rücksitz der Eselkarre durch den Urwald bergauf schaukelten und auf den breiten Rücken von Damasso blickten, hallten Messingnagels düstere Worte in Amelie noch nach. Er hatte ihr noch nie Einblick in sein Inneres gegeben, und so hatte sie in ihm stets das Chamäleon gesehen, das sich den Situationen anpasste. Und ihm eine Kraft zugeschrieben, die er wohl ebenfalls nur vorspielte. Wenn er vom hakenschlagenden Hasen sprach, so mochte er wohl aus eigener Erfahrung sprechen. Sie kannte ihn nicht genug, um sich darauf einen Reim zu machen, und eine Nachfrage wäre zu intim gewesen.

Messingnagel erkundigte sich bei Amelie nach dem Krankenhaus, das bei seinem letzten Besuch nur ein kühner Gedanke von Hanns und ihr gewesen war. Auf ihre Schilderung entgegnete er: «Ja, Frau Doktor, Sie haben wirklich den Platz gefunden, an den Sie gehören. Ich freue mich immer, wenn Menschen in ihrer Arbeit Erfüllung finden.»

Direkt neben ihm fiel etwas vom Baum herab in die Karre. Etwas Längliches, das sich im Fallen anmutig bewegte.

«Na, nun wird's aber lustig!», rief der Kaufmann aus und starrte auf die gelb und schwarz gemusterte Schlange auf seinem Oberschenkel. Sie war kaum einen Meter lang, aber die beiden winzigen Hörnchen über ihren schwarzen Knopfaugen gaben dem Reptil etwas Dämonisches.

«Nich' bewegen», flüsterte Amelie.

Das war ein frommer Wunsch – die Karre schaukelte auf dem vom Regen ausgewaschenen Boden bedenklich; es war schon unter normalen Umständen anstrengend, die Balance zu halten.

«Ist die giftig?», fragte Messingnagel mit Panik in der Stimme.

«Eine Baumviper», antwortete Amelie.

Das Gift der in den Usambarabergen beheimateten Baumviper war eines der gefährlichsten in ganz Afrika. Der Biss dieser für afrikanische Verhältnisse nicht besonders großen Schlange konnte für den Menschen tödlich sein: Sobald das Gift das Herz erreichte, lähmte es dessen Muskel. Und es gab kein Gegengift. Das wusste Amelie, doch hätte sie es in diesem Moment niemals Messingnagel gesagt. Der war zwar schon viel in Afrika rumgekommen, aber eine Baumschlange fiel einem nicht jeden Tag in den Schoß. Es war also nicht ratsam, den

Mann unnötig zu beunruhigen, mit dem ihr Bruder künftig Geschäfte machen sollte.

«Halten Sie ganz still, dann geschieht nichts», sagte sie möglichst ruhig und suchte nach etwas, womit sie den hochgiftigen Eindringling aufgabeln konnte. Vorsichtig packte sie ihren Sonnenschirm in der Mitte. Gerade wollte sie mit dem gebogenen Griff den dünnen Leib der Schlange fortschubsen, als eines der Wagenräder in ein Loch geriet. Amelie verlor das Gleichgewicht und riss dabei die Viper unabsichtlich zu sich herüber; sie landete auf ihrem grauen Reiserock. Sie hatte keine Möglichkeit mehr, den Schirm einzusetzen, und griff rasch mit der bloßen Hand zu. Jedoch bekam sie die Schlange so unglücklich zu fassen, dass die sich blitzschnell aufrichtete und in Amelies linke Hand biss. Amelie fasste zielsicher zu und zog die beiden scharfen Zähne aus dem Muskelfleisch zwischen Zeigefinger und Daumen. Dann schleuderte sie den Angreifer in hohem Bogen zurück in den Wald.

«Oh, mein Gott», flüsterte Messingnagel.

Amelie sah die beiden roten Punkte auf ihrem Handrücken. Sie spürte nicht einmal einen Schmerz; noch betäubte der Schock jede Empfindung.

Damasso war vom Kutschbock geklettert. «Das tut mir sehr leid, *bibi* Amelie», sagte er, nicht ahnend, was wirklich geschehen war. «Ich sah das Loch nicht. Hast du dir wehgetan?» Er blickte zu dem schreckensbleichen Messingnagel: «Ist alles gut, *bwana*? Sind Sie verletzt?»

Der Kaufmann schüttelte den Kopf und deutete mit ausgestrecktem Finger auf Amelies Hand. «Schlange», flüsterte er und setzte, damit kein Missverständnis aufkam, auf Kisuaheli hinzu: «*Mamba*!»

Damasso ergriff Amelies Hand und besah sich die beiden kleinen Löcher. «Welche Schlange?», fragte er.

Nicht weit entfernt schlängelte sich die Übeltäterin gerade wieder in die Bäume.

«Machen Sie die tot!», rief Messingnagel.

Damasso tat, als habe er den Befehl des Kaufmanns nicht gehört. Sein Blick traf Amelies, und sie sah, dass er wusste, was auf dem Spiel stand: Amelies Leben.

«Gib mir dein Messer», sagte sie; er führte stets eines mit sich.

Vor Messingnagels entsetzten Augen setzte sie das Messer oberhalb der Bisswunde behutsam dort an, wo die Adern unter der Haut verliefen. Bloß nicht die Sehnen verletzen, dachte sie. Sie ließ das Blut hinauslaufen. Natürlich war das Messer nicht sauber; Damasso konnte alles Mögliche damit angestellt haben. Doch solche Gedanken waren fast schon müßig. Denn der Schnitt hatte nicht geschmerzt.

Und das lag nicht an der Aufregung. Sondern an dem Gift der Viper. Es wirkte.

Wie schnell drang das Gift zum Herzen vor? War es besser, den Arm möglichst rasch abzubinden? Die linke Seite – das war zusätzlich fatal, dachte sie. Und wie damals in Udjidji, als sie dem Tod schon einmal so nah gewesen war, dachte sie, dass sie doch noch so viel zu erledigen hatte.

Inzwischen hatte Damasso den *boys*, die der Karre gefolgt waren, den Befehl gegeben, das Gefährt flottzumachen. Messingnagel war ausgestiegen und packte mit an.

Das Blut schoss nach wie vor aus dem Schnitt, und Amelie entschloss sich, den Arm abzubinden. Sie bat den Kaufmann um seine Krawatte und zurrte sie mit der Rechten, in der sie noch Gefühl hatte, und den Zähnen fest. Die Blutung hörte auf. Aber Amelie war sich nicht sicher, ob sie zu fest abgebunden hatte; sie spürte ihre linke Seite nicht mehr. Wenn der Arm abstarb ...

Damasso zerrte die beiden Maultiere vorwärts, die *boys* schoben. Endlich ein ebenes Stück, Damasso sprang behände wie ein junger Mann auf den Kutschbock, blickte sich nicht mehr um.

Messingnagel, dachte Amelie, Damasso hat ihn einfach zurückgelassen ...

Damasso ließ die Peitsche durch die Luft sausen. «Ich bringe dich heim, *bibi* Amelie!»

Wie lange mochte das noch dauern? Eine halbe Stunde? Sie machte sich nichts vor – bis sie zuhause ankämen, würde sie das Bewusstsein verloren haben. Die Beine waren inzwischen so gefühllos wie der linke Arm, nun begann es auch im rechten. Ich muss die Krawatte lösen, dachte sie, sonst verliere ich den Arm. Für einen winzigen Augenblick schoss ihr die Erkenntnis durch den Kopf, dass diese Sorge überflüssig war: Das Gift war ohnehin überall, sie würde nicht nur den Arm, sondern ihr Leben verlieren. Dennoch löste sie mit ihrer letzten Willenskraft die Krawatte.

Auf der schneeweißen Haut ihrer linken Hand schimmerte das feuchte Blut. Jeder Finger war rot. Bis auf den Ringfinger, an dem Amelie den Ring mit den beiden einander zugewandten Schlangenköpfen trug.

Es macht alles einen Sinn, dachte sie und fühlte sich plötzlich fast heiter. Sie sank willenlos auf den Rücksitz der Maultierkarre zurück. Über ihren weit geöffneten Augen flog das dichte Laubdach des Urwalds dahin.

Der Wald leuchtete in allen Schattierungen von nahezu dunklem Blau bis zu fast gelbem Lichtgrün. Es waren die Farben, in die sich die Viper kleidete. Sie war hier zuhause, schlängelte sich durch das Geäst. Fragte nicht nach dem Sinn in ihrem Leben, ließ sich fallen, landete irgendwo. Ohne Angst, dass ihr etwas geschehen konnte.

Sultanin Ninabo ging gebeugt von einem Raum ihres schlichten Palastes in den nächsten. Jeder war düster, kaum ein Licht schien in die modrig riechenden Zimmer. Sie schienen völlig leer zu sein. Öffnete sich ein neuer Durchgang, so huschte eine weiß bemalte Gestalt davon, als fürchtete sie sich vor Entdeckung. Es gelang Amelie kaum, der kahlen Alten zu folgen. Ihre Glieder waren schwer wie Blei. Sie ermahnte sich, all ihre Kräfte zu mobilisieren. Das Brennen in ihren Lungen zwang sie innezuhalten. Schließlich blieb sie einfach auf dem harten Boden liegen.

«Hörst du mich, Kind? Sag doch etwas!»

Von irgendwoher drang jetzt eine Stimme zu Amelie. Doch sie war zu weit entfernt, um ihr antworten zu können.

Irgendwann glaubte sie, dass da jemand wäre, der sie ansah. Sie versuchte, die Augen zu öffnen, war jedoch zu müde. Wieder hörte sie eine Stimme.

«Du trägst die Zeichen der Schlange.»

War das die Stimme der kahlköpfigen Sultanin? Doch sie klang fremd.

«Du bewahrst ein Geheimnis. Welches ist es? Sprich!», verlangte die Stimme.

Aus dem Dunkel tauchte verschwommen der Kopf der Sultanin auf. Sie legte Amelie den Zeigefinger auf die Lippen.

«Wer *nyoka* dient, schweigt», sagte sie klar und deutlich.

«Es ist *nyoka*. Nicht wahr? Ich war so dumm. Verzeih mir, mein Kind. Ich habe nichts verstanden, als du danach fragtest. Sprich mit mir. Komm zurück!»

Diese Stimme gehörte nicht in den Palast der Sultanin. Sie klang anders, besorgt, gar ängstlich.

Amelie verstand die Angst der Stimme nicht. Wo sie war, da war sie in Sicherheit. Geborgen, wie im warmen Schoß einer Mutter. Sie wollte nicht fort.

«Amelie, Kind, haben wir dich wieder?»

Es dauerte eine Weile, bis Amelie begriff, dass sie sich in ihrem eigenen Zimmer befand, auf ihrem Bett lag. Die Vorhänge waren zugezogen, es mochte Morgen, Mittag oder Abend sein. Sie drehte den Kopf und blickte in das müde alte Gesicht von Wilkening.

«*Baba*? Was tust du hier?»

«Ich danke Gott, dass du zurück bist. Wie geht es dir? Kannst du dich bewegen?» Tränen liefen ihm über die Wangen.

Amelie fühlte ein Kribbeln im ganzen Körper, als wären Heerscharen von Ameisen darin unterwegs. Sie wollte ihre rechte Hand heben, doch die war schwer wie Blei. Die Bilder aus dem Palast der Sultanin tauchten wieder auf. Sie sehnte sich zurück, schloss die Augen.

«Nein, Kind, bleib!», flehte *babas* Stimme.

Der düstere Palast der Sultanin war unerreichbar.

Der alte Arzt massierte Amelies Beine, fragte, was sie spürte. Amelie hatte das Gefühl, dass ihr Körper noch nicht wieder ihr selbst gehörte. Sie schlief wieder ein. Als sie wieder zu sich kam, war *baba* in dem Stuhl neben ihr eingenickt. Sie wollte ihn nicht wecken und bemühte sich, Gefühl in ihre Gliedmaßen zu bekommen. Der Kopf ließ sich leicht anheben, durch die Bewegung rutschte ein feuchtes Tuch in ihr Gesicht, sie erschrak. *Baba* fuhr hoch.

Wilkening nahm das Tuch fort, entschuldigte sich für seine Unaufmerksamkeit.

«Hast du Schmerzen?»

«Nein, ich glaube nicht. Wie lange liege ich hier schon?»

«Das spielt keine Rolle, Kind. Du lebst. Das ist alles, was zählt.» Seine Stimme klang rau.

«Es war eine Baumviper, *baba*», sagte sie, um dem Gespenst, das ihr Leben in Händen gehalten hatte, einen Namen zu geben.

«Damasso hat mir alles erzählt. Bleib jetzt ganz ruhig.» Er wechselte das kühle, feuchte Tuch auf ihrer Stirn. «Das hier ist alles, was ich für dich tun konnte, Kind. Ich habe mich noch nie in meinem ganzen Leben so ohnmächtig gefühlt.» Er nahm ein Hörrohr und beugte sich über ihre Brust. Nach einer Weile richtete er sich auf. «Es schlägt wieder gleichmäßiger. Das war wie ein Orkan da drin. Du hast gekämpft wie eine Löwin gegen eine Übermacht von Hyänen.» Er strich ihr liebevoll über die

Wange. Seine Hand war kalt wie Eis. «Ich muss deinen Vater rufen und Hanns und alle.»

Amelie blickte an sich herunter. Sie lag unter einer Decke, aber die Bluse, die sie getragen hatte, der Rock, die Stiefel waren ihr ausgezogen worden. Sie würden die Narben, die ihren Körper am Rücken, an den Beinen und den Armen wie dünne, in die Haut gestanzte Ketten bedeckten, gesehen haben.

«Warte, *baba*», bat sie.

Er kehrte um.

«Du hast es gesehen?», fragte sie.

Er nickte. «Ja.»

«Auch Vater?»

Er nickte schweigend.

«Wisst ihr, was das ist?», fragte sie.

«Dein Vater verlangte nach einer Erklärung. Ich habe mich darum gedrückt.» Wilkening schlug die Augen nieder. «Als er uns allein ließ, habe ich mehrfach versucht, mit dir in Kontakt zu treten», antwortete er und setzte sich an ihr Bett. «Du warst bewusstlos und gelähmt. Aber du hast dennoch einen Satz gesagt: Wer *nyoka* dient, schweigt. Jedenfalls habe ich es so verstanden.»

Er blickte sie fragend an, wartend, dass sie sich erklärte.

Sie schwieg, ratlos, was sie antworten sollte. Sie wusste zu wenig über den Schlangenkult. Hatte sie wirklich gesagt, dass sie der Schlangengöttin diente? Aber sie diente ihr doch gar nicht! Sie hatte nur ein einziges Mal jemandem geholfen, wie sie es als Ärztin stets getan hatte ...

«Mein Unterbewusstsein muss mir einen Streich gespielt haben», sagte sie schleppend, das Reden strengte an. Das Denken auch.

«Und diese Narben? Das ist doch kein Zufall. So behandeln die Schlangenmänner. Wir sollten davon nicht wissen, stimmt's?»

«Ja, *baba*.»

«Dein Vater ist fast verrückt geworden vor Sorge. Na ja, ich auch. Aber dann habe ich Franz gesagt: Vielleicht rettet genau das ihr Leben. Möglicherweise ist bereits jene Sorte Gift in ihrem Körper. Wie eine Art von Impfung ...»

Das schien eine logische Theorie zu sein. In Udjidji hatte ihr der Heiler des Schlangenbundes allerlei Gift gegen ihre Blutvergiftung verabreicht.

«Armer *baba*! Was musst du mitgemacht haben!»

Er schloss sie in die Arme. «Ach, du gutes Kind. Was sorgst du dich um mich alten Mann! Du musst Furchtbares durchlitten haben, dass ein Medizinmann dich so zugerichtet hat.»

«Ich wollte es nicht erzählen. Um euch nicht zu ängstigen», antwortete sie leise.

«Ja, das dachte ich mir. Nun wirst du nicht umhinkommen. Aber nicht jetzt, später.»

Er führte ein Glas Wasser an ihren Mund, und sie trank begierig. Dann ging er hinaus, um ihren Vater hereinzurufen.

Der linke Arm lag wie ein Stein auf der Bettdecke, die Hand war bandagiert. Amelie versuchte ihren Nerven den Befehl zu geben, dass sich die Fingerspitzen bewegten, aber nichts rührte sich. Doch sie spürte ein leichtes Kribbeln in der Hand. Die Impfaktion, schoss es ihr durch den Kopf. Das konnte sie nun vergessen! Und das Krankenhaus! *Baba* würde alle Hände voll zu tun haben. Erneut konzentrierte sie sich auf ihre Linke, berührte sie mit der Rechten. Gewebe ohne Empfindung. Die Beine, was war mit ihren Beinen? Sie versuchte sie anzuheben – bleischwer. Sie schloss die Augen. Müde war sie, unsagbar müde.

Dass sich die Tür zu ihrem Zimmer wieder öffnete, bekam sie schon nicht mehr mit.

Am späten Morgen des übernächsten Tages ruhte Amelie auf einer Chaiselongue im Salon. Mit langsamen Schritten war sie allein dorthin gelangt, Suahibu hatte sie gestützt. Sie war allein mit dem Professor. Gerade hatte er ihr gesagt, dass Hanns den Kaufmann Messingnagel zur Bahn hinunter begleitete und bald wieder käme, um nach ihr zu sehen. Nun brachte Suahibu frischen Tee und warmes, duftendes Fladenbrot.

«Iss, *bibi dactari*», sagte sie und lächelte. «Damit du groß und stark wirst.» Sonst sprach sie Kisuaheli, doch diese Formulierung Charlotte von Freyers war ihr in Fleisch und Blut übergegangen.

«Erzähl, was draußen vor sich geht, Vater», bat Amelie.

Der Professor machte ein säuerliches Gesicht. «Wie sagen die Leute so gern: Alles Schlechte hat auch eine gute Seite. Dieser Kaufmann hat uns die gesamte diesjährige Kaffeeernte abgekauft und das Sisal. Zu einem anständigen Preis. Immerfort hat er gesagt: Ich stehe tief in Ihrer Schuld, Herr von Freyer. Ihre Tochter hat mir das Leben gerettet. Sein Dank war anstrengend.»

«Du magst Messingnagel nicht besonders, nicht wahr?»

«Es geht so», antwortete der Patriarch gedehnt.

«Er kann doch nichts dafür, Vater», sagte sie. «Die Schlange hätte ebenso gut auf Damassos Schulter fallen können.»

«Ist sie aber nicht.»

«Was willst du damit sagen?»

«Hunderte von Händen arbeiten monatelang, und ein Mann legt fest, was all das wert ist. Möglicherweise ist es das – und die Tatsache, dass die Ernten von Jahr zu Jahr schlechter ausfallen.» Der Professor stand auf, um sich eine Zigarre zu holen. Als er sie anzünden wollte, zögerte er. «Stört es dich, wenn ich rauche?»

«Nein. Im Gegenteil, dich besänftigt es.»

Er besah sich die Zigarre und zündete sie an. «Ja. Da hast du recht.» Er setzte sich in einen Sessel neben sie. «Ich sollte wohl besänftigt sein», sagte er mehrdeutig.

«Ist der Impfstoff heil hier angekommen?», versuchte Amelie ihren Vater abzulenken.

«Ja, Fred hat bereits begonnen. Aber es geht nicht gut voran, die Leute wollen nicht. Sie sind nervös. Die ganze Farm ist voller Unruhe», sagte der Professor.

«Warum? Was ist los?»

Er lachte gekünstelt. «Es waren eine Menge *boys* dabei, als du von der Baumviper gebissen worden bist. Einige haben sie gesehen. Sie reden. Du weißt, wie die Leute hier sind. Was sie sich nicht erklären können, erklären sie mit Magie, mit Göttern, mit Aberglauben, mit diesem ganzen ... ich hätte fast gesagt: heidnischen Schnickschnack.»

«Magie?» Sie begann zu verstehen. «Was sagen sie denn?»

Der Alte zog an der Zigarre, blies den Rauch aus und betrachtete die Asche an der Spitze. «Gottesurteil», sagte er langsam. «Sie sagen, der Schlangengott hat über dich ein Gottesurteil gesprochen.» Er machte eine Pause. «Du scheinst darüber ja mehr zu wissen als ich. Ich bin an diesen Schlangenzauber nie herangekommen, obwohl ich es mehrfach versucht habe. Da war immer eine Wand aus Schweigen.»

«Ich werde mich den Leuten zeigen. Dann sehen sie, dass ich wieder gesund bin, Vater. Mach dir keine Sorgen. Sie werden sich beruhigen.»

Am liebsten wäre sie sofort hinausgegangen. Sie überlegte, dass es vielleicht besser wäre, sich wenigstens auf die Veranda zu setzen. Damit man sie sähe. Sie machte ihrem Vater diesen Vorschlag, und er reichte ihr den Arm. Draußen war die Luft jetzt gerade richtig, es war warm, nicht zu schwül, das Licht mild unter einer leichten, hohen Wolkendecke. Einige grüne Meerkatzen spielten Fangen auf der Veranda.

«Fred sagt, er hätte eine Theorie, wieso du den Biss überlebt hast», begann ihr Vater.

«Hat er mir auch gesagt, ja. Ich glaube, seine Vermutung ist richtig.»

«Was um alles in der Welt ist geschehen, dass du das mit dir hast machen lassen? Das ist doch furchtbar gefährlich.»

Amelies Blick folgte den Meerkatzen, die sich mit weiten Sprüngen von der Veranda entfernten und irgendwo zwischen Bananenstauden verschwanden. Einige Kinder liefen vorbei, und Amelie winkte ihnen zu. Sie tuschelten, kicherten und rannten fort.

«Du schweigst wieder einmal, Kind», sagte ihr Vater. «Aber ich habe diese Narben gesehen. Sprich mit mir darüber.»

«Hat sonst noch jemand gesehen, wie ich ... aussehe?», fragte sie.

«Nein. Fred hat dich sofort versorgt und darauf geachtet, dass nicht einmal Suahibu es entdecken konnte.»

Das sah *baba* ähnlich, dachte Amelie und erinnerte sich an die Vorsicht des Urwaldarztes, nachdem Amelie Ndrema das Geschwür aus dem Leib operiert hatte; damals hatten sie zum ersten Mal über *nyoka* gesprochen.

Ihr Vater musterte sie. «Nun?», fragte er mit forderndem Blick. «Hast du dir zurechtgelegt, was ich erfahren soll und was nicht?»

Mit dieser Formulierung traf er den Kern des Problems. Es war offensichtlich, dass sie von einem Mitglied des von den Deutschen verfolgten Schlangenbundes behandelt worden war. Und das durfte sie nur so weit enthüllen, wie es offensichtlich war: Dass eine Ärztin sich in die Obhut der «Heiden» begab, verstieß gegen die ungeschriebenen Regeln der Weißen. Und damit erst recht gegen die Ansichten ihres nicht besonders toleranten Vaters; sie durfte kein Wort zu viel verraten und musste dennoch begreiflich machen, warum sie sich darauf eingelassen hatte.

«Ich wurde mit Wundbrand ins Krankenhaus der Garnison von Udjidji gebracht und war schon nicht mehr ganz von dieser Welt. Erst viel später erfuhr ich, dass der dortige Stabsarzt mir so ziemlich alles amputieren wollte. Er hat sich aber nicht getraut, weil ich eine Frau bin.» Sie sah ihren Vater an. «Als ich dem Himmel schon recht nah war, stand

Gustav plötzlich an meinem Krankenbett. Er hatte einen traditionellen Heiler mitgebracht. Der Stabsarzt hat deshalb wohl ein ziemliches Theater gemacht. Stell dir vor, Vater: ein Medizinmann in voller Montur in einem Garnisons-Krankenhaus!»

Sie wollte den Professor erheitern, doch der verzog keine Miene.

Unbeirrt fuhr Amelie fort: «Einen wie Gustav kümmert die Meinung eines Stabsarztes in solch einem Moment nicht. Gottlob. Er hat sich durchgesetzt, weil er wusste, dass ich diesem Medizinmann vertraue.»

«Das war deine Rettung», sagte Dr. Wilkening. «Gustavs Courage und die wohl ungewöhnlichen Fähigkeiten dieses *mganga.*»

Amelie hatte nicht mitbekommen, dass *baba* sich zu ihnen gesellt hatte. Er stand jenseits der Veranda-Balustrade. Amelie nahm seine Anwesenheit dankbar zur Kenntnis: Er hatte jenen Punkt in ihrem Bericht betont, auf den es ihr vor allem ankam – Gustavs Rolle bei ihrer Heilung.

«Um mein Leben zu retten, hat der *mganga* mir Gegengifte verabreicht. Darunter auch solche von Schlangen. Daher stammen die Narben.»

Das musste den beiden plausibel erscheinen, hoffte Amelie. Denn die Narben zogen sich – zumindest großteils – entlang der Nervenbahnen: Auf diese Weise sollte das Schlangengift am schnellsten gegen die vom Wundbrand hervorgerufene Blutvergiftung wirken.

«Karl Gustav war also die ganze Zeit dabei», sagte der Professor nach langem Schweigen. «Und wenn ich richtig verstanden habe, ist es ihm zu verdanken, dass du den Wundbrand überhaupt überlebt hast.»

Amelie schwieg. Sie musste ihrem Vater Zeit geben, diese verwirrenden Nachrichten zu verarbeiten, die sein Weltbild in mehrfacher Hinsicht auf die Probe stellten.

Plötzlich beugte er sich zu seiner Tochter hinab und schloss sie sanft in die Arme. Es schien Amelie eine Ewigkeit, dass er sie so hielt. Dann küsste er sie auf die Stirn und verließ festen Schrittes die Veranda in Richtung der Ställe.

«Bringt mir mein Pferd!», hörte sie ihn rufen.

«Dein Vater wird nie für das um Verzeihung bitten, was er Oberleutnant Brelow angetan hat», sagte Wilkening. «Diese Umarmung wird dir reichen müssen, mein Kind.»

Dr. Wilkening und Amelie saßen noch auf der Veranda und genossen Suahibus leichte Hühnerbrühe, als Hanns auf Kivuli herbeiritt und den Wallach direkt neben den beiden anhielt. Jago und Juno waren ihm gefolgt. Jago begrüßte Amelie, bevor er sich gierig auf eine Schüssel mit Wasser stürzte.

«Ich hab mir dein Pferd ausgeliehen, um Messingnagel zu begleiten. Du hast doch nichts dagegen?», sagte Hanns und strich über den Hals des Wallachs. «Kivuli brauchte Bewegung. Ein wunderbares Tier.» Er gab einem Jungen die Zügel des erhitzten Araberpferdes. Übermütig sagte er: «Mir ist gerade Vater begegnet. Er ritt, als wäre der Leibhaftige hinter ihm her. Was habt ihr beiden mit ihm gemacht?»

«Das ist eine längere Geschichte, Hanns», sagte Wilkening und räumte seinen Platz neben Amelie. «Ich muss los. Und du, Amelie, lass dir nicht einfallen, heute wieder arbeiten zu wollen!» Er drohte ihr scherzhaft mit dem Finger.

Diese Mahnung erschien ihr überflüssig. Das Erzählen und das Essen strengten sie bereits über die Maße an.

Während ihr Bruder aß, berichtete sie ihm in kurzen Worten von der Unterredung mit dem Professor und Wilkening. Den überwiegenden Teil ihrer Heilung kannte er bereits seit jener Nacht, die sie zu dritt mit Gustav auf der Veranda des alten Hauses verbracht hatten.

«Mit diesen medizinischen Dingen kenne ich mich nicht so aus wie *baba*», sagte Hanns. «Aber irgendwie habe ich mir schon gedacht, dass es mit dem *mganga* zusammenhängt, dass du einen Baumvipernbiss überlebst. Die Leute reden von nichts anderem, Melli.»

Wie zum Beweis kamen wieder einige Frauen vorbei. Sie lächelten scheu, und eine von ihnen betrat unaufgefordert die Terrasse. Bevor Amelie begriff, was geschah, warf die Frau sich der Länge nach auf die Holzbretter und verharrte reglos.

Die Geste der Unterwerfung erinnerte Amelie an Sultanin Ninabo in Tabora. Während der zwei Tage, die sie dort verbracht hatte, hatten sich fremde Besucherinnen, die ihre Töchter «verkaufen» wollten, auf diese Weise vor Ninabo niedergeworfen. Die Sultanin hatte nichts getan, einfach nur abgewartet, bis die Frauen wieder aufstanden. Endlich erhob die Frau sich und ging mit feierlicher Ernsthaftigkeit zu ihren Gefährtinnen. Amelie war so erschüttert, dass sie keinen Ton hervorbrachte.

«Puh», machte Hanns schließlich, «was war das?» Er schüttelte den Kopf. «Was sagst du dazu, Sankt Amelie?» Seine Ironie klang hilflos.

«Warum machen sie das?», fragte Amelie zurück. «Vater sagt, die Leute sprechen von einem Gottesurteil. Habe ich mich denn eines Verbrechens schuldig gemacht, dass sie auf solch einen Unfug kommen?»

Hanns wurde sehr schweigsam. Erst auf Amelies Nachfrage hin rückte er mit einer Antwort heraus. «Es geht um Damasso und *baba.*»

Sie glaubte nicht recht zu hören! «Wie bitte?»

«Lass mich offen reden und werde nicht ärgerlich», bat Hanns. «Dass *baba* uns verlässt, halten sie für deine Schuld. Die Leute haben Angst vor dem Tag, an dem er geht. Sie denken, dass seine Medizin dann ihre Wirkung verliert. Und mit Damasso habe ich kurz vor deiner Rückkehr erst gesprochen. Ich weiß, das war zu spät. Um genau zu sein: Ich sprach gerade mit ihm, als die *boys* kamen, die du heraufgeschickt hattest, damit

Damasso dich und Messingnagel mit dem Eselkarren abholt. Aus unserer Sicht ein unglückliches Zusammentreffen. Die Leute interpretieren das als Zeichen.»

«Darum beißt mich eine Schlange. Überlebt die weiße *bibi*, hat sie recht getan, Damasso und *baba* fortzuschicken ...»

«So in etwa», bestätigte Hanns. «Weißt du, den Wapare ist die Baumviper heilig. Sie hat eine besondere Art, Frösche zu jagen: Sie beißt, und das Opfer kann entkommen. Es macht noch ein paar Sprünge, erlahmt dann und wird verschlungen. Manchmal, aber ganz selten, kommt so ein Frosch mit dem Leben davon. Deshalb haben sie oben in den Bergen ein Ritual: In besonders verzwickten Prozessen, wenn jemand durch das Verschulden eines anderen gestorben ist und der Angeklagte seine Schuld leugnet, geben sie diesem das Gift der Baumviper. Es soll schon vorgekommen sein, dass jemand überlebt.» Er seufzte. «Die Eingeborenen sehen alles, was um sie herum geschieht, in einem großen Gleichgewicht der Kräfte. Wird es gestört, muss es wiederhergestellt werden.»

«Ich gehe zu Damasso und erkläre ihm alles.» Amelie versuchte sich aus dem Stuhl zu stemmen, ihre Kraft reichte nicht. «Ich fühle mich wie eine alte Frau», stöhnte sie und setzte sich.

Allmählich wurde ihr klar, dass sie keine Ahnung hatte, wie lange es dauerte, bis sich das Gift in ihrem Körper abgebaut hatte. Vielleicht würde sie noch wochenlang untätig herumsitzen müssen. Und das ausgerechnet jetzt.

«Ich werde einen Boten zu den Wohlgeburts schicken und sie nach Salama einladen», sagte Hanns.

«Sie müssten außerdem geimpft werden», ergänzte Amelie.

Keines der Geschwister erwähnte, dass die Familie Damasso kennenlernen sollte. Doch dass Hanns ausgerechnet jetzt Hermine und ihre Familie einladen wollte, das erschien Amelie wie der Beweis, dass Hanns sich nicht vom Aberglauben der Einheimischen aufhalten lassen wollte.

Noch etwas hatte sie Hanns erzählen wollen. Etwas, das in Tanga geschehen war. Etwas sehr Wichtiges.

Amelie dachte angestrengt nach und konnte sich nicht entsinnen, was es war.

10.

Damasso knetete den Hut in seinen Händen und blickte zu Boden. «Du hast mich gerufen, *bibi* Amelie.»

Sie überlegte einen Moment, ob sie ihn nicht wenigstens zu diesem wichtigen Gespräch hereinbitten sollte. Doch sie verwarf den Gedanken; Damasso hätte sich innerhalb des Hauses noch unsicherer gefühlt. Sie dankte ihm, dass er so schnell gekommen war, und setzte sich auf der Veranda in einen der Stühle. Damasso jedoch blieb stehen. Wie immer.

«Es freut mich, dass du dich erholt hast, *bibi* Amelie», sagte er in seinem förmlichen Deutsch.

«Ich war ein kleines Mädchen, als ich nach Salama kam», begann Amelie. «Damals hatte ich ganz viel Angst. Vor dem Wald, vor den Tieren und vor den Menschen. Sie hatten eine schwarze Haut und ich eine weiße.»

Damasso war ihr damals stark und unbesiegbar erschienen, so fremd. Auch jetzt blickte sie zu ihm auf. Denn er stand und sie saß in einem Bambusrohrstuhl. Die Größenverhältnisse schienen unverändert. Sie spürte den Wunsch aufzustehen und widerstand ihm. Vielleicht ging es gerade darum, sich ihm nicht ebenbürtig oder gar überlegen zu fühlen.

«Ja, *bibi* Amelie, daran erinnere ich mich noch sehr gut», sagte Damasso, und diese Gedanken entlockten ihm ein zögerndes Lächeln.

«Deine Tochter Sara war erst fünf Jahre alt. Und sie weinte immer, wenn sie mich sah. Weil sie Angst hatte vor den Weißen. So wie ich vor den Schwarzen. Da hatte ich eine Idee. Ich nahm Matsch ...»

«Du machtest dich schwarz, *bibi* Amelie», sagte Damasso mit scheuem Lächeln. «Dein ganzes Gesicht. Die Arme, die Beine.» Er fuhr sich durch sein schneeweißes Haar. «Deine goldenen Locken waren auch ganz schwarz. Aber deine blauen Augen strahlten wie Sterne an einem klaren Himmel in der Nacht.» Das Gesicht des kräftigen Mannes wurde weich. «Du kamst zu mir. *Baba* Damasso, sagtest du, jetzt muss Sara keine Angst mehr vor mir haben.»

«Dann hast du Sara gerufen. Sie hat mich angesehen. Und dann hat sie erst recht geweint. Du standest zwischen uns beiden. Habe keine Angst vor Amelie, hast du gesagt, sie ist ein Kind wie du.»

Der Vorarbeiter und die junge Ärztin sahen einander schweigend an. Jeder die heraufbeschworene Erinnerung auf seine Weise verarbeitend.

«Ich werde nie schwarz sein und Sara niemals weiß», sagte Amelie. «Ich bin wie ich bin. Sara ist wie sie ist. Und auch du bist an deinem Platz geblieben. Zwischen den Weißen und den Schwarzen. So, wie ich mir als Kind Matsch ins Gesicht geschmiert habe, damit Sara meine Freundin wurde, so bemühe ich mich heute darum, sie zu beschützen. Wenn man jemanden beschützt, muss man jemand anderem wehtun. Jetzt tue ich dir weh. Ich weiß keinen anderen Ausweg, Damasso. Wir verdanken dir hier so viel. Ohne dich wäre Salama kein so schöner Ort geworden.»

Damasso tat einen Schritt auf sie zu, dann noch einen. Er ging lautlos in die Knie.

Amelie erschrak vor seiner unerwarteten Demutsgeste. «Nein», sagte sie, «das darfst du nicht tun, Damasso. Nicht du, gerade nicht du. Bitte, steh auf.»

«Ich bitte um Verzeihung, *bibi* Amelie», sagte er mit gesenktem Haupt. «Gott hat dich vor eine schwere Prüfung gestellt und Gott hat gesprochen. Du lebst, *bibi* Amelie, wo andere starben.»

«So ist das nicht, Damasso», widersprach sie.

Für einen Moment war sie versucht, ihm die Narben auf ihrem Körper zu zeigen, die sie bis zu einem gewissen Grad immun gegen das Schlangengift machten. Doch in letzter Sekunde überlegte sie es sich anders. Wenn sie sich Damasso offenbarte, würde sie das Schweigegebot des Schlangenkults brechen. Schlimmer noch: Sie musste damit rechnen, dass es sich wie ein Lauffeuer herumsprach, dass die weiße Ärztin ein Mitglied des Kults war. Es reichte schon, dass es hieß, sie hätte das Gottesurteil überlebt.

Nun sagte sie ruhig: «Ich hatte einfach nur Glück. Das ist alles. Es gibt kein Gottesurteil, Damasso.»

Der Vorarbeiter sah sie einen Moment lang ungläubig an, dann erhob er sich. «Ich werde gehen, wohin du mich schickst, *bibi* Amelie.»

Amelie atmete tief durch. «Ich habe eine Freundin, sie wohnt mit ihrem Mann und ihren beiden Kindern einen halben Tagesritt entfernt. Ich möchte dich ihr vorstellen.»

Der Vorarbeiter knetete seinen Hut. «Der Kaffee ist in Säcke verpackt und fort. Meine Arbeit ist getan.» Er trat verlegen von einem Bein aufs andere. «Ich werde mit der weißen Frau und ihrem Mann gehen, *bibi* Amelie. Möchtest du, dass auch Suahibu geht?»

Wie hatte sie diese Frage verdrängen können! Dabei war sie so naheliegend. Natürlich würde Suahibu bei ihrem Mann bleiben. Doch dann würde sie auch ihre schwarze *mamma* verlieren. Aber es ging nicht anders, sie hatte den ersten Schritt getan, nun musste der zweite folgen.

«Suahibu ist deine Frau, Damasso», sagte Amelie. «Ich werde euch nicht trennen.» Sie fand selbst, dass das klang wie eine Schicksal spielende Macht. Aber sie spürte, dass nur die einfachen Worte richtig verstanden wurden.

«Danke», sagte Damasso und verbeugte sich. «Hast du noch einen Wunsch, *bibi* Amelie?»

Sie schüttelte den Kopf. Da hatte sie sich stets gegen die Barbarei der Sklaverei aufgelehnt, und nun dankte Damasso dafür, dass sie über seines und das Schicksal seiner Frau entschied! Wer war sie denn, dass ihr das zustand? Sie war doch nur von einem Heiler behandelt worden. Ohne das Geringste dazu getan zu haben. Es war einfach geschehen.

Niemand hatte ihr gesagt, wie sie damit umzugehen hatte ...

Noch lange, nachdem Damasso gegangen war, saß sie im Sessel, starrte hinaus auf das tropische Grün. Wer vorbeikam, verbeugte sich, manche küssten die Verandastufen. Eine schwangere Frau, vielleicht siebzehn, küsste Amelies bandagierte Hand. Es war wohl ein Glückszeichen, der Weißen die Hand zu küssen, die das «Gottesurteil» überlebt hatte.

Sie betrachtete den Ring mit den beiden Schlangenköpfen. Leben und Tod vereinten sich darin, hatte der Missionar gesagt. Stehe ich dazwischen?, fragte sich Amelie. Ihr fiel nur eine Antwort ein: Ja, denn sie war Ärztin. Und nur das galt.

Es war heiß, kein Lufthauch ging, die Sonne stand schon hoch am Himmel. Der Weg zur Klinik schien unendlich lang. Amelie stützte sich auf einen Gehstock mit silberbeschlagenem Knauf, und die bandagierte Linke hielt den Sonnenschirm.

Eigentlich hatte sie im Morgengrauen in der Klinik sein wollen, doch dann hatte sie verschlafen. Nun war jeder Meter eine Qual.

Dazu kam, dass sie überall Aufsehen erregte. Frauen, die auf ihren Köpfen schwer beladene Körbe trugen, nahmen sich gegenseitig die Lasten ab und warfen sich vor Amelie in den Staub. Amelie bemühte sich um ein Lächeln und wusste, dass ihr nicht mehr als eine Grimasse gelang. Als sie endlich am Krankenhaus ankam, folgte ihr ein Rattenschwanz von Menschen. Dort brach das Chaos vollends aus. Kranke, die wegen ihrer geschwollenen oder offenen Beine kaum mehr gehen konnten, warfen sich nieder, küssten Amelies Rocksaum, griffen nach ihren Händen.

David verschwand augenblicklich im Gebäude und kehrte mit Wilkening und Badili wieder. Wilkening starrte ungläubig auf das Geschehen. Badili jedoch durchfuhr ein Ruck, Wut trat in sein Gesicht. Er preschte in die Menge.

«Lasst das! Setzt euch hin! Geht auseinander! Lasst die *bibi dactari* in Ruhe!», brüllte er auf Kisuaheli.

Voller Ehrfurcht wichen die Menschen zurück, und Badili bot ihr seinen Arm. An der Seite ihres wie ein deutscher Offizier gekleideten einstigen *boys* ging sie nun ins Haus und ließ sich auf einen Stuhl sinken. Schweiß stand ihr auf der Stirn. Fürsorglich reichte ihr der eben noch so wütende Badili ein Glas Wasser, nahm ihr den leichten Sonnenhut ab und tupfte ihre Stirn.

«Verzeih, *bibi dactari*. Die Menschen sind dumm. Sie wissen es nicht besser», sagte er.

Das klang wie auswendig gelernt, dachte Amelie, aber sie sagte: «Danke, Badili.»

«Sie verehren dich fast schon wie eine Heilige», sagte Wilkening, Ratlosigkeit im Gesicht.

«Eine Ärztin als Heilige», erwiderte sie verzweifelt.

«Du hättest dir das Studium sparen und mit Handauflegen heilen können.»

Wilkening lachte, und Amelie stimmte mit ein. Sogar Badili und David lachten befreit, obwohl Amelie ziemlich sicher war, dass sie diesen Witz nicht verstanden.

«Wie geht es mit der Impfung voran?», fragte sie.

David schüttelte ernsthaft den Kopf. «Schlecht, meine weiße Schwester.»

«Die dummen Bergmenschen haben Angst, *bibi dactari*», bekräftigte Badili.

«Bist du schon geimpft?», fragte sie ihn.

Er schlug die Augen nieder. «Nein. Es war keine Zeit dazu.»

Dieselbe Frage an David gerichtet, erbrachte dieselbe Antwort.

Eingedenk des Vorschlags der klugen Schwester Martha aus Tanga sagte Amelie: «Ich muss auch noch geimpft werden. *Baba dactari*, würdest du mich bitte impfen?»

Sie ahnte, dass Wilkening ablehnen würde.

Sein Blick wanderte von Badili zu David und dann zu Amelie zurück. Er nickte. «Gewiss. Aber vielleicht solltest du zunächst mich impfen. Wenn du wieder ganz gesund bist, dann impfe ich dich.»

Amelie hätte ihn auf der Stelle umarmen können! Er hatte verstanden, was sie vorhatte. Sie beschlossen, am nächsten Morgen in aller Früh anzufangen.

Viel konnte sie mit ihrer gehandikapten Linken nicht tun. Es war nicht einmal sinnvoll, bei den Kranken Visite zu machen. Die erwarteten am Ende noch, dass sie durch Berührung geheilt würden. Sie wollte sich schon auf den Rückweg machen, als Wilkening sie zurückrief. Er wollte ungestört mit ihr sprechen.

«Damasso sagte mir vorhin, er würde Salama verlassen. Das entspannt die Situation zwischen Sara und ihrem Vater sicherlich. Andererseits ist es nicht gut für Salama, Kind. Hättest du mich gefragt, ich hätte dir abgeraten. Du brauchst Damasso. Er ist auf diesem Land geboren, kennt jeden Mann und jeden Baum.»

«Aber er hatte keine Einwände.»

«Damasso würde sich dir nie widersetzen. Das weißt du, und ich glaube, deshalb bist du auch so vorgegangen. Nicht absichtlich, aber unbewusst.»

Er hatte recht, dennoch wollte sie das Gesicht wahren: «Ich habe mich darüber mit Hanns beraten, *baba.*»

Wilkening seufzte. «So, wie damals Charlotte die Herrin auf Salama war, bist du es jetzt. Jeder weiß das. Und das, was vorgefallen ist, besiegelt es.» Seine Augen waren müde, als er sagte: «Es passt einfach zu gut zusammen. Damals der Leopard, den du erlegtest und damit Davids Leben rettetest, und nun diese Schlange.» Er fuhr ihr sanft über die Wange. «Ich weiß, dass du nichts von alldem wolltest. Nun kannst du es nur noch akzeptieren.»

«Wie?»

«Demut, Kind, tiefste Demut den Menschen gegenüber, die dir vertrauen. Wenn dir das gelingt, vereinst du die beiden Welten, in denen du zuhause bist. Denn du bist inzwischen ebenso ein Kind Afrikas, wie du ein Kind Berlins bist.»

Auf Salama war Nachtruhe eingekehrt. Aus den Büschen hörte man das einem Bellen gleichende Rufen der Buschböcke. Amelie war ohne Nachdenken zu jenem Ort gegangen, von dem man tagsüber auf die Savanne blicken konnte. Nur die Sterne funkelten am Firmament.

Sie kam gerade zurück von einem Besuch bei Sara und Lotte, Hanns hatte sich bei Einbruch der Dunkelheit dazugesellt. Er war von der Tagesarbeit ausgelaugt gewesen und nicht in der Laune für tief schürfende Gespräche: Es gab Ärger mit Nachbar Sossenen, der eine Bewässerungsrinne umgeleitet hatte, um Wasser für seine Rinder zu haben, die weiter unten am Berg grasten. Deshalb waren auf einem zu Salama gehörenden Hang die Kaffeebüsche verdurstet. An einer anderen Stelle hatte Hanns die Miniermotte entdeckt, die den Büschen die Kraft entzog, und überdies war eine Kaffeeschälmaschine kaputt gegangen.

Lotte hatte obendrein viel gequengelt. Die Myrrhe-Tinktur, die Amelie mitgebracht und in ihr Zahnfleisch massiert hatte, hatte ihre Stimmung verbessert. Gegen das Fieber, das mit dem Durchbruch der Zähnchen verbunden war, hatte es nicht geholfen. Deshalb hatte Amelie darauf verzichtet, Sara darum zu bitten, am nächsten Morgen mit der Kleinen zum Impfen zu kommen. Obwohl es ein gutes Zeichen gewesen wäre, wenn die Frau des *bwana* und seine Tochter sich ebenfalls der Prozedur unterzogen.

Wie so oft, wenn sie den Nachthimmel bestaunte, suchte Amelie das Kreuz des Südens. Sie hielt es selbst für eine kindische Angewohnheit, das typische Verhalten von Weißen, die sich beim Anblick der vier Sterne der Tatsache vergewisserten, dass sie auch wirklich in Afrika waren. Und so schmückte das Sternenkreuz gar die Fahne von Deutschost, als reklamierte man mit dem Land auch den Himmel darüber für das Deutsche Reich. Und schön war es dennoch, dachte Amelie und verweilte ein wenig. Es zog sie nichts zurück ins Haus, in dem ihr Vater auf sie wartete.

Als sie mit Jago endlich auf das Haus zuging, lief der Hund schwanzwedelnd zur Veranda. Ein untrügliches Zeichen, dass sich dort jemand befand.

«Das ist dein Lieblingsplatz dort draußen», klang die Stimme ihres Vaters durch die Dunkelheit. «Ich habe dich beobachtet, wie du dort standest. So stolz, so zart. So klein angesichts dieser Größe.»

Amelie kannte diese Stimmung an ihm; sie war selten. Meistens hatte er zuvor mehr als nur ein Glas Rotwein getrunken. Früher hatte sie es gemocht, wenn er so sentimental und nachdenklich war. Man konnte dann mit ihm über alles sprechen. Aber irgendwann hatte sich das geändert, sie wusste nicht genau, wann. Vielleicht, als sie beschlossen hatte, in Zürich zu studieren. Damals hatte er ihr ein Motto mitgegeben, das sie erst richtig verstanden hatte, als sie die Schlafkrankheits-Expedition unternahm: «Am Anfang jeder Reise steht eine Frage.» Es war die Devise eines Mannes, der zeit seines Lebens das Unbekannte gesucht hatte, um seinen Horizont und den seiner Mitmenschen zu erweitern. Nun hatte er sich hier an Moralfragen festgebissen und darüber die wichtigen Anliegen eines Gelehrten vergessen. Sie gestand es sich nur ungern ein, aber ihr Vorbild begann zu verblassen. Sie setzte sich zu ihrem Vater.

«Du frierst so leicht.» Er legte ihr eine Decke um die Schultern und zündete zwei Windlichter an. Erst jetzt fiel ihr auf, dass sie ihren Stock bei Hanns liegen gelassen hatte. Der Körper hatte das Schlangengift verarbeitet, nur die linke Hand schmerzte noch gelegentlich.

«Hast du heute gejagt?», fragte Amelie, die seine geläuterte Stimmung auf einen Jagderfolg schob.

«Nein, mein Kind. Es ist die Aufgabe von Hanns, dafür zu sorgen, dass seine Leute Fleisch haben. Ihr müsst immer daran denken, dass genug da ist. Die Eingeborenen brauchen das Fleisch. Es macht sie glücklich. So, wie wir manchmal einen Schluck Wein trinken sollten.»

Amelie wurde hellhörig. Was kam jetzt?

Zu ihrem Erstaunen entkorkte er erst jetzt den Wein. Vielleicht war es auch die zweite Flasche, es war ihr egal.

«Es war schön heute da draußen», monologisierte der Alte. «Ich habe wieder gespürt, weshalb ich vor vielen Jahren einmal hier glücklich war. Ich habe einen Adler gesehen. Er hatte eine Schlange in den Fängen. Ist das nicht unglaublich?»

Er schenkte ungefragt zwei Gläser voll.

«Möchte ich klüger sein! Möchte ich klug von Grund aus sein. Gleich meiner Schlange! Aber Unmögliches bitte ich da: So bitte ich denn meinen Stolz, dass er immer mit meiner Klugheit gehe! Und wenn mich einst meine Klugheit verlässt – ach, sie liebt es davonzufliegen – möge mein Stolz dann noch mit meiner Torheit fliegen.»

Er hob das Glas, die Schatten an den Wänden tanzten.

«Auf den Abschied.»

Amelie nahm aus Höflichkeit einen kleinen Schluck. «Habe ich das richtig verstanden: Nietzsche hat dir geholfen, dich mit dem Gedanken anzufreunden, nach Berlin heimzukehren?»

«In seinem Zarathustra fand ich, was ich in mir nicht gefunden hatte. Ich werde nach Berlin zurückkehren. Morgen schon.»

«*Baba* wollte doch mit dir fahren», sagte sie als Erstes. Zu spät erkannte sie, dass er eine andere Reaktion erwartet hatte. Sie hatte nicht einmal den Versuch unternommen zu protestieren, dass er so überstürzt aufbrechen wollte.

«Fred ist dir inzwischen weit näher als ich. Was nicht deine Schuld ist und auch nicht seine.» Er hob das Glas. «Mein Leid und mein Mitleiden – was liegt daran! Trachte ich denn nach dem Glücke? Ich trachte nach meinem Werke, lässt Nietzsche Zarathustra sagen. Und mein Werk hier ist lange schon vollbracht. Nicht ganz so wie erhofft, aber dennoch.»

«Dein plötzlicher Entschluss wird doch nicht etwa mit diesem unsäglichen Gerede vom Gottesurteil zusammenhängen?»

«Es waren eher die Narben auf deinem Körper, die mir die Augen geöffnet haben. Du bist in Afrika zuhause, ich war hier immer nur Gast. Du brauchst mich nicht mehr, Amelie.»

«Doch, ich brauche dich. Aber nicht als Vater, der sich an seine Enttäuschung klammert. Du hast vor allem dir selbst in den letzten Monaten Schmerz zugefügt. Deine Welt ist die Großstadt, sind die Gespräche mit den Kollegen, die Anregung durch den Disput. In Berlin wirst du wieder zu dir selbst finden.»

«Ja, das denke ich auch.» Er stand auf und küsste sie auf die Stirn. «Gute Nacht.» Als er schon in der Verandatür stand, drehte er sich noch einmal um. «Pass auf dich auf, Amelie.»

«Bis morgen früh, Vater. Schlaf gut», antwortete sie, ohne zu erfassen, dass ihr Vater sich gerade verabschiedet hatte. Sein überraschender Sinneswandel kam zu überraschend.

Sie war zu müde, um ins Bett zu gehen; die Bilder dieses verrückten Tages gingen ihr durch den Kopf.

Das Brüllen eines Löwen ließ Amelie hochschrecken. Jago stand neben ihr, die Ohren aufgerichtet, den Kopf weit vorgereckt, konzentriert Witterung aufnehmend. Das heisere Rufen erklang nicht noch einmal. Und wenn Jago nicht so reagiert hätte, hätte Amelie angenommen, geträumt zu haben.

Bald würde ihr Vater wieder in Berlin sein, in diesem Häusermeer mit so vielen ernst blickenden Menschen. Hatte man es besser dort, wo es keine Löwen gab?

Als sie später im Bett lag, gingen ihr tausend Dinge durch den Kopf. Eigentlich hatte sie ihren Vater noch um sein Einverständnis zu ihrer Hochzeit mit Gustav bitten wollen. Sie fragte sich, ob er dem durch seinen raschen Rückzug hatte zuvorkommen wollen. Sie nahm sich vor, am nächsten Morgen so früh aufzustehen, dass sie ihn noch abpassen konnte. Nein, so theatralisch durfte er nicht gehen. Vor allem musste sie ihn dazu bringen, sich von Hanns zu verabschieden.

«Man reist nicht mit offenen Koffern», hatte Charlotte von Freyer gesagt. Sie würde ihn daran erinnern, morgen.

Sie erwachte, als es draußen schon hell war. Im Haus hing der Geruch nach den Zigarren, die der Professor rauchte. Doch ansonsten deutete weder im Schlafzimmer ihres Vaters noch in seinem Arbeitszimmer etwas darauf hin, dass er am Vortag noch hier gewesen war. Die Unterlagen zu seinem Buch, alle Notizen, seine Anzüge – fort. Die afrikanische *mamma* sagte, man habe die *bibi dactari* doch nicht wecken wollen, sie müsse sich schonen ... Damasso hatte den Professor bereits zur Bahn gebracht.

Der Professor war sich selbst treu geblieben. Sein Stolz war beeindruckend, aber schmerzlich für seine Tochter.

Am Krankenhaus hatten sich so viele Menschen versammelt wie noch nie. Sie standen in langer Schlange, und es schien fast so, als wären sie gekommen, damit die weiße Frau sie berührte. Wilkening hatte mit der Pockenimpfung noch nicht begonnen. Er sagte, dass er erst mal die akuten Krankheitsfälle versorgen wollte.

«Und dazu gehörst auch du. Lass mal deine Hand ansehen.»

Der Schnitt mit dem Messer war gut verheilt.

«Ein paar Tage noch und du kannst wieder arbeiten.»

«Danke, Doktor!»

«Ach, veräpple mich nicht, Kind.»

«Vater ist heute in der Früh zum Zug. Er fährt nach Berlin.»

«Ja, ich weiß. Er will noch einige Tage in Tanga bleiben, bevor das Schiff geht. Ich treffe ihn dann dort.»

«Ihr seid wieder gut miteinander?»

Wilkening band die Schleife an ihrem Verband zu. «In unserem Alter sollte man sich gut überlegen, mit wem man sich auf ewig zerkriegt», antwortete er.

«Er hat sich nicht mal von Hanns verabschiedet!»

«Aber von dir, das ist doch schon mal etwas.»

«Wie wird man so abgeklärt, *baba*?»

«Die Seelenlage alter Männer bringt einer jungen Frau keinen wahren Erkenntnisgewinn. Lass uns lieber mit dem Impfen beginnen. Es wird Tage in Anspruch nehmen.»

Der Aufbewahrungsraum für alle Medikamente befand sich am Ende des langen Gebäudes. Amelie nutzte den Weg, um bei Ndrema vorbeizuschauen. Seit Amelies Abreise nach Tanga hatte Wilkening sich um die Operierte gekümmert. Klein und verhärmt saß sie in dem winzigen Krankenzimmer auf einer Matte aus geflochtenen Blättern, den Kopf kahl geschoren wie eine Büßerin.

Ndrema löste das verschlissene Tuch um ihren Leib. Die vom Tumor überweit gedehnte Haut hing faltig, der Leib darunter war eingefallen.

«Ich bekomme keine Kinder mehr. Du hast mich getötet.»

Schon oft hatte Amelie Patienten so sprechen hören. Wo ihr die Patienten der Charité nach einer solchen Operation gedankt hätten und froh gewesen waren für die Chance, ihr Leben noch einmal beginnen zu dürfen, sprachen Afrikaner wie Ndrema vom Tod. Für sie zählte nicht das Leben, das nun folgte, sondern die Vergangenheit. Die Zeit, in der sie gesund gewesen waren. Der Schritt dazwischen, die Krankheit, war wie ausgelöscht. Es machte wenig Sinn, in solch einem Moment zu widersprechen.

Amelie besah sich die bestens verheilte Operationsnarbe. Während der Operation hatte Amelie zahlreiche Bauchmuskeln durchtrennen müssen; körperlich anstrengende Arbeiten waren Ndrema nicht mehr zuzumuten. Doch sie konnte im Krankenhaus den Boden fegen, darauf achten, dass keine Tiere hineinliefen oder mit offenem Feuer gekocht wurde. Amelie erklärte Ndrema genau, was sie zu tun hatte.

«Ich bin schwach. Wie kann ich noch arbeiten?»

Darum ging es Amelie nicht. Die junge Frau brauchte wieder eine Aufgabe und sei sie auch noch so anspruchslos. Das konnte sie Ndrema nicht erklären.

«Dein Sohn kann dir helfen, er ist gesund und stark. Heute Abend fängst du an.»

Es war der Ton einer Herrin. Hatte sie Hermine nicht genau dazu geraten, als ihre Freundin am Eigensinn ihrer schwarzen «Perle» verzweifelt war? Sich selbst so sprechen zu hören, klang immer wieder hart, gestand sich Amelie ein.

Draußen fand sie Ndremas Sohn. Der Junge, der mangelernährt und von Würmern befallen gewesen war, hatte sich erstaunlich rasch erholt, wenngleich er für sein Alter viel zu zart war. Sie erklärte ihm, wie er seiner Mutter zu helfen habe.

«Du schickst uns nicht wieder zurück zu *bwana kassilika*?», fragte der Zwölfjährige.

Amelie musste unwillkürlich lächeln. *Bwana kassilika* – das war nun wirklich mal ein origineller Name für den rothaarigen Farmer Sossenen, der wohl ein arger Choleriker war: Herr Ärgerlich!

Sie konnte sich immer wieder darüber amüsieren, mit welch treffenden Namen Einheimische weiße Mitmenschen versahen. Beleidigend war das nie gemeint: Die deutschen Namen waren nicht nur zu kompliziert auszusprechen – sie charakterisierten die Träger nicht. So war Amelie bereits die *bibi dactari* gewesen, lange bevor sie selbst wusste, dass sie Ärztin werden wollte. Die Afrikaner fanden es einfach bemerkenswert, dass ein so junges Mädchen ständig im Krankenhaus des *baba dactari* zugange war.

«Du und deine Mama, ihr müsst nicht zurück zu Herrn Sossenen», sagte Amelie. «Ihr dürft hier bleiben.»

«Das ist gut», erwiderte der Junge ernsthaft. «Dann stirbt Mama hier.»

«Deine Mutter ist viel zu jung, um zu sterben», protestierte Amelie. «Sei ein guter Sohn und hilf ihr zu leben.» Sie beauftragte den Jungen, den Behälter mit dem Impfstoff zum Behandlungsraum zu tragen und stellte den Knaben kurzerhand David zur Seite. Sie erklärte Damassos Sohn, was sie mit Ndrema besprochen hatte und bat ihn, sich für die beiden verantwortlich zu fühlen.

Dann begannen sie mit der Impfung. Der alte Urwalddoktor entblößte seinen sehnigen weißen Oberarm und wartete darauf, dass Amelie mit dem kleinen Messer die Haut an seinem Oberarm einritzte und ein wenig Kälberlymphe in die winzige Wunde hinein strich. Die Menschen scharten sich aufgeregt um die beiden Weißen. Auch Badili und David reckten die Hälse; die metallische Lanzette wirkte nicht gerade Vertrauen erweckend auf sie.

Für Amelie war dies die erste Probe, der sie ihre linke Hand unterzog. Hatte sie genug Fingerspitzengefühl?

Wilkening beäugte seinen Oberarm aufmerksam und Amelie fand es seltsam, den alten Mann zu behandeln. Es erschien ihr wie die Verkörperung des Wandels.

Als kurz darauf alles vorbei war, herrschte Schweigen unter den Zuschauern. Sie beobachteten, wie Wilkening sich wieder ankleidete. Es war gespenstisch still, obwohl so viele Menschen anwesend waren.

«Was hat das zu bedeuten?», fragte Amelie. «Habe ich etwas falsch gemacht?»

«Keine Ahnung», antwortete Wilkening. «Na, ich mache mal ein paar Faxen, dann sehen sie, dass es mir gut geht», sagte Wilkening. Der alte Arzt hob die Arme, drehte und wendete sich. «Seht her», sagte er auf Kisuaheli, «mir geht es gut.»

«Die weiße *bibi*, die den Biss der *mamba* überlebte, soll mir *daua* geben!», rief nun jemand.

«*Bibi mamba,* gib mir von deiner *daua*!»

Und nun begann das Gedränge, alle wollten sie jetzt die *daua*, die Medizin der Weißen. Nackte Schultern wurden Amelie hingehalten, jetzt wollte jeder der Erste sein.

Amelie erkundigte sich bei Wilkening, ob es inzwischen weitere Pockenfälle gegeben hatte. Und er erzählte, dass nur einige Wanderarbeiter mit Anfangssymptomen aufgetaucht waren. Er hatte sie alle im alten Krankenhaus isoliert.

«Sie stammen alle aus den Bergen. Also müssen wir dort impfen. Es wäre fatal, wenn dort eine Epidemie ausbräche», meinte Wilkening. «Aber genau das ist Problem. Ebenso wenig wie ich es damals geschafft habe, eine Impfaktion in den Bergen durchzuführen, wirst du es schaffen», sagte er. «Es fehlt einfach die Zeit.»

Amelie erzählte von Dr. Heims Angebot, die deutsche Krankenschwester Martha zu schicken, und bat ihn, Heim aufzusuchen, sobald er in Tanga war. Plötzlich erinnerte sie sich, was es gewesen war, das sie Hanns unbedingt hatte erzählen wollen: Dernburg!

«Stell dir vor, *baba,*» sprudelte Amelie hervor, die Euphorie jenes Moments am Strand in Erinnerung, «die ganze Delegation wird bald auf Salama zu Gast sein!»

«Wie meinst du das?», fragte Wilkening trocken.

Sie erfasste seine Stimmung nicht, sprach von der großen Ehre, die Hanns' Arbeit zuteil wurde. Die Erwiderung des eigenbrötlerischen Urwaldarztes ernüchterte sie.

«Du scheinst von Charlotte mehr gelernt zu haben, als du ahnst.»

Amelie hielt inne. «Wie meinst du das?»

«Als ihr noch in Charlottenburg lebtet, war ich einmal zu Gast im Salon deiner Mutter. Sie hatte *tout* Berlin eingeladen. Nein, mein Kind, das war damals schon nichts für mich.»

«Du musst bleiben, *baba*, bis die Delegation kommt! Ich bin doch nur deine Schülerin. Ohne dein Vorbild gäbe es dieses Krankenhaus nicht. Ich käme mir schäbig vor, mich mit deinem Verdienst zu schmücken.»

Wilkening lächelte müde. Er erwiderte nichts.

Wenige Tage später kam der Moment, vor dem es Amelie gegraut hatte: *Baba* Wilkening trank den letzten Schluck Rotwein und stellte das leere Glas auf den Esstisch im Salon.

«Tut mir einen letzten Gefallen», sagte er zu Amelie und Hanns. «Begleitet mich morgen nicht zur Eisenbahn, kommt nicht, um Auf Wiedersehen zu sagen. Ich glaube, dass ich das nicht aushalten würde. Geht eurer Arbeit morgen nach wie immer.» Er sah, dass Amelie etwas sagen wollte und kam ihr zuvor: «Und fragt mich nicht, ob ich bleiben will. Ihr kennt die Antwort.»

Nach einer tränenfeuchten Umarmung auf der Veranda entschwand der Urwaldarzt in die Nacht. Hanns reichte seiner Schwester eine Decke. Sie hüllte sich hinein und beobachtete, wie er sich eine Pfeife anzündete. Die beiden Hunde lagen zu ihren Füßen.

«Ich glaube, ich habe *baba* den Abschied von Salama erleichtert», sagte Amelie nachdenklich.

«Unsinn, Melli! Er will deiner Entwicklung nicht im Wege stehen.»

«Hanns, ich muss dir etwas erzählen», sagte sie und berichtete von der Einladung an Dernburg.

Hanns schwieg eine Weile, das Glimmen des Tabaks in seiner Pfeife erleuchtete seine Züge.

«Du scheinst wenig erbaut über mein Vorpreschen», sagte Amelie vorsichtig.

«Im Grunde ist das durchaus eine gute Idee», räumte der Pflanzer ein. «Gerade jetzt, wo die anderen so viel dummes Zeug über Sara, Lottchen und mich erzählen. Aber so viele offizielle Menschen ... hier ... Bevor die Regierungsfritzen kommen, müssen wir die Farm in Schuss bringen. Aber ohne Damasso ...»

«Es wird ja erst in ein paar Wochen so weit sein», beruhigte sie ihn. Und sich selbst.

Noch etwas anderes lag ihr auf dem Gemüt: Hanns sollte endlich ins Farmhaus zurückziehen. Wegen der räumlichen Trennung sahen sich die Geschwister oftmals mehrere Tage lang nicht; Amelie kümmerte sich um das Krankenhaus, Hanns um die Pflanzungen und kehrte anschließend zu Frau und Kind heim.

«Hanns, ich fühle mich einsam in diesem großen Haus. Vater ist jetzt seit fast einer Woche fort ...»

Er verstand ihre bewusst sanfte Anspielung: «Ich habe bereits mit Sara gesprochen, Melli. Sie will nicht. Sie sagt, dies ist das Haus der Weißen.»

«Und was hast du geantwortet?», fragte Amelie und spürte eine leichte Ungeduld.

Er stand ruckartig auf. «Ich kann sie doch nicht zwingen, Melli! In dem alten Häuschen bekommt sie Besuch von ihren Freundinnen. Sie sorgt sich, dass die sie meiden, wenn sie das Leben einer Weißen führt.» Er legte ihr die Hand auf die Schulter. «Habe Geduld mit Sara.»

«Und wenn ich noch so viel Geduld habe, wird Sara dennoch keine Weiße.» Amelie erschrak über ihre eigenen Worte. Sie hatte gesagt, was niemals hätte ausgesprochen werden dürfen. Sie griff nach der Hand ihres Bruders, doch er zog sie fort. «Es tut mir leid, Hanns! So war das nicht gemeint. Vergib mir.»

«Was soll ich dir verzeihen? Es ist ja im Grunde wahr, was du sagst.»

Er verabschiedete sich mit einem Gutenachtkuss auf ihre Wange und verschwand mit Juno in der finsteren Nacht.

Für einen Moment dachte Amelie, dass sich wahrscheinlich an Saras Einstellung nichts ändern würde, wenn Damasso fort wäre. Folglich könnte er ebenso gut bleiben. Aber sie verwarf diesen Gedanken. Sara brauchte eine Chance, um sich weiterentwickeln zu können. Dafür mussten alle anderen Geduld aufbringen.

Doch gerade Geduld, gestand sich Amelie, war nicht ihre Stärke.

Der Morgen war kühl und neblig. Die Arbeiter, mit ihren Hacken auf dem Weg zu den Plantagen, sangen Lieder voll einfacher Weisheit. Meistens handelten sie von der Schwere der Arbeit und der Liebe einer Frau. Doch seit einigen Tagen ging es um die *bibi mamba*, deren Haar so hell wie der Mond leuchtete und deren Kraft so stark wie die des Python sei.

Bei den Ställen wartete der *boy* bereits mit dem gesattelten Kivuli. Amelie nutzte den edlen Wallach, um die langen Wege auf der weitläufigen Farm zurückzulegen. Seitdem Wilkening fort war, begann ihr Tag im alten Buschkrankenhaus. Dort befanden sich immer noch zwei Kranke. Aus den Bergen hörte man, dass bereits einige Wadschagga an den Pocken gestorben waren. Auf Salama hingegen waren keine weiteren Infizierten eingetroffen.

Die Hütte ihres Bruders lag auf dem Weg zum alten Krankenhaus. Als Amelie die Stimme ihres Bruders hörte, hielt sie Kivuli an.

«Ich werde zum Abendessen pünktlich sein», sagte Hanns gerade auf Deutsch als Abschiedsgruß.

«*Mdachi wangu!*», rief Sara zurück und klapperte mit Töpfen.

In den zwei Worten – *mein Deutscher* – schwang kein Vorwurf, es war eine Feststellung, in der jedoch ein vertrauter Ton lag. So, wie Amelie Gustav gelegentlich ihren Soldaten nannte. Dennoch war es ein in Amelies Ohren bemerkenswerter Halbsatz, der ihr bewusst machte, dass sie im Grunde nichts über Saras und Hanns' Verhältnis wusste. Nach welchen Regeln lebten die beiden – nach deutschen oder afrikanischen? War es ein ständiges Ringen um einen Kompromiss? Wer gab mehr von seiner Kultur auf?

Amelie befestigte Kivulis Zügel am Zaum und betrat, wie es in den Bergen Sitte war, die Hütte ohne anzuklopfen. Mitten im Raum lag ein Sattel, auf dessen Leder Lotte gerade mit einem getrockneten Kürbis schlug – es klang wie eine Mischung aus einer Trommel und einer Rassel. In ihr Spiel vertieft, bemerkte sie ihre Tante nicht. Amelie beobachtete, wie das Mädchen die Rassel achtlos fallen ließ und Anstalten machte, den Sattel zu erklimmen. Als sie bäuchlings darauf lag, zog ihr Köpfchen sie nach unten. Impulsiv wollte Amelie ihr helfen, stellte jedoch fest, dass die Kleine den Sturz klaglos hinnahm. Nun probierte sie es unverdrossen von der anderen Seite aus.

«Trink mit mir einen Tee», sagte Sara, nachdem sie ihre Schwägerin begrüßt hatte. Der Tee, in einer Ecke am Boden des Raums serviert, war nach Art der Massai sehr stark und mit Ziegenmilch gekocht. Sara häufte einige Löffel Zucker hinein. Nachdem die beiden Frauen eine Weile über Lotte gesprochen hatten, rückte Amelie mit dem Grund ihres Besuchs heraus.

«Ich ziehe in dein Haus», erwiderte Sara ohne weiteren Widerstand. «Ich tue es heute.»

Amelie umarmte ihre Schwägerin, spürte jedoch Saras Reserviertheit. Kurz darauf verabschiedete sie sich und versprach, *boys* zu schicken, die Sara helfen sollten. Doch Sara lehnte ohne Begründung ab.

Als Amelie am Abend aus der Buschklinik heimkehrte, lag

der Sattel mitten im Salon, die Rassel daneben. Der Esstisch war jedoch nur für zwei Personen gedeckt. Hanns kam kurze Zeit später.

«Siehst du, Melli, Sara hat eingelenkt», sagte er mit triumphierendem Grinsen.

«Aber sie isst nicht mit uns.»

«Dann müsste Suahibu sie doch bedienen. Das lässt sie nicht zu; das verstößt gegen den Respekt vor den Älteren.»

Tatsächlich bediente die Ehefrau Sara ihren Mann und ihre Schwägerin so, wie sie es schon zu den Zeiten getan hatte, als sie noch nicht verheiratet gewesen waren. Dann zog sie sich zurück, und Amelie hörte sie und Suahibu mit der kleinen Lotte in der Küche. Sie aßen dort. Am nächsten Morgen sah Amelie, dass Sara ihre Mutter bediente. Suahibu wurde wieder zur Köchin, die sich außerhalb der Küche kaum mehr blicken ließ. Die alte Ordnung war wiederhergestellt. Als Amelie mittags mit Kopfschmerzen heimkehrte, bemerkte sie einige Frauen, die sich durch die Hoftür entfernten. Es wirkte auf Amelie, als stählen sie sich davon. Doch Amelie sprach ihre Schwägerin nicht auf die Besucherinnen an; sie wollte nicht den Eindruck erwecken, Sara zu kontrollieren.

In solchen Momenten dachte sie an ihren Vater, der sich so abfällig über Sara geäußert hatte. Sie ertappte sich bei dem Gedanken, dass er vielleicht doch recht gehabt hatte. Doch dann rief sie sich ihre Zeit als Kind in Erinnerung – und wie schwer es war, den Erwartungen ihrer Ziehmutter gerecht zu werden.

Lotte lenkte sie ab. Je mehr Zeit sie mit ihr verbrachte, desto mehr wuchs in ihr der Wunsch nach einem Kind.

Anfangs ordnete sie ihrem Kind noch kein Geschlecht zu und keinen Namen. Doch wenn Lotte in Amelies weichen blonden Locken wühlte, daran zog und laut lachte, wenn Amelie Lottes festes Haar zu kleinen Zöpfen flocht und mit bunten Bändchen schmückte und die Kleine dabei ganz still auf Amelies Schoß saß, dann wusste Amelie, dass sie sich schon immer ein Mädchen gewünscht hatte. Wenn sie nachts vor dem Einschlafen an Gustav dachte, dann begann sie manchmal zu rechnen. Im Oktober würde Lottchen ein Jahr alt werden. Und sie fragte sich, wann Kinder ihresgleichen bewusst wahrnahmen, mit zwei oder drei Jahren bestimmt. Dann wäre der Zeitpunkt eigentlich bald gekommen, um Lottchen eine Cousine ... Dann suchten ihre Gedanken Gustav, der irgendwo da draußen in Afrika war. Und dessen versprochene Briefe nicht eintrafen.

Am nächsten Mittag brachte ein Junge die Nachricht ins Krankenhaus, dass ein *bwana mkubwa* und seine *bibi* beim Haus eingetroffen wären. Während Amelie sich auf den Weg machte, fragte sie sich, welcher *große Herr* mit Frau gekommen sein mochte; Amelie hatte Boten zu allen Nachbarn geschickt, um sie über ihre Impfaktion zu informieren. Jago nahm ihr die Sorge, Sossenen könnte erschienen sein, als er mit für sein Alter freudigen Sprüngen auf das Haus zulief.

«Mama, da ist Jago!», rief Hermines Tochter Maria schon.

Sara hatte den Hauptmann und seine Frau bereits auf der Veranda mit Zitronenlimonade und die Kinder mit frischer Ziegenmilch bewirtet.

«Jroßer Jott, Frau Doktor, na, da staunt unsereiner Bauklötzer! Wie Se da wohnen, det is 'ne Wucht», begrüßte Hermine ihre Gastgeberin.

«Mein Vater wollte, dass sich meine Mutter hier wohl fühlt. Darum hat er an nichts gespart», sagte Amelie.

«Ich hörte schon, der Herr Professor ist gar nicht anwesend.» Hauptmann Wohlgeburt klang leicht enttäuscht. «Ein Afrikaner der ersten Stunde wäre gewiss ein interessanter Gesprächspartner.»

«Hanns wird genügend alte Geschichten zu berichten wissen.»

Doch dazu kam es erst, als Hanns am Abend heimkehrte. Während die Männer im Salon Whisky tranken, zogen die beiden Frauen sich auf die Veranda zurück. Amelie brannte darauf zu erfahren, wie es den Neusiedlern erging. Hermine berichtete, dass ihr Mann inzwischen zahlreiche Ochsen angeschafft hatte, die bereits die ersten Baumriesen ins Tal geschleppt hatten.

«Hermann is janz begeistert. Det Holz is wertvoll, ham se ihm jesagt. Is 'ne Zeder, die wir da zu wachsen haben. Det wird direkt nach Deutschland jeschippert. Hermann sagt, in'n paar Jahren ham wa die Hänge leer. Is wie Kirschen pflücken.» Sie lachte unbekümmert und nippte am Weißwein. «Na ja, 'n bisken sehr jefährlich is et ooch. 'n paar von die Arbeiter ham so'n Ding schon vor'n Kopp jekricht.» Sie verdrehte die Augen. «Kenn' Se det, Frau Doktor? Schauri nennen die Schwarzen det. Da wird tagelang jefeilscht, wat so'n Menschenleben wert is. Und ick sag Ihnen wat: Billich is det nich. Also, ick halt mir da ja raus, aber mein Hermann, der is janz jroßzügig, wenn et ans Verhandeln jeht.» Hermine beugte sich vertraut zu Amelie vor. «Denken Se nur, Frau Doktor: Unsere Perle, die fesche Asali, die hat meinem Hermann doch jlatt den Hof jemacht! Vor meene Augen. Als ob ick mit Blindheit jeschlagen wär'! Na, für die war aber am Ersten der Letzte! Wie is 'n det mit Ihrem Herrn Bruder, war da nich so 'ne Jeschichte ...?»

«Hanns hat Sara inzwischen geheiratet», sagte Amelie unkompliziert.

«Is det ooch 'ne Schwarze?» Auf Amelies Bestätigung hin legte Hermine die Stirn in Falten. «Is nich so einfach mit die Leute, wa? Is man zu freundlich, denken se, man wär 'n bisken demlich. Is man et nich, jehn die stiften. Ach, ick sag' immer zu Hermann: Da muss eener her, vor den die Respekt ham.» Plötzlich hielt Hermine inne: «Quatsch' ick zu ville, Frau Doktor? Hermann sagt, ick hab' manchmal 'nen Wortdurchfall!» Sie lachte verschämt.

«Nee, Hermine, das tut gut, mal wieder jemanden reden zu hören, wie ihm der Schnabel gewachsen ist.»

Amelie genoss es, endlich mal wieder den vertrauten Berliner Tonfall zu hören. Sie war froh, dass Hermine und Hermann so schnell gekommen waren. Eine Pockenimpfung brauchten sie allerdings nicht: Der einstige Hauptmann Wohlgeburt hatte sie bei der Schutztruppe bekommen und die anderen drei vor ihrer Abreise nach Afrika – dennoch würde die Familie ein paar Tage auf Salama bleiben. Außerdem sollten sie ja Damasso kennenlernen ...

Am nächsten Tag rief Amelie den Vorarbeiter zum Farmhaus, um die Familie Wohlgeburt mit ihm bekannt zu machen. Groß und gebeugt stand der Afrikaner vor dem deutschen Ehepaar, reichte die Hand, sagte Guten Tag und schwieg ansonsten.

«Ich zahle Ihnen einen guten Lohn», versprach Hauptmann Wohlgeburt. «Sie bekommen ein eigenes Haus, und ich gebe Ihnen freie Hand. Sie können so arbeiten, wie Sie es auf Salama gewohnt sind.»

«Gut, *bwana mkubwa.*»

«Haben Sie Fragen zu unserer Farm?»

«Nein, *bwana mkubwa.*»

Hermann Wohlgeburt strahlte. «Dann ist ja alles bestens. Sie fahren mit uns mit, wenn wir in ein paar Tagen aufbrechen?»

«Ja, *bwana mkubwa.*»

Der Hauptmann wandte sich an Amelie, als stünde Damasso nicht direkt daneben: «Was ist mit seiner Familie?»

«Seine Frau wird Damasso begleiten.»

Damasso knetete seinen Hut. «Darf ich wieder an meine Arbeit, *bibi* Amelie?»

«Ja, natürlich.»

Damasso verbeugte sich und ging mit hängenden Schultern davon.

«Du brauchst diesen Mann!» Amelie hörte *baba* Wilkenings mahnende Worte, hatte ein ungutes Gefühl und redete sich im selben Moment ein, dass Damassos Fortgang unerlässlich war.

«Ein guter Mann», sagte Herr Wohlgeburt.

«Und so bescheiden», meinte Hermine. «Ick jloobe, der wird's jut ham bei uns uffe Farm.»

«Sie trennen sich nicht gern von Ihrem Vorarbeiter», sagte Wohlgeburt, als könnte er Amelies Gedanken lesen. Über den Grund der Trennung hatte Hanns ihn ins Bild gesetzt.

Im Laufe der nächsten Tage fand Amelie keine Zeit mehr, über Damasso und Suahibu nachzudenken. Krankenschwester Martha traf aus Tanga ein; Dr. Heim hatte sie abgestellt, um die Impfaktion in den Usambarabergen durchzuführen. Die Deutsche wurde von einigen einheimischen Hilfskräften begleitet. Mit leuchtenden Augen ließ sie sich von Amelie das neue Krankenhaus zeigen.

«Wenn ich das mit dem Negerspital in Tanga vergleiche, da wächst mein Respekt vor Ihnen, Frau Doktor. Und sogar ein Operationsraum! Hier kann man den Eingeborenen wirklich helfen», sagte die junge Frau euphorisch. Spontan nahm sie Amelie in die Arme, erschrak jedoch über ihre Kühnheit: «Verzeihen Sie, aber ich bin Ihnen so dankbar, dass Sie mich bei Doktor Heim angefordert haben. Endlich darf ich ins richtige Afrika eintauchen! Dafür bin ich doch hier.»

Martha blieb einen Tag und assistierte Amelie mit großer Geschicklichkeit. Am Abend gestand sie: «Ich würde alles stehen und liegen lassen, wenn ich hier einmal länger arbeiten dürfte.»

«Ja, warum nicht ...», erwiderte Amelie. Vielleicht war das sogar eine gute Idee: Einfach ein paar Tage mit Gustav ausspannen, ohne Verpflichtungen. An mehr dachte Amelie in diesem Moment nicht.

Kaum war Schwester Martha voller Enthusiasmus in die Berge aufgebrochen, lieferte ein Bote einen Brief von Gustav ab. Amelie erhielt ihn erst am Abend und ärgerte sich, dass man den Mann nicht zu ihr geschickt hatte. Sie hätte ihn fragen können, ob es Gustav gut ginge. Gustav schrieb ausgerechnet aus Tabora, das mit so vielen Erinnerungen verbunden war.

Gleich der erste Satz enthielt die wichtigste Botschaft: *In drei Wochen bin ich bei dir, Melli!* Amelie las weiter. Gustav schien von Dernburg begeistert zu sein, aus jedem seiner Sätze ging hervor, dass der Staatssekretär ein unternehmungslustiger, wissbegieriger Mensch war. Seine Reisegefährten waren allerdings von seinem Entdeckergeist überfordert, weshalb Dernburg die Reise abkürzen musste: *Der Herr Staatssekretär hat heute entschieden, dass wir nicht mehr gen Süden weiterreisen, sondern nach Norden umkehren und uns in Muansa auf dem Victoriasee einschiffen, um mit der Eisenbahn nach Mombasa zu fahren. Von Tanga aus werden wir dann nach Salama kommen. Richtet euch bitte auf eine größere Reisegesellschaft ein. Ich denke, es werden etwa zwanzig Deutsche anreisen. Unter anderem auch Herren der deutschen Presse. Dernburg hat übrigens den Wunsch geäußert, eine große Tanzveranstaltung zu erleben, eine* ngoma. *Ich habe ihm leichtsinnigerweise versprochen, dass du und Hanns das organisieren könnten.*

Ein Blick auf den Kalender ließ Amelie in leichte Panik ausbrechen: Der Brief hatte so lange gebraucht, dass nur noch zwei Wochen verblieben, um alles vorzubereiten! Mit Gustavs Brief in der Hand eilte sie in den Salon, wo sich Hanns mit den beiden Wohlgeburts zum Abendessen niedergelassen hatte.

«Gustav kommt in zwei Wochen!», rief sie glücklich. Schwungvoll setzte sie sich an den Tisch. «Hermine, Hermann, Sie müssen unbedingt bleiben! Gustav bringt Staatssekretär Dernburg mit seinem ganzen Gefolge mit.»

«Mir bleibt die Spucke wech», sagte Hermine. «Ein echter Staatssekretär – hier inne Berge?»

«Donnerwetter», meinte Hauptmann Wohlgeburt anerkennend. «Welch eine Ehre für Sie beide, für Salama!»

«Gustav schreibt, der Staatssekretär wünscht sich eine *ngoma*. Die Arbeiter werden ihre traditionellen Trachten tragen, ihre alten Lieder singen, ihre Tänze aufführen. Es wird wundervoll!»

Amelie sah das farbenfrohe Fest plastisch vor sich. Es wurde nur zu wirklich besonderen Anlässen gefeiert, zuletzt, als sie im Vorjahr aus Europa zurückgekehrt war.

«Eine *ngoma* – in zwei Wochen? Das ist sehr wenig Zeit, Melli.» Hanns machte ein säuerliches Gesicht.

Natürlich, es war ein großer Aufwand: Die vielen hundert Feiernden mussten mit Unmengen von Frischfleisch und frisch gebrautem Hirsebier, der *pombe*, versorgt werden. Doch es erschien Amelie keinesfalls unmöglich, das innerhalb von vierzehn Tagen zu organisieren.

«Damasso wird dir helfen. Für ihn wird das gleichzeitig ein großes Fest zu seinem Abschied sein», sagte Amelie leichthin.

Hanns erwiderte nichts. Doch Amelie sah ihm an, dass ihn etwas bedrückte. In Anwesenheit ihrer Besucher schien er nicht darüber sprechen zu wollen. Nach dem Essen nahm er sie wortlos bei der Hand und ging mit ihr auf die Veranda.

«Ich glaube, du solltest dich setzen, Melli», sagte Hanns. «Sara hat mir vorhin gesagt, dass ihr Vater im Sterben liegt.»

«Damasso? O Gott! Warum hast du das nicht früher gesagt? Was ist mit ihm?» Sie sprang auf. «Ich gehe sofort zu ihm!»

Hanns hielt sie zurück. «Sara sagt, dass Suahibu einen *mganga* holt. Wir sollen erst morgen kommen.»

Amelie glitt in den Bambusrohrsessel. Suahibu hatte einen Heiler gerufen, anstatt ihre *bibi dactari* um Hilfe zu bitten! Amelie konnte sich nicht erklären, warum ausgerechnet ihre *mamma* sie überging, wenn Damassos Leben in Gefahr war. Der wichtige Besuch des Staatssekretärs und sein ausgefallener Wunsch waren plötzlich unwichtig geworden.

11.

Nicht einmal als Kind hatte Amelie die Hütte von Damasso betreten, obwohl sie nur einige hundert Meter vom alten Farmhaus entfernt war. Allerdings war sie von dort aus nicht zu sehen, lag verborgen zwischen Bananenstauden, Maispflanzungen und wild wuchernden Büschen. Ringsum standen Lehmhütten, über deren Bewohner Amelie nichts wusste, von denen sie jedoch vermutete, dass sie zu Damassos Sippe gehörten. Das Land, auf dem die Hütten standen, gehörte Amelies Familie, für die Nutzung mussten die Bewohner nichts zahlen. So zogen sie nicht weiter, fühlten sich zur Farm gehörig, betrachteten Salama als ihr Zuhause. So wie Damasso.

Über den Hütten lag der würzige Geruch von Holzfeuer, Schwaden dichten Morgennebels hingen in den Stauden und Büschen. Mit Bambusstöcken vertrieben Kinder ein Rudel Paviane, die auf der Suche nach Essbarem waren. Die Geschwister stiegen von ihren Pferden und wurden sofort von Kindern umringt. Zwei von ihnen waren alt genug, um auf die Pferde aufzupassen.

«*Bwana mkubwa! Bibi mamba!*», riefen die Kinder.

Männer kamen neugierig aus ihren Hütten. Darunter auch viele kräftige Männer, die an diesem Morgen längst auf den Plantagen hätten arbeiten sollen. Dass sie jetzt zuhause waren, hieß nichts Gutes. Hanns, der *bwana mkubwa*, nahm sich Zeit, begrüßte viele mit Namen, da er ihnen bereits seit Jahren an jedem Monatsende ihren Lohn auszahlte. Amelie sah ihm seine Anspannung an.

Vor Damassos Hütte saß ein Alter an einem schwelenden

Feuer. Der Mann war in einen braunen Umhang gekleidet, sein hagerer Schädel war rasiert, auf den Wangen trug er Hautritzungen. Ob er zum Schlangenbund gehörte, war jedoch nicht auszumachen; es konnten auch Stammeszeichen sein. Um sich herum hatte er die Utensilien eines Medizinmannes verteilt. Kalebassen mit vielen Kräutern und zerstampften Zutaten unbekannter Herkunft, auch einen Affenschädel entdeckte Amelie darunter und Knochen. Offensichtlich hatte bereits ein Hahn sein Leben lassen müssen, wovon die weißen Federn und das Blut auf einem Opferstein kündeten.

Amelie hatte keinen Zweifel, dass der Weg zu Damasso nur über diesen *mganga* führte. Den gewissermaßen zuständigen Arzt. Auch Hanns spürte es, schweigend verharrte er.

Mit würdevoller Handbewegung lud der Heiler die beiden Weißen ein, sich zu ihm zu setzen. Amelie stellte ihre schwere Arzttasche ab, die sie aus dem Spital mitgebracht hatte. Sie konnte nur hoffen, dass der *mganga* ihr erlauben würde, Damasso zu untersuchen.

«Mein Bruder Damasso stirbt», sagte der *mganga* auf Kisuaheli.

Während er sprach, kaute er auf etwas herum. Es mochte Tabak sein oder Khat, junge grüne Blätter, deren Genuss hochrangigen Alten vorbehalten und deren berauschende Wirkung geschätzt wurde. Auf seinen Knien lag quer ein langer, dünner verwitterter Stock, der von vielen Wanderungen kündete.

Der *mganga* wirkte auf Amelie wie ein Wächter, der darüber entschied, ob Damasso weiterleben durfte oder nicht. Wenn er Damasso tatsächlich helfen wollte, warum hockte er dann hier draußen?

«Die Weißen müssen ein Opfer bringen», sagte der Medizinmann.

Ebenso wie Hanns kannte Amelie dieses Palaver aus unzähligen Verhandlungen. Manchmal ging es dabei um Dinge, die den Weißen nebensächlich erschienen, oft aber auch um Schicksalsfragen. Der *bwana mkubwa* hatte zuzuhören und einen Kompromiss zu finden.

Konnte man denn über Damassos Leben verhandeln? War das Ziel des Palavers ein ganz anderes?

Wenn hier oben auf dem Berg ein Mensch durch das Verschulden eines anderen starb, musste der Verursacher dafür bezahlen. Mit Geld oder Vieh. Konnte es sein, dass Suahibu schon jetzt Wiedergutmachung für Damassos Tod verlangte? Kaum erwogen, verwarf Amelie diese These. Das sah der *mamma* nicht ähnlich.

Nach langem Hin und Her verlangte der *mganga* einen Ziegenbock. Einen ungewöhnlichen.

«Hole einen gelben Ziegenbock.»

«Gelb?», fragte Hanns verblüfft. «Ich habe keine gelben Ziegen.» Er wirkte hilflos.

Auf Salama wurde ausschließlich eine braun-weiße Rasse gehalten, die wegen ihres Fleischs geschätzt wurde.

Amelie beugte sich zu ihrem Bruder: «Kennst du nicht jemanden, der eine gelbe Ziege hat? Es scheint ja wichtig zu sein.»

Allerdings ist Damassos Leben weit mehr wert als eine ungewöhnliche Ziege, überlegte sie.

«Das ist eine asiatische Rasse, die irgendein Brite eingeführt hat, der vorher im Himalaja gelebt hat. Ich kenne den Mann nur vom Hörensagen. Es dauert gewiss Tage, um zu ihm zu gelangen. Wer weiß, ob Damasso bis dahin noch lebt! Und selbst wenn: Bekommt Damasso von einer Ziege neuen Lebensmut? Da muss man von der Kraft der Magie schon sehr überzeugt sein, um das anzunehmen.»

«Wir sind eben keine Afrikaner.»

Der *mganga* hatte den raschen Wortwechsel der beiden Geschwister mit wachem Interesse verfolgt. Amelie vermutete jedoch, dass er kein Deutsch verstand.

«Ich gebe dir fünf weiße Ziegen», schlug Hanns vor und steigerte mit jeder Weigerung rasch auf zehn.

Der *mganga* beharrte auf einem gelben Tier.

«Das ist doch eine absurde Situation!» Amelie schlug die Hände vors Gesicht. «Da drin stirbt möglicherweise Damasso, und wir reden über Ziegen.»

Plötzlich deutete der *mganga* auf den Schlangenring an ihrer linken Hand.

«Ein mächtiger Zauber liegt auf diesem Ring?», fragte er.

Dass der *mganga* sie plötzlich ins Gespräch einbezog, verwirrte Amelie für einen Moment. Dann sagte sie: «Der Mann, der ihn mir gab, hat große Macht.»

Nach einigem Nachdenken erwiderte der Alte: «Dann liegt große Macht auch auf dir.» Er deutete mit dem Finger auf Hanns. «Ist das der Mann?»

«Nein. Doch auch er hat große Macht. Du bist hier auf seinem Land zu Gast. Und er möchte Damasso sehen. Dann reden wir weiter über die gelbe Ziege.»

«Geht hinein», sagte der *mganga* zu Amelies Überraschung ohne Umschweife.

In der Hütte war es dunkel, der beißende Rauch offenen Feuers brannte in den Augen. Suahibu saß auf einem Schemel neben dem Bett ihres Mannes, starr vor sich hinblickend. Damasso lag auf einer *kitanda*, einem mit Seilen bespannten Bettgestell. Amelie wusste nicht, wie alt der Vorarbeiter war, das war nie ein Thema gewesen. Sie hatte mal errechnet, dass er etwa Anfang vierzig sein musste. Womit er hier schon fast als alter Mann galt. Vielleicht hätten noch fünf gute Arbeitsjahre vor ihm gelegen. Doch jetzt wirkte er steinalt, grau und apathisch. Und sehr krank. Man musste keine Ärztin sein, um zu erkennen, dass es schlecht um ihn stand.

Es tat Amelie körperlich weh, ihn so zu sehen. Sie kämpfte mit den Tränen. Nichts wünschte sie sich in diesem Moment mehr, als die Zeit zurückdrehen zu können. Sie schämte sich, dass sie ihn hatte vertreiben wollen. Salama war seine Heimat. Dass Hermines Farm nur einen halben Tagesritt entfernt war, das konnte nur einem Weißen, der drei Wochenreisen von Europa entfernt lebte, als nah erscheinen.

Es war zu spät für diese Erkenntnis.

Mit vielen freundlichen Worten erkundigte sich Amelie nach dem Wohlbefinden des Kranken, doch mehr als die Auskunft, dass er nun sterben werde, erfuhr sie nicht. Amelie fragte, ob sie ihn untersuchen dürfte, und Damasso ließ es zu.

Die Geschwister zogen sich anschließend in das hinter der Hütte gelegene Kochhäuschen zurück, um sich ungestört zu beraten. Doch als sie allein waren, starrte Amelie wortlos auf die verrußten Töpfe und wusste nichts zu sagen. Sie fühlte sich schuldig.

Endlich machte Hanns einen Anlauf: «Damasso sieht ja wirklich furchtbar aus.» Er war sichtlich erschüttert. «Was meinst du als Ärztin?»

Sie riss sich zusammen – zunächst die Tatsachen, dann die Gefühle: «Sein Puls ist langsam und flach. Sonst fehlt ihm organisch nichts, darin bin ich mir ziemlich sicher.»

«Glaubst du, er wird wirklich sterben?», fragte Hanns besorgt.

«Ich könnte ihm Digitalis geben. Aber ich glaube, die Medizin der Weißen kann ihm nicht helfen.» Sie seufzte.

«Du meinst, er will sterben, obwohl ihm aus medizinischer Sicht nichts fehlt?», fragte ihr Bruder.

Amelie nickte. «Du weißt, dass es solche Fälle gibt, Hanns. Die Menschen sterben an gebrochenem Herzen.» Sie blickte zu ihm auf: «Das habe ich ihm angetan. Es tut mir so leid, Hanns.»

«Wir haben ihn gemeinsam um Saras willen geopfert», verbesserte er. Und seine nächste Bemerkung verriet, dass er dasselbe dachte wie sie: «Er hat nie von Salama fortgewollt. Jetzt geht er auf diese Weise.»

«Der arme Damasso. Und obendrein wäre niemandem geholfen, wenn er uns verlässt. Sara fühlt sich dennoch nicht als Herrin von Salama.»

«Das ist richtig.» Hanns ballte die Fäuste. «Melli, ich habe Mist gebaut. Darum werde ich jetzt tun, was ich schon längst hätte tun sollen.» Hanns atmete geräuschvoll aus. «Ich werde Damasso und Suahibu um Verzeihung bitten und ihnen sagen, dass sie für immer auf Salama bleiben können.»

Amelie wollte ihm folgen, doch er hielt sie zurück.

«Nein, Melli, das muss der *bwana mkubwa* selber machen.» Er machte eine Pause. «Und ein Schwiegersohn ohnehin.»

Mit schwerem Schritt kehrte er in das Haus zurück.

Amelie bewunderte seinen Mut. Wenn ein «großer Herr» einen Arbeiter um Vergebung bat, konnte das zur Folge haben, dass der Weiße im Ansehen des Schwarzen sank. Amelie vermochte nicht abzuschätzen, wie Damasso und Suahibu reagieren würden.

Der *mganga* saß unterdessen stoisch auf seinem Platz inmitten seiner Ritual-Utensilien. Der Morgennebel hing immer noch tief, irgendwo krähte ein Hahn. Die Stimmung war gespenstisch.

Auf der anderen Seite des kleinen Platzes vor Damassos Hütte entdeckte Amelie Sara, die Lottchen auf dem Rücken trug. Sie stand inmitten der Nachbarn ihrer Eltern. Während Amelie sich einen Weg zu ihr bahnte, wurde ihr mit jedem Schritt bewusster, dass man vor ihr zurückwich. Natürlich, jeder hier wusste, dass Damasso hatte fortgehen sollen. Wenn er starb, würde es vermutlich heißen, dass auf Salama ein Fluch lag. In den Bergen war man mit solch einer Formulierung schnell bei der Hand. Die Folge konnte sich Amelie an zwei Fingern ausrechnen: Die Arbeiter würden scharenweise davonlaufen. Der Biss der Baumviper, den Amelie überlebt hatte, hatte die tiefe Verwurzelung der Leute im magischen Denken bewiesen. Und während sie auf Sara zuging, wusste

Amelie, dass Suahibu richtig gehandelt hatte: Mit Herztropfen, Logik und der Rücknahme einer undurchdachten Bitte kamen Hanns und sie nicht weiter. Das afrikanische Naturgesetz war unerbittlich – nur Magie konnte die Folgen von Magie heilen.

«Ich bin froh, dass deine Mutter den *mganga* gerufen hat», sagte Amelie, als sie Sara gegenüberstand. «Er wird deinem Vater helfen.»

Sara blickte sie skeptisch an. «Glaubst du?»

«Ja. Aber ich möchte dich etwas fragen: Findest du es richtig, dass deine Eltern Salama verlassen sollen?»

Sara senkte den Blick. Nach langem Schweigen sagte sie kaum hörbar: «Nein.»

«Aber das hast du Hanns nicht gesagt, oder?»

Die Afrikanerin schüttelte den Kopf.

«Warum nicht, Sara? Sie sind deine Eltern.»

«Hanns ist mein Mann.»

Dem konnte Amelie nichts entgegensetzen. Seinem Mann widersprach man nicht, das war nicht nur hier auf dem Berg Gesetz. Amelie strich ihrer Schwägerin liebevoll über den Oberarm und blickte zu Lottchen; sie schlief.

Dann setzte sie sich wieder zu dem *mganga*. Sie trug nur einen dünnen Staubmantel über ihrem Safarianzug und fror, denn sie hatte nicht damit gerechnet, sich längere Zeit im Freien aufzuhalten. Zwar hatte sie Badili benachrichtigt, dass sie erst später käme, aber im Grunde hatte sie gehofft, Damasso mit ins Krankenhaus nehmen zu können.

«Du bist ein weiser Mann», sagte Amelie. «Doch der Weg, um eine gelbe Ziege zu holen, ist weit. Viele Tage wird Damasso warten müssen. Es wäre ein großes Unglück, wenn er stirbt, weil der Ziegenbock gelb sein muss.»

«Hole einen gelben Ziegenbock», beharrte der Heiler und spuckte dunkelgrünen Matsch auf den Boden.

Er hatte also Khat gekaut. Wenn man das lange genug tat,

betäubte Khat Schmerzen. Amelie sah sich den *mganga* genauer an und bemerkte, dass eine Gesichtshälfte des Heilers geschwollen war. «Hast du Schmerzen?», fragte die Ärztin.

«Meine Schmerzen sind nicht so groß wie die Schmerzen meines Bruders Damasso.»

Amelie wusste, dass sie mit den folgenden Worten ein Risiko einging, doch um Damassos willen musste sie es wagen. «Ich wurde in Tabora zu einem Kind gerufen, um es zu heilen. Denn die Heilerin war erkrankt. Es heißt, wenn ein Heiler krank ist, darf er nicht heilen.»

Die Augen des Afrikaners weiteten sich überrascht. «Du bist eine Heilerin?»

«Nicht so wie du. Ich heile mit der *daua* der Weißen. Darf ich dir helfen? Sagst du mir, was dir wehtut?»

Der *mganga* öffnete den Mund und deutete stumm in seinen vom Khat verschmutzten Mundraum. Amelie sah hinein; eine Ärztin durfte nicht zimperlich sein.

«Der Backenzahn. Ich kann ihn ziehen. Dann sind die Schmerzen fort, und du heilst deinen Bruder Damasso.»

Der *mganga* schloss die Augen.

Hanns war inzwischen aus dem Haus gekommen und gab seiner Schwester ein Zeichen, zu ihm zu kommen. Die Erfolglosigkeit seiner Mission war ihm anzusehen.

«Sie haben mich angehört», sagte Hanns. Er hob die Schultern. «Damasso rührt sich dennoch nicht.» Ihr Bruder blickte zu dem *mganga*. «Warum hast du dem Alten in den Mund geguckt?»

«Der Mann ist selbst krank. Darum darf er Damasso gar nicht heilen.»

«Du meine Güte! Sag bloß, er hat sich das mit dem gelben Ziegenbock ausgedacht, um Zeit zu schinden, bis er wieder gesund ist.»

«Ich denke, er hat uns bewusst eine Aufgabe gestellt, die wir in der Kürze der Zeit nicht erfüllen können. Schließlich will er sein Gesicht nicht verlieren. Darum sollten wir uns nicht anmerken lassen, dass wir ihn durchschaut haben, Hanns.»

«Natürlich. Sonst zieht er beleidigt davon», pflichtete der *bwana* ihr bei. «Und die Leute sagen dann, dass ein Fluch auf diesem Berg liegt.»

Das war der Albtraum eines jeden Pflanzers. Seine Arbeiter würden ihn scharenweise verlassen, und ohne sie konnte keine Farm betrieben werden.

Sobald sich die Geschwister niedergelassen hatten, schlug der afrikanische Heiler die Augen auf. Er wandte sich an Hanns: «Du kannst gehen. Ich rede mit der weißen Heilerin.»

Hanns blickte Amelie irritiert an. «Was meinst du?»

«Um Damassos willen: Tu ihm den Gefallen.»

Hanns entfernte sich widerwillig. Der *mganga* starrte auf Amelies linke Hand, an der sie den Schlangenring trug. Darunter sah man die Narben des Schlangenbisses – und die des Messerschnitts.

«Die Kraft deines Ringes muss sehr groß sein. Du darfst meine Schmerzen nehmen», sagte er.

Amelie neigte den Kopf. «Ich danke dir, dass du mir vertraust.» Als sie aufstand, sagte sie laut in die Runde: «Der *mganga* möchte unser Spital sehen.»

Ein *mganga* genoss eine Autorität, die durch so profane Probleme wie Zahnschmerzen nicht untergraben werden durfte.

Der *mganga* näherte sich mit seinem langen Wanderstecken würdevoll dem Krankenhaus. Er hielt sich kerzengerade und reichte Amelie dennoch nur bis zur Schulter. Sobald er den großen Bau erblickte, verharrte er.

«Wer wohnt hier?»

«Niemand. Dies ist mein Spital. Hier heile ich. Ich zeige es dir.»

«Du musst eine mächtige Heilerin sein», erwiderte er mit bedächtigem Kopfnicken.

David, den Amelie in der Früh vergeblich bei seinem Vater gesucht hatte, erstarrte, als er den *mganga* sah. Offensichtlich wusste er, wer dieser Mann war. Nach einer Schrecksekunde verneigte David sich und zog sich zurück. Als Badili wie gewohnt zum Assistieren erschien, schickte Amelie ihn fort. Sie war in diesem Augenblick froh, dass Ninabo sie genötigt hatte, halbnackt im Schlangenpalast zu operieren. Im Nachhinein sah sie darin eine Lektion in Demut.

Sie führte den Alten in ihren Behandlungsraum und schloss die Tür. Geduldig hörte er sich an, wozu all die Geräte und Flüssigkeiten notwendig waren. Schließlich zeigte sie ihm, was sie verwenden würde, um ihn zu behandeln. Der Alte setzte sich auf den Boden. Und dann öffnete er ohne einen einzigen Einwand den Mund. Kurz darauf war alles vorbei. Selten hatte Amelie einen so unkomplizierten Patienten gehabt. Sie atmete auf. Doch plötzlich ergriff der *mganga* ihre linke Hand.

«Gib mir diesen Ring», sagte er ohne Umschweife.

«Er bedeutet mir sehr viel», erwiderte sie.

Das Schmuckstück stand für ihre Liebe zu Gustav und gleichzeitig die Angst um sein Leben.

«Dein Ring gibt mir die Kraft, meinen Bruder Damasso zu heilen», sagte der Alte.

Amelie bezweifelte, dass der Mann dem Schlangenbund angehörte; wäre es so gewesen, so hätte ihm die Zahnoperation als gegenseitige Hilfe gereicht. Nein, dieser Mann wollte sich mit dem Symbol der Gottheit *nyoka* schmücken. Und gleichzeitig wollte er sie zwingen, sich von etwas zu trennen, das sie nicht hergeben wollte. Ein Opfer, vielleicht auch eine Strafe für das, was sie Damasso angetan hatte. Sie konnte es ihm nicht verübeln; diese Strafe war gerechtfertigt. Sie kämpfte mit den Tränen, als sie an Gustavs Ring zog und zerrte. Er saß so fest, als wollte er sich sträuben. Schließlich gab er nach und rutschte über ihren Finger.

Der *mganga* spuckte auf den Ring, um ihn auf diese Weise

zu seinem Eigentum zu machen, streifte ihn mühsam über seinen kleinen Finger und umfasste seinen langen Stock. Die beiden Schlangenköpfe blickten nun Amelie an.

«Sende einen Ziegenbock zum Haus meines Bruders Damasso», sagte der Heiler. «Nach Sonnenuntergang bist du dort willkommen.»

Amelie öffnete ihm die Tür. Er schritt erhobenen Kopfes hinaus und ging in der Richtung von Damassos Hütte davon. Der Nebel hatte sich von den Bergen verzogen, die Sonne wärmte den Boden, und die Feuchtigkeit der Nacht stieg in dünnen Schwaden auf. Amelie sah dem Heiler nach, ihre Patienten warfen sich vor ihm in den Staub.

«David, welche Patienten haben wir heute Morgen?», rief Amelie. Und dann begann sie ihre Arbeit.

Schon bald kam Hanns und fragte, was mit dem gelben Ziegenbock wäre. Sie sagte ihm, er solle einen großen Bock hinaufbringen.

«Gelb muss er nicht sein», setzte sie hinzu.

«Danke», antwortete Hanns erleichtert.

Die strahlend klare Sichel des zunehmenden Halbmondes leuchtete am weiten schwarzen Himmel. Vor Damassos Hütte loderte ein Feuer, daneben saß der Medizinmann. Um ihn herum hatten sich zahlreiche Zuschauer geschart. Vor ihnen lag das Fell eines weiß-braunen Usambara-Ziegenbocks, dessen Beine in alle vier Himmelsrichtungen ausgebreitet waren. Der gehörnte Kopf, die zu einem Säckchen verschnürten Hoden, das Herz sowie einige Dinge aus dem Bestand des *mganga* wie Perlen, Steine und Kaurischnecken waren nach einem nur dem *mganga* bekannten System angeordnet. Am wichtigsten schien jedoch Damassos Hut zu sein, den er für gewöhnlich nur absetzte, wenn er mit Weißen sprach. Er lag mitten in diesem Durcheinander. Damasso ruhte in eine Decke gewickelt neben dem Feuer, während seine Frau ebenso wie Sara und

Amelie in vorderster Reihe stand. Nur Damassos Sohn David und Hanns war es vom *mganga* gestattet worden, direkt neben ihm zu sitzen.

Der *mganga* sagte, dass die Geister von Damassos Ahnen besänftigt werden mussten. «Sie wollen nicht, dass ihr Sohn in die Fremde geht und sie hier zurücklässt.»

Er verlangte von Suahibu, dass sie aus ihrer Kochhütte einen Tontopf holen solle. Als sie zurückkehrte, stimmte der Heiler einen monotonen Gesang an. Und dann tat er etwas, dass das Bild, das Amelie von diesem Mann hatte, auf den Kopf stellte: Er streifte Amelies Schlangenring ab und legte ihn zu dem Ziegenherz in den Topf. Zunächst nahm Amelie an, dass der *mganga* ihn danach wieder an sich nehmen würde; er schien doch so versessen darauf, das eigentümliche Schmuckstück zu besitzen. Stattdessen entzündete er am offenen Feuer ein Bündel Kräuter, beräucherte damit den Opfertopf und verschloss ihn sodann mit einem flachen Deckel. Dann gab er ihn an David weiter und befahl dem Jungen, den Topf direkt vor der Türschwelle seines Elternhauses zu vergraben. Der hochgeschossene, schmächtige Knabe erhob sich. Für die Anwesenden schien es ein Zeichen zu sein: Zunächst begann Suahibu mit tiefer, kehliger Stimme ein Lied anzustimmen, dann fielen die Frauen und Kinder ein.

Es schmerzte Amelie, tatenlos mit ansehen zu müssen, wie der schmächtige Junge, der nur seinen linken Arm benutzen konnte, sich mit einer Hacke mühte, den steinharten Boden aufzustemmen. Im hellen Schein des Feuers rann ihm der Schweiß über das Gesicht. Doch es gelang ihm, die gestellte Aufgabe zu erfüllen. Sobald das Loch vor der Türschwelle geschlossen war, brach der Gesang der Frauen und Kinder ab.

«Führe deinen Vater fünf Mal über die Schwelle», sagte der Heiler zu David.

Damasso war offensichtlich so geschwächt, dass er kaum

aufstehen konnte. Hanns erhob sich, um ihm zu helfen, doch der Heiler gebot ihm, sitzen zu bleiben. Als es David endlich gelungen war, seinem Vater aufzuhelfen, durchbrach eine klare, helle Stimme die Stille. Unwillkürlich zuckte Amelie zusammen und fuhr herum. Neben ihr sang Sara mit geschlossenen Augen. Die Worte verstand Amelie nicht, aber es schien eine Geschichte zu sein, die das Lied erzählte. Der *mganga* untermalte Saras Gesang, der sich in Amelies Ohren wie eine Klage anhörte, mit einer Kalebasse, in deren Innerem getrocknete Kürbiskerne rasselten.

Es dauerte lange, bis Vater und Sohn die Forderung erfüllt hatten. Jedes Mal traten sie dabei auf jene Stelle, unter der das Ziegenherz verborgen war. Schließlich verharrten sie gebeugt in der Öffnung der niedrigen Tür, beide offensichtlich am Rande der Erschöpfung, denn der schwere Damasso stützte sich auf seinen schmächtigen Sohn. Das Rasseln und der Gesang verstummten.

«Gib Bruder Damasso von dem Ziegenfleisch», sagte der Heiler zu Hanns. «Bewirte ihn auf der Schwelle seines Hauses.»

Damasso fehlte die Kraft, der *bwana mkubwa* musste ihn füttern. Für Amelie war dies der ergreifendste Augenblick, so viel Symbolkraft lag darin. Zwei starke Männer zeigten sich von einer verletzlichen, zarten Seite. Hanns, hünenhaft breitschultrig, wartete geduldig wie eine Mutter, bis der geschwächte Damasso, eigentlich ein Baum von Mann, mühsam gekaut hatte. Nun wurde Amelie vom *mganga* aufgefordert, Damasso *pombe* zu trinken zu geben, und sie reichte ihm eine Kalebasse des Bieres. Dann durfte David seinen Vater an dessen Platz am Feuer zurückführen. Schließlich ließ sich der Heiler von den beiden Geschwistern einige Bissen Ziegenfleisch und etwas *pombe* reichen.

Für die Menge schien es das Zeichen, dass die Heilzeremonie ihren Höhepunkt erreicht hatte: Frauen begannen zu singen, Trommeln erklangen. Die Anspannung, die über den Menschen gelegen hatte, löste sich in einem befreiten Tanz von Frauen, Kindern und Männern, Jungen und Alten. Amelie stellte fest, dass sogar Suahibu sich anmutig zur Musik bewegte. Amelie nahm die kleine Lotte hoch, die gerade zu quengeln begann, und gesellte sich mit ihr auf dem Arm zu den übrigen Tänzern. In Lottchens fröhlichen Augen spiegelte sich der Schein des Feuers, als sie übermütig kichernd an Amelies Locken zupfte.

Ihr Bruder nahm nicht am Tanz teil. Hanns sprach stattdessen ständig mit älteren Männern, die Amelie nie zuvor gesehen hatte. Sie waren mit Federn, Tierfellen oder ausgefallenen Kopfbedeckungen geschmückt. Gelegentlich war auch David, der die Sprachen der verschiedenen Sippen beherrschte, an seiner Seite, ernst und sehr erwachsen. Amelie vermutete, dass die beiden die durch Damassos Erkrankung entstandene Aufregung besänftigen wollten. Der Vorarbeiter, das unverzichtbare Bindeglied zwischen Tradition und Moderne, lag noch geschwächt neben dem Feuer und schlief. Aber Amelie hatte nicht mehr den Eindruck, dass er sterben wollte.

Es war spät. Sie musste am nächsten Morgen früh raus, wollte jedoch nicht gehen, ohne sich von Damasso verabschiedet zu haben. Sie hockte sich neben ihn. Er spürte ihre Anwesenheit und schlug die Augen auf.

«Dieses Mal habe ich versucht, zwei Bienenkörbe gleichzeitig hochzuziehen», sagte sie. «Das war sehr dumm von mir.»

Damasso ergriff Amelies Hand und drückte sie leicht.

Das Haus schlief noch, als Amelie sich am nächsten Morgen in der Küche Tee kochte. Sie hatte Kopfschmerzen und wusste, dass es die Anspannung war. Anstatt zu schlafen, hatte sie gegrübelt, wie sie Gustavs Wunsch nach einem angemessenen Empfang für Dernburg erfüllen konnte. Verschlafen schlurfte Hanns herein.

«Welche Laus ist dir denn über die Leber gelaufen?», fragte er.

«Im Grunde habe ich Dernburg nie eingeladen. Das hat sich so ergeben. Ich habe mich überrumpeln lassen», beichtete sie und erzählte, wie es tatsächlich gewesen war.

«Dann steht Gustav dumm da, wenn wir jetzt einen Rückzieher machen», erwiderte Hanns. «Kommt nicht in Frage.»

«Und diese *ngoma*? Damasso wird noch eine Weile brauchen, bis er sich erholt hat. Schaffst du das auch ohne ihn?»

Er lächelte schwach. «Ach, Melli, unser Damasso ist ein wichtiger Mann. Und er ist letzte Nacht von den Toten auferstanden. Was glaubst du, wer sich das alles nicht entgehen lassen wollte! Alle Stammesältesten waren auf dem Berg, denn ihre Leute arbeiten hier bei uns auf Salama. Da habe ich meine Hausaufgaben schon gemacht. Ich kann doch meinen ältesten Freund nicht im Regen stehen lassen. Keine Sorge, Gustav bekommt seine *ngoma*.»

Sie hatte ihren Bruder unterschätzt. Er wusste durchaus, wie man eine drohende Niederlage in einen Erfolg ummünzen konnte.

Draußen waberte noch der Morgennebel, als sie mit Jago das Haus verließ. Auf den Verandastufen kauerte eine in eine Decke gehüllte Gestalt, die Jago zu einem kurzen Knurren veranlasste.

Es war der *mganga*.

«Ich habe ein Geschenk für dich», sagte er feierlich, nachdem er sie umständlich begrüßt hatte.

«Ja?» Sie konnte diesen Mann nicht durchschauen.

«Dies fand ich soeben hier», behauptete er.

Neben ihm lagen Seite an Seite die blassen Häute zweier kleiner Schlangen. Die etwa fünfzehn Zentimeter großen Stückchen fühlten sich noch feucht an. Es war wohl noch nicht lange her, dass die beiden Reptilien sich ihrer Haut entledigt hatten.

«Das ist sehr schön», sagte Amelie.

Ein erstaunlicher Zufall. Könnte man meinen, dachte Amelie. Da sie es jedoch mit einem *mganga* zu tun hatte, erschien es ihr klüger, das Urteil des Afrikaners anzuhören, anstatt ihre eigene Einschätzung preiszugeben.

«So lagen sie vor deiner Tür», sagte er.

«Tatsächlich?» Ihr schien das ein Zufall zu viel zu sein. Wollte er noch etwas von ihr?

«Dies bist du und dies ist dein Zwilling.» Er deutete auf die beiden Häute.

«Ich habe keinen Zwilling.»

Sie hatte den Mann von Anfang an für einen Wichtigtuer gehalten, doch sie konnte ihm nicht böse sein. Schließlich war es ihm gelungen, die weiße und die schwarze Welt auf dem Berg auszusöhnen und somit Damasso ins Leben zurückzuholen.

«Du irrst dich», beharrte der *mganga*.

«Meine Brüder sind beide älter als ich», erwiderte Amelie mit dem überlegenen Lächeln eines Menschen, der seine Biografie besser kannte als ein afrikanischer Zauberer.

«Du lachst, denn du kennst die Wahrheit nicht», sagte der Alte mit steinerner Miene.

Ein *boy* brachte Kivuli. Amelie wollte sich nicht länger mit dem *mganga* aufhalten.

«Vielleicht irrst du dich und es bedeutet, dass ich einmal Mutter von Zwillingen werde», sagte sie und stand auf.

Dieser Unfug ging zu weit! Konnte ihr nicht mal jemand etwas Positives voraussagen? Ich sehe großes Glück für dich, mal schreit und mal lacht es ...

Der Alte schien regelrecht verärgert zu sein. «Diese Haut ist jung und alt. Diese beiden Menschen sind keine Kinder mehr.»

Schlangen wuchsen ihr ganzes Leben lang, diese schienen schon einige Jahre alt zu sein, aber noch lange nicht ausgewachsen. Dennoch fand Amelie es erstaunlich, was ein Afrikaner aus solchen Kleinigkeiten herauslesen konnte, aus Zufällen ... Was hatte sie sich für Sorgen wegen der Prophezeiung der *hekima* des Schlangenbundes in Tabora gemacht! In gewisser Weise war sie jetzt froh, den Ring für alle Zeiten wohl verwahrt zu wissen.

«Du hast deinen Zwilling verloren, aber du findest ihn wieder», sagte der *mganga* ungerührt.

«Ich muss in mein Spital. Leb wohl.»

Amelie ritt davon. Die beiden Schlangenhäute ließ sie zurück. Sie wollte das Geschenk des *mganga* nicht annehmen, obwohl sie einräumen musste, dass dieser Fund ungewöhnlich war.

Mit jedem Tag, den der Besuch der wichtigen Gäste aus Deutschland näher rückte, nahm die Betriebsamkeit auf Salama zu. Weil Damasso sich nur langsam erholte, übernahm Hanns seine Arbeit und hatte somit kaum Zeit, sich um die Vorbereitungen zu kümmern. An seiner Stelle fuhr Hermann Wohlgeburt nach Tanga, um große Mengen Vorrat einzukaufen. Obendrein musste für die Einheimischen Wild beschafft werden. Das aufwändige Brauen des Hirsebiers überwachte Suahibu. Hermines Fähigkeiten als Köchin waren nun von unschätzbarem Wert; gemeinsam mit ihrer Freundin erstellte Amelie umfangreiche Speisepläne.

Währenddessen musste Amelie sich obendrein um ihre beiden Spitäler kümmern. Inzwischen war der Großteil der Arbeiter geimpft. Da Lottchen wegen ihrer durchbrechenden Zähne immer wieder mit Fieberschüben kämpfte, konnten weder sie noch Sara geimpft werden. Bei den Vakzinen handelte es sich um einen Lebendimpfstoff: Wurde nur die Mutter geimpft, so konnte sich das Kind unter Umständen mit Pocken infizieren. Da die beiden jedoch nicht mit den Wanderarbeitern aus den Bergen in Kontakt kamen, war Amelie nicht besorgt.

Viel mehr Gedanken machte sie sich um den Empfang der

Delegation. Nachts träumte sie von großen weißen Vögeln, die scharenweise auf Salama einfielen – und die streng blickenden Augen Berliner Politiker hatten. Dann suchte sie Gustav und fand ihn nirgendwo. Schweißgebadet wachte sie auf.

Am nächsten Mittag servierte Sara Amelie, Hanns und Hermine Kürbissuppe, anschließend sollte es Bratkartoffeln, Speck und Eier geben. Sara war still und ernst, Lottchen meistens auf ihrem Rücken. Die Runde war ebenfalls sehr schweigsam, auch Hanns machte ein mürrisches Gesicht.

«Wat is mit Sie, Frau Doktor? Werden Se krank?», durchbrach Hermine das Schweigen.

«Mir schlägt der Empfang auf den Magen. So etwas liegt mir nicht.» Amelie nippte an ihrem Zitronenwasser.

«Aber Frau Doktor, det meistern Se mit links, 'ne Dame wie Sie!»

«Ach, wenn Sie wüssten, Hermine ...»

In Berlin hatte Charlotte von Freyer zwar bis zuletzt wichtige Repräsentanten des öffentlichen Lebens zu großen Abendgesellschaften empfangen. Doch Amelie hatte sich nie dafür interessiert, wie ihre Adoptivmutter das alles organisierte. Die Welt der feinen Leute war ihr fremd geblieben, die gepflegte Konversation über Nichtigkeiten hatte sie angestrengt.

Hanns schien gar nicht zugehört zu haben. Er schnitt sich eine Scheibe Brot ab, denn Sara servierte nun den Hauptgang. Kaum merklich stupste sie ihren Mann gegen die Schulter.

«Ich habe mir überlegt, während des Besuchs mit Sara und Lotte wieder ins alte Haus zu ziehen», sagte er ohne Einleitung. «Dann haben wir hier Platz für wichtige Gäste.»

Sara lächelte scheu und offensichtlich erleichtert.

Ohne Amelies Antwort abzuwarten, fuhr Hanns fort: «Ein entfernt lebender Nachbar hat versprochen, lebende Schweine und Kälber zu bringen. Es kann sein, dass er schon sehr bald kommt. Ich muss unverzüglich einen Verschlag bauen lassen.»

Die Scheibe Brot in der Hand brach Hanns umgehend auf.

Er hatte die Hauptspeise kaum angerührt, Amelie hatte den Eindruck, dass er einer Diskussion mit ihr aus dem Weg ging. Denn eigentlich wäre es Saras Rolle gewesen, die Hausherrin zu spielen. Doch wenn der anstehende Besuch schon Amelie im Magen lag – was mochte dann erst in Sara vorgehen? Sie versteckte sich noch immer hinter ihrem Mann. Aber wäre es nicht besser, sie zeigte sich, wenn die Gäste kamen? Damit die sich mit eigenen Augen überzeugen konnten, dass Sara keineswegs eine «Wilde» war.

Nach dem Essen suchte Amelie ihre Schwägerin in der Küche auf, wo diese mit Aufräumen beschäftigt war. Gerade als Amelie sich ihre Worte zurechtgelegt hatte, war das Knallen einer Peitsche und der schwere Schlag mehrerer Paar Hufe zu hören.

Die Stimme eines Fremden rief: «*Hodi*, Salama!»

Hodi bedeutete hallo, doch man sagte es nur beim Eintritt in ein Haus und rief es niemals über einen weiten Platz.

Der Nachbar mit den Schweinen und Kälbern, schoss es Amelie durch den Kopf. Die Leute zu empfangen hatte Vorrang; es würde sich schon noch eine Gelegenheit zu einem Gespräch mit Sara ergeben ...

Ein geradezu monströses Gefährt war vorgefahren: ein von zehn Ochsen gezogenes Gespann. Amelie konnte sich nicht erinnern, wann zuletzt jemand mit derart vielen Zugtieren aufgekreuzt war. Der schmale Weg nach Salama war dazu eigentlich ungeeignet – und nun gewiss übel zugerichtet. Mit gleichwohl strahlendem Lächeln ging Amelie dem Gast entgegen, der mit seiner Frau und einem Dutzend Bediensteten angerückt war. Der Mann war rund, seine Wangen rosig, seine Frau das Gegenteil – ihr Gesicht war fahl und schweißbedeckt, ihre Figur schmal und zart.

«Müller zu Holstein», stellte der Farmer sich mit ausgestreckter Hand vor. «Meine Gattin Theresa.»

Amelie war den beiden nie zuvor begegnet, jedoch erinnerte sie sich vage, dass Müller zu Holstein eine Kautschuk-Plantage besaß. Und Kautschuk verkaufte sich in diesen Zeiten blendend. Darauf hatte Messingnagel bereits hingewiesen. Amelie bat die beiden Deutschen mit freundlichen Worten ins Haus. Es war ein unkompliziertes Ehepaar, das glücklich war, die eigene Sprache mit Landsleuten sprechen zu können.

Hermine holte aus einem Verschlag außerhalb der Küche deutsches Bier, wo es stets kühl blieb. Theresa Müller zu Holstein jedoch wollte nur Wasser trinken, hatte keinen Hunger, und es war ihr anzusehen, dass sie sich nichts sehnlicher als ein Bett wünschte. Sie klagte über wechselnd starke Fieberschübe und Kopfschmerzen. Amelie gab sich als Ärztin zu erkennen, führte Frau Müller zu Holstein in ihr eigenes Zimmer, wo sie eine erheblich geschwollene Milz ertastete.

«Ich glaube, Sie leiden an Wechselfieber», sagte Amelie.

Das war ein in Deutschost geläufiger Begriff für eine Form der Malaria, deren Verlauf lebensgefährlich sein konnte. «Wechselfieber» klang nicht so abschreckend schicksalhaft.

«Ich müsste Ihr Blut untersuchen, um sicherzugehen, dass mein Verdacht stimmt», erklärte Amelie im milden, aber bestimmten Ton einer Ärztin.

«Sie haben ein Krankenhaus hier oben, davon habe ich gehört», sagte Frau Müller zu Holstein. Sie schlug die Augen nieder. «Aber Sie behandeln doch nur die Neger, Frau von Freyer.»

Amelie hatte den Eindruck, ihr Gast würde sie für eine Art Tierärztin halten. Sie berichtete von ihrer langen Ausbildung in der Schweiz und ihren Jahren an der Berliner Charité.

Frau Müller zu Holstein atmete auf. «Dann ist es ja gut.»

«Sie bekommen ein eigenes kleines Zimmer, luftig und dunkel.»

«Mir ist alles recht», antwortete die Pflanzerfrau.

Als Amelie in den Salon zurückkam, unterhielt sich Hermine angeregt mit Müller zu Holstein. Sie hatte ihm das Mittagessen bereits aufgewärmt.

«Ich wollte fragen, ob meine Gattin und ich noch bleiben dürfen, bis Exzellenz Dernburg eintrifft. Sie müssen sich um uns keine Gedanken machen. Ich habe ein Zelt mitgebracht», sagte der leutselige Kautschuk-Pflanzer.

«Ihre Frau würde ich ohnehin gern im Krankenhaus unterbringen. Jedenfalls fürs Erste.» Sie berichtete ihm von ihrem Verdacht.

Müller zu Holstein wurde verlegen: «Ist sie denn dort sicher? Unter so vielen Negern ...»

«So sicher wie in Abrahams Schoß. Sie wird dort bestens versorgt. Das Einzige, was wir dort noch brauchen, ist ein Bett.» Bei diesen Worten ging Amelie auf, dass sie bei weitem nicht genügend Schlafgelegenheiten für die erwarteten Gäste hatten.

«Betten brauchen Sie, Frau von Freyer?», fragte der Nachbar. «Wo ist das Holz, wo Säge, Hobel und Nägel? So was mache ich mit links.»

«Wirklich?» Ein wohlhabender Mann war nicht zwangsläufig einer, der unkompliziert anpackte.

«Nachbarn halten zusammen, ist doch Ehrensache», erwiderte er.

Die erste weiße Patientin des Urwaldspitals erhielt das Zimmer direkt neben dem von Ndrema und ihrem Sohn. Nachdem darin ein komfortables deutsches Bett stand, war es ausgefüllt, doch das Ehepaar Müller zu Holstein zeigte sich zufrieden. Hermine nahm sich des tatendurstigen Pflanzers an, und Amelie untersuchte das Blut seiner Frau. Sie war gerade über ihr Mikroskop gebeugt, als David eintrat.

«Mein Vater ist da. Er möchte mit dir sprechen.»

Amelie hatte Damasso seit der Zeremonie ein paar Mal in seiner Hütte besucht und sich überzeugt, dass er schon bald wieder bei Kräften sein würde. Allerdings hatte er erheblich an Gewicht verloren, und einige zusätzliche Falten hatten sich in seine Züge gegraben. Er schien um Jahre gealtert. Seine neue Leidenschaft war eine Pfeife, die Hanns ihm geschenkt hatte. Sie vor seinem Haus zu rauchen, schien ihm Freude zu bereiten.

Damasso wirkte angespannt, als er den Raum betrat.

«Der *mganga* hat mir etwas für dich gegeben, *bibi* Amelie», sagte er.

Aus der Tasche seines sorgsam gebügelten dunklen Anzugs zog er ein winziges Amulett hervor. Der Heiler hatte es aus einem frischen Bananenblatt gefertigt. Amelie drehte es ratlos in den Händen.

«Hat dir der *mganga* gesagt, wozu das gut ist?», fragte sie.

Damasso war die Situation sichtlich unangenehm; er blickte angestrengt zu Boden. «Der *mganga* sagt, du musst gut auf das da aufpassen. Dann findest du deinen Zwilling wieder.»

«Vielen Dank, dass du mir das gebracht hast», erwiderte Amelie. «Wenn du schon hier bist, darf ich dich dann untersuchen?»

Damasso schüttelte den Kopf. «Ich bin gesund, *bibi* Amelie. Jetzt kümmere ich mich um die *ngoma*. Es wird ein großes Fest, du wirst zufrieden sein.»

Er verabschiedete sich und drückte seinen Hut auf den Kopf. Amelie betrachtete das eigentümliche Amulett in ihrer Hand. Sie wusste nicht, was sie damit machen sollte, und legte es achtlos neben das Mikroskop, um ihre Arbeit wiederaufzunehmen.

Dass Frau Müller zu Holstein tatsächlich Wechselfieber hatte, war wesentlich wichtiger als der Fetisch eines Zauberers, dem sie keinen Glauben schenken wollte.

12.

«Lächeln Se mal, gnädige Frau! Meine Leser wollen sehen, wie glücklich Sie hier im Schutzjebiet sind. Etwas höher das Kind halten, bitte. Nehmen Se doch mal den Tropenhelm ab. Ihre schönen goldenen Haare und die schwarze Haut des Kindes! Wunderbar! Ein schwarzes Negerlein macht sich immer gut auf einem Foto. Ja, so is es gut. Nun nich' bewegen und nich' vergessen zu lächeln!»

Der Fotograf, ein Herr von Mitte dreißig, kroch unter das schwarze Tuch hinter seiner auf einem Dreibein aufgebauten Kamera und drückte dann mit ausgestrecktem Arm auf den Auslöser.

Rings um Amelie mit der kleinen Lotte auf dem Arm hatte sich eine Menschenmenge versammelt – ein Fotoapparat war etwas nie Gesehenes. Amelie fühlte sich unwohl, so ausgestellt zu werden, doch sie spielte geduldig mit. Es war fürs Vaterland, hieß es. Siedler müssten geworben werden, denn es gab zu wenige Weiße, die sich ins Schutzgebiet wagten. Währenddessen brachte Lottchen Amelies Frisur heillos durcheinander. Man würde sie in der Heimat für eine Wilde halten, die nicht mal von der segensreichen Erfindung einer Haarbürste wusste ...

Der Fotograf ließ seinen Blick in die Runde schweifen. «Jetzt noch ein Foto von Ihnen mit den vielen Negern, die Sie hier haben.»

Hermine näherte sich mit ungewohnter Scheu. «Frau Doktor, man verlangt nach Sie. Exzellenz Dernburg fragt nach die Klinik. Ham Se Zeit?»

«Na, nu brat mir eener 'nen Storch! 'Ne Landsmännin!» Der Fotograf eilte auf Hermine zu. «Wo komm' Se her, Gnädigste?»

«Ach Jottchen, eenmal um die Weltjeschichte und zurück! Aber ursprünglich bin ick aus 'm Wedding. Doll, äh, Wohlgeburt Hermine mein Name.»

Im nächsten Moment fand sich Amelie neben Hermine wieder, und der Fotograf bat um freundliche Gesichter. «Da werden die Verwandten im Wedding Bauklötzer staunen, wenn se Sie sehen», sagte der Mann, der sich als Abgesandter der *Berliner Morgenpost* zu erkennen gab. Während Hermine ihm ihre Geschichte erzählte, machte sich Amelie auf den Weg zum Haus.

Erst wenige Stunden zuvor war der Staatssekretär mit seinem Gefolge auf der herausgeputzten Farm eingetroffen. Gustav hatte Amelie nur kurz begrüßen können, obwohl er der Erste gewesen war, den sie von den mehr als zwanzig Weißen zu Gesicht bekommen hatte. Hoch zu Pferde war er durch die Spalier stehenden Arbeiter geritten, die die Expeditionsmitglieder mit Trommeln und Gesang begrüßt hatten. Dann war Dernburg auf einem ponygroßen weißen Maskathengst mit den übrigen Vertretern der deutschen Wirtschaft und des Handels gefolgt, den Abschluss hatte ein Trupp von hundert bewaffneten Askaris gebildet. Am Morgen war die Gruppe in Tanga mit einem Sonderzug der Usambarabahn aufgebrochen. Seit Stunden waren alle verfügbaren Hände im Einsatz, um die hungrigen Gäste zu bewirten.

Vor dem Haus traf Amelie auf Gustav. Er besprach gerade mit Damasso den Ablauf der *ngoma*, die nach Sonnenuntergang beginnen sollte. Amelie hoffte, wenigstens jetzt ein paar vertraute Worte mit ihrem Verlobten austauschen zu können, doch da bat ihn bereits sein Freund Leutnant Senner zu sich, um mit ihm die Unterbringung der Askaris zu besprechen.

«Wir reden heute Abend, Melli. Ich habe wundervolle Neuigkeiten für dich.» Und schon war er fort.

Im Haus hatte Staatssekretär Dernburg das Arbeitszimmer des Professors in Beschlag genommen. Der für die Geschicke aller deutschen Kolonien zuständige Politiker, der auch jetzt einen grauen Dreiteiler trug, blickte Hanns über den Rand seiner Brille an und hörte aufmerksam zu, was der Pflanzer zu berichten hatte. Auf dem Schreibtisch lagen die Kassenbücher, in denen die Ertragssituation der Farm dargestellt war. Hanns, in seinem besten Anzug, weiß und frisch gebügelt, wirkte wie ein Schüler. Gerade legte er Rechenschaft über die Kaffeepflanzung ab. Neben Dernburg hörte Dr. Walther Rathenau mit großem Interesse zu. Rathenau galt als wichtigster Ratgeber des Staatssekretärs.

Hanns beendete seine Rede, und Amelie fand, dass er sehr überzeugend gesprochen hatte.

«Sehr schön, Herr von Freyer», sagte der Staatssekretär. «Ich danke für Ihren Vortrag. Allerdings sind Ihre Zahlen enttäuschend.»

Amelie hatte Salama stets mit den Augen der begeisterten Afrikanerin gesehen. Mit der finanziellen Situation der Kaffeepflanzung hatte sie sich nie beschäftigt; das war Hanns' Angelegenheit. Plötzlich wehte hier ein kaufmännischer Geist, der ihr fremd war.

Nun erwies sich Rathenau, neben seiner Tätigkeit als Aufsichtsrat der Berliner AEG Inhaber der einflussreichen Berliner Handels-Gesellschaft, nach einem Blick ins Kassenbuch als Experte ostafrikanischer Verhältnisse: «Im Schnitt erbringt einer Ihrer Kaffeebüsche ein dreiviertel Pfund Kaffee. In der Landschaft Bukoba westlich des Victoriasees liegt der Ertrag vier- bis achtmal, am Kilimandscharo immerhin noch mehr als doppelt so hoch.»

Hanns ließ sich nicht aus der Ruhe bringen. «Salama steht schon lange auf zwei Beinen, Exzellenz», sagte er an Dernburg gewandt. «Mir war bewusst, dass uns Usambara-Pflanzern am Kilimandscharo eine Konkurrenz erwächst. Deshalb habe ich frühzeitig auf Sisal gesetzt und damit sehr große Erfolge erzielt.» Er drehte das Buch so, dass die beiden Herren Einblick nehmen konnten.

«Dann gehe ich recht in der Annahme, dass Sie den Kaffeeanbau aufgeben werden?», erkundigte sich Dernburg in einem Tonfall, der einer Feststellung gleichkam.

Hanns zögerte einen Moment. «Aufgeben würde ich nicht sagen, Exzellenz. Wir haben hier oben eine Tradition, die wir bewahren möchten.»

«Ein edler Zug von Ihnen», sagte Dernburg. «Aber nicht im Interesse des Deutschen Reichs.»

Amelie stockte der Atem. Was nahm sich Dernburg heraus! Und ausgerechnet diesen Mann hatte sie nach Salama gelockt. Damit er nun verkündete, dass man auf dem Holzweg war. Sie hatte Hanns einen Bärendienst erwiesen ...

«Verzeihen Sie, wenn ich mich einmische, meine Herren», sagte sie so freundlich wie es eben ging. «Ich war so frei, Ihren Ausführungen zu lauschen. Darf ich fragen, ob Sie gekommen sind, um die Pflanzer zu unterstützen?»

Dernburg schien ihre Anwesenheit erst jetzt zur Kenntnis zu nehmen. Er erhob sich. «Durchaus, gnädige Frau. Deshalb suchen wir nach Wegen, die deutschen Farmer zu effektiver Arbeit anzuleiten.»

«Die Bahn, die Häfen, Beamten, Soldaten – all das kostet den deutschen Steuerzahler sehr viel Geld, gnädige Frau», führte Dr. Rathenau aus, ein Mann von schlanker Gestalt mit Glatze und akkurat gestutztem Bart. Verglichen mit dem jovial auftretenden Dernburg wirkte er eher kühl. «Wir sprechen von Geld, das wieder in die Kassen des Staates zurückfließen muss. Farmen, die an der Grenze der Rentabilität oder darunter arbeiten, unterstützen den Staat nicht oder kaum mit Steuerabgaben. Somit bliebe das Schutzgebiet auf unabsehbare Zeit von den Zuwendungen des Vaterlandes abhängig.»

«Die Usambara-Pflanzer sollten ihre Kraft folglich auf ertragreiche Felder konzentrieren», ergänzte Dernburg. Er lächelte Amelie an: «Aber jetzt sollten wir uns Ihr Spital ansehen, Frau Doktor von Freyer.»

Doch Dernburgs Charme konnte Amelie nicht die Verunsicherung nehmen, die seine Bemerkungen hervorgerufen hatten. Warum hatte Hanns ihr nie gesagt, wie es wirklich um die Pflanzung stand? All die schönen Büsche, die mit so viel Aufwand gepflegt wurden – nichts als ein afrikanischer Traum, der nun wie eine Seifenblase zerplatzte?

Inzwischen hatten zahlreiche Farmer und Pflanzer den Weg nach Salama gefunden, um Dernburg ihre Sorgen vorzutragen. Sie hatten sich auf dem Vorplatz versammelt, wo ihnen – wie es sich gehörte – Bier und Wein gereicht wurde. Mit Schrecken machte Amelie einen roten Haarschopf aus, der alle überragte: Farmer Sossenen war ebenfalls gekommen und führte bereits das große Wort, aber Amelie verstand nicht, um was es ging. Gleichzeitig entdeckte sie Gottlieb Messingnagel, der mit Müller zu Holstein im Schlepptau auf Dernburg zusteuerte.

«Bernhard, du solltest unseren afrikanischen Kautschuk-Baron Müller zu Holstein kennenlernen. Er ist auf dem besten Weg, den brasilianischen Produzenten Konkurrenz zu machen.»

Dernburg blickte in die Runde. «Meine Herren, gehen Sie mit der Zeit wie Ihr Kollege Müller zu Holstein! Das Automobil ist die Zukunft. Und es braucht Kautschuk, um Reifen herzustellen.»

Messingnagel bestätigte mit heftigem Kopfnicken die Worte seines Freundes.

«Aber jetzt folgen wir Frau Doktor von Freyer zu ihrem Spital», sagte der Staatssekretär. «Sie behandelt dort Eingeborene.»

Die Einheimischen, die an diesem großen Tag nicht zu arbeiten brauchten, klatschten Beifall, als der Pulk der Besucher an ihnen vorbeikam. Dernburg schien seinen Auftritt zu genießen, winkte den Leuten zu und ergriff Hände, die sich ihm entgegenstreckten.

Dernburg wandte sich seinem Gefolge zu, die Hand dozierend erhoben. «Während meiner Rundreise durch das Schutzgebiet musste ich leider von starken Abwanderungen der eingeborenen Bevölkerung hören. Eine Initiative wie die Frau von Freyers verdient höchstes Lob, denn auf diese Weise wird dafür Sorge getragen, dass der Eingeborene sein Land nicht verlässt. Der schwarze Mann und die schwarze Frau sind das Kapital, mit dem Sie arbeiten.»

«Mit Verlaub, Exzellenz ...», begann der rothaarige Sossenen, umringt von Männern, an die Amelie sich von der Zugfahrt her erinnerte, «... niemand von uns hat ein Spital. Dennoch laufen keinem von uns die Arbeiter davon. Sie, Exzellenz und Ihre Ratgeber, kommen aus Berlin, aus den Amtsstuben, den Handelskontoren, den Banken. Hier in Deutschost wird eine andere Musik gespielt. Wir brauchen niemanden, der uns sagt, was wir tun sollen.»

Dernburg schob die Daumen in seine graue Weste. «Diese Einstellung hat das Deutsche Reich bislang zig Millionen von Mark gekostet, wobei nur ein Bruchteil davon zurückgeflossen ist.»

Die Männer um Sossenen murrten vernehmlich. «Sie sind Bankier, wurde mir berichtet», sagte ihr Wortführer Sossenen. «Gedenken Sie etwa, die Kolonien wie eine Bank zu führen?»

Zustimmendes Gemurmel folgte seinen Worten.

«Es ist an der Zeit, auch hier in Deutschost andere Maßstäbe anzulegen», erwiderte Dernburg. «Es kann nicht länger angehen, dass jeder meint, die Freiheit Afrikas nach Gutdünken nutzen zu können.»

Inzwischen war das neue Krankenhaus erreicht. Rund zwei Dutzend Menschen standen vor Davids Tisch Schlange, um sich impfen zu lassen: Badili, in seinem eleganten weißen Anzug, hatte alles vorbereitet, und Ndremas Sohn schleppte die Impflymphe aus dem Medikamentenraum herbei. Amelie nutzte die Gelegenheit, um endlich Sara und Lotte zu impfen.

Schon lange waren keine Pocken-Kranken mehr nach Salama gekommen; Schwester Marthas Impfaktion in den Bergen zeigte offensichtlich Wirkung. Es lief also niemand Gefahr, sich anzustecken.

Der Staatssekretär beobachtete das Geschehen mit offensichtlichem Wohlwollen: «Verantwortung zu übernehmen, das ist die größte Freiheit, zu der Menschen fähig sind. Es bedeutet die eigenen Bedürfnisse weniger wichtig zu nehmen als das Wohl der unserem Schutz Anbefohlenen», wandte Dernburg sich in einem leicht dozierenden Ton an die anwesenden Deutschen. «Was ich hier sehe, kann ich nur als beispielhaft bezeichnen.»

Sossenen baute sich mit zornesrotem Gesicht vor dem verdutzten Staatssekretär auf und deutete mit ausgestrecktem Arm auf Hanns, der Lottchen nach überstandener Impfung tröstend auf dem Arm hielt: «Wollen Sie uns diese Entartung deutscher Rasse etwa als Vorbild darstellen? Das ist eine Unverschämtheit.»

Der Staatssekretär, in dessen Blick eben noch so etwas wie Rührung gelegen hatte, wich einen halben Schritt zurück. «Was erlauben Sie sich!»

«Sie befinden sich auf meinem Grund und Boden», sagte Hanns ruhig. «Ich ersuche Sie zu gehen. Unverzüglich.»

Sossenen ignorierte ihn und wandte sich an Dernburg: «Exzellenz, wir erwarten von Ihnen ein klares Wort: Wie stehen Sie zur Verkafferung der Weißen?»

«Ich bin hier, um wirtschaftliche Dinge mit Ihnen zu besprechen», sagte Dernburg förmlich.

«Ihnen fehlt ja wohl jedes Rassenbewusstsein!» Sossenen musterte den Staatssekretär missbilligend. «Aber das kann man von einem Juden auch nicht erwarten.»

Plantagenbesitzer Müller zu Holstein stellte sich demonstrativ an Hanns' Seite: «Exzellenz, ziehen Sie bitte keine falschen Schlüsse. Wir denken keinesfalls alle so wie diese Herren. Meine eigene Frau befindet sich in diesem Spital.»

Hermines Mann, Hauptmann Wohlgeburt, gesellte sich zu ihm: «Jawohl, Exzellenz, Herr von Freyer ist uns ein Freund.»

Sossenens Kumpane scharten sich um ihren Wortführer, die Arme vor der Brust verschränkt.

«Vaterlandsverräter!», rief jemand.

«Treten Sie zurück!» Gustav und Leutnant Senner bahnten sich einen Weg durch die Menge, einige Askaris marschierten hinter den beiden her. «Verlassen Sie diesen Ort, mein Herr», befahl Gustav.

Der Farmer spuckte trocken aus. «Wie sich alles fügt! Der Herr Oberleutnant, seine Mätresse, deren Bruder, dessen schwarzes Weib. Das also sind Ihre Vorstellungen von Afrika, Exzellenz.»

Gustavs schwarze Soldaten umringten Sossenen und dessen Freunde, woraufhin der Rothaarige seine Leute mit knapper Handbewegung zurückrief.

Bevor sie von Senner und seinen Askaris eskortiert abzogen, wandte Sossenen sich an Hanns: «Seien Sie sicher, Freyer, das wird ein Nachspiel haben.»

Auf dem weiten Vorplatz züngelten die Flammen eines prächtigen Feuers in den nachtschwarzen Himmel. Zum ekstatischen Klang der Trommeln zuckten die Körper der Tänzer, die mit Schilden und Speeren einen zeremoniellen Kriegstanz aufführten. Sie stießen wilde Rufe aus, dann stimmten Frauen einen sinnlichen Gesang an. Vor dem hellen Schein des Feuers wirkten die Aufführenden wie Schatten aus einer anderen Welt, die gekommen waren, um die weißen Zuschauer das Staunen zu lehren. Die Gäste saßen auf der Veranda, ließen sich Getränke reichen und genossen Schnittchen.

Hin und her eilend vergaß Amelie völlig, dass sie vor diesem Tag so viel Angst gehabt hatte, dass sie in den Nächten davor kein Auge zugetan hatte. Trotz all der Missklänge versprach Dernburgs Besuch doch noch ein Erfolg zu werden. Das wurde ihr spätestens klar, als sie ihren Bruder mit Hermines Mann Hermann und «Kautschuk-Baron» Müller zu Holstein im traulichen Gespräch antraf.

«Wir wollten Ihnen danken für dieses herrliche Fest», sagte der Plantagenbesitzer. «Und dafür, dass Sie damit etwas angestoßen haben, das für Hermann und mich eine wunderbare Fügung ist.»

«Denk dir nur, Amelie, Konrad und Hermann haben festgestellt, dass ihre Grundstücke aneinandergrenzen. Konrad wird Hermann helfen, ebenfalls in Kautschuk zu machen», erzählte Hanns.

Amelie fiel ein Stein vom Herzen; bislang hatte sie weder Hermine noch Hermann von der Entwicklung mit Damasso erzählen können. Nun löste sich ihre Sorge um die Zukunft der Wohlgeburts mit einem Schlag auf. Was allerdings Saras Verhältnis zu ihrem Vater betraf, so war sie damit nicht weitergekommen. Insgeheim hoffte Amelie darauf, dass sich das Problem mit der Zeit von allein löste. Wahrscheinlich war es besser, sich nicht ständig einzumischen.

Hermine stellte eine weitere Flasche Württemberger auf den Tisch, und ihr Mann schenkte die Gläser voll. «Gute Nachbarn sind ein Geschenk, wie es wertvoller nicht sein könnte. Lasst uns darauf trinken.»

Amelie nippte gerade am Glas, als ein *boy* zu Hanns stürmte: «*Bwana mkubwa*, bei den Schweinen sind Löwen eingefallen!»

«Ham wa die nich schon uffjefuttert?», fragte Hermine.

«Herrschaften!», rief Hanns laut. «Löwen im Kral!»

Es war ein Kampfruf, der in Deutschost alle mobilisierte. Herren in Lackschuhen und Frack orderten ihre *boys* herbei und eilten mit ihren Gewehren im Anschlag hinaus. Es war eine klare, helle Nacht, in der ein fast runder Mond ausreichend Licht spendete. Gerade richtig, um die Abenteuerlust der Herren zu stimulieren.

Amelie begleitete Hanns und einige Männer hinaus. Ungerührt von der Aufregung waren nicht weit vom Eingang mehrere Herren in ein Gespräch vertieft. Erst auf den zweiten Blick erkannte Amelie, dass sich unter ihnen Gustav, Dernburg, Rathenau und Messingnagel befanden. Gustav wirkte ernst und konzentriert. Amelie bemerkte er nicht.

Immer noch dröhnten die Trommeln über Salama, was einige der aus Deutschland angereisten Gäste zu der naheliegenden Frage verleitete, warum sich Löwen von diesem Lärm nicht abschrecken ließen.

«Wir halten hier oben auf dem Berg sonst nur Ziegen, Pferde, Esel und Hühner in gemauerten Ställen», antwortete Amelie. «Die Schweine sind jedoch in einem Kral, der aus Buschwerk angelegt wurde. Für Löwen ist das kein echtes Hindernis, wenn sie hungrig sind.» Sie lächelte. «Und an den Klang von Trommeln sind sie mehr als wir gewöhnt.»

«Das Leben auf dem Berg bietet wohl jede Menge Abenteuer», sagte eine vertraute Stimme.

«Und viel ...» Sie drehte sich lachend um. Gustav hatte endlich zu ihr gefunden. «... viel Freude», beendete sie den Satz.

Sie hakte sich bei ihm zu einem nächtlichen Spaziergang ein. «Nun bist du auf Salama und doch nicht bei mir», sagte sie. «Musst du morgen früh wirklich mit den anderen zurück?»

«Leider. Aber ich habe eine gute Nachricht für dich. Ich komme wieder. Bald schon. Wir haken noch einige Stationen zwischen hier und dem Kilimandscharo ab und reisen dann nach Tanga. Danach gibt Dernburg mir zehn Tage Urlaub. Senner ist so freundlich, mich in dieser Zeit zu vertreten. Na, was sagst du? Ist das eine gute Nachricht?»

Sie hatten sich ein gutes Stück von der *ngoma* entfernt, kein Mensch war in der Nähe. Der helle Mond beschien Gustavs Gesicht. Amelie sah, dass er sich um Zuversicht bemühte, und spürte, dass er etwas verbarg.

«Wieso gibt Dernburg dir zehn Tage Urlaub?», fragte sie.

«Er hat ein Herz, auch wenn er in Wahrheit eher Geschäftsmann als Politiker ist. Er, Rathenau und unser Freund Messingnagel spielen sich die Bälle nur so zu und ...»

«Gustav, ich will nichts von denen allen wissen», unterbrach sie. «Was hast du mit dem Staatssekretär aus Berlin zu schaffen? Du bist doch Gouverneur Rechenberg unterstellt.»

«Ja, schon ... Es ist ein wenig komplizierter.»

«Gustav», sagte sie mit einem Kloß im Hals, «was ist zwischen dir, Dernburg und seinen Leuten geschehen? Wieso ist Rechenberg nicht hier? Was geht hier überhaupt vor?»

Der Klang der Trommeln wurde vom Wind herübergeweht wie die Erinnerung an etwas, das einst vertraut gewesen und nun der Vergänglichkeit anheimgegeben worden war.

«Es ist so ein schöner Abend, Liebes, wir sollten nicht gerade jetzt darüber sprechen ...»

«Morgen bist du fort.»

«Also gut: In gut drei Wochen fährt der Staatssekretär zurück nach Berlin. Er hat Rechenberg gefragt, ob der mich freistellt, um ihn zu begleiten.»

«Hat er Angst, vom Schiff zu fallen?», fragte sie spitz.

«Solche frechen Sachen hast du früher immer gesagt.» Gustav beugte sich vor, um sie auf die Wange zu küssen. Doch sie drehte den Kopf weg. Er räusperte sich verlegen. «Dernburg möchte mich in Berlin zum Abteilungsleiter im Kolonialamt machen.»

Gustav atmete tief durch. Er hatte ausgesprochen, was ihn bedrückt hatte. Amelie war wie betäubt.

«Das ist nicht fair», sagte sie endlich mit einer kümmerlichen Stimme, die nicht ihr gehörte. «Du hast vor zwei Monaten gesagt, man muss auf die Welt verzichten, wenn man liebt. Frag Hanns, der war dabei.»

Gustav umfasste fest ihre Oberarme. «Wir bleiben zusammen, Melli. Das habe ich Hanns gelobt, und ich kann mir auch kein anderes Leben vorstellen. Keines ohne dich. Ich liebe dich.»

«Die Frau Doktor auf dem Berg in Afrika und Herr Geheimrat Brelow in Berlin. Wie soll das gehen?»

Wie aus dem Nichts kam Jago herbeigelaufen und umkreiste die beiden freudig. Offenkundig war die Jagd auf die Löwen zu Ende.

«Dernburg hat Verbindungen, kennt Gott und die Welt in Berlin. Er und seine Freunde wollen sich dafür einsetzen, dass Ärztinnen Krankenhäuser leiten.»

«Ach, Gustav! Die, die vor anderthalb Jahren gegen Frauen in diesem Beruf waren, werden ihre Meinung nicht so rasch geändert haben.»

«Berlin verändert sich in diesen Zeiten so rasant, sagt Dernburg. Er mag dich, glaube mir. Dein Spital hat ihn außerordentlich beeindruckt. Ich habe ihm heute mehr von dir erzählt, und er sagt, das, was du hier machst, müsstest du für Frauen in Arbeiterbezirken machen. Er denkt sozial. Dieser Mann ist ...»

«Halt bitte ein, Gustav. Ich muss das erst mal verarbeiten. Ich habe hier schließlich eine Verantwortung.»

«Du bist zu jung, um euer Wilkening zu sein.»

Amelie starrte ihn an. Ihr war, als hätte sie gerade eine Ohrfeige bekommen.

Gustav blickte sie beschwörend an. «Ich will damit sagen, Melli: Du könntest in Berlin Karriere machen. Wir könnten in Berlin Karriere machen. Etwas bewirken.»

«Ich bewirke hier etwas!»

«Gewiss. Das ist bewundernswert. Aber was ist mit den Menschen in unserer Heimat? In dir steckt so viel mehr als eine Urwaldärztin. Du bist zu Größerem berufen.» Er senkte den Blick. «Das habe übrigens nicht ich gesagt. Sondern ...»

«... Dernburg. Ich kann es mir denken.»

«Nein. Messingnagel. Dieser Mann ist dein Verbündeter», schob er eindringlich nach. «Er sagt, du hast ihm das Leben gerettet. Und wärst dabei fast gestorben. Melli, was war da los?»

Diese Geschichte! Wenn sie darüber jetzt nicht rasch hinwegginge, würde Gustav die Wunde sehen wollen und letzten Endes erfahren, dass sie den Schlangenring für Damassos Genesung opfern musste. Sie wollte Gustav nicht enttäuschen.

«Eine Schlange hat mich gebissen. Es sah dramatischer aus als es war», sagte sie leichthin.

Er versuchte ihre Hand zu ergreifen, sie entzog sich.

«Ich muss mich um die Gäste kümmern.»

«Hör zu, Melli», bat er. «Wenn man Afrika liebt, reicht es nicht, hier Menschen zu impfen. Man muss in Berlin für Afrika kämpfen. Den Menschen dort sagen, dass hier keine schwarzen Wilden leben. Die Politik allein kann gegen diese Vorurteile angehen. Ich war so lange in Südwest und hier, mir werden die Menschen glauben.»

«Dazu musst du fort von hier», erwiderte sie mit einer Bitterkeit, die ihr selbst zuwider, gegen die sie jedoch machtlos war.

Schweigend gingen sie nebeneinanderher zurück zum Fest. Dort hatten die Festlichkeiten ihren Höhepunkt erreicht. Alle waren ausgelassen und fröhlich. Beschwingte Menschen erzählten sich lachend von einem Deutschen, der nie zuvor eine Büchse in der Hand gehalten und dennoch heute Nacht den Löwen erschossen hatte.

Währenddessen tanzten die Schatten vor den glutroten Flammen.

Als der Wecker morgens um fünf Uhr klingelte, hörte Amelie sowohl im Haus als auch aus den zahlreichen Zelten, die ringsum aufgebaut waren, Männerstimmen. Erste Befehle wurden ausgegeben, das Personal klapperte mit Geschirr, ein Pferd wieherte. Ein Hahn, aufgeschreckt durch den ungewohnten Lärm, stimmte ein Krähen an, mit dem er sein natürliches Recht als Weckstimme einforderte. Es war eine Stimmung, die Amelie mit leichter Wehmut an ihre Expedition erinnerte. Eingebettet in eine Menschenmenge der Sonne entgegenzureiten, das war ein Glücksgefühl von Aufbruch und Veränderung, das sie jetzt schmerzlich vermisste.

Bis weit nach zwei Uhr morgens hatten die letzten Nachteulen bei Wein, Bier, Whiskey und Cognac gefeiert. Als Gastgeberin hatte Amelie so lange wie möglich ausgehalten und sich schließlich sogar mit Staatssekretär Dernburg unterhalten. Gebessert hatte sich ihre Laune dadurch nicht. Im Gegenteil: Als sie jetzt aufstand und ausgerechnet Dernburgs Stimme hörte, spürte sie etwas, das sie nicht sofort benennen konnte. Bis sie sich eingestand, dass es Eifersucht war. Irgendwie war es bezeichnend, dachte sie, dass Dernburg das Schlafzimmer ihres Vaters benutzte. Gegen den Gedanken, dass der Staatssekretär verhindern wollte, dass sie und Gustav einfach nur glücklich wurden, half auch nicht die Erinnerung an die Komplimente, die Dernburg ihr gemacht hatte.

Von draußen hörte sie jetzt Gustavs Stimme. Er hatte sich ein Zelt mit seinem Kameraden Senner geteilt. Denn in Amelies Zimmer durfte Gustav nicht übernachten; der gute Ruf einer Dame war kostbar. Mochte der Dame der Verlobte auch wichtiger sein als ihr Ruf ...

Schließlich entdeckte sie Gustav im Salon. Er war umgeben von den Männern, die ihm so wichtig geworden waren, und wirkte ernst und fremd. Konzentriert besprach er mit den anderen das Programm des Tages und ging dann hinaus. Amelie folgte ihm.

«Ich war gestern Nacht nicht sehr freundlich zu dir», sagte sie. In der klaren Morgenluft war sein vertrauter Geruch so deutlich, dass sie den Wunsch verspürte, ihn zu umarmen.

«Es war ein unglücklicher Zeitpunkt», antwortete er. «Weißt du, Dernburg hat mir schon vor Wochen gesagt, dass er mich in Berlin haben will. Ich habe mir lange den Kopf zermartert, wie wir beide dann eine Zukunft haben. Irgendwann zog ich ihn ins Vertrauen, und er hat dann von unterwegs seine Kontakte aktiviert. Ich erfuhr das Ergebnis erst kurz bevor ich es dir gesagt habe. Ich war so überwältigt. Es tut mir leid, dass ich nicht beherrschter war. Ich hätte es dir erst sagen sollen, wenn ich in ein paar Tagen wiederkomme.»

«Es ist gut, wie es ist. So habe ich Zeit zum Nachdenken. Du weißt, dass ich eigentlich nicht nach Berlin will. Ich fühle mich hier ... geborgen. Es ist meine kleine Welt. Wenn ich an Berlin denke, sehe ich graue Gesichter, höre Lärm, rieche verbrauchte Luft.»

«Es gibt Theater, Konzerte, Museen, Menschen mit großen Ideen. Berlin ist nicht nur unsere Vergangenheit; es ist die Zukunft.»

«Die Eingeborenen werden bei Sensationsschauen ausgestellt, und die Elefanten sperrt man in den Zoo.»

«Das wird ein Ende haben. Aber stell dir vor, du sitzt in einem Kaffeehaus Unter den Linden und jemand spielt Piano. Du hältst meine Hand, und wir sehen den eleganten Menschen zu, die vorbeiflanieren. Jemand kommt auf uns zu und begrüßt uns. Vielleicht ist es eine Freundin von dir, Ärztin wie du, und ihr sprecht über neue Erkenntnisse.»

«Ja, vielleicht ...», sagte Amelie und gab ihm einen Kuss auf die Wange. Er hatte sich nicht mal die Zeit für eine Rasur genommen.

Leutnant Senner berichtete, dass man bereit zum Abmarsch wäre. Auch Hanns war nun da, um seine Gäste nach Landessitte bis an die Grundstücksgrenze zu begleiten. *Boys* brachten die Pferde, und Gustav stieg auf. Er saß fast, als er mitten in der Bewegung zusammenzuckte.

Senner, im Begriff auf sein Pferd zu steigen, ging zu ihm.

«Wieder die Schulter?», fragte der Kamerad mit leichter, aber hörbarer Besorgnis.

«Was ist mit deiner Schulter?» Hanns saß bereits im Sattel.

«Habe mich wohl verlegen.» Gustav überspielte den Schmerz mit einem Lächeln und nahm im Sattel Platz.

«Das ist die Feuchtigkeit der Nacht. Man spürt sie hier oben, wenn man im Zelt schläft», meinte Hanns.

«Ja, das wird es sein.»

Die Hörner wurden geblasen, der Trupp formierte sich. Gustav winkte und ritt an der Seite seines Freundes davon. Die anderen Teilnehmer schlossen sich ihm an. Es war inzwischen fast hell, und Amelie sah den Abreisenden sinnierend nach.

Seit fünf Monaten war Gustav pausenlos in Ostafrika unterwegs. Das Reisen, das Campieren im Zelt, das Klima zehrten an der Gesundheit. Gewiss, er war mit einunddreißig Jahren ein junger Mann. Aber er war, auch wenn sie beide es verdrängten, kein gesunder Mann. Seit gut drei Jahren steckte eine Kugel inoperabel in der linken Schulter nah der Halsschlagader. Eine Schussverletzung, die er sich in Deutsch-Südwest im Krieg gegen die Herero zugezogen hatte.

Sie blickte instinktiv auf ihren linken Ringfinger. Es war ihr gelungen, vor Gustav zu verheimlichen, dass sie den Ring mit den beiden Schlangenköpfen nicht mehr besaß. Sie hatte sich einzureden versucht, dass sie das Geschenk nicht vermisste, denn die Erinnerung an die Prophezeiung der *hekima* war zu eng damit verbunden. Aber so einfach ließ sie sich nicht abstreifen.

Denn das war das Schlimme an Magie: Sie widersprach zwar dem gesunden Menschenverstand, doch wusste man erst einmal um ihre Existenz, geriet man in ihren Bann. Und dagegen half nichts. Schließlich war es unmöglich, das Gegenteil zu beweisen.

13.

«Seh'n Se nur, Frau Doktor, was mit die Blumen passiert is. Alle weg! Det jibt's doch nich! So'n Jammer.»

Die von Professor Freyer sorgsam gepflegten Blumenbeete, die am Vortag noch in blühender Pracht gestanden hatten, waren vollkommen verwüstet. Es waren offenkundig Tiere gewesen, die sich an den Pflanzen gütlich getan hatten. Amelie tippte auf die zahlreichen Maultiere, die teilweise über Stunden in der Nähe gestanden hatten und auf die niemand ein Auge gehabt hatte. Irgendwie spiegelte der trostlose Anblick Amelies Gefühlslage nach Gustavs Abreise wider.

«Ick würde mir gern 'n bisken die Finger schmutzig machen, wenn Se jestatten, Frau Doktor», sagte Hermine mit einem Blick auf die Beete.

«Das können doch die *boys* machen, Hermine.»

«Ach, ick mach det nich, um denen die Arbeit wegzunehmen. Ick mach det für mir. Is 'n jutet Jefühl, det Rumbuddeln inne Erde. Besser als Kochen, det wird eins-zwei-fix uffjefuttert. Blumen kann man beim Wachsen zusehn.»

«Wenn kein Esel kommt.»

Hermine lachte und wurde plötzlich ganz ernst, als sich ihre Tochter Maria im Nachthemd auf die Stufen der Veranda setzte. Jago lief zu ihr, und das alte Spiel begann zwischen den beiden: Er legte sich wie ein Welpe auf den Rücken und ließ sich den Bauch kraulen.

«Ick wollt Se noch wat fragen, Frau Doktor», sagte Hermine nun. «Janz im Vertrauen.»

Die beiden Frauen setzten sich auf die Veranda. Sara

brachte Tee und frisches Brot; nachdem die Fremden aus dem Haus waren, ließ sie sich wieder tagsüber blicken. Lotte krabbelte auf allen vieren über die Veranda.

«Et jeht um die Kinder. Der Meine meint ...,» sagte sie und sprach damit von ihrem Ehemann, «... die Kinder müssten inne Schule. Er war doch in Tanga und hat mit die Mission jeredet. Die würden se nehmen, sagt er.»

«Sonst müssten Sie selbst die beiden unterrichten.»

«Icke? Wissen Se wat der Heinrich neulich zu mich jesagt hat? Warum redest du so komisch, Mama?» Die einstige Berliner Köchin verstellte ihre Stimme und lachte angestrengt.

«Die beiden sind ein Jahr lang bei der französischen Mission in Morogoro gewesen, Hermine. Für Kinder ist das eine lange Zeit. Aber so haben sie bereits erfahren, wie das ist, wenn man im Internat lebt», sagte Amelie.

Sie vermutete, dass Heinrich und Maria sich kaum noch an den Hinterhof in ihrer Heimatstadt erinnerten, in dem sie ihre ersten Lebensjahre verbracht hatten.

In diesem Moment gesellte sich Heinrich zu seiner Schwester.

«Das ist doch kein Schmusehund, sondern ein Jagdhund», tadelte der Achtjährige die zwei Jahre Ältere.

Vor ihrem inneren Auge sah Amelie den Jungen mit seinem eigenen Hund durch den Wald pirschen. Eine neue Generation wuchs heran ...

«Sie sind keine Weddinger Gören mehr, sondern auf dem besten Weg, weiße Afrikaner zu werden», meinte Amelie.

Es kam selten vor, dass Hermine nichts mehr zu sagen wusste; dies war so ein Moment. Amelie dachte an ihre Vereinbarung mit Sossenen, die sich durch den Streit mit dem rothaarigen Farmer jetzt bestimmt zerschlagen hatte. Gott sei Dank hatte Maria nie erfahren, dass sie einen «kleinen Jago» bekommen sollte.

Am folgenden Morgen bestiegen die Wohlgeburts eine

Maultierkarre. Denn Staatssekretär Dernburg hatte für den Nachmittag in Tanga eine Versammlung der Usambara-Farmer und -Pflanzer einberufen. Bei dieser Gelegenheit wollten sich Hermann Wohlgeburt und Plantagenbesitzer Müller zu Holstein wiedersehen. Und Hanns war der Ansicht, dass er nicht fehlen durfte, wenn alle Farmer über die Zukunft der Kolonie debattierten. Amelie hatte nur kurz erwogen mitzufahren; die Vorstellung, auf mehrere Farmer vom Typ Sossenen zu treffen, erschien ihr wenig verlockend. Gustav würde zwar auch dort sein, aber Hanns hatte versprochen, seinen Freund auf dem Rückweg mitzubringen.

Bevor Hanns auf den Kutschbock kletterte, wandte er sich an seine Schwester: «Melli, sieh doch bitte mal nach Sara. Es geht ihr nicht gut. Gestern Abend waren ihre Augen schon geschwollen, und heute bekommt sie sie kaum noch auf.»

«Mach dir keine Sorgen. Ich reite sofort zu ihr und Lotte.» Sie zwinkerte ihm zu. «Vielleicht kann ich sie bei der Gelegenheit gleich zum Umzug bewegen.»

Es war klar, dass damit das ewige Ringen gemeint war, in welchem der beiden Häuser Sara und Lotte lebten.

Zwar war der Morgen noch jung, doch für gewöhnlich war Sara um diese Zeit längst auf den Beinen. Mutter und Kind lagen in dem noch fast dunklen Schlafraum auf der *kitanda*.

«Ich sterbe», sagte Sara auf Kisuaheli.

«Warum?», fragte Amelie mit der Bodenständigkeit einer weißen Ärztin.

«Gott hat mir schon meine Augen genommen.»

Sara klang, als ob ihr jemand den Hals zudrückte. Amelie kniete sich neben das Bett. In dem Raum war es viel zu dunkel, um mehr als Schemen erkennen zu können. Amelie entzündete die Petroleumlampe und erschrak. Saras geschwollene Augen glichen dunklen Pflaumen. Entsetzt hockte Amelie sich neben ihre Schwägerin, um sie näher zu untersuchen. Dann atmete sie auf: Dieses Mal würde kein *mganga* benötigt.

«Du hast Windpocken, Sara. Das ist kein Grund zu sterben. Ich hole Hilfe, und dann bringen wir dich hinüber ins Spital.»

Sie stellte bei Lotte ähnliche Symptome fest, jedoch war der Ausschlag bei dem Kleinkind, das in wenigen Tagen seinen ersten Geburtstag feiern sollte, wesentlich weniger dramatisch. Die Pusteln hatten anders als bei ihrer Mutter nicht die Schleimhäute befallen.

«Du hast uns doch geimpft. Warum prüft Gott uns dann so schwer?», fragte Sara.

«Das macht nicht Gott», antwortete Amelie.

Sie erklärte ihrer Schwägerin geduldig, dass eine solche Infektion durch Viren ausgelöst wurde. Vielleicht hatten sie sich bei einem der vielen Besucher angesteckt. Da die Inkubationszeit rund zwei Wochen betrug, ging Amelie davon aus, dass die Pockenimpfung zu einem Zeitpunkt erfolgt war, als Sara und Lotte bereits den Virus in sich trugen. Das war möglicherweise auch der Grund für den dramatischen Verlauf der Windpocken bei Sara. Doch Amelie sah keinen Grund zur Beunruhigung – weitere zwei Wochen und alles würde vergessen sein.

Wenig später waren Mutter und Kind in einem Tragestuhl in die neue Urwaldklinik gebracht worden. Amelie brachte sie in dem *chumba wazungu,* dem Zimmer der Weißen, wie Ndrema es bezeichnete, unter. Zuvor hatte es Frau Müller zu Holstein benutzt; allerdings war das deutsche Bett längst wieder ins Haupthaus geschafft worden.

«Achte bitte darauf, dass Sara und Lotte in ihrem Zimmer bleiben, damit sie andere Patienten nicht anstecken», bat Amelie Ndrema.

Glücklich über eine Erweiterung ihrer Aufgaben, versprach die einstige Patientin darauf zu achten. Ndrema hatte sich mittlerweile zu einer unverzichtbaren Konstante im Krankenhaus entwickelt. David war es gewesen, der für sie einen Titel gefunden hatte: *mlezi,* die Aufseherin.

Am nächsten Morgen fand Amelie die zerbrechlich wirkende Frau vor Saras und Lottes Zimmer; sie hatte auf der Türschwelle des *chumba wazungu* übernachtet. Doch dafür waren die Nächte inzwischen zu kalt, außerdem hatte Ndrema immer noch geradezu beängstigendes Untergewicht.

«Du wirst selbst krank, Ndrema», sagte Amelie. «Schlaf in deinem Zimmer.»

«*Basavi* rief Saras Namen», erwiderte Ndrema so, als würde das alles erklären.

«Du musst nicht auf *basavi* hören.»

Amelie bereute im selben Moment ihre burschikose Äußerung. Denn in Wahrheit hatte sie keine Ahnung, wovon Ndrema sprach. Doch sie wollte sich nicht anmerken lassen, dass sie wieder einmal den Eindruck hatte, in einen Abgrund voller afrikanischer Geheimnisse zu blicken.

Das Gespräch mit Sara brachte Amelie auch nicht weiter. Ihre Schwägerin redete wirres Zeug, das keinen Sinn ergab. Die Windpocken hatten inzwischen den Rachen befallen, die Pusteln auf der Haut hatte die Kranke sich aufgekratzt, hohes Fieber hatte Sara jedoch nicht. Sie konnte sich in diesem Zustand unmöglich um ihr Kind kümmern; Lotte hatte zwar auch den Ausschlag, aber der Krankheitsverlauf war vergleichsweise harmlos.

Kaum hatte Amelie ihre Nichte an sich genommen, stieß Sara unartikulierte Laute aus, die durch Mark und Bein gingen. Erschrocken setzte Amelie ihre Nichte ab, die sofort zu weinen begann. Amelie sprach beruhigend auf ihre Schwägerin ein. Sie versuchte der Kranken mit einfachen Worten klarzumachen, dass sie ihre Tochter unter diesen Umständen nicht versorgen konnte.

«Ich bin doch Lottes Tante. Ich passe auf sie auf.»

Sara richtete sich auf. Sie bemühte sich, durch fast zugeschwollene Augen Amelie anzusehen. Mit all ihrer Kraft versuchte sie sich zu artikulieren: «*Basavi* will, dass Zawadi Nyoka hierbleibt.»

Amelie verließ das enge Zimmer, tat ein paar Schritte, lehnte sich an die aus solidem Holz gebaute Wand des Spitals und atmete tief durch.

Wer, zum Kuckuck, war *basavi*?

David thronte hinter seinem Schreibpult, Menschen standen in zwei Reihen vor seinem Pult an. Die in der langen Schlange Wartenden trugen wie üblich Nummern um den Hals. Jene in der kurzen wollten David Briefe diktieren, denn im Gegensatz zu den übrigen Eingeborenen hatte er schreiben gelernt. Es waren einfache Briefe: Jemand fragte nach dem Wohlergehen eines anderen und sagte, dass es ihm auch gut ginge. Wie kleine Heiligtümer wurden die Zettel sorgsam gefaltet und verstaut. Und für den Schreiber David gab es jedes Mal ein paar Münzen; er schien mit seinem Geschäft zufrieden zu sein.

Kaum hatte Amelie in Gegenwart der Wartenden das Wort *basavi* ausgesprochen, erhob David sich hastig und eilte hinter einen Busch, um ungestört mit Amelie zu sprechen.

«Solch ein Wort darfst du nicht sagen, meine weiße Schwester.»

«Was ist das denn?»

«Man sieht den *basavi* nicht, man kann ihn nur hören.» David wurde unruhig. «Ich weiß nichts darüber.»

«Tust du doch! Sara sagt, *basavi* rufe sie. Sie hat große Angst. Sara ist immerhin deine Schwester. Guckst du denn einfach nur zu? Unternimmst du nichts?»

«Ich kann nichts tun. Niemand kann das.» Er quälte sich sichtlich.

Was, fragte sich Amelie, war eigentlich das Schlimmste am Los einer Urwaldärztin? Dass die ärztliche Kunst natürlichen Beschränkungen unterworfen war? Dass man allen Bemühungen zum Trotz einfach nicht die Möglichkeiten hatte, die Mittel des medizinischen Fortschritts anzuwenden? Oder die Erkenntnis, dass man mit einem Feind zu kämpfen hatte, der tief in den Köpfen oder gar den Herzen von Menschen verwurzelt war? Von Menschen, die man liebte, die man zu kennen glaubte.

«Warum sieht man *basavi* nicht?», bohrte Amelie weiter.

«Er ist ein böser Zauberer.» David schlug die Augen nieder. «Man sagt, er ruft nachts den Namen eines Menschen. Man darf nie antworten. Nicht einmal im Schlaf. Sonst folgt die Schattenseele *basavi* aus dem Haus.»

Wie konnten die Menschen so etwas glauben, fragte sich Amelie. «Was macht er denn mit der Schattenseele?»

«Er sperrt sie in eine Kalebasse. Die Kalebasse versteckt er.»

«Was heißt das?»

«Ein Mensch ohne Schattenseele stirbt.»

«David, du machst mir Angst.»

«Ich sage dir nur, was du wissen wolltest. Du musst mit meinem Vater reden.»

Der Junge schien beleidigt. Das Verhältnis zwischen ihm und seiner Schwester war ohnehin seit dem Tag gespannt, als ihr Vater Damasso beschlossen hatte zu sterben. Wenn Damasso sich nicht erholt hätte, hätte David seiner Schwester wohl auf ewig vorgeworfen, dass ihr aus der Tradition her rührender Starrsinn für die Entwicklung verantwortlich gewesen wäre. Denn David dachte eher als seine ältere Schwester wie ein Weißer und hatte – wie Amelie von Hanns wusste – mehrfach versucht, auf Sara einzuwirken, sich in ihre Rolle als Herrin von Salama einzufinden.

Die zweite Generation litt mehr unter den neuen Zeiten, dachte Amelie: David und Sara mussten sich entscheiden, ob sie mehr der Moderne oder der Tradition nachfolgten. Damassos Kinder hatten sich gegensätzlich entschieden.

Gegen Mittag, als die Patienten versorgt waren, holte Amelie aus dem Medikamentenraum eine Morphium-Ampulle und spritzte Sara das Beruhigungsmittel. Sie wartete noch, bis ihre Schwägerin eingeschlafen war, und nahm dann Lotte mit sich. Die Kleine weinte; sie hatte großen Hunger.

Nachdem Amelie ihre Nichte mit einer Schale Reis gefüttert hatte, ließ sie die Kleine in ihrem eigenen abgedunkelten Zimmer schlafen. Sie setzte sich neben das Mädchen und betrachtete sie nachdenklich. Die vielen unfreundlichen Sätze, die der Professor über Sara und Lotte gesagt hatte, gingen ihr durch den Kopf. Hatte Hanns denn von diesen magischen Dingen, die solch große Ängste auslösten, nie etwas mitbekommen? Oder hatte er die Augen davor verschlossen? Und wie sollte sie jetzt mit Sara umgehen? Wenn der *basavi* tatsächlich nachts nach seinen Opfern rief – was würde dann mit Sara geschehen? Oder war der *basavi* nur ein Bild, mit dem die Afrikaner etwas umschrieben?

Eines schied jedenfalls aus: eine Strategie nach dem Motto «Warte was geschieht».

Vor dem Haus wartete Damasso auf sie. «Ich habe ein Schloss vor dem *chumba wazungu* angebracht», verkündete er.

«Du hast deine Tochter eingesperrt?»

«Ja, es ist gut so.»

«Wie lange soll das so bleiben, Damasso?»

«Ich weiß es nicht.» Er verneigte sich und wollte ohne ein weiteres Wort davongehen.

«Damasso, diese Sache mit der Magie muss auf Salama ein Ende haben. Es gibt keine Schattenseele, und man kann sie auch nicht in einer Kalebasse fangen. Das ist Aberglaube. Da will nur jemand beweisen, dass er über andere Macht hat. Das ist Unsinn, hörst du?»

«Ja, *bibi Amelie*», antwortete Damasso ernsthaft.

Während sie ihm nachsah, wie er mit müden, schweren Schritten durch den hellen Sonnenschein davonging, band sie unwillkürlich die Scheife um ihren Blusenkragen fester. Es war ein Glück, dass er nichts von ihren Narben wusste. Er hätte in ihr sonst einen Teil jenes Phänomens gesehen, das es auf Salama nicht mehr geben sollte.

Amelie fuhr aus dem Schlaf hoch, zündete die Petroleumlampe an und sah als Erstes nach der neben ihr schlafenden Lotte. Der Kleinen ging es gut; sie hatte kein Fieber, nur wenige Pusteln bekommen und kratzte sich nicht. Dass Amelie auch in dieser Nacht so unruhig schlief, hatte mit dem Kind nichts zu tun. Sie hatte im Traum Gesichter gesehen, die sie nicht zuordnen konnte, Stimmen gehört, die sie nicht kannte, die Dinge sagten, die sie nicht verstand. Die Erinnerung an den Traum löste sich bereits auf, aber Amelie war sicher, dass die *hekima* ihr eine Nachricht zukommen lassen wollte. Besorgt dachte sie an den *basavi*. Konnte ihn wirklich ein Schloss aufhalten?

Amelie schlich sich aus dem Zimmer, Stiefel, Rock und eine warme Jacke in den Händen. Es war kurz nach drei in der Nacht, und draußen heulten die Hyänen. Amelie betrat die Veranda, die im unwirklich hellen Mondlicht lag. Jago und Juno witterten angespannt in die Finsternis. Affen kreischten angstvoll. Amelie schauderte. Was für eine unruhige Nacht! Kein Wunder, dass sie nicht schlafen konnte. In zwei Decken gewickelt, setzte sie sich in den Sessel.

Drei Tage waren vergangen, seitdem Hanns mit den Wohlgeburts nach Tanga gefahren war. Warum kehrte nicht wenigstens Hanns nach Hause zurück? War etwas vorgefallen? Warum schickte niemand einen Boten?

«Du kannst Karriere machen in Berlin», hörte sie Gustavs lockende Stimme. Ja, er würde von ihr eine Antwort wollen. Morgen vielleicht. Nein, noch heute, hoffentlich. Was sollte sie ihm sagen? Die Wahrheit? Dass ihr die selbst gesetzte Aufgabe, hier Menschen zu helfen, allmählich über den Kopf wuchs?

Dass er recht hatte und sie tatsächlich kein Wilkening war? Oder machte sie sich etwas vor? Ließ ihr die Sehnsucht nach einem Leben mit Gustav Afrika als das dunkle Reich erscheinen, als das es von so vielen Weißen geschmäht wurde? War das, was sie quälte, am Ende simples Heimweh? Oder war sie einfach nur überfordert?

Ihre eigene Schwägerin war eingesperrt wie ein wildes Tier! Wie sollte sie Hanns das erklären? Wie Gustav? Musste ihm ein solches Verhalten nicht als weiterer Beleg für die Rückkehr in die Steinzeit gelten?

Vom schlechten Gewissen geplagt, holte sie eines von Vaters Gewehren aus dem Haus und stieg die Verandastufen hinab, um sich auf den Weg zum Spital zu machen. Was ging dort in der Nacht vor sich? Würde auch sie den Ruf des *basavi* hören?

Sofort waren Jago und Juno an ihrer Seite. Es war hell genug, um ein wildes Tier zu erkennen, redete sie sich ein. Sie würde die Lage beherrschen.

Amelie war keine hundert Meter vom Haus entfernt, als sie hinter den Bananenstauden ein Rascheln hörte. Ihr Gefühl sagte ihr, dass es kein kleines Tier war, das sich dort verbarg. Sie riss das Gewehr von der Schulter, die Hunde fletschten die Zähne, die Ohren nach hinten gelegt, die Köpfe weit vorgestreckt, das Fell aufgerichtet.

Als sie versuchte, das Gewehr zu entsichern, merkte sie, dass ihre Hände zitterten. Langsam wich sie rückwärts zum Haus zurück, erklomm die Stufen und ließ sich, das entsicherte Gewehr auf den Knien, in den Sessel sinken. Dann atmete sie tief durch, roch die würzige Nachtluft und spürte, dass sie immer noch zitterte. Sie war eine Gefangene der Herrscherin über die afrikanische Nacht – der Angst.

Als sie wieder erwachte, blickte sie in das besorgte Gesicht Suahibus. Es war noch nicht ganz hell, die Decken, in die Amelie sich eingehüllt hatte, waren klamm von der Nachtfeuchtigkeit.

«Das war eine laute Nacht», sagte Saras Mutter. «Trink den Tee, solange er heiß ist. Ich werde dir inzwischen ein Bad einlassen, damit du nicht krank wirst.»

Nach dem Frühstück überließ sie Lottchen Suahibu und ritt in die Klinik, wo sie zuerst nach Sara sah. Das Vorhängeschloss, das Damasso montiert hatte, war fest verschlossen, und Ndrema musste aufsperren. Sara war schon wach, hatte sich aber die Decke über den Kopf gezogen.

Die Ärztin tupfte sorgsam schwefelhaltigen Puder auf die Pusteln ihrer apathischen Patientin, um sie austrocknen zu lassen. Währenddessen versuchte sie Sara auszuhorchen, ob sie erneut die Stimme des *basavi* gehört habe. Ihre Schwägerin tat, als habe sie nicht verstanden, was Amelie meinte.

Doch als sie gehen und die Tür offen lassen wollte, sagte Sara mit schwacher Stimme: «Schließ ab.»

Amelie widmete sich ihren übrigen Patienten. Plötzlich kam Ndremas Sohn herbeigelaufen.

«Du musst kommen, *bibi dactari*! Ein Mann wurde gefunden.»

Die halbe Farm war bei jenen Bananenstauden zusammengelaufen, wo Amelie in der Nacht das Rascheln gehört hatte. Selbst die kleinsten Kinder drängten nach vorn, um zu sehen, was man ihnen besser erspart hätte. Als die weiße Ärztin sich näherte, wichen die Leute respektvoll zurück und gaben den Blick frei auf das, was das Raubtier von einem vielleicht sechzehn Jahre alten Jungen übrig gelassen hatte. Jede Hilfe kam hier zu spät.

Ob der Junge noch gelebt hatte, als sie nachts draußen gewesen war? Wahrscheinlich nicht, redete sich Amelie ein. Morgens um drei lief niemand herum. Dennoch – sie hatte das Gefühl, versagt zu haben. Wo war das Mädchen geblieben, das sich nachts das Gewehr geschnappt, blindlings geschossen und somit David das Leben gerettet hatte?

Amelie richtete sich auf. Wenige Meter entfernt stand Suahibu mit Lotte auf dem Rücken. Die Kleine lugte an ihrer Großmutter vorbei.

«Suahibu, bring bitte Lotte weg!», sagte Amelie streng.

Die *mamma* machte ein verdutztes Gesicht ob Amelies schwacher Nerven und ging. Eine Befragung der Umstehenden erbrachte, dass der Junge zu einer Familie gehörte, die gerade erst ihre Hütte dort aufgebaut hatte, wo Damasso in Hanns' Auftrag den Hang von wenig ertragreichen Kaffeebüschen hatte roden lassen. Der Vorarbeiter erschien jetzt mit den Eltern des Jungen, die Mutter brach in lautes Wehklagen aus, und schon bald klangen die Trauergesänge über den Berg.

«*Bibi dactari*, du willst stärker sein als der Tod», sagte Suahibu, als sie Amelie das Mittagessen servierte.

Amelie hatte Lottchen auf ihren Schoß genommen und spürte eine Welle von Zärtlichkeit, als sie auf das pausbäckige Gesicht mit den langen Wimpern hinabblickte. Die Windpocken würden keine Narben hinterlassen und ihre Nichte einmal ein hübsches junges Mädchen mit vielen Verehrern sein.

«Der Tod lacht immer über uns», meinte Suahibu. «Man muss froh sein, wenn er jemand anders holt und nicht einen selbst.»

«Eine Kokosnuss?», fragte Amelie ungläubig.

«Ich bekam gar nicht mit, wie mir geschah.» Hanns sprach langsam, sein Kopf war verbunden. «Plötzlich lag ich am Boden und um mich herum war alles voller Blut. Und dann sah ich direkt neben mir die Kokosnuss.» Er versuchte zu lächeln. «Mein erster Gedanke war: Was für ein lächerlicher Tod – von 'ner Kokosnuss erschlagen.»

«Aber die ist nicht vom Baum gefallen?»

«Nee, Frau Doktor, det waren diese Kerls. Die ham det Ding jeschmissen. Da war jar keene Palme, als et den Hanns jefällt hat», antwortete Hermine.

«Nein, für diese Kokosnuss war eine Gruppe von Pflanzern,

die vor der Fröhlichen Einkehr stand, verantwortlich», fuhr Hermann Wohlgeburt fort. «Sie hatten sich schon während Dernburgs Versammlung durch laute Zwischenrufe unliebsam bemerkbar gemacht. Unangenehme Gesellen. Auch dieser Rothaarige, Sossenen, war darunter. Es war nur gut, dass Konrad mit seinem Ochsengespann da war. So konnten wir Hanns sofort ins Gouvernement-Krankenhaus bringen.»

«Und Dr. Heim ist sicher, dass es keine Gehirnerschütterung ist?», fragte Amelie.

«Deswegen sind wir alle so lange in Tanga geblieben», schaltete sich jetzt Gustav ein. «Am liebsten hätte er Hanns wohl noch dabehalten. Wir mussten versprechen, dafür zu sorgen, dass Hanns sich ruhig hält.» Er legte dem Freund die Hand auf die Schulter. «Komm, mein Lieber, ab ins Bett mit dir. Bloß gut, dass du so einen kräftigen Dickschädel hast.»

Hanns erhob sich schwerfällig aus dem Sessel im Salon. «Melli, kannst du mir diesen Verband abnehmen? Das juckt wie verrückt darunter.»

Sie begleitete ihn in sein Zimmer, begutachtete die vernähte Platzwunde an seinem Hinterkopf und legte unter seinem Protest einen leichten Klebeverband an. Hanns fragte nach Sara und Lotte, aber Amelie hielt es für klüger, ihm nur zu sagen, dass beide Windpocken hätten und Sara deshalb im Spital wäre.

«Maria und Heinrich haben auch die Windpocken. Da haben sie sich wohl untereinander angesteckt. Sie sind erst mal im Krankenhaus bei den Heims und werden erst später ins Internat gebracht», sagte Hanns. «Wir beide hatten die Windpocken schon als Kinder in Berlin. Erinnerst du dich?»

Aus irgendwelchen Gründen hatte sie es vergessen, aber es erklärte, warum sie sich bislang nicht angesteckt hatte.

Hermann und Hermine fuhren nach einem kurzen Aufenthalt weiter zu ihrer Farm. Für den nächsten Morgen hatte Hermann sich mit Konrad Müller zu Holstein verabredet, um die

Anlage einer Kautschuk-Plantage sowie die Errichtung eines Sägewerks zu besprechen. Der verlängerte Aufenthalt in Tanga hatte den Termin bei einer Bank ermöglicht, die in die Finanzierung einsteigen wollte.

Zum ersten Mal seit langem war Amelie allein mit Gustav. Sie setzte sich zu ihm an den Tisch im Salon, doch er wollte lieber nach draußen auf die Veranda.

«Es ist dort heller als hier drin», sagte er, und sie konnte nachvollziehen, dass er sich nicht gern im Haus ihres Vaters aufhielt, mit dem er keine angenehmen Erinnerungen verband.

Sie setzten sich nebeneinander. Amelie strich ihrem Verlobten über das Haar. Man sah ihm an, wie sehr ihn die letzten Monate mitgenommen hatten. Er wirkte ausgelaugt, müde. Sein linkes Augenlid hing leicht herunter, und während er nun zu erzählen begann, griff er sich immer wieder an die linke Schläfe, als lauerte dahinter ein Kopfschmerz. Doch Gustav wollte nicht darüber reden, erst musste er das Erlebte loswerden. Ausführlich berichtete er Amelie, wie es zu dem Übergriff auf ihren Bruder gekommen war.

«Ich glaube», sagte er, «Dernburg will zu viel auf einmal erreichen. Ihm geht es darum, die Kolonie schnellstens profitabel zu machen. Damit mag er ja recht haben. Gleichzeitig drängt er darauf, dass den Schwarzen mehr Rechte eingeräumt werden. Sie sollen dazu ermutigt werden, Pflanzungen anzulegen. Seine Überlegung ist richtig: Wenn die Einheimischen sehen, dass sie etwas erwirtschaften, fühlen sie sich von den Weißen eher akzeptiert. Und zahlen höhere Steuern, was wiederum den Staat freut. Die Kehrseite der Medaille: Die Weißen glauben, die Schwarzen würden nun in Konkurrenz zu ihnen treten. Und dann sitzt da dein Bruder. Ein Mann, von dem sich herumgesprochen hat, dass er eine Schwarze geheiratet hat. Für diese Dumpfbacken ist Hanns der ideale Sündenbock. Ich habe nicht gesehen, wie man Hanns angegriffen hat, da ich noch drinnen beschäftigt war. Plötzlich stürmte Kamerad Senner herein und rief: Hanns von Freyer liegt draußen und blutet am Kopf.»

Die Erinnerung daran wühlte Gustav sichtlich auf.

«Ich habe mir gleich gedacht, dass diese Krawallbrüder dahinterstecken. Als ich mich durch die Menschenmenge zum Ort des Geschehens gekämpft hatte, war Müller zu Holsteins Ochsengespann bereits abgefahren. Ich ließ ein paar Zeugen durch die Polizei befragen, darunter auch die Männer um Sossenen. Sie verwickelten sich in Widersprüche und wurden gegenüber den Beamten ausfallend. Da ließ ich sie dann alle in Gewahrsam nehmen.»

«Sossenen wurde eingesperrt?» Amelie konnte ihre Genugtuung nicht verheimlichen.

«Nach vierundzwanzig Stunden waren alle wieder draußen. Sie haben jetzt zumindest eine Anzeige wegen Beamtenbeleidigung am Hals», räumte Gustav ein. «Sossenen begegnete mir tags darauf noch einmal in Tanga. Das war sehr unangenehm.»

Mehr als diese Andeutung machte Gustav jedoch nicht. Endlich lockerte er seinen Kragen und ließ sogar zu, dass Amelie ihm seine Uniformjacke abnahm.

«Melli», sagte er und blickte zu ihr auf, «ich habe kein gutes Gefühl bei diesen Leuten. Die Stimmung unter den Siedlern ist enorm aufgeheizt.»

«Ach, die beruhigen sich schon wieder», sagte sie überzeugter als sie eigentlich war. «Gewiss war auch wieder viel Alkohol im Spiel.»

«Das stimmt allerdings.» Er streckte die Hand nach ihr aus und zog sie sanft auf seinen Schoß. «Lass uns die Welt vergessen.» Zart strich er ihr eine ihrer widerspenstigen Locken aus dem Gesicht. «Du wirst mit jedem Mal schöner.»

Seine Finger spielten mit der Schleife, die ihren Blusenkragen fest verschloss. Ganz langsam zog er daran. In seinem Gesicht lag ein Lausbubengrinsen, als sie die Arme um seinen Hals schlang und seinen Mund mit Küssen verschloss.

Im Morgengrauen griff Gustavs Hand nach ihr. «Musst du etwa schon raus?», fragte er verschlafen.

Amelie war spät dran; im Spital würden die Kranken schon wieder vor Davids Tisch Schlange stehen. Eine Nacht voller Liebe würden sie als Entschuldigungsgrund nicht akzeptieren.

«Schlaf weiter, du hast den Schlaf so dringend nötig.» Sie küsste ihn zärtlich. «Wenn du nachher aufstehst, dann lass dir ein gutes Frühstück von Suahibu machen.»

«Ich bin dir wohl zu dünn.»

«Ein paar Kilo mehr auf den Rippen würden dir gut stehen.»

«Sonst noch Gründe zur Beanstandung, Frau Doktor?»

«Ich habe mich schon lange nicht mehr so wohl gefühlt ...»

In der Küche klapperte Suahibu bereits mit Geschirr. Die kleine Lotte hatte diese Nacht bei ihrem Vater verbracht und machte ihre ersten Gehversuche im Salon. Amelie hockte sich ein paar Schritte von ihr entfernt hin, und die Kleine lief strahlend in die ausgebreiteten Arme ihrer Tante.

«Ich trink nur schnell einen Tee», sagte Amelie, als sich Suahibu näherte, und stand mit dem Kind im Arm auf. «Suahibu, wie siehst du denn aus!»

Das Gesicht der Köchin war von Windpockenpusteln übersät; sie hatte sich wohl doch bei ihrer Enkelin angesteckt.

«Du gehst jetzt bitte gleich nach Hause und legst dich ins Bett», sagte die Ärztin. «Ich sehe am Mittag nach dir.»

«Was mache ich mit Zawadi Nyoka, *bibi dactari*?»

«Ich nehme Lotte mit», erwiderte Amelie entschlossen.

Suahibu fügte sich, und Amelie ritt mit der Kleinen auf dem Schoß zum Spital. An diesem Morgen schienen Amelie nur fröhliche Menschen zu begegnen, die Lotte und ihr zuwinkten. Die trüben Gedanken der vergangenen Tage waren fortgewischt; welch einen Unterschied doch eine Nacht machte ...

Und alles ließ sich mit leichter Hand organisieren: Nach einigen aufmunternden Worten nahm Sara ihre Tochter zu sich, die Tür durfte sogar offen stehen bleiben. Badili wurde gebeten, gegen Mittag ins Farmhaus zu gehen, um dort Suahibu am Herd zu ersetzen. David und Ndremas Sohn unterstützten Amelie beim Versorgen der Patienten.

Zur Mittagsstunde holte Gustav seine Verlobte von der Klinik ab. Gemeinsam ritten sie zu Suahibus Hütte und fanden die Köchin in ihrer Hütte auf ihrer *kitanda* ruhend vor.

«Ich bin nur froh, dass Suahibus Krankheitsverlauf nicht so drastisch ist wie der von Sara», sagte Amelie nach dem Besuch und erzählte ihrem Verlobten von den psychischen Problemen, die die Windpocken anscheinend bei Sara ausgelöst hatten.

«Du kannst Sara doch nicht jede Nacht einsperren!», meinte Gustav.

«Ich wollte die Tür ja offen lassen, doch Sara will vor sich selbst geschützt werden.»

«Sara hat einfach Angst, aber Angst kannst du mit keinem Schloss heilen!», rief Gustav empört.

Amelie ergriff seine Hand. «Weißt du, dass du gerade etwas Bemerkenswertes gesagt hast?» Er verstand nicht, was sie meinte. Und sie erklärte: «Du hast gesagt, dass ich Saras Angst heilen müsste. Das ist ein ganz neuer Ansatz! So habe ich das noch nie gesehen.»

«Sondern?»

«Ich habe mir gesagt: Glaube ist Glaube, basta. Ich bin sogar so weit gegangen, Damasso zu befehlen, dass dieser Irrsinn mit der Magie auf Salama aufhören muss.» Sie schlug sich an die Stirn. «Das ist Quatsch, was ich da gemacht habe. Ich nehme Sara und ihre Angst nicht ernst.» Sie küsste ihn auf die Wange. «Liebling, du hast mir die Augen geöffnet!»

Er legte den Arm um ihre Hüfte, während sie gemeinsam zum Herrenhaus schlenderten. Es gab keinen Grund mehr für Heimlichkeiten.

«Aber dann», sagte er, «hätten auch alle Missionare Unrecht. Sie gehen nicht auf die Angst der Einheimischen ein, versuchen sie nicht zu verstehen. Die christlichen Kirchen servieren den Einheimischen nur einen anderen Glauben. Aber die Angst bleibt dennoch. Wie sagte Hanns? Neue Farbe auf einer alten Wand.»

Gustavs Ansatz faszinierte Amelie. Gleichzeitig stellte sie sich die Frage, wie man ihn in die Praxis umsetzen konnte. Das Gespräch brach ab, als Badili seinen einstigen *bwana* begrüßte und von ihm zum Wiedersehen mannhaft an sein Herz gedrückt wurde.

«Du bist sehr dünn geworden, *bwana* Gustav. Ich kann jede Rippe an dir spüren», stellte Badili fest. «Geht es dir gut? Bist du gesund?»

Der um so viele Jahre Jüngere sprach wie eine Mutter zum Kind.

Gustav waren die Fragen unangenehm, aber Badili insistierte: «Die Schulter, *bwana*, tut sie noch weh?»

«Badili, du bist ein lieber Kerl, lass uns jetzt essen.»

«Gewiss, *bwana*.»

Badili holte das Essen aus der Küche; den Tisch hatte er bereits eingedeckt.

«Er hat recht, Gustav. Du brauchst Ruhe. Hast du Kopfweh?»

Gustav hatte wieder verstohlen seine Schläfe massiert.

«Die Tage hier auf Salama werden mich wieder ganz herstellen. Du bist meine Medizin, Melli. Mehr brauche ich nicht.»

«Vielleicht ist es wirklich besser, nach Berlin zurückzugehen. Die Arbeit und die Safaris fressen dich auf. Hat Dernburg deine künftigen Aufgaben schon umrissen?»

Badili hatte nur Spiegeleier mit Bohnen gemacht; er bat um Entschuldigung, dass er in der Kürze der Zeit nicht mehr zustande gebracht hatte.

«Morgen gibt es Lammbraten, *bwana*.»

Gustav stocherte lustlos im Essen. «Ist schon gut, Badili. Ich habe keinen großen Hunger.»

Badili schenkte Zitronenlimonade nach und zog sich zurück.

«Melli, ich gehe nicht aus gesundheitlichen Gründen aus Afrika fort», nahm Gustav den Gesprächsfaden wieder auf. «Ich bin vielleicht überarbeitet, ja. Aber die Vorfälle in Tanga haben mich in der Überzeugung bestätigt, dass man das Denken der Menschen verändern muss. Das kann nur die Politik, und die braucht Vorlagen, die beschlussfähig sind. Das wird meine Arbeit sein: Konkrete Erkenntnisse, die hier gesammelt wurden, in Berlin zu präsentieren. Und du könntest dasselbe tun, Melli. Denk nur an unser Gespräch gerade eben über Sara! Die Angst der Eingeborenen vor dem Unbekannten, die Ursachen, die Lösungen. Du bist Wissenschaftlerin. Das ist ein großartiges Thema, um darüber zu publizieren. Du hast doch gewiss schon von einem Dr. Freud gehört, einem Arzt aus Wien. Er forscht über das Unbewusste, von dem wir alle bestimmt werden, von dem wir aber fast nichts wissen. Deshalb werden Menschen an sich selbst krank – wie unsere Sara.»

«Ein Offizier liest Sigmund Freud? Du erstaunst mich immer wieder! Aber es ist wahr, das ist interessant: die Angst der Naturmenschen vor dem Unbekannten. Das würde an die Quellen der Angst heranführen. Ich könnte mit Sara anfangen, sie befragen ... Jedoch ... was ist, wenn es nun in der Tat jemanden gibt, der nachts ihren Namen ruft? Ndrema behauptet es ja auch.»

«Vielleicht gibt sie nur wieder, was Sara ihr erzählt.»

«Und was ist mit dem Krankenhaus? Wer soll es führen, wenn ich mit dir nach Berlin gehe?»

«Man muss jemanden finden, einen Arzt, eine Ärztin vielleicht, die hier leben will. Ich werde im Kolonialamt direkt an der Quelle sitzen. Ich kann jemanden ausfindig machen – niemand wird etwas dagegen haben, im Gegenteil. Dernburg war von deinem Spital begeistert. Und in ein paar Monaten kannst du bei mir in Berlin sein. Bis dahin hast du hier genügend Material gesammelt. Und dann sind wir vereint, Melli! Eine große Zukunft ist zum Greifen nah. Wir müssen nur wollen. Nichts kann uns aufhalten!» In seinem Gesicht stand grenzenlose Begeisterung.

Amelie griff nach seiner Hand. «Du bist ein wahrer Stratege, mein Soldat.»

«Wir dürfen uns nicht trennen, Melli. Wir haben einander so lange gesucht. Nun müssen wir einen Weg in die Zukunft finden. Und ich sehe so viele Möglichkeiten für dich und damit für uns.»

Amelie hatte das Essen kaum angerührt. Sie spürte ein Kribbeln unter ihrer Haut. «Brauchst du noch mehr von meiner Medizin?», fragte sie atemlos.

«Ja, Frau Doktor. Ganz dringend sogar.»

Sie fassten sich an den Händen und stahlen sich in Amelies Zimmer davon.

Hanns drückte seinen Freund an sich: «Mensch, das ist eine fantastische Idee, Gustav! Ja, ich werde alles vorbereiten. Wir machen ein richtiges Fest. Mir allem Drum und Dran. Sara wird begeistert sein. Das wird sie wieder beleben, ihr wieder Hoffnung machen. Und du wirst nicht mehr als Junggeselle nach Berlin heimkehren.»

Hanns ließ den Korken einer Champagnerflasche gegen die Decke knallen.

«Wir werden alle unsere Freunde einladen. Na, die werden Augen machen. Erst herrschte jahrelang Ruhe auf Salama und nun wird gleich mehrmals gefeiert. Eine afrikanische Doppelhochzeit.» Er schenkte die Gläser voll.

Im Laufe des Abends schrieben sie Einladungen an die Wohlgeburts, die Müller zu Holsteins und viele andere. Am 11. Oktober, drei Tage vor Gustavs Abreise nach Deutschland, sollte die Hochzeit stattfinden. Am nächsten Morgen schwärmten die Boten aus, und Damasso wurde eingeweiht, damit auch er alles für Saras Feier mit den Einheimischen vorbereiten konnte.

«Wir beiden machen es andersherum als Sara und Hanns», beschlossen Amelie und Gustav. «Unsere standesamtliche Hochzeit holen wir nach, wenn wir wieder in Berlin sind.»

Am Nachmittag des nächsten Tages brachte ein Bote neue Medikamente, darunter auch sechs dunkelbraune Literflaschen mit Äther. Amelie ließ alles in den Medikamentenraum schaffen, der von einem Schloss gesichert wurde. Den Schlüssel dazu trug David stets um den Hals. Der Äther wurde in Holzschränken verwahrt, zu denen nur Amelie die Schlüssel besaß. In einem weiteren «Giftschrank» befand sich unter anderem das Morphium. Zur Abschreckung hatte Amelie mit weißer Farbe Totenköpfe auf die Schränke malen lassen.

Danach besuchte sie Sara, deren Zimmer direkt neben dem Medikamentenraum lag. Ihre Schwägerin wirkte noch immer verängstigt. Hanns hatte seine Frau bereits früh am Morgen besucht und ihr erzählt, dass die von ihr so ersehnte rituelle Hochzeit in wenigen Tagen stattfinden würde.

«Du hast die Windpocken gut überstanden. Es gibt keinen Grund mehr, mit Lotte im Krankenhaus zu bleiben», sagte Amelie.

Sara schlug die Augen nieder.

«Ruft *basavi* noch deinen Namen?»

Sara schüttelte den Kopf.

Für die Wapare war dies ein Ja, für die Europäer ein Nein.

«Komm zurück ins Haus, Sara. Bitte. Es ist doch viel schöner dort, und du kannst bei deinem Mann sein.»

«Ich komme zurück, wenn ich verheiratet bin.»

«Aber du bist doch bereits mit Hanns verheiratet.»

«Der *baganga* muss uns verheiraten.»

Baganga, mganga, basavi. Wie viele von der Sorte mochte es wohl geben, fragte sich Amelie mit wachsender Resignation.

Sara erklärte, dass der *baganga* ein Orakelpriester war.

Eine Art Zeremonienmeister, folgerte Amelie. Ein paar Tage noch und der Zauber wäre demnach vorbei.

Am Abend sah Amelie erneut nach Mutter und Kind. Lotte streckte ihr die Arme entgegen, und Amelie nahm sie auf den Arm. Bislang konnte Lotte noch kein Wort sagen.

Plötzlich fiel Amelie ein: «Morgen wird Lottchen ein Jahr alt, Sara! Wir müssen doch ein Geburtstagsfest für sie vorbereiten. Komm mit nach Hause, wir backen gemeinsam einen Kuchen für sie!»

Sara sprang auf, griff nach Lotte. «Nein! Zawadi Nyoka und ich müssen hierbleiben! Nur noch diese eine Nacht. Dann ist alles gut. Ich weiß es.»

Amelie küsste ihre kleine Nichte und gab sie schweren Herzens an Sara zurück; es stand ihr nicht zu, die beiden zu trennen.

«Warum diese eine Nacht?», fragte Amelie noch.

Sara setzte sich mit ihrer Tochter auf den Boden und hielt sie fest in ihren Armen. «Ich bin eine gute Mutter für Zawadi Nyoka.»

«Ruft *basavi* nach dieser Nacht nicht mehr?»

Sara schwieg.

«Könnte ich *basavi* rufen hören?»

«Ich bin Zawadi Nyoka eine gute Mutter», wiederholte Sara. Sie drückte ihr Kind an sich und schaukelte es. Lotte war ganz ruhig.

Angesichts von Saras Widerstand spürte Amelie ihre Ohnmacht. Sie dachte an Gustavs Idee, Sara zu ihren Ängsten zu befragen. Es kamen ihr Zweifel, ob sie dazu imstande war, ihr fehlte die Geduld für solche Gespräche. Es war eher die Arbeit eines Anthropologen wie es ihr Vater war. Das Herumstochern im Nebel der Psyche war nicht ihre Sache. Sie war Medizinerin, suchte nach sichtbaren, logisch nachvollziehbaren Symptomen; sie wollte Ergebnisse, keine Worte. Deshalb hatte sie Freuds «Traumdeutungen» zwar aus Deutschland mitgebracht; gelesen hatte sie nur wenig darin. Es war ihre Berufung, als Ärztin zu arbeiten, das wurde ihr in diesem Moment klar.

«Soll ich euch beide wieder einschließen?»

«Ja.»

Amelie ließ Wasser und Essen zu den beiden bringen und schloss danach ab. Auch diese Nacht brachte sie anschließend den Schlüssel zu Ndrema. Für den Fall, dass Sara Hilfe brauchte ...

«Ich fand dies», sagte Ndrema, die Aufseherin, und öffnete die Hand. «Weißt du, wem das gehört?»

Auf ihrer Handfläche lag eine flache Kugel aus geflochtenen Bananenblättern, an der ein Band aus Raphiabast befestigt war. Amelie erkannte sofort das Amulett des *mganga.* Sie hatte sich nie dafür interessiert, was sich in seinem Inneren verbarg. Und auch jetzt steckte sie das kleine, inzwischen etwas verblasste Ding, das sie längst vergessen hatte, eher widerwillig in die Tasche ihres grauen Lieblingsrocks. Ihr ging zu viel anderes durch den Kopf, als dass sie dem kleinen Fetisch besondere Aufmerksamkeit geschenkt hätte.

Als sie während der kurzen Phase zwischen Tag und Nacht, in der Stunde des blauen Lichts, heimritt, machte sie sich Vorwürfe, Lotte mit Sara im Krankenzimmer eingesperrt zurückgelassen zu haben. Aus einem ihr nicht bekannten Grund war die kommende Nacht wichtig für Sara. Konnte sie es verantworten, ein Kind in der Obhut einer derart verängstigten Mutter zu lassen? Müsste sie nicht doch energisch durchgreifen, um ihre Nichte zu schützen? Aber durfte sie ihre eigene Schwägerin derart bevormunden? Zerstörte sie dann nicht das ohnehin komplizierte Verhältnis zu Sara nachhaltig? Wie sollte Sara ihr dann jemals wieder trauen?

Mit so vielen unbeantworteten Fragen konnte sie nicht nach Hause zurück. Amelie wendete ihr Pferd und ritt zu Damassos Hütte, um ihn um Rat zu fragen. Doch er war nicht zu Haus und Suahibu schwieg.

«Dein Mann soll heute Abend unbedingt noch zu mir kommen», bat Amelie eindringlich.

Suahibu nickte nur.

Während des Abendessens berichtete Amelie Gustav und Hanns von dem ergebnislosen Gespräch mit Sara.

«Ich habe Sara stets ihre kleinen Geheimnisse gelassen», sagte Hanns. «Die geheimen Rituale gab es immer. Nur hast du früher nichts davon geahnt, *bibi mamba*», setzte er mit leiser Ironie hinzu.

«Den beiden wird heute Nacht nichts zustoßen. Auch afrikanische Geister können keine Schlösser knacken», meinte Gustav.

Amelie beschloss, allein einen Geburtstagskuchen für Lotte zu backen. Glücklicherweise lag noch ein mit Charlottes steiler Handschrift sorgsam geschriebenes Rezeptbuch bereit. Aus dem Salon hörte sie Gustav und Hanns, die sich lachend unterhielten.

«Lass uns schlafen gehen», sagte Gustav kurz vor Mitternacht und küsste Amelie sanft in den Nacken. «In ein paar Minuten beginnt ein neuer Tag. Du wirst sehen, alles löst sich in Wohlgefallen auf.»

Gemeinsam traten sie noch einmal auf die Veranda und blickten in den klaren Sternenhimmel. Die Hunde guckten neugierig auf und steckten dann die Köpfe ins Fell, um weiterzuschlafen. Der Kuchen war gelungen und Amelie rechtschaffen müde.

Aber Damasso hatte sich nicht blicken lassen.

Die kahlköpfige alte *hekima* blickte Amelie aus altersmüden Augen an. «Dota ist der Atem unserer Ahnen. Ruft *nyoka* nach Ninabo, nimmt Dota ihren Platz ein.»

Die Alte nahm das weiße Hühnerei aus dem Maul der drohend aufgerichteten Holzkobra, steckte es sich in den Mund, zerkaute es und schluckte.

Eine ihrer Helferinnen führte eine weiße Ziege heran, hielt sie mit der einen Hand fest und bog mit der anderen den Hals des Tieres weit zurück. Die *hekima* nahm ein Messer und schnitt der Ziege die Kehle durch. Blut schoss hervor, spritzte auf Amelie, färbte ihr blütenweißes Kleid rot, durchdrang den Stoff und klebte warm auf Amelies Haut.

«Sultanin Ninabo ist zu den Ahnen gegangen», sagte die *hekima*.

Amelie fuhr aus dem Traum hoch; sie war nass geschwitzt und wusste nicht, wo sie war. Ihr panisches Erwachen riss den neben ihr liegenden Gustav aus dem Schlaf.

«Was ist los, Melli?»

Amelie hatte keine Ahnung, was sie antworten sollte. Die *hekima* war ihr erschienen, hatte etwas gesagt. Aber was war es gewesen? Das viele Blut, sie glaubte es noch zu spüren ...

Warum zerstoben ihre Träume immer, sobald sie erwachte?

Sie war längst aus dem Bett gesprungen, entzündete mit fahrigen Händen die Petroleumlampe, suchte ihre Kleidung. Wie lange es immer dauerte, dieses umständliche Zeug anzuziehen! Sie nahm eines von Gustavs Hemden, streifte Safarihose und die Jacke über, plagte sich mit den Stiefeln.

«Beruhige dich, Liebes, es ist finstere Nacht. Sieh nur: zwei Uhr morgens. Denk an den Löwen, von dem du mir erzählt hast.»

«Vergiss den Löwen! Da draußen geht etwas Grauenhaftes vor sich.»

Gustav begann seinerseits sich anzukleiden, die Uniformjacke auf die nackte Haut, die Hose, die Stiefel. Er holte sie ein, als sie vor dem Waffenschrank im Arbeitszimmer des Professors Patronen in den Gewehrlauf schob. Ein Stuhl fiel um, auf der Terrasse begannen die Hunde zu bellen. Hanns, von dem Lärm geweckt, stolperte im Nachtgewand barfuß in den Salon.

«Was macht ihr beiden?», rief er. «Melli, bist du von Sinnen? Komm zu dir!» Er stellte sich ihr in den Weg.

«Ich bin so klar im Kopf wie nie! Da draußen geht etwas vor sich. Ich weiß es. Frag mich nicht, woher!»

«Doch, tue ich!»

«Die Schlangenfrauen! Sie haben mir eine Nachricht geschickt!»

«Welche Schlangenfrauen?» Gustav guckte konsterniert.

«Melli, du hast geträumt!», rief Hanns.

«Sara ist in großer Gefahr! Ich muss zu ihr!»

Hanns packte Amelie an den Schultern. «Da draußen sind Hyänen. Die wirst du gehört haben.»

«Lass mich gehen! Du wirst es dir sonst nie verzeihen!»

Hanns schrak zurück. Gustav war inzwischen auf der Veranda.

«Melli hat recht!», rief er. «Dahinten brennt es!»

Die Geschwister rannten zu ihm nach draußen.

«Oh, mein Gott, das ist das Krankenhaus», flüsterte Amelie. «Sara! Lotte!» Dann schrie sie: «Sie sind eingesperrt!»

«Wir nehmen die Pferde!», kommandierte Gustav.

Nun erschien auch Badili in seiner weißen Kleidung; er hatte in einem der Gästezimmer geschlafen.

«Scheiße, ich kann so nicht reiten!», brüllte Hanns, riss sich das Nachthemd vom Leib und rannte in sein Zimmer, um sich wenigstens eine Hose anzuziehen.

Die *boys*, die im Stall schliefen, fuhren entsetzt hoch, als Amelie, Gustav und Badili hereinstürmten.

«Das Krankenhaus brennt. Ruft alle zusammen! Los! Alle müssen löschen», befahl Amelie und schwang sich ohne Sattel auf das erstbeste Pferd.

Doch das von Amelie gewählte Tier fürchtete sich in der Dunkelheit, während Gustavs Armeepferd an Nachtritte gewöhnt war. Im Handumdrehen war der Soldat in der Dunkelheit verschwunden und Amelie gezwungen, ein anderes Ross zu nehmen. Hinter sich hörte sie bald den Hufschlag von Hanns' Pferd, und weiter hinten folgte Badili auf einem Maultier.

Der Schein des Feuers wurde heller, doch da waren noch

mehr Lichter, abseits, weiter unten am Berg. Es mussten Fackeln sein, wohl von Arbeitern, die auf diese Weise den gefahrvollen Weg durch die Plantagenhänge beleuchteten.

Aber liefen sie nicht in die falsche Richtung?

Endlich die Abzweigung hinab zum Spital. Zweige peitschten in Amelies Gesicht, sie atmete schwer, duckte sich. Jetzt bloß nicht abgeworfen werden! Rufe gellten durch die Nacht, Hilfeschreie. Amelie sprang vom Pferd, rannte die letzten Meter bis zum Krankenhaus.

Das lange Dach, gedeckt mit trockenem Schilf und Palmblättern, brannte an mehreren Stellen. Am höchsten jedoch schlugen die Flammen aus dem hinteren Teil, dort, wo sich der Medikamentenraum und das *chumba wazungu* befanden. Gustav hieb mit dem Kolben seines Gewehrs auf das Vorhängeschloss, um es abzuschlagen. Dabei löste sich ein Schuss. Im selben Augenblick traf Hanns auf Kivuli ein. Der schussscheue Wallach stieg in Panik hoch. Hanns klammerte sich am Hals des Pferdes fest. Dann sprengten Ross und Reiter durch die wild durcheinanderrennenden Menschen davon. Die Flammen hatten die Dacheindeckung bereits zerfressen, sie würden jeden Moment den Medikamentenraum erreichen.

Der Äther, schoss es Amelie durch den Kopf. Das Ethanol wird explodieren!

Amelie entsicherte ihr Gewehr und schoss das Schloss zum Medikamentenraum weg. Als sie die Tür aufriss, sah sie, dass die beiden mit Totenköpfen gekennzeichneten Schränke bereits unter herabgestürzten, brennenden Balken begraben waren. Sie schlug die Tür zu. Aus dem *chumba wazungu* stürzte ihr Gustav entgegen. Er trug Sara auf den Armen. Im selben Augenblick zerriss eine Explosion die leichte Konstruktion, brennendes Holz flog durch die Luft. Gustav stolperte vorwärts, mit Sara in den Armen fiel er zu Boden. Doch der Soldat rappelte sich auf und rannte zurück in das brennende Gebäude.

Amelie war ebenfalls durch die Wucht der Explosion auf

die Erde geschleudert worden. Direkt neben ihr lag Sara. Sie schien unverletzt zu sein, war aber nicht bei Bewusstsein. Gefährlich nah bei ihr brannte jedoch ein Holzstück. Amelie zerrte ihre Schwägerin etliche Meter weiter, als Gustav mit Lotte auf dem Arm zurückkam.

«Das arme Kind ...», presste er hervor.

Sein Gesicht war rußgeschwärzt, er verdrehte die Augen, ging ganz langsam in die Knie. Amelie sprang hinzu und konnte ihm Lotte gerade noch abnehmen, bevor er stürzte. Er schlug der Länge nach hin, krallte seine Hände in den nachtfeuchten Boden.

Lotte begann zu schreien, schrill und panisch.

Im flackernden Schein der Flammen starrte Amelie entsetzt auf das grausam entstellte Gesicht ihrer Nichte. Während Lottchens Körper unversehrt zu sein schien, war die rechte Gesichtshälfte von der Stirn bis zum Hals verbrannt. Das rechte Auge war eine einzige verkrustete Wunde. Das Gesicht der Kleinen musste sofort in feuchte Tücher gewickelt werden, um die unerträglichen Schmerzen zumindest zu lindern, die das Kind empfinden würde, sobald der Schock nachließ. Doch Amelie hatte nichts als liebevolle Worte.

Währenddessen wand sich Gustav in Krämpfen. Er rollte sich auf den Rücken, verdrehte die Augen. Zwischen dem Ruß und der Erde an seinen Händen war blutiges Fleisch zu sehen; offenbar hatte er das Feuer an Lottes Kopf mit den nackten Händen erstickt.

Was sollte sie zuerst tun? Die Kleine versorgen? Sich um Gustav kümmern?

Ihre Nichte an sich gedrückt, beugte sich Amelie über den Geliebten. Sie rief seinen Namen, schlug ihn auf die Wangen und blickte sich hilfesuchend um. Überall rannten schreiende Menschen durcheinander, beißender Qualm nahm die Luft zum Atmen, die Hitze des rasend schnell verbrennenden Holzes und Strohdaches wurde unerträglich. Amelie legte die

Kleine bei Sara ab, um Gustav vom wild um sich greifenden Feuer fortzuziehen. Sie griff vom Rücken aus unter seine Brust und schleifte ihn mühsam einige Meter weiter weg. Wie schwer er war. Aber er versuchte mit den Beinen Amelies Bemühungen zu unterstützen. Er stöhnte, sein Körper zuckte in immer neuen Krämpfen.

«Gustav, hörst du mich? Sag doch etwas!»

Sein Mund zuckte; er schien lächeln zu wollen. Amelie beugte sich dicht über ihn.

«Ich bin bei dir», flüsterte er.

Noch einmal bäumte er sich auf, als wollte er ein letztes Mal Atem holen. Dann entspannten sich seine Muskeln, sein Kopf fiel zur Seite.

Amelie fühlte seinen Puls an der Halsschlagader – er war nicht zu spüren. Sie beugte sich über seinen Mund und versuchte ihn zu beatmen, massierte sein Herz, legte das Ohr auf seine bloße Brust, versuchte erneut, ihn mit einem Kuss ins Leben zurückzuholen, presste sein Herz wieder und wieder rhythmisch.

Es konnte nicht sein, durfte nicht sein. Das widersprach allem, was sie über Verbrennungen wusste! Kritisch wurde es doch erst, wenn mehr als ein Drittel der Haut zerstört war. Und es konnte auch keine Rauchvergiftung sein.

Sie schrie seinen Namen in die Nacht, zog ihn an sich, drückte seinen Körper, als wollte sie ihn nie mehr loslassen. Und spürte gleichzeitig, dass sie den Kampf verloren hatte. Nichts würde ihn mehr lebendig machen; Gustav war tot.

All das Geschrei um Amelie herum, das Zischen der Flammen, das Bersten des Holzes schienen in diesem Moment zu verstummen, wurden verschluckt von einem Schmerz, der sie zu zerreißen drohte.

«Melli! Melli!»

Wie aus einem Nebel drangen Hanns' Rufe zu Amelie.

«Hilf mir!»

Amelie stolperte zu ihrem Bruder, der – aus Schürfwunden blutend und völlig verdreckt – inzwischen bei seiner Frau war. Amelie tastete nach Saras Puls, ohne ihn zu finden. Sie probierte es an der Halsschlagader, versuchte Saras Mund zu öffnen, um eine Wiederbelebung zu versuchen.

Allmählich begriff sie, was der Schock der Ereignisse sie zuvor nicht hatte erkennen lassen: Saras Körper war kalt.

«Was hat sie, Melli?» Hanns starrte seine Schwester fassungslos an. «Ist sie ...?»

Amelie nickte stumm.

«Aber sie hat nicht eine einzige Schramme, Melli! Das kann doch nicht sein!»

Hanns sprach aus, was auch Amelie durch den Kopf ging: Sara war nicht gerade erst gestorben, sondern bereits vor Stunden. Eine Rauchvergiftung schied somit auch in ihrem Fall aus.

Gustav hatte eine Tote geborgen.

«Was ist mit ihr geschehen? Was geht hier vor?», flüsterte Hanns.

Amelie schüttelte nur den Kopf; sie begriff gar nichts mehr. Verzweifelt versuchte sie einen klaren Gedanken zu fassen.

Lotte war inzwischen von einer gnädigen Ohnmacht umfangen. Amelie nahm das zarte Kind behutsam auf den Arm.

«Lottchen hat doch heute Geburtstag ...»

Hanns' Stimme brach, als er die Verbrennungen in ihrem Gesichtchen sah. Seine großen Hände zuckten hilflos bei dem Versuch zurück, sie streicheln zu wollen.

Badili stürzte mit einigen *boys* herbei. Als er begriff, dass sein *bwana* gestorben war, brach er in lautes Schluchzen aus und warf sich neben Gustav auf den Boden.

«*Bwana* Gustav ist tot!»

Der Schmerz verzerrte Badilis Stimme zu einem unmenschlichen Brüllen.

Hanns starrte Badili sekundenlang an. Er schien wie gelähmt zu sein. Dann sank er stumm und ganz langsam neben der Leiche seines Freundes auf die Knie. Hanns nahm den Kopf des Freundes in beide Hände, beugte sich über ihn und presste seine Stirn an die Stirn des Mannes, den er mehr als seinen eigenen Bruder geliebt hatte.

Ein Krachen ließ Amelie aufsehen. Das hölzerne Skelett der Klinik widerstand der Glut der Flammen nicht mehr. Die tragenden Balken brachen zusammen und wurden unter einem Funkenregen begraben. Der ganze Berg wurde von dem gespenstischen Feuerwerk erleuchtet, das kilometerweit zu sehen sein musste.

Amelie kauerte am Boden, Lotte an ihre Brust gepresst. In ihr war alles abgestorben. Doch sie spürte Lottes raschen Atem. Noch war das Kind bewusstlos, aber sein Körper kämpfte bereits. Die Verantwortung für den gemarterten kleinen Menschen zwang Amelie aufzustehen. Sie beugte sich über Hanns, rüttelte ihn an der Schulter.

«Hanns, wir müssen Lottchen retten. Sie ist alles, was uns noch geblieben ist!»

14.

Es war keine Zeit zum Trauern, zum Denken, zum Fühlen. Nur zum Handeln. Amelie funktionierte. Sie wurde zur Ärztin, in der jegliches Empfinden zu schweigen hatte. Im Herrenhaus angekommen, brachte sie Lotte in ihr eigenes Zimmer. Erst jetzt, im Schein der Petroleumlampen, wurde das ganze Ausmaß der Verletzungen deutlich. Amelies größte Sorge galt dem rechten Auge ihrer kleinen Nichte. Sie hatte keinerlei Möglichkeit, es genau zu untersuchen: Das Lid war mit der Haut verbacken, Narbenbildung würde es zuwachsen lassen. So schwer es ihr auch fiel – Lotte musste fürs Erste ruhiggestellt sein, ihre wahnsinnigen Schmerzen betäubt werden: Sie verabreichte eine geringe Dosis Morphium. Dann begann sie die Brandverletzungen zu reinigen, trug die Brandblasen ab und bedeckte die offenen Stellen mit Borsalbe. Viel davon war nicht mehr in ihrer Arzttasche, doch es reichte für diese erste Behandlung. Mit befeuchtetem Verbandsmaterial und sterilen Leintüchern bedeckte sie die Wunden.

Im Moment zählte nur, dass Lotte überlebte. Erst später, in Tagen, in Wochen oder Monaten würde man weitere Schritte bedenken können. Amelie weigerte sich, sich das Martyrium auszumalen, das der Kleinen bevorstand.

Endlich kam Suahibu, verweint und von Windpocken gezeichnet, vor Schmerz unfähig, auch nur ein Wort zu sagen. Amelie erklärte ihr, wie sie für Lottchen sorgen müsste. Dass sie so viel wie möglich trinken musste. Dass die Verbände feucht gehalten werden mussten.

«Ich muss zum alten Krankenhaus, die anderen Verletzten

versorgen. Lass niemanden außer Hanns zu Lotte. Hörst du! Und fass bitte nicht ihre Wunden an.»

Sie hätte ihr erklären müssen, wie gefährlich jetzt eine Infektion war. Doch gab es überhaupt ein Kisuaheli-Wort für «Infektion» ...?

Suahibu starrte Amelie an; es schien, als hätte sie kaum zugehört.

«Das war *basavi*», flüsterte die Afrikanerin.

Amelie erstarrte für eine Sekunde. «Nein», sagte sie, ohne einen Grund benennen zu können, «das war jemand anders.»

Nicht, weil sie die Zaubergeschichte grundsätzlich für Unfug hielt; in diesem Land war vieles möglich, das andernorts undenkbar war. Es erschien ihr jedoch wahrscheinlicher, dass jemand trotz Verbot mit offenem Feuer hantiert hatte, vielleicht um zu kochen.

Im Salon hatte Hanns die Körper von Gustav und Sara nebeneinander auf Tierfelle gelegt und entzündete nun unzählige Kerzen. Tränen liefen ihm über das Gesicht, ab und zu wischte er sie fort, als wären sie ein Schwarm lästiger Fliegen, die sich nicht vertreiben ließen.

«Warum nimmt Gott die Besten zuerst, Melli?»

Die Geschwister umarmten einander schweigend, unfähig eine Frage zu beantworten, auf die es nie eine Antwort geben würde.

Draußen schwang Amelie sich auf Gustavs Pferd und ritt durch die rauchgeschwängerte, noch immer vom Feuerschein gespenstisch erhellte Nacht zum alten Buschkrankenhaus. Nachdem die letzten Pockenkranken entlassen worden waren, hatte sie es desinfizieren lassen, um es als Isolierstation für hochgradig ansteckende Fälle benutzen zu können.

In den folgenden Stunden spürte Amelie nichts. Nicht ihre brennenden Augen, nicht ihre wunden Hände, nicht ihre rasenden Kopfschmerzen. Sie hatte weder Hunger noch Durst. Sie zählte nicht die Verletzten, fragte sich nicht, womit sie behandeln konnte, erfand in einem fort neue Methoden, arbeitete wie eine Maschine, die keine Gefühle hatte. Worte beschränkte sie auf das Notwendigste. Menschen wurden gebracht und geholt.

Zwischendurch ritt Amelie zweimal eilends hinüber zum Farmhaus, um nach Lotte zu sehen. Beim ersten Mal traf sie Suahibu bei ihr an, beim zweiten Mal war es Hanns, der neben seiner Tochter saß, ihre Hand hielt. Sie konnte sich nicht erinnern, ihn jemals ein Kinderlied summen gehört zu haben; nun tat er es, und es war das traurigste Lied, das Amelie je gehört hatte. Die Hilflosigkeit dieses zupackenden Mannes war erschütternd.

So schnell sie konnte, kehrte Amelie ins Krankenhaus zurück und arbeitete weiter. Jeder, der helfen konnte, packte mit an. Badili hatte seinen verdreckten weißen Anzug gegen den Lendenschurz der Einheimischen getauscht, gönnte sich wie David keine Pausen. Ndrema und ihr Sohn wurden zu unverzichtbaren Helfern. Die Verletzten klagten kaum, fügten sich in das Unabänderliche.

Irgendwann am Abend, als die Petroleumlampen in dem kleinen Krankenhaus wieder brannten, waren alle Verletzten versorgt. Amelie sank auf die Stufen der Veranda. Sie hatte sich noch nie so leer gefühlt.

David kam zu ihr. In den vergangenen vierundzwanzig Stunden schien er um Jahre gealtert zu sein.

«Es haben alle Patienten überlebt. Alle, bis auf ...»

Er beendete den Satz nicht.

«Du hast ein gutes Krankenhaus gebaut, David. Darum konnten alle entkommen», sagte Amelie, um wenigstens etwas zu sagen.

Er wandte sich stumm ab. Wie ein alter Mann auf seinen Stecken gestützt, verschwand er in der Nacht. Amelie wollte ihm nachgehen, aber sie wusste keinen Trost für ihn. Sie bat Badili die Nacht über Wache zu halten. Als sie gerade ihr Pferd besteigen wollte, stand Ndrema vor ihr.

Bevor die «Aufpasserin» etwas sagte, blickte sie sich nach allen Seiten um.

«Ich sah *basavi*!», flüsterte sie.

Das kam so überraschend, dass Amelie im ersten Moment nicht wusste, was Ndrema überhaupt meinte. Hatte es nicht geheißen, man könne diesen bösen Zauberer nur hören?

«Wie sieht *basavi* denn aus?»

«Rot wie *bwana kassilika*.»

Herr Ärgerlich. Woher kam Amelie dieser Name bekannt vor? Doch sie konnte nichts damit anfangen, zu viel war in der letzten Nacht geschehen.

«Wen meinst du mit *bwana kassilika*?», fragte Amelie.

«Der Deutsche, für den ich arbeiten musste. Seine Haare sind rot.»

Sossenen!

«Hast du *bwana kassilika* gesehen? War er es, der das Feuer gelegt hat, Ndrema?», fragte Amelie mit erwachender Neugier.

Die *mlezi*, die wachsame Aufseherin über das inzwischen vernichtete Spital, schlug die Augen nieder. «Leute sagen, sie sahen *wazungu*. Sie machten ihre Gesichter schwarz. Aber es war Nacht, *bibi dactari*. *Wazungu* tun so etwas nicht.»

«Du sagtest, du hast *basavi* gesehen, und er hat rote Haare, Ndrema», insistierte Amelie.

«Es war *basavi*», wiederholte Ndrema. Dann ging sie ohne ein weiteres Wort davon.

Auf Gustavs Pferd ritt Amelie durch die pechschwarze Nacht, über der noch immer der scharfe Geruch des Feuers lag, nach Hause. Kaum ein Licht war zu sehen. Sie hielt das Pferd an der Abzweigung zum neuen Krankenhaus an. Den ganzen Tag hatte sie keine Zeit gehabt, sich anzusehen, was von der Klinik übrig geblieben war. Nach einigen Metern stoppte sie erneut.

An dieser Stelle musste es gewesen sein. Hier war ihr während ihres hastigen Ritts in der letzten Nacht etwas aufgefallen. Da waren Fackeln gewesen, unten am Berg, ein gutes Stück entfernt von der Klinik. Sie hatten sich vom Brandherd fortbewegt.

Amelie ritt langsam weiter. Warum sollte ein Zauberer Feuer legen? Das machte keinen Sinn. Diese Leute gebrauchten keine rohe Gewalt. Ob Ndremas Bericht stimmte? Hatte es nicht tatsächlich so ausgesehen, als hätte das Krankenhausdach an verschiedenen Stellen Feuer gefangen? Doch das konnte auch am Funkenflug gelegen haben.

Und Sara hatte keine einzige Brandwunde ...

Was war wirklich geschehen in dieser furchtbaren Nacht?

In Amelies Zimmer brannte kein Licht. Vorsichtig tastete sie sich in den Raum, in den sie Lotte gebracht hatte. Wieso war kein Atmen zu hören? Sie erreichte das Bett – es war leer! Sie entzündete die Lampe, ihr Herz raste. Wo war die Kleine, die so dringend umsichtiger Pflege bedurfte? Das wusste Hanns doch! Suahibu! Amelie rannte in den Salon. Die Körper von Gustav und Sara waren ebenfalls verschwunden. Das ganze Haus schien leer zu sein. Mit der Petroleumlampe in der Hand eilte sie zum Zimmer von Hanns.

«Hanns ...?»

Ihr Bruder richtete sich auf, neben ihm auf dem Ehebett lag Saras lebloser Körper. Amelie nahm die gespenstische Szenerie kaum wahr.

«Wo ist Lotte!», rief sie wie von Sinnen.

Hanns stand auf und kam zur Tür. Sein Gesicht war weiß wie Wachs. Er hielt sich am Türgriff fest, bewegte kaum die Lippen, als er sprach.

«Lottchen schrie seit Stunden. Ich wusste mir nicht mehr zu helfen. Da hat Suahibu sie sich auf den Rücken gebunden und ist mit ihr gegangen.»

«Wie konntest du das zulassen! Suahibu bringt sie in Lebensgefahr.» Amelie schrie, doch erreichte ihn kaum. «Bitte, wohin hat Suahibu Lottchen gebracht?»

«Ich glaube, zu einem Heiler.» Er starrte durch seine Schwester hindurch ins Nichts.

«Welcher? Wo finde ich ihn?»

Er schüttelte den Kopf. «Suahibu wird es schon richtig machen. Wir müssen ihr vertrauen.» Er hob die Achseln. «Du warst nicht da ...» Er drückte die Türklinke und verschwand in seinem Zimmer.

Amelie starrte die geschlossene Tür an. Vertrauen! Großer Gott, Hanns wusste nicht, was er da sagte. Sie machte sich Vorwürfe, so lange ausgeblieben zu sein. Doch schneller war es nicht möglich gewesen.

Was sollte sie jetzt tun? Im Grunde gab es nur einen Ort, wo sie suchen konnte.

Nur von Jago und Juno begleitet eilte Amelie durch die klare, kalte Nacht, ihren schweren Arztkoffer in der einen, eine Fackel in der anderen Hand. Gehetzt und außer Atem erreichte sie Suahibus und Damassos Hütte. Drinnen brannte schwach ein Licht, ein Singsang war zu hören, der nur wenige Töne umfasste.

Ohne Zögern trat Amelie ein. Sie hatte keine Kraft gehabt, sich auszumalen, was sie erwarten würde, wenn sie Lottchen finden würde. Die Realität übertraf ohnehin all ihre Befürchtungen. Die Hütte war voller Frauen, kaum eine trug mehr als ein Hüfttuch, sie mochten in Suahibus Alter sein. Suahibu lag im Dunkeln auf ihrem Bett; sie rührte sich nicht.

Inmitten des Frauenkreises war Lottchen nackt auf ein Tierfell gebettet, das von Brandwunden gezeichnete Gesicht völlig ungeschützt – ohne Verband und ohne Salbe!

Obwohl Amelies ärztliches Gewissen protestierte, riet ihr ihre Intuition, sich zunächst einmal auf diese ungewöhnliche Runde einzulassen. Behutsam stellte sie den klobigen Koffer ab. Die Frauen sahen sie an, unterbrachen für Sekunden die gleichförmige Melodie, nahmen sie aber gleich wieder auf.

Nach kurzem Zögern setzte sich Amelie zwischen die Afrikanerinnen auf den Boden.

Eine der Frauen stach hervor. Sie war kahl und schien recht betagt zu sein. Im Schein der schwachen Lampe war zu erkennen, dass die Frau in ähnlicher Weise mit Hautritzungen geschmückt war wie die *hekima* des Schlangenbundes in Tabora. Das zumindest war beruhigend. Aber konnte diese Frau Brandwunden angemessen behandeln?

Zumindest der erste Eindruck war falsch gewesen: Lottes Gesicht war nicht ungeschützt. Eine hauchdünne Schicht eines unbekannten Pulvers war über die Wunden gestreut. Die dazu notwendigen Utensilien – offene Kalebassen, Mörser, Bananenblätter mit Pulverresten – standen vor der Heilerin. Außerdem schlief Lotte tief und fest.

Ninabos *hekima* hatte Amelie gezeigt, dass die Einheimischen Kräuter mit betäubender Wirkung kannten. Wahrscheinlich verfügte auch diese Heilerin über das notwendige Wissen.

«Wer bist du?», fragte Amelie flüsternd.

«Man nennt mich Jinabila», erwiderte die alte Frau ebenso leise.

Das war kein Name. Eher ein Scherz. Jinabila hieß so viel wie «Die ohne Namen» ...

Mühsam ließ sie sich entlocken, dass sie schon viele Kinder behandelt hatte, die ins offene Feuer gefallen waren, an dem ihre Mütter kochten. Die Haut müsse trocknen; die Verbände, die Amelie ihrer Nichte angelegt hatte, lagen wie ein Haufen Unrat in der Ecke.

«Meine Kinder sind gesund», beteuerte Jinabila und meinte damit offensichtlich ihre Patienten.

Dieses Argument schnitt alle Einwände ab, die Amelie in den Sinn kamen. Sie hockte reglos neben ihrer Nichte und fragte sich, ob es richtig war, Lotte diesem Kreis entreißen zu wollen. Was wusste oder konnte sie besser als Jinabila? Aus dem Krankenhaus hatte sie nur noch einen verschwindend geringen Rest Borsalbe und Verbände mitgebracht. Im Grunde musste Lotte zu Dr. Heim ins Krankenhaus nach Tanga geschafft werden. Doch an eine Reise war nicht zu denken; die Infektionsgefahr war unkalkulierbar. Die Verbrennungen mussten heilen, bevor sie die Fahrt wagen konnten.

Salama erschien in dieser Nacht von den Errungenschaften der modernen Zivilisation so weit entfernt wie der Mond.

Suahibu liebte Lotte nicht weniger als Amelie. War es nicht in der Tat besser, Suahibus Entscheidung zu vertrauen? Hatte Gustav nicht dasselbe getan, als er Amelie in die Obhut eines Medizinmannes gegeben hatte? War die Situation nicht vergleichbar? Die ärztliche Kunst der Weißen war überfordert, eine andere Form der Behandlung musste übernehmen ...

Zum Zeichen der Trauer um ihre Tochter Sara hatte Suahibu sich ihren Kopf kahl scheren lassen, obwohl sie noch Windpocken hatte. Unzählige kleine Wunden hatten sich gebildet und waren inzwischen verschorft.

«Wo ist Damasso?», fragte Amelie.

«Er ist in den Heiligen Wald gegangen.»

Vom «Heiligen Wald» wusste Amelie nur, dass es ein zeremonieller Ort war, den ausschließlich die Ältesten betreten durften, um den Beistand der Ahnen herbeizurufen. Es machte keinen Sinn, von der *mamma* weitere Details erfragen zu wollen. Für Weiße waren solche Angelegenheiten ein Tabu.

Amelie verließ leise Suahibus Hütte und ließ sich von den Hunden durch die dunkle Nacht begleiten. Die Umstände ließen ihr keine andere Wahl, sie musste der Heilerin vertrauen. Insofern waren ihr jetzt die Hände gebunden. Doch Amelie quälten bereits die nächsten Sorgen: Spätestens dann, wenn Lottchen einmal ein Backfisch sein würde, würde sie unter ihrem vernarbten Gesicht leiden.

Und Fragen stellen: Tante Amelie, warum bin ich so entstellt? Was geschah in jener Nacht? Warum starb meine *mamma*?

Und Amelie würde an jenem fernen Tag nicht antworten dürfen: Ich weiß es nicht.

Sie schuldete es nicht nur Lotte, die Wahrheit herauszufinden, sondern auch den beiden Toten.

Das große Farmhaus lag in schweigender Finsternis. Nur im Salon brannte eine einzelne Petroleumlampe, und aus dem Zimmer des Professors fiel ein schwacher Lichtschein. Dort war jetzt Gustav aufgebahrt. Zu beiden Seiten des Bettes waren zwei Kerzen entzündet. Er war in die weiße Gala-Uniform eines Offiziers gekleidet, die er sonst zu seiner Hochzeit getragen hätte. Ein weißes Tuch bedeckte die verbrannten Hände, mit denen Gustav Lottes Leben gerettet hatte. Auf seiner Brust lagen zwei weiße Dahlien.

Minutenlang stand Amelie wie betäubt neben dem Geliebten. Wie würdevoll er immer noch aussah. Als könnte ihn nicht einmal der Tod seiner Stärke berauben. Ganz langsam streckte sie die Hand aus, um ihn zu berühren. Nur einmal noch wollte sie Gustavs Nähe spüren, näher würde sie ihm niemals mehr sein; das Klima in Afrika zwang die Lebenden, ihre Toten rasch zu begraben.

Sie legte sich neben ihn und umfing seinen Körper.

Die Geschichte ihrer Liebe war geprägt von Trennungen. Immer wieder hatte sich etwas zwischen sie gestellt. Selbst am Vorabend seines Todes hatten sie davon gesprochen, dass sie getrennt sein würden. Bilder der Erinnerung stürzten wild durcheinander, mal war er «Kohlen-Karl», dann der Geliebte, bald der Offizier, zwischendurch der Junge, mit dem sie in Charlottenburg auf Bäume geklettert war. Immer ging von ihm eine Überlegenheit aus, eine unvergleichliche Ruhe und Zuversicht. Eine Bereitschaft, sich jeder Auseinandersetzung zu stellen. Dieser unbeugsame Wille, niemals aufzugeben, hatte ihn das Leben gekostet.

Während Amelie sein Gesicht streichelte, tauchten die

schrecklichen Bilder seines Todes auf. Woher hatten die plötzlichen Krämpfe gerührt? Hatte es mit einem Schock oder Schmerzen zusammengehangen? Gab es Verletzungen, die sie in der vorangegangenen Nacht nicht erkannt hatte?

Ihre Hände zitterten, als sie sich den Knöpfen seiner Uniform näherten. Nein, sie konnte es nicht! Es war ihr unmöglich, den Leichnam des Geliebten zu untersuchen. Er war die Liebe ihres Lebens. Und so wollte sie ihn für immer in Erinnerung behalten. Selbst um den Preis, niemals zu erfahren, warum er gestorben war. Sie küsste seine kalten Lippen ein letztes Mal und schlich aus dem Raum.

In Hanns' Zimmer flackerten Kerzen. Amelie ging auf Zehenspitzen zur Tür. Sie musste mit ihrem Bruder reden. Die Beerdigung musste am nächsten Tag stattfinden. Danach gab es keine Gelegenheit mehr, wenigstens dem Rätsel um Saras Tod auf die Spur zu kommen.

Sara lag ausgestreckt auf dem Ehebett. Sie trug ein rot gemustertes Wickelkleid, das Amelie oft an ihr gesehen hatte. Neben dem Bett saß Hanns auf einem Stuhl, vornübergebeugt.

Zumindest lag er nicht mehr neben ihr, in irgendeiner Weise schien er eine innere Trennung herbeizuführen. Umso weniger wusste Amelie, was sie sagen sollte. Wahrscheinlich störte sie nur. Eigentlich war doch alles unwichtig angesichts der Tatsache, dass sie beide jenen Menschen verloren hatten, den sie geliebt hatten. Das Leben, wie man es kannte, konnte so schnell zerstört werden. Dieser Gedanke ließ Amelie keine Ruhe.

Ja, sie suchte einen Schuldigen, gestand sie sich ein. Einen Schuldigen, auf den sie ihre Wut richten konnte. Bevor diese Wut sie innerlich zerfraß.

Hanns blickte auf. «Komm herein, Melli.»

«Es gibt so viele Fragen, die mich beschäftigen ...»

«Ja, mich auch.»

Sie hatte den Eindruck, dass er sogar erleichtert war, dass sie noch einmal gekommen war.

«Sieh dir Saras linkes Fußgelenk an», flüsterte Hanns.

Zögernd trat Amelie an das Totenbett. Es war kaum zu erkennen, dass Saras Haut oberhalb des Knöchels aufgedunsen und schwarz verfärbt war. Die beiden winzigen Löcher fand nur jemand, der ganz genau hinsah.

Nicht schon wieder, dachte sie sofort.

«Es macht keinen Sinn», sagte Hanns.

Amelie verstand nicht, was er meinte. Sara war offenbar an den Folgen eines Schlangenbisses gestorben.

«Das *chumba wazungu* war zwar verschlossen», sagte sie, «aber die Klinik war so gebaut, dass die Luft zirkulieren konnte. Folglich konnte auch eine Schlange hindurch.»

Es war eine logische Erklärung. Aber Amelie hatte das deutliche Gefühl, dass es hier nicht um Logik ging.

«Eine Schlange hätte Sara nicht beißen dürfen.»

«Dürfen? Danach fragt eine Schlange wohl kaum.»

Amelie lachte leicht hysterisch. Ihre dumme, flapsige Bemerkung stellte den letzten Versuch dar, die afrikanische Magie aus dem Spiel zu lassen.

«Sara war ihr christlicher Name. Sie hatte ihn bei ihrer Taufe als Kleinkind bekommen», sagte Hanns. «Der Name, den die Wapare ihr gaben, war Nyoka.»

«Sie hieß Nyoka?» Amelie erschauerte. «Demnach hätte die Schlange sie beschützen müssen! Stattdessen tötet sie Sara. Das macht keinen Sinn!»

«Genau darüber zerbreche ich mir schon die ganze Zeit den Kopf und komme zu keiner Lösung.»

Amelie lehnte sich an die Wand, glitt daran hinunter, bis sie auf dem Boden saß. Sie dachte konzentriert nach.

«Sara hatte Angst. Immer wieder hat sie von *basavi* geredet. Und trotz dieser Furcht wollte sie sich nicht von Lotte trennen. Warum, Hanns?»

Hanns schüttelte ratlos den Kopf. «Wenn ich das nur wüsste. Es sind so viele Fragen offen geblieben, auf die ich keine Antwort habe. Aber ich habe viel nachgedacht: Wahrscheinlich ging unsere Beziehung bereits kaputt, als Vater heimkehrte», sagte Hanns. «Dann überraschte ich Sara damit, dass Gustav uns trauen sollte. Sie fühlte sich übergangen. Als Vater fort war, zwang ich sie, in mein Haus zu ziehen. Das doch nun auch ihres war. Aber so hat sie das nie gesehen. Und ich habe mich nie mit ihr ausgesprochen. Als sie in deinem Spital lag und den *basavi* rufen hörte, war zwischen uns schon so viel zerbrochen, dass sie sich mir nicht mehr anvertrauen konnte. Ich mache mir Vorwürfe, alles falsch gemacht zu haben.» Er machte eine lange Pause. «Amelie, ich gebe mir die Schuld an Saras Tod.»

Amelie griff nach seiner kraftlos herabhängenden Hand.

«Mich trifft doch dieselbe Schuld, Hanns.»

Sie hatte doch gespürt, dass Sara und Lotte in der Klinik nicht sicher waren! Warum war sie ihrer Intuition nicht energisch gefolgt und hatte die beiden aus dem Krankenhaus fortgeschafft? Ja, sie erinnerte sich an die Gründe. Dennoch hatte es sich als falsch erwiesen, Rücksicht auf Saras Gefühle und ihren Stolz zu nehmen.

Wovor hatte ihre Schwägerin so große Angst, dass sie eingesperrt bleiben wollte? Warum ausgerechnet diese eine Nacht, in diesem kleinen Zimmer? Um schließlich von einer Schlange getötet zu werden. Zufall konnte das nicht sein. Aber was war es dann ...?

«Warum wollte Sara, dass eure Tochter *Geschenk der Schlange* heißt?»

Hanns seufzte schwer. «Ich wollte diesen heidnischen Kram ursprünglich nicht und wehrte mich gegen die Namensgebungszeremonie. So lange, bis Sara schwer krank wurde. Suahibu lief zum *baganga*.» Hanns schien sich nur ungern zu erinnern. «Es ist derselbe, den du kennst. Und der nannte unsere Lotte Zawadi Nyoka. Natürlich war ich erschrocken. Geschenk der Schlange klingt in der Tat absonderlich. Aber dann dachte ich mir, dass es vielleicht doch Sinn macht: die Schlange und das Geschenk der Schlange.»

«Woher kommt denn diese Affinität zu den Schlangen? Bist du dem mal nachgegangen?»

«Sara wollte darüber nie reden. Also fragte ich Damasso. Ihm war das Thema unangenehm. Schließlich rückte er damit heraus, dass Sara und David nicht seine einzigen Kinder gewesen seien. Vor Sara hätten sie noch andere Kinder gehabt, die aber alle gestorben seien. Darum hätte man *nyoka* um Schutz gebeten, die Schlangengottheit. Ich fand das schlüssig.»

Wenn der *basavi* tatsächlich Saras Namen gerufen hatte, dann hatte er nicht «Sara» gerufen, sondern «Nyoka». David zufolge musste sterben, wer darauf antwortete. Amelie hatte keinen Zweifel, dass Sara das wusste.

Der Name Nyoka stand gleichzeitig für die Gottheit und die Schlange an sich. Doch wem antwortete Sara? Gekommen war das todbringende Reptil, so viel stand fest. Doch das konnte Sara nicht gewollt haben. Denn sie hatte bei ihrer letzten Begegnung mit Amelie gesagt: *Ich bin eine gute Mutter.* Eine *gute Mutter* wählte nicht freiwillig den Tod in Anwesenheit ihres Kindes. Eines Mädchens, das obendrein «Geschenk der Schlange» hieß.

Es sei denn, überlegte Amelie, Sara wollte *nyōka* beweisen, dass sie ihrem Rufen widerstehen konnte. Aber hätte sie sich dann nicht besser ins Farmhaus zurückgezogen? Oder war das schon wieder viel zu pragmatisch gedacht? Das Denken einer studierten Weißen, die es sich angewöhnt hatte, das Beste aus beiden Welten zu nehmen, der weißen und der schwarzen?

Amelie schwirrte der Kopf je mehr sie darüber nachdachte. An dieser Denkaufgabe konnte man wirklich verzweifeln. Weil sie die wichtigste Frage nicht beantwortete: Warum setzte sich ein Mensch solch einer Prüfung überhaupt aus?

«Was denkst du?», fragte Hanns.

«Dass man Glaube nicht mit Logik beikommen kann.»

«Wir sollten niemandem sagen, woran Sara wirklich starb», bat Hanns.

Amelie stimmte schweigend zu. Es war ein Tabu in beiden Welten: Die Schwarzen bekämen Angst, und die Weißen würden verständnislos die Köpfe schütteln über die dummen Rituale der Schwarzen.

Über den Hang zogen die Schleier des Morgennebels. Viele Menschen waren gekommen, die meisten trugen weiße oder braune Tücher, manche nur einen Schurz. Sie sangen fröhliche Lieder, die das schöne Leben der Toten priesen. Als Saras Grab zugeschaufelt wurde, brachen die ersten Sonnenstrahlen durch die Wolken, und sobald der kleine Hügel vollendet war, schien die Sonne auf die feuchte Erde. In eine Vertiefung am Kopfende wurde ein Baumsetzling gepflanzt, so wie es Sitte war.

Die Eingeborenen gingen davon aus, dass die Seelen der Toten in anderen Körpern weiterlebten. Deshalb hatte die Beerdigung trotz aller Begleitumstände nichts Mystisches. Amelie kam es so vor, als habe der Tod, der auf dem Berg so oft und in so befremdlich leichtfertiger Weise beschworen wurde, nun nichts Erschreckendes mehr. Dies war das «unverfälschte Leben», wie *baba* Wilkening es genannt hatte.

Doch während die Einheimischen singend zur Farm zurückzogen, blieb Amelie ein unangenehmes Gefühl, weil so viele Fragen offen waren. Musste sie nicht um Lottes willen Suahibu oder Damasso, der mit kahl geschorenem Kopf aus dem Heiligen Wald zurückgekommen war, über *basavi* befragen? Konnte man ein Mysterium überhaupt aufklären? Oder war es besser, die Dinge einfach auf sich beruhen zu lassen?

Hermine hakte sich bei Amelie ein; gemeinsam mit ihrem Mann war sie erst kurz vor Saras Beerdigung eingetroffen. Die vier Deutschen folgten mit einigem Abstand dem Zug der Afrikaner.

«Sie war 'ne janz Liebe», sagte Hermine. «Und erst zwanzig! Zehn Jahr' jünger als wie icke. Det is keen Alter zum Sterben.» Hermine rang mit den Tränen.

«Wie kam es überhaupt zu dem Feuer?», erkundigte sich Hermann Wohlgeburt.

«Genau genommen wissen wir es nicht», erwiderte Hanns, den die Beerdigung sichtlich mitgenommen hatte.

Der einstige Bezirkshauptmann legte seine Hand vertraut auf Hanns' Schultern. «Natürlich, lieber Freund, mit so etwas sollst du dich nicht quälen. Aber gestatte mir, dass ich mich umhöre. Es müssten doch viele Menschen etwas gesehen haben.»

Im Laufe des Vormittags trafen einige Pflanzer wie «Kautschukbaron» Müller zu Holstein und seine Frau ein und fast gleichzeitig zahlreiche Kameraden von Gustav. Hermann Wohlgeburt hatte sie durch Boten von der schrecklichen Wendung des Schicksals unterrichtet.

Mit einem Schlag war das Haus voller Männer, die sich Geschichten erzählten, in denen Gustav die entscheidende Rolle spielte. Viele hatten die gleiche Ausbildung wie er genossen, hatten an seiner Seite gegen die Herero in Deutsch-Südwest gekämpft und anschließend in Deutsch-Ostafrika den so genannten *Maji-Maji*-Aufstand niedergerungen. Vor allem aber hatten sie in diesen Kriegen, die Zehntausende von Schwarzen das Leben gekostet hatten, lernen müssen, dass der Idealismus, mit dem sie ausgezogen waren, von der Armeeführung nicht erwünscht war. Dass er seine Ideale bewahrt hatte, dennoch Karriere gemacht und bei dem Versuch, einem Kind Afrikas das Leben zu retten, das eigene geopfert hatte – das machte Gustav zum Helden, wie Amelie den aufgefangenen Gesprächsfetzen entnahm.

Hermine ließ es sich nicht nehmen, Amelie bei der Bewirtung der Gäste zur Hand zu gehen. Plötzlich sah Amelie sie inmitten mehrerer Offiziere, die sich aufgeregt unterhielten.

Auch Hermann Wohlgeburt und Hanns befanden sich in der Runde.

«Ick sag wie et is. Wär' ick 'n Mann, ick würd' den erschießen, den Kerl!», rief Hermine gerade empört.

Amelie trat alarmiert hinzu. «Von wem sprechen Sie, Hermine?»

«Vom roten Deibel!»

Amelie zuckte zusammen. Woher wusste Hermine davon? Selbst mit Hanns hatte sie noch nicht über ihr Gespräch mit Ndrema und deren Andeutungen gesprochen, dass *basavi* ein Weißer mit rotem Haar war.

Hauptmann Wohlgeburt legte den Arm schützend um seine echauffierte Frau. «Es tut mir leid, der Zeitpunkt ist vielleicht etwas unglücklich. Aber auf ihre Weise hat meine Frau recht. Ich habe mich auf Salama umgehört. Es gibt da eine Frau, die *mlezi* genannt wird. Die Aufpasserin im Krankenhaus, dachte ich mir, die muss doch gesehen haben, wie es zu dem Brand kam. Aber sie wollte nicht mit mir sprechen. Doch dann fand ich ihren Sohn.»

Die Gespräche der Umstehenden waren verstummt. Sie scharten sich um den großen, graubärtigen Mann, der eine natürliche Autorität verströmte.

Der einstige Bezirkshauptmann zog einen mit sorgfältiger Schrift beschriebenen Zettel aus der Brusttasche seines dunklen Anzugs und faltete ihn feierlich auseinander.

«Diese Zeugenaussage belegt, dass der deutsche Siedler Friedrich Sossenen in den Morgenstunden des 9. Oktober 1907 gemeinsam mit namentlich noch Unbekannten das Eingeborenenspital auf Salama vorsätzlich in Brand gesteckt hat.» Sein Blick triumphierte. «Der Junge hat alles beschrieben.» Er griff erneut in seine Brusttasche und förderte weitere Zettel zutage. «Acht Zeugen mit Namen und Adresse, die unterschrieben haben mit ihrem Fingerabdruck. Sie bestätigen die Worte des Jungen. Das erschien mir angebracht, denn der Knabe sagte aus, dass er und seine Mutter früher bei dem Siedler Sossenen gearbeitet haben und dort von ihm misshandelt worden waren. Ein geschickter Anwalt hätte diesen Tatzeugen also als unglaubwürdig, gar rachedurstig darstellen können.»

«Hermann, das ist unglaublich!», rief Hanns. «Hast du das gehört, Melli? Sossenen!» Er blickte in die Runde. «Viele von Ihnen, meine Herren, waren hier, als Sossenen gedroht hat, sein Rauswurf würde noch ein Nachspiel haben.»

«Selbst Exzellenz Staatssekretär Dernburg war Zeuge!», rief Gustavs Kamerad Senner.

Hanns umarmte seinen Freund Hermann Wohlgeburt. «Wir sind dir alle zu Dank verpflichtet.»

«Der Tod unseres Kameraden Gustav Brelow kann gesühnt werden», sagte Leutnant Senner mit Befriedigung in der Stimme.

Wohlgeburt wandte sich an Amelie und Hanns: «Ich weiß, davon bekommst du Sara nicht zurück, Hanns. Und Sie Gustav nicht, Amelie. Aber sobald ich in Tanga bin, werde ich Herrn Sossenen anzeigen wegen zweifachen Mordes und mehrfacher vorsätzlicher Körperverletzung, Brandstiftung und schwerer Sachbeschädigung. Vielleicht sogar wegen Landfriedensbruchs. Dieser Mann ist eine Schande für das deutsche Volk.»

Amelie rang mit sich, ob sie nicht doch erwähnen sollte, dass Sossenen und seine Gesellen nicht für Saras Tod verantwortlich waren. Dass alles dafür sprach, dass sich in jener Nacht zwei Mächte unheilvoll verbündet hatten, die sonst in Deutsch-Ostafrika im Widerstreit lagen: die Magie und die hasserfüllten Siedler.

Doch der Hauptmann war noch nicht zu Ende: «Herr Sossenen ist ein vermögender Mann. Ich werde vorschlagen, dass sein Besitz beschlagnahmt wird, damit das Eingeborenenspital wieder aufgebaut werden kann. Als Signal an alle anderen. Denn wie Staatssekretär Dernburg gesagt hat: Was Sie hier gemacht haben, Amelie, ist beispielhaft.»

Nein, sie würde es niemals sagen, wie es gewesen war, beschloss Amelie. Sossenen hatte den Tod zahlreicher Menschen gewollt. Er verdiente kein Mitgefühl. Menschen wie er trugen ein Gift in sich, das nicht minder tödlich war als das jeder Schlange.

Die Sonne stand schon so niedrig über der Savanne, dass die Trauergemeinde ihr beim Versinken zusehen konnte. Zahllose brennende Fackeln, in einem weiten Kreis aufgestellt, würden die Nacht erhellen.

Da die Offiziere über keine Traueruniformen verfügten, zierten schwarze Binden die Oberarme der weißen Gala-Uniformen, die die Kameraden sonst zu Gustavs und Amelies Hochzeit getragen hätten. Sie hatten Kränze aus grünem Laub, das wie Lorbeer aussah, flechten lassen. Fahnen und Standarten hatten sie mitgebracht, Hornisten und Askaris mit Gewehren, um Salutschüsse abzugeben. Acht hochrangige Soldaten trugen den mit der deutschen Fahne geschmückten Sarg durch die Menge der Trauernden. Vorne gingen Hermann Wohlgeburt und Franz Senner. Amelie stand allein am offenen Grab, Hanns war zwei Schritte von ihr entfernt. Sie trug jenes weiße Kleid, das sie bei ihrer Hochzeit hatte anziehen wollen.

Sie klammerte sich verzweifelt an den Gedanken, dass Gustav stolz sein konnte, so von seinen Kameraden geehrt zu werden. Dennoch war das kein Trost. Dies war die Stelle, an der sie beide beschlossen hatten, hier zu heiraten. Sie sah sich neben ihm stehen und hörte ihn scherzen: «Und all deine Kranken stehen Spalier und winken mit ihren Verbänden ...»

Morgen wäre dieser Tag gewesen.

Der Blick über die weite, farbgesprenkelte Savanne, den sie immer so genossen hatte, weil er sie an die Ewigkeit der Schöpfung gemahnte, würde nun für immer Gustav gehören.

Bevor Hanns mit seiner Trauerrede begann, reichte Leutnant Franz Senner, der so eng mit Gustav befreundet gewesen war, Amelie ein kleines Schmuckkästchen. Darin befanden sich zwei goldene Trauringe.

Gustav hatte noch über seinen Tod hinaus geplant ... Amelie wäre am liebsten davongelaufen; so waren ihre Tränen den Blicken aller preisgegeben.

Zuerst sprach Hanns von der Liebe seines Freundes zu Afrika, die schon begonnen hatte, lange bevor Gustav jemals einen Fuß auf den Kontinent gesetzt hatte. «Deshalb wollten meine Schwester und ich, dass er hier bei uns bleibt. Das wäre gewiss auch sein Wunsch gewesen. Denn er hatte vor, Salama zu seinem Zuhause zu machen.»

Offensichtlich hatte Gustav es niemals übers Herz gebracht, dem Freund zu gestehen, dass er wieder in Berlin leben wollte. Mit Amelie. Und dass Hanns dann allein geblieben wäre auf Salama ...

Nach Hanns sprach Hermann Wohlgeburt, und schließlich trat Franz Senner vor: «Als Exzellenz Dernburg hier war, da standen mein Freund und Kamerad Gustav und ich an dieser Stelle, wo wir jetzt versammelt sind. Er zitierte ein Gedicht von Gottfried Keller, das wir beide sehr lieben. Erschreckt nicht, Kameraden und Freunde, wenn ich es jetzt wiedergebe, weil dieser Moment im Nachhinein etwas fast Prophetisches hat:

Hüll' ein mich in die grünen Decken,
Mit deinem Säuseln sing mich ein,
Bei guter Zeit magst du mich wecken
Mit deines Tages jungem Schein!
Ich hab mich müd' in dir ergangen,
Mein Aug' ist matt von deiner Pracht.
Nun ist mein einziges Verlangen,
Im Traum zu ruh'n, in deiner Nacht.»

Die deutsche Fahne wurde vom Sarg genommen, und er wurde, vom Spiel des Hornisten begleitet, sanft in die Erde hinabgelassen.

Die Sonne war untergegangen.

Amelie sollte nun Erde auf den Sarg werfen. Doch sie öffnete die Schatulle und ließ den größeren der beiden Hochzeitsringe ins Grab gleiten. Den anderen streifte sie über den linken Ringfinger.

Schon einmal hatte sie dort einen Ring getragen.

«Eine große Gefahr bedroht das Leben des Menschen, der dir den Ring gab.»

Amelie hatte der Prophezeiung nie Glauben schenken wollen.

Schon als Amelie Dr. Heim unter den nach Salama gereisten Offizieren entdeckt hatte, hatte sie sich gewundert. Und ihm natürlich für seinen Beistand gedankt. Der Leiter des Gouvernement-Krankenhauses war Gustav nie begegnet. Und von Lottchens Verletzungen wusste er nichts; die Kleine war nach wie vor in der Obhut der Heilerin Jinabila. Als Heim nach der Beisetzung Amelie vor dem Haus abfing, spürte sie, dass er etwas auf dem Herzen hatte, über das er nur ungern sprechen wollte.

«Können wir ungestört sprechen, liebe Frau Kollegin?»

Sie führte ihn ins Arbeitszimmer des Professors.

«Wenn ein Soldat im Einsatz für das Vaterland stirbt, so sind gewisse Untersuchungen unerlässlich», begann Dr. Heim umständlich. «Es müssen Berichte geschrieben werden.»

«Ja?», fragte Amelie etwas hilflos, mitten im Raum stehend.

«Es hatte geheißen, dass Oberleutnant Brelow bei einem Brand ums Leben gekommen sei.» Es war Heim sichtlich unangenehm, eine persönliche Tragödie in offizielle Worte kleiden zu müssen. «Ich habe deshalb gleich nach meiner Ankunft den ... Ich konnte keine Brandverletzungen feststellen, die ursächlich für den Tod gewesen wären», kürzte er sachlich ab.

Nein, Gustav, dachte Amelie, man ließ dich dein Geheimnis nicht mit ins Grab nehmen. Als Soldat gehörtest du weder dir noch mir, sondern dem Kaiser.

«Jedoch fand ich eine alte Schusswunde an der Schulter, nahe der Halsschlagader», fuhr Heim fort. «Mir erschien es vorrangig, die Beisetzung nicht durch Bürokratie zu behindern. Da Sie zu diesem Zeitpunkt unabkömmlich waren, erkundigte ich mich bei seinen Kameraden. Leutnant Senner war vor drei Jahren mit Oberleutnant Brelow in Südwest. Er erklärte mir, dass sein Kamerad von einer Kugel getroffen wurde, die niemals hatte entfernt werden können, weil es zu gefährlich war.» Heim nickte bedächtig. «Das erschien mir logisch; ich hatte mal einen ähnlich gelagerten Fall. Der junge Soldat ... ich erspare Ihnen die traurigen Einzelheiten. Zurück zu Leutnant Senner: Er sagte, dass sein Kamerad Brelow seitdem unter ständigen Schmerzen litt. Sie sind eine Kollegin. Darum bitte ich Sie, offen zu schildern, was Sie darüber wissen.»

Amelie gestand sich ein, was sie verdrängt hatte, seitdem sie die Narbe erstmals gesehen hatte. Und dann berichtete sie.

«Ist Ihnen aufgefallen», fragte Dr. Heim, «ob der Oberleutnant Veränderungen im Gesicht hatte? Ein Augenlid, das etwas hing? Hatte er Kopfschmerzen, die immer wiederkehrten?»

«Du bist meine Medizin», hörte sie Gustav sagen und fragte sich, warum sie so versagt hatte. Sie hätte seinen Schmerzen nachgehen müssen! Aber der Nebel des Verliebtseins hatte ihren Blick als Ärztin getrübt.

Sie bestätigte Heims Vermutung und schilderte, unter welchen Krämpfen Gustav starb. Es wühlte sie so sehr auf, dass sie mehrmals unterbrechen musste.

Als sie geendet hatte, sagte Heim: «Ich werde in meinem Bericht schreiben, dass Oberleutnant Brelow an den Folgen einer kriegsbedingten Schussverletzung gestorben ist.» Er zögerte. «Ich weiß nicht, ob ich Ihnen *en détail* ...»

«Sprechen Sie, Herr Kollege, ich will es wissen. Auch, wenn ich mir hinterher vielleicht Vorwürfe mache.»

«Das müssen Sie auf keinen Fall», erwiderte Heim in väterlichem Ton. «Umso wichtiger ist es, dass ich offen sprechen darf: Ausgelöst durch die Schussverletzung kam es aller Wahrscheinlichkeit nach zu einem Aneurysma. Oberleutnant Brelow hat sich in den Jahren nach der Verwundung nie geschont, wie ich hörte. Er war, wie ich Ihren Ausführungen entnehmen konnte, in keinem guten Zustand, als er hier ankam. Dann die Krisensituation: das Feuer, er rettet zwei Menschen. Durch die Anstrengung kam es zu Einblutungen im Gehirn. Dies führte letztendlich zu seinem Tod.»

Amelie hatte wie versteinert zugehört. Sie sank auf den Stuhl am Schreibtisch ihres Vaters.

«Mein Gott, Dernburg hatte recht: Gustav gehörte an einen Schreibtisch.»

«Vielleicht», räumte Heim ein. «Wir Stabsärzte sprechen von der Kugel, die erst nach Jahren trifft. Man hätte es Oberleutnant Brelow wohl sagen sollen. Aber das tut man bei einem so jungen Mann dann doch nicht. Man will ihm nicht den Lebensmut nehmen.»

Amelie lief aus dem Raum, aus dem Haus. Die im Halbkreis um Gustavs frisches Grab entzündeten Fackeln sprühten Funken in den nachtschwarzen Himmel, es roch nach verbranntem Pech. Sie stand schweigend vor Gustavs Grab. Die Kränze, die darauf lagen, sagten so deutlich, dass es kein Zurück gab, keine Hoffnung. Nur Endgültigkeit.

Nach allem, was sie nun wusste, hatte ihre und Gustavs Liebe nie eine Zukunft gehabt. Es blieb nur ein Strom der Erinnerung, der ihr wie ein Traum erschien.

«Aber unser Traum war schön, Gustav», sagte sie leise.

Sie sank nieder und weinte die Tränen, die sie bisher zurückgehalten hatte.

Eine Hand berührte zart Amelies Schulter.

«Ick hab' Sie überall jesucht, Frau Doktor. Hätt' ick mich ja denken können, det Se hier sind. Kommen Se ins Haus. Is zu kühl, und zu jefährlich is et ooch.» Hermine fasste Amelie sachte unter die Achsel. «Det Leben braucht Se noch, Frau Doktor. Ooch, wenn Se det jetzt nich glauben.»

Amelie wischte sich die Tränen aus dem Gesicht. Hermine wusste, wovon sie sprach; vor etwa einem dreiviertel Jahr war ihr erster Mann gestorben. Seitdem hatte ihr Leben manche Kapriole geschlagen.

Gustavs Kameraden saßen noch im Salon zusammen. Amelie war überrascht; es war so still, dass sie angenommen hatte, die Herren seien schlafen gegangen. Die Männer standen auf, als Hermine und Amelie eintraten. Dr. Heim ging auf Amelie zu.

«Warum haben Sie uns denn nichts gesagt, Amelie?», fragte er vorwurfsvoll.

Soweit sie sich erinnerte, hatte der ältere Kollege sie noch nie mit ihrem Vornamen angesprochen.

«Was denn?», fragte sie verwundert. Man sah ihr wohl an, dass sie gerade von sehr weit her in die Wirklichkeit geholt worden war.

«Ihre Nichte! Ihr Herr Bruder hat uns gerade von den schrecklichen Brandwunden erzählt. Das muss doch behandelt werden. Eine Heilerin ist doch nur Laie ...» Seine Miene sprach Bände. «Heute dürfte es wohl zu spät sein, aber morgen früh möchte ich das Kind sehen, wenn Sie gestatten.»

«Die Frau Doktor wird schon wissen, wat se macht», sprang Hermine Amelie bei. «Sie ist doch 'ne Afrikanerin.»

«Ja, ja, gewiss doch. Aber so, wie Herr von Freyer die Sache darstellt, wird man um eine Operation nicht herumkommen.»

Amelie nickte. «Ja, ich weiß. Aber ich hatte kaum mehr Verbandsstoff und Salbe. Und in diesem Zustand konnte ich Lotte nicht nach Tanga bringen.»

Sie spürte ihre eigene Überforderung deutlich. Hatte sie erneut falsch gehandelt, indem sie den Dingen ihren Lauf ließ? War das «Warte-was-geschieht», mit dem die Weisen Afrikas sich den Anforderungen der Welt stellten, einfach falsch?

In der Nacht lag Amelie grübelnd wach. Es war nicht nur Gustavs und Saras Tod, Lottes Schicksal und das zerstörte Krankenhaus, was sie beschäftigte – ihr ganzes Leben war ihr entglitten. Es schien einfach nicht mehr vorhanden zu sein. Wofür lohnte es sich noch zu leben, wenn ihr alles genommen war, was sie geliebt und für das sie jahrelang gekämpft hatte? Sie sah Lottchens geschundenes Gesicht vor sich, fragte sich, wie es weitergehen sollte.

Am nächsten Morgen traf sie mit Dr. Heim bei Suahibus Hütte ein.

«Hier ist das Kind?» Dr. Heim gab sich keine Mühe, sein Entsetzen zu verbergen. Sobald er die dunkle, nach Rauch riechende Hütte betreten hatte, entrang sich ihm ein halblautes: «Oh, du meine Güte.»

Lotte lag schlafend auf dem Tierfell, die Heilerin Jinabila hatte wohl ebenfalls geschlafen und richtete sich nun auf. Missmutig musterte sie den Herrn im grauen Anzug, der in der Hütte seinen Hut auf dem Kopf behielt.

Amelie unterließ es, irgendwelche Erklärungsversuche zu unternehmen, in gewisser Weise verstand sie das Entsetzen des Kollegen. Sie hätte vermutlich ähnlich reagiert, wenn sie erstmals eine Wapare-Hütte betreten hätte. Hier prallten zwei Welten aufeinander, wie sie kaum unterschiedlicher sein konnten. Erst recht unter diesen Umständen ...

Heim beugte sich über die schlafende Lotte und verließ die Hütte rasch wieder. Er suchte nach den passenden Worten, während er mit gerunzelten Brauen die ihn umgebende Wildnis aus Feldern, Büschen und Bananenstauden betrachtete.

«Nun ja, die Wunden sind trocken. Sie eitern nicht. Das ist ja schon mal gut. Aber diese Art der ... Therapie hat einen gewaltigen Nachteil: Die Narbenbildung wird umso stärker sein. Die vernarbte Haut wird lebenslange Schmerzen verursachen. Und das rechte Auge ist verloren, wenn man nichts unternimmt. Von den ästhetischen Nachteilen will ich gar nicht sprechen.» Er stöhnte auf. «Frau Kollegin, ich sehe Ihre Nöte hier oben auf dem Berg durchaus ein. Aber Sie müssen die Kleine operieren lassen. Von Spezialisten. Sie wissen selbst, dass diese Kollegen nur in Berlin zu finden sind.»

«Berlin?» Der Gedanke löste bei Amelie eine Flut von Gefühlen aus. So fern war die große Stadt gewesen; schlagartig war sie ganz nah.

«Haben Sie jemanden, bei dem Sie in Berlin leben können?», fragte Heim.

«Meinen Vater», hörte sich Amelie sagen.

«Es wird Ihnen ein großer Trost sein, wenigstens ihn in solch schweren Zeiten an Ihrer Seite zu haben», meinte Dr. Heim mitfühlend.

Schon bald nach seiner Abreise schickte Dr. Heim einen Boten nach Salama, der große Mengen medizinischen Materials brachte. Der Großteil war für das kleine Urwaldkrankenhaus vorgesehen. Für Lottchen war eine spezielle Salbe gedacht, mit der die Haut rings um die Narben geschmeidig gehalten werden sollte sowie Gaze, um die nicht verheilten Stellen zu bedecken. Heim hatte drei Briefe beigelegt, die Amelie abends in ihrem Schlafzimmer sichtete.

Soweit es in meinen Möglichkeiten steht, möchte ich Ihnen beistehen, verehrte Frau Kollegin, schrieb der Krankenhausleiter. *Schwester Martha ist aus den Bergen zurück. Ihre Expedition zur Impfung der Neger war ein voller Erfolg. Als meine Frau und ich ihr von der Tragödie auf Salama erzählten, erklärte sie sich spontan bereit, Sie während Ihrer Abwesenheit auf Salama nach Kräften zu vertreten. Wenn Sie gestatten, werde ich, sooft es meine Verpflichtungen hier erlauben, die schweren Fälle als Arzt betreuen. Beigelegt finden Sie überdies ein Schreiben an den Kollegen Lesser von der Dermatologie der Charité. Er ist spezialisiert auf Hauttransplantationen, wir kennen uns aus Studentenzeiten. Ich bin zuversichtlich, dass er Ihrer Nichte helfen wird.*

Das kostbare Empfehlungsschreiben an Dr. Lesser legte Amelie ungeöffnet beiseite und öffnete den dritten Brief. Er war von Schwester Martha, die darum bat, schon bald nach Salama kommen zu dürfen, um sich an Amelies Seite in den Klinikalltag einzuleben.

Die Briefe waren nicht nur eine willkommene Hilfe. Sie waren auch ein Signal: Es war endgültig, sie musste nach Berlin. So sehr hatte sie gehofft, ihrem Vater entkommen zu sein, um ein eigenes Leben zu führen. Sogar als Gustav von seinen Berlin-Plänen gesprochen hatte, hatte sie die Gedanken an ihren Vater verdrängt. Nun würde sie ausgerechnet wegen Lotte heimkehren – wegen des «Bastards». Diese Ironie des Schicksals war bitter. Überdies würde es so kommen, wie Gustav es gewollt hatte. Aber er wäre nicht dabei ...

Während auf dem Berg bald der Sommer begann, war in Berlin der Winter nah. Lottchen würde warme Kleidung brauchen. Und sie selbst auch. Gedankenschwer öffnete Amelie ihren Kleiderschrank. Sie zog heraus, was in Frage kam, das meiste war verknittert oder angeschmutzt; Suahibu beschäftigte seit jeher Frauen, die alle Garderobe der Weißen in Ordnung brachten. Amelie nahm drei halbwegs warme Röcke und warf sie sich über den Arm. Mit einem dumpfen Ton fiel etwas aus der Tasche ihres weiten grauen Lieblingsrocks auf den Boden, sie hob es auf.

Es war das inzwischen fast grau gewordene Amulett, das sie von Damassos Heiler erhalten hatte. Ein *baganga* hatte Hanns ihn genannt und gesagt, dass er es gewesen wäre, der Lottchen ihren Wapare-Beinamen Zawadi Nyoka verliehen hatte. Der Mann hatte Amelie damals zwei Schlangenhäute geben wollen, die er angeblich vor ihrer Tür gefunden hatte.

Jetzt, nachdem so viel geschehen war, sah Amelie den namenlosen *baganga* in einem anderen Licht: War es nicht bemerkenswert, dass er den Ring, den Amelie mit der Angst um Gustavs Leben in Verbindung gebracht hatte, regelrecht begraben hatte? Gleichzeitig hatte er ihm eine andere Bedeutung gegeben: Er sollte etwas Gutes bewirken, heilen.

Amelie drehte das Amulett in ihren Händen und hielt es plötzlich für wahrscheinlich, dass sie dem Heiler Unrecht getan hatte. Vielleicht hätte sie an jenem Morgen, als er vor ihrem Haus auf sie gewartet hatte, bleiben und mit ihm über den Schlangenkult reden sollen. Möglicherweise hätte er sich als Mitglied offenbart. Doch sie hatte sich nicht darauf einlassen wollen, war einfach fortgegangen.

Der Gedanke war erschreckend: Wenn sie den *baganga* nicht so brüsk abgewiesen hätte, dann hätte sie sich an ihn wenden können, als Sara vom *basavi* gerufen worden war! Vielleicht wäre alles anders gekommen ...

Vorsichtig öffnete Amelie das Amulett. Die beiden zusammengefalteten Häute waren so verblasst, dass ihre gelblich grüne Farbe kaum noch zu erkennen war.

«Dies bist du, und dies ist dein Zwilling.»

Ihr kam ein Satz in den Kopf, den ihre leibliche Mutter oft gesagt hatte: «Du bist det letzte Kind, det ick noch hab'».

Else Patzkopp hatte viele Kinder gehabt, und sie waren alle früh gestorben. Ein Zwillingsgeschwisterchen hatte Mutter Else nie erwähnt. Aber vielleicht, überlegte Amelie, habe ich das vergessen. Zweiundzwanzig Jahre waren seit Mutter Elses Tod vergangen. Eine lange Zeit.

Amelie verschloss den Fetisch vorsichtig und legte ihn zu Heims Empfehlungsschreiben an Dr. Lesser auf ihren Nachttisch.

Am nächsten Morgen holte sie Lottchen aus Suahibus Hütte ab; die Wunden waren überraschend schnell getrocknet. Die Narbenbildung hatte begonnen, es war höchste Zeit, Dr. Heims Salbe regelmäßig aufzutragen. In einem deutschen Krankenhaus hätte man die Hände des Kindes festgebunden. Die Heilerin Jinabila hatte die Kleine mit einem geheimen Mittel ruhiggestellt, damit sie sich nicht ständig die juckenden Wunden aufkratzte. Beides hatte auf Lottes motorische Fähigkeiten dieselbe Wirkung: Das Kind war auf den Entwicklungsstand einer Halbjährigen zurückgeworfen – sie war nicht einmal mehr in der Lage zu krabbeln. Das, hoffte Amelie, würde Lottchen bald wieder lernen.

Viel größere Sorgen machte Amelie sich um die Gemütsverfassung der Kleinen. Lottchen hatte das Lachen verlernt. Und das Weinen. Sie brauchte dringend jemanden, der sie zärtlich in die Arme nahm und ihr zeigte, dass sie geliebt wurde. Männersache war das nicht, und der afrikanischen Großmutter war ein solches Verhalten fremd, das nicht ihren Sitten entsprach. Es blieb nur Amelie, in deren Herz Leere herrschte. Bis sie Lottchen sanft an sich drückte und spürte, dass ihr Leben wieder einen Sinn bekam.

Die «Deutsch-Ostafrikanische Rundschau» vom 9. November 1907, herausgegeben vom Kaiserlichen Gouvernement in Daressalam, trug die Überschrift: *Mordversuch und Brandstiftung. Erdrückende Beweise. Anklage erhoben.* Daneben zeigte ein Foto zwei Männer in Anzügen, dazu hieß es im Bildtext: *Friedrich Sossenen beteuert seine Unschuld. Nach der Beschlagnahme seines Besitzes spricht der Anwalt des deutschen Siedlers von einer Verschwörung gewisser Kreise.*

Die dünne, großformatige Zeitung fand sonst nie den Weg in die Abgeschiedenheit auf dem Berg. Doch Hermann Wohlgeburt war es eine persönliche Genugtuung, dafür zu sorgen, dass seine Freunde ein Exemplar erhielten. Amelie warf einen flüchtigen Blick darauf, sie war in Eile. Auf der Eselkarre war bereits der Großteil ihres umfangreichen Gepäcks verladen. Sie hatte sich nicht vorstellen können, wie viele Sachen benötigt wurden, um mit einem kleinen Kind zu reisen. Noch dazu ganz ohne Hilfe; Hanns konnte die Farm nicht im Stich lassen, und Suahibu wäre in Berlin vollkommen verloren gewesen.

Als es an den Abschied ging, erschien Hermine mit einem Päckchen.

«Ick hab' wat Warmes für die Kleine jeschneidert. Is ja Winter in Berlin, und in 'ne Massai-Decke jewickelt sieht se vielleicht 'n bisken ulkig aus. Aber ick hab noch wat auf'm Herzen, Frau Doktor. Täten Se mich wohl 'n Jefallen tun? Det wär' wirklich zu freundlich von Sie.» Hermine zog einen Brief aus ihrer Rocktasche. «Is für meine Mutter. Lesen wird se det nich können.» Sie lächelte traurig. «Ick hab et ja ooch nich jeschrieben. Hermann bringt's mich jrade erst bei. Ick mach's ihm nich einfach, ick quassel' lieber. Aber wat ick sagen will: Ob Se nich vielleicht zu meine Mutter jehn könnten und et ihr vorlesen und sagen: Minke is nu glücklich. Oder wie Se det halt machen. Also, wenn Se mich den Jefallen täten!»

Amelie las die Adresse: Ackerstraße, Wedding. Flüchtig kamen ihr Zweifel, ob sie die Kraft aufbrächte, sich ausgerechnet in die Ackerstraße zu begeben. Wedding ... wie weit das entfernt war. In jeder Beziehung.

Doch sie sah Hermine an, wie wichtig es ihr war. Sie umarmte die Freundin, mit der sie so viel verband, und versprach ihr, ihre Mutter zu besuchen.

Dann trug Suahibu ihre Enkelin aus dem Haus; Amelie hatte Lottes Gesicht zum Schutz vor Sonne, Staub und Infektionen mit einem Gazeverband geschützt. Die Großmutter trennte sich sichtlich ungern von ihrer Enkelin. Fast schien es, als wollte sie die Kleine gar nicht loslassen. Schließlich schlug sie die Decke, in die Lotte gehüllt war, zurück, um Amelie auf eine dünne Schnur aufmerksam zu machen, die um Lottes Bauch gebunden war. Man konnte sie auf den ersten Blick für einen hübschen Schmuck halten. Doch allein schon die Tatsache, dass Suahibu sie ihr zeigte, ließ Amelie genauer hinsehen.

Es war Schlangenhaut.

«Du darfst es nie wegmachen, *bibi* Amelie.»

«Das ist gewiss von Jinabila?», fragte Amelie.

Damasso, der schon auf den Kutschbock klettern wollte, schob seine Frau beiseite. «*Tunanyamaza!*», sagte er leise auf Kisuaheli zu ihr und legte Lotte in Amelies Arme. «Es ist Zeit zu fahren, *bibi* Amelie.»

Hanns sprang auf den Wagen, der nun anrollte und von Jago und Juno aufgeregt bellend begleitet wurde. Amelie blickte sich mit Lotte im Arm zu den Zurückbleibenden um, die mit Taschentüchern und Kopfbedeckungen winkten.

Amelie beugte sich nach vorn. «Damasso, warum hast du deiner Frau gesagt: *Wir schweigen*?» Der Ärger in ihrer Stimme war deutlich. «Ich soll auf Zawadi Nyoka aufpassen, und ihr macht einen Zauber. Sag' mir, was das zu bedeuten hat!»

Damasso trieb die beiden Esel mit der Peitsche vorwärts durch den dichten Wald. Nach einer Weile drehte er sich zu Amelie und Hanns um.

«Du reist in das Land der Weißen. Zawadi Nyoka soll nie vergessen, dass sie hierhergehört.»

«Und das ist alles?»

«Es ist alles, was ich dir sagen kann, *bibi* Amelie.»

Der Weg hinab ins Tal, der von den schweren Wagen und dem Regen ruiniert gewesen war, war ausgebessert worden. Alles war wie immer. Rechts und links reckten sich die alten Bäume, umsponnen von Lianen und bewachsen von Farnen. Dahinter war der undurchdringliche Urwald mit seinen Geheimnissen. Es war ein seltsames Gefühl, Afrika zu verlassen, heimzukehren in «das Land der Weißen». Damals, als Gustav ihr vom Charme der Großstadt vorgeschwärmt hatte, war sie versucht gewesen, sich auf Berlin zu freuen. Nun hatte sie das Gefühl, Schuhe zu tragen, die ihr viel zu groß waren.

Amelies Blick traf sich mit dem ihres Bruders.

«Bleib nicht zu lange, Melli.» Er beugte sich zu ihr, küsste ihre Stirn und sagte sanft: «Pass gut auf Lottchen auf.»

15.

Berlin, im Dezember 1907

Ein Schlag traf Amelie in den Rücken.

«Haste keene Augen im Kopp!»

«Na, hör'n Se mal! Ich habe ein Kind auf'm Arm!»

Amelie erschrak über den Tonfall, in dem sie unwillkürlich geantwortet hatte.

«Wat kann ick 'n dafüa!»

Die dicke Frau trug zwei abgeschabte Mäntel übereinander, hatte den Kopf mit groben Tüchern umwickelt und schleppte zwei Weidenkörbe mit Hühnern.

Amelie lächelte; so war er eben, der herzliche Berliner Ton.

Fast drei Wochen war sie mit Lottchen unterwegs gewesen. Hatte nach der Schiffspassage in Neapel den Zug bestiegen, war über Rom, durch die Alpen, über München und Dresden gefahren. Eine Reise vom Sommer in den Winter, von der Gelassenheit Afrikas in die Betriebsamkeit Europas. Und nun war sie am Ziel, hatte noch keine zwei Schritte auf heimatlichen Boden gemacht. Aber Berlin ließ ihr keine Zeit mit dem Ankommen. Berlin lärmte, krakeelte, stank, klingelte, rief, schubste, eilte. Es war ein einziges Durcheinander auf dem Bahnsteig am Anhalter Bahnhof.

Ebenso wie Amelie führten zahllose Reisende Unmengen von Gepäck mit sich. Gepäckträger in grünen Jacken und schwarzen Mützen schleppten im Laufschritt Lasten durch die Menschen. Amelie winkte einen von ihnen heran, damit er sich ihrer auffälligen Blechkoffer annahm. Sie schulterte ihre beiden verbliebenen Taschen, drückte Lottchen sanft an sich und eilte zum Ausgang der gigantischen Bahnhofshalle, die von einer Kuppel aus Glas und Stahl überspannt wurde. Vor dem Bahnhof am Askanischen Platz wuchtete der Gepäckträger seine Last auf die Holzkarre eines wartenden Dienstmannes, der an seiner roten Kappe mit Messingschild und Nummer zu erkennen war; es hatte alles seine gute Ordnung in der deutschen Hauptstadt.

«Wohin?»

«Lietzenburger Straße 14, bei Freyer läuten!»

«Wird jemacht!»

Er legte sich den Riemen der Karre über die Schulter und hastete im Laufschritt los.

Amelie blickte sich um. Berlin empfing sie mit Schneeregen, Pfützen und Matsch. Die Menschen zogen die Köpfe ein und die Schultern hoch. Auf dem Platz herrschte ein hektisches Gewimmel. Pferdefuhrwerke fuhren vor, die Straßenbahn bimmelte in vertrautem Diskant, ein Auto hupte und der Pferde-Omnibus zuckelte in Richtung Potsdamer Platz davon. Obwohl Amelie ihre safarierprobten und hier so gar nicht zur Damenmode passenden groben Stiefel trug, fror sie. Sie hatte keine Handschuhe, Mantel und Hut waren auch lächerlich leicht. Lottchen schmiegte sich ängstlich an sie. Zumindest sie war in eine warme Wolldecke gewickelt, die Amelie aus Afrika mitgebracht hatte.

Sie erwischte noch die letzte zweiachsige Kutsche, die rundum geschlossen war, öffnete bereits die Tür, rief dem Kutscher zu: «Luisenstraße zwei, Dermatologische Klinik!»

«Nich so fix, Madamchen! Haste jenuch Jeld?», fragte der Mann im Regenumhang vom Bock herab.

«Wie bitte?» Seit ihren Kindertagen war Amelie das nicht mehr gefragt worden. «Was erlauben Sie sich! Natürlich!»

Er blickte auf Amelie und das von verschorften Brandnarben entstellte Kind, dessen rechtes Auge von einem Verband verdeckt wurde. «Siehst aber nich so aus.»

«Kutsche nach Halensee!», rief im selben Moment ein Mann.

«Hier!», schrie der Kutscher zurück.

Ein Herr im Mantel mit Nerzkragen, der einen Regenschirm über eine Dame im Pelz hielt, trat zwischen Amelie und den Kutscher. «Darf ich mal?», näselte die Dame und schob sich an Amelie vorbei in die Kutsche, der Herr folgte. Amelie wich konsterniert zurück. Sie erinnerte sich an die Maxime der Großstadt: Haste was, biste was – haste nix, biste nix. In der Millionenstadt war Amelie Frau Niemand.

Der Schneeregen ging bitterkalt nieder.

Nur gegen Vorkasse war ein Kutscher schließlich bereit, die beiden in die Hautklinik der Charité zu bringen. Mit Lotte auf dem Arm eilte Amelie durch die düsteren Gänge, hielt Ausschau nach vertrauten Gesichtern. Sie hatte Mühe, überhaupt vorwärts zu kommen; es war ein Montag und die Uni voller geschniegelter Studenten in Anzügen und mit Stehkrägen. Nur widerwillig ließen sie die Frau mit dem Kleinkind durch, die so offensichtlich nicht hierhergehörten.

Wie fremd alles schien! Dabei war Amelie unzählige Male in der Hautklinik der Charité gewesen. Doch es war zweieinhalb Jahre her, dass sie hier mit ihrem Mentor Fritz Schaudinn nach dem Erreger der Syphilis geforscht hatte. Mit Mühe gelang es Amelie, sich Zutritt zum Vorzimmer des Klinikleiters zu verschaffen; es war voller Studenten, die um die Aufmerksamkeit zweier Büroschreiber buhlten. Dass sie in Zimmern wie diesem die einzige Frau unter Männern war, war sie gewohnt. Aber niemand wäre auf die Idee gekommen, in ihr eine Ärztin zu sehen. Immer wieder wurde sie zur Seite geschoben, schließlich begann Lottchen leise zu weinen. Da endlich wurde einer der entnervten Schreiber aufmerksam.

«Patienten haben hier nichts zu suchen!», bellte er.

«Ich bin Frau Doktor von Freyer!» Sie legte das Schreiben auf den Tisch, das Dr. Heim ihr mitgegeben hatte. «Ich wünsche Professor Lesser zu sehen», sagte sie couragiert.

Ihr entschlossener Ton stand in so großem Gegensatz zu ihrem Erscheinungsbild, dass die Umstehenden sie verwundert musterten. Mehr, als dass man sie auf einer Bank warten ließ, erreichte sie dennoch nicht; die Zeit kroch dahin, das kranke Kind hatte Hunger, brauchte Schonung, hatte weder Abwehrkräfte gegen das kalte, nasse Klima noch die hustenden und niesenden Menschen. Amelie verließ das Vorzimmer unverrichteter Dinge.

Mit dem Kopf durch die Wand – das ging nicht. Sie musste nach Hause, zu ihrem Vater, es am nächsten Tag allein versuchen, ohne Lotte, mit dem Auftreten einer Dame. Kleider machen Leute, das galt im Ameisenhaufen Berlin viel mehr als in Deutschost. Überdies brauchte sie ein Kindermädchen. Aber für wie lange? Denn Lotte müsste irgendwann für längere Zeit im Krankenhaus bleiben.

Von Afrika aus war alles so einfach erschienen: Heims Brief, ein Gespräch, Rettung für Lotte ... Und hier hatte sie Probleme, überhaupt angehört zu werden. Schon öffnete sich wieder die Tür zur Luisenstraße, eiskalter Wind wehte herein. Amelie huschte in eine geschützte Ecke vor einer Anschlagtafel mit Vorlesungsterminen. Sie holte aus einer ihrer Taschen ein Kopftuch hervor und band es sich um, denn der Sommerhut war lächerlich bei dieser Kälte.

«Was tun Sie hier? Dies ist die Verwaltung. Der Patienteneingang ist weiter hinten.»

Amelie blickte in das gerötete Gesicht eines eleganten Herrn von Ende dreißig. Der Mann kam ihr bekannt vor. Er hatte sich zwar verändert, aber das war doch ... «Kollege Hoffmann?», fragte sie und nahm errötend das Tuch vom Kopf. «Sie werden mich in dieser Aufmachung nicht erkennen. Ich bin Doktor von Freyer.»

«Schaudinns Famula? Mein Gott, wie sehen Sie denn aus? Wo kommen Sie her? Und wen haben Sie da bei sich? Ein kleiner Mischling. Wo haben Sie den denn her?»

«Meine Nichte.»

Sie zitterte vor Aufregung und Kälte am ganzen Leib. Hoffmann und Schaudinn hatten zwar gemeinsam am Syphilis-Erreger geforscht, aber Amelie hatte Ernst Hoffmann nur wenige Male getroffen; sie war mit dem einstigen Stabsarzt damals nicht warm geworden. Konnte dieser nahezu Fremde jetzt ihre Rettung sein?

«Ihre Nichte?» Hoffmann blickte verwirrt auf das leise wimmernde Kind. «Schauen wir mal, was wir tun können.»

Während er sie zurück ins Innere der Klinik geleitete, erzählte er, dass Schaudinn gestorben und er selbst wegen seiner Mitwirkung bei der Entdeckung des Syphilis-Erregers zum Professor ernannt worden war. Er brachte sie auf direktem Weg in sein Arbeitszimmer, wo es warm war, und sie schälte die Kleine aus ihrer Decke. Auf Amelies Bitte hin ließ er für das Kind einen Milchbrei aus der Krankenhausküche herbeischaffen.

«So, so, in Afrika leben Sie jetzt? Und was tun Sie da?»

Sie berichtete, er lauschte mit wachsendem Interesse. «Unser Schutzgebiet ist in aller Munde», sagte Dr. Hoffmann.

Nicht nur, dass Staatssekretär Dernburg mit seinen Erkenntnissen für Schlagzeilen gesorgt hatte. Professor Koch hatte außerdem gerade vor der Berliner Ärzteschaft über die Ergebnisse seiner Expedition zur Erforschung der Schlafkrankheit referiert. Aus dem Kopf erinnerte Hoffmann Kochs Erkenntnisse – es waren nahezu dieselben, die Amelie in ihre Notizen geschrieben hatte. Sie war Koch mit großer Wahrscheinlichkeit ein paar Monate voraus gewesen.

Das würde niemanden mehr interessieren, dachte sie bitter.

Aber was zählte das alles noch? Sie war nicht hier, um sich zu grämen, nicht in die Annalen der Medizingeschichte einzugehen. Sie wollte nicht mehr Tausende Menschenleben retten, sondern einem kleinen Menschen helfen. Und das würde schwer genug werden. Endlich schenkte Hoffmann seine Aufmerksamkeit der kleinen Patientin, und Amelie durfte Lotte aus ihren Verbänden wickeln. Obwohl sie die Wunden schon in so vielen verschiedenen Stadien gesehen hatte, spürte sie jedes Mal einen Stich im Herzen. Das rechte Auge war nicht zu erkennen. Es war nicht abzuschätzen, ob es unter dem Narbengewebe überhaupt noch funktionsfähig war. Dr. Hoffmann sterilisierte eine Nadel, um Lottes Schmerzreaktion zu überprüfen. Er stach mehrmals vorsichtig in die vernarbte und verschorfte Haut hinein.

Es schmerzte Amelie, den geliebten kleinen Menschen so hilflos zu erleben. Lotte schien nur an wenigen Stichstellen etwas zu spüren – die Brandverletzungen waren viel tiefer als befürchtet.

«Ich möchte gern die Meinung des Kollegen Lesser einholen», sagte Hoffmann und ließ ihn rufen.

Kurz darauf betrat Professor Edmund Lesser, ein Mittfünfziger, den Raum. Doch nicht dem Kind galt sein Interesse, sondern der Frau, die es gebracht hatte.

«Amelie von Freyer? Sind Sie die Tochter des Kollegen Freyer? Erzählen Sie, wie lebt es sich bei den Wilden Afrikas?»

Amelie ahnte, dass diese Frage auf absehbare Zeit wohl so manches Gespräch eröffnen würde. Egal, wie die Umstände sein mochten. Sie war eine Besucherin aus einer fernen, fremden Welt voll dunkler Geheimnisse, die in der Helligkeit der Zivilisation Hilfe erbat für ein Kind, das der Hölle der Barbarei gerade noch einmal entkommen und entsprechend gezeichnet war.

«Bei einer II b-Verbrennung macht eine Transplantation in diesem Stadium keinen Sinn. Wir müssen erst einmal einen Chirurgen wegen einer Augenoperation zu Rate ziehen», fachsimpelte Lesser schließlich mit Hoffmann und ging zum Fernsprecher. «Ich habe hier die Tochter des Kollegen Freyer mit einem kleinen Negerkind. Interessanter Fall, Herr Kollege ...», begann er. Anschließend teilte er das Ergebnis Amelie mit: «Kollege Bier ist noch im Hause. Bringen Sie das Kind gleich zu ihm.»

Der Name sagte Amelie nichts; ihr wurde erklärt, dass Professor August Bier seit einem dreiviertel Jahr die Chirurgie der Charité leitete, die ihrerseits erst seit 1904 bestand. Amelie zog die Kleine wieder an, verabschiedete sich eilig und trat hinaus auf die von einer leichten Schneeschicht bedeckte Straße. Die klare kalte Luft tat gut. Mit ihrem unverletzten Auge verfolgte Lotte die Schneeflocken. Eiligen Schrittes ging Amelie an der Front der Backsteinbauten entlang, weit hatte sie es nicht, gerade einmal elf Hausnummern trennten sie von ihrem Ziel.

Professor Bier war schon im Aufbruch gewesen, als er Lessers Anruf erhalten hatte. Er empfing im Nadelstreifenanzug, ein Mann von Mitte vierzig mit Schnauzbart, schütterem Haar.

«Auf die Kleine kommen mehrere Operationen zu», meinte er, nachdem er Lotte eingehend untersucht hatte. «Zunächst muss das verschorfte Hautgewebe abgetragen werden, dann müssen wir uns um die Nerven kümmern. Was die Operation des Auges betrifft, so muss dazu ein Spezialist konsultiert werden. Anschließend könnte eine Hauttransplantation angegangen werden. Das wäre so in etwa der grobe Plan.» Er machte eine lange Pause. «Ich werde die Behandlung selbstverständlich übernehmen. Wenn Sie jedoch das Auge des Kindes retten wollen, werden Sie sich an eine Privatklinik wenden müssen. Ich rate Ihnen, den Kollegen Schachstätter aufzusuchen.» Er notierte die Anschrift der Privatklinik in der nahen Karlstraße. «Gehen Sie dorthin», riet er eindringlich. «Wenn Sie möchten, rufe ich dort für Sie an.»

Sie bat darum, und kurz darauf versicherte er ihr, dass Schachstätter sie erwartete.

Zum Abschied schenkte er dem Kind ein Lächeln. «Die

Kleine erwartet ein großes Martyrium. Es wird sehr lange dauern, bis Sie mit ihr nach Afrika zurückreisen können.»

«Können Sie schon abschätzen wie lange?»

«Bis zur letzten OP?» Ein tiefer Seufzer. «Als Medizinerin wissen Sie, dass viele Faktoren zusammenkommen. Ich denke, Sie sollten sich darauf einrichten, wieder einmal einen Sommer in Deutschland zu verbringen.»

Als sie kurz darauf auf der verschneiten Straße stand, zögerte sie, jetzt noch in die Karlstraße zu gehen. Sowohl sie als auch das Kind waren müde. Andererseits erschien es sinnvoll, Lottes Chancen gleich jetzt auszuloten. Die Taschen geschultert, das Kind an sich geschmiegt, stemmte sie sich dem Schneetreiben entgegen.

Die letzte Konsultation war kurz, der Augenarzt sagte, dass er eine Diagnose erst nach einem chirurgischen Eingriff abgeben könne. Immerhin erklärte er sich bereit, mit Professor Bier zusammenzuarbeiten.

Dann stellte der Arzt die Frage, vor der Amelie sich gefürchtet hatte: «Ich nehme an, Geheimrat Freyer wird die Kosten übernehmen?»

Amelie konnte nur hoffen, dass ihr Adoptivvater seine Enkelin nicht im Stich lassen würde. Sie selbst besaß nichts. Und eine gut bezahlte Arbeit würde sie auch nicht finden. Aus eben diesem Grund hatte sie schließlich im April des Vorjahres Berlin verlassen. Amelie bemühte sich, ihre Sorgen hinter einem zuversichtlichen Gesicht zu verbergen.

«Ich bin heute erst in Berlin eingetroffen. Es war noch keine Zeit, mit meinem Vater zu sprechen.»

«Am besten bitten Sie Geheimrat Freyer, dass er mich wegen der finanziellen Angelegenheit kontaktiert.»

Wenig später ging Amelie durch die inzwischen von Gaslaternen spärlich beleuchteten Straßen. Der Schnee knirschte unter ihren Schuhen. Es erinnerte Amelie daran, dass in vier Tagen Nikolausabend war.

«Ach, Lottchen, wenn Gustav doch nur eine Minute früher bei dir gewesen wäre», flüsterte sie und schalt sich, dass sie so dachte. Es war ungerecht. Und gleichzeitig wahr.

«Amaleken, da biste ja endlich! Deine Koffer sind schon seit Stunden da. Ick hab' mich schon jesorgt, wo de bleibst. Ach, sag bloß! Is det etwa die Kleene von Hanns?» Klara schob neugierig die Decke ein wenig zur Seite und schrak zurück. «Oh, nee, so 'n Unglückswurm! Wat is mit ihr jeschehn?» Die Haushälterin der Freyers blickte an Amelie vorbei in den weiten Hausflur des ersten Stockwerks. «Biste janz alleene?», fragte sie überrascht.

«Lass mich erst mal rein, Klara, dann erzähl' ich. Ist Vater zuhause?»

«Nee, nee, is er nich. Der Herr Geheimrat is schon den janzen Tag aushäusig. Er weiß jarnich, dass de kommst.»

Amelie fiel ein Stein vom Herzen. So dringend das Gespräch mit dem Professor war, so froh war sie, erst mal anzukommen. Klara half ihr, Lottchen aus der Decke zu wickeln. Erst danach befreite sie sich von ihren durchnässten Sachen. Während Klara im hinteren Teil der 6-Zimmer-Wohnung in der Küche hantierte, ging Amelie in ihr einstiges Jugendzimmer. Klara hatte den Ofen eingeheizt und das Bett bereitet. Sie kleidete Lotte aus den bereitstehenden Koffern frisch ein. Wie eine Puppe ließ das Kind alles mit sich geschehen. Schließlich fütterte Amelie die Kleine mit einer warmen Kartoffelsuppe, die Klara Stunden zuvor gekocht hatte. Fast unmittelbar danach schlief Lotte ein, Amelie legte sie in das alte Gitterbett, das Klara aus der Abstellkammer geholt hatte. Die Tür vom Jugendzimmer lehnte Amelie nur an, damit sie Lotte hören konnte. Dann setzte sie sich an den Esstisch. Der Duft der Suppe roch vertraut, und Amelie spürte, dass sie den ganzen Tag nichts gegessen hatte.

«Schmeckt et noch wie früher?», fragte Klara. «Bist ja man bloß noch Haut und Knochen, Amaleken.»

Für Klara blieb Amelie das Nesthäkchen, dem für immer ihre Zuwendung galt. Und Amelie liebte Klara seit der ersten Stunde, die sie in der Lietzenburger Straße verbracht hatte. Damals war Klara achtzehn gewesen, ein stämmiges, rotbäckiges, gut gelauntes Landmädel aus der Mark Brandenburg. Inzwischen war das einstige Kindermädchen eine Frau von vierzig Jahren mit ersten grauen Strähnen im aschblonden Haar. Klara gehörte zur Familie, und deshalb hatte der aus Afrika heimgekehrte Professor seinen Ärger über Hanns' Kind mit seiner Haushälterin geteilt. Klara erzählte offen davon, wie sehr er sich aufgeregt hatte. Dann griff sie nach Amelies linker Hand.

«Amaleken, wat is 'n det? Haste 'n süßes Jeheimnis? Aber nich vor mir!»

«Ich trage den Ring, damit es kein Geheimnis ist», antwortete Amelie. «Aber es ist eine sehr traurige Geschichte, Klara. Willst du sie wirklich hören?»

Klara nickte.

«Du kannst dich bestimmt noch an Karl Gustav Brelow erinnern?»

«Wie könnt' ick den vergessen! Sag bloß! Du hast ihn wieder jetroffen? In Afrika? Zufälle jibt's, die jibt's jar nich!»

Nachdem Amelie von Gustav erzählt hatte, waren Klaras Augen rot vom Weinen. Als die Eichenholz-Standuhr Mitternacht schlug, fuhr Klara erschrocken zusammen.

«Det hat er nich verdient, der Gustav. Det war so'n lieber Kerl. Und du hast det ooch nich verdient», schluchzte Klara. «Afrika war nich jut für dich.» Sie schlug mit der Hand auf den Tisch, dass der Löffel im Teller sprang. «Da gehste nich mehr hin zurück, nach Afrika. Da wohnt det Unheil.» Sie wischte sich mit einem Taschentuch die Tränen aus dem Gesicht. «Hätteste mal auf deine Mutter jehört und den Doktor ... Jottchen, wie hieß der noch mal ... jeheiratet. Hättest Kinder und allet wäre jut.»

«Siehste, Klara,» sagte Amelie trocken, «du weißt schon nicht mal mehr, wie er hieß. Weil er nämlich der Falsche war.»

«Kannste nich wissen.» Ihre Miene strafte die Worte Lügen.

Amelie drückte Klaras Hand. «Gustav war die Liebe meines Lebens.»

Sie blickte hinüber zu dem raumhohen, grün gekachelten Eckofen, den er vor Jahrzehnten mit Kohle befüllt hatte. Kaum etwas hatte sich in diesem Zimmer verändert. Nur die Menschen darin waren älter geworden. Die alte Standuhr tickte laut; unermüdlich schlug das lange Pendel hin und her wie ein Läufer, der mit Riesenschritten eilt und dennoch nie das Ziel erreicht.

Im Flur ging die Haustür; Amelies Vater kehrte heim.

«Ick hab' dich zu lange uffjehalten», sagte Klara lakonisch.

Amelie hörte den Professor in sein Arbeitszimmer gehen, das gleich am Anfang des langen Korridors lag. Zwei Türen davor befand sich Amelies eigenes Zimmer – sie konnte dem Alten aus dem Weg gehen.

Sie lugte nur kurz zu Lotte hinein, die fest schlief, und klopfte gegen die angelehnte Tür zum Arbeitszimmer des Professors.

«Komm rein, Klara. Bringst du mir einen Tee?»

Der Alte saß im dunklen Anzug an seinem Schreibtisch, der mit Manuskripten bedeckt war, Mantel und Hut waren achtlos auf den Boden geworfen. Er machte sich gerade Notizen.

Als sie ein Kind gewesen war, war es Amelie verboten gewesen, diesen Raum zu betreten. Das hatte ihn natürlich umso interessanter gemacht. Inzwischen war sie den Anblick der in Glasvitrinen ausgestellten Schädel gewohnt. Einen Großteil davon hatte Professor Freyer in Mooren ausgegraben, andere aufgekauft, alle jedoch vermessen, um die Gemeinsamkeiten oder Unterschiede menschlicher Herkunft zu ergründen. Amelie mochte den Raum nicht; es war ihr unbegreiflich, wie der

Professor hier klare Gedanken fassen konnte, während ihm Tote beim Denken zusahen.

«Guten Abend, Vater.»

Er fuhr herum. «Großer Gott, du hast mich zu Tode erschreckt! Wo kommst du denn her?» Er stand abrupt auf, musterte sie. «Du siehst elend aus, Kind.»

«Danke. Deshalb bin ich hier. Ich brauche deine Hilfe.»

«Das hast du noch nie gesagt.» Er ging auf sie zu, als wollte er sie umarmen, doch dann vergrub er die Hände in den Hosentaschen. «Es war ein bitterer Abschied. Aber es war mir lieber so. Manchmal ist es besser, wenn Dinge ungeklärt bleiben. Die Zeit gibt Antworten, zu denen Menschen nicht fähig sind.»

Er war in dieser melancholischen Stimmung, die Amelie nicht leiden konnte. Ein alter Mann, mit den Schatten der Vergangenheit kämpfend. Sie ärgerte sich, dass sie nach der langen Reise und dem aufwühlenden Gespräch mit Klara noch das Gespräch mit ihm gesucht hatte. Doch es musste sein: Bevor sie Lotte morgen in die Charité brachte, musste sie wissen, ob ihr Vater überhaupt für die Behandlung der kleinen Privatpatientin durch Professor Bier aufkäme.

«Ja, Vater, die Zeit hat auf ihre Weise geantwortet», sagte Amelie. «Der Mann, den ich liebe, ist tot. Ja, du hörst richtig. Ich spreche von Gustav. Und auch Sara ist gestorben, die du nicht als deine Schwiegertochter haben wolltest. Nur eine lebt noch, Lotte. Sie ist hier. In deiner Wohnung, in meinem Zimmer.»

Der Professor starrte sie an wie ein Gespenst.

«Hanns?»

«Er lebt.»

«Gott sei Dank!» Seine Stimme zitterte.

Er ging hinüber zu einem kleinen runden Glastisch, neben dem ein kostbarer Globus aus Leder stand. Aus einer verzierten Glaskaraffe schenkte er sich zwei Finger breit französischen Cognac in ein Glas. Er leerte es in einem Zug.

«Berichte. Was ist in Salama vorgefallen?»

Er hörte sie schweigend an. Dann zog er sein Fazit.

«Die Geschehnisse, von denen du mir berichtest, wären vermeidbar gewesen. Ohne das Kind wäre das alles nicht passiert. Es ist sein Schicksal als Bastard, und das kannst du nicht ändern.» Er wandte sich ab. «Du hättest nicht mit ihr kommen sollen. Du wusstest, wie ich denke.»

«Lotte ist es in deinen Augen nicht wert, gerettet zu werden, nicht wahr, Vater?»

«Sie muss nicht gerettet werden! Lass dieses hysterische Gerede. Sie lebt doch allem Anschein nach! Was sollen die Operationen? Du wirst ihr Los dadurch nicht ändern.»

«Heißt das, ich muss Professor Bier und Dr. Schachstätter sagen, dass du für deine Enkelin nicht aufkommen wirst?»

Er zog die Augenbrauen hoch und die Mundwinkel nach unten.

«Wenn du das für eine kluge Vorgehensweise hältst, dann wirst du es wohl so sagen müssen.»

Sein eiskalter Blick ließ Amelie frösteln.

Amelie hing den Hörer auf den seitlich am braunen Holzkasten des Fernsprechers angebrachten Haken; es war an diesem Morgen das vierte Telefonat mit einem Rechnungskontor gewesen. Sie lehnte sich gegen die Wand im langen Flur der elterlichen Wohnung und fügte der Liste eine weitere Zahl hinzu. Dann addierte sie. Die Operationen und privatärztlichen Konsultationen allein würden etwa viertausend Mark kosten. Dazu kämen die Krankenhauskosten: Wenn das Kleinkind in den üblichen Krankensälen untergebracht wäre, würde es gemeinsam mit Erwachsenen in einem Zimmer mit 16 Betten liegen – es gab keine Kinderstation. Die Besuchszeiten kannte Amelie auswendig: zweimal pro Woche für zwei bis vier Stunden. Das würde Lottchen, die immer von vertrauten Menschen umgeben gewesen war, nicht verkraften. Folglich kam nur ein Privatzimmer in Frage. Die Kosten waren kaum zu kalkulieren, da die Länge des Aufenthalts unbestimmt war; mit weiteren tausend Mark musste sie rechnen. Machte mindestens fünftausend!

Das entsprach in etwa dem Jahresgehalt eines Chefarztes.

Woher sollte sie solch eine astronomische Summe bekommen? Amelie war verzweifelt. Wie naiv sie gewesen war! In Afrika hatte alles so einfach ausgesehen. Darüber hatte sie die deutsche Wirklichkeit völlig vergessen. Sie hätte wissen müssen, dass ihr Vater keine Hilfe sein würde. Was sollte sie jetzt tun?

Sie sah nach Lottchen, die inzwischen wach war, zog sie um und nahm sie mit an den Frühstückstisch. Klara hatte Butter, Honig, Marmelade und Weihnachtskekse bereitgestellt. Alles wirkte wie zuhause, voller Geborgenheit. Nun riss Klara ein Streichholz an, um die erste Kerze am Adventskranz zu entzünden. Sofort begann Lottchen zu weinen. Klara verstand den Zusammenhang nicht, doch als Amelie sie auf die Flamme hinwies, pustete Klara die Kerze sofort schuldbewusst aus. Offensichtlich brachte die Kleine Feuer mit Gefahr und Schmerz in Zusammenhang. Vielleicht war es auch nur das helle Aufflammen des Streichholzes gewesen, Amelie wusste es nicht, aber sie wollte wachsamer sein.

Klara hielt dem Kind ein Brötchen hin. «Die erste echte Berliner Schrippe für unsere kleine Afrikanerin.»

Tatsächlich packte Lotte zu, aber schon als sie abbeißen wollte, brach sie erneut in Tränen aus. Amelie stippte winzige Brocken in warme Milch und fütterte die Kleine wie ein Baby. Sie selbst quälte sich mit einem Brötchen, doch der Hunger wollte sich nicht einstellen. Die Sorgen waren zu groß. Woher konnte sie Hilfe bekommen? Wer würde für Lottes Operationen aufkommen? Natürlich fiel ihr Wilkening ein, aber *baba* würde erst recht kein Geld haben.

«Nu trink' doch wenigstens 'nen Kaffe. Echter Usambarakaffee. Hab' ick noch jestern schnell bringen lassen, Amaleken.»

Sie schob die Tasse zu Amelie. «Probier mal, schmeckt bestimmt wie zuhause.»

«Du wirst es nicht glauben, Klara, aber auf Salama trinken wir nie Kaffee. Der wird erst in Hamburg geröstet», sagte Amelie lächelnd.

«Dann habt ihr jar keenen Kaffe? Da, wo der Kaffe wächst? Det is ja 'n Ding. Da ham wir det besser mit dem Messingnagel sein Kolonialhaus.»

Messingnagel! Da war er wieder. Am Frühstückstisch. Zumindest sein Kaffee. Seiner? Sie probierte den «echten Usambarakaffee». Ob es Bohnen waren, die auf Salama geerntet worden waren ...?

«Sag mal, Klara, war dieser Messingnagel mal hier?»

Ausgeschlossen war das nicht, der Professor war ihm ja auf Salama begegnet. «Anstrengend» hatte er die Dankbarkeit des Kaufmanns genannt, der Amelie für seine Lebensretterin hielt.

«Na, nun machste wohl Witze mit mir! Wennste dem sein Deutsches Kolonialhaus jesehn hättest, würdest du so was nich fragen. Det is ein Schloss, sag ick dir.»

«Ist das am Leipziger Platz?»

«Nee, da is nur ein Filialjeschäft, wie sich det schimpft. An der Lützowstraße hat Messingnagel neu jebaut. Det musste jesehen haben! Da jibt et sogar echte Neger, die vakoofen den Kaffe. Ja, da kiekste, Amaleken, det is unser Berlin. 'ne Weltstadt!»

«Du hast auch in Messingnagel einen Verbündeten», hörte sie Gustav eindringlich sagen und sah ihn bei jenem nächtlichen Gespräch während der *ngoma* vor sich. Die Erinnerung trieb ihr die Tränen in die Augen.

«Hab' ick wat Falsches jesagt?», fragte Klara und kramte sofort ein großes Taschentuch hervor.

Amelie schnäuzte sich geräuschvoll. Dumme Gefühle! Sie musste stark sein. Kämpfen um Lottes willen.

«Nein, Klara, du sagst nie was Falsches. Kannst du auf Lotte aufpassen? Ich geh mal zu diesem Kolonialhaus.»

Während Amelie sich das viergeschossige Haus Lützowstraße 89–90 besah, kam sie wieder einmal zu dem Schluss, dass Messingnagels Geschmack nicht ihrem entsprach: Er hatte in die Mitte Berlins eine Mischung aus Fabrik und orientalischem Palast bauen lassen. Oben drauf eine Kuppel mit einer meterhohen afrikanischen Knabenfigur. Die Einfahrt zu den Hinterhöfen zierten zwei Löwenköpfe, auf denen wiederum je zwei afrikanische Krieger standen, jeder so hoch wie eine Hausetage. Entlang der Fassade waren in riesigen Lettern die Namen der deutschen Kolonien montiert: Deutsch-Ostafrika, Togo, Samoa, Deutsch-Südwestafrika, Kamerun. Als hätte der Hauseigentümer diese Ländereien gleich miterworben. Unten waren mehrere Geschäfte nebeneinander aufgereiht, die alles anboten, was es an exotischen Kostbarkeiten gab: «Kamerun-Schokolade», «Kiautschou-Zigaretten» aus der deutschen Enklave in China, «Original Massai-Speere» und «Hausgötter aus Togo». Sogar einen ausgestopften Kakadu, der angeblich von der im West-Pazifik gelegenen winzigen Kolonie Bismarck-Archipel stammte, entdeckte Amelie. Überall hingen Plakate, die darauf verwiesen, dass die angebotenen Produkte von der Deutschen Kolonial-Gesellschaft empfohlen wurden.

Amelie hatte keinen Zweifel, dass Messingnagel diese Gesellschaft höchstpersönlich gegründet hatte …

Doch Herr Messingnagel selbst war nirgends zu entdecken. Amelie erstand ein halbes Pfund «Samoa-Kakao», um wenigstens Klara eine Freude zu machen. Als sie hinausging, wurde ihr die Tür von einem Schwarzen geöffnet, der in eine Fantasie-Uniform gekleidet war und einen Palmwedel in der Hand hielt.

«Danke für Ihren Einkauf im Deutschen Kolonialhaus. Beehren Sie uns bitte wieder, gnädige Frau. Schöne Weihnachten!», sagte der Afrikaner in akzentfreiem Deutsch.

Wahrscheinlich war es eine Schnapsidee gewesen, ausgerechnet Messingnagel um Hilfe zu bitten, dachte sie, als sie tief in Gedanken den Bürgersteig entlangging.

Der schrille Ton einer Hupe ließ sie zusammenzucken. Aus der Einfahrt schoss der Kühler eines Automobils auf sie zu. Sie sprang beiseite. Dass es jetzt viel mehr Autos gab – daran musste sie sich erst noch gewöhnen. Sie ließ den schweren Wagen an sich vorbeirollen. Das Gefährt blieb einfach quer auf dem Trottoir stehen, hinten wurde ein Fenster geöffnet.

«Frau Doktor? Sind Sie das?», fragte Gottlieb Messingnagels warme Baritonstimme. «So eine angenehme Überraschung. Steigen Sie ein!»

Zögernd trat Amelie an das blitzblanke Gefährt heran. Messingnagel stieß den Schlag auf. Und dann saß sie zum ersten Mal in den Lederpolstern eines Automobils.

«Kompliment. So ein großer Wagen», brachte sie leicht verlegen hervor.

«Det muss man heute haben, Frau Doktor. Den Floh hat Freund Dernburg mir ins Ohr jesetzt.»

Er berlinerte wieder leicht, so wie er es immer tat, wenn er vermeiden wollte, wie ein *Jroßkoz*, ein Wichtigtuer, zu erscheinen.

Der Wagen setzte sich ruckend in Bewegung und stoppte abrupt. Ein Passant war gerade noch rechtzeitig ausgewichen.

«Wie Se seh'n, is das mit den Automobilen nicht so einfach. Man braucht 'nen Fahrer. Und die gibt's so jut wie gar nich. Den hier hat mir die Automobilmanufaktur gestellt. Also, wenn Se mal einen wissen, den nehm ick sofort.» Er musterte sie nun, als der Wagen endlich fuhr. «Wo wollen Se denn hin?»

«Tja», sie seufzte, «eigentlich zu Ihnen.»

«Freut mich, das zu hören.»

Der Wagen bog nach links in die Potsdamer Straße ein und brauste mit hoher Geschwindigkeit zum Potsdamer Platz. Unaufmerksam die Fahrbahn querende Fußgänger wurden gnadenlos weggehupt.

Messingnagel blickte Amelie nachdenklich an. «Seit wann sind Sie zurück aus Afrika?»

«Erst seit ein paar Tagen.»

Die ernste Stimmung des Mannes, den Gustav als Amelies «Verbündeten» bezeichnet hatte, hellte sich auf. Doch sie hatte das untrügliche Gefühl, seine Heiterkeit wäre vorgespielt, als er sagte: «Dann kennen Se den Augapfel der Kaiserstadt noch nicht, oder? Na, ick zeig' Ihnen mal det Prunkstück unserer Weltstadt. Bringt Sie auf andere Gedanken.»

Sie hatte gehofft, man würde ihr ihre Sorgen nicht ansehen.

Am Ende der Königgrätzer Straße bog die Karosse ab und durchfuhr das Brandenburger Tor, stoppte gleich anschließend an der Ecke von Pariser Platz und Unter den Linden.

«Voilà, das Hotel Adlon. Zur Eröffnung vor fünf Wochen war Seine Majestät der Kaiser hier. Ich leider nicht, ich war ja auf dem Rückweg von Afrika.» Er lächelte. «Ich soll Sie übrigens von Professor Koch grüßen. Wir sprachen über Sie.»

«Sie ... mit Koch? Wie kam das denn nun wieder?»

Dieser Mann glich einer Wundertüte!

«Och, wir hatten ab Mombasa dasselbe Schiff. Aber der Herr Professor legte Wert auf die Feststellung, dass Staatssekretär Dernburg und wir mit ihm reisten. Nicht er mit uns. Sehr elitär, der Herr Professor.»

Livrierte Diener öffneten die Wagentüren, und Messingnagel zählte die Vorzüge des Hotels auf: «Es gibt überall elektrisches Licht, in allen Zimmern fließend warmes und kaltes Wasser!» Selbstverständlich musste man dort einfach gesehen werden, wenn man was auf sich hält. «Wenn Se mal ein Bankett geben – nur hier, Frau Doktor. Das is internationaler Stil, seh'n Se nur!»

Messingnagel führte sie durch prunkvolle Hallen aus Marmor, Plüsch und Messing zum Restaurant, dessen Spiegel das Licht der Kristall-Kronleuchter reflektierten.

Wie sollte sie hier vom Elend eines kleinen schwarzen Mädchens sprechen? Gab es einen weniger angemessenen Ort?

Sie saßen kaum, als ein älterer Herr im dunklen Anzug und

mit schlohweißem Haar an den Tisch trat. Messingnagel erhob sich, und der andere legte ihm den Arm um die Schultern, sie sprachen kurz, dann wandte sich der elegante Mann Amelie interessiert zu.

«Darf ich vorstellen, mein Freund Lorenz Adlon, Besitzer des schönsten Hotels Europas. Ach, was rede ich – der ganzen Welt.»

«Wer Freunde wie Gottlieb hat, den haut so schnell nichts um», gab Adlon das Kompliment zurück. «Seien Sie Gast des Adlon, Frau Doktor. Es ist mir eine Ehre, eine Dame bewirten zu dürfen, die meinem Freund Gottlieb das Leben gerettet hat. Und überdies unseren verehrten Herrn Staatssekretär bei sich zuhause in Afrika zu Gast hatte.»

Er winkte einen bereitstehenden Ober heran und zog sich diskret zurück. Nun beugte Messingnagel sich vertraut vor.

«Ich habe ein bisschen Reklame für Sie gemacht. Und auch für Ihren Herrn Bruder.»

Er schlug die Speisekarte auf. *Exquisiter Kaffee von der Plantage Salama in den Usambarabergen*, stand dort. Und der Zusatz: *Mit Empfehlung von Deutsches Kolonialhaus Berlin.*

«Klappern gehört zum Geschäft», sagte Messingnagel leichthin. Er hatte aber wohl längst gespürt, dass sein Gast nicht zum Plaudern aufgelegt war. Unversehens wechselte er den Ton und griff nach Amelies Hand: «Exzellenz Dernburg war zutiefst erschüttert, als er vom Tod des allseits geschätzten Oberleutnants Brelow erfuhr. Und auch ich konnte es kaum glauben. Ich möchte Sie jetzt nicht mit Fragen dazu behelligen, werte Frau Doktor. Mein aufrichtiges Beileid. Ich wollte bei unserem Wiedersehen nicht gleich mit der Tür ins Haus fallen. Doch ich denke, Ihr Aufenthalt in Berlin steht gewiss damit in Zusammenhang. Sagen Sie mir, wo und wie ich helfen kann.»

Und Amelie erzählte von Lottchen.

«Gewiss, die Kleine muss operiert werden. Keine Frage»,

sagte der Kaufmann. «Ihr verehrter Herr Vater stand seiner Schwiegertochter, wie soll ich sagen, etwas reserviert gegenüber, wenn ich mich recht entsinne. Und daran hat sich nichts geändert, nach all dem?»

Man sah ihm an, dass er bereits emsig nachdachte.

«Leider nicht», gestand sie.

«Ich stehe in Ihrer Schuld, Frau Doktor. Welche Summe wird für die Behandlung Ihrer Nichte vonnöten sein?»

Sie nannte die von ihr errechnete Zahl.

«Das ist kein unlösbares Problem.» Er strich sich über seinen sorgsam gestutzten rotblonden Oberlippenbart. «Ich habe da eine Idee. Vertrauen Sie mir. Und jetzt lassen Sie uns speisen.» Er blickte auf das vom Ober auf einem Wägelchen abgestellte Silbertablett, von dem serviert wurde. «Die Barbarie-Ente des Adlon ist vorzüglich.»

Klara legte die «Berliner Morgenpost» auf den Tisch.

«Unser Lottchen macht Schlagzeilen.»

Amelie fütterte ihre Nichte gerade behutsam mit Milchreis zum Frühstück. Die Kleine hatte die vergangene Nacht erstmals durchgeschlafen.

Amelie reckte den Hals. Das Foto, auf dem sie die bandagierte Lotte auf dem Schoß hielt, dominierte die Zeitungsseite. Ein Fotograf der «Morgenpost» hatte es am Vortag an diesem Tisch aufgenommen.

«Was schreiben sie denn?»

Klara überflog den Artikel, schüttelte den Kopf.

«Nun lies schon vor!»

«Aber lass det Kind vor Schreck nich fallen! Also: Ein Waisenkind aus Afrika rührt in der Weihnachtszeit die Berliner Herzen. Die kleine Lotte aus den Usambarabergen wurde von der deutschen Ärztin Amelie von Freyer nach Berlin gebracht, damit hiesige Spezialisten das Leben des Kindes retten. Doch es fehlt das liebe Geld. Gottlieb Messingnagel vom Deutschen

Kolonialhaus hat deshalb für den heutigen Tag eine große Nikolaustombola im Hotel Adlon organisiert. Ihre Majestät Kaiserin Auguste Viktoria hat ihr Kommen zugesagt, um ihre Hand schützend über das Kind Afrikas zu halten.»

Klara ließ die Zeitung sinken.

«Majestät beschützt Lottchen!», rief sie ehrfürchtig.

Doch dann besann sie sich auf eine der ältesten Berliner Tugenden, die Skepsis: «Wieso is Lottchen eine Waise? Und wieso schreiben se nich, dass du die Tante bist? Is keen Wort von drinne.»

Das Telefon läutete im selben Moment, und Klara eilte in den Flur. Amelie hörte sie sagen, dass sie die Frau Doktor sofort holen würde. Sie kehrte zurück und starrte Amelie mit weit aufgerissenen Augen an.

«Det is der Herr Messingnagel vom Deutschen Kolonialhaus.»

Amelie übergab Lottchen an Klara und nahm den Hörer entgegen.

«Haben Se schon jesehen, Frau Doktor? Na, was sagen Se?», rief ein bestens gelaunter Messingnagel.

«Ich bin sprachlos», erwiderte sie wahrheitsgemäß.

«In der B.Z. am Mittag kommt noch ein viel größerer Artikel. Das hat sich mein Propaganda-Mann ausjedacht. Das is ein ...»

«Was ist ein Propaganda-Mann, Herr Messingnagel?»

«So was muss man haben. Der is für die Reklame zuständig. Gold wert, der Mann. Sie werden sehen. Ich schicke Ihnen mein Automobil heute so gegen fünf. Und bringen Sie die Kleine mit.»

«Ich wollte mit ihr heute in die Charité.»

«Das kann warten. Erst mal sammeln, dann einmachen.» Er räusperte sich, merkte wohl, dass sein Tonfall zu burschikos war. «Ich meine, wenn janz Berlin die Kleine leibhaftig sieht, dann kommt Geld ins Haus. Also, bis um fünfe heute Abend.» Er legte auf.

Amelie lehnte sich gegen die Wand im Flur und atmete tief durch. Sie hatte das Gefühl, Messingnagels schweres Automobil wäre soeben über sie hinweggerollt.

Klara näherte sich mit Lotte auf dem Arm, sie platzte vor Neugier. «Woher kennste denn den Tropen-Messingnagel? Etwa aus Afrika?»

«Nun ja, ich habe ihn kennengelernt, weil er eine Expedition von vielen hundert Mann Tausende Kilometer durchs unwegsame Afrika geschickt hat.»

Klara nickte verstehend. «Und nu schleppt er die Kaiserin an. Det passt», sagte sie trocken. «Musste da etwa heute noch hin?»

«Ja.»

«Und wat ziehste an?»

«Keine Ahnung!»

«Det is ’n bisken wenig bei der Kälte.»

Der große Wagen stand schon vor dem Haus. Der uniformierte Fahrer öffnete den Schlag.

«Tut mir leid, Herr Messingnagel, ich bin spät. Die Kleine war so unruhig», sagte Amelie, als sie einsteigen wollte. Sie war so nervös, dass ihre Beine zitterten.

Den ganzen Tag über hatte sie versucht, sich vorzustellen, was Charlotte von Freyer in ihrer Situation getan hätte. Und es wollte ihr keine Antwort einfallen; Charlotte wäre schlichtweg nicht in solch eine Lage geraten. Und es gab niemanden, mit dem Amelie ein vernünftiges Gespräch hätte führen können. Der Professor hatte nur missbilligend auf die gegen Mittag eingetroffene «B.Z.» geguckt und gegrollt.

«Jetzt stellst du den Bastard auch noch auf dem Jahrmarkt aus. Wie kannst du nur deine Ideale so verraten!»

Auf dem Rücksitz der Limousine saß jedoch nicht Messingnagel, sondern eine Dame im Pelzmantel, deren Gesicht durch einen weiten Hut verdeckt wurde.

«Nur die Ruhe, meine Liebe. Wir haben Zeit genug. Steigen Sie ein. Chauffeur, fahren Sie uns ein wenig herum.»

«Jawohl, gnädige Frau.»

Irgendwann hatte sie diese Frau schon einmal getroffen. Ihre unnahbar harte Eleganz erinnerte Amelie an ihre Adoptivmutter, die Dame war aber wesentlich jünger, höchstens Mitte dreißig. Ihr Parfüm war herb und gewiss sehr kostbar.

«Ich bin Gesine Messingnagel. Wir kennen uns. Schon vergessen?»

«In Safari-Kleidung wirkten Sie anders, das muss ich zugeben», erwiderte Amelie.

Es war vor mehr als einem Jahr gewesen. Eine kurze Begegnung, irgendwo in der Wildnis Ostafrikas: Eine Frau hatte eine Karawane angeführt, und Amelie hatte sich gewundert, dass Messingnagel eine so couragierte Frau hatte.

«Man spricht in gewissen Kreisen überaus anerkennend von Ihnen, Frau Doktor von Freyer. Doch ich fürchte, Ihnen ist nicht bewusst, dass das Parkett, auf das mein Mann Sie heute Abend führt, sehr glatt ist. Gestatten Sie, dass ich mich zu Ihrer Freundin erkläre.»

«Sie verwirren mich, Frau Messingnagel. Ich gestehe, dass ich ohnehin schon sehr aufgeregt bin.»

Gesine Messingnagel blickte auf das in eine cremefarbene Kaschmir-Wolldecke gewickelte Kind, das mit seinem gesunden Auge scheu um sich blickte.

«Sie haben das Kind sehr gut zurechtgemacht. Sie ist hübsch. Lotte. Ein deutscher Name für ein afrikanisches Kind, das gefällt den Leuten. Ihre Nichte, nicht wahr? Tun Sie sich und Lotte einen Gefallen: Bleiben Sie bei dem, was sich unser Propaganda-Experte ausgedacht hat. Sie sind nur die Ärztin, die Hilfe für ein Kind sucht, das ins Feuer geraten ist, weil die Hütte seiner Eltern abgebrannt ist.»

«So stand es heute in der B.Z.», sagte Amelie. «Aber warum?»

«Wollen Sie etwa sagen, dass ein deutscher Wirrkopf Ihre Klinik angezündet hat? Wer soll da noch spenden?»

«Umso größer ist das Unrecht!», rief Amelie empört.

Frau Messingnagels apartes, schmales Gesicht wirkte hart im Schein der Lichtreklametafeln der großen Geschäftshäuser in Berlins Mitte.

«Eine Vielzahl von Leuten will unser Engagement in Deutsch-ost so rasch wie möglich beenden. Denen sollten wir nicht in die Hände spielen. Doch genau das täten wir, wenn sich herumspricht, dass die deutschen Siedler sich bereits gegenseitig bekriegen.» Sie lachte kalt. «Die Wahrheit schadet Lotte. Spielen Sie eine Rolle. Jene, die Sie beherrschen. Sie sind Ärztin. Sie gehören keiner Partei an und vertreten nur ein Interesse – das ihrer Patienten. Und Lotte ist Ihre Patientin. Bitte lassen Sie Ihre persönliche Betroffenheit außen vor.»

Durfte sie sich darauf einlassen? Verriet sie damit nicht ihren Bruder Hanns, seinen Kampf um Saras und Lottes Anerkennung?

«Sie haben ein gutes Herz», sagte Frau Messingnagel. Sie schien Gedanken lesen zu können. «Aber ein gutes Herz wird in dieser Welt nicht belohnt. Für die Menschen, egal ob weiß oder schwarz, zählt nur eines – Respekt.» Sie blickte auf Amelies schlichten Wollmantel. «Was tragen Sie darunter?»

«Ein Abendkleid», erwiderte Amelie verblüfft.

«Aus welcher Saison?»

«Von vor zwei Jahren.»

«Sie haben meine Größe. Ich werde Ihnen aushelfen; man soll nicht denken, dass Sie die Bedürftige sind.» Sie beugte sich nach vorn. «Chauffeur, fahren Sie uns nach Hause.»

Gesine Messingnagel riet Amelie zu einem dunkelgrünen, bodenlangen Seidenrock und einer kostbaren, mit Spitzen verzierten Bluse mit ballonartigem weitem Oberarm und breiten Schultern, ihre langen blonden Locken wurden mit einem schlichten Diadem hochgesteckt.

«Sie sehen aus wie ein Engel, die Herzen werden Ihnen zufliegen.» Gesine Messingnagel schien zufrieden mit ihrem Werk.

Amelies neue Freundin zog sich rasch noch einmal um; sie trug nun ein hochgeschlossenes schwarzes Kleid, das ihre filigrane Erscheinung betonte, und eine wertvolle Perlenkette. Ihr Mann präsentierte sich im Frack. So gerüstet nahm das Ehepaar Messingnagel Amelie in seine Mitte, die Lottchen auf dem Arm durch den gut gefüllten Ballsaal trug.

Amelie fühlte sich von Hunderten von Augenpaaren durchbohrt, während die Messingnagels nonchalant nach beiden Seiten grüßten. Den einen oder anderen mochte Amelie schon mal gesehen haben, doch in ihrer Aufregung hätte sie keinen Namen mehr gewusst. Mehr denn je hatte sie das Gefühl, nicht hierherzugehören. Sanft wurde sie zu einem mit rotem Samt bezogenen Sessel dirigiert. Mit dem Kind auf dem Schoß nahm sie am äußersten Stuhlrand Platz.

Gottlieb Messingnagel begrüßte die Anwesenden und entfaltete sodann einen Zettel.

«Ich darf Ihnen ein Grußwort von Reichskanzler Fürst von Bülow zu Gehör bringen», sagte er. «Dieses Kind Afrikas wurde zu uns geschickt, um an die große Aufgabe zu mahnen, die das deutsche Kulturvolk auf dem dunklen Kontinent hat. Wir bringen nicht nur das Licht, sondern auch die Hilfe unserer Zivilisation. Nun, da wir Deutsche den eingeforderten Platz an der Sonne erhalten haben, ist es unsere Aufgabe, unseren Schutzbefohlenen beizustehen. Seit seinem Eintritt in die Weltgeschichte, seit 2000 Jahren, ist das deutsche Volk ein kolonisierendes Volk. Und das werden wir bleiben, solange wir gesundes Mark in den Knochen haben.»

Die Anwesenden riefen laut Bravo. Der Jubel ging nahtlos in Hochrufe auf die deutsche Kaiserin über, die nun den Saal betrat. Eine Dame im schneeweißen Kleid und üppigem Perlenschmuck, das weiße Haar zu einer Nestfrisur gesteckt.

Amelie war überrascht, wie schlank, geradezu zart, aber dennoch energisch Kaiserin Auguste Viktoria wirkte, die im nächsten Jahr fünfzig Jahre alt wurde. Die Kaiserin kam auf sie zu. In ihrem offenen Blick lag eine Mischung aus aristokratischer Distanziertheit und mütterlichem Wohlwollen. Amelie war fasziniert und irritiert zugleich. Die Monarchin, von der Klara Amelie erzählt hatte, dass sie siebenfache Mutter war, streckte ihre Hand Lotte entgegen. Die Kleine sah die weiße Frau an, griff tatsächlich zu und schien sogar ein wenig zu lächeln.

Amelie fiel ein Stein vom Herzen; was wohl gewesen wäre, wenn Lotte geweint hätte? Sie wagte nicht, es sich vorzustellen.

«Sehen Sie, Afrika ergreift unsere Hand», sagte die Kaiserin laut.

Während der Saal Jubelrufe auf die Kaiserin anstimmte, sagte diese mit gesenkter Stimme zu Amelie: «Frauen wie Sie braucht unser Land.»

Sie machte sich sanft vom Griff des Kindes frei und verließ unter Hochrufen den Saal. Auch Amelies Anwesenheit war nicht mehr lange notwendig; Gesine Messingnagel begleitete sie zum wartenden Automobil.

«Sie haben großen Eindruck auf Ihre Majestät gemacht», sagte sie.

«Ich war stumm wie ein Fisch.»

«Viel gesprochen hat Ihre Majestät auch nicht gerade. Es kommt darauf an, wie man wirkt.» Dann setzte Gesine Messingnagel lächelnd hinzu: «Wissen Sie, was Ihre Majestät mir vorhin anvertraut hat? Sie meint, Sie hätten große Ähnlichkeit mit Prinzessin Viktoria Luise.»

Zuhause fragte Amelie Klara, die einen ausführlichen Bericht gefordert hatte: «Wer ist denn Prinzessin Viktoria Luise?»

Klara starrte Amelie fast schon verzweifelt an: «Da sieht

man's mal wieder! Afrika kennste. Aber wie die einzige Tochter unserer Majestät heißt, det weißte nich!»

«Isse det?»

«Kennste vielleicht 'n anderet Negerkind?»

«Armet Wurm!»

«Um die zwee Blagen, die meiner Schwester wegjestorb'n sind, hat Majestät nich jeweint.»

Am Nikolausmorgen herrschte in den Gängen der Chirurgischen Abteilung der Charité Gedränge, als Amelie mit Lotte im Arm Professor Bier folgte. Die Krankenschwestern flüsterten zwar, aber Amelie hörte dennoch, was nicht für ihre Ohren bestimmt war. Über die Tombola war in allen Zeitungen der Hauptstadt in einer Ausführlichkeit berichtet worden, die Amelie peinlich war, als sie die Reaktion jener Frauen hörte, in deren Obhut sie Lotte gab.

Messingnagels Tombola hatte, wie er Amelie am Morgen bereits telefonisch informiert hatte, viereinhalb Tausend Mark eingebracht. Ein mit ihm befreundeter Anwalt, an den alle künftigen Rechnungen zu stellen waren, verwaltete das Geld als Treuhänder. So konnte Lotte unverzüglich in der Charité aufgenommen werden. Sie bekam ein Privatzimmer zugewiesen, und wie versprochen nahm sich Professor Bier ihrer an. Um ihr Krankenbett versammelte er Ärzte und Assistenzärzte. In sachlichem Ton trug er vor, wie er vorzugehen gedachte. Das kleine Mädchen, ohne Verbände und Kleidung, wurde ausführlich begutachtet. Schließlich berührte der Professor das Einzige, was Lotte noch auf der bloßen Haut trug – die dünne Schnur aus Schlangenhaut, auf die Suahibu Amelie vor der Abreise eigens hingewiesen hatte.

«Was ist das?», fragte er.

Eilfertig führte eine Krankenschwester eine Schere an das Band heran.

«Nein!», rief Amelie. «Das muss sie behalten!»

Alle Blicke richteten sich auf Amelie.

Professor Bier beugte sich kurz über das Band. Dann wandte er sich an Amelie.

«Erklären Sie es den Kollegen», forderte er sie auf.

«Es ist ein Fetisch aus Afrika», sagte sie. «Ein Schutzzauber.»

Amelie sah das Unverständnis in den Augen ihrer Kollegen und wollte gerade zu einer langen Erklärung ansetzen. Doch Professor Bier kam ihr zuvor.

«Frau Doktor von Freyer hat recht», sagte er zu Amelies Überraschung. «Sie finden Ähnliches in vielen Kulturen, die uns als primitiv erscheinen. Als junger Mann war ich Schiffsarzt und bereiste Mittel- und Südamerika. Dort bin ich zu der Einsicht gelangt, dass sich jede Sache von zwei Seiten betrachten lässt – von einer wissenschaftlichen und einer vernünftigen. Wissenschaftlich gesehen ergibt dieses Band keinen Sinn. Vernünftigerweise muss man sagen, dass dieses Kind wieder in seine Heimat zurückkehren wird, und dort wird sehr genau nachgesehen werden, ob es den Schutz noch trägt, den man ihm mitgegeben hat. Und jetzt, meine Herren, kommt das Entscheidende: Selbst wenn wir all unsere Kunst hier aufgewandt haben – ohne dieses Band wäre das Leben des Kindes in Afrika keinen Pfifferling mehr wert. Man würde sagen, irgendeine Gottheit hätte es seines Schutzes beraubt.» Er wandte sich an einen Assistenzarzt. «Schreiben Sie in die Krankenakte des Kindes, dass das Band um seinen Leib auf keinen Fall entfernt werden darf.»

Nach vier Wochen, in denen Amelie ihre Nichte Tag und Nacht wie ihren Augapfel gehütet hatte, war sie wie benommen, als sie aus der Charité in die Kälte der verschneiten Großstadt hinauslief. Professor Bier hatte sie freundlich verabschiedet, und sie hatte ihm für sein Verständnis gedankt.

«Jeder Mensch braucht Wurzeln», hatte er gesagt. «Insofern ist der Fetisch aus Schlangenhaut etwas sehr Schönes.»

Nach einem kurzen Fußweg die Luisenstraße entlang stand

Amelie am Platz vor dem Neuen Tor. Sie war falsch gegangen; ihr Ziel lag im Süden. Sie ärgerte sich über ihre Zerstreutheit und wollte gerade umkehren. Da sah sie eine Frau mit vier kleinen Kindern die Invalidenstraße entlanghasten. Die Kleinste trottete träumend hinterher und wurde ermahnt, sich zu sputen, die Elektrische käme gleich. Tatsächlich rumpelte die Straßenbahn, die Lehrter und Stettiner Bahnhof miteinander verband, gerade herbei.

«... oder willste inne Ackerstraße loofen?», rief die Frau.

Nun rannte das Kind, schwerfällig, in zu großen Schuhen.

16.

Die gleichförmigen Häuserfronten starrten aus dunklen Augen auf Amelie herab. Blinde Fenster in graubraunen Fassaden, von denen der Putz bröckelte, weil im Mauerwerk der Schwamm saß. Kinder, in Jacken voller Löcher, bewarfen sich johlend mit Schneebällen. Das hölzerne Rad eines überladenen Karrens war mitten auf dem verschneiten Fahrdamm gebrochen, Kisten und Kram wurden unter den strengen Augen eines blau uniformierten Schutzmannes mit Pickelhaube eingesammelt. In schwarze Tücher gewickelte Frauen, bepackt mit Taschen, schlurften durch den Schnee. Ein Mann schob eine mit Kohlen beladene Karre. Aus der *Destillation* an der Straßenecke, die mit verblassten Lettern für *Arac, Rum & Grogk* warb, taumelte ein Betrunkener. Gleich nebenan führte ein Kellerabgang zum Beerdigungsinstitut, zwei Häuser weiter war im Souterrain die *Ross-Schlächterei – Spezialität: Feine Wurstwaren*, nebenan warb die Bäckerei *Hoffnung* mit frischen Schrippen, und schräg gegenüber plakatierte ein Händler den *Einkauf von Lumpen*. Und immer wieder taten sich dunkle Durchgänge in noch düsterere Hinterhöfe auf.

Irgendwo in dieser langen, trostlosen Straße versteckte sich der Hinterhof, in dem Amelie die ersten sechs Jahre ihres Lebens verbracht hatte. Ein paar Stufen hatten hinabgeführt, ein dunkler Gang, eine Tür, dahinter ein Raum, in den niemals die Sonne schien.

Der Schnee war schon geschmolzen gewesen in jenem März, der inzwischen 22 Jahre zurücklag.

Die Mutter hatte im Bett gelegen, das diese Bezeichnung

nicht verdiente. Ein Sack aus Stroh, drüber ein mürber Stoff. Das Gesicht der Mutter war schweißnass gewesen, sie hatte gestöhnt und geröchelt. Blut war durch den Strohsack auf den Boden getropft.

«Gott meint es gut mit uns. Es lebt nicht.» Die Mutter hatte stoßweise geatmet. «Wickle es in eine Zeitung. Dann leg es in die Waschschüssel. Die schieb' unters Bett.»

«Mutter? Mutter! Sag doch was.»

Die Mutter hatte nie wieder einen Ton von sich gegeben. Hatte ihre kleine Tochter allein gelassen mit einem Baby, das niemals das Elend sah, in das hinein es geboren worden war.

Wie lange das alles her war; das Baby von damals hätte heute vielleicht selbst schon wieder Kinder. Und Amelie wusste nicht einmal, ob es ein Junge oder ein Mädchen gewesen war. Sie hatte nie nachgesehen.

Habe ich in diesem Hof gelebt oder in jenem, fragte sie sich und empfand sich als Besucherin aus einer anderen Welt.

Die Decke aus Schnee verhüllte den Dreck, gab dem Elend einen sanfteren Anstrich. Amelie ging in einen anderen Hof; die Gruften der Großstadt sahen alle gleich aus. Enge Karrees, voller Lärm und übler Gerüche. Noch hoch oben – manche gar erst im dritten oder vierten Stock – Schilder, manchmal fast so groß wie das dahinterliegende kleine Gewerbe. *Schuhmacherei. Kleiderfabrik. Mostrichfabrik. Likörfabrik. Kürschnerei. Zigarrenfabrik. Weißnäherei.* Ganz unten: *Kohlenhandlung. Stellmacherei.* Existenzen, die sich mühsam in Tage und Nächte währendem Kampf behaupteten. Frauen, die mit vierzig Großmütter waren, Männer, mit fünfzig reif fürs Grab. Und Kinder, die sich die Seele aus dem Leib husteten. Das Herz der Millionenstadt schlug schnell und hart.

Die Ackerstraße ist mir fremd geworden, Hermine, es ist zu lange her. Zu viel ist seitdem geschehen in meinem Leben. Gestern habe ich die Kaiserin an ihre Tochter erinnert und heute suche ich mich selbst. Rieche den Geruch der Armut, der nach dem Schimmel in den Fluren und nicht geleerten Austritten stinkt – obwohl es so kalt ist, dass alles gefriert.

Kinder mit brennend hungrigen Augen streckten Amelie ihre bittenden Hände entgegen. Aufgewühlt suchte sie in ihrer großen Tasche nach Geld. Und hielt ihn plötzlich in der Hand – Hermines Brief an ihre Mutter.

Sie suchte nach den Hausnummern. Noch ein Hinterhof, ein weiterer. Endlich: Böttcher. Hermines Mädchenname stand auf einer Tafel. Zweiter Hinterhof, links, vierte Treppe. Vier Stockwerke hoch, in einem düsteren Hausflur, in dem es durchdringend nach Kohl roch. Je weiter sie nach oben kam, umso intensiver wurde der Gestank. Und hinter den Türen Gezänk, Kindergeschrei, das Rattern von Nähmaschinen.

Nikolausabend? Hierher verlief sich der heilige Mann nicht.

Brechreiz, der immer stärker wurde, machte Amelie zu schaffen. Sie schämte sich dafür, dass die Umgebung bei ihr Übelkeit verursachte. Hier lebte sie heute noch, wenn die Freyers sie nicht herausgeholt hätten. Sie biss die Zähne zusammen, träufelte Kölnischwasser aufs Taschentuch und atmete ein. Sie hatte Kohl noch nie gemocht. Nun wusste sie, weshalb. Es war der Geruch der Armut. Man konnte die Zeit nicht zurückdrehen. Wurzeln, hatte Professor Bier gesagt. Nein, hier waren sie nicht. Nicht mehr.

Alles andere war romantischer Unfug.

Doch sie musste den Brief abgeben, hatte es schließlich versprochen. Die Tür war nicht einmal verschlossen, nur angelehnt. Amelie klopfte gegen den Türrahmen.

«Is doch offen, Fritze! Haste Tomaten uffe Augen!»

«Ich bin nicht Fritz!», rief Amelie in die Dämmrigkeit.

«Na, nu laus mir der Affe! Wer sind ’n Sie? Ham Se sich valoofen, Frollein?»

Das Alter der Frau war schwer zu schätzen, vielleicht war sie sechzig, wohl eher fünfzig. Hermine war ja auch erst dreißig. Wie viele Frauen, die Amelie in diesen Höfen gesehen hatte, trug Hermines Mutter eine lange weiße Schürze, darunter ein schlichtes Kleid. Sie sah nicht ungepflegt aus, nur abgearbeitet, müde. Aber sie hatte große Ähnlichkeit mit Hermine.

Was sollte sie sagen? Dass sie sich in gewisser Weise tatsächlich verlaufen hatte?

«Ich suche Hermines Mutter.»

«Sind Se vom Amt?»

«Nein, ich komme aus Afrika.»

«Sie wollen mir wohl veräppeln!»

Amelie streckte ihr den Brief entgegen.

«Ich soll sagen, Minke is nun glücklich.»

Die Frau riss den Mund auf, verdrehte die Augen, rang nach Luft. Sie drohte in Ohnmacht zu fallen. Amelie bekam sie zu fassen und drückte die Frau in einen Stuhl. Auf der Anrichte stand eine Flasche mit klarer Flüssigkeit. Amelie dachte, es wäre Wasser, als sie eingoss, stieg ihr der beißend scharfe Geruch von Schlehenbrand in die Nase und verstärkte den Brechreiz. Sie hielt der Frau das blinde Glas an den Mund. Die trank langsam, immer noch unfähig, ein Wort zu sagen.

Sie war natürlich völlig falsch vorgegangen. Wie konnte sie so gefühllos sein, einer Mutter einen Brief zu geben, die seit fast zwei Jahren kein Wort von ihrer Tochter gehört hatte! Einer Tochter, die sie vielleicht sogar schon tot wähnte. Es gab nur eine Entschuldigung – Amelie wollte fort von hier. Es war zu viel, sie verkraftete die Konfrontation mit dem Elend ihrer eigenen Vergangenheit nicht. Ihr Blick fiel auf die Zeitungsseite an der Wand. Gerahmt, hinter Glas.

Das Kostbarste in diesem Raum.

Da standen sie beide vor der Veranda von Salama, umringt von afrikanischen Kindern. Zwei Frauen, die – Amelie fiel es erst jetzt auf – sich sogar etwas ähnlich sahen.

Hermine und Amalia Doll aus dem Wedding haben in Afrika ihr Glück gefunden.

Der Texter hatte nicht ahnen können, wie nah er der Wirklichkeit durch seinen Fehler gekommen war.

Der Artikel darunter pries *den Mut der beiden deutschen Schwestern* – es hieß wirklich *Schwestern*, Amelie las es zweimal –, *die sich im Schutzgebiet bewähren und allen deutschen Frauen ein Vorbild sein sollten. Das Deutsche Reich braucht Frauen, die in Afrika ihren Mann stehen.*

Amelie riss sich von dem Artikel los. Frau Böttcher schluchzte; sie hatte den Brief geöffnet und starrte auf die Schrift.

«Seit wann kann se denn schreiben?»

«Sie lernt es gerade», antwortete Amelie.

«In Afrika hat se et wohl besser als wie hier.»

Amelie war versucht zu sagen, Hermann bringt es ihr bei. Aber Hermines Mutter wusste nicht einmal, dass der Mann, mit dem ihre Tochter nach Deutschost aufgebrochen war, schon lange tot war und dass es einen neuen Schwiegersohn gab.

Frau Böttcher starrte Hermann Wohlgeburts korrekte Sütterlinschrift an. «Schreibt schön, die Hermine», sagte sie.

«Wenn Sie möchten, lese ich Ihnen vor», sagte Amelie.

Hermines Mutter nickte erleichtert.

Der Brief fasste Hermines Erlebnisse sehr knapp zusammen, die Schicksalsschläge unterschlug er.

«Und Sie sind die Frau Doktor, von der Minke schreibt?» Frau Böttcher musterte ihre Besucherin skeptisch. «Warum kommt 'ne Dame wie Sie zu mich? Hier war noch nie 'ne Frau Doktor.»

Amelie nahm den gerahmten Artikel von der Wand. «Das sind wir beide.»

«Nee! Det hätt' ick jetz nich jedacht. Sie seh'n janz anders aus, Frau Doktor.»

«Afrika ist weit weg», antwortete Amelie.

Es sollte eine Erklärung sein, warum die optimistische

junge Frau auf der Fotografie so wenig Ähnlichkeit mit jener Frau hatte, die zu Besuch gekommen war. Aber es war die Wahrheit.

«Fahr'n Se wieder zurück nach Afrika?»

«Ja, irgendwann.»

«Et jeht Se nich jut, Frau Doktor.»

Amelie versuchte zu lächeln, es wurde wohl eine Grimasse.

«Ich muss gehen.»

Frau Böttcher umklammerte den Brief. «Hat Minke Elefanten jeseh'n? Sie wollte immer Elefanten sehen.»

«Ja, sie hat Elefanten gesehen. Viele.»

Amelie ging zur Tür. Sie musste raus, ihr war so furchtbar übel. Ihr Magen schien kopfzustehen.

«Ick muss Minke doch antworten», sagte Frau Böttcher hilflos.

«Ich komme wieder. Auf Wiedersehen.»

Sie zog die Tür hinter sich zu. Rasch ein paar Spritzer Kölnischwasser gegen die Übelkeit aufs Taschentuch und das vor Mund und Nase gehalten – so schaffte es Amelie die Stufen hinab. Dann jedoch konnte sie sich nicht länger beherrschen. Obwohl sie den ganzen Tag kaum etwas gegessen hatte, brach es aus ihr heraus. Sie stützte sich auf ein Gitter, rang nach Luft. Schnee fiel in dicken Flocken, Kinder starrten die piekfeine Dame an, die sich in aller Öffentlichkeit übergab. Schließlich richtete sie sich auf, ihr war schwindlig. Ihre Hand umklammerte das eiskalte Metall, sie spürte den Schmerz kaum.

Patzkopp. An- und Verkauf von Alteisen

Das Schild war direkt gegenüber, es verschwamm ein wenig hinter den Tränen. Aber es war ganz eindeutig ihr Name. Ihr früherer Name. Patzkopp.

Amelies Beine waren wie Pudding. Heute fehlte ihr die Kraft, um auf die andere Seite der Ackerstraße hinüberzugehen.

Die folgenden Tage waren schrecklich: Lotte war nach der ersten Operation mit Bändern ans Bett gebunden worden. Zwar zeigte sich Professor Bier mit seiner Arbeit zufrieden, aber Amelie sah, wie sehr Lotte litt. Stundenlang saß sie an ihrem Bettchen, redete, sang ihrer Nichte alle Kinderlieder vor, die sie kannte. Afrikanische und deutsche wild durcheinander. Aber Lottchen verzog keine Miene.

Noch schlimmer waren die Nächte. Immer wieder träumte Amelie von Gustavs Tod und der entscheidenden Minute, die Lottes Leben so grausam verändert hatte. Erwachte sie in ihrem dunklen, kühlen Zimmer, war ihr Körper schweißgebadet und das Gesicht nass von Tränen. Wenn sie aufstand, um sich in der Küche einen Becher Milch warm zu machen, verursachte der Geruch wieder Brechreiz.

«Was is mit dir, Amaleken?», fragte Klara besorgt. «Wirste etwa krank? Hast schon wieder abjenommen. Ick koch heut Mittag wat Jutet. Wat magste denn?»

«Das ist es ja. Ich habe keinen Hunger mehr.»

Klara nahm sie in die Arme. «Det is det Herz, Amaleken. Det is jebrochen. Aber det heilt wieder. Braucht 'n bissken Zeit.»

Am nächsten Tag brachte Klara ihr einen Stapel mit frisch gewaschener Kleidung. Obenauf lag das Amulett des *baganga*. Klara sagte, sie habe es zwischen Amelies Sachen gefunden.

«Is det aus Afrika?», fragte Klara.

«Das ist nur ein Talisman», erwiderte Amelie.

Sie legte den Fetisch auf ihren Frisiertisch. Er hatte eine neue Bedeutung bekommen, schien sie an etwas erinnern zu wollen.

Nach dem nächsten Besuch bei Lotte suchte Amelie die Alteisenhandlung Patzkopp auf. Es war schon später Nachmittag, die Ackerstraße wurde nur von wenigen Gaslampen beleuchtet. In dem dunklen Ladengeschäft, das im Souterrain lag, brannte nur eine Petroleumlampe. Es roch nach Metall und

Staub, aber der Geruch war erträglich. Allerdings fiel es Amelie schwer, sich in der mit Gerümpel voll gestellten Dämmrigkeit zu orientieren.

Jemand sprach sie von hinten an, sie fuhr herum.

«Suchen Se wat Bestimmtet?»

Ein verwachsener kleiner Mann blickte zu ihr mit misstrauischen Augen auf.

«Ich heiße Patzkopp», sagte Amelie. «Ich wollte fragen, ob Sie vielleicht einen Ulan Patzkopp gekannt haben.»

«'ne Patzkopp sind Se? Det is ja 'n Ding! Ne feine Dame wie Sie. Also, Ulan Patzkopp, det war mein Onkel. Kann ick mir aber nich mehr dran erinnern. Der is schon lange tot. Det jibt nich mehr ville von uns, wissen Se. Da is noch meine Tante, det war 'ne Schwester vom Ulan. Aber die kenn ick ooch so jut wie jar nich. Is 'ne dusslige Kuh, wenn Se mir fragen.»

«Und wo wohnt die?»

Patzkopp kratzte sich das Kinn. «Na, wenn se nich jestorb'n is, wohnt se da, wo se immer jewohnt hat. Kurz vor der Eisenbahnbrücke. Unten drinne ist Neumanns Schlosserei, können Se nich vafehlen.»

«Danke», sagte Amelie und wandte sich zum Gehen. Doch dann gab sie sich einen Ruck und fragte: «Kennen Sie eine Amalia Patzkopp?»

Ohne lange nachdenken zu müssen, erwiderte er: «Ja, die hab ick jekannt.»

«Was wurde aus ihr?»

«Als Tante Else jestorben is, det war Onkel Ulan seine Frau, da war icke – lassen Se mir rechnen – acht war icke. Die Amalia, die war sechse, ja, jenau. Also, als Tante Else tot war, da is die Amalia einfach verschwunden. Weeß keener, wat aus der jeworden is.» Er schüttelte den Kopf. «Tut mich leid, gnädije Frau.»

«Hatte die Amalia noch einen Zwilling?»

«'nen Zwilling?» Der Mann musterte sie verwundert. «Nee,

also jesehen hab ick nie eenen. Aber Tante Else hatte so ville Gören. Und alle hat se der Würgeengel jeholt. Wie die Fliegen sind die jestorben. Nur die Amalia hat det überlebt. War 'n echtet Wunder.»

Wenn alle ihre Geschwister an Diphtherie – einer Infektionskrankheit bei Kindern, die zum Zuschwellen des Halses führte – gestorben waren, war es wahrscheinlich, dass auch ihr Zwillingsgeschwisterchen längst tot war.

Wenn es jemals eines gegeben hatte.

Sie verabschiedete sich, aber da rief ihr Herr Patzkopp nach: «Welche Frau Patzkopp sind 'n Sie?»

Amelie zögerte kurz.

«Lotte», sagte sie und ging nach draußen.

Amelie hatte sich verleugnet und wusste nicht, warum. Und sie wollte auch nicht darüber nachdenken. Zögernd näherte sie sich dem Ende dieser traurigen Straße. Obwohl sie in Afrika so viel menschliches Elend gesehen hatte, war sie schockiert. Unter der Eisenbahnbrücke befand sich eine Vielzahl von Verschlägen aus Brettern, Lumpen und Pappe, in denen Menschen vegetierten, die sich nicht einmal die ärmlichen Wohnungen in der billigsten Berliner Straße leisten konnten. Wer hier leben musste, dessen Existenz war an den Klippen der Großstadt zerschellt. Männer mit Schiebermützen, die Hände in den Hosentaschen, und viel zu leicht gekleidete Frauen glotzten die elegante Dame an, die sich hierher verirrt hatte.

Es ist Irrsinn, was ich hier tue, schalt sich Amelie und suchte dennoch die Namensschilder an der Haustür neben *Neumanns Schlosserei* ab.

«Wen suchen Sie?»

Eine elegante Frau in schwarzem Mantel und Hut, begleitet von zwei blau uniformierten Schutzmännern, sprach Amelie an.

«Frau Patzkopp», antwortete Amelie mechanisch.

«Sie sollten den Kontakt mit solchen Personen meiden.»

Der Ton war herablassend, keinen Widerspruch duldend. Frauen, die so bestimmend und selbstbewusst auftraten, gehörten ebenso wenig in diese Gegend wie Amelie. Eine Polizistin? In Privatkleidung? Amelie hatte nie gehört, dass es so etwas gab. Aber was bildete sich diese Person eigentlich ein, so mit ihr zu reden?

«Ich benötige keine Belehrung», gab sie schroff zurück.

Im selben Moment fand Amelie den gesuchten Namen auf dem Namensschild des Hinterhauses, zweite Treppe rechts. Sie stieß die Tür hastig auf und trat ein. Der Geruch nach Schimmel, Urin, altem Fett und Kohl, der ihr entgegenschlug, war kaum erträglich. Sie holte das Kölnischwasser aus der Tasche und presste sich das damit getränkte Tuch vor Mund und Nase, eilte ohne sich umzusehen durch den Flur, öffnete die rückwärtige Tür, überquerte einen engen Hof, hastete ins zweite Stockwerk hoch. Die Frau und die Polizisten folgten ihr nicht.

Auf ihr Klopfen hin schlug drinnen ein Hund an. Was wollte sie hier? Überprüfen, ob ein afrikanischer Zauberer recht hatte? Das war doch absurd. Und dennoch – die *hekima* in Tabora hatte Gustavs Tod vorausgesagt. Wenn das nicht gewesen wäre, dann wäre es ein Leichtes gewesen, die Weissagung des *bagangas* mit einem Schulterzucken abzutun.

Die mit einer Kette gesicherte Tür wurde einen Spaltbreit geöffnet, das zähnefletschende Maul eines ziemlich großen Hundes schob sich dazwischen. Sein Bellen übertönte fast Amelies Frage nach Frau Patzkopp.

«Wer sind Sie?», fragte harsch eine dunkle Frauenstimme.

«Ich heiße auch Patzkopp.»

«Brutus, halt die Klappe.»

Der Hund war still, die Tür öffnete sich. Eine füllige Frau mit pechschwarz gefärbtem Haar musterte Amelie eindringlich.

«Komm rein!»

Die bestimmt Sechzigjährige ließ Amelie passieren, schloss die Tür und legte die Kette wieder vor.

Amelie brach der Schweiß aus, sie kämpfte wieder mit ihrer Übelkeit. Hier roch es noch intensiver nach diesem verdammten Kohl.

Die Frau hielt eine Petroleumlampe vor Amelies Gesicht und musterte sie eindringlich.

«Det is jetzt irjendwie nich wahr», sagte die Frau heiser. «Bist du die Amalia?»

«Ja.»

«Und wat willste?»

«Ich wollte Sie was fragen, Frau Patzkopp.»

«Kannst dir jar nich mehr an mir erinnern, wa?»

Sie schnaufte verächtlich und ging voraus in ein Wohnzimmer, das Amelie hier nicht erwartet hätte. Spitzendeckchen lagen auf dem Sofa und den Sesseln, der Hund hatte einen Weidenkorb in der Ecke, in den er sich legte, Amelie wachsam beäugend.

«Bist ja wirklich 'ne piekfeine Dame jeworden. Weeste, det de nur lebst, weil ick dir zu mich jenommen hab, als die Gören vonne Else wie die Fliegen starben?»

«Ist mein Zwilling damals auch gestorben?»

Es war ein Schuss ins Blaue, denn sie wollte hier schnellstens wieder raus.

Frau Patzkopp starrte Amelie an, als wäre sie ein Geist.

«Wat sagste da? Det kannste nich wissen.» Offensichtlich erschrak sie über ihre eigenen Worte. «Wer hat dich det jesagt?»

«Es stimmt also?»

«Nischt stimmt. Blödet Jerede. Kein Wort von wahr.»

Die Frau hatte sich wieder im Griff. Aber Amelie sah ihr an, dass sie log.

«Dein Vata war 'n Säufer, nischt wert war der. Zu Tode jesoffen hat er sich. Die Else, die hat in eener Tour Kinder jekricht und jebetet hat se. Hat ihr aber ooch nischt jenutzt. Ick war die einzije, die jeholfen hat.»

Amelie schwieg, der Hund starrte sie an. Es hatte keinen Sinn, hier bohrende Fragen zu stellen. Sie ging zur Tür.

«Geh nur, feine Dame. Hast dir wohl valoofen», sagte die Frau, schlug die Tür hinter ihr zu und legte die Kette wieder vor.

So schnell sie konnte, durchquerte Amelie den engen Hof und lief hinaus auf die Ackerstraße. Ihr Puls jagte, sie spürte, dass sie den Brechreiz nicht länger unterdrücken konnte.

Damassos Heiler, dem Amelie nicht hatte trauen wollen, schien recht zu haben. Doch warum log diese Frau so plump? Allein die Vorstellung, dass dies ihre Tante sein sollte, war erschreckend. Und der sollte sie obendrein verdanken, dass sie nicht ebenso wie ihre Geschwister an Diphtherie gestorben war? Oder war alles ein großes Lügengebilde?

«Wir nehmen Sie mit. Dies ist keine Gegend für Sie.»

Die resolute Frau von vorhin tauchte aus dem Nichts auf und hakte Amelie mit festem Griff unter.

«Eine Frau wie Sie wird doch wohl andere Wege wissen, als sich ausgerechnet an die Patzkopp zu wenden!», sagte sie barsch.

Die beiden Schutzmänner guckten streng.

Amelie hustete, ihr Hals brannte, der Kopf schien zu platzen. «Wie meinen Sie das?», krächzte sie.

«Wir wissen doch beide, wovon ich rede.»

«Ich habe keine Ahnung, was Sie meinen.»

«Nun machen Sie's mir doch nicht so schwer! Wenn Sie Ihr Baby partout nicht bekommen wollen, sollten Sie nicht ausgerechnet hier zu einer Engelmacherin gehen!»

Amelie war, als hätte man ihr ins Gesicht geschlagen. Empört sah sie die Fremde an.

«So eine ist die Patzkopp?», fragte sie und wusste, dass die andere sie für eine unendlich naive Landpomeranze halten musste. «Ich bin nicht schwanger», sagte Amelie.

Kaum hatte sie es ausgesprochen, da wurde ihr schlagartig alles klar. Sie legte die Hand auf ihren Bauch und rechnete. Ihre Regel war schon zweimal ausgeblieben. Sie hatte das nicht weiter beachtet, alles andere war so viel wichtiger gewesen.

Gustav, wir bekommen ein Kind! Das Leben hat über deinen Tod gesiegt!

Gustavs letzte Worte, die in der Sekunde des Abschieds so paradox geklungen hatten, würden somit ewige Gültigkeit behalten – ich bin bei dir.

Mitten auf der hässlichen, kalten, dunklen Straße brach Amelie in Tränen aus.

Widerstandslos ließ sich Amelie in ein Automobil setzen. Die Fahrt endete in einem anderen Hinterhof. Hier war es sauber und stank nicht. Die Frau öffnete eine Tür, schob Amelie in einen abgeschabten Sessel, entzündete Lampen.

«Ich mache uns erst mal einen Tee. Der wird Ihnen gut tun.»

Ihr Ton klang jetzt anders, weicher, verständnisvoll. Die Fremde hantierte in der Küche mit Teekessel und Geschirr.

Amelies Gefühle waren noch immer in Aufruhr. Ihre Übelkeit war der Schwangerschaft geschuldet. Und nicht ihrer Abneigung dem Wedding gegenüber! Sie musste lachen. Ein kleiner Gustav war unterwegs. Ausgerechnet in der Ackerstraße, in der sie aller Wahrscheinlichkeit nach zur Welt gekommen war, war ihr aufgegangen, dass sie Mutter wurde. Ihr Lachen ging übergangslos in Weinen über. Das Schicksal war voller Ironie.

«Sie haben von Ihrer Schwangerschaft wirklich nichts gewusst? Aber was wollten Sie dann bei der Patzkopp? Was tut eine Frau wie Sie überhaupt in der Ackerstraße?»

Die Unbekannte hatte sich neben Amelie gesetzt. Sie beugte sich vor, sah neugierig in Amelies Gesicht.

«Sagen Sie mal, kennen wir uns?»

Amelie kramte ein Taschentuch hervor, es roch nach Kölnischwasser. Sie wischte sich die Tränen weg, schnäuzte sich geräuschvoll, atmete tief durch.

«Mein Name ist Amelie von Freyer.»

«Jetzt schlägt's dreizehn!», rief die Unbekannte. «Zürich! Mein Gott, die zarte, zähe Melle aus Afrika!»

Sie sprach Melle französisch aus mit stummem e am Ende – die jungen Damen, denen in Deutschland der Zugang zum Medizinstudium verwehrt gewesen war und die deshalb nach Zürich gingen, hatten sich an der großen weiten Welt orientiert.

«Ich bin's: Trude, Gertrude Beilheim. Du warst vier Semester unter mir. Lass dich umarmen, Mädchen!»

Manche Menschen vergaß man nie. Trude Beilheim gehörte dazu. Trude hatte sich von gesellschaftlichen Zwängen noch nie aufhalten lassen. Als Amelie ihr 1898 – bald zehn Jahre lag das inzwischen zurück – zum ersten Mal begegnet war, hatte Trude sich von der traditionellen Frauenrolle bereits losgesagt. Sie hatte im privaten Kreis Männeranzüge getragen, sich das Haar mit Pomade an den Kopf gedrückt, ägyptische Zigaretten mit Spitze geraucht, laut gelacht und dabei Frauen ans Knie gefasst. Jede Medizinstudentin in Zürich hatte sie heimlich bewundert – auch wenn sich die meisten öffentlich von ihr distanzierten.

Nachdem die beiden einstigen Kommilitoninnen in groben Zügen die weiteren Stationen der anderen erfahren hatten, wusste Amelie, dass es kein Zufall war, dass Gertrude Beilheim ihr ausgerechnet in einer der finstersten Ecken der Großstadt begegnet war: Sie hatte dort beruflich zu tun. Seit zwei Jahren arbeitete sie als Polizeiärztin, und eine Frau wie Tatjana Patzkopp stand unter ihrer ständigen Überwachung. Etliche Prostituierte waren nach Abtreibungen, die die Patzkopp durchgeführt hatte, gestorben. Aber nur einmal, lange vor Trudes Zeit als Polizeiärztin, war es gelungen, die Engelmacherin deshalb für ein paar Jahre ins Zuchthaus zu stecken. Indem Trude immer wieder bei der Patzkopp – ebenso wie bei deren Kolleginnen – auftauchte, wollte sie Frauen davon abbringen, die Engelmacherin aufzusuchen. Die beiden Polizisten, die sie dabei begleiteten, nahmen Frauen unter Umständen sogar auf die Wache mit. Frauen, die der Prostitution verdächtigt wurden, mussten sich zwangsweise untersuchen lassen.

«Und was wolltest du von Tatjana Patzkopp?», erkundigte sich Trude Beilheim dann.

Amelie war sich nicht sicher, ob sie die einstige Kommilitonin wirklich einweihen sollte. Andererseits war sie Polizeiärztin, und das war vielleicht hilfreich.

«Sag mal, kannst du Einblick ins Geburtenregister nehmen?», fragte Amelie.

«Weshalb?» Trude Beilheims beruflich bedingtes Misstrauen war schlagartig erwacht.

«Die Engelmacherin Patzkopp ist die Schwester meines Vaters. Meine Tante.»

Ein simpler Satz. Es tat weh, ihn auszusprechen.

«Tatsächlich? Erzähl!» Trude Beilheims Augen leuchteten. Sie hatte es schon immer geliebt, Grenzen zu überschreiten. Eine Frau Doktor proletarischer Herkunft – das stellte die starre gesellschaftliche Ordnung des wilhelminischen Kaiserreichs auf den Kopf, in der eine gebürtige Patzkopp bestenfalls Hausmädchen werden konnte. Jemanden wie die unorthodoxe Trude faszinierte das natürlich.

Nachdem sie Amelies Geschichte kannte, goss Trude Beilheim sich erst mal einen Cognac ein.

«Rein theoretisch könnte dieser afrikanische Wahrsager recht haben, Melle», sagte sie. «Ein Kind ist hier nichts wert. Es gibt zu viele. Andererseits gibt es Leute, die haben keine Kinder. Und brauchen welche. Bei einer Frau wie Else Patzkopp ...» – sie vermied es offensichtlich bewusst, von *Amelies Mutter* zu sprechen – «... hätte man so etwas arrangieren können. Eine

Verwandte obendrein. Ich habe die Patzkopp schon lange im Verdacht, dass sie Kinder verkauft. Beweisen konnte ich es nie. Es hat hier ja niemand ein Interesse an der Wahrheit. Durch die Patzkopp kann man mit Kindern Geld verdienen, die sonst nur hungrige Mäuler sind, die man stopfen müsste. Im Grunde sind alle zufrieden, dass es eine wie die Patzkopp gibt: nur nicht das Gesetz.»

Amelie fragte sich, ob es überhaupt einen Sinn machte, ihren Zwilling zu finden. Wenn er noch lebte, war er vielleicht zufrieden mit seinem Leben und wollte seine Wurzeln gar nicht kennen. Was brächte ihm eine Verwandtschaft mit den Patzkopps?

Dann sah Amelie die kleine Lotte vor sich, deren Mutter ebenfalls schon tot war. Ihr würde Amelie von Sara erzählen. Nicht, weil Sara so ein ruhmreiches Leben geführt hatte, sondern weil sie Lottchens Mutter war. Und nur das zählte. Denn ohne Sara würde es Lotte nicht geben. Ebenso wenig wie es das Baby in Amelies Leib ohne Gustav geben würde. Oder wie es ohne Else Patzkopp mich nicht gäbe, dachte Amelie bestürzt und fand es jetzt töricht, sich dem Alteisenhändler Patzkopp gegenüber verleugnet zu haben. Der hatte sich doch so gefreut, dass es eine «feine Dame» namens Patzkopp gab. Eine, die den Aufstieg in bessere Kreise geschafft hatte, wie er wohl gedacht haben mochte.

Die alte Patzkopp handelte nicht nur nach dem Gesetz falsch. Sie betrog Menschen um ihre Identität.

Als ihr das klar wurde, verabschiedete sich Amelie schnell von Trude. Es war nicht weit bis zur Ackerstraße. Doch als Amelie bei der Alteisenhandlung Patzkopp eintraf, war das kleine Kellergeschäft bereits geschlossen.

Es war zu spät, um sich dafür zu entschuldigen, Amalia Patzkopp verleugnet zu haben.

Die immer wiederkehrenden Übelkeitsattacken ließen sich nicht mehr lange vor Klara verheimlichen. Die Verbundenheit mit «Amaleken» und die Erinnerung an einen hoffnungsvollen Knaben namens Karl Gustav ließen Klara jedoch keine Sekunde lang zögern, Amelie zu unterstützen.

Bei ihrem Adoptivvater lag die Sache anders. In der Woche vor Weihnachten wurde er Zeuge, wie Amelie sich übergeben musste. Der Anlass war denkbar harmlos – Klara hatte auf Wunsch des Professors Kohlrouladen gekocht.

Professor Freyer griff sich an den Binder, der seinen Stehkragen fest umschloss, als litte er unter Atemnot.

«Du bekommst ein Kind? Wie stellst du dir das vor?» Die Frage klang lächerlich, aber der nächste Satz machte klar, wie ernst es dem Patriarchen war: «Ich verbiete dir, einen Bankert zu bekommen.»

Dieses Wort war keinen Deut besser als *Bastard.*

Amelie hatte nicht erwartet, dass er sich für sie freuen würde; aber diese Reaktion verschlug ihr die Sprache. «Ich habe mir doch nicht ausgesucht, dass der Vater meines Kindes wenige Tage vor unserer Hochzeit stirbt!», schleuderte sie dem Alten entgegen.

Für einen Moment schien es, als würde auch ihm einleuchten, dass das Schicksal nicht auf gesellschaftliche Normen Rücksicht nahm. Doch dann wurde er wieder der Patriarch, dem seine Prinzipien über alles gingen. Erregt stapfte er in seinem Arbeitszimmer auf und ab. «Du wirst heiraten, Amelie!», verkündete er schließlich.

Amelie lachte hysterisch auf. «Was soll das heißen? Gustav ist tot, Vater!»

«Geheimrat von Eichler ist vor einiger Zeit Witwer geworden. Ich traf ihn erst vorgestern. Er erzählte, dass er mit seinen zwei Söhnen allein Weihnachten feiern muss, und war sehr bekümmert. Wir werden ihn am ersten Festtag hier zu Gast haben. Ich werde Klara sofort instruieren.»

Er wollte schon aus dem Zimmer. Amelie verstellte ihm den Weg.

«Mein Kind hat einen Vater. Einen anderen braucht es nicht.»

«Komm doch zur Vernunft! Mit einem unehelichen Kind bist du in Berlin erledigt.»

«Ich habe vor wenigen Wochen Gustav verloren! Glaubst du, mich schert mein Ruf? Und falls es dich beruhigt: Ich werde ohnehin mit Lotte heimkehren.»

Erst viel später fiel ihr auf, was sie damit gesagt hatte: dass Afrika ihr Zuhause war.

Bei ihrem nächsten Besuch eröffnete Professor Bier Amelie, dass er Lottchen Weihnachten noch nicht entlassen könne, stellte aber in Aussicht, dass es Silvester so weit sein würde. Bis zur ersten Operation des Auges durfte sie «daheim» bleiben.

«Es kommt nicht in Frage, dass Klara Kindermädchen spielt», stellte der Professor bei einer der nun noch selteneren Begegnungen mit seiner Tochter klar; stillschweigend hatten sie vereinbart, sich aus dem Weg zu gehen.

Klara gab Amelie die Adresse des Ehepaars Primke, das am nahen Pariser Platz einen «Sklavenmarkt» betrieb, wie Klara das nannte. Amelie, die mit dem Wort etwas ganz anderes in Verbindung brachte, fand sich kurz vor Weihnachten in einem eleganten Salon wieder und schilderte Frau Primke ihre Anforderungen.

«Ist kein Problem, wenn das Mädel nur aufs Kind aufpassen muss, gnädige Frau. Kunden wie Sie sind mir die liebsten», sagte die Vermittlerin, eine nach neuestem Chic in schwarze Seide gekleidete Dame mit weißem Haar.

Grundsätzlich war es eine gute Zeit, um Hauspersonal zu suchen: Kurz vor der Jahreswende sahen sich viele Dienstboten nach einer neuen, besser bezahlten Stellung um. Entsprechend überfüllt war der gediegene Salon der Primkes. Hausfrauen handelten mit Kindermädchen, Köchinnen und Haushälterinnen die Bedingungen für einen Eintritt in ihren Haushalt aus. Eine zentrale Rolle spielte dabei das kleine graue «Dienstbuch», das man sich stets zeigen lassen musste, so hatte es Klara Amelie eingeschärft.

In der Tat fand Amelie rasch eine Siebzehnjährige, die in den letzten drei Jahren nur einer «Herrschaft» gedient hatte. Und das zur vollen Zufriedenheit, wie das Zeugnisheftchen besagte. Das Mädchen war Kummer gewöhnt, hatte nie ein eigenes Zimmer gehabt, sondern auf dem zwei mal drei Meter kleinen Hängeboden über der Abstellkammer geschlafen, nur alle vier Wochen einen Sonntagnachmittag Ausgang und zuletzt im Monat dreißig Mark bekommen. Amelie bot ein eigenes kleines Zimmer, einmal wöchentlich Ausgang und 75 Mark im Monat. Mehr war unmöglich, denn Klara verdiente nicht wesentlich besser und war viel älter.

Ihr Gefühl riet Amelie, das Kindermädchen in die Charité zu bitten, damit es vor seinem Dienstantritt am 1. Januar 1908 Lotte kennenlernen konnte. Die Kleine war auf den Entwicklungsstand eines Babys zurückgefallen, gerade, dass sie noch sitzen konnte, wenn man sie hielt. Das Auge war nach wie vor unbehandelt, die frisch verheilte Gesichtshaut rosa. Doch trotz ihres Martyriums weinte die Kleine niemals. Sie war schon zufrieden, wenn Amelie sie auf dem Arm herumtrug.

Das Mädchen, das Lotte betreuen sollte, schlug die Hände vors Gesicht: «Wieso is'n det Kind so schwarz? Is det janz verbrannt?»

Amelie reagierte mit Arglosigkeit: «Seine Mutter ist Afrikanerin, mein Bruder ist sein Vater.»

«Ach, so is det.» Schweigen. Kopfschütteln. «Nee, det mach ick nich. Mit so 'ne Gören will ick nix zu tun haben. Det is ja keen Christenkind, det is ein Heide.»

Amelie suchte erneut das Vermittlerpaar Primke auf. Dort hatte sich inzwischen herumgesprochen, für wen Amelie ein

Kindermädchen suchte; sie holte sich nur Absagen. In den Tageszeitungen wurden Anzeigen geschaltet, höher qualifizierten Kinderfrauen wurden höhere Löhne geboten. Aber keine einzige wollte mit dem halb-afrikanischen Kind etwas zu tun haben. So wurde es Mitte Februar, und Lotte musste erneut in die Klinik, wo sich Dr. Schachstätter gemeinsam mit Prof. Bier an die Operation des Auges wagte.

Dass sie sich nach sechs Wochen Kinderbetreuung plötzlich ihre Tage wieder einteilen konnte, wurde Amelie erst bewusst, als sie ihr Sorgenkind erneut in der Charité abgeliefert hatte. Um Infektionen zu vermeiden, hatte sie sich kaum getraut, mit Lotte das Haus zu verlassen. Nun genoss Amelie den ersten langen Spaziergang durch die kalte Winterluft. Die Übelkeitsanfälle hatten vor einigen Wochen aufgehört; inzwischen hatte Klara sogar wieder für den Professor Kohlrouladen kochen dürfen ...

Bis auf die letztlich erfolglose Suche nach einem Kindermädchen war es eine eintönige Zeit gewesen. Nur einmal war *baba* Wilkening zu Besuch gekommen, doch er war nur kurz geblieben: Nicht nur, dass ihm das kalte deutsche Klima nach den langen Jahren in Afrika in den Knochen saß. Seine Beschäftigungslosigkeit deprimierte ihn, und dann war auch noch Professor Freyer dazugestoßen und Amelie begriff sehr rasch, dass die beiden alten Herren sich nichts mehr zu sagen hatten. *Baba* tat ihr leid, aber Amelie wusste nicht, wie sie ihm helfen konnte.

Die erzwungene Ruhezeit hatte außerdem dazu geführt, dass Amelie keinen Kontakt mehr zu Trude Beilheim aufgenommen hatte. Aber die Sache mit dem möglicherweise verkauften Zwilling hatte die Polizeiärztin so sehr fasziniert, dass Amelie sicher war, dass sie sich darum gekümmert hatte. Außerdem war es an der Zeit, sich zu bedanken.

«Ach, Melle, schön, dass es dich noch gibt!», rief Trude in gewohnter Direktheit. «Du warst damals so schnell fort, ich wusste nicht einmal, wo ich dich finden kann.»

Aus der geräumigen Wohnung vom letzten Mal war inzwischen ein kleines Armenspital für Frauen geworden, dessen Einrichtung in erster Linie aus gebrauchten Möbeln bestand.

«Die Frauen müssen nur geben, was sie geben können. Essen, Kohle, Naturalien eben», erzählte Trude bei einer kurzen Führung durch die wenigen Räume, in denen sich bereits zahlreiche Patientinnen befanden. Die Parallele zu Amelies eigenem Spital in den Usambarabergen war offensichtlich.

Und genau wie Amelie auf Salama opferte die Polizeiärztin ihre gesamte Freizeit der Klinik. Für die Finanzierung kam ein wohltätiger Berliner Frauenverein auf, in dem Damen der «besseren Kreise» organisiert waren. Bei der Arbeit standen Trude eine Handvoll Freundinnen zur Seite, die erst noch angelernt werden mussten: Frauen, die neben ihren Ehen mit gut situierten Männern eine sinnvolle Aufgabe suchten.

Vor dem Bett einer jungen Frau, die in der Vorwoche ein Kind entbunden hatte, machte Trude halt. «Na, Ilse, erzähl meiner Freundin mal, zu wem du sonst gegangen wärst.»

«Bei die olle Patzkopp», lautete die Antwort.

«Und jetzt?», bohrte Trude weiter.

Die Frau guckte auf den winzigen Säugling an ihrer Brust. «Nee, nu geb' ick den nich mehr her», sagte sie entschlossen. «Det wird schon irjendwie.»

Hinterher, bei einer Tasse Tee in der Küche, erklärte die Studienfreundin: «Es gibt so viele wie Ilse. Sie sind mutterseelenallein, weil sie mit einem unehelichen Kind von ihren Familien verstoßen werden. Mit dieser Klinik schlage ich zwei Fliegen mit einer Klappe: Ich helfe den Ilses dieser Welt und entziehe Frauen wie der Patzkopp ihre Geschäftsgrundlage.» Trude hielt einen Moment inne. «Dein Zwilling! Den habe ich nicht vergessen: Im Geburtenregister hat dein Vater nur eine Amalia eintragen lassen.» Sie zwinkerte ihr aufmunternd zu.

«Aber das heißt noch nichts.» Trude legte ein mit Schreibmaschine geschriebenes Blatt Papier auf den Küchentisch. «Das ist Ilses Aussage. Die Patzkopp wollte ihr zweihundert Mark für einen kleinen Jungen geben.» Ein bitteres Lachen folgte. «Für ein Mädchen hätte sie die Hälfte gezahlt.»

Dass ein Menschenleben etwa drei Monatslöhne eines Berliner Kindermädchens wert war, schockierte Amelie nicht in dem Maß, wie Trude wohl annahm. Aber die Polizeiärztin konnte auch nicht wissen, dass Farmer Sossenen für Ndrema und ihren Sohn lediglich 20 Mark verlangt hatte. Im Endeffekt waren Menschen hier wie dort nur Ware.

Trude tippte auf das Blatt Papier. «Mit dieser Aussage kann ich deinen Zwilling finden.»

«Und wie willst du das anstellen?»

«Ich kenne meine Pappenheimer.» Trude grinste verschlagen wie ein Gassenjunge. «Zum Dank kannst du dich revanchieren.» Trude musterte Amelie durchdringend. «Du bist finanziell abgesichert und kannst es dir leisten, unentgeltlich zu arbeiten. Jeden Tag ein paar Stunden. So könntest du zurückgeben, was dir das Schicksal geschenkt hat.» Die einstige Kommilitonin reichte Amelie die Hand wie ein Pferdehändler. «Schlag ein, Melle. Du hilfst meinen Frauen und ich dir.»

Amelie ergriff Trudes Hand. Sie hatte ohnehin Trude ihre Hilfe anbieten wollen, um wieder gutzumachen, was ihre unwürdige Tante angerichtet hatte.

Von nun an bekamen die Tage eine neue Struktur. Nach dem Besuch bei Lottchen arbeitete Amelie in Trudes Armenspital als Ärztin. An einem Sonntagnachmittag führte sie ein Krankenbesuch in der Ackerstraße ins Nebenhaus von Hermines Mutter. Sie nutzte die Gelegenheit zu einem Besuch bei Frau Böttcher und lernte Hermines kleine Schwester kennen.

«Det is Fritze, Frau Doktor. Meene Jüngste. War bis jestern in Stellung bei Herrschaften in Schöneberg. Nu ham se se rausjeschmissen. Weil Fritze det Teejeschirr zerdeppert hat.»

«Det waren bloß zwee Tassen», sagte das schmale blasse Mädchen so leise, dass Amelie sie kaum verstand.

«Hast du denn davor schon mal etwas zerbrochen?»

Fritze schüttelte heftig den Kopf, ihre kurzen braunen Locken tanzten.

«Inne Badewanne musste se schlafen, weil et keenen andern Platz nich gab», warf die Mutter ein.

«Wie alt bist du?», fragte Amelie.

«Im Mai wird se fuffzehn», antwortete Hermines Mutter und wurde plötzlich aufmerksam: «Suchen Se vielleicht 'n Mädchen, Frau Doktor?»

Im Dschungel der Großstadt waren die Überlebensinstinkte scharf, dachte Amelie: Hermines Mutter hatte den Braten bereits gerochen, bevor Amelie auf die Idee gekommen war, dass sich mit Fritze möglicherweise eines ihrer Probleme lösen ließ. Die Erfahrung riet ihr zur Vorsicht, und sie erzählte von Lotte, ihrer Herkunft und der großen Verantwortung.

Doch Fritze reagierte anders als all die anderen. «Kann ick det denn?», fragte sie scheu.

«Du wirst es lernen, ich habe da schon eine Idee.» Bei nächster Gelegenheit besprach Amelie sich mit Trude, die sofort ihre Hilfe zusagte. Sie vereinbarten, dass Amelie Fritze jeden Tag mit ins Spital bringen würde. Dort würde sie in die Grundbegriffe der Kinderpflege eingewiesen, damit das Mädchen in drei Wochen – dann stand Lottchens Entlassung an – die Pflege der Kleinen übernehmen konnte.

«'ne richtije Ausbildung für die Frieda!» Frau Böttcher war so zufrieden, dass sie ihre Tochter beim Taufnamen rief. «Wie kann ick det bloß danken, Frau Doktor?»

Amelie fand, dass weder Dank noch «Dienstbuch» vonnöten waren. Sie vertraute ihrem Gefühl.

In der Tat blühte das stille Mädchen unter der Obhut der beiden Ärztinnen auf, die ihm keine Vorhaltungen machten, wenn es in seinem anfänglichen Unwissen Fehler beging. Und so lernte Frieda, wie sie nun nur noch genannt wurde, schnell. Amelie war sicher, dass sie gut auf Lotte aufpassen würde.

An ihren Zwilling hatte Amelie in dem Trubel der letzten Wochen nicht mehr gedacht. Doch dann bat Trude sie zu einem vertrauten Gespräch in die weiß geflieste Essküche des Armenspitals.

«Setz dich mal. Es heißt, Schwangere haben eine empfindsame Psyche», begann Trude. Und dann nach einer Pause: «Ich habe mit der alten Patzkopp gesprochen.» Sie versuchte sich hinter einem robusten Grinsen zu verstecken. Aber Amelie wusste inzwischen, wann Trude etwas naheging.

«Sie hat es gestanden?», fragte sie ungeduldig.

Trude goss einen Finger breit Cognac ins Glas. «Du solltest vielleicht doch einen kleinen Schluck trinken.»

Amelie ging nicht auf das Angebot ein. In ihrem Hals saß ein Kloß, der sich kaum runterspülen ließ.

«Ist es ein Junge oder ein Mädchen? Lass mich raten. Ein Junge. Richtig? Der ist mehr wert. Das passt zur Patzkopp. Ich durfte bleiben, weil ich nur ein Mädchen war.» Amelie stieß die Worte hastig hervor.

Trude nahm Amelie in die Arme. «Lass dich mal fest drücken. Tut mir leid, dass du so eine miese Verwandtschaft hast. Dafür ist dein Bruder ein feiner Kerl.»

«Hast du es ihm schon gesagt?»

«Nein! Wo denkst du hin!» Sie trank den für Amelie bestimmten Cognac. «Er ist ein einfacher, guter Mann. Ich will ehrlich sein: Ich hätte geschwiegen, wenn du dich seiner schämen müsstest.»

«Wie heißt er?»

«Anton.»

«Würde ich ihn erkennen, wenn ich ihn sehe?»

«Ich jedenfalls habe ihn erkannt.»

Am erstaunlichsten war, dass Anton nur ein paar hundert Meter entfernt von dort lebte, wo seine Eltern einst gewohnt hatten. Es war dunkel geworden, als Amelie zu Fuß an der von Trude genannten Adresse in der Bernauer Straße eintraf. Viel war es nicht, was auf den *Fuhrbetrieb Weisgerber* hinwies. Ein weißes mit schwarzer Farbe beschriebenes Schild zwischen anderen. Die einen verkauften Kohle, die anderen reparierten Wagenräder. Es nieselte, die Beleuchtung war schlecht. Aber die Neugier trieb Amelie in den weiten, mit Kopfsteinpflaster belegten Hof. Kein Mensch war zu sehen, die Holztüren zu den rückwärtigen Einfahrten, hinter denen Amelie Fuhrwerke vermutete, waren fest verschlossen. Es roch nach Pferdemist und Wagenschmiere. Was hatte sie erwartet? Es war ein Fuhrbetrieb wie viele. Nichts Besonderes. Ordentlich, ja, das schon.

Ob er das Holz an den Türen gestrichen hatte? Ob er sich hier mit Personal stritt? Ob er hier die Hufeisen der Pferde beschlug? Sie musste diese Türen, diese Wände berühren. Zog die Handschuhe aus, ließ die Finger über die Oberflächen gleiten.

Ein Bruder. Mein Zwilling. Mein anderer Teil.

Was würde Hanns sagen, fragte sie sich plötzlich, wenn er das erführe? Hanns, der immer darauf verwiesen hatte: «Du bist eine Freyer, durch und durch, Melli.»

Sie fühlte eine sanfte Bewegung im Unterleib und legte die Hand auf ihren Bauch. Man sah ihr kaum an, dass sie inzwischen am Anfang des sechsten Monats war. Die modischen Reformkleider, die sich von der Brust abwärts weiteten, verbargen die zarte Rundung ihres Leibes. Der entsprechend weit geschnittene Wintermantel tat ein Übriges.

Unser Kind wird auch ein Stück Patzkopp in sich tragen, dachte sie und spürte eine unbändige Sehnsucht danach, sich an Gustavs Schulter zu lehnen. Aber da war nur die harte Wand in ihrem Rücken.

Schritte näherten sich, schnell und leicht.

Amelie löste sich von der Hauswand. Was musste man von ihr denken, wenn man sie hier sah? Sie blickte sich um, es gab keinen weiteren Ausgang. Sie musste durch die Einfahrt zurück. Es war nicht ungefährlich für eine junge Frau, sich in einem düsteren Hof herumzutreiben. Ich muss solchen Unsinn künftig unterlassen, schalt sie sich. Und an unser Kind denken.

Die Schritte kamen näher.

Als der Unbekannte sie wahrnahm, zog er seine Schirmmütze vom Kopf. Der schwache Schein einer Gaslaterne fiel auf sein strohblondes, leicht lockiges Haar.

«Guten Abend, gnädige Frau. Suchen Sie jemanden?»

17.

«Nun mach schon, Liese!»

Das Pferd war schon in einem Alter, in dem es das Gnadenbrot verdient hätte. Es ließ sich zu dieser späten Stunde nur unwillig vor die Deichsel der leichten kleinen Kutsche spannen. Als der junge Mann diese Aufgabe bewältigt hatte, reichte er Amelie einen weiten Regenumhang.

«Bitte, gnädige Frau. Ist nicht mehr der schönste. Aber er hält den Regen ab. Tut mir leid, dass ich Ihnen die andere Kutsche heute Abend nicht anbieten kann. Zwei gebrochene Räder ...» Er lächelte verlegen. «Das Geschäft läuft nicht richtig rund, kann man sagen, wenn man im Bilde bleiben will.» Er sprach schnell, war aufgeregt. «So, aber nun können wir los.»

Die Kutsche rumpelte über den Hof, bog hinter dem Stettiner Bahnhof in die Invalidenstraße in Richtung Westen ein. Am Bahnhof warteten ein paar Kutscher auf Kundschaft; dort hätte Amelie ohne weiteres eine Fahrgelegenheit finden können. Aber von der Situation überrumpelt, war ihr keine andere Antwort eingefallen, als Anton Weisgerber sie gefragt hatte, was sie denn bei seinem Fuhrgeschäft suchte.

Während Anton das Pferd angespannt hatte, hatte sie Gelegenheit gehabt, ihn zu mustern. Trude hatte recht: Sie waren sich wirklich enorm ähnlich. Was er tat, machte er konzentriert, dennoch verrieten leicht fahrige Bewegungen eine gewisse Unsicherheit, die Amelie an sich selbst nicht mochte. An Anton wirkte sie ... charmant.

«Sie scheinen eine sehr furchtlose Dame zu sein, wenn Sie mir erlauben, das zu sagen», meinte Anton.

Amelie blickte starr geradeaus auf den nass glänzenden Fahrdamm. «Warum glauben Sie das?», fragte sie.

«Nun ja, Sie gehen nachts in einen Weddinger Hinterhof, um sich eine Kutsche zu organisieren. Wie sind Sie eigentlich auf den Fuhrbetrieb meines Vaters gekommen?»

«Oh ... das war Zufall. Ich arbeite in einem kleinen Spital in der Brunnenstraße. Ja ... heute Abend hatte ich einen Krankenbesuch in Ihrer Nähe. Da sah ich das Schild: Fuhrbetrieb. Ich wollte nicht mehr nach einer Kutsche Ausschau halten.»

Ihre Rechtfertigungsversuche klangen in ihren eigenen Ohren töricht. Aber sie glaubte nicht, dass Anton Misstrauen schöpfte. Er freute sich über die unverhoffte Einnahme.

Da kam ihr eine Idee: «Übermorgen brauche ich eine Kutsche, um ein Kind aus der Charité abzuholen. Da könnte ich auf Sie zurückgreifen. Aber ich weiß natürlich nicht, ob Sie abkömmlich sind.»

«Selbstverständlich stehe ich zu Diensten, gnädige Frau. Wissen Sie, mein Vater hatte vor einigen Monaten einen Herzanfall. Jetzt bin ich auf mich gestellt und über jeden Auftrag erfreut.»

«Ihr Vater ist doch nicht gestorben?»

«Nein, nein, gottlob nicht! Aber nachdem ich nun den Fuhrbetrieb leite, sehe ich, dass wir bis über beide Ohren verschuldet sind. Vater hat letztes Jahr zwei teure Pferde gekauft, die Liese ersetzen sollten. Aber man hat ihn betrogen, beide starben kurz nacheinander an Pferdehusten. Vater nahm sich das sehr zu Herzen. Im wahrsten Sinne des Wortes. Aber das wollen Sie gewiss alles nicht wissen.»

«O doch, natürlich!», rief sie viel zu impulsiv. «Ich meine, wir haben Zeit, und Reden verkürzt die Fahrt.»

Die alte Liese zog die Kutsche langsam am Lehrter Bahnhof vorbei, andere Gefährte überholten im Galopp, die roten Schlusslaternen baumelten. Amelie war froh, dass der alte Gaul ihr Zeit für dieses Gespräch ließ.

«Es ist gewiss schwierig, unter diesen Bedingungen einen Neuanfang zu wagen», sagte Amelie. «Sind Ihnen denn Ihre Geschwister eine Hilfe?»

Ihre Frage erschien ihr selbst hinterhältig.

«Meine Eltern hatten nur mich. Hätte ich Geschwister, wäre es vielleicht einfacher. Aber das war Mutter eben nicht vergönnt, wie sie heute noch sagt.»

Beide Eltern leben noch, dachte Amelie. Sie war etwas bestürzt, konnte aber nicht sagen, weshalb.

Als sie sich Schloss Bellevue näherten, wurden sie von einem schweren Auto überholt. Der Benzingeruch hüllte sie ein.

«Eigentlich», sagte Anton, «hat das mit den Kutschen keinen Sinn mehr. Wenn man mit der Zeit gehen will, muss man Chauffeur werden.» Er wandte sein jungenhaftes, bartloses Gesicht Amelie zu. «Sie haben gewiss schon in einem Automobil gesessen, nicht wahr, gnädige Frau? Wie ist das? Das muss doch ein wunderbares Gefühl sein.»

«Ach, die Autos fahren so schnell», sagte Amelie, und sie erinnerte sich an die Fahrt mit Gesine Messingnagel hinaus nach Halensee. Mit unglaublichen achtzig Stundenkilometern war das Auto den schnurgeraden Kurfürstendamm entlanggerast; Vorschriften, die Geschwindigkeiten reglementierten, gab es nicht.

Sie umrundeten jetzt die Siegessäule, Liese zog die Kutsche durch den Tiergarten, wo man vergessen konnte, dass man mitten in der Großstadt war. Es roch nach Wald, Regen und Moder. Amelie erinnerte sich an den Geruch des Urwaldes in den Usambarabergen. Wie still es im Tiergarten war. Afrika war um diese Stunde lauter.

«Darf ich fragen, gnädige Frau, ob Sie Berlinerin sind?»

Amelie lachte. «Warum? Komme ich Ihnen nicht so vor?»

«Ehrlich gesagt: nein. Sie wirken wie jemand, der alles zum ersten Mal sieht.»

«Tue ich das?» Sie lächelte und spürte, dass sie sich entspannt hatte. Zum ersten Mal nach langer, langer Zeit. «Ich war eine Weile fort», sagte sie.

«Weit weg von Berlin?» Er räusperte sich. «Entschuldigung, das geht mich nichts an.»

Es war rührend, wie er ständig für seine ganz normale menschliche Neugier um Verzeihung bat.

«Ja, sehr weit. Ich ... ich lebe in Afrika.»

Sie wusste nicht, warum sie das gesagt hatte, und ärgerte sich. Sie wollte nicht aufschneiden. Es war etwas anderes: Vielleicht so etwas wie Distanz schaffen wollen zwischen sich und dem Fremden, der ihr Zwilling war. Er sollte ihr nicht zu nahe kommen, noch nicht. Sie brauchte Zeit.

«Afrika? Meine Güte! Da haben Sie bestimmt Löwen gesehen! Kein Wunder, dass Sie sich nicht vor einem Hinterhof im Wedding fürchten. Leben Sie denn noch dort?»

«Ich werde wohl bald zurückkehren. Meine Nichte ist in der Charité, deshalb bin ich wieder in Berlin. Sie wurde operiert.»

«Ich hätte nicht fragen dürfen. Verzeihen Sie, wenn ich Ihnen zu nahe getreten bin.» Er räusperte sich. «Seien Sie unbesorgt, die andere Kutsche wird rechtzeitig zu Ihrer Verfügung stehen.»

Die Kutsche zuckelte an der Kaiser-Wilhelm-Gedächtniskirche vorbei, wuchtig reckte sich der höchste Kirchturm der Hauptstadt in den nachtschwarzen Himmel. Die Laternen und Reklametafeln am Kurfürstendamm spendeten nun Licht; Amelie konnte den jungen Mann neben sich deutlich besser erkennen. Er wirkte jünger als 28 Jahre. Da fiel ihr ein, dass sie beide morgen Geburtstag hatten. Ihr lief eine Gänsehaut über den Rücken; sie hatte sich selbst ein Geschenk gemacht.

«Das war eine lange Fahrt», sagte Anton. «Es tut mir leid, Sie sind völlig durchgefroren. Jetzt haben wir es gleich geschafft.»

«Unser Mädchen wird gewiss gerade einen Kuchen backen», sagte Amelie. «Ich werde mich in der Küche aufwärmen.»

«Ein Kuchen an einem Freitag. Sie haben es gut.»

«Morgen ist mein Geburtstag.»

Sie spielte mit dem Feuer, das war ihr bewusst. Aber sie wollte wissen, wie er reagierte.

«Dann haben wir am gleichen Tag Geburtstag», rief Anton. «Da sehen Sie mal, wie klein die Welt ist.»

«Dann wünsche ich Ihnen einen schönen Geburtstag morgen.»

«Ich Ihnen auch, gnädige Frau.»

Amelie suchte Geld aus ihrer Tasche, gab die dreifache Summe. Er wollte sich weigern, aber sie sagte, dass es eine Anzahlung auf weitere Fahrten wäre. Aber es war natürlich für die Reparatur der beiden zerbrochenen Wagenräder gedacht.

Als er ihr vom Kutschbock half, sah sie es: Er hatte genau die gleichen blauen Augen, die sie selbst jeden Morgen im Spiegel anblickten.

Wie wäre es gewesen, dich ein Leben lang zu kennen? Mit dir über Pfützen zu springen. Verstecken zu spielen. Gemeinsam Schularbeiten zu machen. Vielleicht auf Bäume zu klettern.

Aber es gab keine Bäume in der Ackerstraße, nirgends.

Es wäre ein anderes Leben gewesen. Hanns wäre nicht ihr großer Bruder geworden, sie wäre nie nach Afrika gekommen, hätte niemals einen Leoparden erschossen, nie in Zürich Medizin studiert, nie an dem Syphilis-Erreger geforscht, wäre nie einem Nobelpreisträger Koch begegnet und hätte nie eine monatelange Expedition durch Ostafrika an den Tanganjikasee gemacht. Wäre eine Frau Niemand geblieben.

Aber wir hätten uns gehabt.

Der sentimentale Moment zerstob, als eine zweite Kutsche hielt. Ihr entstieg Professor Freyer. Der Alte erkannte seine Tochter und sah sie fragend an.

«Amelie? Macht der Kutscher Schwierigkeiten? Mein Herr, was gibt es?»

«Es ist gut, Vater», sagte Amelie eilig. «Das ist Herr Weisgerber. Er hat mich aus dem Wedding hergebracht.» Sie blickte zu Anton. «Mein Vater, Professor Freyer.»

Sie war versucht Anton die Hand zum Abschied zu reichen; sie hatte ihn noch kein einziges Mal berührt. Doch sie ließ es, es war in diesem Augenblick unangebracht.

«Gute Nacht. Bis übermorgen.»

Der Professor schloss die schwere, hohe Tür auf und betrat die Eingangshalle, die nach dem Vorbild römischer Tempel mit Kassettenstuck und den Reliefs weißer Putten ausgeschmückt war. Seite an Seite gingen sie die mit rotem Teppich belegte Treppe in den ersten Stock hinauf.

«Du bist sehr speziell mit einem Kutscher, den du kaum kennen dürftest. Ist das der neue Umgang, den du pflegst?», fragte der Professor.

«Anton Weisgerber. Der Name sagt dir nichts, nicht wahr?»

«Nein, wieso sollte er? Ich weiß nicht mal, wie der Kutscher heißt, der mich gelegentlich fährt. Ich komme gerade aus dem Verlag. Mein Buch ist fertig. Das ist wichtiger, findest du nicht?»

«Beides ist wichtig, Vater.»

«Wie du meinst. Du mochtest das Personal schon immer. Das ist auch sehr schön. Man erfährt viel, wenn man das Gespräch mit den einfachen Leuten sucht. Jedoch sollte man es nicht übertreiben.» Obwohl er ausnahmsweise guter Stimmung war, interessierte ihn das Thema nicht.

«Vielleicht hast du recht. Doch so habe ich erfahren, dass Anton Weisgerber ebenso wie ich morgen Geburtstag hat.»

«Ich weiß, dass du morgen Geburtstag hast. Aber warum spielt es eine so große Rolle, ob der Kutscher am gleichen Tag Geburtstag hat?»

«Weil ich Herrn Weisgerber gesucht habe.»

Der Professor, gerade im Begriff, die Wohnungstür aufzusperren, blickte sie überrascht an. «Warum hast du das getan?»

«Er ist mein Bruder. Mein Zwillingsbruder.»

Das Licht im Treppenhaus war schwach, aber Amelie sah, dass der Professor blass wurde. Erstaunt hob er die Hand an den Mund, dann streckte er sie Amelie entgegen, ohne sie zu erreichen.

«Was sagst du da? Wiederhole das.»

Sie erzählte in kurzen Worten von Tatjana Patzkopp aus der Ackerstraße, die ihren Neffen offenbar schon am Tag seiner Geburt verkauft hatte. Der Professor nahm seinen Hut ab, strich sich über die Stirn. Noch standen sie beide vor der verschlossenen Wohnungstür.

«Du bist meine Tochter, die ich an Kindes statt angenommen habe», sagte er leise, beschwörend.

«Das bleibe ich auch, Vater. Aber ...»

«Komm herein.» Er sperrte auf und schaltete das elektrische Treppenhauslicht aus.

Klara kam ihnen entgegen, erfasste blitzschnell die eigentümliche Stimmung zwischen Vater und Tochter, fragte, ob Tee gewünscht würde, während sie Amelie aus dem feuchten Mantel half.

Und flüsterte leise an Amelies Ohr: «Streit dich nicht, Amaleken, ja?»

Sie strich ihr liebevoll über den Rücken.

Der Professor ging schnurstracks in sein Arbeitszimmer, goss sich einen Cognac ein, zögerte, schenkte dann ein wenig in ein zweites Glas und bot es Amelie an.

Sie deutete auf ihren Bauch, der gerade wieder sein Eigenleben unter Beweis stellte. «Das würde er nicht mögen.»

«Er?»

«Im Moment noch. Vielleicht ist es auch eine Sie. Wer weiß.»

Der Professor gab dem ledernen Globus neben seinem Arbeitstisch einen Schubs, die Welt drehte sich um sich selbst.

«Warum musstest du dich auf die Suche nach Patzkopps begeben? Liegt das an deiner Schwangerschaft? Es heißt, Frauen würden dann besondere Anwandlungen bekommen. Aber die Expertin in solchen Fragen bist du.»

«Es wurde mir geweissagt von einem *baganga*. Und er hatte recht. Ist das nicht unglaublich? Niemand hält es für möglich, dass diese Leute wirklich Wissende sind.» Der Globus stand still, nun gab Amelie ihm einen erneuten Schubs. «Vater, hast du damals dieser Tatjana Patzkopp, meiner Tante, etwas für mich bezahlt?»

«Nicht viel.» Das war die falsche Antwort, der Professor spürte es sofort, verbesserte sich. «Mutter und ich haben dich nicht gekauft.»

Das klang verärgert, und Amelie verstand seine Verärgerung. Sie hätte so etwas nicht fragen dürfen. Es war ein Tabu. Doch in der Welt, in die Amalia Patzkopp hineingeboren worden war, gab es dieses Tabu nicht. Ein Menschenleben war dort nicht viel wert. Bis auf einige Ausnahmen, die durch den Kontakt mit jenen definiert wurden, die Geld hatten. Und darum bereute Amelie ihre Direktheit nicht. Die Antwort ihres Vaters war ein Teil ihrer Geschichte.

«Else Patzkopp war verschuldet gewesen bei dieser Frau», sagte er nun. «Dafür sind wir aufgekommen.»

«Else war ihre Schwägerin. Wie konnte sie bei ihr verschuldet sein?»

«Was weiß ich, Kind! Es war eben so. Ich ärgere mich nicht mit solchen Leuten herum. Du warst ein Geschenk, und wir konnten dir ein schönes Leben ermöglichen. Was zählte Geld?»

Das Baby in ihrem Bauch protestierte mit heftigen Bewegungen gegen die aufwallenden Gefühle, die seine Mutter erschütterten. Amelie setzte sich, atmete langsam und gleichmäßig und dachte endlich ruhig nach: Der Professor konnte nichts von Anton gewusst haben; sie war sechs Jahre alt gewesen, als sie in sein Leben getreten war, und die alte Patzkopp würde keine Veranlassung gehabt haben, über ihre sonstigen «Geschäfte» zu sprechen. Amelie sah ein, dass ihre Gefühle sie überwältigt hatten. Sie hatte ihm Unrecht getan.

«Hast du diesem Mann gesagt, wer du bist?»

«Nein.»

«Triff ihn nicht wieder. Das führt zu nichts. Du tust dir nur selbst weh.»

Das tat es jetzt schon. Man spielte nicht ungestraft mit der Nähe eines Menschen. Und was mochte in Anton vorgehen? War ihm die Ähnlichkeit mit ihr aufgefallen? Sie hoffte, dass dem nicht so war. Sie wollte Anton mit ihrer Neugier nicht wehtun.

In der Küche hatte Klara einen Rührkuchen gemacht wie Amelie ihn liebte, mit in Rum eingelegten Rosinen. Amelie setzte sich neben Klara auf die Küchenbank und legte den Kopf auf ihre Schulter und weinte. Nach einer Weile begann sie zu erzählen von ihren leiblichen Eltern. Von Ulan und Else Patzkopp, die eine große Schar von Kindern gehabt hatten, die alle an Diphtherie gestorben waren. Aber Else hatte auch ein Zwillingspärchen gehabt, das überlebt hatte. Bei anderen Menschen, unter anderem Namen.

Und sie erzählte, wie Mutter Else sie gelegentlich genannt hatte: «Du bist det letzte Kind, det ick noch hab'».

Sie blickte Klara an und fragte: «Was muss in meiner Mutter vorgegangen sein, als sie meinen Zwillingsbruder verkaufte? Ob sie das freiwillig getan hat?»

«Det hat se janz bestimmt nich, Amaleken! Nee, det hat se traurig jemacht. Sonst hätt' se nich jesagt, dass du das letzte Kind warst, det se noch hatte. Vielleicht is se jezwungen worden?»

«Von meiner Tante?»

«Na ja, das wär die eine Möglichkeit.»

«Und die andere?»

«Wat weißt du denn über deinen Vater?»

Amelie dachte lange nach, nicht einmal ein Bild von ihm sah sie vor sich.

«Im Grunde nichts», gestand sie. «Glaubst du, er hätte so etwas getan?»

«Jlooben will ick det nich! Aber es jibt Männer, die tun Dinge, die willste besser nich wissen.»

Klara mochte mit ihrer Vermutung richtig liegen, dachte Amelie und erinnerte sich daran, dass die alte Patzkopp gesagt hatte, Amelies leiblicher Vater wäre Alkoholiker gewesen; solche Menschen – noch dazu, wenn sie in ständiger Armut lebten – brauchten immer Geld ...

Klara strich liebevoll über Amelies wirre Lockenpracht. «Ick denke, du solltest det alles verjessen. Kiek nach vorn und nich nach hinten.»

Es war nicht so einfach, die Vergangenheit zu begraben; sie lebte in ihr fort.

«Anton darf nie erfahren, dass ich seine Schwester bin», überlegte sie halblaut.

Klara, müde von einem langen Arbeitstag, antwortete matt: «Det kann schon sein.»

Ich würde Anton die Eltern rauben, von denen er glaubt, es wären seine, dachte Amelie. Und habe nichts, das ich ihm stattdessen geben könnte.

«Nimm et, wie et is. Und nich, wie et sein soll. Det hat nu meine Mutter immer jesagt. Alles Jute zum Geburtstag, Amaleken.» Sie küsste sie auf die Stirn.

Die Küchenuhr schlug Mitternacht. Dies war Amelies 29. Geburtstag. Sie wurde Mutter. Und Klara hatte recht. Kapitel, die im Buch des Lebens geschrieben standen, ließen sich nicht mehr löschen.

Eines von Klaras Geburtstagsgeschenken war ein heißes Bad am Morgen, das sie für Amelie vorbereitet hatte. Amelie genoss die Wärme und dachte an das Gespräch, das sie gegen Mittag mit den beiden Professoren haben würde, die Lotte operiert hatten. Es würde um den Zeitplan für die dritte Operation gehen.

Da rief Klara: «Herr Messingnagel is am Telefon!»

Amelie wusste, weshalb er anrief: Er wollte einen neuen Bericht in der Zeitung sehen, möglichst mit Foto.

Kurz darauf wählte sie seine Nummer und hörte ihn mit sattem Bariton fragen: «Wie geht's unserem Sorgenkinde?»

«Sie ist sehr tapfer. Aber ein Foto von ihr? Sie sieht nicht so aus, wie die Zeitungsleser sich das wünschen würden. Ich werde Lotte morgen abholen, dann machen Sie sich selbst ein Bild. Einverstanden? Aber ich habe noch eine Frage, Herr Messingnagel: Suchen Sie eigentlich noch einen Chauffeur?»

«Mehr denn je! Inzwischen haben wir zwar einen eigenen, aber det is ein arroganter Pinsel. Nee, so was kann ick nich brauchen. Sagen Sie bloß, Sie wüssten jemanden, Frau Doktor?»

«Ich stelle Ihnen den Herrn morgen vor.»

«Den nehm ick doch jetzt schon! Wenn Sie den empfehlen, is es gewiss ein guter Mann.»

«Nun ja, er hat noch nie ein Automobil gefahren, kennt aber Berlin wie seine Westentasche.»

«Na, denn lernt er's Autofahren eben», rief Messingnagel unbekümmert. «Ick verrate Ihnen mal ein Geheimnis, Frau Doktor: Wenn Sie die Leute von unten nach oben holen, sind die Ihnen ewig dankbar. Besseres Personal finden Sie nie!»

Während sie sich vor dem großen Spiegel in ihrem Zimmer sorgfältig für das wichtige Gespräch mit den Ärzten ankleidete, fragte sie sich noch einmal, ob diese Idee, die ihr schon während der gestrigen Fahrt durch den Tiergarten durch den Kopf gegangen war, wirklich gut war. Nach dem morgigen Treffen durfte sie Anton nicht mehr wiedersehen. Wenn Messingnagel jedoch Anton einstellte, so würde sie ihrem Bruder nicht nur helfen, sondern auch erfahren, ob es ihm gut ginge. Denn Tausendsassa Messingnagel würde sie nie aus den Augen verlieren, Afrika – ihr eine Heimat, ihm eine Profession – verband sie. Wenn Anton allerdings wieder in einem Hof im Wedding verschwand, wäre der Kontakt für immer verloren; sie konnte dort nicht einfach auftauchen und fragen, wie es ihm ginge.

Sie richtete ihre Frisur. Die Ähnlichkeit zwischen Anton und ihr war groß, würde Messingnagel Verdacht schöpfen? Aber wie sollte er auf solch einen absurden Gedanken kommen? Sie war eine Frau Doktor aus der Lietzenburger Straße! Sie streckte ihrem Spiegelbild frech die Zunge entgegen ...

Als sie zum Schluss ihr Zimmer aufräumte, fiel ihr das Amulett des *baganga* in die Hände. Es hatte seinen Zweck erfüllt. Es war an der Zeit, sich davon zu trennen.

Professor Biers mit schwerer dunkler Eiche möbliertes Dienstzimmer war kein Ort, der Optimismus verströmte. Der Chirurg hatte an diesem Freitagmittag gleich zwei Kollegen zu dem Gespräch gebeten – den Augenarzt Schachstätter und den Hautspezialisten Professor Lesser. Schachstätter sagte, dass er das Auge dank modernster Technik – und seiner Erfahrung – gerettet hatte. Das war nur ein objektiver Befund, zu dem er anhand seiner Instrumente gekommen war. Denn Lotte sprach kein Wort, verriet ihm mit keiner Geste, ob sie erkannte, was man vor ihr malträtiertes Auge hielt. Amelie war sicher, mit Liebe und Geduld bald mehr zu wissen.

Nach Schachstätter ergriff Professor Lesser das Wort. Ja, eine Hauttransplantation wäre in einigen Wochen möglich.

Amelie hatte sich vorgenommen, als Ärztin aufzutreten. Ihre Gefühle für Lotte wollte sie außen vor lassen, nur so würde sie dieses Gespräch durchstehen.

«Wie würden Sie vorgehen, Herr Kollege?», fragte sie darum betont zurückhaltend.

«Es bietet sich an, auf die italienische Methode zurückzugreifen», führte Lesser aus. «Ein Hautlappen des Oberarms wird zur Hälfte gelöst und am Kopf festgenäht. So lange, bis diese Haut angewachsen ist, bleibt der Arm am Kopf fixiert.»

Amelie blieb die Luft weg. Welch eine unvorstellbare Qual! Wie eine Puppe müsste Lottchen verharren. Ein Kind, das jetzt schon kaum noch Kraft im mageren Leibe hatte.

«Wie lange würde dieser Prozess dauern?», fragte sie mit mühsam errungener Sachlichkeit.

«Schwer zu sagen», erwiderte der Spezialist. «Mehrere Wochen.»

In Amelies Bauch hatte ein mittleres Seebeben eingesetzt. Das untrügliche Zeichen, dass sich das werdende Leben in ihr schon jetzt als Ratgeber empfahl. Amelie versuchte sich nichts anmerken zu lassen und bei ihrer Ärztinnen-Rolle zu bleiben.

Professor Lesser musterte Amelie. «Ich sehe Ihnen an, dass Ihnen bei diesem Vorhaben nicht wohl ist. Und ich stimme Ihnen zu, Frau Kollegin. Schließlich reden wir über ein kleines Kind. Man greift bei einer solchen Operation in einem Maße in einen geschwächten Organismus ein, dass das Kind dem Tod näher stünde als dem Leben. Nach meiner Einschätzung ist an solch eine Behandlung gegenwärtig nicht zu denken. Das Kind muss erst einmal neuen Lebensmut gewinnen, bevor man es dieser Operation aussetzen kann. Vielleicht sollte man in einem oder in zwei Jahren noch mal darüber nachdenken.»

«Es handelt sich in erster Linie um ein ästhetisches Problem, medizinisch gesehen ist Lotte geheilt», pflichtete Professor Bier ihm bei. «Wenn ich Ihnen einen Rat geben darf: Nehmen Sie die Kleine mit zurück nach Afrika.»

Als Amelie wenig später an Lottes Krankenbett stand und das nach wie vor verunstaltete Gesicht ihrer Nichte sah, ging ihr ein Satz durch den Kopf, den Professor Bier versöhnlich gemeint hatte: «Wir alle wissen, dass das Leben Wunden schlägt.» Das sagte sich leicht, wenn man auf ein gelebtes Leben zurückblickte; Lotte hatte ihres vor sich. Doch davon durfte sie sich nicht einschüchtern lassen. Amelie setzte eine fröhliche Miene auf, sang und machte mit Lotte Übungen, um deren Beinmuskeln zu kräftigen. Die Kleine ließ es mit sich geschehen, wie eine Marionette, die erst zum Leben erwachte, wenn man sie berührte. Sie litt schon zu lange.

«Du hast es fast überstanden, morgen hole ich dich hier raus, Lottchen!»

Das Kind verstand das nicht. Wenn jeder Tag gleich war, war «morgen» immer wieder ein nicht gehaltenes Versprechen. Amelie beschloss, jeden neuen Tag zu einem Erlebnis für das Kind werden zu lassen. Dafür würde sie ihre Arbeit bei Trude zurückstellen.

Als sie am Abend zuhause eintraf, war ein Geburtstagsbrief von Hanns gekommen. Eine Fotografie lag dabei. Sie zeigte einen Ausschnitt des Vorplatzes vor dem Herrenhaus. Dort stand ein pyramidenförmiges kleines Gebilde. Hanns schrieb, dass er für seinen Freund Gustav ein Ehrenmal errichtet hatte. Und dass er damit begonnen habe, das Krankenhaus wieder zu erbauen. Dieses Mal wollte er es mit einem Blechdach eindecken, und es würde kleiner werden als der bisherige Bau. Er erwähnte, dass Schwester Martha seit Amelies Abreise mit im Farmhaus wohnte, und richtete Grüße von ihr sowie von Dr. Heim aus, der schon einige Male auf den Berg gekommen wäre. Er erkundigte sich nach Lottes und Amelies Wohlergehen und fragte zum Schluss: *Wann kommt ihr zurück? Ich vermisse euch!*

Und dann setzte er noch ein P.S. darunter: *Die beiliegende Liste hat Martha geschrieben.* Amelie guckte noch einmal in den Umschlag und entdeckte das hauchdünne Pergamentpapier. Mit sorgfältiger Schrift war eine Vielzahl von Medikamenten, Instrumenten und Gegenständen aufgeführt, die für das neue Spital benötigt wurden.

Amelie las den Brief mehrmals. Ihr Bruder schien wieder mitten in seinem Leben angekommen zu sein.

Anton hatte Wort gehalten. Die geschlossene Kutsche war repariert und wartete wie verabredet vor der Dermatologischen Klinik in der Luisenstraße. Die alte Liese, mit einer Pferdedecke gegen den leichten Schneefall geschützt, stand mit hängendem Kopf im Geschirr. Hermines kleine Schwester Frieda, deren erster Arbeitstag als Kindermädchen heute war, trug erstmals Lottchen auf dem Arm.

Bei ihrer ersten Begegnung mit dem Kind hatte Frieda Lotte zwar durchaus erschrocken angesehen. Doch dieser Moment der Verwunderung war einem instinktiven Gefühl gewichen: «Die braucht janz viel Liebe», hatte sie gesagt. «Ick bin die Fritze, brauchst dir nich fürchten. Ick tu' dir nischt.»

Als Anton die drei sah, riss er sich seine Kappe vom Kopf und den Kutschschlag auf. Decken lagen bereit, sauber gefaltet.

«Guten Morgen, gnädige Frau!»

Fast hätte Amelie geantwortet: Guten Morgen, Anton. Im letzten Moment fiel ihr ein, dass sie seinen Vornamen gar nicht kennen durfte, und sie beließ es bei einem kurzen Morgengruß. Von Lottchen war nicht viel zu erkennen, sie war sorgfältig eingewickelt. Dennoch fiel ihr eine Schneeflocke in das gesunde Auge, und sie zwinkerte erschrocken.

Frieda lachte. «Det is Schnee, Lottchen. Kennste wohl nich?»

Fürsorglich breitete Anton die Decken über seine Fahrgäste. Schließlich wickelte er noch rasch seinen aus grober grauer Wolle gestrickten Schal um Lotte. Als er die Tür geschlossen hatte und auf den Kutschbock geklettert war, dachte Amelie, was für ein Glücksfall es gewesen war, dass dieses Gefährt zwei Tage zuvor kaputt gewesen war; sonst hätte sie so wie jetzt hinten gesessen und während der ganzen Fahrt kein Wort mit ihrem Bruder wechseln können.

Amelie holte das inzwischen graue Amulett aus ihrer Tasche.

Auf einen Zettel, den sie daran befestigt hatte, hatte sie

nach langem Überlegen geschrieben: *Dieses Amulett hat mich geführt. Möge es nun Ihnen Glück bringen.* Kein Name, kein Gruß.

«Warte, was geschieht», sagten die, die dem Schlangenbund angehörten.

Als Amelie die Kutsche verließ, ließ sie den Fetisch zurück.

Vor ihrem Wohnhaus parkte bereits Messingnagels auffällig großes Automobil. Der Kaufmann, elegant im Mantel mit Pelzbesatz, Hut und Spazierstock, begrüßte Amelie höflich.

«Das ist der junge Mann, den ich Ihnen vorstellen wollte», sagte sie zu Messingnagel. «Herr Weisgerber möchte Chauffeur werden.»

Anton, in Amelies Plan nicht eingeweiht, errötete. «Gnädige Frau, das ist sehr zuvorkommend von Ihnen!»

Messingnagel blickte Anton neugierig an. «Frau Doktor steckt stets voller Überraschungen, junger Mann.»

«Frau Doktor?», fragte Anton verwundert und verneigte sich.

Jetzt war Messingnagel irritiert. «Ich dachte, Sie kennen sich.»

«Von einer beschaulichen Kutschfahrt mit einem müden Pferd.» Sie reichte Anton die Hand. «Hiermit ist meine Mission beendet. Leben Sie wohl und viel Erfolg.»

Der Händedruck ihres Bruders war fest. «Danke, Frau Doktor.» Er errötete wieder.

Sie wandte sich rasch ab. Nur für einen kurzen Augenblick hatte sie ihren Bruder berührt. Mehr war ihr nicht vergönnt.

Messingnagel reichte Anton seine Visitenkarte. «Morgen früh um sieben im Deutschen Kolonialhaus.» Dann folgte er Amelie und Frieda ins Haus. Als Amelie ihren Mantel ablegte, wurde offensichtlich, dass sie schwanger war.

«Frau Doktor, das wusste ich ja gar nicht!», sagte Messingnagel.

Sie begriff und strich sich kurz über den Bauch. «Das Leben ist stärker als der Tod.»

Messingnagels feines Gespür für brisante Zusammenhänge ließ ihn die Anspielung verstehen. «Das freut mich sehr für Sie», sagte er aufrichtig. Nach sekundenlangem Nachdenken setzte er feierlich hinzu: «Ich würde mich geehrt fühlen, wenn Sie bei der Suche nach einem Paten an meine Wenigkeit denken würden.»

Das passt zu ihm, dachte Amelie, er ist mir stets einen Schritt voraus. Sie bedankte sich lächelnd: «Darin haben Sie ja dank Lotte schon Übung.»

Inzwischen hatten sich Klara und Frieda bekannt gemacht und Lottchen aus den sie schützenden Decken gewickelt. Der graue Schal, den Anton um Lotte gewickelt hatte, wurde achtlos beiseitegelegt.

Messingnagel hatte Mühe, sein Entsetzen über den nach wie vor mitleiderregenden Zustand der Kleinen zu verbergen. Er suchte offensichtlich nach den passenden Worten.

«Dann wollen wir das Kind erst mal gesund werden lassen», sagte er schließlich. «Das hat ja wohl Vorrang.» Er reichte Amelie die Hand. «Wenn ich helfen kann – zählen Sie auf mich. Ich stehe zu Ihrer Verfügung.»

Das Leben in der Beletage der Lietzenburger Straße änderte sich mit dem Einzug Friedas und Lottes Rückkehr. Amelie erzählte Klara und Frieda von Afrika, von dem Leben, das Lotte die ersten zwölf Monate geführt hatte. Von der Unkompliziertheit, mit der man dort den Tag anging. Dass Sara ihre Tochter auf den Rücken gebunden mit sich herumgetragen, sie teilnehmen hatte lassen am Leben aller.

«Seht nur, wie traurig unser Lottchen ist. Wie sehr sie sich in sich zurückgezogen hat. Und was machen wir? Ernste Gesichter! Und diese Wohnung ist auch so still. Singen und spielen wir mit Lottchen! Und wir müssen mit ihr turnen, dass sie zu Kräften kommt, wieder laufen lernt!»

«Ach, und ick werde se bekochen!», rief Klara. «Ick hab'

schon inne Apotheke 'ne Dose Riedel's Kraftnahrung jekooft. Da is Malz und Eigelb drinne, sogar Kaffee und Kakao. Lottchen wird denken, sie wär' in Afrika! Und Kartoffeln jibt es und Spinat. Wirst schon seh'n, Amaleken: Die Kleene päppeln wir eins-zwei-fix auf!»

Von Frieda und Amelie rund um die Uhr beschäftigt, machte Lottes Genesung rasche Fortschritte. Klara nahm sich so oft wie möglich frei, um ebenfalls bei der Kleinen sein zu können. Aber auch Frieda hatte sie ins Herz geschlossen. Hermines kleine Schwester verlor allmählich ihre Schüchternheit, richtete auch von sich aus das Wort an Amelie, die sie voller Respekt «Frau Doktor» nannte.

Nach ein paar Wochen war Amelie sicher, dass Lottchen auch mal ein Vollbad nehmen durfte. Zuvor legte sie die Kleine auf Klaras große Küchenwaage und stellte fest, dass Lotte gut zugenommen hatte.

«Wat is det eijentlich, Frau Doktor? Det wollt ick schon die janze Zeit fragen.» Frieda deutete auf Lottes Bauch.

Das dünne Band aus Schlangenhaut war verblasst und brüchig geworden. An einigen Stellen schimmerte bereits etwas Schwarzes durch, das wie Menschenhaar aussah. Amelie vermutete, dass es Saras Haar war, das jemand zusammengeflochten haben mochte. Da Amelie sich nicht sicher war, ob eine knapp Fünfzehnjährige aus dem Wedding afrikanische Fetisch-Bräuche begriff, erklärte sie nur, dass dieses Band niemals verloren gehen dürfe. Das Vollbad wurde ein großer Erfolg: Lotte patschte so lange vergnügt mit ihren Händen auf das Wasser, bis ihre «Leibgarde» durchnässt war.

Amelie besorgte einen Kinderwagen, und gemeinsam unternahmen sie die ersten Ausflüge. Im Tiergarten sprossen die ersten Krokusse aus dem Boden und kündigten den nahen Frühling an. Frieda und Lotte verstanden sich inzwischen so gut, dass Amelie sich entschloss, wieder stundenweise bei Trude Beilheim in der Armenklinik zu helfen. Kehrte sie nach ihren

Arbeitstagen heim, ließ sie sich von Frieda jedes Mal ausführlich deren Erlebnisse berichten. Hatte Klara einen freien Tag, so verbrachte sie ihn nun auch mit Lotte und Frieda. Amelie war glücklich; so sollte es bleiben.

Aber eines Abends kam sie heim und traf in der Küche auf eine in Tränen aufgelöste Frieda. Das Mädchen war nicht in der Lage, selbst zu erzählen, Klara tat es an ihrer Stelle: Das Kindermädchen hatte Lotte auf dem Kurfürstendamm, nicht weit von zuhause, aus dem Wagen genommen.

«Da war 'n Eichhörnchen auf'm Baum. Sie wollte es Lottchen zeigen.» Klara kämpfte aufgewühlt mit den Worten. «Da kam so'n jelackter Affe und hat jesagt, so wat wie Lotte jehört nich in Berlins jute Stube!»

Ein Einzelfall, dachte Amelie und beruhigte die beiden. Aber es wiederholte sich an anderen Orten, schließlich wurde Lotte sogar im Wohnhaus missbilligend angesehen. Es wurde Mitte April, Ostern stand vor der Tür. Der Professor rief Amelie in sein Arbeitszimmer.

«So geht es nicht weiter, Amelie! Es muss wieder Ruhe einkehren. Ständig dieser Lärm, dieses Singen. Sogar Klara tanzt am helllichten Tage mit dem Bastard durch die Wohnung. Ich habe sie gestern scharf ermahnt.»

Klara hatte es mit keinem Wort erwähnt.

«Nach Ostern wirst du mir sagen, wann du das Kind nach Afrika zurückbringst», verlangte der Alte.

Amelie lag die ganze Nacht wach. Im Grunde hatte ihr Vater nicht unrecht: Was Lotte betraf, gab es keinen vernünftigen Grund, in Berlin zu bleiben. Andererseits rumorte «der kleine Gustav» gelegentlich heftig in ihrem Bauch. War es nicht besser, das Baby in Berlin zu bekommen? Bis zur Geburt waren es nur noch drei Monate. Jedoch durfte sie ein Neugeborenes keiner fast dreiwöchigen Reise aussetzen. Wie lange müsste sie warten, bevor sie nach Afrika zurückkonnte? Auf jeden Fall würde es ein weiteres halbes Jahr werden! Und der Professor klagte jetzt schon über die Unruhe in seiner Wohnung. Was erst würde er sagen, wenn da ein schreiendes Baby wäre. Eines, das für ihn nur ein unerwünschter «Bankert» war?

Nach dieser Nacht voller Grübelei fuhr sie wie stets mit Pferde-Omnibus und Straßenbahn zu Trude.

«Wenn dein Vater so ein Dickkopf ist, dann zieh dort aus», sagte Trude Beilheim in ihrer direkten Art bei einer Tasse Tee in der Küche. «Du wirst hier gebraucht, Melle! Hier wartet so viel Arbeit auf dich. Bleib, hilf und es wird dir geholfen!» Sie machte eine bedeutungsschwere Pause. «Ich habe übrigens erst kürzlich mit Gesine über dich gesprochen.»

«Welche Gesine?»

«Gesine Messingnagel natürlich», erwiderte Trude mit einer Selbstverständlichkeit, als ob es nur diese eine Gesine gäbe. «Sie ist eine gute Freundin. Du weißt doch gewiss, dass sie im Vorstand des Bundes Deutscher Frauenvereine ist? Sie bewundert dich aufrichtig und würde dir gewiss helfen, eine angemessene Unterkunft zu finden.»

Die Messingnagels! Sie waren in der Tat ein perfektes Paar: Er kannte die wichtigen Männer und sie die Frauen ...

Aber wollte sie vom Wohlwollen der dominanten Gesine Messingnagel abhängig sein? Ihre Antwort wollte wohlformuliert sein, wenn Amelie es sich nicht mit diesen einflussreichen Leuten verderben wollte. Sie begegnete ihnen schließlich stets dann, wenn sie es am wenigsten erwartete ...

«Mir geht es vor allem um Lotte», sagte Amelie. «Sie gehört zu ihrer Familie nach Afrika.»

«Sie ist nicht nur ein Kind Afrikas, sondern auch eines mit Berliner Wurzeln», entgegnete Trude.

«Ihr Vater lebt dort, und ihre Mutter war Afrikanerin. Hier ist sie ein Fremdling.»

«Du sagst, es geht vor allem um Lotte. Aber es geht um mehr als um ein Einzelschicksal. Es geht um uns Frauen. Nach Jahrhunderten der Unterdrückung durch die Männer erobern wir uns unsere Rechte langsam zurück. Denk daran, was wir Frauen gerade erreichen», hielt Trude ihr leidenschaftlich entgegen. «Wir haben endlich Zugang zu politischen Parteien bekommen, demnächst werden die ersten Studentinnen hier in Berlin ihr Studium beginnen. Du hast vor Jahren erreicht, was anderen Frauen jetzt ein Vorbild sein kann. Mach ihnen Mut, es auch zu versuchen. Sag ihnen, dass es mehr als Kinder, Küche und Kirche gibt. Verkriech dich nicht auf einen afrikanischen Berg. Stelle dich hier der Wirklichkeit. An der Seite von Gesine und mir. Und da sind so viele andere, die du kennenlernen wirst.» Sie fasste Amelie bei den Schultern. «Bleib, Melle. Verliere nicht dein wahres Ziel aus den Augen: Berlin ist die Zukunft, nicht Afrika!»

Trudes Appell erinnerte Amelie an Gustavs Bekenntnis, dass man nie stehen bleiben durfte, sondern wie die Welt sein musste, die sich in einem fort drehte. Auch er wollte in Berlin leben.

Machte sie einen Fehler, wenn sie zurückging? Konnte sie andererseits Hanns im Stich lassen? Und nicht zuletzt die Afrikaner, die eine Ärztin brauchten?

Wohin gehöre ich? Bin ich mehr Patzkopp als Freyer? Ist mehr Berlin in mir als Afrika?

Voll kopfloser Hilfsbereitschaft für Lotte hatte sie sich auf nach Berlin gemacht und sich hier in das Abenteuer gestürzt, sich ihrer unbekannten Herkunft zu stellen. Und dabei alles in Frage gestellt, was ihr bislang als sicher erschienen war.

Trude schien zu spüren, dass ihre Freundin in ihrem Entschluss wankte, und sie setzte nach: «Willst du etwa in Afrika entbinden? Wo es so viele Krankheiten gibt? Wo dir kein Arzt beisteht?»

Doch damit konnte sie Amelie nicht schrecken. «In Afrika ist es normal, wenn Frauen ihre Kinder allein bekommen. Schließlich bin ich Ärztin; ich weiß mir zu helfen.»

Trude musterte sie mit einem Blick, in dem Respekt und Verwunderung gleichzeitig lagen.

«Die zarte, zähe Melle aus Afrika ... Ja, du bist dir treu geblieben.» Trude seufzte. «Ich habe deine Stärke schon immer bewundert. Aber eines musst du mir sagen: Was ist so toll an Afrika?»

So schlicht diese Frage auch war, so sehr schien darin eine gewisse Eifersucht mitzuschwingen. Die Eifersucht auf eine Erfahrung, die Trude niemals machen würde.

«Ich bin dort so frei, wie eine Frau es sein kann», erwiderte Amelie ohne nachzudenken.

Trude sah Amelie einen Moment lang schweigend an. Dann sagte sie: «Gute Antwort.» Und goss sich ein Glas Cognac ein.

Am Abend suchte Amelie ihren Vater in seinem Arbeitszimmer auf. Der Professor machte sich an einem Grammophon zu schaffen. Er hatte es sich erst heute gekauft und wollte es gerade ausprobieren.

«Ich werde den nächsten Dampfer nach Tanga nehmen, Vater. Würdest du mir bitte eine Reise-Erlaubnis ausstellen?», fragte sie, denn ohne Genehmigung von Vater oder Ehemann war es Frauen nicht gestattet alleine ins Ausland zu reisen.

Der Professor entzündete sich eine Zigarre. «Setz dich, Kind. Ich wollte dir sagen, wie leid es mir tut, dich gehen zu sehen.»

«Du verwunderst mich, Vater.»

«Ich wollte dir die Hand reichen, aber du hast sie ausgeschlagen.»

«Von welcher Hand sprichst du?»

«Meinst du denn, ich wüsste nicht, dass es einflussreiche Leute in dieser Stadt gibt, die dich halten wollen? Geheimrat von Eichler ist ein ehrenwerter Mann. Als dein Gatte ließe er dir alle Freiheiten. Du könntest als Ärztin arbeiten.»

«Verzeih, Vater, ich möchte keine geschenkte Freiheit. Sondern sie mir verdienen.»

«Welch ein Hochmut! Kommt das von Beilheims blaustrümpfiger Tochter?»

Amelie war verblüfft. «Du weißt von Trude?»

«Konrad Beilheim und ich treffen uns gelegentlich zum Schachspiel. Obwohl er die unorthodoxen Ansichten seiner Tochter missbilligt, unterstützt er sie finanziell, weil er das für väterliche Liebe hält. Als Polizeiärztin hat sie schließlich kaum ein Einkommen. Ich teile Konrad Beilheims Einstellung nicht. Für mich ist Moral das wichtigste Korsett unserer Gesellschaft. Ich lege größten Wert darauf, dass meine ledige Tochter einen tadellosen Leumund hat.»

«Ehen sollen nicht aus moralischen Gründen geschlossen werden. Das ist meine Meinung.»

«Und Ehen, die gar nicht geschlossen werden? Welche Moral gilt dann? Etwa die von Karl Gustav Brelow? Dieser Mann hat dich hinunter gezogen anstatt dich zu beflügeln. Dafür hast du nicht diesen weiten Weg zurückgelegt!»

«Von welchem weiten Weg sprichst du? Vom Wedding nach Charlottenburg? Weißt du, was ich in den letzten Monaten festgestellt habe? Ich gehöre weder dorthin noch hierhin. Bin keine von den Oberen, aber auch keine mehr von unten, dafür ist zuviel passiert. Gespürt habe ich das schon lange, aber jetzt weiß ich es. Mein Platz ist in meiner eigenen Welt, bei den Menschen in den Usambarabergen.»

Als sie aus dem Zimmer ging, warf ihr Vater sein neues Grammophon an. Schwere Orgelakkorde brausten auf, denen leichte helle Tonläufe folgten, dann ging es hinab in tiefe Kadenzen und wieder hinauf in lichte Sphären. Amelie hatte die Tür bereits geschlossen, aber sie lauschte noch einen Moment. Es war eine Toccata von Bach, ihre Adoptivmutter hatte sie ab und zu auf dem Klavier gespielt, wenn sie in schwermütiger Stimmung war.

«Gib dich dieser Musik hin, Amelie. Sie reinigt die Seele wie keine andere», hatte Charlotte von Freyer gesagt und vergeblich versucht, ihr das schwere Stück beizubringen.

Jetzt, wo sie die Musik nach so langer Zeit durch die geschlossene Tür wieder hörte, machte sie ihr Mut, denn sie klang nach Abschied und Neubeginn. Wahrscheinlich hatte Charlotte das gemeint, als sie mir die Toccata beibringen wollte, dachte Amelie und nahm es als Zeichen, die richtige Entscheidung getroffen zu haben.

«Ick soll nach Afrika?»

Frieda, das Kindermädchen aus dem Wedding, das es noch nie hinaus zum Wannsee geschafft hatte, starrte die «gnädige Frau Doktor» fassungslos an.

«Du könntest deine Schwester Hermine besuchen», lockte Amelie.

«Ja?»

Das erschien noch unfassbarer. Menschen, die derart weite Reisen machten, kehrten für gewöhnlich nicht wieder. Sie besuchen, weil die «Herrschaft» es vermochte? Undenkbar.

«Du kannst zurückfahren, wenn es dir in Afrika nicht gefällt, musst es nur sagen. Das verspreche ich dir.»

Klara rollte am Küchentisch Mürbeteig für Osterfiguren aus, während sie das Gespräch verfolgte. «Wenn ick noch im richtigen Alter wäre, ick würd' sofort mit dir fahren, Amaleken.»

«Aber det is doch so weit fort von hier», sagte Frieda ratlos. «Mutter is doch dann janz alleene.»

«Det is det Schicksal von Müttern», kommentierte Klara knapp. Sie blickte von ihrem Teig auf. «Du kannst det Lottchen nich im Stich lassen, Frieda.» Klara wischte sich unauffällig eine Träne aus dem Augenwinkel. «Überleg dir jut, wat du aus deinem Leben machst, Frieda. Hier in Berlin wartet nur 'ne Badewanne auf dich oder ein Hängeboden, auf dem de schlafen kannst. Denn wenn Frau Doktor fort ist, brauchen wir kein Kindermädchen mehr.»

«Ick will bei Sie und Lottchen bleiben, Frau Doktor.» In Friedas Augen standen Tränen.

«Det is ’ne jute Entscheidung», sagte Klara und schnäuzte sich geräuschvoll.

Erst jetzt begriff Amelie. Klara wäre am liebsten mitgereist und, weil das unmöglich war, wollte ihr zumindest Frieda mitgeben: Die Jüngere sollte für Lottchen – und für Amelies ungeborenes Kind – das werden, was Klara einst für Amelie gewesen war.

Am Morgen des Gründonnerstags machte sich Amelie erneut auf den Weg in den Wedding, um Friedas Mutter aufzusuchen. Frau Böttcher hörte sich Amelies Vorhaben schweigend an.

Dann sagte sie: «Ick hab’ immer det Märchen vonne Bremer Stadtmusikanten jeliebt. Da heeßt et: Wat besseret als den Tod finden wa überall. Also nehmen Se Fritze mit, Frau Doktor. Aber passen Se uff se uff. Is det letzte Kind, det ick noch hab’.»

Es war die gleiche Formulierung, die auch Else Patzkopp gebraucht hatte.

Amelie ließ sich von Hermines Mutter einen Brief diktieren. Er klang in etwa so wie die Briefe, die David von den Wapare diktiert wurden: Mir geht es gut. Wie geht es dir?

Das Leben bestand aus so viel Alltäglichkeiten, wo sollte man anfangen, sie zu erzählen? Man lebte – gab es eine wichtigere Nachricht?

Am Abend, nachdem Amelie noch ein paar letzte Stunden bei Trude gearbeitet hatte, duftete es in der Beletage der Lietzenburger Straße nach frischem Gebäck. Wie gewöhnlich warf Amelie zuerst einen Blick in Lottchens Zimmer, das jetzt neben ihrem eigenen eingerichtet war.

Klara und Frieda saßen beide neben dem Bett. Das Kindermädchen sprang auf, den Zeigefinger auf den Lippen.

«Sie is jrade einjeschlafen. Sie hat Fieber!»

«Was kann sie haben?»

«Ein heftiger Schnupfen, heiser is se und die Nase läuft.»

Während der Nacht stieg das Fieber weiter an, Amelie legte

der Kleinen Wadenwickel an. Sie weinte, was sie schon lange nicht mehr getan hatte. Amelie horchte sie ab, die Lunge war frei. Dabei legte die Kleine die Ärmchen um den Hals ihrer Tante.

Und dann sagte sie: «Amamamamama ...»

Bis zu diesem Moment hatte Amelie sie nie ein Wort sprechen hören.

«Ich bin ja da, mein Schatz. Du wirst wieder gesund. Du bist immer wieder gesund geworden.»

Amelie nahm Lotte mit in ihr Bett, tauschte ständig die Wadenwickel. Mehr konnte sie nicht tun. Auf den Morgen warten. Heiße Kinderhändchen halten. Zuversicht vermitteln.

Am Morgen war das Fieber auf einundvierzig Grad gestiegen. Im Licht des Tages sah Amelie, dass Lottchens Augen entzündet waren. Im Mund hatte sie rotgeränderte weiße Flecken. Am Körper waren die typischen Flecken noch nicht zu sehen, wahrscheinlich würden sie sich erst in ein paar Tagen zeigen. Die Kleine kniff die Augen zu. Vor allem das frisch operierte Auge musste ihr höllisch wehtun. Amelie öffnete das Fenster, zog die Vorhänge zu und sperrte die Frühlingssonne aus.

«Wat hat se?», fragte Frieda bang.

«Masern», antwortete Amelie.

«Is det schlimm?»

Amelie hatte keine Ahnung, wie Lotte auf Masern reagierte. Doch sie machte sich nichts vor: Bei einem so geschwächten Kleinkind konnten sie lebensgefährlich sein. Die Kleine hatte der Infektion nichts entgegenzusetzen.

Amelie selbst hatte Masern schon gehabt, daran erinnerte sie sich. Klara war ebenfalls immun. Aber was war mit Frieda? Hatte sie sich angesteckt?

Am Ostersamstag bekam Frieda ebenfalls Masern.

Afrika musste warten.

Am Ostersonntag hatte Lottchen trotz kühler Rumpfpackungen, lauwarmer Augenaufschläge und Wadenwickeln weiterhin fast einundvierzig Grad Fieber. Rücken und Bauch waren mit Ausschlag übersät. Amelie sang dem Kind ein Lied vor, während sie einen inzwischen warm gewordenen Leibwickel wechselte. Plötzlich erschrak sie.

Das Schlangenband war fort!

Ein unansehnliches schwarzes kleines Häufchen aus Saras Haaren, an dem noch immer einige Schlangenhautschuppen klebten, lag auf der Frisierkommode in einem länglichen Porzellanschälchen, in dem auch Haarklammern aufbewahrt wurden. Es war steinhart.

«Det is abjegangen, als ick Lottchen am Gründonnerstag jebadet hab. Einfach so. Ick kann nix dafür», stotterte Frieda im Bett ihres Mädchenzimmers liegend, die Masern auskurierend.

«Du reist in das Land der Weißen. Zawadi Nyoka soll nie vergessen, dass sie hierhergehört», hatte Damasso beim Abschied gesagt.

Medizinisch und rein logisch betrachtet war es völliger Unsinn, Lottes Masern mit dem Verlust des Schlangenbandes in Zusammenhang zu bringen. Aber war ihr nicht so vieles als unsinnig erschienen, das sich im Nachhinein als wahrhaftig erwiesen hatte?

Obwohl es nicht so aussah, als ob sich aus dem Häufchen Haare jemals wieder ein Fetisch basteln ließe, bat Amelie Klara darum, ein Stück *Dr. Schlinck's Palmin Cocosfett* auf Handwärme zu erhitzen. In der lauwarmen Fettbrühe wurden Saras Haare aufgeweicht und von Amelie sorgsam entknotet.

Klara ekelte sich. «So'n dussliges Band aus ollen Haaren kann Lottchen doch nich jesund machen! Und wo willste in unserem Berlin dafür 'ne Schlangenhaut herkriegen? Det is unmöglich, Amaleken!»

Nachdem sie vergeblich im nahen Zoo nachgefragt hatte, wandte Amelie sich an ihren Vater, der immer wieder allerhand Mitbringsel nach Berlin geschafft hatte. Vor allem natürlich menschliche Schädel.

Jedoch nie eine Schlangenhaut.

«Fred hat solche Sachen mitgenommen», meinte er unwirsch.

Über sich selbst verärgert, weil sie an *baba* nur dachte, wenn sie ihn brauchte, schickte sie ihm ein Telegramm nach Potsdam, wo er bei seiner Schwester wohnte.

Brauche dringend Schlangenhaut für Lotte.

Am 21. April, dem Dienstag nach Ostern, stand Dr. Wilkening vor der Tür, unter dem Arm ein dickes, verschnürtes Paket aus Jute. Er hatte einen ordentlichen Haarschnitt, war rasiert, sein Anzug gebügelt, die Krawatte sauber. Er trug jetzt eine Brille, ein billiges Drahtgestell, wirkte wie ein pensionierter Berliner Lehrer.

Inzwischen hatte Lotte den vierten Tag in Folge hohes Fieber, sie war völlig apathisch. Auf ihrer braunen Haut waren die normalerweise blassroten Masernflecken kaum zu erkennen. Einige Stellen im Gesicht und am Bauch begannen sich bereits zu schuppen. Und obwohl Amelie für frische Luft sorgte und Lotte immer wieder aufsetzte, glaubte sie beim Abhorchen des geschwächten Kindes erste Anzeichen einer sich entwickelnden Lungenentzündung zu hören.

Wilkening hatte Lotte seit ihrer Augenoperation nicht mehr gesehen. «Eigentlich hat sie sich gut erholt», meinte er. «Wie viel Schlangenhaut willst du ihr denn geben? Einen Teelöffel voll? Schwer zu sagen, nicht wahr?»

Gerade eben noch ein Berliner Pensionär, war er unvermittelt wieder der alte Urwaldarzt.

Amelie verstand kein Wort. «Wie meinst du das, *baba*? Ich wollte ...» Endlich begriff sie! «Als Medizin ...?»

«Ja, natürlich, was dachtest du denn?»

Sie erklärte es ihm, und er lachte. «Bei uns in den Bergen», sagte er wie selbstverständlich, «wird Schlangenhaut gemahlen und bei lebensgefährlich hohem Fieber in Palmwein verabreicht. Wusstest du das nicht? Ich denke, ein *mganga* würde sie bei Masern wohl einsetzen.»

Über Erfahrung in diesem Punkt verfügte er nicht, da Masern in den Tropen nur selten auftraten. Hauptsächlich, wenn Europäer sie einschleppten und Einheimische infizierten. Wegen der vierzehntägigen Inkubationszeit kam das jedoch nicht allzu oft vor: Die Krankheit brach bereits während der Reise auf den Schiffen aus.

«Du meinst, weil die Stellen sich schuppen und die Schlangenhaut ebenfalls geschuppt ist? Ist das nicht eine gewagte Theorie, *baba*?», fragte Amelie vorsichtig.

«Nur weil man in Berlin lebt, muss man das afrikanische Denken nicht ablegen, oder? Wer die Wildnis kennengelernt hat, akzeptiert die Grenzen nicht mehr, die das von der Zivilisation geprägte Denken setzt. So geht es mir jedenfalls.»

«Du hast Heimweh nach Afrika.»

«Jeden Tag mehr, mein Kind. Am schlimmsten ist es, wenn ich durch unsere schönen Parks laufe. Wohin hat man nur die Natur abgedrängt, frage ich mich.»

«Nach der Größe des Pakets zu urteilen, hast du eine Riesenschlange mitgebracht.»

«Einen Python! Ein herrliches Exemplar, allerdings bereits einige Jahre alt. Ich wollte ihn in der Wohnung meiner Schwester aufhängen, aber in einer preußischen Offizierswohnung macht sich eine afrikanische Riesenschlange nicht so gut, findet meine Schwester.» Er zuckte resigniert die schmalen Schultern. «Endlich macht es einen Sinn, die Haut mitgeschleppt zu haben.»

Vorsichtig öffneten sie das Paket. Mit großen Augen starrte Klara auf die grau und schwarz gefleckte Haut der Riesenschlange auf ihrem sauber gewischten Küchenboden.

«Sei mir nich böse, Amelie, aber solche Viecher mag ich nich mal mausetot leiden. Ich seh' lieber nach Lottchen», sagte Klara und verzog sich.

Gemeinsam schnitten Amelie und Wilkening ein Stück von der Haut ab und mahlten sie im Mörser ganz fein. Doch sie hatten keinen Palmwein. Der war in Europa lediglich gebrannt, als Arrak, erhältlich.

«Macht nichts», beruhigte der alte Afrikakenner seine Schülerin. «Wahrscheinlich kommt es auf den leichten Alkoholgehalt des Palmweins an, der den Kreislauf in Schwung bringt. Verwenden wir einen jungen Riesling!»

Nachdem Lottchen das Gebräu tapfer geschluckt hatte, machten sich Amelie und Wilkening mit großer Ernsthaftigkeit daran, an Klaras Küchentisch einen echten afrikanischen Fetisch zu basteln. Das war nicht einfach, denn die Haut war zu alt und die festeren Stücke zu hart, um sie zu einem Band zu verarbeiten. Erst nach mehreren Versuchen gelang es.

«Und jetzt ein paar Haare von dir, mein Kind.»

«Von mir?»

«Wegen eurer innigen Verbindung! Hast du alles schon vergessen?» Vorwurf lag in *babas* Stimme.

Er schnitt ihr vom Hinterkopf eine lange, dünne Strähne ab, verzwirbelte sie mit Saras Haar, sagte, dass es so auch viel besser hielte.

Die ganze Prozedur rief in Amelie Erinnerungen wach: an die *hekima*, den *mganga* und an Saras geheimnisvollen Tod in der Brandnacht. Sie hatte Wilkening zwar schon bei seinem letzten Besuch von den grauenvollen Ereignissen erzählt, die Einzelheiten hatte sie jedoch ausgespart. Jetzt sprudelte alles aus ihr heraus: dass Damasso und Suahibu um den Schutz der Schlangengottheit gebeten hatten und Sara deswegen *nyoka* geweiht war. Und dennoch an einem Schlangenbiss gestorben war, nachdem der *basavi* sie angeblich gerufen hatte.

Wilkening war überrascht. «Damasso hat seine Tochter der Schlangengottheit geweiht? Das wusste ich nicht. Jetzt wird mir einiges klar.»

«Was meinst du, *baba*?»

«Wenn Damasso *nyoka* um Schutz für Sara gebeten hat, so musste er gleichzeitig dafür *nyoka* etwas geben. Denn im Leben gibt es nichts umsonst. Die Wapare drücken das in etwa so aus: Opferversprechen sind wie Schulden. Man bezahlt sie gewöhnlich nicht eher, als bis man von seinem Gläubiger gemahnt wird», erklärte Wilkening. Konzentriert vernähte er behutsam die Haut des Python.

Amelie dachte an die Schlangenmänner, die nie einen Dank für ihre Hilfe erwarteten, sondern stets eine Gegenleistung. Der Tod war der Herrscher über das Leben; die Lebenden borgten sich von ihm nur ein wenig Zeit. Das war überall so, wo es Menschen gab. Doch jene, die an *nyoka* glaubten, erhofften sich von der Schlangengottheit, dem Mittler zwischen Leben und Tod, das letztlich Unmögliche: einen Handel mit dem Schicksal.

«Mutter und Kind wurden durch die Schlange beschützt. Sara Nyoka und Lotte Zawadi Nyoka. Das wusstest du», sagte *baba*. «Aber dir fehlt das verbindende Element, mein Kind. Das ist das Opferversprechen. Als Damasso seine Tochter Nyoka nannte, rettete er zwar ihr Leben. Aber er muss gewusst haben, dass das erstgeborene Kind seiner Tochter sterben wird. Gewissermaßen als Preis für Sara Nyokas Leben.»

«*Baba*, was sagst du da? Das ist ja furchtbar! Dann sollte in jener Nacht gar nicht Sara sterben, sondern Lotte?»

Amelie erschrak zu Tode. Sofort reagierte das Ungeborene in ihrem Leib mit heftigen Bewegungen. Sie legte die Hand auf ihren Bauch und bemühte sich gleichmäßig zu atmen, aber ihr Puls raste.

Wilkening bestätigte ihre Vermutung: «*Nyoka*, die Schlangengottheit, tötet nicht, wen sie beschützt. Aber sie verlangt das erstgeborene Kind als Opfer. *Basavi*, ein Schlangenpriester, der *nyoka* dient und sie verehrt, wird ausgeschickt, um an das Opferversprechen zu erinnern. *Basavi* ruft mehrere Nächte lang den Namen des Kindes. Soweit ich weiß, geht das immer eine Woche lang. Meistens die Woche vor dem ersten Geburtstag des Kindes. Eine Prüfung, wenn du so willst. Vielleicht auch eine Zeit, in der sich die Mutter von ihrem dem Tod geweihten Kind verabschieden kann. Aber das ist natürlich die Sicht eines weißen Mannes», schränkte er ein.

Amelie sah Sara vor sich in dem kleinen Krankenzimmer. Sie hatte Lotte nicht hergeben wollen, obwohl sie selbst so krank war. «Ich bin eine gute Mutter», hatte sie gesagt.

«Wenn du recht hast, verstehe ich dennoch nicht, weshalb Sara sterben musste!», rief Amelie erregt.

Wie hatte Saras Mutter Suahibu gesagt, als der von einem Löwen getötete Junge gefunden worden war: «Der Tod lacht immer über uns. Man muss froh sein, wenn er jemand anders holt und nicht einen selbst.»

«Sara hat den Tod überlistet», sagte Amelie mehr zu sich selbst. «Sie wollte nicht, dass ihr Kind stirbt. Nicht wahr, *baba,* kann es so gewesen sein?»

«Das vermute ich auch», erwiderte Wilkening ernsthaft und biss den Nähfaden durch. Der Fetisch war fertig. «Die Kinder können nicht mit ihrem Namen antworten, das müssen wohl die Mütter tun. Sara rief wahrscheinlich ihren Namen, der fast so wie jener ihrer Tochter klingt: Nyoka. Das war gleichzeitig die Aufforderung an die Schlange, Sara zu töten.»

«Sara hat sich für ihre Tochter geopfert», flüsterte Amelie.

«Ja. So könnte es gewesen sein», sagte Wilkening sachlich. «Wir werden es nie erfahren.» Er legte das Schlangenband beiseite und sagte: «Das ist aber hübsch geworden.» Erst jetzt blickte er Amelie an. «Oh, mein Gott, Kind, du bist ja in Tränen aufgelöst!» Seine Umarmung war ungeschickt. «Es tut mir leid! Ich bin ein gefühlloser Holzkopf. Ich habe nicht gespürt, wie sehr dich das mitnimmt. Du bekommst ja selbst ein Kind.» Ungelenk strich er über ihr Haar. «Mutterliebe kann Berge versetzen. Es ist das größte Gefühl, zu dem Menschen fähig sind.»

Amelie sah ihn aus tränenumflorten Augen an und musste lachen: «Ach, *baba*, was redest du denn da? Das klingt ja wie aus dem Lehrbuch.»

Der alte Mann schlug die Augen nieder. «Ja, ich weiß.»

Amelie nahm seine Hände. «Ich bin glücklich, dass ich dich habe.»

«Umgekehrt gilt das erst recht.» Wilkening machte sich frei, nahm seine Brille ab und rieb sich die Augen. Dann fragte er: «Wann wirst du Lotte nach Hause bringen?»

Die Art, wie er «nach Hause» sagte, hatte plötzlich einen ganz neuen Sinn.

«Ich hoffe, spätestens Mitte Mai.»

«Es wird Regenzeit sein, wenn wir zurückkommen. Der Wald wird duften, und auf den feuchten Blättern werden sich die Sonnenstrahlen spiegeln», sagte *baba*. «Ich mag die Regenzeit, man spürt das Leben.» Er lächelte. «Vielleicht wird dein Kind gerade geboren, wenn die Regenzeit zu Ende geht. Das ist ein gutes Zeichen, sagen die Wapare. Es bedeutet Fruchtbarkeit.»

Amelie beugte sich über sein schütteres weißes Haupt und küsste ihn. «Du kommst mit, nicht wahr?»

«Ich habe in Berlin nichts verloren. Und jetzt lass uns das Band um Lottes Bauch legen», sagte *baba*. «Damit sie schnell wieder gesund wird.»

Der Urwaldarzt zwinkerte ihr zu wie ein Verschwörer.

18.

In den Usambarabergen, Juli 1908

«Pressen, Frau Doktor! Ja, so ist gut. Und nun atmen. Ganz ruhig. Sammeln Sie Kraft. Ich fühle schon das Köpfchen. Es wird alles gut, Frau Doktor. Jetzt müssen Sie noch mal ganz fest pressen! Ja, Sie schaffen das.»

Amelie starrte gegen das helle Blechdach über ihrem Kopf, die eigentlich geraden Linien bogen sich wie Wellen auf dem Meer. Am liebsten wäre sie davongeschwommen. Mein Gott, wie hielten die afrikanischen Frauen das nur aus! Fünf Kinder, zehn ...

Die Schmerzen zerrissen sie. Am liebsten hätte sie geschrien. Aber das ging doch nicht! Bei diesen dünnen Wänden. Außerhalb des Krankenhauses würde man sie hören. Gewiss war der ganze Berg zusammengelaufen. *Bibi dactari* bekommt ein Kind und schreit, als ob sie sterben müsste.

Nein, sie verbot sich zu schreien.

Und schrie.

War doch egal, was alle dachten. Das Kind musste raus.

Sie rang nach Luft, das neue Leben, das sie gebar, schien sämtliche Kraft aus ihr herauszuziehen. Mitzunehmen, was es brauchte.

«Gleich ist es geschafft, mein Kind. Du bist so tapfer.»

Ach, *baba*, wenn ich dich nicht hätte!

«Noch einmal pressen, Frau Doktor, jetzt kommen die Schultern. Ja, fester pressen.»

Amelie schloss die Augen, biss die Zähne zusammen. Gustavs Gesicht tauchte aus der Dunkelheit auf. Wie elegant er war, wie glücklich er sie anblickte und lächelte. «Wir haben einander so lange gesucht. Nun müssen wir einen Weg in die Zukunft finden.»

Sie hatte das Gefühl, es wäre Gustavs Hand, die sie hielt. Aber es war der alte Wilkening, der nur assistierte und sich im Moment darauf beschränkte, seelischer Beistand zu sein.

«Es ist Ewigkeiten her, dass ich eine Frau entbunden habe, Kind. Ich bin Urwaldarzt», hatte *baba* gesagt und damit alles erklärt. Afrikanerinnen brauchten keinen weißen Arzt, um ihre Kinder zur Welt zu bringen. «Lass das Schwester Martha machen», hatte er geraten.

«Ja, Frau Doktor, ja, da ist sie! Sie ist da! Ein Mädchen!»

Martha beugte sich vorsichtig über Amelie und legte ihr das Neugeborene auf die Brust. Noch hatte die Kleine die Augen geschlossen, als wollte sie nicht wahrhaben, dass sie nun Teil der Welt war.

«Doktor Wilkening, das sollten jetzt Sie tun», sagte Martha. Sie reichte dem alten Arzt eine Schere.

«Was für ein großartiger Augenblick», flüsterte *baba.* «Möge Gott seine Hand stets schützend über euch halten. Ich wünsche euch ewige Liebe. Seid immer füreinander da.»

«Danke, *baba.*» Amelie konnte kaum sprechen. Obwohl sie gehofft hatte, dass die Schmerzen nun nachließen, fühlte sie nach wie vor ein beständiges Ziehen in ihrem Bauch. Die Nachgeburt. Aber das wäre gleich überstanden, dachte sie.

Wilkening durchtrennte die Nabelschnur und reichte das Baby an Martha; sie hatten ausgemacht, dass sie sich um das Kind kümmern sollte, während er auf die Nachgeburt wartete.

«Sie ist so schön, Frau Doktor», hörte Amelie Schwester Martha sagen. «Ein großes, kräftiges Mädchen. Oh, die wird sich in Afrika behaupten. Komm her, meine Süße, jetzt wirst du erst mal hübsch gemacht.»

Nicht weit entfernt stand eine Zinkwanne, Martha begann das Baby zu waschen. Amelie sah es schemenhaft. Eine neue Welle Schmerzen durchflutete sie, schlimmer als die der Geburt vorangegangene. Instinktiv presste sie, atmete, presste.

«Kind, was ist?», fragte *baba* besorgt.

«Da stimmt was nicht», keuchte Amelie kaum hörbar und presste erneut.

Von draußen hörte Amelie wie durch eine Nebelwand die Stimme ihres Bruders. «Martha, ist das Kind da?», rief Hanns. «Geht es Melli gut?»

«Alles in Ordnung, Hanns. Ein Mädchen. Kerngesund. Ich zeige sie Ihnen gleich!»

«Guck nach, *baba*», stöhnte Amelie. «Ich glaube ...» Sie konnte nicht weitersprechen, die Schmerzen waren unerträglich. O Gott, warum tat denn das so weh! Das war doch nur ein kleiner blutiger Klumpen, hundertmal hatte sie als Ärztin darauf geachtet, dass die Nachgeburt sich sauber löste. Und nie hatten die Frauen so gelitten wie sie jetzt.

«Martha ... Martha! Kommen Sie her!» Wilkenings Stimme klang besorgt.

«Eine Sekunde noch, Doktor. Geben Sie der Frau Doktor Zeit. Das kommt alles von allein.»

«Du musst pressen, Amelie», sagte *baba* entschlossen. «Da kommt noch ein Kind.»

Noch eins ... Amelie hörte die Worte, doch sie war zu keinem klaren Gedanken fähig.

«Martha, rufen Sie Suahibu rein. Sie soll das Baby übernehmen. Und helfen Sie mir.»

Von dem Wirbel im Operationssaal der neu erbauten Urwaldklinik, der plötzlich entstand, von den vielen Stimmen, die an der Tür waren, bekam Amelie kaum etwas mit.

Und dann lag ein weiteres, noch mit Blut und Schmiere behaftetes Baby auf ihrer Brust. Es hatte die Augen geöffnet und sah sie an, als erkannte es sie wieder. Weiche Lippen, die noch ein wenig darüber zu schmollen schienen, dass ein wunderbarer Traum plötzlich endete.

«Ein Junge, Frau Doktor.»

Martha hätte es nicht zu sagen brauchen.

«Er ist ganz gesund und wunderschön. Aber viel zarter als sein Schwesterchen.»

«Das wird er alles nachholen, der kleine Gustav», sagte *baba* Wilkening und küsste Amelie auf die Stirn. «Das ist der bewegendste Moment meines Lebens.» Eine seiner Tränen fiel auf Amelies Wange.

Von der Tür her hörte Amelie Suahibus Stimme. Sie rief laut etwas, das Amelie nicht verstand. Es hatte mit ihr zu tun, mit *bibi dactari*. Wahrscheinlich wusste nun der ganze Berg Bescheid über das, was sich gerade ereignet hatte.

Obwohl alles voller Stimmen war, im Operationssaal und draußen vor der kleinen Klinik, hörte Amelie, wie die ersten Regentropfen auf das Blechdach über ihr fielen. Sekunden später prasselte ein tropischer Regen hernieder, und die Luft wurde schwer von Feuchtigkeit. Und zwei Babys begannen nacheinander zu schreien. Es war Regenzeit, Zeit der Fruchtbarkeit.

«Bringt Lottchen zu mir», bat Amelie. «Sie soll ihre Geschwister kennenlernen.»

Martha legte die Säuglinge in Amelies Arme. Wie unterschiedlich sie waren: Der Junge würde wohl ihre hellen Haare bekommen und wirkte lebendiger, das Mädchen schien dunkler und ruhiger zu sein.

Kurz darauf trat Hanns an Amelies Bett, neben ihm Frieda, die Lotte auf dem Arm trug.

«Sieht so aus, als hätte unsere Frieda in Zukunft keine ruhige Minute mehr», sagte Hanns.

«So soll et doch sein», erwiderte Frieda und strahlte übers ganze Gesicht. «Hier, ick hab den Schal mitjebracht. Damit die Kleenen ooch schon ein Stück Berlin bei sich haben.»

Es war Antons Schal, den er um Lottchen gewickelt hatte, als sie aus der Charité entlassen worden war. Er war gerade lang genug, um beide Säuglinge zu bedecken.

«Zwillinge», sagte Hanns kopfschüttelnd. «Ich glaube, das sind die ersten in der Linie der Freyers. Unser Leben wird sich nun wohl gewaltig ändern, Schwesterchen.»

«Du weiß doch: Man muss sein wie die Welt. Sie bleibt niemals stehen.» Amelie lächelte matt.

«Er guckt uns jetzt von da oben zu und freut sich, dass alles gut gegangen ist.»

Baba räusperte sich. «Zumindest das meiste.»

Unter das laute Klopfen des Regens, das vom Blechdach verstärkt wurde, mischte sich der Klang von Trommeln und wurde immer eindringlicher.

«Wat is det?», fragte Frieda mit ängstlich geweiteten Augen.

«Keine Sorge. Das sind unsere Leute. Sie beginnen ein Fest.»

«Wegen die Geburt vonne Zwillinge?»

Baba lächelte Amelie an. «Du weißt, was es bedeutet, nicht wahr?»

Amelie nickte. Müde und erschöpft schloss sie die Augen. Der Klang unzähliger Trommeln trug sie davon.

«Warte, was geschieht», hörte sie die Stimme der *hekima* sagen und spürte, dass *nyoka* über ihre Kinder wachte.

ENDE

Folgende Fundstücke, die ich von meiner Expedition auf den Berg der Literatur mitbrachte, halfen beim Verfassen dieses Buches:

Asmus, Gesine: Hinterhof, Keller und Mansarde; Hamburg 1982

Bebel, August: Die Frau und der Sozialismus; Stuttgart 1903

Berliner Lokalanzeiger: Straßenführer durch Berlin und Vororte; Berlin 1907

Bleker, Johanna: Ärztinnen aus dem Kaiserreich; Weinheim 2000

Bock, C.E., Camerer, J.W.: Das Buch vom gesunden und kranken Menschen; Stuttgart 1904

Boeken, Hubert J.: In und um Afrika; Köln 1903

Bongard, Oscar: Die Studienreise des Staatssekretärs Dernburg nach Deutsch-Ostafrika; Berlin 1908

Bülow, Frieda von: Tropenkoller; Berlin 1906

Carnochan, F.C.: Out Of Africa; New York 1936

Deutsche Militärärztliche Zeitschriften für die Sanitätsoffiziere der Armee, Marine und Schutztruppen; Berlin 1908–1912

Fallada, Hans: Ein Mann will nach oben; Berlin 1994

Fischer-Dückelmann, Anna: Die Frau als Hausärztin; München 1917

Fitzner, Rudolf: Deutsches Kolonialhandbuch; Berlin 1901

Franz, Oberstabsarzt in: Militärärztliche Zeitschrift; Berlin 1911

Georgy, Ernst: Die Berliner Range; Berlin 1907

Glatzer, Dieter & Ruth: Berliner Leben 1900–1914; Band 1 und 2, Berlin 1986

Grootaers, J.-L. et al.: Sklaverei und Befreiung in Ostafrika im 19. Jahrhundert; Berg en Dal 2003
Gutmann, Bruno: Volksbuch der Wadschagga; Leipzig 1914
Haedri, F.: Plantes Médicinales Africaines; Basel 1964
Harlow, Vincent: History Of East Africa; Oxford 1965
Hauer, August: Ärztlicher Berater für Übersee und Tropen; Berlin 1936
Haupt, Werner: Die deutsche Schutztruppe 1889/1918; Utting 1989
Hoffmann, Erich: Lebenserinnerungen und Ringen um Vollendung; Hannover 1948
Honigmann, G., Hrsg.: Zeitschrift für praktische Ärzte; Wiesbaden 1896 und 1897
Kolonial-Abteilung des A.A.: Medizinal-Berichte über die Deutschen Schutzgebiete für das Jahr 1904/05; Berlin 1906
Kotz, Ernst: Im Banne der Furcht; Hamburg 1922
Lange, Helene: Kampfzeiten; Berlin 1928
Medger, Ruth: So fand ich Deutsch-Ostafrika; Berlin 1940
Meinhof, Carl: Die Sprache der Suaheli; Berlin 1941
Meyer, Hans: Der richtige Berliner in Wörtern und Redensarten; Berlin 1904
Ostmann, Hans, Hrsg.: Öffentliches und heimliches Berlin
Prince, Magdalene v.: Eine deutsche Frau im Inneren Deutsch-Ostafrikas; Berlin 1908
Schlesinger, Hermann, Hrsg.: Zeitschrift für Ärztliche Landpraxis; Frankfurt 1893–1895
Schloifer, Otto: Bana Uleia; Leipzig 1939
Süpfle, Karl: Leitfaden der Vaccinationslehre; Wiesbaden 1910
Van der Heyden, Ulrich, Zeller, Joachim, Hrsg.: Kolonialmetropole Berlin; Berlin 2002
Velhagen und Klasing: Daheimkalender für das deutsche Reich; Bielefeld 1907